suhrkamp taschenbuch 5283

Stephan Thome
Pflaumenregen
Roman

Suhrkamp

Der Autor dankt dem Deutschen Literaturfonds e. V.
für die großzügige Unterstützung der Arbeit an diesem Buch.

4. Auflage 2025

Erste Auflage 2022
suhrkamp taschenbuch 5283
© Suhrkamp Verlag GmbH, Berlin, 2021
Alle Rechte vorbehalten.
Wir behalten uns auch eine Nutzung des Werks
für Text und Data Mining im Sinne von § 44b UrhG vor.
Umschlaggestaltung: Rothfos & Gabler, Hamburg
Umschlagfoto: Chingx20/Shutterstock
Karten: Peter Palm, Berlin
Druck und Bindung: CPI books GmbH, Leck
Printed in Germany
ISBN 978-3-518-47283-5

Suhrkamp Verlag GmbH
Torstraße 44, 10119 Berlin
info@suhrkamp.de
www.suhrkamp.de

Pflaumenregen

Für Jo-chiao (若喬)

In den Jahren 1894/95 führten das chinesische und das japanische Kaiserreich einen Krieg, der die Kräfteverhältnisse in Ostasien von Grund auf neu ordnete. China verlor und musste seine Provinz Taiwan als Kolonie an den Sieger abtreten. Zunächst lebten die Inselbewohner in einer Art Apartheid avant la lettre, aber mit der Zeit entstand eine einheimische Mittelschicht, die sich in ihren Lebensgewohnheiten kaum von den Kolonialherren unterschied, obwohl sie diesen niemals gleichgestellt war. Nach dem Ausbruch des Pazifischen Kriegs wurde die Tendenz zur Assimilierung vonseiten Japans noch verstärkt. Viele junge Taiwaner, insbesondere Angehörige der indigenen Bevölkerung, kamen als japanische Soldaten ums Leben. 1945 fiel Taiwan zurück an die chinesischen Nationalisten (Kuomintang oder KMT) unter Generalissimus Chiang Kaishek. Diese hatten acht Jahre lang gegen Japan gekämpft und reagierten mit Abscheu auf die japanisierte Lebensweise ihrer vermeintlichen Landsleute. Umgekehrt führte ihr aggressives Auftreten zu Widerstand, der sich im Frühjahr 1947 gewaltsam entlud und anschließend grausam niedergeschlagen wurde: durch willkürliche Verhaftungen und Exekutionen, die als ›März-Massaker‹, später mit dem Kürzel 228 (für 28. Februar, den Beginn der Unruhen) bezeichnet wurden. Nach der Niederlage gegen Chinas Kommunisten zog sich die KMT 1949 ganz nach Taiwan zurück und verwandelte die Insel in einen autoritären Polizeistaat. Das Kriegsrecht wurde erst 1987 aufgehoben, 1996 fanden erstmals freie Präsidentschaftswahlen statt. Heute ist Taiwan eine ebenso lebendige wie gefährdete Demokratie, denn das Regime in Peking betrachtet die Insel – die nie zur Volksrepublik gehört hat – als Teil seines Staatsgebiets und strebt eine notfalls gewaltsame Vereinigung an. In Taiwan will das so gut wie niemand.

雨夜花

雨夜花　雨夜花　受風雨吹落地
無人看見每日怨嗟　花謝落土不再回

雨無情　雨無情　無想阮的前程
並無看顧軟弱心性　乎阮前途失光明

　　　　　　　作詞:周添旺
　　　　　　　作曲:鄧雨賢

Blüte der Regennacht

Blüte der Regennacht, Blüte der Regennacht!
Von Wind und Wasser zu Boden geweht
weint sie dort, wo niemand es sieht
liegt sie da, für immer verblüht

Fühlloser Regen, fühlloser Regen!
Was kümmert es dich, wer sich darin verirrt
du kannst nicht sehen, was mein Herz verwirrt
so treibe ich dunklen Tagen entgegen

                      Taiwanischer Schlager von 1934
                      Text: Chou T'ien-wang
                      Musik: Teng Yü-hsian

1

Sie rannte so schnell, dass die Welt vor ihren Augen verschwamm. Den Hügel hinab, die schmale Gasse zwischen den Wohnheimen entlang und vorbei an Menschen, die ihr nachriefen, sie solle vorsichtig sein. »Umeko-chan, du wirst hinfallen, wenn du so rennst!« Ihre Zöpfe lösten sich von den Schultern und flatterten hinter ihr her, klack-klack-klack machten die Holzsandalen auf dem festgetretenen Boden. Weder ihr Schuhwerk noch das Kleid eigneten sich zum Rennen, aber unten bei der Schule hörte sie bereits das gespannte Raunen der Zuschauer, die dem Spielbeginn entgegenfieberten. Warum war sie nicht früher aufgebrochen? In letzter Minute hatte sie beschlossen, oben beim Schrein für den Sieg zu beten, jetzt erreichte sie den planierten Weg vor der Mine und bog nach links ab. Neben dem Grundstück von Direktor Yamashita führte eine Treppe hinab in den Ort.

Kurz verlangsamte sie den Schritt. Hoher Bambus versperrte den Blick auf das Haus, das größte und schönste in ganz Kinkaseki – wenn man vom Chalet des Kronprinzen absah, das aber nicht zählte, weil niemand darin wohnte. Einmal hatte ihr Vater sie mitgenommen, als er dem Direktor nach Feierabend ein wichtiges Schriftstück bringen musste. Drinnen duftete es nach Hinoki, auf der Talseite erstreckte sich ein gepflegter Garten mit weißen Kieswegen und einem Teich voller Goldfische. Mit dem Automobil, das wie immer vor dem Haupteingang parkte, wurden Herr Yamashita und seine Frau zum Bahnhof von Zuihō gefahren, wenn sie übers Wochenende verreisten, oder die Frau ließ sich nach Kyūfun bringen, um einzukaufen. Nie sah man den schweigsamen Chauffeur ohne seine Uniform und die weißen Handschuhe.

»Umeko-chan!«

Vorsichtig, um in der Eile nicht zu stolpern oder auf eine Schnecke zu treten, hatte sie die ersten Treppenstufen genommen. Hier und da war der Boden noch feucht vom letzten Regen. Jetzt blieb sie stehen, hob den Blick und erkannte hinter dem Zaun die elegante Erscheinung von Frau Yamashita. In der linken Hand hielt sie einen Sonnenschirm aus hellem Papier und deutete mit der rechten ein Winken an.

»Frau Direktorin Yamashita ... Guten Tag!« Als Umeko sich verbeugte, spürte sie, wie sehr sie außer Atem geraten war. Für einen Moment wurde ihr schwindlig.

»So schnell unterwegs, du wirst noch hinfallen«, sagte die Frau des Direktors lächelnd. In ihrem pflaumenblauen Kimono und dem mit Kamelienblüten bestickten Obi wirkte sie so graziös und vornehm wie immer. Wie eine Hofdame im alten Kyōto, dachte Umeko.

»Es ist wegen ... des Spiels«, brachte sie mit Mühe hervor. »Wir gegen die Mittelschule aus Kīrun. Wenn wir gewinnen ...« Je ruhiger sie zu sprechen versuchte, desto atemloser wurde sie, außerdem fiel ihr ein, dass es unhöflich war, so draufloszuplappern wie zu Hause. »Oniisan ist der erste Pitcher«, fügte sie nur noch hinzu, um ihre Aufregung zu erklären.

Vom Schulgelände drang eine neue Runde Applaus den Hang herauf. Entweder wurde die Aufstellung angesagt, oder es ging bereits los.

Falls sie verstimmt war, ließ sich die Frau des Direktors nichts anmerken. Das weiche Licht des Frühlings, das durch die Bambusblätter fiel, betonte ihre blasse Haut und die feinen Gesichtszüge. Ihre Familie stammte tatsächlich aus Kyōto, wurde im Ort erzählt, und hatte einen Stammbaum, der viele Jahrhunderte zurückreichte. »Sein Fastball soll kaum zu treffen sein, habe ich gehört«, antwortete sie zu Umekos Überraschung. Dass sich Frau Yamashita für Baseball interessierte, hätte sie nicht gedacht. Wurde im Haus des Direktors etwa über die Schulmannschaft und die Wurfkünste ihres Bruders gesprochen?

»Wenn er heute gut spielt«, platzte sie heraus, »kann er im nächsten Jahr vielleicht auf die japanische Handelsschule in Taihoku gehen und eines Tages am Kōshien Cup teilnehmen.«

»Tatsächlich, ja? Du musst sehr stolz auf ihn sein.« Im Umgang mit Kindern war Frau Yamashita ebenso höflich wie zu ihresgleichen – wobei es ihresgleichen in Kinkaseki natürlich nicht gab. Die örtliche Goldmine gehörte der Nippon Bergbau GmbH und war die größte in ganz Asien. Ohne die Japaner, sagte ihr Vater, würden hier ein paar Abenteurer mit bloßen Händen nach Gold graben, so wie früher, stattdessen hatte der Ort ein eigenes Krankenhaus, ein Kino und zwei Schulen. Im Übrigen war kürzlich ein Zeitungsartikel über Keiji erschienen, weil er ein komplettes Match absolviert hatte, ohne einen Punkt abzugeben, vielleicht wusste Frau Yamashita deshalb Bescheid. Sein Fastball kommt schnell wie der Blitz, hatte dort gestanden, und trifft den Handschuh des Catchers wie der Frühjahrsdonner. Einen Moment lang spürte Umeko den wohlwollenden Blick, der auf ihr ruhte, und vergaß darüber, dass sie es eilig hatte. Im Garten blühten bereits Blauregen und Orchideen, große schwarze Schmetterlinge flatterten umher. Noch einmal hob die Frau des Direktors die Hand: »Dann wollen wir hoffen, dass wir heute gewinnen, nicht wahr? Sei du trotzdem vorsichtig, der Boden ist immer noch rutschig. Was für ein schönes Kleid du trägst, pass gut darauf auf.«

»Vielen Dank, Frau Direktorin Yamashita!«, rief Umeko und verbeugte sich. »Einen schönen Tag noch!« Bis zur Mitte der Treppe schaffte sie es, so damenhaft zu gehen, wie ihr Aufzug es verlangte – das Kleid hatte ihre Mutter selbst genäht –, dann ballte sie die Hände zur Faust und rannte erneut los. Hinter dem Kino kam ein kleiner Ausschnitt des Meeres in Sicht, das sich glatt wie Glas bis zum Horizont erstreckte. Weit draußen ging ein Schauer nieder, aber über den Hügeln waren die Wolken schneeweiß und standen ungewöhnlich still am Himmel, so als wollten auch sie das Spektakel verfolgen, das sich auf dem Sportplatz neben dem Goldglück-Tempel abspielte. Das Endspiel um die Meisterschaft der nördlichen Schulbezirke.

Nie zuvor war die Mittelschule von Kinkaseki so weit gekommen.

Normalerweise machten japanische Teams aus Kīrun und Taihoku den Sieg im Norden unter sich aus. Schulen mit großen Einzugsgebieten, wo die Söhne hoher Beamter und reicher Geschäftsleute daran gewöhnt waren, unter besten Bedingungen zu trainieren. In den letzten Jahren hatte meistens die Handelsschule Taihoku gewonnen, aber vor dieser Saison waren zwei wichtige Spieler zurück nach Japan gezogen, hatte Keiji erzählt und hinzugefügt: Das ist unsere Chance. Kinkaseki verfügte nicht einmal über ein richtiges Baseballfeld, das Team der Minengesellschaft absolvierte seine Spiele in Zuihō, und die heutige Partie hätte eigentlich auf dem Hof der Mittelschule stattfinden sollen, aber der stand nach dem Frühjahrsregen noch unter Wasser. Der Sportplatz beim Goldglück-Tempel, den Umeko in diesem Moment erreichte, gehörte zur Grundschule, die sie besuchte, und auch hier gab es tiefe Pfützen. Von weitem sah es aus, als lägen überall Spiegel auf dem Boden.

Mit klopfendem Herzen drängte sie sich durch die Menge. Sämtliche Schüler und Lehrer waren erschienen, auch einige Eltern und sogar Anwohner, die mit der Schule nichts zu tun hatten. Alle wollten dabei sein, wenn ihr Bruder den Gegner mit seinen Würfen zur Verzweiflung brachte. »Sumimasen«, rief sie und kämpfte sich voran, so gut es ging. Wäre sie unterwegs nicht aufgehalten worden, hätte sie rechtzeitig zum ersten Pitch die Stelle erreicht, wo sie mit Reiko verabredet war. Schon hörte sie das satte Klatschen, mit dem der Ball im Handschuh des Fängers landete, und hätte allen, die ihr die Sicht versperrten, am liebsten in den Hintern getreten. Applaus kam auf, jemand rief Keijis Namen. Noch ein paar Meter. Sie musste aufpassen, dass ihr Kleid nicht schmutzig wurde, und Ausschau nach ihrer Freundin halten, und falls sie einem Lehrer begegnete, durfte sie nicht vergessen, zu grüßen. Über den Köpfen erhoben sich die grün bewachsenen Hügel, die den Ort nach drei Seiten umgaben wie die Tribünen eines Stadions. Auf halber Höhe, wo bereits der nackte Fels durchbrach, thronte das rot bemalte Torii des Schreins – dort war sie vor wenigen Minuten losgelaufen; kein Wunder, dass sie jetzt nach Luft schnappte wie ein Fisch auf dem Trockenen.

»Umeko-chan!« Diesmal war es Reiko, die aus der Menge heraus nach ihr rief. Erleichtert hob sie die Hand und winkte, wenig später stand sie neben ihrer Freundin und konnte endlich das Spielfeld überblicken. Einigermaßen jedenfalls. So viele Leute hatte sie noch nie auf dem Sportplatz gesehen. Da kein Zaun das Spielfeld eingrenzte, hatte der Schulleiter Seile spannen lassen, um die Zuschauer zurückzuhalten.

»Was habe ich verpasst?«, fragte sie keuchend.

»Wo bist du bloß gewesen?«

Statt zu antworten, reckte sie den Hals. Aufrecht wie ein Soldat stand Keiji auf der Position des Pitchers, seine Miene verriet höchste Konzentration. Den Fanghandschuh, den er sich vor jedem Wurf an die Brust hielt, hatte Vater ihm als Belohnung für seine guten Noten geschenkt. Ein Mizuno-Handschuh aus echtem Leder! Im nächsten Moment schob er den Kopf vor, um zu erkennen, was ihm der Catcher anzeigte. »Es ist der erste, ja?«, fragte sie heiser. »Der erste Schlagmann. Ich kann die Tafel nicht sehen.«

»Den ersten hat er mit drei Bällen nach Hause geschickt«, gab Reiko zurück. »Zack, zack, zack.«

»Oh, verstehe. Er hat's mal wieder eilig.«

»Sag endlich, wo du gewesen bist!«

»Hab eine Münze rauf zum Schrein gebracht.« Kurz sahen sie einander an, und Reiko gab ihr einen Knuff in die Seite. Ihre Freundin hätte auch gern einen älteren Bruder gehabt, den die ganze Schule bewunderte, aber sie hatte nur jüngere Geschwister, und davon ziemlich viele. Zu neunt wohnte ihre Familie in einem winzigen Haus zwischen den Bahnschienen und dem Meer, darum gingen sie beide morgens nicht gemeinsam zur Schule, sondern trafen sich auf dem Hof und verabschiedeten sich nach dem Unterricht am großen Tor, das dem Sportplatz gegenüberlag. Beste Freundinnen waren sie trotzdem.

Keijis nächster Wurf wurde Aus gegeben. Danach zielte er zwar noch einmal zu hoch, aber diesmal mit Absicht, und die ging auf: Der gegnerische Schlagmann ließ sich locken und drosch ein schönes Loch in die Luft. »Brav«, murmelte Umeko vor sich hin. Wo ihr Bruder stand, bildete das großzügig ausgestreute Sägemehl einen Abwurfhügel, so wie sie es von Fotos der Profis kannte. Erneut hielt er sich den Handschuh an die Brust und nickte dem Fänger zu. Inzwischen hatte sie ihm oft genug zugeschaut, um seinen Fastball noch vor dem Abwurf zu erkennen. Der Schlagmann stand auf den Zehenspitzen und schien vor Konzentration zu vibrieren, aber wie an der Schnur gezogen, sauste der Ball an ihm vorbei in den Handschuh des Catchers. Ein Raunen ging durch die Menge. »Strike-out Nummer zwei«, sagte Reiko zufrieden, und Umeko konnte sich nicht länger beherrschen.

»Oniisan, ganbatte kudasai!«, schrie sie aus Leibeskräften. Einige ältere Schüler drehten sich lachend nach ihr um, und sie wurde augenblicklich rot, aber es fühlte sich trotzdem gut an. In der hölzernen Box neben Keijis Bett, seiner Schatzkiste, lag ein abgegriffenes Foto des Kōshien-Stadions in der Nähe von Ōsaka, wo die nationale Schülermeisterschaft ausgetragen wurde. Mehr als fünfzigtausend Zuschauer fasste es, und sogar hier auf der Insel kamen alle Spiele live im Radio. Um sich seinen Traum zu erfüllen, müsste ihr Bruder allerdings auf eine weiterführende Schule in der Hauptstadt wechseln und mit ihr Meister von ganz Taiwan werden – leider durfte aus den Kolonien jedes Jahr nur ein Team teilnehmen.

Der nächste Schlagmann sah ängstlich aus, als er den Platz betrat, und wenig später war das erste Halb-Inning beendet. Applaus begleitete ihren Bruder, der mit gemessenen Schritten das Feld verließ. Drei rauf, drei runter, nannte man das. Umeko kam es vor, als könnte sie zum ersten Mal an diesem Nachmittag richtig durchatmen.

Auf der Höhe der dritten Base hatte man aus Holzstangen und weißem Stoff einen Unterstand für die Lehrkräfte gebaut. Sie erkannte Lehrerin Honda, die sich mit den Kollegen unterhielt, und wäre am liebsten hingelaufen, um ihrer Klassenlehrerin Guten Tag zu sagen. Von ihr hatte sie sich abgeschaut, wie man beim Lachen die Hand vor den Mund hielt, mit vier Fingern und etwas Abstand zu den Lippen.

Sehr damenhaft sah das aus, bloß vergaß sie es meistens, wenn sie plötzlich losprusten musste.

Schon kehrten beide Mannschaften zurück auf den Platz.

Wie erwartet, entwickelte sich eine ausgeglichene, spannende Partie. Auch der Pitcher des gegnerischen Teams warf einen kraftvollen Fastball, und es dauerte bis zum dritten Inning, ehe Kinkaseki der erste Treffer gelang. Ein Schlag die Linie entlang, der den Läufer zur zweiten Base brachte. Das Publikum jubelte wie über einen Punktgewinn, aber gleich beim nächsten Ball machte der Gegner die Hoffnung zunichte, indem er zwei Läufer auf einmal erledigte – Doppelmord. In ihren blauen Trikots, auf denen sogar der Name stand, sahen die Spieler aus Kīrun ziemlich selbstbewusst aus. Im vierten Inning musste Keiji den ersten Treffer hinnehmen, und weil sie in der Abwehr einen Fehler machten, kam der Gegner sogar bis zur dritten Base. Umeko und Reiko hielten einander so fest an den Händen, dass es wehtat. Länger als sonst verharrte ihr Bruder auf der Stelle, dann nahm er sein Schweißtuch vom Gürtel, wischte sich über die Stirn und steckte es wieder ein. Das Tuch hatte ihre Mutter mit seinem Namen und dem Zeichen für ›Sieg‹ bestickt. Als er dem Catcher zunickte, ahnten alle, was kommen würde, und hielten gespannt die Luft an. Der Läufer an der dritten Base sah aus wie ein Jagdhund, der an der Leine zerrt, aber er bekam keine Gelegenheit, loszustürmen. Blitz, Donner, Jubel. Mit drei makellosen Fastballs hintereinander wehrte Keiji die Gefahr ab.

Als ihre Freundin in der anschließenden Pause aufs Klo wollte, schüttelte Umeko den Kopf. Beim Unterstand für die Lehrer sah sie mehrere fremde Männer und beschloss, dass Trainer aus Taihoku gekommen waren, um ihren Bruder zu beobachten. Ihre Eltern mochten die Vorstellung nicht, ihn in die Hauptstadt gehen zu lassen, aber falls sich die Chance ergab, würden sie nicht nein sagen. Dass es offiziell nur noch Nationalschulen gab, änderte nichts an den Unterschieden, hatte Keiji gesagt. In japanischen Lehranstalten waren die Wände weiß getüncht, und nie drängten sich dort vierzig Schüler in ein Klassenzimmer, so wie hier. Ihr größter Wunsch, den sie Lehrerin Honda neulich anvertraut hatte, war es, in einigen Jahren die japanische Mädchenschule in Zuihō zu besuchen.

Ganbatte ne, hatte ihre Lehrerin erwidert. Auch wenn sie lächelte, blieb ein feuchter Glanz in ihren Augen, als hätte sie eben eine traurige Nachricht erhalten. Jedes Mal, wenn Umeko mit ihr sprach, drängte es sie, diese hellen, schlanken Hände zu berühren. Lehrerin Honda trug keine eleganten Kimonos wie die Frau des Direktors, sondern westliche Kleidung, und da sie aus Fukuoka stammte, konnte man sie dem Zungenschlag nach für eine Einheimische halten, aber schöner als sie waren die Frauen im Kino auch nicht. Wenn sie einkaufen ging, wurde hinter ihr aufgeregt getuschelt, hatte Mutter erzählt. Niemand konnte sich erklären, warum eine junge Frau wie sie an der Grundschule von Kinkaseki unterrichtete. Manche Leute behaupteten, ihr Mann sei in China gefallen, obwohl die Lehrerin für eine Witwe viel zu jung war.

Als lautes Klatschen sie aus ihren Gedanken riss, kamen Umeko die Schatten auf dem Spielfeld plötzlich länger vor. Im fünften und vorletzten Inning stand es immer noch null zu null, aber gerade erreichte ein Läufer die zweite Base, deshalb der tosende Applaus. Dass dem nächsten Schlagmann ein Single gelang, steigerte den Jubel bis zum Orkan. ›Fujita‹ stand auf dem Trikot des gegnerischen Pitchers, der bange Blicke zu seinem Trainer schickte. Ging ihm allmählich die Kraft aus? Begeistert stimmte Umeko in die rhythmische Anfeuerung der Menge ein. Auf zwei Schultafeln wurde das Spielgeschehen protokolliert, in der Rubrik ›Out‹ prangte eine runde Null: Noch war kein Schlagmann ausgeschieden, und mit Läufern auf der ersten und der dritten Base lag ein Punktgewinn förmlich in der Luft. Jetzt oder nie, dachte sie.

Auch die Spieler neben dem Feld hielt es nicht mehr auf ihrer Bank. Mit einem dicken Handtuch um Schulter und Wurfarm stand Keiji bei seinen Mannschaftskameraden, und Reiko fragte erschrocken, ob er sich verletzt habe. Die Gute nahm zwar lebhaften Anteil am Spielgeschehen, aber dass sie sich auskannte, konnte man nicht behaupten. »Er muss nur den Arm warmhalten«, beruhigte Umeko sie. »Genauer gesagt, seine Muskulatur.«

Kinkasekis nächster Schlagmann war der Sohn eines Minenarbeiters und spielte barfuß. Statt auf die richtige Gelegenheit zu lauern, zog er jedes Mal voll durch und jagte auch Bällen hinterher, die der Schiedsrichter Aus gegeben hätte. Missbilligend schnalzte Umeko mit der Zunge. Als sie sah, dass Keiji sich das Handtuch abnahm und zum dritten Mal an diesem Nachmittag zum Schläger griff, machte ihr Herz einen Sprung. Bisher war ihm kein Treffer gelungen, trotzdem kam im Publikum erwartungsvolles Gemurmel auf. Jemand rief auf Taiwanisch: »Los geht's! Zeigt es den arroganten Japsen!« Hier und da wurde gelacht, aber die Lehrer reagierten nicht, stellte Umeko fest, sondern tranken ungerührt ihren Tee. Irgendwer benahm sich immer daneben. Der nächste Ball rutschte dem Pitcher aus der Hand, dann fing er sich wieder und schickte Keijis Mannschaftskamerad mit zwei präzisen Würfen vom Feld.

»Oh Mann«, jammerte Reiko. »Ich muss wirklich dringend.«

Umeko hatte von Kopf bis Fuß jeden Muskel angespannt und spürte nichts. »Geh ruhig«, sagte sie, »mich kriegt niemand von hier weg.« Wahrscheinlich würde sie am Abend Fieber oder Nasenbluten bekommen, aber es war ihr egal.

Als ihr Bruder den Platz betrat, war ihm keine Nervosität anzumerken. Kurz verbeugte er sich vor dem Schiedsrichter, kickte ein Steinchen zur Seite und ging in Position. Das vordere Knie leicht gebeugt, federte er vor und zurück. Für ein paar Sekunden sahen Fujita und er einander herausfordernd an, ohne sich zu rühren, nur das Ende von Keijis Schläger beschrieb kleine Kreise in der Luft. Umeko spürte das Knirschen ihrer Zähne. Als der Ball die Hand des Pitchers verließ, hielt sie die Luft an. Ihr Bruder zuckte, schlug aber nicht, mit einem hohlen Plopp landete der Wurf im Handschuh des Fängers. Eine Sekunde wartete sie, ob der Schiedsrichter einen Strike anzeigte – erst als das nicht geschah, atmete sie wieder aus.

Die Zuschauer applaudierten. »Gutes Auge«, meinte jemand. Je länger das Spiel dauerte, desto schwieriger wurde es für den Pitcher, der in die tiefstehende Sonne schauen musste. Auf den Hängen über der Schule versanken die Häuser im Schatten. Wenn sie um diese Zeit oben am Schrein saß und aufs Meer hinausblickte, dachte sie jedes Mal, dass es auf der ganzen Welt keinen schöneren Ort gab als Kinkaseki. Der zweite Wurf kam, Keiji zog durch und erwischte den Ball mit der Oberseite des Schlägers – von wo er ins Aus sprang. Beinahe hätte sich Umeko in die Hand gebissen. Vor ihrem inneren Auge erschien die Münze, die sie oben am Schrein abgelegt hatte. »Bitte, bitte, bitte«, flüsterte sie.

Zu ihrem Entsetzen schlug Keiji am nächsten Ball vorbei. Der Pitcher ballte die Faust, ihr Bruder fing den Schwung des eigenen Schlags ab, bleckte die Zähne und schüttelte den Kopf. Als sie zum Unterstand schaute, erkannte Umeko, dass Lehrerin Honda die Hände vor dem Mund zusammengelegt hatte, als betete sie.

»Wenn er noch mal danebenkloppt, ist er raus«, unkte ihre Freundin, obwohl es Unglück brachte. Reikos Vater arbeitete als Wachmann in der Kupfermine am Teekannenberg, und ihrem Japanisch hörte man an, dass sie es außerhalb der Schule kaum benutzte.

»Wird er nicht, wenn du es nicht beschreist«, erwiderte Umeko streng.

Erneut nahmen die beiden Kontrahenten Position ein. Über das Gesicht des Gegners glitt ein siegesgewisses Lächeln, Keijis war zur Maske erstarrt. Wieder beschrieb das Ende seines Schlägers kleine Kreise in der Luft. Ein letztes Mal atmete der Pitcher tief ein, dann holte er aus, und Umeko wunderte sich, dass sie die Flugbahn des Balles diesmal besser erkannte als zuvor. Mit einem satten Klong traf Leder auf Holz. Es war kein Volltreffer, von der Unterseite des Schlägers prallte der Ball auf den Boden, sprang hoch und flog über die hastig ausgestreckte Fanghand des Pitchers hinweg. Keiji warf den Schläger zur Seite und rannte los. Alle Mitspieler und Zuschauer schrien wild durcheinander, auf einmal zitterte der Boden wie bei einem Erdbeben. Die beiden anderen Läufer waren bereits unterwegs, und Umeko wusste kaum, wohin sie schauen sollte. Vor ihr sprangen die Leute unkontrolliert auf und ab. Zur entscheidenden Verzögerung kam es, weil sich zwei Feldspieler gegenseitig behinderten. Schon erreichte der erste Läufer die Homebase, und der zweite war Ah-hao, der schnellste Sprinter der ganzen Schule. Die Zuschauer am Spielfeldrand wedelten mit den Armen, um ihm anzuzeigen, dass er weiterlaufen sollte. Umeko schlug ihrer Freundin auf den Rücken und schrie. An der Bewegung des Catchers erkannte sie, dass der Wurf aus der Abwehr ungenau war: Um ihn zu fangen, musste er einen Ausfallschritt nach rechts machen, der linke Fuß verlor den Kontakt zur Base, und im selben

Moment warf sich Ah-hao nach vorn, rutschte über den Boden und schlug mit der Hand an.

Der Schiedsrichter breitete die Arme zur Seite: Safe!

Von der Spielerbank flogen Mützen in die Luft. Zwei zu null für Kinkaseki! Umeko sprang auf und ab, als wäre sie selbst ein Ball. Wie ein aufgewühltes Meer wogte die Menge hin und her, und dass Keiji mit gereckter Faust an der zweiten Base stand, merkte sie erst, als sie innehielt, um Luft zu holen.

»Warum hat der Pitcher so lahm geworfen?«, fragte Reiko fassungslos.

»Lahm?«, rief sie lachend. In der sinkenden Sonne begann der Sportplatz bernsteinfarben zu leuchten. »Das sollte ein Curveball werden, meine Liebe.« Auch beim Unterstand der Lehrer waren alle aufgesprungen und klatschten. »Ja, ja, ja, ein Curveball«, schrie sie wie von Sinnen, »bloß hat er nicht genug Senf dazugegeben.« Den Spruch kannte sie erst seit kurzem und fand ihn ziemlich schneidig. Wild gestikulierend versuchte Coach Ōta, seinen Spielern klarzumachen, dass die Partie noch nicht gewonnen war. Keiji hatte sich bereits wieder gefangen und blickte zufrieden auf den Trubel, den sein Treffer ausgelöst hatte.

Bei zwei zu null blieb es bis zum Ende des Innings. »Kommst du jetzt endlich?«, fragte Reiko, als die Teams wechselten. »Ich muss so dringend, ich platze gleich.«

Diesmal gab sie nach. So schnell es ging, drängten sie sich durch die Menge, überquerten die Straße und suchten die Latrinen hinter dem Schulgebäude auf. Umekos Ohren glühten, ihre Finger waren taub vom vielen Klatschen, und als sie sich hinhockte, überfiel sie ein plötzliches Frösteln. Hoffentlich kam das Fieber nicht während des Spiels. Um sich abzulenken, kratzte sie die Kruste von der kleinen Wunde an ihrem Knie. Ein Sturz beim Rennen. Kaum standen sie wenige Minuten später wieder an ihrem Platz, kehrten auch die Spieler aufs Feld zurück, und ihre Befürchtung, dass der Trainer im letzten Inning einen frischen Werfer bringen könnte, erwies sich als unbegründet. Unter den aufmunternden Rufen der Zuschauer nahm Keiji seine angestammte Position ein.

Es folgte eine Viertelstunde Höllenqualen. Mehrmals verzog ihr Bruder das Gesicht, als hätte er Schmerzen, und leistete sich ungewohnt viele Fehlversuche. Über sechzig Bälle hatte er bereits geworfen, morgen würde sein Arm zu schwer sein, um einen Stift zu halten, aber morgen zählte nicht. Nachdem die ersten beiden Schlagmänner aus Kīrun getroffen hatten, nahm Trainer Ōta eine Auszeit. Umeko zitterte, betete und trat von einem Fuß auf den anderen. Sie sah, wie ihr Bruder signalisierte, dass er weitermachen wollte. Die nächsten beiden Schlagmänner schieden aus, aber mit Läufern auf der ersten und zweiten Base reichte ein Homerun, um alles zu drehen. Mal hielt sich Umeko die Hände vors Gesicht, mal starrte sie aufs Spielfeld, bis ihre Augen tränten. Erster Strike. Jubel brandete auf.

Ihre Kehle fühlte sich an, als hätte sie seit Tagen nichts getrunken.

Ein Ball war zu hoch, dann der zweite Strike. Mit untergehakten Armen standen Keijis Teamkameraden am Spielfeldrand, niemanden hielt es mehr auf der Bank. Für einen kurzen Moment glaubte Umeko, ihr Blick würde seinem begegnen. Lächelnd nickte sie ihm zu, und beim nächsten Wurf lächelte er selbst. Wenn ihm der perfekte Pitch gelang, hatte er einmal gesagt, spürte er es schon im Moment des Abwurfs. Ein Fastball natürlich. Mehrere hundert Augenpaare folgten der geraden Linie, die der Ball beschrieb. Als er im Handschuh des Fängers landete, herrschte vollkommene Stille. Alle schauten zum Schiedsrichter, der mit den

Händen auf den Knien an seinem Platz stand. Langsam richtete er sich auf, schien kurz zu überlegen und ballte beide Fäuste zum Zeichen für Strike-out.

Das Spiel war vorbei.

Statt eines Jubelschreis brachte Umeko nur ein heiseres Winseln heraus. Als würde sich aus allen Richtungen zugleich eine Flutwelle formen, strömte das Publikum aufs Feld und riss sie mit. Beinahe wäre sie gestolpert. Glücklich warf sie beide Arme in die Luft, legte den Kopf in den Nacken und sah zum Himmel hinauf: Gewonnen! Als sie ihren Bruder entdeckte, ragte er wie ein Riese aus der Menge, weil ihn die Mitspieler auf den Schultern trugen. Tränen strömten über sein Gesicht. Sie konnte sich nicht erinnern, wann sie ihn zuletzt hatte weinen sehen, und für einen Augenblick fühlte sich ihre Freude an wie ein Ziehen in der Brust. Vergebens hielt sie Ausschau nach Reiko, um sie herum tanzten überall jubelnde, begeisterte Menschen. Beim Unterstand nahm Coach Ōta die Glückwünsche der Kollegen mit demütigen Verbeugungen entgegen, wie es sich für einen Japaner gehörte. Lehrerin Honda hatte beide Hände auf die Wangen gelegt, als könnte sie nicht fassen, was geschehen war, und am liebsten wäre Umeko hingelaufen, um sie zu umarmen. Es kam ihr vor, als sähe die Lehrerin zum ersten Mal nicht traurig aus.

Am Mast vor dem Schultor wehte die weiße Fahne mit der blutroten Sonne.

———

Die Nachricht des Sieges verbreitete sich wie ein Lauffeuer im Ort. Auf dem kleinen Platz mit den Banyanbäumen, wo die Minenarbeiter nach Schichtende eine Zigarette rauchten, wussten schon kurz nach Spielende alle Bescheid. Manch einer fragte vorlaut, ob es mit der Unbesiegbarkeit der Vierbeiner doch nicht so weit her sei, andere blickten hinüber zum Verwaltungsgebäude, wo die Angestellten mit den sauberen Händen saßen, in deren Wohnheimen es elektrisches Licht und fließendes Wasser gab. Am frühen Abend versetzte das Sirren der Zikaden die Luft in schwingende Bewegung. Minuten zuvor waren die Männer im hölzernen Vorbau von den Wachleuten gefilzt worden, damit bloß niemand einen Goldsplitter nach draußen schmuggelte; eine ebenso vertraute wie verhasste Prozedur, die nur Neulinge zu kessen Sprüchen herausforderte: dass es die einzige Gelegenheit sei, einem Japaner die Zunge rauszustrecken oder ins Gesicht zu furzen.

Die Jungs von der Mittelschule hatten es den Schnöseln aus Kīrun also gezeigt. Die Nachricht machte das frühsommerliche Licht noch weicher und ließ den Heimweg ein wenig kürzer erscheinen. Um ihren Hunger zu unterdrücken, rauchten die Männer, bis die Glut ihre Fingerspitzen erreichte, dann nickten sie einander zu und setzten sich in Bewegung. Hinter den Bürofenstern, von wo aus man den kleinen Platz überblickte, gingen die Lichter an. Auch hier wurde über das Spiel gesprochen, wenngleich ohne besondere Anteilnahme. Herr Ri war der Einzige, dessen Sohn die örtliche Mittelschule besuchte, der Nachwuchs seiner Kollegen ging entweder in Zuihō zum Unterricht oder studierte bereits. Der Älteste von Prokurist Yamada spielte für die Waseda-Universität in Tōkyō und würde, wenn alles glattlief, im nächsten Jahr Profi werden. Dass die Mittelschule von Kinkaseki das Endspiel der nördlichen Schulbezirke gewonnen hatte, entlockte den meisten Mitarbeitern nur ein beiläufiges Nicken, während sie ihre Sachen zusammenpackten und sich aufs abendliche Bad freuten. Einer sagte »Gut gemacht, Ri-san«, so als hätte er den entscheidenden Treffer selbst erzielt.

Lächelnd deutete er eine Verbeugung an.

Die Tür zum Zimmer des Direktors war geschlossen. Am Nachmittag hatte er drinnen vor dem Schreibtisch aus Rosenholz gestanden, in dessen polierter Oberfläche er die eigene Silhouette gespiegelt sah, während Herr Yamashita die Beschlüsse der Konzernleitung erläuterte. Widrige Umstände machten eine weitere Drosselung des Abbaus erforderlich. In Zeiten wie diesen wurde nicht für den freien Markt produziert, sondern nach Maßgabe der nationalen Bedürfnisse. Wie immer überließ es der Direktor ihm, die Schlussfolgerung zu ziehen.

»Wie viele diesmal?«, fragte Herr Ri.

»Zehn müssten reichen, denke ich. Es ist bedauerlich, nicht wahr, aber die Vorgaben der Regierung lassen uns keine Wahl.«

»Wieder zum Monatsende?«

Man musste den Direktor gut kennen, um zu verstehen, dass sein knappes Nicken keine Gleichgültigkeit signalisierte, sondern Verlegenheit. Am Horizont schimmerte das Yin-Yang-Meer in der Nachmittagssonne. Nahe der Küste mischten sich helle Schlieren unter das Blau – daher der Name –, was von den Abwässern der Kupfermine kam, die jenseits des Ortes den gesamten Hang durchzog. Dort sorgten die Vorgaben der Regierung für einen stetigen Ausbau der Förderung, angeblich sollten bald sogar ausländische Kriegsgefangene eintreffen, um die Schwerstarbeit unter Tage zu verrichten. Ein Lager für sie wurde bereits gebaut, offenbar waren widrige Umstände eine Frage der Perspektive: Mit Gold konnte man sich derzeit nicht viel kaufen, aber ohne Kupfer gab es keine Bomben, ganz einfach. Immerhin, die meisten Entlassenen würden schnell neue Arbeit finden. Dass die Bedingungen härter waren als hier, seit das Militär dort Regie führte, hielt niemanden ab, auf den zu Hause Frau und Kinder warteten.

In der Stille hörte er rhythmisches Klatschen, das aus dem Tal heraufdrang. Mehrere hundert Menschen drängten sich auf dem Sportplatz der Grundschule, um das heimische Team anzufeuern. »Gibt es eine Namensliste?«, fragte er. »Oder soll ich wieder ...?«

Wortlos machte der Direktor eine Bewegung mit der linken Hand, die zu bedeuten schien: Tun Sie's einfach. Ab und zu betastete er mit zwei Fingern seinen gestutzten Oberlippenbart, so als wäre dieser nur angeklebt und drohte sich zu lösen. Ein merkwürdiger Mann, verheiratet, aber kinderlos. Zu Hause besaß er ein deutsches Grammophon und lauschte abends den Liedern eines gewissen Herrn Schubert, die traurig und fremd klangen, besonders bei Dunkelheit. Standen im Sommer die Fenster offen, hörte man sie in der ganzen Siedlung. Beinahe unheimlich.

Erneut brandete im Tal Applaus auf. Zwei Stunden dauerte die Partie bereits, der seine Kinder wochenlang entgegengefiebert hatten, die Kleine nicht weniger als ihr Bruder. Der Direktor lehnte sich im Stuhl zurück, nahm seinen Zwicker ab und schien die Gedanken seines Gegenübers zu erraten. »Spielt Ihr Sohn nicht auch?« Dabei wirkte sein Lächeln so gequält, als wäre er eigentlich lieber allein und verlängerte die Unterredung nur aus Höflichkeit.

»So ist es, nicht wahr. Er ist der erste Pitcher.«

»Sogar die Zeitung hat seinen gefürchteten Fastball gelobt.«

Da ihm keine Erwiderung einfiel, bedankte er sich mit einer Verbeugung. Aus irgendeinem Grund machte es ihn nervös, wenn sich der Chef Zeit für ihn nahm. Herr Yamashita war zwar nicht herrisch, aber für seine Unnahbarkeit ebenso bekannt wie für die regelmäßigen Ausflüge in die Teehäuser von Kyūfun, wo der Wagen vor der Tür seine Anwesenheit auch dann verriet, wenn er sich ein Séparée geben ließ. Jetzt zog er die silberne Taschenuhr hervor, warf einen Blick darauf und steckte sie wieder ein. Als junger Mann hatte er eine deutsche Ingenieurschule besucht und schwor auf alles, was von dort importiert wurde, Ideen wie Güter. Sogar seine Rasur orientierte sich am Berliner Diktator. »Haben Sie schon einmal daran gedacht, Ihren Sohn auf eine andere Schule zu schicken?«

»Eine andere Schule?«

»In Taihoku, zum Beispiel.«

Die Frage überrumpelte ihn. »Es wäre ... unüblich. Nicht wahr?«

»Ist er denn kein guter Schüler?«

Augenblicklich spürte er Schweiß auf seine Stirn treten. Keiji war der Klassenbeste, aber ohne eigene Kinder kannte sich der Chef vielleicht nicht aus. Herr Ri hatte seinerzeit in Ōsaka studiert, weil Einheimische eher im Mutterland auf eine gute Schule gelangten als hier auf der Insel, wo eine kleine koloniale Elite ihre Konkurrenz fürchtete. »Die Lehrer sind durchaus zufrieden mit ihm«, brachte er schließlich hervor.

»Also ein guter Schüler und exzellenter Pitcher – ich sehe nicht, was dagegenspricht.«

»Es ist sehr gütig vom Herrn Direktor, das zu sagen.«

»Denken Sie darüber nach, einen Weg gibt es immer.«

»Es tut mir leid, dem Direktor solche Umstände zu bereiten.« Zu spät bemerkte er, dass der Satz wie eine Bitte klang, Herr Yamashita möge sich für seinen Sohn verwenden. Ehe er sich korrigieren konnte, entließ ihn der Chef mit einem angedeuteten Nicken. Jetzt, drei Stunden später, überflog Herr Ri die Namensliste, die er gleich nach dem Gespräch angelegt hatte, und war sicher, einer der Ersten zu sein, sollten eines Tages auch im Büro Entlassungen anstehen.

Gut gelaunt verließen seine Kollegen das Gebäude.

Angeblich lautete das Ziel der Konzernleitung, die Förderung schrittweise um die Hälfte zu reduzieren. Nicht zum ersten Mal fragte er sich, ob der Direktor den Ernst der Lage möglicherweise verkannte. Frau Yamashita jedenfalls trug dieselben prächtigen Kimonos wie vor dem Krieg und schien nicht zu bemerken, wie hinter ihrem Rücken getuschelt wurde. Bisher waren die Einschränkungen in der Kolonie weniger strikt als im Mutterland, aber die bombastischen Schlagzeilen der Zeitungen machten Herrn Ri skeptisch. Seit dem erfolgreichen Angriff auf den Perlenhafen von Hawaii glichen die Verlautbarungen des kaiserlichen Hauptquartiers wahren Jubelarien. Siege, Siege, Siege! Immer exotischer klangen die Namen der Gebiete, die nun zu Dai-Nippon gehörten, ohne dass jemand schlüssig erklärte, worin außer in Expansion denn das Ziel der Expansion bestand. Wie viele Rohstoffe gab es auf diesen pazifischen Inseln, und ängstigte es nur ihn, dass zu den Feinden Japans inzwischen die mächtigsten Länder der Welt zählten? Fragen, die ihn jede Nacht überfielen, wenn neben ihm seine Frau und hinter der dünnen Trennwand die Kinder lagen; ab und zu hörte er sie im Schlaf etwas murmeln, das in Keijis Fall mit Baseball zu tun hatte und in Umekos mit Dingen, die nur in ihrem Kopf existierten. Der große Traum seines Sohnes, eine japanische Schule zu besuchen, war unrealistischer denn je, womöglich wäre es sogar gefährlich. Das Kaiserreich brauchte keine Athleten, sondern Soldaten. Immer mehr Soldaten.

Als er allein war, räumte er den Schreibtisch auf und steckte die Liste in die Innentasche seines Anzugs. Normalerweise hätte er bei der Kupfermine nach freien Stellen gefragt, ehe er die Männer benachrichtigte, aber die Uniformierten dort mochten es nicht, von einem Einheimischen behelligt zu werden. Eine halbe Minute lang stand er still und genoss das würzige Aroma des Minori-Tabaks, das über den leeren Tischen hing. Dann ging er nach draußen.

Der Frühjahrsregen war seit kurzem vorbei. An milden Abenden wie heute deutete nichts darauf, dass der Ort acht Monate im Jahr in dichtem Nebel versank. Da seine Familie aus Keelung stammte – niemals wurde zu Hause ›Kīrun‹ gesagt –, war er an schlechtes Wetter gewöhnt, aber nach neun Jahren sehnte er sich danach, dieses feuchte Nest zu verlassen. Leider hatte er als jüngster Sohn wenig Startkapital mitbekommen, und der Geschäftssinn seiner älteren Brüder, die mit Kohle und Tee gutes Geld verdienten, fehlte ihm ohnehin. Er war bloß der ranghöchste Einheimische in einem Betrieb, dem die baldige Schließung drohte. Hätte er vorhersehen können, dass Gold eines Tages weniger wert sein würde als Kupfer?

In der Dämmerung nahm das Meer die graue Farbe der Felsen an. Für hiesige Verhältnisse waren 120 Yen im Monat üppig, aber ein Drittel davon musste er für das Privileg aufwenden, in einem japanischen Wohnheim zu leben, und vom Rest vier Personen zu ernähren, erforderte genaue Haushaltsführung. Wenn Keiji vom Training kam, hatte er Hunger für zwei. Falls es tatsächlich eine Möglichkeit gab, ihn nach Taihoku zu schicken, würde ihn der dritte Bruder bei sich aufnehmen, aber wie sollte Herr Ri seine Frau von dem Vorhaben überzeugen? Seit geraumer Zeit schon ging er nach Feierabend nicht direkt nach Hause, sondern bog auf halbem Weg ab und schaute nach, was im Kino lief. *Shina no yoru* hatte er bereits dreimal gesehen, der Film spielte in Shanghai und feierte die angebliche Freundschaft zwischen Japan und China, die von den Rebellen um Chiang Kaishek hintertrieben wurde. Das war natürlich Propaganda und nicht einmal sehr subtil, sah aber trotzdem gut aus. Eine schönere Frau als Ri Kōran konnte er sich kaum vorstellen.

Allenfalls eine, und das verbat er sich. Im Übrigen würde ein Japaner in seiner Position mindestens 160 Yen bekommen.

Ziellos lief er umher und hing seinen Gedanken nach. Damals in Ōsaka hatte ihn die Anmut japanischer Frauen förmlich überwältigt. Wegen seines Akzents war er anfangs für einen Landsmann aus Fukuoka gehalten worden, aber auch dann kaum auf Vorbehalte gestoßen, wenn er sich als Taiwaner zu erkennen gab. Eher erntete er Komplimente für seine Größe, stets im melodiös weichen Zungenschlag der Region, den er bald gut genug beherrschte, um nicht aufzufallen. Bedienungen in den Geschäften trugen elegant geschnittene Uniformen und dezentes Make-up, und einmal in einem Izakaya in Semba hatte ihm eine Unbekannte über die Wange gestrichen und geflüstert, er sei so gutaussehend, so männlich. Ihr Lächeln würde er nie vergessen, trotz der schiefen Vorderzähne.

Als die Nacht hereinbrach, stand er auf dem Platz vor dem Krankenhaus und schaute auf die andere Seite der Schlucht. Bei Dunkelheit war von der Baustelle des Lagers nichts zu sehen. Hätte sein Vater ihn damals nicht zur Rückkehr gezwungen, würde er heute in Ōsaka arbeiten statt in diesem Bergarbeiterdorf mit seinen schmutzigen Pfaden und steilen Treppen. In den Häusern am Hang wurde gekocht, und für einen Moment empfand er den Geruch der Kohlenfeuer als tröstlich. Keiji würde vor Stolz kaum laufen können und die Kleine am Tisch den Spielverlauf schildern, bis sie Fieber bekam. Sein Vater fand es falsch, die beiden auch zu Hause bei ihren japanischen Namen zu rufen. Wer im alten Kaiserreich zur Welt gekommen war, dessen Mutterland lag im Westen, nicht im Osten. Den Angriff auf den Perlenhafen hatte der stolze Mann ebenso laut bejubelt wie die Zeitungen, bloß aus anderen Gründen: Fortan standen die USA, England und China auf derselben Seite. In seiner

Familie kannte nur Herr Ri ein Japan, dessen junge Generation von Demokratie und Freiheit geträumt hatte statt vom Heldentod. Jetzt überboten sich die Männer geradezu in Opferbereitschaft, und die Frauen versteckten ihre Anmut in unförmigen grauen Hosen, einer Art nationaler Einheitskleidung, in der sich früher niemand auf die Straße getraut hätte. Davon abgesehen haderte er zwar mit den Umständen, aber wenn er ehrlich war, kam es seinem Naturell sogar entgegen, nichts tun zu können. Hier in der Nähe des Krankenhauses durfte er allenfalls auf eine zufällige Begegnung im Vorbeigehen hoffen, begleitet von Blicken aus ihren auffallend großen Augen und dem beinahe angenehmen Hauch von Hoffnungslosigkeit, der ihn dabei überfiel. Er hatte sein Herz bereits einmal verloren, seitdem war er Romantiker *und* Realist: dankbar, dass es sie gab in all ihrer Unerreichbarkeit.

Mehr als vom Glück zu träumen, stand einem Einheimischen sowieso nicht zu.

———

»Honda Shizuko, du warst zu lange in der Sonne«, stellte Yōko später am Abend fest. Zu zweit saßen sie in Shizukos Zimmer im Wohnheim, sie auf dem Bett und ihre Freundin auf dem einzigen Stuhl beim Fenster, durch das kühle Nachtluft hereinströmte. Wie so oft im Norden der Insel ließ der Sommer auf sich warten. In den Gesprächspausen glaubte Shizuko das ferne Meer zu hören, aber das konnte nicht sein, es war nur der Wind.

»Wenn ich rot bin, liegt es am Sake«, erwiderte sie. Zwar hatte sie den ganzen Nachmittag im Freien verbracht, aber die meiste Zeit unter einem schützenden Unterstand, ebenso bedacht auf ihren Teint wie darauf, ihre Begeisterung vor den Kollegen möglichst nicht zu zeigen.

»Ich meine nicht, weil du rot bist, sondern ...«

»Schon klar. Das halbe Team habe ich unterrichtet, als sie noch Grundschüler waren. Die Frage ist, warum bist du so unbeteiligt? Freu dich wenigstens für deinen Coach.«

»Natürlich, auf meinen Coach.« Mokant zog Yōko die Augenbrauen hoch und nahm einen Schluck aus ihrem Becher. »Morgen muss er eine Stunde früher aufstehen, weil der Schulleiter die Mannschaft empfangen will – vor dem Unterricht. Das hat er davon.«

»Bist du deshalb schon zurück?«

»Mit halbvoller Flasche, immerhin. Dann feiert wenigstens ihr zwei, meinte er.«

Als Shizuko die Hand ausstreckte, spürte sie ein Frösteln auf den nackten Armen. »Ist noch was übrig?« Möglicherweise hatte sie das Geschehen auf dem Sportplatz allzu lebhaft geschildert: den letzten Pitch, die hüpfende Traube der Spieler und die kleine Ri Umeko, die mit ausgebreiteten Armen übers Feld gerannt war. Der Bruder hatte einmal darauf bestanden, seiner Lehrerin die Tasche nach Hause zu tragen, weil sie angeblich zu schwer war für eine Dame. »Sag mir, warum ich mich nicht freuen sollte, dass sie gewonnen haben?«

»Gerade hast du noch behauptet, *wir* hätten gewonnen.« Das halb spöttische, halb nachsichtige Lächeln ihrer Freundin kannte sie zur Genüge. Aus der Küche drangen die fröhlichen Stimmen der Schwestern herüber, die wie jeden Abend dort zusammensaßen. Shizuko war die einzige Bewohnerin, die nicht im nebenan gelegenen Krankenhaus arbeitete. Mit Dr. Okubata hatte sie seinerzeit vereinbart, dass sie nur vorübergehend hier einziehen sollte, aber weil es für eine alleinstehende junge Frau in Kinkaseki keine geeignete Unterkunft gab, durfte sie ihr Zimmer inzwischen sogar allein bewohnen. Dass außer Yōko sie alle mit einer

Höflichkeit behandelten, als gehörte sie nicht wirklich dazu, fiel ihr kaum noch auf. Es war genau wie in der Schule, genau wie überall.

»Du belächelst mich bloß«, sagte sie, »weil du dich nicht für Baseball interessierst.«

»Du etwa?« Penibel teilte ihre Freundin den letzten Rest zwischen ihnen auf. »Freust du dich, weil sie deine Schüler waren oder weil dein Liebling so gut gespielt hat?«

Beides, dachte Shizuko und stand auf, um das Fenster zu schließen. Im Sommer konnte sie vom Schreibtisch aus den gleichzeitig traurigen und tröstlichen Klängen lauschen, die der Wind abends zu ihr wehte, aber heute blieb alles still. Der Musikgeschmack des exzentrischen Minendirektors ließ sie vermuten, dass er seinen schlechten Ruf gar nicht verdiente und vielleicht ebenfalls darunter litt, dass alle Japaner im Ort so viel übereinander zu wissen glaubten. »Erstens habe ich Baseball schon als Kind gemocht«, sagte sie trotzig, »zweitens behandele ich alle Schüler gleich.«

»Shizuko-chan, ich wollte dich bloß aufziehen!«

»Soweit ich sie kenne, ist die ganze Familie sympathisch. Sogar die Jüngste spricht fast akzentfrei Japanisch, und im Kollegium sagen sie: Nicht schlecht ... für eine Einheimische.«

Yōko beugte sich vor und strich ihr versöhnlich über den Arm. »Tatsache ist, die meisten können es nicht.« Wenn die Freundin eine Stunde oder zwei in Gesellschaft von Coach Ōta verbracht hatte, heimlich natürlich, fiel Shizuko jedes Mal eine genießerische Trägheit in ihren Gesten auf, so als fühlte sie sich besonders wohl in ihrer Haut. »Jetzt lass uns von anderen Dingen reden. Hast du dein Ticket bekommen?«

»Eins der letzten, die es noch gab.«

»Vier Wochen Japan, wie ich dich beneide!«

»Knapp drei, ohne die Überfahrt. Dass ich seekrank werde, versteht sich von selbst.«

»Trotzdem.« Yōko machte ein Gesicht, als rieche sie an einem Blumenstrauß. Aus Tōkyō stammend, hatte sie sich nur für den Dienst in der Kolonie gemeldet, um nicht eines Tages von der Armee rekrutiert und in ein Feldlazarett nach China geschickt zu werden. Wie viele Leute aus der Hauptstadt neigte sie dazu, sich gelegentlich etwas zu direkt und brüsk auszudrücken. »Auf deine Reise«, sagte sie jetzt und hob den Becher. »Komm bloß wieder zurück, hörst du! Lass mich nicht allein in diesem Kaff.«

»Keine Sorge.«

»Wo legst du an?«

»Ōtake. Die ersten Tage bleibe ich bei meiner Tante in Hiroshima.« Dass sie absichtlich nicht die *Takasago Maru* gebucht hatte, die Fukuoka direkt ansteuerte, behielt sie für sich. Ihr Vater war strikt dagegen gewesen, dass sie allein nach Taiwan zog – was sollten die Leute denken, allen voran ihre Schwiegereltern? –, und nutzte jede Gelegenheit, seinen Standpunkt zu wiederholen. Von einer Sekunde auf die andere spürte Shizuko den ungewohnten Alkohol und die Müdigkeit, die von ihr Besitz ergriff. Jedes Mal war es so, auf die kurze Euphorie folgte der umso tiefere Fall. Ihr Jubel beim entscheidenden Treffer war den Umstehenden natürlich sofort aufgefallen, auch Rektor Kondō. Außer in Yōkos Gegenwart musste sie jeden Satz prüfen, bevor sie ihn aussprach, und selbst ihre Freundin schaute sie manchmal an, als hätte sie sich gerade durch ein falsches Wort verraten. Wer *wir*?

»Dann, ohne ersichtlichen Grund, verfiel sie plötzlich in Schweigen.«

»Tut mir leid, Yōko-chan, es war ein langer Tag.«

»Wenn du die Wahrheit wissen willst, ich kann das Wort Baseball nicht mehr hören – er redet von nichts anderem!

Hätten sie heute verloren, wäre die Saison endlich vorbei und das Thema beendet.«

Diesmal war sie es, die sich vorbeugte, um ihre Freundin mit einer kurzen Berührung zu beschwichtigen. Die Zusammenkunft in der Küche löste sich auf, nach und nach kehrten die Bewohnerinnen in ihre Zimmer zurück, und für einen Moment wünschte Shizuko, sie wäre mit ihren Gedanken allein. »Hast du von dem geplanten Lager gehört?«, fragte sie, obwohl Rektor Kondō strengste Geheimhaltung angeordnet hatte.

»Nein, welchem Lager?«

»Die Baustelle auf der anderen Seite der Schlucht. Tagsüber kannst du sie vom Fenster aus sehen. Gestern hatten wir eine Konferenz, und der Rektor hat bekanntgegeben, dass dort ausländische Kriegsgefangene untergebracht werden sollen. Mehrere hundert, um drüben in der Kupfermine zu arbeiten.«

»Mehrere hundert? Hält er das für eine gute Idee?«

»Habe ich ihn auch gefragt. Die Mauern, die sie jetzt errichten, sind sogar vom Schulhof aus zu sehen. Er meinte nur, wir werden uns arrangieren müssen.« Sein Tonfall hatte allerdings weniger resigniert geklungen, als sie ihn jetzt wiedergab. Eher vorwurfsvoll, schließlich handelte es sich um ein Vorhaben der Armee. »Angst hat er«, fuhr Shizuko fort. »Ständig kommen Männer in Uniform zu uns, um den Kindern diesen und jenen Feldzug zu erklären – oder um zu überprüfen, ob wir ihn richtig erklärt haben. Seine größte Sorge ist, wir könnten in den Verdacht geraten, nicht ausreichend kriegsbegeistert zu sein.«

Yōko verzog den Mund, als unterdrückte sie ein Gähnen.

»Ich weiß, Politik langweilt dich noch mehr als Baseball. Mich auch, sie mischt sich bloß immer stärker in meine Arbeit ein.«

»Du freust dich, wenn deine Schüler akzentfrei Japanisch sprechen. Glaubst du, dass ein bisschen patriotische Erziehung ihnen schadet?«

»Natürlich nicht«, antwortete sie so reflexhaft, als hätte Rektor Kondō sie gefragt. Hatte er auch. Unabsehbare Konsequenzen könnte es haben, sollte die Armee zu zweifeln beginnen, dass die Grundschule Kinkaseki ihren Teil zur ... ob er ›heilige nationale Mission‹ oder etwas Ähnliches gesagt hatte, wusste sie nicht mehr. Seit drei Jahren lebte sie hier in den Bergen, tat ihre Arbeit und verbrachte die freie Zeit entweder lesend im Zimmer oder in Gesellschaft der anderen Frauen. Alle waren ungefähr gleichaltrig, und dass niemand sie beim Vornamen nannte, kam ihr fast wie eine Form von Aberglauben vor. Als hielten ausgerechnet Krankenschwestern ihr Unglück für ansteckend. Jetzt verließen die letzten von ihnen die Küche, unten verriegelte jemand den Eingang, und nach einer halben Minute des Schweigens stand auch Yōko auf. »Tut mir leid«, sagte Shizuko, »ich hätte nicht davon anfangen sollen.«

»Schon gut. Ich verstehe, dass es schwierig ist für dich, aber alle sagen, es wird nicht mehr lange dauern. Inzwischen wissen die Amerikaner, dass es ein Fehler war, uns in die Enge zu treiben. Sie werden verhandeln, sie müssen!«

»Und wenn nicht?«

»Dann kommt es anders. Hör auf mich und denk weniger nach über Dinge, die du sowieso nicht ändern kannst!«

Wie kraftlos ihr Lächeln wirkte, spürte sie selbst. Würde sie sich ebenso wenig wie ihre Freundin darum scheren, was andere über sie dachten, wäre tatsächlich vieles leichter. Und wennschon, sagte Yōko angesichts der Gefahr, dass ihr Verhältnis mit dem Coach publik werden könnte. Irgendwie musste man sich das Leben in dieser Einöde versüßen, oder nicht? Über mangelnde Aufmerksamkeit konnten sie beide nicht klagen, aber die Regeln, denen sie zu gehorchen hatten, waren unterschiedlich.

Leise wünschten sie einander Gute Nacht.

Allein im Zimmer, löschte Shizuko das Licht und öffnete noch einmal das Fenster. Weit draußen auf dem Meer glaubte sie einen Schimmer des Mondes zu erkennen, während sie sich langsam auszog und die Kleider über den Stuhl legte. Das Gefühl, das sie überfiel, als hätte es ihr im Dunkeln aufgelauert, verstand niemand, auch Yōko nicht. Der Krieg mochte in Kürze vorbei sein, für sie glich die Zukunft dennoch einer verschlossenen Tür, an die sie heimlich das Ohr legte, um zu horchen. Dass sie allein in der Fremde lebte, statt zu Hause ihren Pflichten nachzukommen, schien manchen Landsleuten bereits als eine Form von Untreue zu gelten. In Wirklichkeit hatte sie fast ihr gesamtes Leben auf der Insel verbracht, aber das wussten die wenigsten, und vermutlich änderte es nichts. Flucht blieb Flucht.

Kühl wie Wasser floss die Nachtluft über ihre Haut. Wir haben gewonnen, dachte sie und presste sich eine Hand auf den Mund, um den Schrei zurückzuhalten. Als junges Mädchen war sie mit den einheimischen Kindern über die Felder gerannt und dafür von ihrem Vater ermahnt worden: Vergiss nicht, dass du eine Japanerin bist. Wie denn vergessen? Hier in Kinkaseki hatte sie es eine Zeitlang versucht, aber vor den Tatsachen gab es kein Entkommen. Manchmal hörte sie hinter der Tür Kinder lachen, die sie nie haben würde. Wie ein Mahnmal stand Masayoshis Foto auf dem Nachttisch. Mit jugendlichem Ernst im Gesicht wachte der einzige Mann, der sie je nackt gesehen hatte, über ihr Leben – oder über das, was eine Witwe von fünfundzwanzig Jahren ihr Leben nannte.

2

Am nächsten Tag konnte sie es kaum erwarten, zur Schule zu gehen. Natürlich hatte sie am Vorabend Fieber bekommen und fühlte sich beim Aufwachen, als hätte sie selbst ein Spiel in den Knochen, aber zu Hause zu bleiben, kam nicht in Frage. Während sie ihre heiße Sojamilch trank, freute sie sich darauf, von allen Mitschülerinnen auf den gestrigen Sieg angesprochen zu werden. Ihr Vater war bereits im Büro und Keiji in seiner Schule, wo das gesamte Team vor Unterrichtsbeginn vom Rektor empfangen wurde. Als Mutter ihr beim Kämmen prüfend die Hand auf die Stirn legte, schüttelte Umeko den Kopf und sagte: »Kalt wie eine Gurke bin ich.« Nebenan schimpfte Herr Tanaka, weil er seine Krawatte nicht fand. Auf dem Bett natürlich, dachte sie, zog ihre Schuhe an und ging hinaus in den winzigen Vorgarten. Der Kirschbaum hatte seine Blüten verloren, die den Boden bedeckten wie Schneeflocken. Bestimmt wurde heute überall von den Helden der Mittelschule gesprochen, und sie brach absichtlich etwas früher auf, falls unterwegs jemand wissen wollte, wie sie das Spiel erlebt hatte. Frau Yamashita zum Beispiel.

Es war ein sonniger, aber kühler Morgen. Draußen auf dem Meer dümpelte ein Fischkutter, und über den Hügeln sahen die Nebelschleier aus wie vom Wind zerrissene Wimpel. Mit hüpfenden Schritten lief sie den abschüssigen Pfad zwischen den Wohnheimen entlang und nahm sich vor, unten auf der Treppe besonders langsam zu gehen. Im Frühsommer verbrachte Frau Yamashita viel Zeit damit, im Garten die Blüten zu betrachten. Falls sie nicht bemerkt würde, könnte sie ja stehenbleiben und ihre Strümpfe richten, oder sie sagte einfach von sich aus Guten Tag. Bei einem solchen Anlass musste man nicht befürchten, jemandem lästig zu fallen, im Gegenteil. Die Frau des Direktors würde sich freuen über einen Spielbericht aus erster Hand.

Unter ihr auf dem planierten Weg trotteten Arbeiter zum Eingang der Mine. Im nächsten Moment hörte Umeko die krächzende Stimme des Verrückten und verzog das Gesicht. Ausgerechnet heute!

Im Ort nannten ihn alle den verrückten Tsai. Zwar lebte er in einer baufälligen Hütte neben der Straße nach Kyūfun, aber tagsüber trieb er sich oft vor der Goldmine herum und bettelte die Arbeiter an, oder er lag schnarchend unter einem Baum. Noch sah sie ihn nicht, aber mehrstimmiges Lachen verriet ihr, dass er jemanden gefunden hatte, der sich mit ihm abgab. Manchen Männern gefiel es, ihn mit Bemerkungen zu provozieren, und als Umeko den planierten Weg erreichte, erkannte sie die gebückte Gestalt mit den verfilzten grauen Haaren. Angeblich hatte er früher Frau und Kinder gehabt und ein ganz normales Leben geführt. Ihre Eltern nannten ihn einen armen Kerl.

Unschlüssig blieb sie stehen. Das Ärgerliche war, dass der Verrückte sie kannte und jedes Mal mit seiner unheimlichen Stimme nach ihr rief, wenn er sie sah: schönes Kindchen, kleine Schönheit mit den roten Backen. Solche Sachen. Wie alle Leute sie dann anschauten und lachten, war ihr peinlich. »A-mei-ri-kan Marine takusan Verluste«, hörte sie ihn krähen. Sein Taiwanisch klang seltsam, weil er japanische Wörter einflocht, die er falsch aussprach. Wie immer hielt er eine alte Zeitung in der Hand und tat so, als verlese er wichtige Neuigkeiten. »Nippons Schiffe beherrschen den Pa-chi-fi-ku.« Wurde es den Wachleuten vor der Mine zu bunt, jagten sie ihn davon, aber meistens tauchte er wenig später wieder auf. Mit einem Fluch auf den Lippen riss sich Umeko los, machte kehrt und lief hinter der nächsten Häuserzeile entlang statt davor. Schnell überquerte sie den Platz, wo die Arbeiter eine Zigarette rauchten, ehe sie das Minengelände betraten, dann bog sie beim Postamt links ab und folgte dem Pfad hinab zum Krankenhaus. Wahrscheinlich, sagte sie sich, war Frau Yamashita um diese Zeit sowieso noch nicht im Garten.

Auf dem Platz vor dem Krankenhaus herrschte reger Betrieb. Hier begann jener Teil von Kinkaseki, wo einheimische Familien schon gewohnt hatten, als in der Gegend noch kein Gold abgebaut worden war. Steile Treppen führten hinab in den alten Ortskern. Als Umeko am Rand der Schlucht stehenblieb, um zu verschnaufen, hörte sie unter sich den Fluss, der nach dem Frühjahrsregen viel Wasser führte. Auf der anderen Seite erhob sich ein felsiges Plateau, wo Soldaten damit beschäftigt waren, Sträucher zurückzuschneiden und Baumaterial anzuhäufen. Von dort wanderten ihre Augen den Hang hinauf bis zur felsigen Spitze, die geformt war wie ein Teepott ohne Henkel, daher der Name Teekannenberg. Auf der hinteren, zum Meer zeigenden Seite lag der Eingang der Kupfermine, für die Reikos Vater arbeitete. Im Krieg, behauptete ihre Freundin, sei Kupfer genauso wichtig wie Öl oder Stahl, aber eigentlich meinte sie: noch wichtiger als Gold. Angeblich reichten die Stollen der Mine bis tief unter den Meeresspiegel.

Vogelgezwitscher untermalte die morgendliche Stille über der Schlucht. Nach der Einnahme von Singapur war ein Offizier in die Schule gekommen, um ihnen den Verlauf der Schlacht zu erklären. Mitten im Monsun hatten Soldaten den malaiischen Dschungel durchquert – auf Fahrrädern! –

und die Engländer überrascht. Der verantwortliche General hieß Yamashita, genau wie der Direktor, aber verwandt waren sie nicht. In ein paar Jahren dürft auch ihr für den Kaiser und das heilige Vaterland kämpfen, hatte der Offizier gerufen, dann verdutzt innegehalten und laut gelacht – in seiner Begeisterung war ihm entfallen, dass er zu einer Mädchenklasse sprach! Singapur hieß jetzt Shōnan-tō, und den General nannten alle den Tiger von Malaya.

Als Umeko den ersten Gong hörte, schrak sie zusammen. In fünf Minuten musste sie auf dem Schulhof sein, und hier stand sie und träumte vor sich hin. Nur wegen des Verrückten, dachte sie, drückte sich die Tasche mit der Bentō-Box an die Brust und begann zu rennen.

Der weitere Vormittag verlief genau wie erhofft: Sofort nach dem Fahnenappell scharten sich ihre Mitschülerinnen um sie und fragten nach Keiji. War er am Morgen sehr müde gewesen? Konnte er den Wurfarm überhaupt noch bewegen? Würde er im nächsten Jahr nach Taihoku wechseln oder gleich an die Waseda Highschool in Tōkyō, um für das beste Baseballteam des Reichs zu spielen? Dass ein Trainer aus Taihoku mit dem Rektor von Keijis Schule geredet hatte, war bereits bekannt, aber Umeko beteiligte sich nicht an Spekulationen, sondern versprach lediglich, Neuigkeiten sofort mit ihren Freundinnen zu teilen. Kurz darauf erschien Lehrerin Honda, um die Klasse hineinzuführen. Statt die jüngsten Siege der japanischen Armee zu verlesen, betonte sie als Erstes, was für ein schöner Erfolg die gewonnene Meisterschaft sei. Als sie Keijis Leistung hervorhob, ruhte ihr Blick für einen Moment auf Umeko, und wieder sahen die Augen traurig aus, obwohl sie lächelte.

In Windeseile hatte sich die Nachricht gestern im Ort verbreitet. Obwohl sie sofort nach dem Spiel nach Hause gerannt war, wusste ihre Mutter bereits Bescheid und bereitete zur Feier des Tages weichen Tofu mit Zuckersirup und roten Bohnen vor, Keijis liebsten Nachtisch. Mehrere Nachbarn überbrachten ihre Glückwünsche, sogar der griesgrämige Herr Tanaka nannte den Sieg außerordentlich. Als ihr Bruder um halb sieben heimkehrte, trug er noch sein verschwitztes Trikot und verkündete, er sei hungrig wie ein mandschurischer Wolf. Vater kam erst nach Einbruch der Dunkelheit aus dem Büro, und weil sich Keiji im Bad viel Zeit ließ, schilderte Umeko die entscheidende Szene des Spiels zunächst aus ihrer Sicht. »Dank deiner Sprecherin weiß ich schon alles«, meinte Vater augenzwinkernd, als sie schließlich zu viert um den niedrigen Tisch saßen. Wie immer nach der Arbeit trug er den alten Yukata, den Mutter am liebsten weggeworfen hätte, weil er so abgenutzt war. Zunächst gab es ein Omelett mit Krabben, dazu Süßkartoffeln und Gemüse. Um den Nachtisch kalt zu halten, hatte Mutter eigens frisches Eis gekauft.

»Alles noch nicht«, protestierte Umeko. »Was wollte der Trainer aus Taihoku, der mit dem Rektor gesprochen hat? Von welcher Schule kam er?«

»Hat sich nach meinen Noten erkundigt, nehme ich an«, sagte Keiji zufrieden.

Über den Tisch hinweg tauschten ihre Eltern einen Blick.

»Sag schon, welche Schule! Die Handelsschule, richtig? Die Handelsschule von Taihoku, ich wusste es.« Nach Spielende war sie zu Lehrerin Honda gelaufen und hatte zufällig gehört, wie der Rektor Keiji den besten Schüler seines Jahrgangs nannte. Die Familie sei zwar bisher nicht als landessprachlicher Haushalt registriert, aber ansonsten ... mehr hatte sie im allgemeinen Trubel nicht verstehen können. »Wir müssen uns endlich registrieren lassen«, rief sie, »dann kann Keiji auf die Handelsschule gehen und ich in ein paar Jahren nach Zuihō zur ...«

»Die Jüngste am Tisch wird jetzt für zwei Minuten den Mund halten«, sagte Vater streng.

Schuldbewusst senkte sie den Kopf und spürte ein Ziehen im Nacken. Auf die Sache mit der Registrierung reagierte ihr Vater jedes Mal unwirsch. Angeblich mochten die Ahnen es nicht, wenn ihre Nachfahren japanische Namen annahmen. Aus den Augenwinkeln sah sie zu Keiji, der wie ein erwachsener Mann im Schneidersitz saß statt auf den Fersen, und von einem Moment auf den anderen begann sie zu frieren. Was für ein Tag! Nach der Schule war sie zum Schrein hinaufgestiegen, um für den Sieg zu beten, und wie der Blitz wieder hinunter in den Ort gerannt; sie hatte das Spiel verfolgt, sich heiser geschrien, ein Dutzend Menschen über das Ergebnis informiert und ihre heiße Süßkartoffel vielleicht etwas zu schnell gegessen. Jetzt lehnte sie sich an ihre Mutter und beschloss, die anderen auch mal reden zu lassen.

Aus den Tatamimatten stieg ein Geruch wie von frischem Gerstentee. Keiji erzählte, dass beim Turnier am Taiwan-Schrein noch viel schwerere Gegner auf sie warteten, vor allem die aus dem Süden. Ein früherer Schlagmann von der Landwirtschaftsschule Kagi spielte inzwischen als Profi in Japan und wurde die menschliche Lokomotive genannt, weil er so stark war. Trotzdem, dachte Umeko, der heutige Sieg hatte ja auch viele überrascht. Mit geschlossenen Augen sah sie, wie der Ball aufschlug, bevor er die Flugbahn eines Regenbogens beschrieb und über den gegnerischen Pitcher hinweg durchs Innenfeld flog. Eines Tages würde sie am Radio sitzen und hören, wie die Zuschauer im Kōshien-Stadion ihrem Bruder applaudierten. Sein Team eilt von Sieg zu Sieg, schrieb die Zeitung, genau wie die japanische Armee. Reporter nannten ihn den Tiger von Kinkaseki.

»Umeko-chan? Zeit fürs Bett, hörst du?« Mutters Hand auf ihrer Stirn fühlte sich kühl an.

»Ohne Nachtisch?«, murmelte sie. »Niemals.«

Am Tisch entstand Bewegung. »Schon wieder«, seufzte ihr Vater, dann hob er sie hoch, und sie schlang die Arme um seinen Hals. Beim Umziehen begann sie vor Kälte zu zittern, aber unter der Decke wurde es rasch besser. Hinter dem Vorhang in der Zimmermitte verbreitete Keijis Leselampe ein schummriges Licht. Bestimmt würde er alles allein aufessen. In letzter Zeit war sein Hunger riesig, weil er so viel trainierte und die Jungen in der Mittelschule jeden Tag Kampfübungen machen mussten. Ab und zu erschien ein Offizier, um sie dabei anzuleiten. Dann schallte das Echo ihrer Banzai-Rufe durch den ganzen Ort.

Einen Moment lang blieb er in der Türöffnung stehen und schaute seine Tochter an. Ihre Lippen bewegten sich, ohne dass sie etwas sagte. Als er die Lampe löschen wollte, schüttelte sie unmerklich den Kopf – entweder wollte sie bei Licht einschlafen, oder sie träumte bereits. Noch ein paar Sekunden wartete er, ehe er die Schiebetür zuzog und zurück an den Tisch ging. Nebenan suchte Herr Tanaka seinen Sender; jeden Abend lauschte der Buchhalter demselben Programm, das aus Marschmusik und Reden bestand, danach ging er zum Glück bald ins Bett. Die Nachbarn zur anderen Seite waren stiller, dennoch hörte man durch die dünnen Holzwände, wenn Herr Saito seine Nudeln schlürfte oder die Frau beim Abwasch leise sang.

Fragend sah Keiji ihn an. »Warum bekommt sie ständig Fieber?«

»Weil sie ein überdrehtes Kind ist«, sagte er. »Sie kriegt zu viele Dinge mit, die sie noch nicht versteht.« Seit einiger Zeit wies er seinen Sohn nicht mehr zurecht, wenn er im Schneidersitz am Tisch saß. Der Junge schoss in die Höhe, bekam breite Schultern und einen Blick, in dem statt kindlicher Bewunderung die Ahnung lag, dass Erwachsene auch nicht alles wussten. War es Zufall, dass Direktor Yamashita den Wechsel an eine japanische Schule ausgerechnet heute ins Spiel gebracht hatte? Der Chef war in Semba aufgewachsen, als Sohn einer alten Kaufmannsfamilie, vielleicht rief er ihn deshalb häufiger zu sich als andere Mitarbeiter. Vermissen Sie es nicht auch, Ri-san, fragte er dann, ohne zu verraten, was genau er meinte. Viele Leute glaubten, dass seine Frau die traurigen deutschen Lieder hörte, die abends im Haus der Yamashitas erklangen, aber das stimmte nicht. In kleinen Schlucken trank Herr Ri seinen Tee und musste ein Seufzen unterdrücken. Obwohl es noch nicht acht Uhr war, fühlte er sich ausgelaugt und müde, aber je früher er ins Bett ging, desto länger lag er anschließend wach und stellte sich Fragen, auf die es keine Antwort gab. Niemand konnte vorhersehen, wie lange der Krieg dauern und welche Altersgrenze künftig für die Einberufung gelten würde.

»Otōsan?«

Im Aufsehen bemerkte er, wie seine Frau in der Küche innehielt. Wenn zu Hause Japanisch gesprochen wurde, fühlte sie sich ausgeschlossen, außerdem war sie strikt dagegen, ihren einzigen Sohn in die Hauptstadt gehen zu lassen. »Wir werden sehen«, sagte er. »Solange die Saison dauert, gibst du dein Bestes. Das Turnier beim Taiwan-Schrein wird sicherlich noch ausgetragen werden. Was danach kommt –«

»Was ist, wenn die Handelsschule mich wirklich nehmen würde?«

Nebenan rief Herr Tanaka nach mehr Sake. Seine beiden Söhne kämpften bereits, einer in China, der andere im Pazifik. Statt darauf hinzuweisen, dass er ungern unterbrochen wurde, fragte Herr Ri: »Traust du dir zu, alleine nach Taihoku zu ziehen?«

»Ich könnte beim dritten Onkel wohnen, sein Haus ist groß genug.«

»Das wäre dir lieber, als bei uns zu leben?« Als Keiji sich auf die Unterlippe biss, legte er ihm versöhnlich eine Hand auf die Schulter, aber das Gespräch mit dem Direktor behielt er vorerst für sich. »Du hast gut gespielt heute und dein Team zum Sieg geführt. Der ganze Ort ist stolz auf dich.«

»Es wäre eine Chance für mich.«

»Du weißt selbst, dass die nächste Saison vielleicht ausfallen wird. Die übernächste womöglich auch. Glaubst du, ich will nicht die beste Zukunft für dich? Leider ist es komplizierter, als du denkst. Jetzt wird es Zeit, zu schlafen, wir reden ein andermal.«

»Befürchtet Otōsan, dass wir den Krieg ... verlieren könnten?«

Niemals, dachte er und sah seinen Sohn stumm an. Ein kluger Mann hatte einmal gesagt: Die einzige Möglichkeit, einen Krieg zu gewinnen, besteht darin, ihn zu verhindern. Es war noch nicht lange her, dass die Zeitungen so etwas hatten drucken dürfen. »Wir werden sehen. Gute Nacht jetzt.«

Nachdem sein Sohn ins Bett gegangen war, trat er hinaus in den Vorgarten. Sein abendliches Ritual in der warmen Jahreszeit. Um ihn herum summte und sirrte es, drinnen hatte Herr Tanaka auch den zweiten Krug Sake geleert und sang die Marschmusik aus dem Radio mit. Bedächtig atmete Herr Ri ein und aus. Als Student in Ōsaka hatte er viel geraucht, und an manchen Abenden kehrte mit der Erinnerung auch das Verlangen zurück. Damals wäre es jedermann verrückt erschienen, Amerika oder England den Krieg zu erklären, nun kämpfte Japan gegen beide Länder gleichzeitig, und die Zeitungen nannten es heldenhaft. Was die Regierung als ihre Strategie verkaufte, war tatsächlich bloß die

Hoffnung, dass die westlichen Mächte lieber zähneknirschend einen Waffenstillstand schließen würden, als auf der anderen Seite der Welt ihre Ressourcen zu verschwenden. Der Direktor hatte das neulich als absolut sicher bezeichnet. Hawaii anzugreifen sei ein wahrer Geniestreich gewesen.

Als er sich zwei Finger vor den Mund hielt und einatmete, glaubte er das würzige Aroma des Tabaks zu schmecken. Eine Stunde hatte er sich am Abend vor dem Krankenhaus herumgetrieben und gehofft, sie werde plötzlich neben ihm auftauchen. Wenn im Büro ihr Name fiel – was häufig geschah, er war nicht der Einzige –, fürchtete er jedes Mal, sich durch ein falsches Wort zu verraten. Zuerst hatte er gedacht, sie erinnere ihn an Hanako, aber das stimmte nicht. Durch die Äste der Zierkirsche betrachtete er den mit Sternen übersäten Himmel und wusste, dass sie ihm lediglich in Erinnerung rief, woran er als junger Mann geglaubt hatte.

Und heute?

Im heraufziehenden Sommer bestand die nächtliche Stille aus tausend unterschiedlichen Geräuschen. Heute? Statt nach der Antwort zu suchen, nahm er einen letzten Zug, schnippte die unsichtbare Zigarette fort und zog sich zurück in die Sicherheit seines Gefängnisses.

———

Nach dem Drachenbootfest begann der Sommer. Die dicken Winterdecken verschwanden im Schrank, stattdessen schlief Umeko für einige Wochen unter einem dünnen Laken, bis sie sogar darauf verzichtete. Tagsüber ballten sich am Horizont unbewegliche weiße Wolkenberge, und manchmal war der Himmel so leer und blau, dass ihr schwindlig wurde, wenn sie vom Schrein aus in die Ferne schaute. Die Küstenlandschaft flimmerte in der trockenen

Hitze. Nachts klang das Zirpen der Grillen, als stünde die Erde unter Strom.

In den großen Ferien ging sie den ganzen Tag barfuß. Morgens half sie ihrer Mutter im Haushalt oder schaute Keiji beim Lesen über die Schulter, bis er sie verscheuchte, nachmittags streifte sie mit Reiko durch die umliegenden Hügel. Ihr geheimer Treffpunkt befand sich oberhalb des letzten Schachts. Im Schatten eines schroff aufragenden Felsens lagen sie auf dem Rücken, und während der Wind das hohe Chinaschilf zum Flüstern brachte, gab Umeko die Geistergeschichten weiter, die Keiji ihr erzählt hatte. Die neueste handelte von einem Samurai namens Masakado, der sich vor tausend Jahren gegen den Kaiser erhoben und behauptet hatte, er sei der Sohn der Sonnengöttin. »Dafür wurde er natürlich hingerichtet«, erklärte sie. »Die Leute glaubten allerdings nicht, dass er wirklich tot war, sondern fürchteten sich vor seiner Rückkehr. Masakados Tochter lebte nämlich in seiner alten Festung und züchtete eine Armee von Fröschen heran, verstehst du?«

Kopfschüttelnd drehte sich Reiko auf die Seite und zerdrückte eine Ameise zwischen den Fingern. In den Ferien sprach sie lieber Taiwanisch, und um ihr einen Gefallen zu tun, hatte Umeko die Geschichte auf Taiwanisch erzählt, obwohl sie dann schwerer zu verstehen war. »Was wollte sie denn ausgerechnet mit Kröten?«

»Frosch heißt auf Japanisch *kaeru*, richtig? Und zurückkehren heißt – auch *kaeru*, bloß anders geschrieben. Es war ein geheimes Zeichen an seine Gefolgsleute.«

»Meinetwegen. Kam er denn zurück?«

»Um es zu verhindern, haben die Soldaten des Kaisers seinen Kopf abgeschlagen und ihn nach Kyōto gebracht.«

»Ich dachte, er war schon tot.«

»Um ganz sicherzugehen«, erwiderte sie mit einem Anflug von Ungeduld. Erstens wurde sie nicht gern unterbrochen, zweitens erzählte Reiko nie Geschichten, sondern suchte lieber nach Fehlern in ihren. »Den Kopf hängten sie mitten in der Stadt an einen Baum, aber er heulte die ganze Nacht und wollte wissen, wo sein Körper war. Bis er eines Tages verschwand. Da bekamen die Leute riesige Angst. Überall hörte man plötzlich Geschichten von Männern, die dem Kopf begegnet und danach auf grausame Weise gestorben waren. In einem Dorf namens Shibazaki wurde er schließlich gefunden und ordentlich beerdigt und –«

»Nur der Kopf?«

»Ja. Mit Amuletten und magischen Sprüchen auf dem Stein, damit er nicht entkommen konnte. Aber kurz darauf begannen heftige Gewitter, und jeden Morgen standen am Horizont zwei Regenbogen, die sich kreuzten –«

»Kommt in Japan ja oft vor«, warf ihre Freundin ein.

»Nein, stell dir vor, es kommt eigentlich nie vor.« Sie wusste das genau, denn diesen Teil der Geschichte hatte sie sich selbst ausgedacht. Keiji fand, eine Geistergeschichte werde erst richtig gruselig, wenn man ein paar Details selbst hinzufügte. Regenbogen, die sich kreuzten, klang unheimlich, oder? Das Problem war, dass Reiko nie zugab, wenn sie sich geirrt hatte. Sie blieb einfach dabei. »Im Süden schon.«

»Gut. Vielleicht. Die Geschichte spielt aber nicht im Süden, und die Leute wussten, dass sich Masakado an ihnen rächen wollte. Deshalb waren sie so erleichtert, als der Shōgun das Grab nach Tōkyō verlegte, in einen buddhistischen Tempel. Mehrere hundert Jahre blieb alles ruhig, aber dann …« Diesmal unterbrach sie sich selbst, um die Spannung zu steigern. Die Sonne begann zu sinken, und um sie herum klang das Chinaschilf, als irrte jemand darin umher. »Dann zog der Meiji-Kaiser nach Tōkyō um, und Masakado wurde zum Staatsfeind erklärt. Genau dort, wo sein Grab lag, entstand ein neues Ministerium. Das ließ er sich natürlich nicht gefallen, er machte ein großes Erdbeben, und das ganze Gebäude brannte ab. Er war wirklich sehr böse. Nachdem das Ministerium in ein neues Haus umgezogen war, kam es zu einem Unfall nach dem anderen. Angestellte fielen aus dem Fenster oder in den Aufzugsschacht. Mehr als zwölf Leute starben, Masakado hat sie alle ...« Mit der Hand fuhr sie sich quer über die Kehle, und zum ersten Mal schaute Reiko beeindruckt. Sie selbst spürte eine Gänsehaut auf den Armen. Eigentlich durfte Keiji ihr keine Geistergeschichten mehr erzählen, Mutter hatte es verboten, aber neben seinem Bett lag ein Buch von Koizumi Yakumo, und wenn sie für ihn den Müll wegbrachte, las er ihr heimlich daraus vor. »Das war die Geschichte«, sagte sie schließlich. »Wir müssen zurück. Masakado hat dann ein neues Grab bekommen, aber in Tōkyō haben die Leute immer noch Angst vor ihm.«

»Und die Frösche?«

»Was soll mit ihnen sein?«

»Na, welche Rolle spielen sie in der Geschichte?«

»Habe ich doch gesagt, es war ein Zeichen.« Hätte Reiko sie nicht so oft unterbrochen, würde sie jetzt noch erzählen, dass sie neulich selbst einem Geist begegnet war. Hier oben auf dem Goldberg. Weil ihre Freundin zu Hause mithelfen musste, war sie ausnahmsweise allein hergekommen und prompt eingeschlafen. Als sie aufwachte, lag bläuliches Licht über dem Hang, die Sonne war untergegangen, und die Luft kam ihr merkwürdig kühl vor. Hastig brach sie auf. Im Sommer stand das Schilf zu beiden Seiten des Pfades haushoch, und es dauerte nicht lange, bis hinter ihr Schritte erklangen. Hielt sie inne, setzten sie aus, aber sobald sie weiterging, folgten sie ihr. Augenblicklich begann ihr Herz zu rasen. Bis zum Weg, über den die Minenarbeiter den obersten Schacht erreichten, war es noch ein gutes Stück. Weder kam der Geist näher, noch ließ er sie entkommen. Im Vorjahr war in den Bergen eine junge Frau spurlos verschwunden, die Tochter des Arztes. Nach einer Weile hörte Umeko ein lautes Schnaufen, das trotzdem nicht angestrengt klang. Der Weg wurde so abschüssig, dass sie in die Knie gehen und die Hände ausstrecken musste, um das Gleichgewicht zu halten. Als sie einen Blick zur Seite warf, stolperte sie und fiel der Länge nach hin.

Zuerst wusste sie nicht, ob sie ihren Herzschlag hörte oder die Schritte. Sich aufzurappeln und weiterzulaufen war sinnlos, das Schnaufen kam schnell näher, und sie schloss die Augen. Vor Angst fiel ihr nicht einmal ein Gebet ein. Als der Geist vorüberging, strich ein kalter Hauch über ihre Arme. Im nächsten Moment mischte sich sein Atem unter das Rauschen des Windes, und als sie die Augen wieder öffnete, war er fort. Mit blutigen Knien und einem schmutzigen Kleid kam sie zu Hause an. Natürlich bekam sie kurz darauf Fieber und hörte vom Bett aus, wie ihre Eltern sie ein überdrehtes Kind nannten. Keiji meinte, es müsse der Geist eines toten Minenarbeiters gewesen sein. Beim nächsten Mal solle sie stehenbleiben und ihm in die Augen sehen, in Wahrheit hätten Geister nämlich mehr Angst vor Menschen als umgekehrt. Das konnte zwar sein, aber ausprobieren würde sie es sicherlich nicht.

An besonders heißen Tagen gingen Reiko und sie hinunter in den Ort, um in Ah-changs Obstladen ein Stück Wassermelone zu kaufen. Am Flussufer gab es schattige Stellen, wo sie die Füße ins Wasser halten und die Libellen beobachten konnten, die dicht über der Oberfläche hin und her jagten. Im Hochsommer war der Fluss so seicht, dass sie problemlos hätten hinüberwaten können, aber auf dem Plateau über ihnen arbeiteten die Soldaten, und von denen hielt sich sogar Keiji fern. Als sie auf dem Rückweg die Treppe zum Krankenhaus hinaufstiegen, blieb Reiko stehen, um einen Blick über die Schlucht zu werfen. »Schau, sie bauen schon die Außenmauer«, sagte sie.

Gemeinsam blinzelten sie in die tiefstehende Sonne. Umeko zählte ein halbes Dutzend Hütten unterschiedlicher Größe. Die graue Backsteinmauer, die ihre Freundin meinte, umgrenzte eine Fläche von der Größe eines Baseballfelds, aber ehe sie fragen konnte, wozu die Unterkünfte von Minenarbeitern ummauert wurden, gab Reiko die Antwort: »Damit die englischen Teufel nicht abhauen.«

Überrascht sah sie ihre Freundin an. »Was für englische Teufel?«

»Na, die Kriegsgefangenen. Sehr viele, sagt mein Vater.«

»Was sollen die in Kinkaseki?«

»In der Mine arbeiten natürlich. Als Sklaven.«

Entschieden schüttelte Umeko den Kopf. »Mein Vater sagt, sie müssen Arbeiter entlassen, weil im Krieg immer weniger Gold abgebaut wird.«

»Nicht in der Goldmine.« Selbstsicher deutete Reiko auf den Sattel des Teekannenbergs. »Die Armee braucht Kupfer, um Bomben zu bauen. In den Schächten gibt es tausend Tonnen, aber sie haben nicht genug Männer, um alles rauszuholen. Ganz unten ist es höllisch heiß.«

Im ersten Moment wusste sie nichts zu erwidern. Am liebsten wäre sie auf der Stelle nach Hause gerannt, um zu fragen, ob das sein konnte, englische Teufel in Kinkaseki? Wie viele denn? Und für wie lange? »Sie müssen jedes Mal kontrolliert werden«, sagte Reiko, »wenn sie aus der Mine kommen. Wenn mein Vater rauskriegt, dass sie Sachen schmuggeln, kriegen sie Prügel, das kannst du glauben.«

»Und wann, meinst du, werden sie hier sein?«

»Wahrscheinlich sind sie schon unterwegs.« Ihre Freundin klang, als könnte sie es kaum erwarten. Auf einem freien Wiesenstück nahmen die Soldaten Aufstellung, offenbar war ihr Arbeitstag beendet. »Ich muss auch los«, sagte Reiko. Befehle hallten über die Schlucht, dann marschierten die Männer los, und je weiter sie den Hang hinaufstiegen, desto länger wurden ihre Schatten. Als Umeko wenige Minuten später den Platz vor dem Krankenhaus erreichte, überquerten sie den Sattel und verschwanden aus ihrem Blickfeld. Zu Hause machte ihr Vater ein erstauntes Gesicht, weil sie völlig außer Puste war und schon von der Tür aus fragte, ob die Geschichte stimmte. Sorgfältig faltete er die Zeitung zusammen. Den westlichen Anzug, den er im Büro trug, hatte er bereits gegen seinen alten Yukata getauscht. »Wer behauptet denn so etwas?«

»Reiko-chan. Sie ... hat es von ihrem Vater. Sind sie schon ... auf dem Weg hierher?«

»Beruhig dich erst mal«, sagte er und fuhr ihr über die Wange. »Dann geh dein Gesicht waschen, bevor du dich zu mir setzt. Du riechst nach Melone und klebst.«

Mit Mühe bezwang sie ihre Neugierde. Das kühle Wasser tat gut auf der von der Sonne aufgeheizten Haut. Keiji war noch nicht zurück, in den Ferien trainierte sein Team bis zum Einbruch der Dunkelheit, und danach war er so hungrig, dass er neulich acht Süßkartoffeln verdrückt hatte. Rekord. Als sie ins vordere Zimmer zurückging, sah ihr Vater sie nachdenklich an. »Wo bist du den ganzen Tag gewesen?«

»Unterwegs mit Reiko-chan. Sie hat gesagt, ihr Vater hat gesagt, die englischen –«

»Schon gut, hör mir zu: Erstens muss man nicht unbedingt englische Teufel sagen. Es sind Engländer.«

»Also unsere Feinde«, stellte sie fest. »Lehrerin Honda sagt –«

»Zuhören heißt nicht reden. Zweitens wird der Krieg vielleicht länger dauern, als wir im Moment hoffen. Von der Einnahme von Singapur hast du sicherlich gehört –«

»Man sagt jetzt wohl Shōnan-tō.«

»Musst du mich ständig unterbrechen? Dort wurden viele Engländer gefangen genommen, Australier auch, die vorläufig nicht nach Hause können. Offenbar glaubt die Armee, dass sie in der Kupfermine arbeiten sollen, bis der Krieg vorbei ist.«

»Warum nicht in deiner Goldmine? Wenn ich bitte fragen darf.«

»Ich wusste nicht, dass ich eine Goldmine habe«, sagte er und versuchte zu lachen, aber es gelang ihm nicht. »Meine Aufgabe ist es, Arbeiter einzustellen oder sie notfalls auch zu entlassen. Dafür muss man mit ihnen reden, und zwar auf Taiwanisch. Englisch kann ich nicht, also ist es gut, dass die Gefangenen woanders arbeiten.«

»Sind sie gefährlich?«

»Sie werden streng bewacht, wir haben mit ihnen nichts zu tun. Wenn sie da sind, wirst du dich vom Lager fernhalten, so wie jetzt von der Baustelle. Haben wir uns verstanden? Wo Soldaten sind, gehst du nicht hin!«

»Manchmal kommen sie einem entgegen.«

»Dann senkst du den Blick und gehst vorbei.« Mit einer Hand hielt er sie am Kinn, bis sie nickte. Danach rieb er seine Fingerkuppen aneinander, schnupperte daran und rief: »Immer noch! Hast du in Melonensaft gebadet?«

»Nein«, lachte sie, »würde ich aber gern.« Als sie sich in seine Arme fallen ließ, spürte sie ein Klopfen im Hals, weil sie den ganzen Tag draußen gewesen und so schnell nach Hause gerannt war. Unaufhaltsam rückte das Ferienende näher. Wenn ihre Freundin keine Zeit hatte, lief Umeko allein zur Mittelschule, hockte sich ins Gebüsch hinter dem Zaun und schaute beim Training zu. Kein Wunder, dass Keijis Schultern immer breiter wurden, wenn er den ganzen Tag Bälle warf und danach solche Mengen verschlang. Im Stillen beschloss sie, ihn bei Gelegenheit nach dem Lager zu fragen. Die Soldaten, die es bauten, wohnten in flachen Baracken unten am Meer, einige von ihnen sahen kaum älter aus als ihr Bruder. Zu Hause sprach niemand davon, aber manchmal presste Mutter die Lippen aufeinander, wenn sie ihn ansah, als wäre ihr plötzlich ein Geist begegnet: ihr eigener Sohn in Uniform.

———

Auf Taiwanisch sagten die Leute Tok-phīnn-á, ›die mit den spitzen Nasen‹. Ganz Kinkaseki sprach plötzlich von dem geplanten Lager. Außer im Kino hatten die wenigsten Bewohner je spitznasige Menschen gesehen und fragten sich bange, wie viele denn kommen würden. Dass die Zahl der Gefangenen in Singapur und Hongkong mehrere Zehntausend betrug, steigerte die ängstliche Erwartung noch. Unter den Arbeitern in der Goldmine war die Stimmung besonders schlecht; erst die Entlassungen, und jetzt sollte ein Heer ausländischer Teufel sämtliche freien Stellen in der Kupfermine besetzen? Wenn die Kumpel nach Schichtende am Tor standen und rauchten, patrouillierten draußen mehr Polizisten als sonst. Vom Bürofenster aus glaubte Herr Ri den Missmut in den verschwitzten Gesichtern zu erkennen und stellte sich die gemurmelten Schimpfwörter vor, die sie den Uniformierten hinterherschickten. Einheimische Hilfspolizisten wurden San-kha-á genannt, ›halb Mensch, halb Tier‹. Manchmal überlegte er, wie sie ihn wohl verhöhnten, wenn er nicht in der Nähe war.

»Was meinen Sie, Ri-san?«, fragte Herr Yamashita. Es war später Nachmittag, und wie so oft hatte ihn der Direktor ohne erkennbaren Anlass zu sich gerufen. Inzwischen sorgten diese Unterredungen hinter verschlossenen Türen für Unruhe unter den Kollegen. Erzwang die gedrosselte Produktion auch Kürzungen in der Verwaltung? Die einen waren plötzlich besonders freundlich zu ihm, andere warfen ihm verächtliche Blicke zu, als wollten sie sagen: Wag es bloß nicht, Günstling!

»Ich denke«, überwand er sich zu sagen, »früher oder später wäre es besser, die Armee würde eine offizielle Verlautbarung machen. Es wird viel geredet im Ort.«

»Ja, nicht wahr.«

»Sollte das Lager tatsächlich schon im Herbst eröffnet werden ...« Statt den Satz zu beenden, deutete er eine Verbeugung an. Die Luft im Büro war voller blauer Tabakschwaden. Mit den Fingerspitzen betastete der Direktor sein dünnes Oberlippenbärtchen, das in diesem fülligen Gesicht mit der rosigen Haut eher effeminiert als männlich wirkte. Von Frau Yamashita hieß es, sie habe neulich einen Schwächeanfall erlitten, aber solange der Chef das Thema nicht von sich aus anschnitt, bestand keine Möglichkeit, sich nach ihr zu erkundigen. Im Garten jedenfalls sah man sie kaum noch.

»Andererseits: Soll die Armee beginnen, Zivilisten in ihre Planungen einzuweihen? Mitten im Krieg?«

»Gewiss«, sagte er rasch. »Ich sehe das Problem.« Über private Kontakte, wahrscheinlich im Teehaus in Kyūfun, hatte der Direktor von mehreren hundert Gefangenen gehört, die das erste Kontingent bilden sollten. Bis zum Eingang der Kupfermine, der auf der anderen Seite des Teekannenbergs lag, würden sie jeden Tag durch unübersichtliches Gelände zur Arbeit gehen müssen, die nächste Frage lautete also: Wie viele zusätzliche Soldaten wurden gebraucht, um die Männer zu bewachen, und mit welchen Konsequenzen? Hinter vorgehaltener Hand machten alle im Ort die Armee für das spurlose Verschwinden der Tochter von Doktor Zeng verantwortlich. An einen Unfall in den Bergen glaubte niemand.

»Unsere Feinde«, sagte Direktor Yamashita, »werden bald einsehen, dass ihre Lage aussichtslos ist. Dann wird verhandelt. Ich rechne damit, dass die Gefangenen nur vorübergehend bei uns zu Gast sein werden.«

Erneut beeilte er sich, seine Zustimmung zu äußern. Draußen beim Tor traten die Männer ihre Zigaretten aus und machten sich auf den Heimweg. Inzwischen endete die Schicht bereits um vier Uhr, und auch die Kollegen im Büro warteten darauf, dass der Chef es verließ, damit sie den Feierabend beginnen konnten. Angeblich ließ er sich immer öfter von der Mine aus direkt nach Kyūfun fahren, statt zu Hause traurige Lieder zu hören. Als Herr Ri seinen prüfenden Blick auf sich spürte, ahnte er, dass es doch einen Grund für ihr Gespräch gab, und die Bestätigung kam prompt: »Hatten Sie zwischenzeitlich Gelegenheit, über die Sache mit der Namensänderung nachzudenken?«

In Form kleiner Schweißperlen trat ihm sein Unbehagen auf die Stirn. Das Verlangen nach einer Zigarette wurde so groß, dass er sich beinahe einfach eine genommen hätte.

»Die Namensänderung, nicht wahr.«

»Kitamura«, sagte der Direktor. »Fiel mir neulich ein, wie fänden sie das? Kitamura-san.«

»Kita...?«

»Dorf im Norden«, übersetzte Herr Yamashita die beiden Zeichen, deren Bedeutung Herr Ri natürlich kannte. Er war lediglich zu überrumpelt, um etwas zu erwidern. Einen Moment lang kam ihm die Stille im Zimmer so dicht vor, als lauschten sämtliche Kollegen draußen an der Tür. »Ihre Familie stammt aus Kīrun, nicht wahr?«

»Das ist richtig, ja.«

»Jetzt leben Sie hier in Kinkaseki, es würde also passen. Denken Sie darüber nach, Ri-san. Neulich hatte ich Gelegenheit, mit dem Rektor der Handelsschule zu sprechen, und das war seine erste Frage. Kitamura Keiji, für mich klingt es sehr gut.«

Eine Stunde später konnte er immer noch keinen klaren Gedanken fassen. Vom Tor aus folgte er dem Weg hinab zum Krankenhaus und schaute über die Schlucht. Die Bauarbeiten näherten sich dem Abschluss. Das Gelände war keineswegs klein, aber da es Quartiere für die Wachen umfassen musste, sanitäre Anlagen, Speicher, eine Krankenstation und dergleichen, schien ihm der Raum für mehrere hundert Gefangene knapp bemessen zu sein. Von wegen Gäste, dachte er, zusammenpferchen wie Tiere wird man sie.

Aus dem altenOrtskern drangen die üblichen Gerüche herauf, Familien versammelten sich zum Abendessen. Fleisch war seit einiger Zeit kaum noch zu bekommen, sagte seine Frau, alle anderen Lebensmittel wurden von Woche zu Woche teurer, sogar Reis. Würden die USA und England wirklich bald in Verhandlungen einwilligen? Die exotischen Namen, die er in der Zeitung las, verunsicherten ihn: Midway, Tulagi, Guadalcanal. Die schwindelerregenden Entfernungen! Im Süden schloss das Kriegsgebiet fast den gesamten Pazifik ein, im Westen Burma und immer größere Teile von China. Als junger Mann hatte sein Vater dort gelebt und betete bis heute nie an einem Shintō-Schrein. Den vier Söhnen hatte er klargemacht, dass er sie verstoßen würde, sollten sie japanische Namen annehmen. Die Lees aus Keelung kennen ihre Wurzeln, sagte er, und das war keine Feststellung, sondern ein Gebot.

Die untergehende Sonne tauchte die Spitze des Teekannenbergs in warmes Licht. Am liebsten hätte er eine Wanderung gemacht und von dort oben auf den Ort herabgeschaut. Seine Unruhe kam nicht nur von Direktor Yamashitas Ansinnen, sondern hatte damit zu tun, dass die Schulferien zu Ende gingen: Vor wenigen Tagen war die Lehrerin aus Japan zurückgekehrt; im Büro hieß es, ihre makellos weiße Haut habe unter der Reise nicht gelitten. Anfangs hatten die Mitarbeiter ihrer Fantasie freien Lauf gelassen, um sich den pikanten Skandal auszumalen, der sie von zu Hause vertrieben haben musste. Warum sonst verbrachte eine alleinstehende junge Frau ihre besten Jahre an einem solchen Ort? Inzwischen wussten alle, dass sie Kriegswitwe war, und priesen ihre Reize in respektvolleren Worten. Ein Ingenieur, dessen Frau ebenfalls an der Grundschule unterrichtete, wollte erfahren haben, dass sie bei den Kindern beliebter war als im Kollegium. Ideologisch möglicherweise nicht ganz sattelfest. Gut möglich, dachte Herr Ri, dass man ihm dasselbe nachsagte. Falls der Chef auf eine Namensänderung drängte, um entsprechende Zweifel zu zerstreuen, blieb ihm keine Wahl. Bloß seinen Vater würde das nicht überzeugen ...

Gerade als er sich umdrehte, kam sie die Treppe aus dem alten Ortskern herauf. In der linken Hand hielt sie ein Buch und las es im Gehen, mit der rechten hob sie den Riemen der vollen Ledertasche an, die ihr über die Schulter hing. Ein- oder zweimal waren sie einander begegnet, ohne mehr als eine Begrüßungsformel zu wechseln. Rasch wischte er sich mit dem Taschentuch übers Gesicht.

»Guten Abend«, sagte er, als sie ihn erreicht hatte, und stellte sich als Umekos Vater vor. Trotz der sommerlichen Temperaturen trug sie über ihrer Bluse eine Strickjacke aus dunkelblauer Wolle. Lächelnd erwiderte sie den Gruß. »Risan, ich erinnere mich.«

»Die Lehrerin ist zurück aus den Ferien?« Vor dem Krankenhaus packten Händler ihre Waren zusammen. Arm in Arm gingen zwei Schwestern hinüber zum Wohnheim.

»So ist es, nicht wahr. Seit drei Tagen erst.« Weder trug sie Schmuck, noch schminkte sie sich. Ihr Alter schätzte er auf Mitte zwanzig. »Ich fürchte, ich war unterwegs sehr seekrank.«

»Eine beschwerliche Reise, nicht wahr.«

»Ri-san hat sie selbst einmal unternommen?«

Es war eine unverhoffte Einladung, die er gern annahm, obwohl sein Herz heftig klopfte. In bewusst selbstironischem Ton erzählte er von seiner Studienzeit. Wenn die Lehrerin ein Lachen unterdrückte, wich ihr Blick kurz zur Seite aus. Die Haare waren so glatt und dicht, dass sich das Sonnenlicht darin spiegelte wie in schwarzem Lack. Leider kenne sie weder Ōsaka noch Kyōto, meinte sie, und sei in Japan überhaupt wenig herumgekommen. »Übrigens habe ich Ri-sans Tochter eben unten am Fluss gesehen. Mit ihrer besten Freundin.«

»Auf dieser Seite hoffentlich.«

Seinen alarmierten Unterton registrierte sie sofort und nickte. »Ja, gewiss, auf dieser.«

Einen Moment lang schwiegen sie verlegen. Auf der anderen Seite der Schlucht erklangen Befehle, die Soldaten beendeten ihren Arbeitseinsatz, und ihm fiel auf, dass die Grundschüler das Lager vom Schulhof aus würden sehen können. Als er der Lehrerin zunicken wollte, um sie nicht länger aufzuhalten, sagte sie: »Manchmal erinnert sie mich an mich selbst in ihrem Alter. Umeko-chan, ja. Mein Vater war Ingenieur in Kagi, müssen Sie wissen.«

»Tatsächlich?«, rief er, so überrascht von ihren Worten wie von dem vertraulichen Tonfall, den sie auf einmal anschlug. »Lehrerin Honda hat schon als Kind in Taiwan gewohnt?«

»Geboren wurde ich an der Ostküste. Mutter wollte eine japanische Dame aus mir machen, aber ich habe lieber in den Feldern gespielt. Alle hielten mich für eine Einheimische, wenn nicht gar für eine Wilde.« Belustigt schüttelte sie den Kopf.

»Das Leben hier in den Bergen ist Ihnen nicht zu eintönig?« Dass sie eine Wansei war, hatte im Büro niemand erwähnt, demnach wusste es niemand. Sprach sie am Ende gar ein paar Brocken Taiwanisch?

»Der Blick aufs Meer gefällt mir.« Ihre schlanken Finger zeigten auf die obere Fensterreihe des Wohnheims. »Im Sommer erinnert er mich an die Küste von Kyūshū – obwohl ich dort nur wenige Jahre gelebt habe. Während der Ausbildung.«

»In Fukuoka?«, fragte er, und statt sich zu wundern, dass er das wusste, nickte sie. In Kagi hatte der Vater sicherlich an den Kanalprojekten gearbeitet, aber als Wildfang und mit dem bronzenen Teint, den eine Kindheit im Freien hervorbrachte, konnte er sie sich nicht vorstellen. »Und im Winter«, fragte er ermutigt, »wenn man das Meer gar nicht sieht?«

»Im Winter, ja.« Lachend zog sie die letzte Silbe in die Länge, um anzuzeigen, dass sie ihn verstand. »Dann ist es anders, nicht wahr. So grau und regnerisch.«

»Neblig und kalt.« Ihr zuzustimmen fühlte sich an wie eine heimliche Berührung.

»Ri-san macht es nichts aus?«

Er erzählte, dass er im Norden aufgewachsen und an Regenwetter gewöhnt war. Beinahe hätte er gefragt, wie sie den Namen Kitamura fand. Jenseits der Schlucht nahmen die Soldaten Aufstellung und verließen im Gleichschritt die Baustelle. Auch für ihn wurde es höchste Zeit. »Verzeihen Sie, ich halte die Lehrerin auf«, sagte er und verbeugte sich.

»Nicht doch, nein. Ich muss mich entschuldigen.« Eilig presste sie ihr Buch an die Brust, um seine Verbeugung zu erwidern. Im Kragen der Bluse schimmerte ein Stück weißer Haut, von dem er schnell den Blick abwendete.

In plötzlicher Befangenheit verabschiedeten sie sich voneinander. Zu Hause wusch er sich das Gesicht länger als sonst, tauschte den Anzug gegen seinen abgetragenen Yukata und hatte kaum die Zeitung aufgeschlagen, als Umeko hereingestürmt kam, um nach dem Lager zu fragen. Sogar Kinder dachten inzwischen in Begriffen von Freund und Feind. Während er ihr die Sache erklärte, so gut es ging, glaubte er zu spüren, wie nebenan der griesgrämige Buchhalter das Ohr an die Wand hielt. Der witterte überall ideologische Unzuverlässigkeit.

Erst als Umeko ihm um den Hals fiel, kehrten seine Gedanken zurück zur Begegnung vor dem Krankenhaus. War er Lehrerin Honda zu nahegetreten? In Japan hing ein Wimpel an den Häusern von Kriegswitwen, vielleicht lebte sie deshalb lieber fernab der Heimat in den taiwanischen Bergen. Später am Abend würde er wachliegen, jedes Wort ihrer Unterhaltung rekapitulieren und hoffen, dass sie dasselbe tat. Aus familiären Gründen sei er nach Taiwan zurückgekehrt, hatte er gesagt und in ihrem Blick zu lesen geglaubt, dass sie ahnte, was er meinte. In ihrem Fall sei es Heimweh gewesen. Zögerlich hatte sie das Wort ausgesprochen, so als vertraute sie ihm ein Geheimnis an. Im Mutterland würde man von ihr erwarten, das restliche Leben dem Andenken des gefallenen Mannes zu widmen, hier auf der Insel hingegen ... Kitamura-san, dachte er, aber es kam nicht in Frage. Dass sich einige Fesseln niemals abwerfen ließen, wusste er womöglich noch besser als sie. Manche Dinge durften einfach nicht sein.

3

Der Mann an der Kasse reicht ihr gerade den Becher, als der BMW ihres Vaters die Shida Road entlangrollt. Durch die Fenster des 7-Eleven sieht Julie ihn vor dem kleinen Spielplatz halten, der um diese Zeit leer im Schatten der Häuser liegt. Sie ist auch erst seit einer halben Stunde wach und hatte gehofft, zunächst in Ruhe ihren Kaffee trinken zu können, nun steckt sie das Wechselgeld ein und geht nach draußen. Noch immer ist die Hitze schwer vom letzten Regen und versetzt mit einem Hauch fauliger Süße aus der Kanalisation; ihr Freund behauptet, überall in Taipei rieche es nach den Innereien der Stadt. Der Gedanke, dass sie jetzt lieber bei ihm im Bett liegen würde, statt hinaus zum Flughafen zu fahren, begleitet sie über die Straße, dann öffnet sie die Beifahrertür und hat das Gefühl, in eine verrauchte Gefriertruhe zu steigen.

»Ba, um Himmels willen!« Fünfzehn Grad werden am Armaturenbrett angezeigt. Seit jeher kauft ihr Vater am liebsten überdimensionierte Autos – jedes Jahr ein neues, immer ein deutsches –, mit denen er sie nicht vor der Haustür abholen kann, weil die Gassen hinter dem Shida Campus zu eng sind. Die arktischen Temperaturen bevorzugt er wegen seines Bluthochdrucks.

»Guten Morgen«, erwidert er leicht gekränkt. »Möchtest du es wärmer haben?«

»Wenn es möglich ist.«

Bereitwillig dreht er an der Klimaanlage. Das blaue Polohemd, das sich über seinen Bauch spannt, zieren Aschespuren der letzten Zigarette – der siebten oder achten, falls es ein normaler Tagesbeginn war. Um nicht gleich die nächste Beschwerde vorzubringen, ignoriert Julie den dünnen Rauchfaden, der aus dem Aschenbecher aufsteigt. »Sonst alles in Ordnung?«, fragt er scheinbar beiläufig.

»Sonst ja«, sagt sie und schnallt sich an. »Wann genau landet ihr Flugzeug?«

»Halb sieben.«

»Dann los, oder?«

»Bis sie durch den Zoll sind. Harry hat ja jetzt einen amerikanischen Pass.«

Hua-li heißt sein jüngster Bruder eigentlich, aber ihr Vater bevorzugt englische Namen, außer für seine Frau, seine Tochter und sich selbst. Leichter zu merken, behauptet er, bei so vielen Angestellten. Zwei Dutzend arbeiten in der Zentrale in Taipei, der Rest drüben in der Produktion, da, wo Julie nie war und wohin zu reisen sie nicht vorhat. Ein paarmal biegen sie ab und folgen dem Zubringer auf die Hochstraße über der Jianguo Road. Von der Stadt ist wegen der Schallschutzwände wenig zu sehen, über dem Häusermeer wölbt sich ein blassblauer Himmel mit vereinzelten Wolken. Mitte Juni liegt das Drachenbootfest hinter ihnen, und die Temperaturen steigen, obwohl es bisher keine richtige Regenzeit gegeben hat. Dafür werden bald die ersten Taifune erwartet.

»So still heute«, bemerkt Ba nach einer Weile.

»Hm-m. Es ist kurz nach sechs.« Vorsichtig nippt sie an ihrem Milchkaffee und spürt ein leichtes Ziehen in den Schläfen, wie immer nach mehr als zwei Gläsern Rotwein. Weil sich ihr Freund aus einheimischer Küche nichts macht – in Hongkong klagt er auch lieber über das Missverhältnis von Preis und Qualität in westlichen Restaurants, als für ein Drittel des Geldes Dim Sum zu essen –, waren sie am Vorabend bei einem neuen Italiener unweit des Sun-Yatsen-Memorials. In knapp vierundzwanzig Stunden wird er mit der ersten Maschine zurückfliegen und vom Flughafen direkt ins Büro in Central fahren.

Von der Seite wirft Ba ihr einen prüfenden Blick zu. »Sag schon, bedrückt dich was?«

»Normalerweise stehe ich gegen neun Uhr auf, danach quassele ich ununterbrochen.«

»Ich meine wegen deiner Nachricht gestern. Nachdem du vorher gesagt hattest – «

»Warum sollte ich nicht mitkommen? Ich sehe die beiden höchstens einmal im Jahr.«

»Hätte ja sein können, du bist zu beschäftigt.«

»Um diese Zeit? Womit?« Sie weiß, dass er gern mehr hören würde, ohne sie zu bedrängen. Bisher hat er nur einmal direkt gefragt, ob sie einen Altersunterschied von zehn Jahren nicht zu groß findet. Bei ihm und Ma sind es sieben, und Julie argwöhnt, dass er auch fünfzehn akzeptabel fände, wäre Dave kein Ausländer. Wer seine Vorurteile für einen Ausdruck von Lebenserfahrung hält, hat keinen Grund, sich ihrer zu schämen. Merkwürdig ist, dass sie ihn in dem Fall sogar verstehen kann, wenn auch widerwillig. Jedes Mal, wenn sie in Hongkong mit Daves Kollegen und deren wechselnden Partnerinnen ausgehen, beschleicht sie der Verdacht, dass andere etwas in ihr sehen, was sie nicht in sich sehen will. Er findet es natürlich albern, sich darüber den Kopf zu zerbrechen. Dass er gut aussieht, hilft den Eindruck zu zerstreuen, den sie andernfalls erwecken würden. Kurz steht ihr der von Alkohol angeheizte Sex der letzten Nacht vor Augen, dann schüttelt sie die Erinnerung ab und beschließt, ihrerseits etwas gegen die Stille im Auto zu tun. »Wieso kommen sie eigentlich nur zu zweit?«

»Für fünf Tage lohnt es sich nicht, die ganze Familie einzufliegen. Helen hatte wahrscheinlich sowieso keine Lust.« Vor ihnen liegt ein Gewirr von Brücken, auf der anderen Seite des Flusses erhebt sich die aufdringliche Chinoiserie des Yuanshan Hotel mit seinen knallroten Säulen und dem geschwungenen Dach.

»Kommen sie nur wegen A-mah, oder hat Harry eine Konferenz oder so was?«

»Soweit ich weiß, nur wegen des Geburtstags.«

»Wundert dich das nicht?«

Bedächtig schüttelt ihr Vater den Kopf. »Nein, wieso?«

»Hast du doch gerade gesagt: So viel Aufwand, und am Dienstag müssen sie schon wieder zurück.«

»Sie ist unsere Mutter«, erwidert er, als würde das alles erklären. Sein jüngster Bruder unterrichtet chinesische Literatur an einem kleinen, aber renommierten Liberal Arts College in Massachusetts. Für Julie war er früher eher ein älterer Cousin als ein Onkel, der Nachzügler in der Familie, der sie gelegentlich zum Buchladen in der Xinyi Road mitnahm, wo er sich ganze Nachmittage in umfangreiche Martial-Arts-Romane vertiefte. Seine Frau lässt sich selten in Taiwan blicken, ihr gemeinsamer Sohn Paul wird im Herbst dreizehn.

»Schade, dass die Kleine nicht mitkommt«, sagt sie, dann stockt das Gespräch wieder. Mehrspurig fließt der Verkehr auf die grünen Hügel zu, die Taipei wie ein Ring umschließen, Julie stellt den Kaffeebecher in die Halterung und kontrolliert ihr Handy. ›I always knew you're hiding things from me‹, schreibt Dave, ›in this case the coffee.‹ Dass er schon wach ist, wundert sie nur kurz. In der Rechtsabteilung von HSBC verdient er einen Haufen Geld und bezahlt dafür mit unmenschlichen Arbeitszeiten und permanenter Verfügbarkeit.

›In the fridge, remember?‹ In Shorts und T-Shirt sieht sie

ihn in ihrer dämmrigen, engen Küche sitzen. Alle vier bis sechs Wochen treffen sie sich, meistens bei ihm, seine Wohnung in Kowloon ist zwar ebenfalls klein, aber hell und modern und wegen des Blicks auf die Skyline sündhaft teuer (beziehungsweise wegen der vielen chinesischen Millionäre, die sich in der Stadt niederlassen und die Preise hochtreiben). ›Something came up‹, meldet er als Nächstes – dass die Kaffeesuche vorgeschoben war, weil er nicht sofort mit dem anderen herausrücken wollte, hat sie gleich geahnt. ›Have to take the last flight tonight, not the first one tomorrow. Sorry.‹

Ein Unterschied von ein paar Stunden, die sie sowieso verschlafen hätten. Macht nichts, denkt sie und sucht im Kopf nach einer Formulierung, die weniger gleichgültig klingt.

»Schlechte Nachrichten?«

»Nicht wirklich. Dave muss etwas früher fliegen als geplant.«

»Berufliche Verpflichtungen oder ...« Die Hoffnung, seine Tochter und ihr fremder Freund könnten auf eine Trennung zusteuern, vermag Ba nur schlecht zu verbergen.

»Das Übliche«, sagt sie, »ich bin schwanger, und er will es nicht.« Augenblicklich nimmt ihr Vater den Fuß vom Gas und macht ein so entsetztes Gesicht, dass sie entschuldigend abwinkt. »Das war ein Witz, okay? Ba, nur ein dummer Spruch. Bitte schau wieder auf die Straße, da sind Autos.«

Sein massiger Kopf wird noch röter als sonst. »Du kennst meine Meinung, Zhu-li.«

»Tut mir leid. Wahrscheinlich eine Telefonkonferenz zu nachtschlafender Zeit, die er nicht verpassen darf. Deine Meinung zu was?«

»Du bist dreißig und solltest allmählich –«

»Oh das. Mein Alter vergesse ich dauernd, hoffentlich keine Alterserscheinung.«

›Are you mad?‹, fragt Dave, weil sie nicht geantwortet hat.

›Why would I be?‹

»Du weißt genau, was ich meine«, sagt ihr Vater.

›I'll explain later. Can you order a car for me/us?‹

›You do it.‹ Sie textet ihm die Nummer und steckt das Telefon wieder ein. Rechts der Autobahn tauchen die Hochhäuser von Taoyuan auf, der Flughafen ist bereits ausgeschildert. In Wahrheit ist sie achtundzwanzig und ein paar Monate, aber wenn Ba auf ihrem Alter herumreitet, rechnet er immer auf chinesische Weise. Vielleicht zeigt sich darin nur eine weitere Facette seiner Großzügigkeit. Zwei Studienjahre in Edinburgh und London hat er ihr finanziert, die Wohnung bei der Uni gehört sowieso ihm, und sollte sie nach der Promotion keinen Job finden – womit aus verschiedenen Gründen zu rechnen ist –, werden die monatlichen Überweisungen einfach weiterlaufen. Heute reagiert sie gereizt, weil sie seit gestern Abend weiß, dass ihr Freund zurück nach England ziehen wird. Ob auf eigenen Wunsch oder nicht, hat er offengelassen, vermutlich ja. Gut gelaunt nannte er das Angebot einer anderen Bank ›too good to be true‹, schenkte ihr Wein nach und schaute sie an, als suchte er für den nächsten Satz die eleganteste Formulierung. Einen verrückten Moment lang glaubte sie, er werde ihr einen Antrag machen – den Italiener hatte er ausgesucht, und wann speisten sie in Taipei schon mit Kerzen auf dem Tisch? Interessiert?, fragte er stattdessen. Was sein beiläufiger Tonfall verbergen sollte, kann sie auch im Nachhinein nicht sagen. Die Hoffnung auf ein Ja?

»Übrigens wollen wir heute Abend alle bei deinen Großeltern essen«, unterbricht Ba ihre Gedanken. »Deine Mutter geht am Nachmittag rüber, um in der Küche zu helfen.«

»Ein andermal, nicht heute.«

»Wie du meinst. Paul wird enttäuscht sein, er spricht ja kein Chinesisch.«

»Ab morgen habe ich Zeit für ihn. Außerdem heiratet man heute nicht mehr so früh wie ihr damals.«

»Wenn man überhaupt heiratet«, antwortet er, als wäre es derselbe Satz. Ihren Vater auf dem falschen Fuß zu erwischen, ist ausgesprochen schwierig.

»Genau. Man kann sich dagegen entscheiden und anders glücklich werden.«

»Oder unglücklich.«

»Soll das heißen, die Ehe ist ein Glücksgarant?«

Daraufhin seufzt er nur, und Julie spürt eine hilflose Aufwallung von ... Liebe, denkt sie, was sonst? Natürlich will er das Beste für sie und weiß so gut, worin es besteht, dass sich die Nachfrage erübrigt, was sie will – allzu genau könnte sie es ihm sowieso nicht sagen. Professorin werden? An den Universitäten sorgen geburtenschwache Jahrgänge für sinkende Studentenzahlen und schrumpfende Budgets, und da niemand die Lücken mit jungen Leuten von drüben auffüllen möchte (sie auch nicht), sind die Zukunftsaussichten vorläufig düster. In die väterliche Firma einzusteigen, scheidet aus. Berufsbedingt verbringt Ba drei bis vier Monate im Jahr in Shanghai. Was er dort nach Feierabend macht, stellt sie sich lieber nicht vor, denn er hat zwar ein großes Herz für die Familie, aber ein Unschuldsengel ist er nicht. Ihre Mutter investiert derweil einen erheblichen Teil ihrer Energie und seines Geldes in die wohltätigen Projekte von Tzu Chi, außerdem kümmern sich beide um die Großeltern, so gut sie können, und haben vermutlich keine Zeit für die Frage, ob sie glücklich miteinander sind. Ab und zu wirft Ba einen ungeduldigen Blick auf sein Handy, und Julie hofft, dass er nicht gleich auf seine derbe Art einen Mitarbeiter zur Schnecke machen wird. Chinesen muss man so behandeln, behauptet er, sonst respektieren sie einen nicht. Wäre er ihr Chef, würde sie ihn hassen.

Über ihnen sinkt eine Maschine aus dem morgendlichen Himmel. Am Abend wird sie dieselbe Strecke mit Dave noch einmal fahren. Als sie wieder aufs Display schaut, teilt er ihr mit, der Wagen sei für 21 Uhr bestellt, außerdem schickt er flatternde rote Herzen und ein Bild seines Kaffeebechers auf dem Küchentisch. Beweisstück A, bloß wofür? Nicht zum ersten Mal glaubt sie ein Element von Berechnung in seinem Charme zu erspüren.

Interessiert?

Was auch immer der Tonfall verbarg, sein Blick ruhte eher fragend als bittend auf ihr. Dass es eigentlich zu früh ist, um die Zukunft gemeinsam zu planen, weiß er selbst. Vor drei Jahren in Wanchai sind sie einander zum ersten Mal über den Weg gelaufen, im Foyer der Academy for Performing Arts. Zwei ihrer Schulfreundinnen arbeiteten in Hongkong, und sie nahm das jährliche Kunstfestival zum Anlass für einen Besuch. An die Aufführung erinnert sie sich nur dunkel, irgendeine belgische Theatertruppe und Dialoge in vier Sprachen. In der Pause kaufte sie sich ein Wasser und sortierte noch das Kleingeld in der Hand, als neben ihr jemand sagte: »Let me get this for you.« Das sei aus reiner Hilfsbereitschaft geschehen, behauptet er bis heute, ohne hintergründige Absichten. Sie wechselten ein paar mehr oder weniger belanglose Sätze. Ob viele Banker ins Theater gehen, wollte sie wissen und musste über seine Antwort lachen: pro Aufführung zwölf. Im Übrigen sei er Anwalt. Dass sie einander nach der Vorstellung nicht zufällig wieder begegneten, gibt er inzwischen zu und schiebt es auf ihren bezaubernden schottischen Akzent. In einer Bar auf den Mid-Levels fand sie ihn sympathisch genug, um ihn in ihre LINE-Kontakte aufzunehmen, aber miteinander ins Bett gegangen sind sie erst beim nächsten Besuch drei Monate später. Seitdem ist zumindest ihr nicht völlig klar, worauf die Beziehung ansonsten basiert und ob ›Freund‹ überhaupt die richtige Bezeichnung ist. Formuliert hat sie ihre Zweifel am Vorabend so: Die Frage lautet nicht, ob ich interessiert bin, sondern ob wir beide schon so weit sind.

Was wir in Ruhe herausfinden sollten, meinte er. Warum nicht in London?

Behaupte sie nicht immer, die Stadt zu vermissen und Kontakte zu früheren Professoren auch deshalb zu pflegen? Es schien ihm wichtig zu sein, dass sie ihre eigenen Projekte verfolgen könnte, statt ihm bloß hinterherzuziehen. Dass sein Vater Briefträger und die Mutter Putzfrau war, bewahrt ihn vor dieser typisch westlichen Arroganz, die alle seine Kollegen ausstrahlen, die sie bisher getroffen hat. Frei von Herablassung würde sie ihn nicht nennen, einfühlsam und zuvorkommend aber schon. Bei ihrem dritten Besuch stand in seiner Wohnung eine zusammengerollte Yoga-Matte für sie. Nach ihrer Arbeit fragt er häufiger, als dass er von seiner erzählt, und hat sich abgewöhnt, sie als Chinesin zu bezeichnen, auch wenn er nicht verstehen kann, warum ihr das wichtig ist – eine Gemeinsamkeit mit ihrem Vater, dessen Hände am Lenkrad allmählich unruhig werden, weil sie beharrlich schweigt und er endlich rauchen will. Der Sex ist gut, sie reden und lachen viel, und es könnte natürlich eine haltlose Unterstellung sein, dass er trotz allem keine Ahnung hat, wer sie ist. Vielleicht nie eine haben wird. Ihre Heimat jedenfalls ist für ihn kein richtiges Land, sondern bloß ein Flecken Erde, wo niedliche, uninteressante Menschen wenig mehr tun als arbeiten und essen. Wenn er betont, dass sie anders sei, glaubt er ihr ein Kompliment zu machen. Nach vier Jahren in Hongkong spricht er mit natürlicher Autorität über die gesamte Region, und neulich haben sie einen ganzen Abend darüber diskutiert, ob Vorurteile, wenn man sie bestätigt findet, zu Erkenntnissen werden.

Was sonst, meinte er.

Gute Frage, aber es war ja die Antwort.

Ihr Vater folgt der Beschilderung, um direkt vor dem Ausgang von Terminal 1 zu parken. Dass sie ihn doch zum Flughafen begleiten will, hat sie ihm gestern aus der Damentoilette des Restaurants und in der Hoffnung mitgeteilt, dass sie unterwegs reden könnten. Manchmal hilft es, aus seinem Mund zu hören, was sie ohnehin weiß, aber jetzt ist es zu spät. In zwei Reihen warten Autos mit offenen Türen und Kofferraumdeckeln, hier und da wird energisch gehupt. Die Leere am Horizont verrät, dass kurz hinter dem Flughafen das Meer beginnt.

»Ich bin nicht sicher«, sagt sie, »wie lange man hier halten darf.«

Grummelnd greift Ba nach dem Handy und liest ein paar Nachrichten. »Sie stehen bei der Passkontrolle an. Halbe Stunde ungefähr.«

»Lass uns ins Parkhaus fahren. Hier sind überall –«

»Wenn die Polizei kommt, drehst du eine Runde.« Den Motor und die Klimaanlage lässt er einfach laufen. Im Rückspiegel sieht Julie, wie er sich im Gehen das Polohemd in die Hose stopft und einen Bereich vor dem Gebäude ansteuert, wo bereits ein paar Raucher stehen. Das Handy hat er am Ohr, irgendwer wird seine schlechte Laune gleich abkriegen. Ihretwegen.

Zwanzig vor sieben, zeigt die Uhr. Da zur Geburtstagsfeier am Sonntag nur ein Abendessen im kleinen Kreis geplant ist, war sie überrascht, dass ihr Onkel dafür anreist. Andererseits weiß er natürlich, wie es um seine Mutter steht. Zweiundachtzig wird sie, den Armbruch im Frühjahr hat sie gut weggesteckt, und meistens ist sie bei klarem Verstand, aber es kommt auch vor, dass sie plötzlich ins Japanische wechselt, ohne es zu merken. Kleine Aussetzer, die Julie auf eine Weise schmerzen, die schwer zu erklären und noch schwerer auszuhalten ist. Schon als Kind hat sie gedacht, dass A-mah gern eine Tochter gehabt hätte und umso glücklicher über ihre erste Enkelin war. Als Dave gestern von London anfing, schoss ihr als Erstes durch den Kopf, dass sie sich dann in dem Wissen von A-mah verabschieden müsste, es könnte für immer sein. Die Vorstellung lässt ihr auf der Stelle Tränen in die Augen schießen, sogar hier im Auto und obwohl sie sich auf die nächsten Tage freut. Das war schon immer so, wenn es um ihre Großmutter ging: als hätte sie einen Knopf gedrückt und an etwas gerührt, das tiefer reicht, als sie selber weiß.

———

Zuerst ist es ein merkwürdiges Gefühl: die Erwartung, etwas Besonderes zu empfinden, das sich dann doch nicht einstellt. Erhöhte Aufmerksamkeit für nichts Bestimmtes. Sobald in seiner Nähe Chinesisch gesprochen wird, merkt er innerlich auf, und als sein Blick das Poster einer taiwanischen Landschaft streift, kommt ihm das Wort ›Heimat‹ in den Sinn, als stünde es dort geschrieben. Gemeinsam passieren Paul und er eine Station, wo uniformierte Personen auf Bildschirme starren, die die Körpertemperatur der Passagiere anzeigen. Seit der großen SARS-Epidemie von 2003 gelten strikte Regeln; wer Fieber hat, wird sofort angehalten. Instinkthaft legt er seinem Sohn eine Hand auf die Schulter und denkt ›eine schützende Hand‹, auch wenn das keinen Sinn ergibt. Nach dem langen Nachtflug kommt ihm die Welt aufdringlich und zu grell vor. Vor der Passkontrolle für ausländische Besucher, wo sich trotz der frühen Ankunftszeit eine lange Schlange bildet, drehen Frauen mit Kopftuch nervös ihre Dokumente in den Händen. Haushaltshilfen aus Indonesien, die sich um Menschen wie seine Eltern kümmern.

Nachdem er Hua-rong geschrieben hat, dass es noch eine halbe Stunde dauern dürfte, studiert er aus Langeweile die Angaben in seinem Pass. Ohne Brille sieht er aus wie ein Phantombild seiner selbst. »Wanna text mom that we've arrived safely?«

Träge schüttelt Paul den Kopf. Präpubertäre Verschlossenheit nennt Helen die gelegentlichen Rückzüge, zu denen er seit einigen Monaten neigt, aber jetzt ist er wahrscheinlich bloß müde. Aus eigener Erfahrung weiß Harry wenig über die Konflikte, die sie in naher Zukunft erwarten, seine Erinnerung an jene Jahre beschränkt sich weitgehend auf die Schule. Fahnenappelle statt Partys, patriotische Propaganda statt Musik, kein Aufbegehren und natürlich keine Drogen; auf den ersten Kuss musste er bis zur Uni warten, und im Übrigen ist es jedes Mal das Gleiche: Immer kehrt irgendwie alles zurück, wenn er seine Heimat besucht, in verstreuten Bildern, die eine vage vertraute Beklommenheit erzeugen. Das hölzerne Lineal, mit dem die Lehrer ihnen auf die ausgestreckten Finger schlugen, nannten sie den General.

Um sich abzulenken, schickt er Helen eine Nachricht, und sie antwortet sofort: ›Have a wonderful time! Kiss Paul for me and hug your mother!‹ Zwar stammen ihre Vorfahren aus Kanton, aber schon die Eltern wurden in Oakland geboren, daher dieser Überschwang der sonnig kalifornischen Art. »Mom says hi«, sagt er, steckt das Telefon ein und schiebt Paul ein Stück weiter. Angeführt von einem Reiseführer mit Fähnchen, reihen sich koreanische Touristen in die Schlange ein. Die getönte Glasfassade des Terminals verrät nicht, ob draußen die Sonne scheint, und für ein paar Sekunden bedauert er, dass er seine Mutter natürlich nicht umarmen wird, Geburtstag hin oder her. Solange er zurückdenken kann, hat er das nie getan.

Eine halbe Stunde später betreten sie die Ankunftshalle. Mit dem Handy am Ohr steht sein ältester Bruder hinter der Absperrung und redet so laut auf jemanden ein, dass Harry ihn erst hört und dann sieht. Ohne das Gespräch zu unterbrechen, nickt Hua-rong ihm zu, klopft Paul auf die Schulter und führt sie nach draußen. Hektische Menschen mit Rollkoffern kreuzen ihren Weg. Schon wieder ein Neues, denkt er, als sein Bruder auf ein schwarzes SUV zeigt, das blinkend in der zweiten Reihe parkt. Die Luft ist noch schwüler als erwartet, im nächsten Moment öffnet sich die Beifahrertür, Julie ruft »Hi« und läuft ihnen lachend entgegen. Zuerst schließt sie ihren kleinen Cousin in die Arme, der für sie immer eher wie ein Neffe war.

Hua-rong beendet sein Telefonat und schüttelt den Kopf: »Gestern Abend um zehn schreibt sie mir, dass sie doch mitkommen will. Verrücktes Kind.«

»Das freut mich«, sagt Harry, ehe sie einander gegenüberstehen und vor der Begrüßung einen Augenblick zögern. Dass Julie frisch geduscht ist, lässt ihn wünschen, er hätte vor der Landung wenigstens die Zähne geputzt, aber der Andrang vor den Toiletten war zu groß. Als Nachzügler in der Familie trennen ihn von seiner Nichte nur wenige Jahre mehr als von ihrem Vater. Dem werden die Umarmungen bereits zu viel. »Ab ins Auto mit euch«, ruft er, »ich darf hier nicht parken.« Bevor sie losfahren, dreht er sich um und überschüttet Paul mit einem chinesischen Wortschwall, der herzlich gemeint ist und Harry an seine zwei Jahre beim Militär erinnert. Die schlimmsten von allen.

Im Wageninneren riecht es wie in einer Raucherbar. Sitze aus weichem, kühlem Leder. »Ist unterwegs alles glattgegangen?«, fragt Hua-rong und gibt Gas, im Nu sind sie auf der Autobahn. Mit dem Blick auf Industrieanlagen und sattgrüne Felder, die neben der Strecke vorbeitreiben, erstattet Harry einen kurzen Reisebericht. Irgendwo über dem nachtschwarzen Pazifik wurde er von Turbulenzen geweckt und konnte danach nicht mehr einschlafen. Die Vibrationen der Maschine spürt er immer noch, wie ein Echo, das nicht verhallt. »Sonst nichts Besonderes«, schließt er. »Wie geht's unseren Eltern? Ist Mutters Bruch endlich verheilt?«

»Der Arm sieht gut aus. Bei mir beklagt sie sich nicht.«

»Hat sie das je? Ich meine bei irgendwem.«

»Der behandelnde Arzt ist auch zufrieden. Frag sie selbst, ich bin erst vor zwei Wochen zurückgekommen.« Als vielbeschäftigter Unternehmer, dessen Firma drüben Maschinen für die Lebensmittelindustrie produziert, hält sich Hua-rong regelmäßig in Shanghai auf. Außer ihm hat Harry noch einen Bruder, der als IT-Ingenieur in Hsinchu arbeitet und sich zwar beruflich mit Kommunikation beschäftigt, privat aber weitgehend darauf verzichtet. Zweimal im Jahr texten sie einander. »Jedenfalls«, fügt Hua-rong hinzu, »geht sie morgens wieder in den Park und macht ihren Sport.«

Den Bruch des linken Unterarms hat sich ihre Mutter bei einem Sturz im Treppenhaus zugezogen, der noch viel schlimmer hätte ausgehen können. »Wie lange wird das mit den beiden allein noch funktionieren?«, fragt er, darauf bedacht, nicht vorwurfsvoll zu klingen.

»Im Herbst kriegen sie eine Indonesierin. Mutter will zwar nicht, aber ich bestehe darauf. Es wird zu viel für sie.«

»Geht das mit der Genehmigung inzwischen so schnell?«

»Reine Formsache in ihrem Fall. Die Ärzte empfehlen es dringend.«

»Warum will sie dann nicht?«

Ohne zu blinken, wechselt sein Bruder die Spur und zuckt mit den Schultern. Neben ihnen verläuft auf riesigen Pfeilern die neue Hochbahn zum Flughafen, die bald eingeweiht werden soll. Wenn Harry ehrlich ist, sorgt er sich nicht allein um den körperlichen Zustand seiner Mutter. Jeden Sonntag telefonieren sie, und seit Wang Chien-ming bei den Royals unter Vertrag ist, reden sie wieder mehr über Baseball, aber fast jedes Mal nennt sie sein Team die Yankees und tut so, als sei er immer noch ein Starting Pitcher. Ob aus alter Gewohnheit oder aus mangelnder Orientierung, ist von Amerika aus schwer zu sagen. »Und Vater?«, fragt er.

»Der hat mich gebeten, nach einer Grabstelle zu suchen.«

»Nach einer ...? Was ist mit der Familiengruft?«

»Neulich hat er beschlossen, er will nicht eingeäschert, sondern begraben werden. Dafür ist in Hsientien kein Platz.«

»Gab's für den Sinneswandel einen Anlass?«

»Abgesehen davon, dass er fünfundachtzig ist?«

»Du weißt, was ich meine. Wieso plötzlich ein Begräbnis?« Den Seufzer in seiner Kehle unterdrückt er und verzichtet auf die Frage, wie ernst die Bitte gemeint war. Ihr Vater wollte auch schon in Peking beigesetzt werden. Draußen waren eine Weile nur üppig bewachsene Hügel zu sehen, jetzt nähern sie sich der Stadt, und die Landschaft öffnet sich. Wie ein alter Kaiserpalast thront das Yuanshan Hotel auf einem Plateau über dem Fluss. Manchen Gebäuden sieht man auf den ersten Blick an, dass sie errichtet wurden, um einem Diktator zu gefallen. Alles eine Nummer zu groß. Angeblich führte früher ein Tunnel von der Lobby direkt zur Residenz des Generalissimus.

»Das Problem ist«, sagt Hua-rong, »dass Grabstellen mit gutem Fengshui so viel kosten wie ein Kleinwagen. Wenn man überhaupt eine bekommt, die Insel ist voll.«

»Umstimmen kannst du ihn nicht?«

»Wie er bestattet werden will?«

»Schon gut, wahrscheinlich entscheidet er sich bald von

alleine um.« Kurz darauf klingelt Hua-rongs Telefon, und sein Bruder staucht einen Mitarbeiter zusammen, der schon wieder die falschen Formulare besorgt hat. Als ältester Sohn war er zu Hause seit jeher Vaters Adjutant, während Harry bis heute als der Liebling ihrer Mutter gilt; weil er der Jüngste ist und der Einzige, den sie früher mitgenommen hat zu den schwierigen Besuchen bei Onkel Keiji. Jede Familie pflegt ihre Mythen. Hinter einem Gewirr von Brücken erstreckt sich die Stadt, ein bis zum Rand gefüllter Talkessel, aus dem in der Ferne das 101-Hochhaus aufragt. Grimmig graues Taipei, pflegt Helen zu sagen. Nächstes Jahr wird er den Punkt passieren, an dem er mehr Zeit in seiner zweiten Heimat verbracht hat als in der ersten, und manchmal überlegt er, ob das die Rangfolge umkehrt. Nach dem Verlassen der Autobahn sieht er Angestellte zu U-Bahnhöfen eilen, die es in seiner Jugend nicht gab. Ungerufen fallen ihm Lus Tränen beim Abschied ein, weil Paul und er die Reise ohne sie antraten. Die Vorstellung, dass seine Mutter früher ebenso stolz auf ihren großen Bruder war wie Lu auf Paul und ihn mit derselben schwärmerischen Bewunderung geliebt hat, versetzt ihm jedes Mal einen Stich. Seit einer Stunde ist er zurück, schon hat ihn alles eingeholt. Als sie auf der Höhe des Bahnhofs links abbiegen, fällt aus dem fast wolkenlosen Himmel leichter Sprühregen, dann lenkt Hua-rong das Auto durch die Gassen nördlich der Ren'ai Road, wo nicht nur ihre Eltern wohnen, sondern zwei Blocks weiter auch er und seine Frau. Julie hat ein eigenes Apartment in der Nähe des Shida Campus. Am Samstag ist Harry mit einem ehemaligen Professor von ihr verabredet, sein einziger beruflicher Termin in den nächsten Tagen, jedenfalls wird er es vor den anderen so darstellen. Worum es wirklich geht, muss vorläufig niemand wissen.

»Komisches Wetter«, sagt sein Bruder wie zu sich selbst.

»Mutter meinte, es gab dieses Jahr keinen richtigen Frühjahrsregen?«

»Alles durcheinander«, erwidert er. »Drüben auch.«

Dann sind sie da. Ein vierstöckiger grauer Kasten ohne Balkone. Als Harry die verwitterte Fassade hinaufblickt, erwartet er, hinter dem Fenster im dritten Stock das Gesicht seiner Mutter zu sehen, aber dort steht niemand. In der Nähe wurden zuletzt mehrere neue Wohntürme hochgezogen, die Baulücke neben ihrem Haus dient vorübergehend als öffentlicher Parkplatz. »Ready to meet the family?«, fragt er und reicht Paul seinen Rucksack.

»Ni hao«, lautet die Antwort. Seit einigen Monaten wächst der Junge, dass man ihm fast dabei zusehen kann; als Julie sich neben ihn stellt, überragt sie ihn nur noch um wenige Zentimeter. »Wo hast du deinen süßen Sohn gelassen?«, fragt sie. »Der hier ist mir zu unhandlich, den will ich nicht.« Mit einer Hand wuschelt sie ihm durch die Haare. Ihre sind kürzer als früher, was ihr ebenso gut steht wie die Kombination aus weiter Stoffhose und engem T-Shirt. Hua-rong hält sich ein wenig abseits, um zu rauchen. Der Regen hat bereits wieder aufgehört.

»Bei dir alles okay?«, fragt er. »Mit der Promotion und überhaupt?«

Ihr Nicken wirkt abwägend, als wollte sie die Frage nicht bejahen, sondern ihre Berechtigung unterstreichen. »Du würdest dich sehr beliebt machen, wenn du A-mah von der Haushaltshilfe überzeugen könntest. Die beiden brauchen jemanden, der rund um die Uhr da ist.«

»Das habe ich befürchtet«, sagt er. »Wusstest du von der Sache mit dem Grab?«

»Ba hat es neulich erwähnt.«

»Sie nicht?«

»Nein.«

»Weiß sie davon? Ich meine, geht es um die Grabstelle für *eine* Person oder ...«

»Keine Ahnung. Bekanntlich spricht sie weder über den Tod noch über die Toten.«

Dass das stimmt, fällt ihm erst jetzt auf. Der wahre Liebling seiner Mutter und ihre engste Vertraute – falls sie so etwas besitzt – ist seit jeher die älteste Enkelin. Es gab Zeiten, da hat er Julie darum beneidet, aber die sind lange vorbei. »Wenn ich es eben richtig verstanden habe«, sagt er, »mag sie keine fremde Person im Haus haben.«

»Wer würde das mögen? Es geht eben nicht anders.«

»Welchen Eindruck macht sie auf dich? Du weißt schon.«

Wie gegen innere Widerstände zieht ein Lächeln über ihr Gesicht. »Mal so, mal so.« Den Signalton ihres Handys ignoriert sie und zeigt mit dem Kopf zum Eingang. »Jetzt warten sie, nehme ich an.«

Alle Häuser in der Gasse stehen hinter einer mannshohen Mauer, auch das seiner Eltern. Im Vorhof werfen ihnen drei Katzen misstrauische Blicke zu. Die meisten Hausbewohner gehören zur erweiterten Verwandtschaft und werden im Lauf des Tages vorbeischauen, um Hallo zu sagen. Im Treppenhaus wappnet sich Harry innerlich vor dem Schock des ersten Anblicks. Neben der Wohnungstür lehnt ein zusammengerollter Schirm, dahinter hört er das vertraute Geräusch des Fernsehers mit den Börsennachrichten. Jeden Morgen, wenn das Wetter es zulässt, geht Mutter zum Frühsport in den Park, Vater verfolgt die über den Bildschirm flimmernden Kurse, obwohl er schon seit Jahren keine Aktien mehr kauft. Im nächsten Moment sieht Harry ihn auf dem Sofa sitzen. Lange Zeit war ihm das Alter nicht anzusehen, inzwischen ist der Verfall offensichtlich. Zwar wendet er kurz den Kopf, als sich die Tür öffnet, aber solange sie die Schuhe ausziehen und mit dem Gepäck hantieren, scheint er keine Notiz von ihnen zu nehmen. Hua-rong ist der Erste, der etwas sagt: »Mutter noch nicht zurück?«

»Bitte?«

»Ist sie im Park?«

»Im Park, ja. Macht ihren Sport.« Vater will aufstehen und tut es dann doch nicht.

Trotz der laufenden Klimaanlage riecht die Luft abgestanden, durchsetzt mit dem Aroma von Essensresten und etwas, wofür Harry kein Name einfällt: so, wie es immer gerochen hat, bloß fremder. Unter der Decke hängen die gleichen Neonröhren wie in öffentlichen Gebäuden und werfen ihr grelles Licht auf die Bodenfliesen. »Does he not know who we are?«, flüstert Paul verunsichert.

Statt zu antworten, fasst er seinen Sohn an der Schulter und schiebt ihn zum Sofa. »Ba«, ruft er in einer Lautstärke, die mehr seiner Anspannung als dem schlechten Gehör seines Vaters geschuldet ist. »Erkennst du deinen Enkel noch? Er ist schon wieder gewachsen.«

Wie ein abgebrochenes Zepter hält sein Vater die Fernbedienung in der Hand. In patriarchaler Hilflosigkeit, überfallen von Emotionen, die ein Mann aushalten muss wie eine Erkältung. Geht wieder vorbei. Schwerfällig erhebt er sich und tätschelt Paul die Wange. »Aiya«, entfährt es ihm, als hätte ihn jemand nackt im Bad überrascht.

»Hallo Großvater. Lange nicht gesehen.«

»Da seid ihr ja«, nickt er. »Gut, gut.« Sein weißes Hemd hat keine Flecken, aber einen gelblichen Kragen. Die Fußnägel, stellt Harry mit einem Blick fest, müssten dringend geschnitten werden.

»Geht's dir gut?«, fragt er. »Geht's euch beiden gut?«

Vaters abwinkende Handbewegung scheint zu bedeuten: Wozu die Worte? »Deine Mutter ist noch im Park«, sagt er. »Frühsport.«

»Sie wird sicher gleich kommen.«

Hua-rong steht bereits wieder in der Tür. »Wir sehen uns heute Abend zum Essen.«

»Ist wegen Sonntag noch was zu organisieren?«

»Die Tische sind für sechs Uhr bestellt.« Er nennt den Namen eines traditionellen chinesischen Restaurants, das nur wenige Gehminuten entfernt liegt. Praktisch, aber vermutlich nicht Mutters eigene Wahl. Julie sieht von ihrem Telefon auf und sagt, sie habe am Abend leider keine Zeit. »Morgen Nachmittag komme ich vorbei.«

»Okay.« Harry bedankt sich fürs Abholen, dann fällt die Tür ins Schloss, und sein Vater setzt sich wieder hin. Vor dem Familienaltar brennen rote Lämpchen, die gerahmten Fotos an der Wand zeigen entweder Hochzeitspaare oder Familien in arrangierter Ordnung – sitzende Eltern, stehende Nachkommen –, nirgends gibt es Schnappschüsse wie in ihrem Haus in Williamstown, von Kindern mit Pudding im Gesicht und dergleichen. »Bringen wir erst mal das Gepäck nach hinten«, sagt er leise.

Die Wände seines früheren Zimmers sind gespickt mit erschlagenen Moskitos. Bücherregale, zwei schmale Betten und der alte Kleiderschrank. Wenn die beiden allein sind und Vater zu laut schnarcht, schläft Mutter hier, aber Spuren hinterlässt sie nicht. »Willst du duschen, oder sollen wir erst frühstücken gehen?«, fragt er, um den deprimierenden Eindruck zu zerstreuen, den der Raum auf seinen Sohn machen muss.

»We speak Chinese now, you and I?«

»Versuch es, okay. Es sind nur ein paar Tage.«

»Ich möchte duschen«, sagt Paul, als würde er den Satz aus einem Schulbuch vorlesen.

»Gut. Ich kaufe uns ein Frühstück. Sojamilch mit oder ohne Zucker? Shaobing mit Ei?«

»Get me those pancakes with egg and ham. Und die Sojamilch süß.«

»Die Pfannkuchen nennt man Danbing.«

»Yes, Sir. Einen Danbing, bitte. Gehst du zum, how do you say ... alten Platz?«

Nickend gibt er ihm einen aufmunternden Klaps. Im Kopf vergleicht sein Sohn die letzten Minuten sicher mit den Umarmungen und dem Lachen, das ihre Besuche bei Helens Eltern in Oakland begleitet. »Text your sister, before she goes to bed. She'll love to hear from you.«

Kurz darauf steht er wieder unten vor dem Haus. Die Luft kommt ihm bereits weniger drückend vor, und seine Müdigkeit weicht einem Anflug von Unternehmungslust. Statt bei Fu Hang ein Frühstück zu kaufen, würde er lieber zum Chiang Kaishek Memorial gehen, wo sich seine Mutter seit Jahren mit denselben Senioren trifft, die gemeinsam Qigong machen oder Federball spielen. Ihre Familie stammt ursprünglich aus Keelung, die Kindheit hat sie in einer Kleinstadt an der Küste verbracht, wo ihr Vater für eine japanische Goldmine arbeitete. Wenn er sie früher zu ihrem Bruder begleitete, wechselten die beiden jedes Mal ins Japanische, wenn sie etwas besprachen, das er nicht verstehen sollte. Oder vielleicht taten sie es nur aus Gewohnheit.

Nach wenigen Schritten hält er ruckartig inne und sieht sich um. Um halb neun sind in der Gegend kaum Leute unterwegs, zwei riesige Banyanbäume überragen die Mauern des nächsten Grundstücks und bilden ein Dach über der Gasse. An deren Ende steht eines der alten Holzhäuser aus der Kolonialzeit, die es hier und da noch gibt, aber dass er plötzlich Zypressenholz zu riechen glaubt, muss ein Streich seiner Erinnerung sein. In dem Dorf bei Taitung, in das sich Onkel Keiji nach der Entlassung aus dem Gefängnis zurückgezogen hatte, trainierte er das örtliche Baseballteam und stellte in seiner Freizeit Möbel aus einem Edelholz her, das heute nicht mehr geschlagen werden darf. Hinoki heißt es auf Japanisch. Sobald Mutter den typischen Zitrusduft irgendwo riecht, schließt sie die Augen und verstummt.

Keine Tränen, kein Wort über die Toten.

Im nächsten Moment sieht er sie. Hundert Meter entfernt passiert sie den Parkplatz neben ihrem Haus. Obwohl der Sommer begonnen hat, trägt sie ihre gesteppte Seidenjacke und in der Armbeuge eine Stofftasche mit Telefon, Thermosflasche und einem kleinen Handtuch. Bevor Harry nach ihr rufen kann, ist sie aus seinem Blickfeld verschwunden, und er kämpft gegen den Impuls an, ihr hinterherzurennen wie ein kleiner Junge. Als Kind war sie angeblich ein unbändiges Plappermaul, aber in seiner Kindheit, als die Zugfahrt nach Taitung den ganzen Tag dauerte, saß sie ihm schweigend gegenüber, und er musste sie mehrmals ansprechen, um bemerkt zu werden. Die stolze Japanerin, die sie einmal gewesen ist, kann er sich bis heute schwer vorstellen, obwohl Onkel Keiji ihm vor seinem Tod alte Briefe gegeben hat, deren früheste noch aus der Kriegszeit stammen. Wenn einer was damit anfangen kann, dann du, meinte er – inzwischen glaubt er das selbst, ohne zu wissen, wie er das Projekt angehen soll. Wahrscheinlich wird er Julies Hilfe benötigen. Die kleine Umeko war seinerzeit zu jung, um die Kräfte zu verstehen, die ihre vertraute Welt bald zerstören sollten. Erst kamen britische Kriegsgefangene, dann amerikanische Bomber, später die Festländer mit Gewehren im Anschlag. Schon in jungen Jahren muss ihr klargeworden sein – klar*gemacht* worden sein –, wie gefährlich es ist, im falschen Moment den Mund zu öffnen. Darüber sprechen mag sie noch immer nicht. Dinge passieren eben, pflegt sie zu sagen, wenn er nachbohrt.

Sicher ist nur, sie hat ihre Lektion gelernt. Und er will endlich wissen welche.

4

Als die Gefangenen schließlich eintrafen, verschwanden die Gipfel um Kinkaseki im dichten Nebel. Im November trommelte Regen auf die Dächer und verwandelte die abschüssigen Wege des Ortes in Rutschbahnen. Wochenlang war über die Ankunft der englischen Teufel spekuliert worden. Ihr Transport, hatte es geheißen, habe auf der Überfahrt nach Taiwan den Kurs ändern und stattdessen Yokohama ansteuern müssen. Alle wussten von den heftigen Kämpfen im Pazifik, denen Umeko die ersten englischen Wörter verdankte, die sie im Unterricht lernte: *Wasp*, *Hornet* und so weiter, die Namen feindlicher Schiffe, die die kaiserliche Marine versenkt hatte. Japanische Kriegsschiffe trugen viel schönere Namen, sie hießen Aufsteigender Kranich, Grüner Drache oder Rotes Schloss. Am liebsten mochte sie einen Flugzeugträger, der beim Angriff auf den Perlenhafen mitgewirkt hatte und *Kaga* hieß, Wachsende Freude.

Passenderweise kamen die Gefangenen auf der *England Maru* im Hafen von Kīrun an. Lehrerin Honda verkündete, dass sich am nächsten Samstag um vier Uhr nachmittags alle Kinder auf dem Schulhof versammeln sollten, wo der Lagerkommandant eine wichtige Ansprache halten werde. Als Umeko durch das Tor trat, herrschte bereits dichtes Gedränge, anscheinend wollten außer den Schülern beider Schulen auch Minenarbeiter, Polizisten und Hausfrauen einen Blick auf die spitznasigen Fremden werfen. Suchend reckte sie den Hals, konnte Keiji aber nirgends entdecken.

Vor dem Gebäude bildeten Soldaten eine lange Reihe, so dass zwischen ihnen und dem Eingang ein freier Raum blieb, dafür war auf dem restlichen Hof kein Durchkommen mehr. Lehrerin Honda hatte alle Mühe, einen Platz zu finden, wo sich die Klasse aufstellen konnte.

Lange Zeit geschah nichts. Umeko und Reiko teilten sich einen Regenschirm und hielten ihn abwechselnd, damit die Finger nicht zu kalt wurden. Hinter den Soldaten stand ein weiß lackiertes Podest für die Ansprache. Sie spürte, wie der Regen ihre Schuhe durchnässte, und dachte an den Besuch des Offiziers, der vor zwei Wochen in die Grundschule gekommen war. Damit die Mädchen einen guten Eindruck machten, hatte Lehrerin Honda ausführlich über die jüngsten Gefechte gesprochen und gesagt, sie sollten sich alles gut einprägen, falls der Mann Fragen stellte. Wegen des schlechten Wetters konnte er schließlich nicht draußen zur gesamten Schule sprechen, sondern ging von Klasse zu Klasse, und Lehrerin Honda wirkte nervös. Mangels einer brauchbaren Karte hatte sie eine Skizze an die Tafel gemalt, aber die vielen pazifischen Inseln, die inzwischen zu Japan gehörten, kaum darauf untergebracht. Aus den Salomonen waren sechs kleine Kringel geworden, neben einem stand der Name Guadalcanal. Neuguinea, das eigentlich die Form eines fauchenden Drachens hatte, ähnelte auf der Tafel einer gähnenden Schildkröte. Es war keine schöne Zeichnung, und als der Offizier in Begleitung des Rektors hereinkam, blickte er darauf, als hätte man ihm eine Schale mit verdorbenem Obst präsentiert. Alle sprangen von ihren Plätzen auf.

»Guten Morgen!«, bellte der Mann. Umekos Blick heftete sich auf seine schwarzen Lederstiefel und das Schwert am Gürtel. Vor Schreck erwiderte niemand den Gruß; erst als Lehrerin Honda sie mit einer flehenden Geste aufforderte, brachten die Schülerinnen ein leises »Guten Morgen, Herr Offizier« hervor.

»Du!« Mit seiner Reitgerte zeigte er auf eine Schülerin in der ersten Reihe. »Wisch die Tafel!« Als das Mädchen zögerte, knallte die Gerte wie ein Schuss aufs Pult. »Sofort! Alle anderen setzen sich hin.«

Aus den Augenwinkeln beobachtete Umeko ihre Lehrerin, die mit zusammengepressten Lippen am Fenster stand. Bis die Tafel sauber war, verging eine Ewigkeit. Ungeduldig nahm der Offizier ein Stück Kreide, schrieb die fünf Kanji für Großjapanisches Kaiserreich und befahl der Klasse, sie laut vorzulesen.

»Dai-Nippon Teikoku.«

»Lauter!«

»Dai-Nippon Teikoku!«

Er schrieb die beiden Zeichen für Kokutai, und erneut war ihm der Chor der Mädchenstimmen nicht laut genug. Wieder und wieder ließ er sie das Wort wiederholen, dann zog zum ersten Mal ein Lächeln über sein Gesicht. »Na bitte, geht doch. Weiß jemand, wie man ›Großostasiatische Wohlstandssphäre‹ schreibt?« Für einige Sekunden schloss Lehrerin Honda die Augen. Wie um die einsetzende Stille zu untermalen, klopfte der Offizier mit der Reitgerte gegen seine Stiefel. Tapp-tapp. Rektor Kondō nestelte an seiner Krawatte.

In Keijis Heften hatte Umeko den Ausdruck gesehen. In Vaters Zeitung stand er oft und bestand aus sechs Zeichen, von denen sie fünf im Unterricht gelernt hatten. Das letzte war das komplizierteste; im Kopf versuchte sie, die Striche zu zählen, und kam auf zwölf. Ihre Handflächen wurden feucht. Oder waren es nur elf? Hinter sich hörte sie ein Geräusch, das wie unterdrücktes Weinen klang.

Tapp-tapp. Demonstrativ, beinahe genüsslich ließ der Offizier seinen Blick auf Lehrerin Honda ruhen. Mit dem Finger schrieb Umeko das Zeichen auf ihr Bein. Zwölf, entschied sie.

»Niemand?«, fragte er. »Ein so wichtiger Begriff, und keiner hat ihn euch beigebracht?«

Als sie von ihrem Stuhl aufstand, spürte Umeko ein Rumoren im Magen. Beinahe hätte sie sich auf der Stelle wieder hingesetzt.

»Ah«, machte der Offizier und hielt ihr das Kreidestück hin.

Konzentration ist das Wichtigste, sagte Keiji immer. Vor jedem Wurf schloss er die Augen und sah die Flugbahn des Balles vor sich, als hätte sie jemand für ihn in die Luft gemalt. Jetzt versuchte sie dasselbe und stellte sich vor, die Kanji stünden bereits an der Tafel und müssten von ihr nur nachgezeichnet werden. Das erste war zum Glück das leichteste. Das zweite bedeutete Osten und kam auch in Tōkyō vor. Nach fünf Zeichen hielt sie inne und warf einen kurzen Blick zum Fenster. Lehrerin Honda hatte die Hände zusammengelegt, als spreche sie im Stillen ein Gebet, genau wie damals beim Endspiel. Rasch schrieb Umeko das letzte Zeichen hin, drehte sich zum Offizier und verbeugte sich.

»Setzen«, sagte er, aber nicht mehr so streng wie vorher.

Vom Beginn seiner Ansprache verstand sie nur Bruchstücke. Ihre Ohren glühten, als wäre sie aus der Kälte in ein überheiztes Zimmer getreten. Japans heilige Mission, alle Völker Ostasiens vom Joch des westlichen Imperialismus zu befreien ... Breitbeinig stand der Offizier am Pult und benutzte viele schwierige Wörter. »Unsere Feinde«, rief er, »führen den Krieg nur aus einem Grund: um weiter ungestört ihre Kolonien ausbeuten zu können. Daher werden sie scheitern. Den Kampf um die Zukunft gewinnt am Ende, wer seine Entschlossenheit aus dem Wissen bezieht, das höhere Ziel zu verfolgen.« In Shōnan-tō und Hongkong, auf Sumatra und den Philippinen, von Indochina bis Neuginea, überall war das japanische Militär auf dem Vormarsch. General MacArthur verkroch sich in Australien, die amerikanische Flotte verlor ein Schiff nach dem anderen, und die Zahl der britischen Kriegsgefangenen ging in die Zehntausende. Sie hatten Japan unterschätzt, weil sie die asiatische Rasse für minderwertig hielten. Nun bezahlten sie den Preis für ihren Hochmut.

»Einige Gefangene«, fuhr er nach einer Pause fort, »werden nach Kinkaseki kommen und in der Kupfermine arbeiten. Soldaten des Kaisers würden dem Feind niemals lebend in die Hände fallen, aber diese Männer sind wie ihre Länder: bloß am eigenen Nutzen interessiert.« Für einen Moment schien es, als wollte er vor Ekel auf den Boden spucken, dann zog wieder das kalte Lächeln von vorher über sein Gesicht. »Was euch betrifft, ihr seid kleine Mädchen und habt mit dem Krieg nichts zu tun. Lernt weiter fleißig. Die Gefangenen werden gut bewacht und können euch nichts tun, aber vielleicht gibt es unter den Einheimischen einige, die dem Feind helfen wollen. Kranke, Irre, Kommunisten, die lieber von den weißen Teufeln unterdrückt werden, als unter unserer Führung frei zu sein. Um solche Menschen aufzuspüren, müssen alle mithelfen. Sobald die Gefangenen eine Möglichkeit wittern, werden sie versuchen, Informationen zu sammeln und sie außer Landes zu schmuggeln. Das darf nicht geschehen! Im Krieg kann jede Unachtsamkeit verheerend sein, habt ihr das verstanden?«

Mit offenem Mund hatten die Mädchen zugehört, jetzt nickten sie eifrig und riefen »Jawohl, Herr Offizier!«. Umeko kam es vor, als würde Reiko besonders laut rufen.

»Wenn ihr etwas seht, das euch verdächtig erscheint, sagt es auf der Stelle eurer ... Nein, meldet es Rektor Kondō. Er wird es umgehend an uns weitergeben. Solltet ihr etwas erfahren und es verschweigen, kann das furchtbare Folgen haben. Für heute ist das alles.« Ohne ein Wort des Abschieds nickte er dem Rektor zu, und der beeilte sich, ihm die Tür zu öffnen. Nachdem beide Männer gegangen waren, blieb im Klassenraum beklommene Stille zurück. Lehrerin Honda lächelte, aber ihre Lippen zitterten dabei, und für eine Weile musste sie der Klasse den Rücken zukehren, um sich über die Augen zu wischen.

―――

Fast eine Stunde standen sie in der Kälte, dann erklang in der Ferne unbestimmter Lärm. Die Gefangenen waren am frühen Morgen mit dem Zug in Zuihō angekommen und von dort hinauf nach Kyūfun marschiert, nun wurden im Rauschen des Regens Stimmen verstehbar, die sich vom Ortseingang her näherten. Honda Shizuko sah mehrere Soldaten im Laufschritt den Hof verlassen. »Hayaku, hayaku!«, hörte sie. »Speedo, speedo!« Dass sich ihre Schülerinnen unter großen Schirmen zusammendrängten, machte es schwer, alle im Auge zu behalten. Angeblich sollten über fünfhundert Gefangene eintreffen, trotzdem zählte sie um sich herum nur knapp drei Dutzend Uniformierte. Die oberen Ränge warteten lieber im Schulgebäude, hinter dessen Fenstern sie ab und zu einen Kopf erkannte, auch den von Offizier Ibuki.

Ihre Finger fühlten sich taub an. Vor einer Woche waren die Temperaturen beinahe über Nacht um fünfzehn Grad gefallen, seitdem hatte sie weder die Sonne noch das Meer gesehen. Dicht wie Rauch hüllte der Nebel die Landschaft ein, und wenn sie im Wohnheim aus dem Fenster schaute, wurde ihr schwindlig, weil sich das Auge an nichts festhalten konnte. Neben ihr stand Rektor Kondō so aufrecht und steif, als trüge er selbst eine Uniform. Sie solle sich nicht einbilden, hatte er ihr vor zwei Wochen klargemacht, dass sie aufgrund ihrer privaten Umstände mit anderen Maßstäben gemessen werde. Diesmal habe eine Schülerin sie rausgeboxt, bei der nächsten Nachlässigkeit werde ihr niemand mehr helfen können. Häufiger als früher hörte sie seitdem Schritte im Flur, die vor ihrem Klassenzimmer verharrten. Als sie den Regenschirm ein Stück in seine Richtung bewegte, gab er ein missbilligendes Schnauben von sich.

Kurz darauf entstand an mehreren Stellen zugleich Bewegung. Der Kommandant des Lagers, ein Leutnant Wakiyama, trat aus dem Schulgebäude und sah sich erwartungsvoll um. Beim Tor erklangen Schmährufe und das schrille Geräusch von Trillerpfeifen, die Menge wich einige Schritte zurück, dann schrien plötzlich alle wild durcheinander. Als die Gefangenen wie eine Schafherde auf den Hof getrieben wurden, spürte Shizuko ihren Magen erzittern. Die Mittelschüler vor ihr wedelten so begeistert mit den Armen, dass sie zunächst nur vage khakifarbene Schatten erkannte. Im Gegenteil, hatte der Rektor ihren Einwand erbost beiseitegewischt, freuen sollten sich die Mädchen, ein solches Ereignis miterleben zu dürfen. Einige Männer fielen erschöpft zu Boden und wurden von den Wachen geschlagen und getreten. Lauter hohlwangige Gestalten mit ungepflegten Bärten und apathischem Blick. Um nicht hinsehen zu müssen, schaute sich Shizuko nach ihren Schülerinnen um, die das Geschehen mit weit aufgerissenen Augen verfolgten. Warum kam sie ihm ständig damit, hatte Rektor Kondō gepoltert, dass einheimische Kinder erst ihren Rückstand auf dem Gebiet von Rechtschreibung und Aussprache aufholen sollten, ehe man sie zu Untertanen des Kaisers erzog? In Kriegszeiten wie im Frieden zu denken war eine Form von Defätismus, konnte oder wollte sie das nicht verstehen?

Gesenkten Kopfes hatte sie die Strafpredigt angehört und ab und zu eine Entschuldigung gemurmelt. Jetzt ging ein Zischeln durch die Reihen. Der Lagerkommandant war auf das weiße Podest gestiegen und hob gebieterisch die Hand. Neben ihm stand ein zweiter Mann bereit, um die Ansprache zu übersetzen. Im nächsten Moment herrschte vollkommene Stille.

»Die vergangenen Monate«, rief Wakiyama mit dröhnender Stimme, »haben eindrucksvoll bewiesen, dass unsere Soldaten dem Feind überlegen sind.« Welche Schlacht hatten sie denn verloren? Shōnan-tō, Hongkong, Burma, Borneo, Sumatra, Luzon – keine! Bald werde der Pazifik so frei von feindlichen Schiffen sein wie der Himmel von ihren Flugzeugen. Die Zeit des britischen Empire in Asien sei endgültig vorbei, Japans Sieg auf Guadalcanal und die Eroberung Australiens stünden unmittelbar bevor. Er sage das nicht, um die Gefangenen zu demoralisieren, sondern, im Gegenteil, um ihnen Mut zu machen. »Denn sobald Australien uns gehört«, erklärte er, »wird es für euch Rindfleisch im Überfluss geben! Alles in unserer Macht Stehende werden wir tun, um euch bei guter Gesundheit zu erhalten.« Kurz hielt er inne, als erwartete er für diese Ankündigung Beifall. Die meisten Gefangenen schauten mit zitterndem Unterkiefer ins Nichts, und Shizuko dachte, dass der Rektor genau die richtige Frage gestellt hatte: Konnte oder wollte sie nicht? Lag es an ihr, dass sie überall aneckte? Jetzt im Winter verbrachte sie die meisten Abende allein, betrachtete das Foto auf dem Schreibtisch und versuchte, Masayoshi in ihren Erinnerungen zum Leben zu erwecken (schwierig, denn es gab nicht viele). Ein guter Ehemann wolle er sein, hatte er ihr bei einem der drei oder vier Treffen in Fukuoka versichert, die der Hochzeit vorausgegangen waren. Rot vor Verlegenheit und beseelt von dem Wunsch, sich allen Herausforderungen des Lebens gewachsen zu zeigen. Sein Vater leitete die Geburtsklinik nahe dem Bahnhof Takamiya, die er eines Tages übernehmen sollte. Ihren schüchternen Gesprächen waren nach der Zeremonie unbeholfene Versuche gefolgt, die Ehe zu vollziehen. Am Anfang hatte sie sich in die Hand beißen müssen, um nicht vor Schmerz zu schreien. Mehr Zeit hätten sie gebraucht, aber als der Einberufungsbefehl kam, tat sie ebenso stolz wie der Rest seiner Familie und machte ihm zum Abschied Seebrasse mit roten Bohnen und Reis, wie es sich für einen glücksverheißenden Anlass gehörte. Dass sie eine miserable Köchin war, hatte ihn zum einzigen Witz ihrer siebenwöchigen Ehe verleitet, an den sie sich erinnern konnte: Schlimmer werde das Essen bei der Armee auch nicht sein – nicht böse gesagt, sondern mit einem lausbubenhaften Grinsen. Das war alles. Ihr Vorhaben, das gegenseitige Kennenlernen schriftlich fortzusetzen, scheiterte an seinem Bemühen, sie vor dem zu bewahren, was er täglich sah. Kaum graduiert und ohne Berufserfahrung, musste er auf einmal eigenhändig Amputationen durchführen. Das Regiment, dem er zugeteilt worden war, kämpfte sich immer tiefer ins chinesische Hinterland vor, immer weiter fort von ihr (ein egoistischer Gedanke, den sie für sich behielt). Du musst mich nicht schonen, schrieb sie und las im Gegenzug etwas von ihrer Reinheit, die sie nicht verlieren dürfe, denn so erhalte sie ihn am Leben.

Als Shizuko wieder hinhörte, sagte der Leutnant: »Von nun an erwarten wir zwei Dinge von euch.« Die linke Hand lag auf dem Griff seines Schwerts, die rechte bewegte er wie ein Dirigent. »Erstens Respekt gegenüber Japan. Herablassende Wörter wie ›Japs‹ zu benutzen, ist ab sofort verboten. Japaner werden von euch die Söhne der großen Nation Nippon genannt. Dabei zu lachen oder das Gesicht zu verziehen, wird streng bestraft. Zweitens erwarten wir Fleiß bei der Arbeit. Wer sich an die Regeln im Lager hält, wird von uns gut behandelt. Wer sich dagegen krank stellt und vor dem Dienst zu drücken versucht, bekommt nichts zu essen. Also seid vernünftig und denkt an die Familien, zu denen ihr eines Tages zurückkehren wollt. Der Hochmut eurer Regierung und eure eigene Feigheit haben euch in die gegenwärtige Lage gebracht. Von uns erhaltet ihr die Chance, mit Anstand zu leben, damit ihr nach dem Krieg zu Hause vom Großmut unserer Nation berichten könnt. Für heute ist das alles.« Die Geste, mit der Wakiyama seine Ansprache beendete, glich einem theatralischen Abwinken. Erst als Rektor Kondō sie von der Seite ansah, stimmte Shizuko in den stürmischen Applaus ein. Der Regen ließ ein wenig nach. Einen fremden Mann zu heiraten, war schwierig genug gewesen, allein mit dessen Eltern zu leben, hatte sie endgültig überfordert. Den Wunsch, die Ausbildung zur Lehrerin auch als verheiratete Frau fortzusetzen, deutete Dr. Honda als einen weiteren Beweis für ihre charakterlichen Defizite, und mehr als einmal hatte ihr Vater persönlich vorsprechen müssen, um sich für seine verzogene, in der Wildnis Taiwans aufgewachsene Tochter zu entschuldigen.

»Honda-san!«

Als sie aufsah, hatte sich der Schulhof bereits ein wenig geleert. Mit Flüchen, Gewehrkolben und Tritten wurden die Gefangenen dazu gebracht, sich ordentlich aufzustellen. »Verzeihung«, sagte sie hastig und zählte die Reihen ihrer Schülerinnen durch, die frierend darauf warteten, hinausgeführt zu werden. Die kleine Ri Umeko sah aus, als halte sie mit aller Kraft ihre Tränen zurück. Zum Abschied schärfte Shizuko ihnen ein, sich die Worte des Kommandanten gut zu merken, zehn Minuten später erreichte sie den Platz vor dem Krankenhaus und schnappte nach Luft, weil sie zu schnell gelaufen war. Der Kragen ihrer Bluse fühlte sich zu eng an. Auf der anderen Seite der Schlucht erklangen die Stimmen, die sie von nun an täglich hören würde. »Hayaku, hayaku! Speedo, speedo!«

Keuchend blieb sie stehen und fragte sich, ob es nur ihr so ging. Alle sprachen von harten Zeiten und notwendigen Opfern, als handelte es sich um ein vorübergehendes Ungemach, das lediglich ein wenig guten Willen erforderte. Du wirst dich daran gewöhnen, behauptete sogar Yōko, aber was, wenn nicht? Die Begegnung mit Umekos Vater am Ende der großen Ferien fiel ihr ein, der Schrecken in seinem Gesicht, als sie die beiden Mädchen erwähnt hatte, die unten am Fluss saßen. Für einen kurzen Moment hatte sie das Gefühl gehabt, dass jemand ihr Unbehagen verstand und teilte; unter ihresgleichen geschah das immer seltener. Im Sommer hatte es Dr. Honda rundweg abgelehnt, seine ehrlose Schwiegertochter zu empfangen, seitdem richtete Mutter am Ende jedes Briefes Grüße aus, die Vater ihr nicht länger auftrug. Die Schuld lag bei ihr, wo sonst. Sobald sie für einen Augenblick die Angst vergaß, sich zu verraten, tat sie es. Ri-san hatte lediglich gegrüßt, und sofort war sie stehengeblieben, um ihn in aller Öffentlichkeit in eine Plauderei zu verwickeln. Jetzt brach die Nacht herein, in der Dunkelheit waren die Stimmen von drüben noch deutlicher zu vernehmen. Ob die kleine Umeko zu Hause erzählte, dass Lehrerin Honda sie in der Schule vor feindlichen Spionen und Verrätern warnte? Laut genug, damit es auch der Rektor draußen im Flur mitbekam.

Vor Kälte klapperte sie mit den Zähnen.

In ihrem Zimmer zog sie die Gardinen zu, legte die Kleider über den Stuhl und verkroch sich im Bett. Bis hierher verfolgte sie der strafende Blick des Schulleiters. Vom

Ethik-Unterricht werde man sie im kommenden Schuljahr entbinden, hatte er zum Abschluss gesagt und ihr einen Satz mitgegeben, den sie sich gefälligst merken solle: Assimilation heißt, die Einheimischen zu Japanern zu erziehen, nicht, dass *wir* uns *ihnen* angleichen!

Eine Stunde lag sie unter der Bettdecke, ohne dass ihr wärmer wurde. Im Flur erklangen Schritte und Stimmen, die Schwestern gingen in die Küche, um gemeinsam zu kochen, aber sie hatte keinen Hunger. Zu wissen, dass sie in Wahrheit nicht den Blick von Rektor Kondō auf sich spürte, machte alles noch komplizierter. Jeden Tag erwartete Masayoshi sie mit derselben unbewegten Miene. Stolz und auf alles gefasst (außer auf den Verlust ihrer Reinheit). Die Uniform war tadellos sauber, vom Schirm der Mütze fiel ein kaum sichtbarer Schatten auf seine blasse Stirn. Lass uns nach dem Krieg gemeinsam nach Taiwan gehen, hatte sie in einem ihrer letzten Briefe geschrieben. Um sich in ihn zu verlieben, war die Zeit zu kurz gewesen, aber immerhin lang genug für die Ahnung, dass es eines Tages geschehen würde. Jetzt sah er ungerührt zu, wie sie die Hand nach ihm ausstreckte. Kein Lächeln ermutigte sie, kein Vorwurf verdunkelte seine Miene, als sie den Rahmen berührte und das Foto vorsichtig aufs Gesicht drehte. Ihr Atem ging so heftig wie zuvor auf dem Heimweg, am ganzen Körper bekam sie Gänsehaut. Nie würde er sie verlassen, aber auch nie bei ihr sein. Er hatte alles getan, was von ihm erwartet worden war, neben seinem Opfer wirkte es ungehörig, ihres auch nur zu erwähnen. Welches überhaupt? Für eine Japanerin gab es doch keine größere Ehre als die, ihr Leben einem Toten zu weihen.

―――

Noch einige Tage wurde über die Ankunft der Gefangenen geredet, dann besprach man wieder, was der Reis kostete und wo es günstiges Feuerholz gab. Feucht und kalt senkte sich der Winter über die Berge. Auf dem morgendlichen Weg ins Büro sah Herr Ri die Engländer in langen Reihen den Hang hinaufziehen, am frühen Abend kehrten sie von der Arbeit zurück und verschwanden hinter den hohen Mauern des Lagers. Oftmals herrschte so dichter Nebel, dass sie gar nicht zu sehen waren. Alle im Ort hatten echte ausländische Teufel erwartet – kräftig und ein wenig rüpelhaft –, nicht solche abgemagerten Gestalten mit leblosen Augen. Was im Inneren des Lagers geschah, wollte lieber niemand wissen. Wenn seine Tochter aus Albträumen aufschreckte, sagte er ihr, sie habe knarzende Balken gehört oder ein verwundetes Tier in den Bergen. Am einfachsten war es, wenn der Regen alle Geräusche verschluckte.

In der Goldmine gab es nicht mehr viel zu tun, weder unter Tage noch im Büro. Ab und zu rief ihn ein Offizier namens Ibuki an und verlangte im Namen der Armee, dass die Geschäftsleitung Arbeiter freistellte, die in der anderen Mine dringender gebraucht wurden, vor allem Sprengmeister und Zimmerleute. Die Drecksarbeit, so schien es, erledigten die Gefangenen, aber um überhaupt an das Kupfer zu gelangen, mussten immer tiefere Stollen gegraben werden, und dafür benötigte man Fachleute. In manchen Nächten lag er auf dem Rücken und glaubte Vibrationen zu spüren, die direkt aus dem Erdreich kamen. Für Gold hatte die Armee keine Verwendung, und der Berg gab auch nicht mehr viel her. Die Ingenieure sagten, man könnte allenfalls einen neuen Stollen setzen, aber dafür fehlten die Mittel.

Im Januar wurde es so neblig, dass es von drinnen aussah, als wären die Bürofenster mit Papier verkleidet. Kollegen lasen Zeitung oder standen in kleinen Gruppen beim Heißwasserboiler und besprachen den Kriegsverlauf. Wegen der Kälte behielten sie ihre Jacken an, und wenn Herr Ri das beheizte Zimmer des Direktors betrat, brach ihm binnen weniger Minuten der Schweiß aus. Auf dem Schreibtisch aus Rosenholz stand immer ein voller Aschenbecher, an diesem Morgen bot ihm Herr Yamashita sogar eine Zigarette an. »Zum nächsten Halbjahr«, verkündete er zufrieden. »Nehmen Sie schon, Ri-san. Und herzlichen Glückwunsch!«

»Der Direktor ist zu gütig. Ein derart großzügiges Angebot ...« Tief nach vorne gebeugt, erkannte er nur aus den Augenwinkeln, dass der Chef die Hand hob.

»Vorerst gilt es lediglich für den Schulbesuch. Ein Bett im Schlafsaal ist nicht frei.«

»Verstanden. Ja. Gewiss.«

»Was sich ändern kann, vielleicht schon im Sommer. Ri-san erwähnte, dass er Verwandte in Taihoku hat?«

»Mein dritter älterer Bruder wohnt dort«, sagte er. »Ein Geschäftsmann, ich werde mit ihm sprechen.« Beim ersten Zug musste er ein Husten unterdrücken, dann schmeckte der Minori-Tabak wie in seiner Erinnerung. Im Kohlenbecken beim Fenster knisterte es, und für einen Moment überkam ihn ein lange nicht empfundenes Wohlbehagen. Seit jeher sei er der Ansicht gewesen, hatte der Chef neulich verkündet, dass die Kolonialregierung gut daran tue, mehr Einheimische in verantwortungsvolle Positionen zu hieven. An Kandidaten mangele es nicht. Von älteren Menschen könne zwar niemand verlangen, dass sie sich dem Gang der Zeit vorbehaltlos anschlössen, aber von jüngeren wiederum nicht, den Preis dafür zu zahlen. Kurz und gut, er werde seine Kontakte spielen lassen, um Keiji auch ohne Namensänderung auf der Handelsschule unterzubringen. Seit sich das herumgesprochen hatte, grüßten ihn die Kollegen mit dem zähneknirschenden Respekt, den man gewieften Intriganten zollt. Tatsächlich hatte er nichts getan, außer sich zu verbeugen, zu bedanken und zu Hause die Vorwürfe seiner Frau abzuwehren. Nun stand es fest: Im Frühjahr würde Keiji in die Hauptstadt ziehen.

»Darf ich fragen, was die beiden anderen Brüder tun?«, fragte der Direktor.

»Gemeinsam leiten sie in Zuihō die Kohlenmine, die früher meinem Vater gehört hat.«

Mit zwei Fingern schob ihm Herr Yamashita den Aschenbecher hin. Statt die chinesische Schule zu erwähnen, die sein Vater einst geleitet hatte, nahm Herr Ri den nächsten Zug. Was sollte falsch daran sein, die Zukunft des eigenen Sohns zu sichern? Zu Hause wurde er selten laut, aber als neulich das Wort ›einschmeicheln‹ gefallen war, hatte er sich nicht beherrschen können. Keiji *wollte* nach Taihoku! Beim Turnier am Taiwan-Schrein hatte seine Mannschaft den vierten Platz belegt, und selbst wenn die nächste Saison nicht stattfinden sollte, brannte er darauf, mit einem der Top-Teams der Insel zu trainieren.

Außerdem, in der Schuld des Direktors stand er so oder so.

»Darf ich fragen, welcher Art die Geschäfte des dritten Bruders sind?«

»Er produziert und vertreibt hauptsächlich heimischen Woolong-Tee.«

»Eine Familie von erfolgreichen Unternehmern. Ausgezeichnet.« Eingehend inspizierte der Chef seine Fingernägel. In der kalten Jahreszeit blieben bei den Yamashitas alle Fenster geschlossen, keine Musik drang den Hang hinauf, aber manchmal, wenn Herr Ri am Haus vorbeikam, hörte er die Frau drinnen singen – was noch trauriger klang als die deutschen Lieder aus dem Grammophon. »Ri-san wollte nie sein eigenes Geschäft leiten?«

Die Frage hatte er kommen sehen. »Es sind harte Zeiten«, sagte er und spürte den ersten Schweißtropfen am Rücken, »besonders in ökonomischer Hinsicht.«

»Ja, nicht wahr.«

Allerdings nicht nur in dieser. Auf die Klarstellung seiner Frau, sie werfe nicht ihm vor, sich beim Direktor einzuschmeicheln, sondern argwöhne, dass dieser *seine* Gunst suche, hatte er mit ungläubigem Kopfschütteln reagiert. Es wurde immer schwieriger, die Contenance zu wahren. Wie von seinem eigenen Gewicht herabgezogen, hing der Himmel über den Gipfeln, und als Herr Ri um halb fünf das Bürogebäude verließ, dämmerte es bereits. Statt nach Hause zu gehen, folgte er der Straße nach Kyūfun. Aus der Richtung des Lagers hörte er Befehle, die nach einem Appell klangen. Wenn er ehrlich war, würde er am liebsten selbst nach Taihoku ziehen und im Geschäft des dritten Bruders einsteigen. Der Bezirk, in dem es lag, war ein Treffpunkt für Künstler und Journalisten, es gab Tee- und neuerdings sogar Kaffeehäuser, wo man erfuhr, was in der Welt geschah. In der Zeitung hingegen entdeckte er plötzlich seltsame Ungereimtheiten. Feindliche Verbände, deren Vernichtung bereits verkündet worden war, tauchten wieder auf und verlangten der kaiserlichen Marine ›heroische Gegenwehr‹ ab. Wie ein Tsunami hatten die Söhne Nippons den Pazifik überrollt, nun schien der Vormarsch ins Stocken zu geraten. Die Kämpfe um Guadalcanal zogen sich hin. Beunruhigt und verängstigt ließ seine Frau ihn nicht mehr in Ruhe lesen, sondern hockte neben ihm und wollte die Artikel übersetzt bekommen. Sah ihn flehend an, als stünde es in seiner Macht, nicht nur ihren Sohn, sondern die ganze Insel aus dem Krieg herauszuhalten.

›Heroisch‹ hieß ›vergeblich‹, hatte er ihr erklärt. Da das umgekehrt nicht galt, verbat er sich inzwischen, abends vor dem Krankenhaus auf die Lehrerin zu warten. In engen Windungen schmiegte sich die Straße an den Hang. Am Ortsrand standen verfallene Hütten, aus denen der beißende

Qualm von zu feuchtem Holz drang, und auf der Höhe des Tempels fiel ihm die Geschichte vom alten Pferdezüchter Weng ein, die sein Vater oft zitierte: Eines Tages verlor der alte Weng seinen teuersten Hengst. Das war ein schwerer Schlag, aber als die Nachbarn kamen, um ihn zu trösten, winkte er ab und sagte: Wer weiß, was daraus werden wird. Wenig später kam das Pferd in Begleitung einer prächtigen Stute zurück, und der alte Weng entgegnete den Nachbarn, die ihm gratulieren wollten: Wer weiß, was daraus werden wird. Sein Sohn ritt die Stute zu, wurde abgeworfen und brach sich ein Bein, und wieder kamen die Nachbarn, um den Alten zu bemitleiden, aber der sagte bloß: Wer weiß, was daraus werden wird. Kurz darauf brach ein Krieg aus, alle jungen Männer mussten einrücken, nur der Sohn des alten Weng wurde wegen seiner Verletzung verschont.

Was weiter daraus wurde, verriet die Geschichte nicht. Vielleicht waren feindliche Soldaten aufgetaucht und hatten die gesamte Familie ausgelöscht. Im nächsten Moment hörte Herr Ri ein knackendes Geräusch und glaubte vor sich eine Gestalt zu erkennen. Gebückt stand sie am Wegrand und schien etwas vom Boden aufzusammeln, aber im grauen Dämmerlicht bestand sie nur aus Umrissen. »Hallo?«, rief er. Statt einer Antwort vernahm er gemurmelte Selbstgespräche, ging ein Stück näher und erkannte die Stimme. »Guten Abend, Herr Tsai.« Niemand sonst im Ort sprach den Mann so an, alle anderen nannten ihn entweder den Verrückten oder gingen ihm ganz aus dem Weg.

»Ah, ja, ja«, war alles, was der Alte erwiderte.

»Sammeln Sie Brennholz?«

Wieder keine Reaktion. Seit Jahren lebte der alte Tsai in einer der baufälligen Hütten neben der Straße und kam zum Betteln nach Kinkaseki. An den Namen des Restaurants, das er früher in Zuihō betrieben hatte, bis es mitsamt seiner

Frau und den Kindern abgebrannt war, erinnerten sich dreißig Jahre später nur noch die wenigsten: Die Schenke zum Goldenen Drachen.

»Ich fürchte, es ist zu nass, nein?«, bemerkte Herr Ri. Wenn ihn sein Vater früher mit zur Kohlenmine genommen hatte, waren sie gelegentlich bei Herrn Tsai eingekehrt.

In jeder Hand hielt der Alte einen Ast von der Länge seiner Unterarme. »Um die Zehn zu machen«, krächzte er. Manche behaupteten, der Betreiber eines anderen Restaurants habe sich der Konkurrenz entledigen wollen, aber das waren bloß Gerüchte. Zum Zeitpunkt des Unglücks hatte Herr Tsai mit seinen Freunden Karten gespielt, wie immer nach Feierabend. Jetzt hielt er die beiden Äste so, dass sie das chinesische Zeichen für zehn bildeten.

»Verstehe«, sagte Herr Ri, weil ihm sonst nichts einfiel. Hätte er etwas zu essen dabeigehabt, hätte er es dem armen Kerl geben, aber die Bentō-Box in seiner Tasche war leer.

»Wegen der Geister«, erklärte der Alte. »Hast du Blätter?«

»Ja, aber noch nicht gelesen.«

»Nichi nichi Shinpō.« Den Namen der Zeitung ließ er klingen wie den Anfang eines Verses oder Zauberspruchs. »Nichi nichi Shinpō.«

»Beim nächsten Mal bringe ich Ihnen eine mit.«

Das Gesicht des Mannes war so verdreckt, dass allein die Augen lebendig wirkten. Als trüge er eine Maske. »Das nächste Mal war schon«, erwiderte er geheimnisvoll.

»Welche Geister lassen sich von einer Zehn abschrecken?«

»Die in der Nacht nach dem Regen kommen.«

»Zu wem?«

Unwirsch schüttelte der Alte den Kopf, als sei es sinnlos, einer solch begriffsstutzigen Person zu antworten. »Zu uns allen«, beschied er und bückte sich, um mehr Äste aufzuheben, die er am Wegrand abgelegt hatte. Sorgfältig nahm er sie in die Armbeuge, dann stieg er querfeldein den Hang hinauf, ohne sich noch einmal umzudrehen.

Wer weiß, was daraus werden wird, schoss es Herrn Ri durch den Kopf. Um ihn herum gab es nichts als Stille und diese dichte Nebelwand, die immer dunkler wurde, weil die Nacht hereinbrach. Niemand wusste etwas, alle redeten in Floskeln, die sich vom wirren Gerede des alten Tsai kaum unterschieden. Was hatte er um diese Zeit auf der Straße nach Kyūfun verloren? Was sollte er tun? Der Krieg dauerte an, das Unheil kam täglich näher, und er beschloss, sich auf dem Rückweg eine Packung Zigaretten zu kaufen.

———

»Freust du dich auf Taihoku?«, fragte sie. Um kurz nach acht lag sie unter der dicken Winterdecke und hörte, wie ihre Mutter nebenan an der Spüle hantierte. Keijis Leselampe brannte noch. Um ihre frierenden Füße aufzuwärmen, wackelte Umeko mit den Zehen.

»Glaube schon«, sagte er.

»Ich kann mich kaum an den dritten Onkel erinnern. Nur an das Haus, ein bisschen.« Der letzte Besuch lag zwei Jahre zurück. Das Haus stand in einem Stadtviertel namens Daitōtei, hatte drei Stockwerke, zwei Innenhöfe und zur Straße hin einen Eingang, der wie ein großer Torbogen aussah. Bis zum Pier am Fluss war es nicht weit, von dort verschiffte der Onkel seinen Tee nach Hongkong und Thailand und ... mit Verzögerung fiel ihr auf, dass Keiji selten ›glaube schon‹ sagte. Was hast du denn gedacht, hätte eher nach ihm geklungen. »Sie haben jedenfalls mehr Platz als wir«, fügte sie hinzu. »Ich denke, es wird dir gefallen.« Hinter dem Vorhang sah sie seine Silhouette, konnte aber nicht erkennen, welches Buch er las. »Glaubst du, sie machen dich gleich in der ersten Saison zum Starting Pitcher?«

»Der, den sie im Oktober hatten, war jedenfalls nicht besonders gut. Ich muss nur endlich lernen, einen Curveball zu werfen.«

»Nicht gut für die Schulter«, erinnerte sie ihn, das hatte er selbst gesagt.

»Für Kinder. Ab der nächsten Saison spiele ich Highschool-Baseball, Ume-chan. Ein guter Fastball reicht dann nicht mehr.«

Auf der Seite liegend, zog sie die Beine an und rieb sich die Zehen mit den Fingern warm. Seit feststand, dass ihr Bruder in einigen Wochen auf die Handelsschule wechseln würde, war er abends gesprächiger als sonst, und manchmal redete er mit ihr, als wäre sie gar nicht viel jünger. »Vielleicht schafft ihr's im nächsten Jahr zum Kōshien Cup«, sagte sie. »Alt genug bist du ja jetzt, genug trainiert hast du auch.«

»Den gibt es aber nicht mehr.«

»Was soll das heißen?«

Er machte eine Kopfbewegung, als wollte er sie durch den Vorhang hindurch anschauen. »Schon letzten Sommer gab es nur ein Ersatzturnier, ohne Mannschaften aus den Kolonien. Wegen des Krieges.«

»Ist nicht die Möglichkeit«, protestierte sie. »Den Kōshien Cup abschaffen ... Für immer?« Nebenan hörte Herr Tanaka wieder Marschmusik im Radio. Hoffentlich kam danach keine Ansprache, die er seiner Frau Wort für Wort wiederholte, obwohl sie direkt neben ihm saß.

»Keiji, wenn sie dich nicht lesen lässt«, sagte Mutter durch die Wand, »komm mit deinem Buch an den Tisch.«

»Schon gut«, rief er und senkte die Stimme zu einem Flüstern. »Bis der Krieg vorbei ist, nehme ich an. Vater sagt, so lange wird auch in Taiwan keine Saison gespielt.«

»Glaubst du, der Krieg dauert noch lange?«

»Vor ein paar Wochen hieß es, er ist bald vorbei. Jetzt betonen die Lehrer immerzu, dass man Geduld und Ausdauer braucht. Und Opferbereitschaft natürlich.«

Soweit sie sehen konnte, lag er ebenfalls auf der Seite. In der Mittelschule mussten die Jungen morgens in kurzen Hosen und Hemden auf dem Hof antreten und Kendō-Übungen machen. Bei jedem Wetter. Fliegeralarm wurde ebenfalls geprobt, sowohl in der Schule als auch in der Mine. Angeblich hatten einige Häuser in der Siedlung eigene Bunker, aber ihres nicht. »Glaubst du, du musst irgendwann kämpfen?«, fragte sie besonders leise, weil ihre Mutter auf das Thema unberechenbar reagierte. Neulich hatte Umeko gefragt, ob wirklich schon Minderjährige eingezogen wurden, und was hatte sie zur Antwort bekommen? Eine Ohrfeige.

»Nicht, solange ich zur Schule gehe. Im Moment nehmen sie vor allem Ureinwohner«, flüsterte er zurück. »Kennst du Ah-hao? Spielt Second Base bei uns.«

»Natürlich«, sagte sie und erinnerte sich, wie sich Keijis Mannschaftskamerad damals nach vorne geworfen und den zweiten Punkt erzielt hatte. Mit Abstand der schnellste Sprinter im Team.

»Ein Bruder von ihm ist Soldat. Letztes Wochenende hat sich Ah-hao seine Uniform ausgeliehen und ist nach Zuihō gefahren, wo ihn keiner kennt. Weißt du, was passiert ist?«

»Was?« Um nicht aus Versehen einzuschlafen, zwickte sie sich in die Wade.

»Alle japanischen Polizisten haben sich vor ihm verbeugt. Er ist einfach durch die Straßen gelaufen, und sobald sie ihn sahen ...« Keijis Lachen klang ein wenig verächtlich. »Nur wegen der Uniform. Nächstes Wochenende wollen wir sie uns zusammen ausleihen, die von seinem Bruder und einem Kollegen.«

»Und dann?«, fragte sie atemlos.

»Nach Zuihō fahren natürlich. Ah-hao sagt, man muss in

vielen Geschäften auch nichts bezahlen. Sie geben einem einfach noch mehr dazu.«

»Und wenn ihr erwischt werdet?«

»Von wem?«

Dem Offizier zum Beispiel, dachte sie. Nach dessen Besuch hatte Lehrerin Honda sie zu sich gerufen und sie ein mutiges Kind genannt, aber was Keiji sich traute ... Einmal war er mit zwei Freunden über den Zaun geklettert, der das Chalet des Kronprinzen umgab. So eindrucksvoll sei das gar nicht, hatte er hinterher gemeint, bloß ein ganz normales Holzhaus. Angeblich hatte der Kronprinz, der inzwischen Kaiser war, auch nie darin gewohnt.

Am nächsten Wochenende sagte Keiji ihren Eltern, es sei ein Sondertraining auf dem Rasenplatz in Zuihō angesetzt. Dafür ließen sie ihn natürlich gehen. Umeko war den ganzen Tag nervös, aber als er am frühen Abend zurückkehrte, lag ein breites Grinsen auf seinem Gesicht. »Erzähl es niemandem«, meinte er, »es war wirklich ein Riesenspaß.« Einem Polizisten habe er einen Fleck auf seiner Mütze vorgehalten, und der habe stotternd versprochen, sie am Abend eigenhändig zu reinigen. »Dabei waren wir bloß einfache Gefreite«, lachte er. »Stell dir vor, was man mit einer Offiziersuniform anstellen könnte.«

»Versprich mir, dass du das nicht tun wirst«, erwiderte sie ernst.

Gegen Ende des Winters wurde die Luft allmählich wärmer und trockener. Keijis Abschied rückte näher. In der Schule erklärte ihnen Lehrerin Honda die großherzige Entscheidung des Kaisers, seinen Soldaten den Rückzug von Guadalcanal zu erlauben. An manchen Tagen kam Vater schon um vier Uhr nachmittags nach Hause, und einmal hörte Umeko, wie ihre Eltern darüber berieten, ob sie im Fall der Fälle nach Kīrun ziehen sollten. Am nächsten Tag lief sie hinauf zum Schrein und betete, dass das nicht geschehen möge. Zum großen Geisterfest fuhr sie gern nach Kīrun, aber warum sollten sie auf einmal dort leben? Und was hieß ›Fall der Fälle‹?

»Kinder haben Ohren, keinen Mund«, mehr sagte Mutter nicht dazu.

Als im März das Schuljahr endete, packte Keiji seine Sachen. Was nicht in den Koffer passte, den Vater ihm gekauft hatte, wanderte in eine hölzerne Kiste, am Ende blieben bloß ein paar Bücher und das Bettzeug übrig. Den Band mit den Geschichten von Koizumi Yakumo schenkte er ihr. Um ihnen allen den Abschied zu erleichtern, verkündete Vater, dass sie gemeinsam nach Taihoku fahren würden. Direktor Yamashita hatte ihm extra einen Tag frei gegeben und sogar angeboten, sie von seinem Chauffeur zum Bahnhof von Zuihō bringen zu lassen. Das wollte Mutter zwar nicht, aber Vater sagte, der Direktor bestehe darauf, also besuchten sie am Nachmittag vor der Abfahrt zu viert dessen Haus, um sich zu bedanken. Weil es der erste frühlingshafte Tag des Jahres war, blieben sie vor dem Eingang stehen und genossen das sanfte Licht, das durch die Blätter des Bambus fiel. Mutter überreichte eine Obstschale, die sie mit rotem Papier ausgelegt und so sorgfältig bestückt hatte, als wäre jede Frucht ein Wertgegenstand. Frau Yamashita gesellte sich dazu, um die Gäste zu begrüßen. Ihr Kimono war für den Anlass viel zu festlich, das Gesicht hatte sie weiß geschminkt, und ihr Lächeln wirkte wie aufgemalt. Manchmal sagte sie »Ja, nicht wahr«, obwohl niemand mit ihr gesprochen hatte.

Der Direktor lobte Keiji in den höchsten Tönen. Als erster Einheimischer aus Kinkaseki, der eine weiterführende Schule in der Hauptstadt besuchte, sei er ein Paradebeispiel für gelungene Assimilierung. Von tüchtigen jungen Männern wie ihm hänge die Zukunft der Insel ab. Keiji bedankte sich mit einer tiefen Verbeugung, in den Gesprächspausen glaubte Umeko Musik zu hören, die aus dem Inneren des Hauses kam. Dessen Balken dufteten so stark nach Hinoki, dass sie an frisch geschnittene Limonen denken musste. Als der Direktor bemerkte, das Automobil werde am nächsten Morgen um neun Uhr bereitstehen, begann die ausführliche Verabschiedung. Reihum sagten sie noch einmal Danke, und die Erwachsenen wünschten einander ein schönes Wochenende. In der Einfahrt drehte sich Umeko um und sah Frau Yamashita allein vor der Tür stehen. Den Kopf hatte sie schief gelegt, als hörte sie jemandem aufmerksam zu. Um sie herum spielte das Sonnenlicht auf dem weißen Kies wie auf dem Grund eines klaren Gewässers.

Am nächsten Tag ging es los. Schon um halb neun standen sie mit ihren Koffern auf dem planierten Weg. In der Goldmine hatte die Schicht begonnen, und vor dem Eingang herrschte wenig Betrieb, trotzdem wurden sie ein Dutzend Mal gefragt, wohin sie denn unterwegs seien. Jedes Mal lüftete Vater den Hut und antwortete: »Nach Taihoku, um meinen Sohn zur Schule zu bringen.« Er trug den westlichen Anzug, mit dem er auch ins Büro ging, und vermutlich tat er so beschwingt, um Mutter zu zeigen, dass es ein freudiger Anlass war. Keijis Miene ließ nicht erkennen, was in ihm vorging. Seit dem Aufstehen sah er aus, als stünde er auf dem Spielfeld und konzentrierte sich auf den nächsten Wurf.

Um das Automobil als Erste zu sehen, ging Umeko ein paar Schritte den Weg hinab. Mutter rief ihr nach, sie solle sich das Kleid nicht schmutzig machen. Oberhalb des Hauses von Direktor Yamashita gab es einen terrassenartigen Vorsprung im Hang, von wo aus sie das Grundstück überblicken konnte. Als sie unter den Bäumen entlangschlich, erkannte sie in der Ferne das stahlblaue Meer. Hier und da war der abschüssige Boden feucht und ein wenig glitschig.

Noch stand das Automobil vor dem Haus, stellte sie fest. Mit seinen weißen Handschuhen trug der Chauffeur Kisten herbei und verstaute sie im hinteren Teil des Wagens. Unter den Bäumen war es so kühl, dass Umeko eine Gänsehaut bekam. Auf das Wochenende freute sie sich, aber die Vorstellung, künftig abends allein einzuschlafen, gefiel ihr gar nicht. Reikos Mutter war wieder schwanger, weshalb ihre Freundin noch mehr als sonst im Haushalt helfen musste. Ihren geheimen Treffpunkt am Goldberg würden sie in diesem Frühjahr selten aufsuchen können. Kurz darauf ertönte das Geräusch des anspringenden Motors, und da sie nicht wusste, wann sie das nächste Mal Gelegenheit haben würde, aufs Klo zu gehen, beschloss sie kurzerhand, es hier zu tun. Im Garten der Yamashitas war niemand zu sehen. Rasch zog sie ihr Kleid hoch, hockte sich hin und überlegte, was sie Reiko aus der Hauptstadt mitbringen könnte. Am besten eine Postkarte, ihre Freundin war ja noch nie in Taihoku gewesen. Als Wachmann verdiente der Vater wenig Geld, und manchmal ließ sie durchblicken, dass er zwar mit den Gefangenen machen konnte, was er wollte, aber wenn ein Fehler passierte, bekam er selbst Schläge von seinen Vorgesetzten.

Als sich Umeko wieder aufrichtete, sah sie den Verrückten. Wenige Meter entfernt kniete er in einer Mulde im Hang, als wäre er gerade aufgewacht. Seine verfilzten Haare standen ihm vom Kopf ab, und die löchrige Kleidung starrte vor Dreck. Neben ihm lag der Packen alter Zeitungen, den er immer mit sich herumschleppte. Hastig richtete sie ihr Kleid und dachte, dass die Polizei ihn verhaften sollte. Ihr einfach hier aufzulauern! Als er nach einer Zeitung griff und damit hin und her wedelte, verzerrte sich sein Gesicht zu einer hässlichen Grimasse. »Dai-Nippon zeigt es ihnen«, krächzte er. Außer ein paar dunklen Zahnstümpfen war sein Mund leer. Umeko drehte sich um und rannte los, so schnell sie konnte. Äste schlugen ihr ins Gesicht. »Yes Sir!«, rief er. »Dai-Nippon zeigt es allen.« Sein heiseres Lachen verfolgte sie, als liefe er ihr hinterher.

Mit klopfendem Herzen kehrte sie auf den planierten Weg zurück. Im selben Moment kam das Automobil um die Kurve gefahren, und Vater machte eine ungeduldige Handbewegung in ihre Richtung. Auf einmal war es, als hätte der Tag einen Sprung bekommen. Obwohl die Sonne schien, spürte sie den kalten Hauch, der sie unter den Bäumen angeweht hatte. »Was habe ich eben gesagt«, schimpfte Mutter und zog sie kräftig am Ohr. »Schau, wie dein Kleid schon wieder aussieht!« Tagelang hatte sie sich darauf gefreut, in einem Automobil zu fahren, jetzt kämpfte sie mit den Tränen. Das wird er büßen, dachte sie. Drinnen roch es bitter nach dem schwarzen Leder der Sitze. Vater saß vorne neben dem Chauffeur, der seine Tür schloss und laut »Abfahrt!« rief. Das Gefährt vibrierte und ruckelte, und Umeko spürte einen Anflug von Übelkeit, als sie vor dem Tor der Goldmine wendeten.

»Setz dich gerade hin!«, herrschte Mutter sie an.

Die Sitze waren so tief, dass sie entweder den Rücken anlehnen oder die Füße auf den Boden stellen konnte, nicht beides. Fuhren sie durch ein Loch im Boden, wurde sie nach oben geworfen wie von einem bockenden Pferd. Noch einmal passierten sie den Vorsprung im Hang, aber als Umeko versuchte, zwischen den Bäumen hindurchzusehen, riss Mutter sie an der Schulter. Ohnehin ging alles zu schnell. Die Welt verschwamm vor ihren Augen, als würde sie rennen, und beinahe bekam sie es mit der Angst zu tun. Erst als sie den Blick in die Ferne richtete, auf die Berge und das glitzernde Meer, sah alles aus wie immer.

5

Das Haus des dritten Onkels war noch größer als das von Direktor Yamashita. Doppelt so groß, schätzte sie. Die hohen Fenster zeigten auf eine Straße, wo von früh bis spät Fahrräder, Rikschas und Busse vorbeifuhren, und auch im Laden herrschte ein ständiges Kommen und Gehen. Gerahmte Plakate von der Weltausstellung in St. Louis zierten die Wände, auf denen taiwanischer Woolong-Tee präsentiert wurde. Inzwischen lieferte ihn der dritte Onkel hauptsächlich nach Japan, in bunt verzierten Dosen, die entweder Frauen in festlichen Kimonos oder berühmte Landschaften wie den Fuji zeigten. Der stand zwar nicht in Taiwan, gab er augenzwinkernd zu, aber die Kunden mochten ihn, darauf kam es an. Dass es auf der Insel höhere Berge gab, sei den Japanern gar nicht recht. Das ganze Erdgeschoss roch nach den Teeblättern, die im Hinterhaus geröstet und gemahlen wurden. Im zweiten Stock schrieben Sekretäre in schönster Kaligraphie Briefe, auf denen das Wahrzeichen des Geschäfts prangte, eine rosa Pflaumenblüte, und ganz oben lagen die Wohnräume. In Keijis künftigem Zimmer stand ein riesiges Bett mit Eisenfüßen und quietschenden Federn; um sich hinzulegen, musste man zuerst hineinklettern. »Hoffentlich bist du schwindelfrei«, sagte sie.

»Stell dir vor, das bin ich«, gab er zurück.

Kaum angekommen, brachen sie auf, um die Stadt zu erkunden. Der Kikumoto Department Store hatte einen Aufzug, genau wie die berühmten Kaufhäuser in Tōkyō. Jedes

Mal, wenn sich die Türen öffneten, war man in einem anderen Stockwerk – davon gab es sieben! Wegen ihrer vielen Cafés und Geschäfte wurde die Gegend die Ginza von Taihoku genannt. Zu Hause wusste Umeko von allen Leuten, ob sie Einheimische oder Japaner waren, hier konnte sie keinen Unterschied erkennen. Einmal sah sie eine junge Frau in einem engen Kleid, das an der Seite geschlitzt war bis zum Knie. Mutter nannte es die chinesische Mode und sagte, so sähen heutzutage die Geishas aus. Es war sehr aufregend. Bei Hikari Shokudō, einer riesigen Markthalle mit unzähligen Restaurants, standen Kästen, in die man eine Münze hineinwarf, schon kam unten eine faustgroße Kugel mit einer Überraschung heraus. Sie hatte Glück und zog einen Baseballspieler der Tōkyō Giants. Für Reiko erstand sie eine Postkarte mit dem Gouverneurspalast und eine silberne Haarspange. An den Zwischenfall mit dem verrückten Tsai dachte sie an diesem Nachmittag nur, wenn ihr zwischendurch auffiel, dass sie eigentlich gar nicht daran dachte.

Am Abend lud sie der dritte Onkel in ein westliches Restaurant namens *Bolero* ein, wo das Essen erst nach einer Stunde kam. Statt hölzerner Stäbchen benutzte sie Werkzeug aus Metall, hinterher tranken die Erwachsenen einen sogenannten Kaffee, der aussah wie Sojasauce und furchtbar bitter schmeckte. Auf dem Heimweg kicherte Mutter vor sich hin, weil ihr Herz angeblich Sprünge machte. Nachts lagen sie zu viert in Keijis Zimmer, Vater und Mutter im Bett, ihr Bruder und sie auf ausgerollten Matten auf dem Boden. Im Halbschlaf spürte Umeko, wie die Wände vibrierten, wenn draußen ein Bus vorbeifuhr, und träumte davon, eines Tages hier zu leben: Morgens würde sie mit der Rikscha zur Arbeit fahren und nachmittags ins Kino gehen oder sich ein neues Kleid kaufen. Moga nannte man das, es war die Abkürzung für Modan Gāru und bedeutete moderne junge Frau.

Leider war der nächste Tag bereits der letzte. Nach dem Frühstück fuhren sie hinaus zum Taiwan-Schrein, wo man zu achtundsechzig verschiedenen Göttern beten konnte. Umeko schrieb auf ihr Ema, dass Keiji sich in Taihoku nicht einsam fühlen solle, und hängte es vor der Haupthalle auf. Mutter betupfte sich die Augen und meinte, das sei sehr mitfühlend von ihr. Sie und Vater schrieben, dass bald Frieden herrschen möge. Es war ein sonniger Tag, alle Frauen spannten ihre Schirme auf, viele trugen trotz des Krieges bunte Kimonos. Keiji zeigte ihr das Baseballfeld, wo sein Team im letzten Jahr den vierten Platz belegt hatte: ein richtiges Stadion mit Sitzplätzen zu beiden Seiten und einer großen Tafel, um den Spielstand anzuzeigen. Das hohe Gras verriet allerdings, dass schon lange keine Partie mehr stattgefunden hatte. Seufzend wendete er sich ab, und auch sie fand es schwieriger als am Vortag, die Attraktionen zu genießen. Für den Maruyama-Zoo blieb wenig Zeit, und als sie im Bus saßen und zurück zum Haus des dritten Onkels fuhren, war der Besuch so gut wie vorbei.

Am Nachmittag mussten sie zurück nach Kinkaseki. Zu dritt.

Während Umeko ihre Sachen packte, riss sie sich zusammen, aber als Mutter beim Abschied in Tränen ausbrach, war es auch mit ihrer Selbstbeherrschung vorbei. Wozu sollte Keiji in Taihoku bleiben, wenn die nächste Saison sowieso ausfiel? Mit wem würde sie künftig vor dem Einschlafen reden? In der Fahrradriksha zum Bahnhof drehte sie sich um und sah ihren Bruder vor dem Haus stehen, als wollte er ihnen hinterherrennen. Mutter presste sich ein Taschentuch auf den Mund, ab und zu warf Vater ihr besorgte Blicke zu, ansonsten sprach er mit dem Fahrer über die Entwicklung des Goldpreises.

Als sie in Zuihō aus dem Zug stiegen, war es bereits dunkel. Diesmal wartete kein Automobil auf sie, und der Bus kam erst nach einer Stunde. Die Straße zwischen Kyūfun und Kinkaseki schien mehr Schlaglöcher zu haben als am Vortag, und wenn der Bus in eins hineinkrachte, tat es jedes Mal im Steiß weh. Eine der ärmlichen Hütten, die sie passierten, gehörte dem Verrückten, den sie von ganzem Herzen hasste. Sterben sollte er! Erst beim Betreten des Hauses fühlte sie sich besser, drinnen roch es wie immer, und als Vater ihr eine gute Nacht wünschte, meinte er, sie werde sich an alles gewöhnen. In der Mitte hing kein Vorhang mehr, der das Zimmer in zwei Hälften teilte. Keijis Leselampe stand jetzt neben ihrem Bett. »Ich schon«, sagte sie. »Was ist mit ihm?«

»Mach dir keine Sorgen. Sobald die Schule und das Training beginnen, wird es ihm gut gehen. Du hast sein Zimmer gesehen, es ist so groß wie unsere Wohnung.«

»Der dritte Onkel sagt, mit meiner Handschrift kann ich jederzeit bei ihm anfangen.«

»Sagt er das, ja? Vielleicht willst du vorher die Grundschule beenden, was meinst du?«

»Schon, aber wenn wir von hier wegziehen müssen, sollten wir nach Taihoku gehen statt nach Kīrun. An das Leben dort könnte ich mich gewöhnen, ich werde ein Moga.«

Er versuchte zu lächeln, aber sein Gesicht wirkte müde. »Glaub mir, Kleines, du wirst noch sehr oft Gelegenheit bekommen, dich an neue Dinge zu gewöhnen.«

»Müssen wir von hier wegziehen?«

»Das kommt darauf an, wie sich die Dinge entwickeln. In der Mine und überhaupt.«

»Du bist derjenige, der die Leute einstellt und entlässt, also kannst *du* nicht entlassen werden. Von wem denn?«

Mit der Hand strich er ihr über die Wange. »Es war ein langer Tag. Versuch zu schlafen.«

»Außerdem war es sehr nett von Direktor Yamashita, uns das Auto zu leihen. Wenn er dich entlassen wollte, hätte er es nicht getan.«

Er nickte. »Weshalb du dir keine Sorgen machen musst, hörst du?«

»Ist Mutter nur wegen Keiji traurig?« Für einen Moment erwartete sie, ausgeschimpft zu werden, weil sie keine Ruhe gab, aber Vaters Hand tastete bloß nach den Zigaretten in seiner Brusttasche. Wenn ihre Eltern abends glaubten, nicht gehört zu werden, stritten sie öfter als früher. In Wahrheit bekam sie durch die dünnen Wände alles mit. Als er aufstehen wollte, hielt sie seine Hand fest und schüttelte den Kopf. Ohne Keiji neben sich hatte sie Angst vor den Geräuschen, die nachts manchmal erklangen. Wilde Tiere, behauptete ihr Vater, obwohl es oben in den Bergen nur Frösche und Hasen gab. »Sie wird sich auch daran gewöhnen«, sagte er schließlich. »Wie wir alle.«

Vor der anderen Wand waren noch die Umrisse von Keijis Matratze zu erkennen. Ein eingedunkeltes Rechteck auf dem Tatamiboden. In der Küche erledigte seine Frau den Abwasch und schluchzte zwischendurch, von nebenan drangen an diesem Abend weder Marschmusik noch Reden durch die Wand. Seit den Kämpfen in der Bismarcksee galt der älteste Sohn der Tanakas als vermisst, und der Buchhalter trank seinen Sake im Stillen. Ungeduldig wartete Herr Ri darauf, dass der Kleinen die Augen zufielen, damit er endlich in den Vorgarten gehen und rauchen konnte.

Vorerst nicht, hatte der dritte Bruder gesagt. Die Situation auf dem Festland war ebenso verworren wie im Pazifik, seine Geschäfte gingen schleppend, und gestern Abend im *Bolero* hatte er gar gemeint, er sei froh, als Schüler Chinesisch gelernt zu haben. Wer wisse schon, wie die Sache am Ende ausgehen werde. Waren die Seewege nach Japan erst blockiert ... Der deutsche Weißwein, den sie zum Essen tranken, schmeckte säuerlich und stieg Herrn Ri sofort zu Kopf. Also nicht. Seine Hoffnung auf ein Leben in Taihoku zerstob und ließ eher Leere als Enttäuschung zurück. Die beiden ältesten Brüder hatten die väterliche Kohlenmine übernommen, der dritte leitete seine eigene Firma und war, wie es sich für einen Lee aus Keelung gehörte, mehr als ein einfacher Kaufmann. Im Erdgeschoss des Teehandels stand ein Tisch aus Kampferholz, wo sich am frühen Abend Männer trafen, um über Kunst und Politik zu diskutieren. Einige schrieben für Zeitungen oder veröffentlichten Bücher, ein Maler war nur wegen des Krieges aus Europa zurückgekehrt. Bekamen sie Hunger, schickte der dritte Bruder jemanden los, um ein paar Kleinigkeiten zu kaufen, und wenn ihm die Debatten zu hitzig wurden, beendete er sie mit einer scherzhaften Bemerkung. Polizeipatrouillen schauten selten herein und fanden wenig zu beanstanden. Später zog die Gruppe weiter ins *Pegasus*, ein Teehaus mit kleinem Varietétheater, wo ihnen Schauspielerinnen und Sängerinnen Gesellschaft leisteten. Dorthin allerdings ging der Hausherr nie mit, sondern verbrachte den Feierabend oben bei seiner Frau und las mehrere Zeitungen, um auf dem Laufenden zu bleiben. Zu welchem Thema man ihn auch befragte, die Antworten fielen knapp und entschieden aus. Dieselbe natürliche Autorität wie der Vater, bloß ohne dessen starrsinniges Festhalten an den Sitten von vorgestern.

»In der Mine gibt es nicht mehr viel zu tun für dich?« Sein Bruder sprach Taiwanisch und schenkte ihm Wein nach, bis Herr Ri mit der Hand abwinkte. Das Essen ließ auf sich warten, und nachdem sie den ganzen Tag durch die Stadt gelaufen waren, machte sich am Tisch Erschöpfung breit. Die Kleine konnte kaum noch die Augen offenhalten.

»Ich muss froh sein, wenn ich nicht entlassen werde.«

»So schlecht laufen die Geschäfte?«

»Die Kupfermine nimmt uns alles weg, Männer und Material.«

»Aber mit dem Chef verstehst du dich weiterhin?«

»Er hat die Zulassung für Keiji arrangiert«, sagte er. »Ohne dass ich darum gebeten hätte.«

Der dritte Bruder schien beruhigt, dass er nicht gegen seinen kaufmännischen Instinkt verstoßen musste, um ihm einen Gefallen zu tun. Keiji bei sich aufzunehmen und für seinen Unterhalt zu sorgen, war bereits viel, oder nicht?

»Sieh zu, dass es so bleibt«, sagte er, »die Lage wird sich so schnell nicht verbessern. Im Gegenteil.«

»Hörst du Dinge, die nicht in der Zeitung stehen?«

»Ja, aber nichts Gutes. Vor allem von drüben.«

Wenn Herr Ri ehrlich war, interessierte ihn der Krieg in China kaum. Über den Tisch hinweg warf er einen Blick auf Keiji, der schon den ganzen Tag dreinschaute, als schüchterte ihn sein künftiges Leben desto mehr ein, je näher es rückte. Er selbst war beim Umzug nach Japan bereits Oberschüler gewesen und hatte trotzdem lange unter Heimweh gelitten. Drei Jahre war er auf die Kwansei Gakuin gegangen, wo seinerzeit noch liebenswerte Exzentriker und Freigeister hatten unterrichten dürfen, die Anatole France im Original zitierten und sich selten kämmten. Danach drei Jahre auf ein zweitklassiges Business-College in Ōsaka. Heimweh, wusste er seitdem, verließ einen irgendwann, ohne dass man es merkte, so wie der Zungenschlag von zu Hause oder das Staunen über die vielen Trams und die Lichter. Anderthalb Jahre hatte er in einem traditionsreichen Geschäft in Semba, wo die bessere Gesellschaft der Stadt ihre Kimonos kaufte, die praktische Seite des Berufslebens kennengelernt und war von allen für einen Mann aus der Region gehalten worden, höflich und verbindlich. Der Chef vertraute ihm blind – mit Chefs konnte er schon immer gut – und ließ sogar die Bereitschaft erkennen, ihm seine einzige Tochter anzuvertrauen. Hanako.

»Hast du was dagegen«, unterbrach der dritte Bruder seine einsamen Reminiszenzen, »wenn ich ihm nebenher Chinesisch beibringe? Falls die Schule ihm dafür Zeit lässt.«

»Du glaubst, dass ihm das eines Tages nützen kann?«

»Schaden jedenfalls nicht.«

»Wie du meinst.« Nickend überwand er sich zu einem weiteren Schluck. Erst nachdem er Japan gegen seinen Willen verlassen hatte, war das Heimweh – oder eine eng verwandte Form der Sehnsucht – zurückgekehrt, und jetzt versetzte ihn der Alkohol in die entsprechende Stimmung. Prompt fielen ihm die Besuche im Großen Takarazuka Theater ein; im ersten Jahr am College war er nur hineingelangt, wenn ältere Kommilitonen ihn begleiteten. Drinnen hatten ihm die Darbietungen auf der Bühne – genauer gesagt die kurzen Röcke der Tänzerinnen – schlagartig eine neue Welt eröffnet. So merkwürdig es klang, aber bis dahin waren ihm Frauen nie besonders aufgefallen. Sie arbeiteten als Küchenmädchen im väterlichen Haushalt, verkauften Gemüse auf dem Markt oder saßen den ganzen Tag in ihrem Zimmer wie seine Mutter, deren gebundene Füße den gestutzten Flügeln eines Papageis ähnelten. Im Dämmerlicht des Theaters hatten sie sich plötzlich in Wesen verwandelt, die seine Blicke magisch anzogen. Fortan waren sie überall, fragten in Geschäften nach seinen Wünschen, nahmen im Restaurant Bestellungen entgegen, hatten schmale oder volle Lippen, längere oder kürzere Wimpern, schauten mal unterwürfig, mal verlegen, und wenn er zu auffällig starrte, sahen sie weg.

Als ihm einige Jahre später im Izakaya eine Frau über die Wange strich und sagte, er sei so männlich, wusste er, dass sie ihn ebenfalls bemerkten. Wenn er erzählte, aus Taiwan zu kommen, lobten sie sein Japanisch und stellten Fragen. Was ihn anzog, waren keineswegs nur die Körper; er wünschte sich, mit ihnen reden zu können wie der Erzähler in *Kokoro* mit Senseis Frau. Manche Dinge schienen sie besser zu verstehen als Männer. Statt den draufgängerischen unter seinen Kameraden in die Teehäuser zu folgen, zog er es vor, zu warten und zu träumen. Wie sie sich manchmal beim Lachen die Hand vor den Mund hielten, gab seiner Fantasie Nahrung für Monate. Lange vor Hanako hatte er sich in die Idee verliebt, eine anmutige und kluge Frau wie sie zu treffen.

Unter den vielen alten Geschäften in Semba besaß Kido einen der klangvollsten Namen. Mr. Kido wurde der Chef genannt, weil er für sich englischen Tweed bevorzugte, obwohl er ausschließlich japanische Kleidung vertrieb. Wollten Kunden einen Kimono für besondere Anlässe, beauftragte er bekannte Künstler mit dem Design. Um die Tochter hatten sich bereits einige alteingesessene Kaufmannsfamilien bemüht, aber sein Versprechen lautete, dass sie ihren Mann selbst auswählen durfte, unter einer Bedingung: Da die Mutter bei Hanakos Geburt gestorben war und es keine Söhne gab, musste der Betreffende bereit sein, sich adoptieren zu lassen und das Geschäft unter dem bekannten Namen weiterzuführen. Viele Kunden kauften schließlich bereits in der dritten oder vierten Generation dort ein.

Und warum nicht? Nach einem Jahr gehörte er ohnehin zur Familie und aß häufiger im Stammhaus als in der bescheidenen Pension, die er als Junggeselle bewohnte. Das Vertrauen des Chefs ging so weit, dass er sie beide ab und zu allein ließ, dann hielt Herr Ri Hanakos Hand und erklärte ihr, warum er seinem Vater das Anliegen persönlich vorbringen wollte, nicht schriftlich. Grund zur Eile bestand nicht, noch war er zu unerfahren, um ein solches Haus zu führen. Sie versprach ihm, dass ihre Entscheidung feststand. Er versicherte, wie stolz seine Familie sein werde. Zu Kundenbesuchen in Kyōto oder Kōbe nahm Mr. Kido ihn mit und stellte ihn als künftigen Schwiegersohn vor.

Nach dem Essen bestellte der dritte Bruder Kaffee. Es war bereits acht Uhr vorbei, Umeko hatte beide Unterarme auf den Tisch gelegt und schlief, ihn versetzte der bittere Geschmack in eine jähe, grelle Wachheit. Das weiße Licht auf den Wänden schmerzte in den Augen, und er war froh, als sie das *Bolero* schließlich verließen. Eine Stunde später lag er neben seiner Frau in dem ungewohnt hohen Bett und fühlte sein Herz kräftiger schlagen als sonst. Hinter dem hölzernen Raumteiler atmeten die Kinder tief und gleichmäßig. Dass sein Vater anders als Hanakos die Prinzipien eines früheren Jahrhunderts vertrat, hätte er wissen müssen, und wenn er ehrlich war, hatte ihm bloß der Mut gefehlt, es ihr ins Gesicht zu sagen. Die Schiffsreise nach Taiwan war lang und beschwerlich, das Gespräch mit dem Vater noch kürzer als erwartet. Einen fremden Namen anzunehmen, kam für einen Lee aus Keelung nicht in Frage. Der ausgezeichnete Ruf des Geschäfts im fernen Ōsaka interessierte den Vater nicht, weil sein Mutterland auf der anderen Seite der Insel lag und er für den jüngsten Sohn bereits eine passende Frau gefunden hatte: die Tochter eines Geschäftspartners aus Ruifang, der zu denselben Göttern betete, nach denselben Prinzipien lebte und folglich nichts davon hielt, den Nachwuchs eigene Entscheidungen treffen zu lassen. Schon gar nicht die Töchter. Verliebt und hochmütig war Herr Ri in die Heimat zurückgekehrt, nur um zu erfahren, dass ein Wahrsager vor ihm gewusst hatte, wen er heiraten würde. Seitdem war er wieder ein Einheimischer, der vor den Kolonialherren buckeln und auf ihr Wohlwollen hoffen musste. Nachts schlief er neben einer Frau, die er nicht liebte, und wenn Herr Yamashita fragte, ob er Semba nicht auch vermisse, dachte er im Stillen: Geh nach Kyūfun und vergnüg dich mit deinen Huren! Seit fast fünfzig Jahren herrschten die Japaner über die Insel und schafften es nicht, modernes Denken einzuführen. Wollten sie es überhaupt, oder ging es ihnen nur um Profit? Wenn sein Groll ihn einmal verließ, wich er der schamvollen Erkenntnis, sich zu schnell und zu leise gefügt zu haben. Als seine Frau unter der Decke nach ihm tastete, zuckte er erschrocken zusammen. »Warum schläfst du nicht?«

»Mein Herz klopft immer noch so«, flüsterte sie und musste ein Kichern unterdrücken.

»Weil du es nicht gewohnt bist. Wieso hast du vor dem Kaffee Wein getrunken?«

»Jemand hatte mir eingeschenkt.« Ihre Hand fand seine und hielt sie fest. Unverdorben, lautete das Wort, mit dem die ältere Generation Frauen wie sie beschrieb. Japanisch sprach sie nur gebrochen, lesen und schreiben konnte sie gar nicht; wenn ihn gelegentlich Mitleid überkam, hielt sie es für Zuneigung und reagierte mit dankbarer Anhänglichkeit. »Was ist«, flüsterte sie jetzt, »wenn ich mich morgen beim Abschied nicht beherrschen kann?«

»Bemüh dich. Er wird uns regelmäßig besuchen.«

»Aber wenn der Krieg eines Tages –«

»Mach dir keine Sorgen«, unterbrach er sie, »japanische Schulen werden im Ernstfall als Erste evakuiert.« Der dritte Bruder hatte auf einen erheblichen Teil seines Erbes verzichtet, um seine eigene Wahl zu treffen, aber die Adoption in eine andere Familie war ohne Zustimmung des leiblichen Vaters unmöglich. Inzwischen hatte sich Herr Ri mit der Situation arrangiert oder es zumindest lange Zeit geglaubt. Im Winter, wenn sich alle zu Hause verkrochen, war es leichter, aber hier in Taihoku blühten bereits die Kirschbäume. Das kurze Gespräch mit der Lehrerin konnte er noch immer Wort für Wort wiederholen, und manchmal tat er es. Im nächsten Moment quietschte das Bettgestell, weil seine Frau näher rückte, statt ihn loszulassen.

Er erinnerte sich an die Überraschung in ihrem Gesicht, den sichtbaren Anflug von ... Freude? Wie leicht es gewesen war, ein Gespräch zu beginnen. Ungewöhnlich große Augen und ein lebhaftes Mienenspiel, besonders, wenn sie von früher sprach, ihrer Kindheit im Süden. Zu gern würde er gemeinsam mit ihr durch die grünen Ebenen streifen. Dann spürte er, dass er hart wurde, und als seine Frau es ebenfalls merkte, hielt sie erschrocken den Atem an. Wortlos legte er eine Hand auf ihre Brust. Das letzte Mal lag Monate zurück, und die Ahnung, wie er sich hinterher fühlen würde, ließ ihn zögern. Mit der Lehrerin wäre alles anders.

Jeder für sich horchten sie ins dunkle Zimmer. »Schlafen tief und fest«, flüsterte er und zog am Saum ihres Nachthemds. Als er sich auf sie legte und die Lippen an ihren Hals drückte, wurde sie steif wie ein Brett. Frauen ließen es über sich ergehen, hatte man ihr beigebracht. Manchmal verlor er sich in Erinnerungen und Träumen, wenn sie es taten, dann war es beinahe schön, aber nie für lange. Jetzt sah er den Streifen weißer Haut am Hals der anderen, wo die schwere Tasche den Kragen hatte verrutschen lassen. Stellte sich vor, wie sie sich abends entkleidete. Beim Eindringen machte seine Frau ein Geräusch, als schnappte sie nach Luft, ansonsten kam ihr kein Laut über die Lippen. Auf ihrem Gesicht lag ein bläulicher Schimmer. Damals hatten sie alle eine echte Schönheit genannt, aber natürlich war ihre Haut viel dunkler als die Brüste, die er in Gedanken berührte.

Kurz darauf spürte er ein Zucken und den verschämt hoffnungsvollen Blick seiner Frau. Den Strahl und schließlich nichts mehr außer kühler Luft am Rücken.

Manchmal weinte sie hinterher, heute nicht. Vorsichtig rollte er sich auf die Seite.

Während sein Atem ruhiger wurde, hoffte er, sie werde ins Bad gehen und ihn für einen Moment allein lassen. Was war besser, das Glück gekannt und wieder verloren oder es nie kennengelernt zu haben? Im Rückblick schien es ihm, als habe er schon damals nicht an seins geglaubt, obwohl es ihm täglich vor Augen stand. Auch ohne so behandelt zu werden, hatte er sich wie ein Bürger zweiter Klasse gefühlt – zu tief saß es in ihm. Als die Scheinwerfer eines vorbeifahrenden Busses die Zimmerdecke erhellten, überlegte er aufzustehen und auf dem Balkon eine zu rauchen. Wieder zog der Frühling herauf, der Krieg kam unaufhaltsam näher, und er gehörte nun einmal nicht zu denen, die aus ihrem Gefängnis ausbrachen. Ihm fehlte die nötige Entschlossenheit.

Jemand anderes musste die Mauern für ihn sprengen.

———

Das Beste an der neuen Situation waren die Briefe aus Taihoku. Meistens richtete Keiji sie an die ganze Familie und erzählte von Fortschritten in der Schule, aber alle drei bis vier Wochen legte Mutter ihr einen Umschlag aufs Bett, der an sie allein adressiert war. Ihr gegenüber gab er zu, dass der Wechsel an die Handelsschule seine Erwartungen nicht erfüllt hatte. Abgesehen vom Training bekam er kaum eine Gelegenheit, sich als Pitcher zu beweisen. Ab und zu wurde die Mannschaft in einen Bus gesetzt, um außerhalb der Stadt vor verwundeten Frontsoldaten zu spielen, ansonsten fanden keine Wettkämpfe statt. Sag Mutter nichts, fügte er einmal hinzu, aber es kommen auch immer häufiger Offiziere in die Schule und erklären uns, wie ehrenvoll es ist, für den Kaiser zu sterben.

Im Gegenzug berichtete Umeko von Neuigkeiten aus Kinkaseki. Gegen Ende des Schuljahrs trafen noch einmal Gefangene ein, allerdings ohne Empfang auf dem Schulhof; sie erfuhr nur davon, weil Reiko von den Scherereien erzählte, die ihr Vater mit Männern hatte, die sich vor der Arbeit drückten. Die Mutter hatte inzwischen einen so dicken Bauch, dass sie kaum noch aufstand, sondern Reiko vom Bett aus bei den Hausarbeiten anwies. Vor der Schule musste ihre Freundin das Frühstück für die Geschwister zubereiten, nachmittags eilte sie zum Markt, und im Unterricht fielen ihr vor Müdigkeit die Augen zu. Lehrerin Honda hatte dafür Verständnis, aber nach den Sommerferien übernahm Lehrerin Wakui den Ethik-Unterricht, eine dralle, kugelförmige Person, die jede Unaufmerksamkeit bestrafte. Reikos Noten wurden immer schlechter.

Ihren Treffpunkt in den Bergen suchten sie nur noch sonntags auf, wenn das Wetter es zuließ. Ein Felsen, dessen Oberfläche abgeflacht war, diente ihnen als Tisch, und so gut Umeko konnte, half sie ihrer Freundin mit den Hausaufgaben. Einmal ging es um eine Geschichte aus der Zeit, als Taiwan noch hauptsächlich von Wilden bewohnt gewesen war, die in den Bergen lebten und nur in die Ebene kamen, um chinesischen Siedlern die Köpfe abzuschlagen. Eine wahre Geschichte, hatte Lehrerin Wakui betont. Ehe die Japaner für Ordnung sorgten, hatten die Wilden abgetrennte Köpfe nämlich als Trophäen gesammelt. Ein Beamter namens Gōhō versuchte zwischen ihnen und den Siedlern zu vermitteln, weil er ihre Sprache konnte und der einzige Chinese war, den sie respektierten. Trotzdem musste er den Wilden Hühner und Schweine schenken, damit sie die Siedler verschonten, und als auch das nicht mehr half, dachte er sich etwas aus: Er ritt hinauf in die Berge, um den Wilden zu sagen, dass am nächsten Tag ein Reiter in einer roten Robe ihr Revier durchqueren würde, und ausnahmsweise erlaubte er ihnen, ihn zu überfallen und ihm den Kopf abzuschlagen. Das ließen sich die wilden Männer nicht zweimal sagen. Tags darauf versteckten sie sich nahe der genannten Stelle, und tatsächlich kam ihnen bald ein einsamer, ganz in Rot gekleideter Reiter entgegen. Sogar das Gesicht wurde von rotem Stoff bedeckt. Mit Gebrüll stürzten sich die Wilden auf ihn und töteten ihn mit einem Handstreich, aber was sahen sie, als sie die Maske entfernten, um den Kopf abzutrennen? Es war niemand anderes als Gōhō selbst, den sie umgebracht hatten! Da erschraken sie so sehr, dass sie gelobten, ihr wildes Tun einzustellen und nie wieder einem Mann den Kopf abzuschlagen.

Das war die Geschichte. Seitdem ging es in Taiwan friedlicher zu, hatte Lehrerin Wakui gesagt.

»Also denn.« Aufmunternd sah Umeko ihre Freundin an. Warum ist Gōhō ein Vorbild für uns, lautete die Leitfrage für den Aufsatz. »Fällt dir was dazu ein?«

Gleichgültig zuckte Reiko mit den Schultern. »Ich an seiner Stelle hätte die Wilden weiter bestochen. Als Beamter hatte er Geld genug, außerdem konnte er es sich von den Siedlern zurückholen. Seinen Kopf kriegt er nicht wieder.«

»Er wollte sie aber dazu bringen, sich zu ändern. Sie sollten einsehen, dass es unzivilisiert ist, Leuten den Kopf abzuschlagen.«

»Chinesen gab's genug, oder nicht?«

»Fangen wir anders an«, erwiderte Umeko geduldig. »Warum stellt uns Lehrerin Wakui diese Frage? Was will sie uns beibringen?«

»Woher soll ich das wissen? Ich mag sie nicht. Sie sieht aus wie ein Kürbis.«

»Stimmt, aber das sieht man auch, ohne dass sie uns eine Geschichte erzählt.«

Eine Weile dachten sie sich Spitznamen für Lehrerin Wakui aus und mussten so lachen, dass sie den Aufsatz darüber vergaßen. Aus dem Tal schallte Musik herauf; die Armee hatte im Gefangenenlager große Lautsprecher installiert, und wenn die Männer abends von der Mine zurückkehrten, war die Marschmusik im ganzen Ort zu hören. *Yuki no shingun* und ähnliche Lieder, die auch in der Schule gesungen wurden. »Du könntest schreiben«, sagte Umeko, »dass die Chinesen zwar loyale Beamte hatten, aber nicht genug davon. Die meisten waren gierig und korrupt, und deshalb gab es keine Eisenbahn, wenige Straßen und überhaupt keinen Fortschritt. Gōhō hat man später ein sogenanntes Mausoleum errichtet, weil er der erste Chinese war, der sich wie ein Japaner verhalten hat.«

»Und die Wilden?«

»Man sagt jetzt Ureinwohner.«

»Sammeln sie noch abgeschlagene Köpfe?«

»Um es zu verhindern, werden sie in die Armee aufgenommen. Da lernen sie Disziplin.« Kurz überlegte sie, ihrer Freundin zu sagen, was sie selbst schreiben wollte: Die Japaner hatten verstanden, dass die Ureinwohner keine Köpfe sammelten, weil sie von Natur aus böse waren, sondern um ihre Furchtlosigkeit zu beweisen. Für sie war es wie ein Sport, also musste man ihnen eine andere Möglichkeit geben, sich auszuzeichnen, und was eignete sich dafür besser als – Baseball! Im Süden Taiwans gab es die erfolgreichsten Mannschaften, weil dort die meisten Ureinwohner lebten. Die menschliche Lokomotive, die für die Tōkyō Giants einen Homerun nach dem anderen schlug, war nur ein Beispiel.

Damit sie keinen Fehler machte, hatte Mutter ihr erlaubt, vom Postamt aus beim dritten Onkel anzurufen und Keiji den Text vorzulesen. Baseball verlangte Opferbereitschaft und Teamgeist, bestätigte er, das sollte sie betonen, schließlich hatte ihre Lehrerin nach der Vorbildfunktion gefragt. In welchem Jahr die menschliche Lokomotive mit der Landwirtschaftsschule Kagi am Kōshien Cup teilgenommen hatte, wusste er auch noch und sagte zum Schluss, über die Kupfermine solle sie in ihren Briefen lieber nichts schreiben, vorsichtshalber.

Als Umeko aufsah, war der Blick ihrer Freundin ins Tal gerichtet. Reiko schien über ein Problem nachzudenken, das nichts mit Gōhō zu tun hatte. Es gelang ihr einfach nicht, sich zu konzentrieren. »Soll ich dir ein paar Sätze hinschreiben? Damit du einen Einstieg hast.«

»Wahrscheinlich gehe ich bald sowieso nicht mehr zur Schule. Mein Vater sagt, ich muss Geld verdienen. Sein Gehalt als Wachmann reicht nicht.«

»Wie denn Geld verdienen? Du bist ein Kind.«

»Ich werde bald zwölf.«

Dass ihre Freundin zwei Jahre älter war als sie, vergaß sie immer wieder. Man sah es auch nicht. »Mit zwölf musst du zur Schule gehen.«

»In der Mine sind Jungen und zählen die vollen Loren, die von den ausländischen Teufeln rausgebracht werden. So schwer kann es nicht sein.«

»Du bist aber kein Junge, sondern –«

»Mein Vater sagt, noch sehe ich wie einer aus. Er kennt die richtigen Leute, sie werden ein Auge zudrücken.«

»Hast du Lehrerin Honda nicht gehört«, rief Umeko. »Seit diesem Jahr gibt es eine Schulpflicht. Das heißt, es ist verboten, nicht hinzugehen!«

»Ich habe viele Cousinen, die lieber arbeiten«, erwiderte

Reiko und kaute an ihrem Daumennagel. »Mein Vater sagt, Schulpflicht ist was für die feinen Leute.«

»Soll ich den Aufsatz für dich schreiben? Wenn du bessere Noten bekommst, wird er dich nicht von der Schule nehmen.«

Unbekümmert schüttelte ihre Freundin den Kopf. »Ich schreibe einfach, er war mutig und hatte keine Angst zu sterben. Genau wie ein Vorbild.«

Es wurde Zeit, nach Hause zu gehen. Schweigend packten sie ihre Sachen zusammen und folgten dem Pfad, der vom Rand der Mulde abwärtsführte. Als sie den Schrein erreichten, lag Kinkaseki bereits im Schatten, auf dem Meer kräuselten sich kleine Wellen, und über den Hang des Teekannenbergs kehrten die Gefangenen zurück. Als die ersten das Lager erreichten, schleppten sich oben immer noch welche über den Kamm, so viele waren es.

»Weißt du, wohin man sie bringt, wenn sie krepieren?«, fragte Reiko. Mit der Hand zeigte sie auf den Hügel, hinter dem Kyūfun lag. »Da, oberhalb von unserem Friedhof.«

»Wer bringt sie dorthin?«

»Na, die Soldaten natürlich. Die Gräber müssen die Gefangenen aber selbst schaufeln.«

»Woher weißt du das?«

»Weiß ich halt.« Immer, wenn sie ihrer Freundin mit den Hausaufgaben geholfen hatte, tat Reiko hinterher so, als wüsste sie alles selbst am besten. Dankbarkeit war nicht ihre größte Stärke.

»Weißt du auch, wer dort auf dem Hügel wohnt?«, fragte Umeko. In der abendlichen Stille glaubte sie, die Befehle der Wachen zu hören, aber es war wie mit den Schreien, die sie nachts aus dem Schlaf rissen: Sobald sie hinhorchte, war alles still. Jetzt erzählte sie ihrer Freundin zum ersten Mal, was am Morgen der Abfahrt nach Taihoku passiert war.

Seitdem ging sie morgens noch weitere Umwege, wenn sich der Verrückte vor der Mine herumtrieb.

»Das ist ja wohl absolut widerlich!«, rief Reiko empört. »Dafür wird er allerdings büßen.«

»Er lag natürlich mit Absicht da. Genau über dem Haus des Direktors.«

»Das alte Schwein.«

Auf dem Heimweg dachten sie sich Schimpfnamen für den verrückten Tsai aus, und wie immer kannte Reiko die besten.

Eine Woche später bekamen sie ihre Aufsätze zurück. Zum ersten Mal erhielt Umeko ein Ungenügend, weil sie das Thema verfehlt und obendrein verbotene Wörter benutzt hatte. Man durfte nicht mehr ›Giants‹ sagen, es hieß jetzt ›Kyojin‹, was zwar dasselbe bedeutete, aber in besserem Japanisch. Die Aufgabe, schimpfte Lehrerin Wakui, hatte darin bestanden, die Vorbildfunktion des Beamten Gōhō zu beschreiben, und die war offensichtlich: ›Er ist bereit, sein Leben für die Gemeinschaft zu geben‹, schrieb sie an die Tafel, ehe sie Umekos weitschweifige Abhandlung über gewisse Ureinwohner beim Kōshien Cup von anno dazumal vorlas. Die ganze Klasse lachte. Den Aufsatz musste sie noch einmal schreiben, allein nach dem Unterricht, aber das Schlimmste war, dass Reiko in das Lachen der anderen eingestimmt hatte. Eine halbe Seite hatte ihre Freundin geschrieben und dafür ein Befriedigend erhalten. Der einzige Trost war die Zeichnung, die Keiji seinem nächsten Brief beifügte: Sie zeigte Umeko, wie sie mit riesigem Baseballschläger einen Ball schlug, der das verkniffene Gesicht von Lehrerin Wakui hatte. Strike, stand in dicker Katakana-Schrift darunter. Ihr Vater fand sie auch lustig, aber in die Schule mitnehmen durfte sie den Zettel nicht.

Im Herbst brachte Reikos Mutter einen Jungen zur Welt,

der viel hustete, und die beiden Freundinnen sahen sich noch seltener. Wenig später wurde zum ersten Mal Fliegeralarm gegeben. Es war ein kalter Vormittag, an dem es so heftig regnete, dass die Lehrer ihnen erlaubten, in den Pausen im Gebäude zu bleiben. Auf einmal heulten die Sirenen. Eine Übung, hieß es zuerst, aber Umeko sah die Lehrer miteinander tuscheln, als hinter dem Rauschen des Regens ein tiefes Brummen erklang, das langsam über sie hinwegzog. Zu sehen war nichts, obwohl es viele Flugzeuge zu sein schienen. Eine Stunde lang standen alle dicht an dicht im Keller und durften kein Wort sagen, dann erst ließ man sie zurück in die Klassen, und Rektor Kondō lobte ihr vorbildliches Verhalten. Es sei tatsächlich eine nicht angekündigte Übung mit echten Flugzeugen gewesen. Um die Wachsamkeit der Bevölkerung zu erhöhen, werde das Militär künftig regelmäßig Alarm auslösen, alle Schüler sollten sich die Fluchtwege einprägen und nicht vergessen: Wenn es knallt, Daumen in die Ohren, vier Finger auf die Augen! Umekos Blick fiel auf Lehrerin Honda, die die Arme vor der Brust verschränkt hielt, als wäre ihr kalt, so wie damals beim Besuch des Offiziers. Für einen Moment wendete sie sich von der Klasse ab und sah aus dem Fenster. Nebel verhüllte den Jilong-Berg, der den Ort wie eine riesige Mauer vom Meer abschirmte, aber für Flugzeuge war sie natürlich zu niedrig.

———

»Mehr weiß ich auch nicht«, flüsterte er in die Dunkelheit, nachdem er seiner Frau alles erzählt hatte. »Hätten sie den Kindern Angst machen und ihnen die Wahrheit sagen sollen? Andererseits: Wenn bald auch hier Bomben fallen, kann man nicht mehr von Übungen faseln.«

»Was sagt dein Bruder?«, fragte sie kaum hörbar.

»In Taipei war das Wetter besser, man konnte sie gut erkennen. Sie sahen sehr echt aus, sagt er, echt amerikanisch. Angeblich ist das Flugfeld in Hsinchu komplett zerstört.«

Nebeneinander lagen sie auf ihren Matten und starrten an die Decke. Draußen prasselte der Regen ohne Unterlass. Vom Büro aus hatte Herr Ri am Nachmittag den dritten Bruder angerufen und sich erzählen lassen, was er wusste. Offenbar ein gezielter Angriff auf die japanische Luftwaffe, mit etwa dreißig Flugzeugen. »Du musst schweren Stoff kaufen«, fügte er hinzu und tastete mit der Hand neben sich. »Sie werden nächtliche Verdunklung anordnen.« Letzten Monat hatte der Kaiser die Situation seines Landes als wahrlich besorgniserregend bezeichnet, was jedenfalls nicht übertrieben war. Überall befand sich die japanische Armee in der Defensive, außer in China, und von dort mussten die Flugzeuge gekommen sein. Ab sofort war alles möglich.

»Wann werden sie Taihoku angreifen?«

Woher sollte er das wissen? Nebenan hörte Herr Tanaka einen anderen Sender als sonst, wahrscheinlich suchte er nach Nachrichten über die Situation auf der Insel. Seit dem Tod von Admiral Yamamoto im Frühjahr war die Siegesgewissheit der Japaner bangen Vorahnungen gewichen. »Vorerst versuchen die Amerikaner, die Lufthoheit über dem Pazifik zu gewinnen«, flüsterte er. »Städte sind noch kein strategisches Ziel, das dürfte sich allerdings bald ändern.« Beruhigen konnte er seine Frau nicht mehr, aber sie schien es tröstlich zu finden, wenn er die Dinge offen aussprach – merkwürdigerweise fand er das selbst. »Neulich hat mich der Offizier aus der Kupfermine angerufen und wollte wissen, ob wir noch Karbon haben. Ihre Vorräte sind aufgebraucht. Man fragt sich, mit welchen Lampen sie die Männer einfahren lassen. Und nicht nur Männer, einer unserer Zimmerleute hat auch Frauen gesehen. Einheimische, keine Ahnung von wo.«

»Die unter Tage arbeiten?«

»Offenbar. Im Moment nehmen sie jeden.« Vermutlich sollte noch möglichst viel Kupfer ins Mutterland gelangen, ehe die Seewege endgültig unpassierbar wurden. »Neulich wollte Umeko wissen, ob auch Kinder in der Mine arbeiten.«

»Wie kommt sie darauf?«

»Sie schnappt Dinge auf und versucht sich ein Bild zu machen. Von ihrer Freundin kriegt sie alle möglichen Schauergeschichten zu hören.« Größtenteils wahre, aber das sagte er nicht. Unter der Decke spürte er die Wärme ihres Körpers und wünschte sich ganz gegen seine Gewohnheit, sie möge ihn berühren. Der dritte Bruder fand ebenfalls, dass Keiji vorläufig in der Hauptstadt bleiben sollte. Wo der nächste Angriff drohte, wusste niemand. Die Amerikaner schienen ihre Ziele zu kennen, und falls sie von der Mine oder dem Lager wussten, konnte es auch hier jederzeit losgehen.

»Arbeiten denn Kinder dort?«

»Ein paar Jungen«, erwiderte er. »Sie bauen kein Gestein ab, sondern zählen die Loren.«

»Was heißt Jungen? In Keijis Alter?«

»Ich war nicht dort. Halbwüchsige, hieß es. Vielleicht sind es bloß Gerüchte.«

»Deine Männer erzählen dir keine Gerüchte –«

»Jetzt fängst du auch schon so an: *meine* Männer.« Statt mit Akazienholz, hatte sein Kontakt gesagt, wurden die neuen Stollen notdürftig mit morschen Resten abgestützt. Weder gab es genug Licht noch ausreichende Luftzufuhr. Reihenweise stürzten die Gefangenen in ungesicherte Schächte und brachen sich die Knochen, von mindestens neun Todesfällen hatte der Mann berichtet, ein ehemaliger Vorarbeiter aus der Goldmine, aber es mussten mehr sein. Inzwischen wusste Herr Ri auch, wohin man die Toten brachte. Vor zwei Wochen war er dem verrückten Tsai erneut begegnet, an derselben Stelle wie beim ersten Mal, und wieder hatte der Alte Holz gesammelt und von Geistern und der Zehn gefaselt. Diesmal war Herr Ri ihm gefolgt, als er den Hang hinaufging. Querfeldein, über den aufgeweichten Boden, aus dem hier und da Felsstücke ragten. Sobald er daran zurückdachte, stellte sich das Gefühl erneut ein: die ebenso bange wie lockende Erwartung, etwas zu sehen, das er sich im nächsten Augenblick wünschen würde, nie gesehen zu haben. Unaufhörlich mit sich selbst sprechend war Herr Tsai vorangegangen, und er hatte alle Mühe gehabt, ihn im dichten Nebel nicht aus den Augen zu verlieren.

Etwa zehn Minuten stiegen sie bergan. Als Herr Ri feststellte, dass sie sich auf Kyūfun zubewegten, wurde das Gelände vorübergehend flacher. Seine guten Schuhe waren bereits durchnässt und gaben schmatzende Geräusche von sich. Unsicher blieb er stehen, hörte nichts und stellte sich vor, wie der Alte wenige Meter vor ihm stand und ebenfalls horchte. Wenn er nicht aufpasste, würde er am Ende einen der Äste an den Kopf bekommen.

Im nächsten Moment erklang das Gemurmel etwas weiter unterhalb. Vor sich erkannte Herr Ri den Eingang eines stillgelegten Stollens, von denen es auf dieser Seite des Bergs viele gab: Das erste Gold war noch vor der Kolonialzeit in der Gegend um Ruifang gefunden worden, danach hatte die Hoffnung auf schnellen Reichtum Männer von überall angelockt. Den Keelung-Fluss waren sie hinaufgezogen und in den meisten Fällen an Entkräftung gestorben, ohne der Armut entkommen zu sein. Die Entdeckung einer Goldader in den hiesigen Bergen hatte später einen regelrechten Rausch ausgelöst. In kleinen Gruppen krochen die Männer durch den Staub, buddelten, siebten und schlugen einander die Köpfe ein, wenn es im Boden zu glitzern begann. Kinkaseki bedeutete ›Goldstück von der Größe eines Kürbis‹, aber ein solches war sicherlich nie gefunden worden, und inzwischen gehörte alles der Nippon Bergbau GmbH. Vor dem Krieg war es die größte Goldmine Asiens gewesen, mit eigener Flotationsanlage und direkter Zugverbindung zum Hafen von Kīrun. Was würde passieren, fragte er sich, während er vorsichtig einen Fuß vor den anderen setzte, sollten die Japaner den Krieg verlieren? Würden Männer auf eigene Faust in die Schächte steigen und ihr Glück suchen? Und vor allem: Wer würden die neuen Herren über das Gold und die Insel sein?

Zwischen kniehohen Büschen ging es immer steiler bergab bis zum nächsten Plateau. Dort lief der alte Tsai hin und her und murmelte vor sich hin, als zählte er seine Schritte. Letzte Möglichkeit zur Umkehr, dachte Herr Ri, ließ sie verstreichen und verharrte hinter einem Strauch, bis sich der Nebel ein wenig lichtete. Dann sah er alles. Natürlich war es ein Fehler gewesen, hierherzukommen.

Im felsigen Untergrund hatte man die Toten nur notdürftig verscharrt. Hier und da schaute Stoff aus der dünnen Erdschicht. Ein gutes Dutzend Gräber reihten sich aneinander, ohne Steine oder andere Markierungen außer den vom alten Tsai aufgestellten Kreuzen – das chinesische Zeichen für Zehn. Je zwei Äste und ein bisschen Draht, mehr brauchte es nicht. Hier und da herumliegende Holzstücke deuteten darauf hin, dass die Soldaten die Kreuze zerstörten, wenn sie frische Leichen brachten. Geister, die nach dem Regen kommen, hatte der Alte gesagt. Sollten ihn die Japaner bei seinem Tun überraschen, wäre er verloren, das stand fest.

»Hast du dich mal gefragt, wie es nach dem Krieg sein wird?«, flüsterte seine Frau, bevor er entschieden hatte, ob er ihr von der Begebenheit erzählen wollte.

»Friedlicher hoffentlich.«

»Du weißt, was ich meine.«

»Aber du nicht. Auf den Salomonen wird immer noch gekämpft. Bis die Amerikaner hierherkommen, können viele Jahre vergehen. Vielleicht schließen sie vorher einen Waffenstillstand, oder es kommen stattdessen die Russen oder die Chinesen oder ... Wie es nach dem Krieg sein wird, hängt davon ab, wer uns besiegt. Und wann.« Mit geschlossenen Augen roch er den Duft der Tatamimatten und wusste, dass er noch lange wachliegen würde. Im Ort kursierten Gerüchte über einen Tunnel, den die Armee mitten durch den Teekannenberg graben ließ, um den Gefangenen den Weg zur Arbeit zu erleichtern – aus Mitleid geschah das sicherlich nicht. Handelte es sich in Wirklichkeit um einen Bunker oder um ein Massengrab für den Fall der Fälle? Wenn die amerikanischen Teufel auftauchen, müssen wir alle sterben ... mit solchen Erkenntnissen kam seine Tochter neuerdings aus der Schule. Die Ethiklehrerin hielt es offenbar für ihre Pflicht, den Kindern Todesangst einzujagen, feindliche Flugzeuge am Himmel reichten nicht. Überall entstanden sogenannte Arbeitskommandos zur Landesverteidigung, die am Meer Schützengräben aushoben oder oben auf den Hügeln Gefechtsstellungen errichteten. Wenn er Lehrerin Honda begegnete, was äußerst selten vorkam, wirkte sie niedergeschlagen und wortkarg. Worüber sollte man noch reden?

Egal, dachte er und sprach einfach weiter. »Habe ich dir je von dem Restaurant erzählt, das es früher in Ruifang gab? Vater und ich haben jedes Mal dort gegessen, wenn er mich zu den Minen mitgenommen hat. Die Schenke zum Goldenen Drachen.«

»Wie kommst du jetzt darauf?«

»Der Inhaber war ein Bekannter meines Vaters. Als Kind schien mir, dass es in der ganzen Region niemanden gab, den er nicht kannte. Alle haben ihn höflich gegrüßt, den großen Herrn Lee aus Keelung. Im Restaurant bekamen wir immer einen Tisch am Fenster, und ich konnte den Inhaber beobachten, der den Laden dirigierte wie ein Orchester.« Für einen Moment stand ihm das Bild vor Augen, als hätte er es gestern zuletzt gesehen. »Nie hat er eine Bestellung aufgenommen oder ein Gericht gebracht, sondern von der Mitte des Gastraums aus alles im Blick behalten. Seiner Aufmerksamkeit entging nichts.«

Seine Frau rückte ein wenig näher, so gesprächig kannte sie ihn nicht. Nebenan war alles ruhig, in Regennächten schlief die Kleine besser. »Gibt es das Restaurant noch?«

»Schon lange nicht mehr. Nach Feierabend hat der Chef mit Freunden Karten gespielt, jeden Tag und vermutlich um Geld. Das konnte mein Vater nicht verstehen. Eines Tages wird es ihn ruinieren, hat er immer gesagt. Du kennst ihn, solche menschlichen Schwächen sind ihm zuwider.«

»Und hat es ihn ruiniert?«

»Jedenfalls ist die Schenke irgendwann abgebrannt. Ein Unfall wahrscheinlich, aber Vater hat so getan, als wäre der Mann selbst schuld. Als hätte ihn der Himmel für sein Verhalten bestraft, natürlich zu Recht. Mitleid hatte er nicht.« Als sie ihre Hand auf seine Brust legte, war sie eiskalt. Wer weiß, was daraus werden wird, schoss es ihm durch den Kopf. Auf die Spaziergänge nach Feierabend beschloss er vorläufig zu verzichten, es gab wirklich zu viele Geister in der Gegend, und stand man ihnen erst gegenüber, war alles zu spät.

»Und danach?«, fragte sie gespannt.

»Was meinst du? Wonach?«

»Na, wie die Geschichte des Restaurants weiterging.«

»Gar nicht«, sagte er und spürte die angenehm sanfte Bewegung ihrer Hand. »Damals gab es keine Versicherung und solche Dinge, der Mann hatte über Nacht alles verloren. Wir sind dann eben woanders eingekehrt.«

6

Ein Jahr später schwelten Feuer auf den Hügeln. Soldaten hatten sie gelegt, um feindliche Bomber irrezuführen und die Eingänge der Schächte zu tarnen. Letzten Sommer waren in der Zeitung die Bewohner einer Insel namens Saipan dafür gefeiert worden, dass sie sich von den Klippen stürzten oder mit Granaten in die Luft sprengten. Anfangs hatte sich Umeko den Krieg wie einen Drachen vorgestellt, der mit seinen gewaltigen Füßen und dem wild herumpeitschenden Schwanz alles zerstörte, inzwischen besuchte sie die sechste Klasse der Grundschule und wusste, warum man dem Feind nicht lebend in die Hände fallen durfte: Alle Männer wurden kastriert und die Frauen vergewaltigt, ehe die Amerikaner sie töteten.

Nach den Philippinen sind wir dran, hieß es.

Meistens wurde der Hafen von Kīrun angegriffen. Die Flugzeuge flogen tief genug über Kinkaseki hinweg, dass man den weißen Stern an der Seite erkannte, und manchmal regnete es Silberpapier, weil die Piloten versuchten, das Radar am Boden auszutricksen. Im Unterricht hatte Lehrerin Wakui eine Schnapsflasche hochgehalten und gerufen: So groß ist, was diese Bestien euch zwischen die Beine rammen werden, bis ihr verblutet. Vater meinte zwar, sie solle nicht alles glauben, was sie in der Schule hörte, aber vorstellen musste sie es sich doch. Nachts träumte sie davon.

Der Winter war einer der kältesten seit Jahren. Im Klassenzimmer durften sie dicke Jacken tragen, aber die Kampfübungen auf dem Hof mussten sie in Rock und kurzärmeliger Bluse absolvieren. Naginata, ›niedermähendes Schwert‹, hieß die Waffe, in der die Mädchen unterrichtet wurden. Der Schaft reichte Umeko bis über den Kopf, und die Klinge maß einen halben Meter. Nach den Übungen hatte sie Mühe, ihren Stift zu halten, so wie Keiji früher nach einem Baseballspiel. In Taihoku lagen Sandsäcke vor den Häusern, schrieb er, und viele Geschäfte blieben geschlossen, weil immer mehr Menschen die Stadt verließen. Demnächst sollte seine gesamte Schule evakuiert werden, um an der Küste nach amerikanischen Schiffen Ausschau zu halten.

Reiko erschien gar nicht mehr zum Unterricht. Ihr Vater hatte Ärger mit seinen Vorgesetzten gehabt und den Job als Wachmann verloren, oder vielleicht wurde er nicht mehr gebraucht, seit es den Tunnel gab, durch den die Gefangenen vom Lager zur Mine gelangten. Manche Leute behaupteten, es seien weniger als früher, nur noch drei- oder vierhundert, aber solange der Feind ein Schiff nach dem anderen versenkte, konnte sowieso kein Kupfer abtransportiert werden. Dass ein Mädchen, das nie durch gute Noten aufgefallen war, den Unterricht versäumte, interessierte inmitten des Krieges niemanden. Selbst Lehrerin Honda hatte den Kopf geschüttelt und gemeint, sie könne leider nichts machen. Nicht jetzt.

Zuletzt waren Reiko und sie einander auf dem Markt vor dem Goldglück-Tempel begegnet. Umeko hatte ihre Mutter begleitet, um beim Tragen der Einkäufe zu helfen. Vor jedem Stand wurde gefeilscht und geklagt, Kunden beschwerten sich über die schlechte Qualität der Waren, und die Händler antworteten: Baut euer Gemüse selbst an oder schert euch zum Teufel. Meeresfrüchte gab es kaum noch, im Yin-Yang-Meer trieben die Fische mit den Bäuchen nach oben, weil die Mine so viel Gift hineinspülte. »Ein eigenes Beet müsste man haben«, seufzte ihre Mutter. Mit gelangweilten Mienen standen zwei Polizisten vor dem Tempel, rauchten und sahen dem Treiben zu. Umeko trug einen Beutel voller Süßkartoffeln, der ihr beim Gehen gegen die Beine schlug. Das junge Mädchen mit dem Baby auf dem Rücken erkannte sie erst, als es im Gedränge von jemandem angerempelt wurde und wütend herumfuhr. Den Schreck des Anblicks spürte sie bis in die Kehle. Reikos Kopf war kahlgeschoren, und der löchrige Mantel, den sie trug, hing an ihr wie an einer Vogelscheuche. »Reiko-chan!« Mit schnellen Schritten lief Umeko auf sie zu. Seit den Ferien hatten sie einander nicht mehr getroffen, aber ihre Freundin nickte nur beiläufig und fragte: »Kaufst du auch ein?«

»Mit meiner Mutter. Du bist allein hier? Ich meine ...« Dem Brüderchen, das über Reikos Schulter glotzte, lief Rotz aus der Nase, und beide hatten so dunkle Gesichter, als hätten sie sich seit Wochen nicht gewaschen. Im Nu war ihre Wiedersehensfreude verpufft. »Willst du zwei Süßkartoffeln? Mir ist der Beutel sowieso zu schwer.«

»Wird deine Mutter nicht gern sehen. Na gut, gib her!«
»Was hast du gekauft?«
»Gibt ja nicht viel.« Reiko nahm die Süßkartoffeln, verstaute sie in ihren Manteltaschen und wollte weitergehen.

»Warte! Vielleicht haben wir eine Banane oder so was für den Kleinen.«

»Kaufe ich ihm selbst.« Nervös schaute Reiko zu den beiden Polizisten, die ihren Standort verlassen hatten und mit hinter dem Rücken verschränkten Händen umherschlenderten.

»Ich habe nur Reiko-chan was von unseren Sachen gegeben«, rief Umeko, als ihre Mutter mit einem missbilligenden Ausdruck im Gesicht näher kam. »Hast du noch eine Banane?«

»Reiko-chan? Kind, was ...?« Für einen Moment fehlten Mutter die Worte. »Kann dir nicht jemand mit den Einkäufen helfen?«

Statt zu antworten, wischte sich ihre Freundin mit dem Handrücken über die Nase. Ohne Schuluniform sah sie aus wie jemand, der allein in den Bergen lebt. »Es ist nicht gut für dich, dein Brüderchen zu tragen. Wie krumm du stehst«, sagte Mutter und gab ihr zwei Bananen.

»Geht schon«, erwiderte Reiko nur.

Einen Augenblick standen sie beieinander, ohne zu reden. Zwei alte Frauen boten ihnen Reiben und Messer an, die in den Innentaschen ihrer Mäntel steckten. Die meisten Metallgegenstände hatte die Armee konfisziert, aber natürlich gaben die Leute nicht alles her, was sie zum Kochen brauchten. »Ich komme dich bald besuchen«, sagte Umeko und überlegte, ob sie Rektor Kondō um Hilfe bitten sollte. Immerzu wurden sie im Unterricht ermahnt, sich an Gesetze und Regeln zu halten, galt das für Reikos Schulpflicht nicht? Die konnte ja nichts dafür, dass der Vater keine Arbeit mehr hatte.

Nachdem sie sich voneinander verabschiedet hatten, schauten Mutter und sie beim Tempel vorbei. Obwohl man eigentlich nur noch die japanischen Schreine besuchen sollte, herrschte auf dem Gelände reger Betrieb. Mutter steckte Räucherstäbchen in den gusseisernen Kessel, schwenkte ihr Amulett durch den Rauch und presste beim Beten die Lippen aufeinander. Zuerst war sie strikt dagegen, dass Umeko ihre Freundin besuchte, schließlich konnte man nie wissen, wann die Sirenen heulten. Vater allerdings kam inzwischen schon am frühen Nachmittag aus dem Büro, und beim Abendessen bot er sich an, sie zu begleiten. Am nächsten Freitag wollte er sowieso jemanden bei der Kupfermine treffen. »Ich hole dich von der Schule ab, dann gehen wir zusammen«, sagte er, verriet aber nicht, mit wem er verabredet war. Als Keiji noch zu Hause gewohnt hatte, war trotz seines Heißhungers bei jeder Mahlzeit etwas übrig geblieben; jetzt aßen sie zu dritt alles auf, und dennoch spürte Umeko vor dem Einschlafen, wie ihr Magen knurrte. Als säße dort ein Tier, das im Nu alles leer fraß. Reiko litt sicherlich noch viel größeren Hunger.

Am Freitag hatten sie Glück: Obwohl die Wolken so tief hingen, dass kein Fliegerangriff zu befürchten war, regnete es nicht. Gemeinsam folgten sie dem gewundenen Pfad, der im Schatten des Jilong-Bergs talwärts führte. Manche nannten ihn Schwangere Schönheit, weil das Relief aussah wie eine auf dem Rücken liegende Frau, deren Bauch sich höher wölbte als der Busen. Heute allerdings ruhte die Schöne in einem Wolkenbett. Nach einer halben Stunde erreichten sie die Stelle, wo ein breiter Zufahrtsweg zur Mine abzweigte, und ihr Vater blieb stehen. »Hier treffen wir uns in genau einer Stunde«, sagte er. »Du weißt, wie lang eine Stunde ist? Versuch einfach, zwischendurch an die Zeit zu denken. Wenn du nicht pünktlich bist, gehe ich dir bis zum ersten Wachhäuschen entgegen.« Sein Finger zeigte zum unteren Ende des weitläufigen Areals. »Wenn ich dann immer noch warten muss, war es das letzte Mal, dass du deine Freundin besucht hast. Haben wir uns verstanden?«

Umeko nickte. Von unten wirkte der Berg noch höher und steiler als oben vom Ort aus. Leitungen, die wie dicke Adern aussahen, liefen die kahlen Hänge herab, hier und da stieg weißer Dampf auf. Die Vorstellung, dass in den dunklen Schächten im Inneren mehrere hundert Männer und sogar Kinder arbeiteten, war ihr unheimlich.

»Wenn du Soldaten begegnest?«, fragte Vater.

»Schaue ich auf den Boden und gehe weiter«, sagte sie. »Hoffentlich finde ich das Haus.«

»Die Bahnstation siehst du schon. Du hast gesagt, sie wohnt direkt daneben. Hier.« Er gab ihr den Beutel mit den Süßkartoffeln, den er für sie getragen hatte.

»Und wenn ihr Vater zu Hause ist?«

»Du gibst ihr die Sachen, und ihr redet ein bisschen. Für mehr reicht die Zeit sowieso nicht.« Aufmunternd strich er ihr über den Kopf. »Sie kann froh sein, eine Freundin wie dich zu haben.«

»Bestimmt hätte sie gern eine andere Familie.«

Dazu sagte er nichts, sondern versprach, hier stehenzubleiben und zu warten, bis sie das Wachhäuschen passiert hatte. Dahinter verschwand der Weg in einem Gewirr von Hütten, die sich um den Zaun des Minengeländes sammelten wie Unrat vor einem Hindernis im Fluss. Die Luft roch seltsam metallisch und giftig. Zweimal schaute Umeko sich um und winkte, beim dritten Mal konnte sie ihren Vater nicht mehr erkennen. Das Meer auch nicht, obwohl es direkt hinter der Bahnlinie begann.

Die Bahnstation war nur für den Güterverkehr bestimmt und sah verwaist aus. Lediglich zwei schwarze Armeelaster mit platten Reifen parkten vor den Rampen. Nach wenigen Minuten gelangte sie zu einer Siedlung aus windschiefen Holzhütten, zwischen denen hier und da Hühner pickten. Der Rauch, der ihr beißend in die Nase stieg, kam von dem feuchten Holz, das die Bewohner verheizten. Ohne Mühe fand sie die Hütte von Reikos Familie und erkannte im Näherkommen ihre Freundin, die sich draußen über einen großen Holzbottich beugte. »Reiko-chan!«, rief sie erleichtert. Auf einer Leine unter dem Vordach hing Wäsche zum Trocknen, die allerdings nicht aussah, als wäre sie gewaschen worden.

»Was machst du denn hier?« Ihre Freundin trug nur eine dünne Bluse mit aufgekrempelten Ärmeln. Ohne Haare konnte man sie tatsächlich leicht für einen Jungen halten.

»Ich hatte doch gesagt, dass ich dich besuchen komme«, erwiderte Umeko und blieb stehen. »Freust du dich nicht?«

»Doch. Hab bloß wenig Zeit.«

»Geht's deiner Mutter immer noch nicht besser?«

Reiko schüttelte den Kopf und wrang ein unhandliches Kleidungsstück aus, bis sie vor Anstrengung zitterte. Aus dem Inneren der Hütte drangen gedämpfte Kinderstimmen. Seit der Geburt des Jüngsten stand die Mutter kaum noch auf. »Ich habe Süßkartoffeln mitgebracht«, sagte Umeko und wünschte, sie würde nicht ihre Schuluniform tragen, aber es war Pflicht, auch nach dem Unterricht.

»Roh?«

»Frisch vom Markt, ja. Habt ihr keinen Ofen?«

»Natürlich haben wir einen, was denkst du denn.«

»Ich helfe dir«, sagte Umeko und zog ihre Jacke aus. Das Wasser im Bottich war so kalt, dass es an den Händen wehtat. Zwischendurch horchte sie, ob in der Hütte die Stimme des Vaters erklang, hörte aber nur die Geschwister. Einmal kam die zweitjüngste Schwester heraus, um zu schauen, wer die Besucherin war, später steckten zwei Brüder den Kopf aus der Tür. Alle hatten dieselbe Frisur, nämlich gar keine. Wegen der Läuse wahrscheinlich.

»Soll ich mit Rektor Kondō sprechen?« Um sie aufzuwärmen, hielt sich Umeko die Hände vor den Mund und blies hinein.

»Wieso das denn?«

»Du könntest das letzte Grundschuljahr einfach wiederholen.«

»Keine Zeit, siehst du ja. Außerdem bin ich froh, wenn ich die blöde Wakui nicht mehr sehen muss.« Reiko nahm das nächste Kleidungsstück und verzog das Gesicht. »Verdammte Bauchschmerzen hab ich.«

»Das kommt vom Hunger, geht mir auch manchmal so. Sollen wir die Süßkartoffeln gleich zubereiten?«

»Nein, stell dir vor, ich habe meine Tage. Tolle Sache, was?«

Zuerst war Umeko zu überrascht, um zu antworten. Sie überlegte sogar, ob ihre Freundin schwindelte. Soweit sie wusste, bekamen nur Frauen so etwas, und weder hatte Reiko Brüste, wie einige Mädchen in der Mittelschule, noch war sie in letzter Zeit gewachsen. »Ist es sehr schlimm?«

»Horror. Vor allem nachts.«

»Lehrerin Wakui sagt, wenn die Amerikaner kommen, werden wir alle vergewaltigt und umgebracht.«

»Kann schon sein. Sie sind wie Tiere, vor allem die Neger.«

»Weißt du, was vergewaltigen heißt?«

»Klar weiß ich das. Erwachsene tun es die ganze Zeit.«

»Aber anders. Es ist nicht dasselbe.«

»Denkst du.« Reiko senkte die Stimme. »Wenn sie nicht will, sagt er: Liegst doch sowieso den ganzen Tag auf dem Rücken. Glaub mir, es kommt aufs selbe raus.«

Drinnen begann ein Kind zu weinen, und Umeko wäre es lieber gewesen, sie hätten sich wie früher oben in den Bergen getroffen. »Warum hat dein Vater seinen Job verloren?«, flüsterte sie.

»Die scheiß Japsen haben ihn verprügelt und weggejagt.«

»Aber warum?«

»Wegen der Zeitungen.« Kurz hielt sich Reiko beide Hände auf den Bauch und schloss die Augen. »Sie wurden im Lager entdeckt. Jemand muss sie ihnen in der Mine gegeben haben, und Vater hat sie bei der Kontrolle nicht entdeckt. Wie auch, wenn er jeden Tag Hunderte von den Teufeln kontrollieren muss? Sie stecken sie sich halt unter die Hose oder binden sie sich ums Bein. Soll er sie nackt ausziehen? Hat er manchmal gemacht, aber bei so vielen ...«

»Waren es japanische Zeitungen?«

»Gibt's noch andere?«

»Ich meine, die können die Engländer doch gar nicht lesen.«

»Können sie eben doch, stell dir vor. Oder der Verräter, der sie ihnen gibt, hat sie übersetzt. Es war lauter ausländisches Gekritzel drauf.«

»Das mag ja sein«, beharrte Umeko, »dann wissen die Gefangenen eben, was alle wissen. Mein Vater sagt, vieles stimmt gar nicht.«

Ihre Freundin verdrehte die Augen, als hätte sie etwas Dummes gesagt. »Jemand gibt ihnen die Zeitungen. Dafür geben sie ihm natürlich was anderes, Informationen zum Beispiel. Und er schmuggelt sie weiter an die Spione. Wenn die amerikanischen Teufel vom Lager erfahren, kommen sie sofort mit tausend Mann hierher. Hast du Lust, vergewaltigt zu werden? Kannst du bald haben.« Als hätte sie selbst keine Angst davor, gab Reiko ein verächtliches Schnauben von sich. Das Wasser im Bottich war jetzt braun, und Umeko stellte erschrocken fest, dass sie vergessen hatte, an die Zeit zu denken. Vor Spionen wurden sie in der Schule täglich gewarnt, es gab sie überall, aber ihre Freundin tat mal wieder so, als wüsste über solche Dinge nur sie Bescheid. »Was würdest du sagen, wenn ich weiß, wer es war?«, hörte Umeko sich fragen.

»Ah ja, wer denn?«

»Wer schon? Jemand, der immer mit Zeitungen durch den Ort läuft und Unsinn erzählt.«

Reiko schaute sie aufmerksam an, dachte einen Moment nach und schüttelte den Kopf. »Wie soll der Penner denn in die Mine kommen?«

Das wusste sie auch nicht, vorläufig war es nur ein Verdacht. Konnte aber immerhin sein. »Weißt du, wo er sich neuerdings rumtreibt? Drüben bei den Gräbern stellt er Kreuze auf.«

»Kreuze?«

»Wie man es im Ausland eben macht. Ich habe es zufällig mitbekommen.« Abends vom Bett aus, und wahrscheinlich würde ihr Vater nicht wollen, dass sie es weitersagte, aber irgendwie musste sie ja dagegenhalten. Außerdem kam ihr noch eine Idee. »Hast du nicht gesagt, die Gefangenen müssen die Gräber selbst ausheben? Dann versteckt er sich entweder in der Nähe, oder er hat die Zeitungen vorher im Boden vergraben. Der buddelt doch immer irgendwo herum. Gefunden wurden sie im Lager – wer sagt denn, dass sie aus der Mine kommen?«

»Verstehe. Das ist natürlich interessant.«

»Das mit den Kreuzen beweist jedenfalls, dass er ein Verräter ist. Kriegt dein Vater seinen Job zurück, wenn sie den Verrückten erwischen?«

»Keine Ahnung, die Mine wird bald geschlossen.«

»Und die Gefangenen?«

»Können meinetwegen verrecken, die machen sowieso nur Ärger.« Zitternd schlang Reiko die Arme um den Oberkörper. »Ich muss wieder rein.«

»Ich könnte mit Rektor Kondō sprechen. So, wie der Offizier damals gesagt hat.«

Statt zu antworten, richtete ihre Freundin den Blick auf die nächste Hütte, und Umeko befürchtete, dass die Stunde bereits vorbei war. Als sie hinter sich Schritte hörte, wendete sie den Kopf und sah Reikos Vater auf sich zukommen. In der einen Hand hielt er einen Sack Brennholz, mit der anderen kratzte er sich am kahlen Schädel. Alles an ihm wirkte riesig, von den Händen bis zu den nackten Füßen. Im nächsten Moment sagte er auf Japanisch Guten Tag und verbeugte sich höflich. Sein Tonfall verriet aber, dass er sich über sie lustig machte. Reiko sagte gar nichts.

»Sieh an, hoher Besuch. Oben auf dem Berg lebt sich's besser, was? Keine Angst, wird sich alles ändern, wenn die Vierbeiner weg sind. Dann werden gewisse Leute feststellen, dass man auf drei Beinen schlecht laufen kann.«

Mit gesenktem Blick schaute Umeko nach ihrer Jacke und hatte keine Ahnung, was er meinte. Am liebsten wäre sie auf der Stelle losgerannt.

Reikos Vater roch streng, als er vor seiner Tochter stehenblieb. »Wieso tropft die Wäsche, hast du sie wieder nicht richtig ausgedreht?« Mit der flachen Hand gab er Reiko eins auf den Hinterkopf und nahm den Beutel mit den Süßkartoffeln an sich. »Ab ins Haus mit dir!« Umeko bekam keine Gelegenheit, sich von ihrer Freundin zu verabschieden. Drinnen fiel ein Möbelstück um, sie zog hastig die Jacke an und spürte ein Zittern im Bauch. Eines Tages würde sie auch ihre Tage bekommen. Im Loslaufen glaubte sie das Meer rauschen zu hören und sagte sich, dass sie Reiko trotz allem nicht im Stich lassen durfte. Als beste Freundin war sie ihr das schuldig. Lehrerin Honda hatte sie schließlich nicht grundlos ein mutiges Kind genannt.

———

Im Frühjahr wurde die baldige Schließung des Gefangenenlagers angekündigt. Weil die Bahnstrecke nach Kīrun unterbrochen und der Hafen kaum noch funktionstüchtig war, stand die Arbeit in der Kupfermine bereits seit Wochen still. Tōkyō brannte. Egal, was die Nachrichten behaupteten, das Blatt hatte sich gegen Japan gewendet, auf den Philippinen eroberten die Amerikaner eine Insel nach der anderen. Keijis Schule war an die Küste evakuiert worden, seit zwei Wochen gab es keine Nachrichten von ihm, aber die Meldung von der Invasion in Okinawa stimmte Herrn Ri hoffnungsfroh. Demnach hatten die USA beschlossen, Taiwan zu umgehen. Unverdrossen wurden in der Zeitung die Kirschblüten gefeiert, die vom Himmel herabfielen und in einem Feuerball verglühten. Kamikaze, ›die göttlichen Winde‹ – es war, als säßen in den Redaktionen lauter Irre, die sich an den Leichenbergen berauschten. Junge Männer ins sichere Verderben zu schicken hieß ›die Juwelen zerschlagen‹.

Manchmal fühlte es sich wie ein Akt des Widerstands an, am Leben zu sein.

Morgens im Büro empfing ihn ungewohnte Stille. Die meisten Kollegen arbeiteten in den Brigaden, die anderen standen beim Heißwasserboiler und besprachen die Lage, aber sobald er sich näherte, wurde ein Flüstern daraus. Jeder hatte jemanden verloren oder ängstigte sich um wen, und im Übrigen ahnten alle, dass sich ihre Wege bald trennen würden. Direktor Yamashita schien der Einzige zu sein, der entweder nichts ahnte oder es zu verbergen wusste. Warum er ausgerechnet Herrn Ri für unabkömmlich hielt, verstand auch niemand. Rief er ihn zu sich, bot er ihm als Erstes eine Zigarette an und fragte nach Keiji. Unter den beiden Banyanbäumen, wo früher die Arbeiter geraucht hatten, fegte jemand mit gemächlichen Bewegungen den Boden. Der Ort strahlte eine melancholische Schönheit aus, die Herr Ri bisher nicht bemerkt hatte. Vielleicht beginnt die Regenzeit in diesem Jahr früher, dachte er ohne besonderen Grund.

»Weiterhin nichts?«

»Bisher nicht, nein. Sie müssen irgendwo bei Tansui sein, die ganze Schule.« Am Fenster stehend, nahm er einen tiefen Zug und schaffte es nicht, den Blick von der Frühlingslandschaft abzuwenden. Für April war es bereits ungewöhnlich warm. Auf den Hügeln schwelten keine Feuer mehr, die schwarzen Flächen wurden von neuem Chinaschilf überwachsen, das in der Morgensonne silbrig glänzte. Früher hätte er es sich nicht erlaubt, mit dem Direktor zu reden, ohne ihn anzusehen. »Meine Frau ist natürlich in großer Sorge«, fügte er hinzu.

»Für die Frauen ist es besonders schwer, nicht wahr?«

»Ja, nicht wahr.«

Neulich war ihm etwas Merkwürdiges aufgefallen: Japanisch zu sprechen tat auf ähnliche Weise gut, wie die ersten Sonnenstrahlen des Tages zu spüren. Wie der Geruch von Tabak im Büro, so als wollte die Welt ihm versichern, dass es auch für ihn ein Obdach gab. Eines Tages würde er womöglich Heimweh nach dem Klang bestimmter Wörter haben.

»Wir wissen über den Verbleib der unseren auch nichts«, sagte der Direktor nachdenklich. Ōsaka lag ebenfalls in Trümmern. Hätte sein Vater ihm damals gestattet, in eine Kaufmannsfamilie in Semba einzuheiraten, wäre er jetzt wahrscheinlich tot. Kurz drehte er sich um und nickte. »Man muss eben hoffen.« Im Grunde war es egal, was er sagte, und das fühlte sich beinahe wie Freiheit an. Frau Yamashita hatte neulich am helllichten Tag einen Kimono getragen, der die Bucht von Matsushima zeigte, und war zu Fuß durch den Ort geschlendert, was sie sonst nie tat. Somnambul und leise singend. Die Bewohner hatten die Augen abgewendet wie von einem Geist, aber außer ihm wusste niemand, aus welchem Geschäft der Kimono stammte. Jetzt fiel sein Blick durchs Fenster auf die Baracken jenseits der Schlucht. »Die Schließung des Lagers soll wann sein?«, hörte er sich fragen. Von den Gefangenen war wie üblich nichts zu sehen. Alle lebten im Verborgenen, sei es unter Tage oder im Dickicht der eigenen Gedanken.

»Wir werden es erfahren, nehme ich an.«

»Wohin wird man sie bringen?«

Diese Frage überging der Direktor wie eine versehentliche Taktlosigkeit. Hinter seinem Schreibtisch zeigte die Wanduhr kurz nach zehn. Im Winter hatten sie die letzten Karbon-Vorräte an die Armee verkauft, am Schluss waren die Ausländer mit behelfsmäßigen Lampen aus Bohnenöl ausgestattet worden: offene Gefäße mit einem kurzen Docht, dessen Flamme den knappen Sauerstoff aufbrauchte, ohne Licht zu spenden. Wohin sollte man sie schon bringen? Es gab keine sicheren Orte mehr, und nützlich konnten sie auch nicht mehr sein. Die einzige Industrie, die noch funktionierte, verarbeitete Menschen zu Leichen.

Kaum hatte er die Zigarette ausgedrückt, bekam er Lust auf die nächste. Auf welcher Höhe des Teekannenbergs der Tunnel endete, wusste er nicht, aber es musste eine gewaltige Arbeit gewesen sein, ihn anzulegen. Sein Informant behauptete, ausschließlich Einheimische hätten sie erledigt, nicht die Gefangenen selbst, vermutlich sollten sie nicht beunruhigt werden ... In manchen Momenten wünschte er, seine Gedanken einfach abschalten zu können, sie wie alles andere zurückzufahren auf null.

»Ein Land ohne natürliche Ressourcen.« Bekümmert nickte der Direktor vor sich hin. »Ein paar abgelegene Kohlenminen, deren Kohle von so schlechter Qualität ist, dass sich der Aufwand kaum lohnt. Zu geringe Kupfervorkommen, wenig Gold, fast kein Öl. Meine Lehrer in Deutschland wussten es damals schon: Japan wird sich seine Rohstoffe anderswo beschaffen müssen, notfalls gegen den Widerstand der ganzen Welt.«

Diesmal behielt er seine Zustimmung für sich. An die Begeisterung über die beginnende Expansion in der Mandschurei erinnerte er sich noch gut. Land! Bodenschätze! Diese schier unendlichen Weiten, die nur auf tatkräftige

Siedler zu warten schienen. Wer hätte gedacht, wohin es einmal führen würde. Angeblich war der Kaiserpalast in Tōkyō nur noch teilweise bewohnbar. Die westlichen Nationen hätten Japans Aufstieg von Anfang an nicht gewollt, fuhr der Chef fort und bot ihm die nächste Zigarette an. Immer öfter spürte Herr Ri in letzter Zeit die Versuchung, auf eine Verbeugung zu verzichten, es war wie ein Kitzel im Steiß: einfach aufrecht stehenbleiben. Offenbar reagierte jeder anders auf das nahe Ende; seine Frau ging häufiger in den Tempel als früher und bewegte sogar beim Essen die Lippen, als betete sie. Allerdings senkte er den Kopf dann doch.

Schließlich das Ölembargo, sagte der Direktor, welche Wahl habe das friedliebende Japan dann noch gehabt? Seine Gattin hatte er mit einem der letzten Schiffe nach Hause geschickt; eine zu diesem Zeitpunkt längst lebensgefährliche Überfahrt, aber nach ihrem abendlichen Ausflug durch den Ort war er bereit gewesen, das Risiko einzugehen.

Die Teehäuser in Kyūfun blieben natürlich weiter geöffnet.

Würde man die Gefangenen im Tunnel verhungern lassen oder ihn sprengen? Zeugte seine Ruhe von Besonnenheit, oder verlor auch er den Verstand? Sich ins Unvermeidliche schicken und das Übel unvermeidbar machen, dazwischen verlief bloß ein hauchdünner Grat. Seit das Lager vor der Schließung stand, ging er abends wieder zum Platz vor dem Krankenhaus, um einen Blick über die Schlucht zu werfen. Mit dem beginnenden Frühling mochte es ebenfalls zu tun haben. Einmal hatte er sich umgedreht, die vertraute Gestalt am Fenster gesehen und ihren Blick auf sich gespürt wie eine stumme Aufforderung. Alles schien plötzlich möglich. Wenn der Krieg zu Ende ging, würde sie jedenfalls Schutz brauchen, als Japanerin kannte sie die aufgestaute Wut der Einheimischen nicht. Er schon. Seine Frau und die

Kleine würde er beizeiten nach Keelung schicken, in sichere Entfernung.

»Oder finden Sie nicht?« Direktor Yamashitas Tonfall verriet, dass er bereits zum zweiten Mal fragte.

»Doch, natürlich«, antwortete er, ohne zu zögern. Über sein Gesicht schlich ein ungewohnt zuversichtliches Lächeln. Alle warteten auf das Ende und fragten sich ängstlich, was danach kommen sollte – er sehnte es geradezu herbei. Um sich selbst zu befreien, fehlte es ihm seit jeher an Mut, aber sollten ihm die Bomben zu einer letzten Chance verhelfen, würde er sie nutzen.

———

Die nie gehörte Stimme sprach am Mittag zu ihnen. Zuvor war die Ankündigung von Mund zu Mund gegangen, und als sich alle Bewohnerinnen um das einzige Radiogerät versammelten, das oben in der Küche stand, ahnten sie bereits, was sie erwartete. »Dies ist eine Mitteilung von größter Wichtigkeit.« Sogar der sonst so feste Bariton des NHK-Sprechers zitterte vor unterdrückten Emotionen. »Alle Zuhörer werden gebeten, sich zu erheben. Seine Majestät der Kaiser wird Sein allerhöchstes Reskript an das japanische Volk verlesen. Ehrfurchtsvoll übertragen wir Seine Stimme.«

Dann folgte die Nationalhymne.

Obwohl keine Sonnenstrahlen in die rückwärtigen Räume fielen, herrschten in der Küche über dreißig Grad. Alle sangen mit. Zwei Ärzte waren vom Krankenhaus herübergeeilt und standen vor der Tür, als wäre ihnen zu spät eingefallen, dass Männer das Wohnheim nicht betreten durften; ein Verbot, das ohnehin nicht konsequent durchgesetzt wurde, dafür waren die meisten Schwestern zu jung und zu abgebrüht. Durchs Fenster fiel Shizukos Blick auf die im Sonnenlicht badenden Berghänge und den wolkenlos blauen Himmel.

Verwundert lauschte sie ihrer eigenen Stimme – sie konnte gut singen – und wusste nicht, was sie fühlte. Es war zu stark, um einen Namen zu haben.

Wegen der Hitze hatte sie am Morgen ausnahmsweise einen Sommerkimono angezogen. Zwei Schwestern, denen sie auf dem Weg ins Bad begegnet war, hatten es sofort bemerkt und ihr höflich Komplimente gemacht. Jetzt stand sie neben Yōko bei der Spüle und fragte sich, ob es sich an einem solchen Tag schickte, gut auszusehen. Unter dem leichten Stoff liefen Schweißtropfen ihren Rücken hinab.

Als die Hymne endete, hielten alle für einen Moment die Luft an. Dr. Okubata kniete nieder, dann ertönte ein sphärisches Knistern. Die Qualität der Übertragungen aus Tōkyō war nie gut gewesen und schien an diesem Mittag noch schlechter als sonst zu sein. Bis in ihren Magen spürte Shizuko den Schreck, als sich aus dem Rauschen eine fremde Stimme erhob.

An Unsere guten und treuen Untertanen.

Das war wirklich ... Er? In ihrer Verwirrung verstand sie vom Beginn der Ansprache nur Bruchstücke. *Nach tiefem Nachdenken über die allgemeinen Entwicklungen in der Welt ... Bereinigung der gegenwärtigen Situation ... außerordentliche Maßnahmen zu bewirken ...* Einige Schwestern weinten bereits. Angespannt und etwas zu hoch klang die Stimme, als sie von der Bemühung um das Glück aller Nationen sprach. Nie habe Japan die Souveränität anderer Länder verletzen oder sein Territorium auf ihre Kosten vergrößern wollen, trotzdem habe der Krieg vier Jahre gedauert und sich nicht unbedingt zum eigenen Vorteil entwickelt. Von der neuen grausamen Bombe des Feindes sprach sie, die zur vollständigen Auslöschung der menschlichen Zivilisation führen würde, sollte der Kampf fortgesetzt werde. Shizuko hatte das Gefühl zu ersticken. Fukuoka lag seit dem Frühjahr in

Trümmern, die Hauptstadt war eine Ruinenlandschaft, Hiroshima und Nagasaki gab es nicht mehr. Bleib, solange du kannst, hatte ihre Mutter im letzten Brief geschrieben, vor über einem halben Jahr. Sie spürte, wie Yōko nach ihrer Hand griff. Die gemeinsame Erklärung der Mächte sei zu akzeptieren, sagte die Stimme. *Wir sind uns völlig im Klaren über die innersten Gefühle von euch allen, Unseren Untertanen.* Das Leid und die Opfer, die Zerstörung und der millionenfache Tod. Auch die einheimischen Schwestern schluchzten, obwohl sie gewiss noch weniger verstanden. Draußen kündigte ein Händler sein Kommen an, indem er zwei Hölzer gegeneinanderschlug. Die Stimme versprach einen großen Frieden, für den das Unerträgliche ertragen und das nicht Erduldbare erduldet werden müsse, und Shizuko fragte sich, was das bedeutete. War der Krieg endlich vorüber oder nicht? Welche gemeinsame Erklärung der Mächte? Hütet euch vor Gefühlsausbrüchen, mahnte die Stimme, die lediglich zu Streit und Verwirrung führen und dazu, das Vertrauen in die Welt zu verlieren. *Pflegt die Wege der Rechtschaffenheit, festigt den Adel des Geistes, arbeitet mit Hingabe, auf dass ihr die innere Herrlichkeit des kaiserlichen Staates stärkt und Schritt haltet mit dem Fortschritt der Welt.*

Dann ertönte wieder das Knistern. Hastig stellte jemand das Radio aus, so als würde, was als Nächstes kam, eine Entweihung der heiligen Worte bedeuten. Vor den Fenstern summten Fliegen, und Shizuko hatte Mühe, gleichmäßig zu atmen. Das Haus ihrer Tante war in einem gewaltigen Feuerball verschwunden, eingeschmolzen zu Trümmern und Staub. Der Adel des Geistes und die Hingabe an ... was auch immer. Als Erstes fand eine der einheimischen Hilfsschwestern die Sprache wieder: »Wir haben nicht kapituliert, oder?«, fragte sie und schaute sich verwirrt um.

Niemand wagte zu antworten. Dr. Okubata schlug vor,

schweigend zurück an die Arbeit zu gehen, mit der Zeit werde sich die Situation klären. Es klang, als stellte er einem Patienten baldige Besserung in Aussicht. Dann ging er hinaus, die anderen folgten und ließen Yōko und sie allein zurück. Schritte verhallten im Treppenhaus. Mehrmals hörte sie unten die Tür.

Aus dem Ausguss des Wasserkessels auf dem Herd kringelte Dampf. Ein feiner Schleier, dessen Anblick ihr bewusst machte, wie trocken ihre Kehle war. Wortlos schlug sie die Ärmel des Yukata zurück, nahm ein Streichholz und entzündete die Gasflamme. Erst als der Kessel zu rauschen begann, schaffte sie es, ihre Freundin anzusehen. »Wir *haben* kapituliert, nicht wahr?« Vom Diktat der Zeit und des Schicksals hatte die Stimme gesprochen, und was sonst sollte das heißen? Vor ein paar Tagen war die Sowjetunion in die Mandschurei einmarschiert.

Yōko nickte, ohne den Blick zu erwidern.

»Welche Erklärung der Mächte? Was steht da drin?«

»Keine Ahnung. Neulich in Potsdam.«

Sie gab Tee in zwei große Tassen und goss Wasser dazu. Für einen Moment war sie sicher, gar nichts zu empfinden außer dem Bedürfnis, den Yukata ein Stück zu öffnen und sich Luft zuzufächeln. Sachte blies sie in den Tee und hörte, wie Yōko neben ihr dasselbe tat.

Später im Zimmer betrachtete sie den kleinen Ausschnitt des Meeres, der von hier aus zu sehen war. Seit der Schließung des Lagers schlief sie wieder bei offenem Fenster. Schon im Mai waren die letzten Gefangenen fortgeschafft worden, niemand wusste wohin, und noch immer schlichen sich Hundegebell und Schreie in ihre Träume. Als es ihr zu heiß wurde, zog sie die Gardinen zu und setzte sich vor den Ventilator. Es war nicht das erste Mal, dass sie sich so fühlte: furchtbar leer und doch in gewisser Weise weniger furchtbar als erwartet. Genau wie damals nach Masayoshis Tod waren wichtige Entscheidungen zu treffen, und alles kam darauf an, sie sorgfältig zu durchdenken. Ob ihre Eltern noch lebten, wusste sie nicht.

In den folgenden Tagen ging sie nur in den Ort, wenn es sich nicht vermeiden ließ. Einmal kam Yōko vom Markt und erzählte, sie sei von Halbwüchsigen beschimpft worden. Anfang September rief Rektor Kondō das Kollegium zusammen und teilte mit, er habe keinerlei Informationen über den Lehrbetrieb nach den großen Ferien. Die Heimat werde unter amerikanische Besatzung gestellt, die Insel vermutlich an China zurückgegeben. Japanische Kollegen sollten ihr restliches Jahresgehalt in bar ausgezahlt bekommen, für die einheimischen sei ihm keine Regelung bekannt. Als wäre seine Pflicht damit erledigt, verbeugte er sich und wünschte allen viel Glück.

Hitze und Ungewissheit hielten an. Kam Shizuko morgens in die Küche, unterbrachen die taiwanischen Schwestern ihr Gespräch. Statt wie sonst eine Weile zu plaudern, machte sie sich rasch einen Tee und ging zurück auf ihr Zimmer. Obwohl es wahrscheinlich gar keine Zustellung gab, wartete sie auf Post von zu Hause. Sie schlief schlecht, aß wenig und nahm ab. Als sie eines Nachmittags in die Schule ging, um ein paar Sachen zu holen, tat der Hausmeister so, als kenne er sie nicht. Einige Minuten lang stand sie in ihrem früheren Klassenraum und wusste, dass es das letzte Mal war. Noch hing das Porträt des Kaisers an seinem Platz über der Tafel. Von vier Jahren Krieg hatte er im Radio gesprochen, fiel ihr ein, dann zählte sie nach und kam auf acht. Beinahe hätte sie laut aufgelacht. Kannte das gottgleiche Wesen wirklich die innersten Gefühle derer, die an seiner Stelle das Unerträgliche ertrugen? Der Gedanke, gemeinsam fortzuziehen, hatte Masayoshi kurz vor seinem Tod geschrieben, erscheine ihm von Tag zu Tag verlockender, aber sein Vater werde es niemals erlauben. Mehr als sechs Jahre waren seitdem vergangen, und erst jetzt empfand sie sein Ende zum ersten Mal nicht als Unglück, sondern als Betrug. Offenbar zählte der Krieg nicht, in dem er gefallen war. All die Opfer in China – umsonst. ›Wortlos triumphale Rückkehr‹ hatte es geheißen, wenn statt des Mannes nur seine Asche heimkehrte. Von den Witwen wurde erwartet, ihr restliches Leben im ›Haus der Ehre‹ zu verbringen und sich der Trauer hinzugeben wie einer heiligen Pflicht. Weil sie nicht mitgespielt hatte, war sie von der Familie verstoßen worden. Der Kaiser hat eine Fistelstimme, dachte sie und hörte ihr Lachen, das unheimlich von den Wänden widerhallte. Verlor sie den Verstand, so wie Frau Yamashita? Am liebsten hätte sie das Porträt abgenommen und eigenhändig zertrümmert.

Zwei Tage später, am frühen Abend, klopfte es an ihrer Zimmertür.

Sie hatte erwartet, dass Dr. Okubata selbst kommen würde. Ihr Koffer lag bereits geöffnet neben dem hölzernen Raumteiler, hinter dem das Bett stand. Dr. Ho, der einzige einheimische Arzt, schien darüber erleichtert zu sein und meinte, sie habe sicher Verständnis. Bald würden neue Schwestern eintreffen, im Übrigen teilten sich alle ein Zimmer, nur sie bewohne ihres allein und ... Statt den Satz zu beenden, nickte er und rang sich ein Lächeln ab.

»Bis wann?«, fragte sie.

»Keine Eile«, sagte er. »Packen Sie ganz in Ruhe.«

Sie hatte außerdem erwartet, in Tränen auszubrechen, aber das geschah nicht. Mit einem Anflug schuldbewusster Erleichterung schlug sie Masayoshis Foto in einen alten Schal ein. Und nun? Seit der Kapitulation gab es keine offiziellen Informationen mehr, keine Zeitung, und im Radio wurde selten über die Kolonien berichtet. Alles zerfiel still und für sich. Yōko wollte nach Kīrun fahren und einfach am Hafen warten, bis ein Schiff kam. Hauptsache, weg von hier. Eine halbe Stunde nach Dr. Hos Besuch klopfte es erneut.

Shizuko warf einen kurzen Blick in den Spiegel und rief »herein«.

»Lehrerin Honda?« Es war eine Kinderstimme, die sie erkannte, noch ehe sich die Tür ganz geöffnet hatte. Ängstlich schob die kleine Ri Umeko das Gesicht durch den Spalt. »Was führt dich denn hierher?«, fragte Shizuko und ging ihr einen Schritt entgegen. Seit dem Beginn der Sommerferien hatte sie ihre Schülerinnen nicht mehr gesehen. Wenige Wochen, die ihr plötzlich vorkamen wie Jahre.

»Bitte entschuldigen Sie die Störung! Ich wollte nachschauen, wie es der Lehrerin geht.« Mit einem Leinenbeutel in der Hand trat die Kleine herein. Statt der Schuluniform trug sie ein hübsches hellblaues Kleid und war im Gesicht so dunkel wie alle Kinder, wenn sich der Sommer dem Ende zuneigte.

Genau wie ich früher in Kagi, dachte Shizuko. »Das ist aber nett von dir.«

»Meine Eltern wünschen der Lehrerin gute Genesung.«

»Ah ja? Von was denn?«

»... Sagt man es nicht so?«

Zum ersten Mal seit langer Zeit fühlte sich ihr Lächeln nicht gezwungen an. Schüchtern sah sich die Kleine um, bemerkte den Koffer und schien danach nicht mehr zu wissen, wohin mit ihrem Blick. »Das soll ich der Lehrerin geben«, sagte sie und reichte ihr den Beutel.

»Wo gibt es denn so etwas noch?«, fragte Shizuko überrascht, als sie drei glänzend rote Äpfel darin fand.

»Die Frau von Direktor Yamashita hat sie aus Japan geschickt.«

Für einen Moment konnte sie sich nicht beherrschen,

nahm eine Frucht in die Hand und roch daran. »Sag deiner Mutter vielen Dank. Weißt du, wie es Frau Yamashita geht?«

Ihre Schülerin zuckte mit den Schultern. »Sie wohnt nicht mehr hier.«

»Das habe ich gehört, ja. Offenbar hatte sie ... Es ging ihr wohl nicht gut.« Vor ihrem inneren Auge sah sie die Gestalt im festlichen Kimono, die singend durch den Ort gelaufen war. Geschminkt wie eine Geisha und offensichtlich verwirrt.

»Wird die Lehrerin zurück nach Japan gehen?« Umekos Blick war wieder auf den Koffer gerichtet.

Dass die Frage sie unvorbereitet traf, obwohl sie die Kündigung ihres Zimmers vorausgesehen hatte, verriet viel, oder? Es war, als glaubte sie noch immer nicht an das Ende des Krieges. Konnte etwas so Gewaltiges, das jahrelang jeden Gedanken bestimmt hatte, einfach vorbei sein? Statt zu schlafen, stand sie nachts am Fenster und fühlte sich erst beobachtet, dann erleichtert, weil es niemanden mehr gab, der sie beobachten könnte. Die Soldaten waren fort. Würde ihr Vater sie – falls er noch lebte – noch einmal bei sich aufnehmen? Angeblich hatten die Chinesen bereits einen Gouverneur für die Insel benannt, und nicht nur Yōko meinte, die Gefahr werde täglich größer. »Siehst du, es ist so«, sagte sie schließlich. »Meine Familie stammt zwar aus Kyūshū, aber ich bin hier in Taiwan aufgewachsen. Mein Vater hat beim Bau der Kanäle in Kagi geholfen, deshalb haben wir viele Jahre dort gewohnt.«

»Hat die Lehrerin das Kanō-Team spielen sehen?«

»Stell dir vor, das habe ich. Als sie am Kōshien Cup teilgenommen haben, war ich kaum älter als du. In jedem Geschäft, das ein Radio hatte, liefen die Spiele. Der Andrang war so groß, dass nur die Leute ganz vorne den Reporter verstanden und den anderen den Spielstand weitersagen mussten. Natürlich habe ich versucht, mich vorzudrängeln, aber ich war zu klein.« Sachte strich sie ihrer Schülerin über den Kopf. »Bestimmt kann dein Bruder auch bald wieder spielen, nicht wahr. Geht es ihm gut?«

»Seine Schule wurde an die Küste gebracht, um nach feindlichen Schiffen Ausschau zu halten. Es kamen aber keine.«

»Nein, nicht wahr. Zum Glück kamen keine.« Shizuko setzte sich in den Lehnstuhl beim Fenster und zog die Füße auf die Sitzfläche. Sie selbst war Frau Yamashita nachgeeilt, um sie durch geduldiges Zureden zur Heimkehr zu bewegen. Mit starrer Miene hatte der Direktor sie beide an der Tür empfangen und vermutlich im selben Augenblick beschlossen, seine Frau nach Japan abzuschieben. Offenbar ging es ihr inzwischen wieder gut genug, um Geschenke zu verschicken, aber auf welchen Wegen? Das schöne, nach Hinoki duftende Haus der Yamashitas ähnelte jenem in Kagi, in dem sie selbst aufgewachsen war. Ob sich dort noch jemand an die Tochter des Ingenieurs erinnerte, die jedes Mal höflich Danke gesagt hatte, wenn ihr jemand ein Präsent zusteckte? Shizuko-chan, dachte sie verträumt und sah sich barfuß über die schmalen Stege zwischen den Reisfeldern rennen. Halb gepackt lag der Koffer auf dem Boden. Die Zeit drängte, aber ihr war jegliches Zeitgefühl abhandengekommen.

»Wir werden bald wegziehen«, sagte Umeko traurig. »Vater muss noch hierbleiben, um dem Direktor zu helfen. Mutter und ich sollen bei den Großeltern in Kīrun wohnen. Nächstes Schuljahr gehe ich dort zur Mittelschule.«

Sie sah, wie der Unterkiefer der Kleinen zu zittern begann, streckte die Hand aus und zog sie zu sich heran. Eigene Kinder würde sie nie haben, obwohl es ihr größter Wunsch war. »Es wird dir gefallen, weißt du. Vielleicht nicht am Anfang, aber nach einer Weile.«

»Vater sagt, ich werde kein Japanisch sprechen dürfen.«
»Wahrscheinlich nicht, dafür wirst du Chinesisch lernen. Ganbatte ne.«

Das Zittern wurde stärker.

»Kennst du das Sprichwort ›Drei Jahre auf einem Stein sitzen‹?«, fragte Shizuko, aber ihre Schülerin schüttelte den Kopf. »Was passiert, wenn du drei Jahre auf demselben Stein sitzt?«

»Der Po tut weh.«

»Der Stein wird warm«, lachte sie. »Das heißt, mit der Zeit wird alles besser. Weniger hart. Eines Tages wirst du Chinesisch so gut sprechen wie heute Japanisch.« Als Kind hatte sie den Dialekt der Einheimischen verstanden, ihn zu Hause aber nicht benutzen dürfen und später vergessen. Im nächsten Moment warf sich Umeko laut aufschluchzend nach vorn und schlang die Arme um ihren Hals. Zum ersten Mal seit Jahren die Nähe eines menschlichen Körpers zu spüren, tat so gut, dass auch Shizuko plötzlich die Tränen kamen. »Sh, sh, sh«, machte sie und wiegte die Kleine hin und her. Auf einmal geriet alles ins Wanken. Vergebens hatte sie den Rektor angefleht, die angebliche Entdeckung nicht der Armee zu melden. Windschiefe Kreuze aus morschem Geäst, wer um Himmels willen nahm so etwas ernst? »Wenn du von hier fortgezogen bist, schau niemals zurück«, flüsterte sie mit brüchiger Stimme. Was vermochten Sprichwörter angesichts solchen Irrsinns? »Hörst du mich, Umeko-chan? Du hast nichts falsch gemacht.« Der Mann war nach Kīrun gebracht worden, mehr wusste sie nicht. Wäre ihr früher klar gewesen, worum es der Kleinen wirklich ging, hätte sie einen anderen Weg gefunden, aber die Sorge um ihre Eltern, die Angst vor den Bomben, die täglichen Horror-Nachrichten aus Japan ... Selbst ihre Bitte, Umeko wenigstens nicht zu belohnen, hatte Rektor Kondō abgelehnt. Sie die

Sache vergessen lassen, bevor sie versteht, was sie angerichtet hat? Seien Sie froh, dass ich *Sie* nicht melde!

Vorsichtig legte Shizuko ihrer Schülerin eine Hand auf den Rücken. Das Einzige, was wir tun können, ist weiterleben, hatte Yōko gesagt. Bloß wo und wie? Wenn sie persönlich bei Dr. Okubata vorsprach, durfte sie das Zimmer vielleicht noch eine Woche behalten, aber selbst wenn, so schnell würden keine Schiffe kommen. Das Schluchzen der Kleinen wurde leiser, zwischendurch zog sie die Nase hoch, und auf einmal wusste Shizuko, dass eine Rückkehr nach Hause nicht in Frage kam. Wenn Frau Yamashita die Äpfel geschickt hatte, musste es eine Verbindung geben, trotzdem traf für sie keine Post ein. Weiterleben ja, dachte sie, aber hier. Es war der erste eigene Entschluss seit langem, und kaum hatte sie ihn getroffen, stand er fest. Über die Gefahren täuschte sie sich nicht. Schutz würde sie brauchen, wo immer er sich bot. Gerüchten zufolge wurden auf der ganzen Insel junge Frauen rekrutiert, um den GIs in Japan zu dienen. So viel Übel und Unrecht, wie der Krieg verursacht hatte, verschwand nicht über Nacht aus der Welt, sondern setzte sich fort wie ein Echo. Eine bestimmte Art von Stolz, das ahnte sie, würde sie sich fortan nicht mehr leisten können.

»Sh, sh, sh.« So fest sie konnte, hielt Shizuko das kleine Mädchen im Arm. Ich bin bereit, ging ihr durch den Kopf. Bis auf die Grundmauern war das Haus der Ehre abgebrannt, und im ersten Moment fühlte es sich an wie die Erfüllung eines langgehegten Traums.

7

Als Julie vom Flughafen kommt, ist es kurz nach Mitternacht. Auf dem Rückweg hat sie den Bus genommen und ab dem Hauptbahnhof ein Taxi in die Shida Road, die letzten Meter geht sie zu Fuß durch die verwaisten Gassen hinter dem Campus. Nach Beschwerden von Anwohnern muss der frühere Nachtmarkt schon um zehn Uhr abends schließen. Leere Verkaufsstände reihen sich aneinander, eine fette Ratte kreuzt ihren Weg, dann betritt sie die Wohnung, wo der Duft von Daves Aftershave sie empfängt wie ein verspäteter Abschiedsgruß. Auf dem Tisch steht noch ein kleiner Rest des Rotweins, den er aus dem Duty-Free-Shop mitgebracht hat.

Kaum hat sie sich umgezogen, geht draußen ein heftiger Platzregen nieder. Mit dem halbvollen Weinglas stellt sie sich ans Fenster, mag das Gefühl des Holzbodens unter ihren nackten Füßen und den Anblick der Laternen, die aussehen wie beleuchtete Duschköpfe, aus denen das Wasser schießt. Das Bett ist noch so zerwühlt, wie Dave und sie es gegen acht Uhr verlassen haben, um vor der Fahrt nach Taoyuan eine Kleinigkeit zu essen. Schlafen, das spürt sie trotz ihrer Müdigkeit, wird sie vorerst nicht können.

Ganz sicher würden wir es nicht jeden Tag dreimal tun – seine scherzhafte Antwort auf ihre Frage, wie es wäre, dauerhaft zusammenzuwohnen. Ansonsten: Kein Druck, das hat er beim Essen gesagt, um es am Flughafen zu wiederholen, und sie weiß zwar, wie es gemeint ist, aber Nonchalance allein wird sie nicht nach London locken. Nach ein paar Minuten klappt sie den Laptop auf und stellt Musik an. Ohnehin geht es um die Zeit nach ihrer Promotion, die ferner in der Zukunft liegt, als Dave glaubt. Ferner vor allem, als sie es gern hätte.

Die Schlagzeilen des Tages überfliegt sie nur, es sind die üblichen. Dass die KMT befürchtet, die neue Regierung könnte ihr riesiges Parteivermögen antasten, entlockt Julie ein schadenfrohes Grinsen. Seit den letzten Wahlen schaut sie wieder gelassener in die Zukunft, die Studentenproteste vor zwei Jahren haben Früchte getragen, auch wenn das in ihrer Familie nur A-mah und sie freut (wie Harry politisch tickt, weiß sie nicht). Die Entscheidung über den Umzug wird dadurch allerdings noch schwerer; vor drei oder vier Jahren hätte sie auf der Stelle zu packen begonnen.

Ihr Telefon summt. ›Just touched down‹, schreibt Dave. ›Are you back home?‹

›Five minutes ago‹, antwortet sie.

›I miss you already.‹

›Same here. You know where to find me.‹

Ein Smiley. ›Gotta go. Next month, right?‹

Ihre Antwort beschränkt sie auf einen Teddy, der rote Herzen furzt. ›Reminds me of your cute little ass‹, gibt er zurück, dann legt sie das Handy beiseite und schaut in ihre Mails. Professor Nakashima schickt die versprochenen Fotos, der begleitende Text ist so herzlich und aufmunternd wie immer. Sie könne jederzeit auf seine Hilfe zählen, wenn es irgendwo hake. Wäre er nicht emeritiert, würde sie lieber bei ihm promovieren als bei ihrer Doktormutter, die es als Ausdruck von Wertschätzung meint, wenn sie ihre Schüler ins kalte Wasser stößt. In vier Wochen soll Julie auf einer internationalen Konferenz an der Academia Sinica vortragen und hat schon davon geträumt, dass auf dem Podium nur leere Blätter vor ihr liegen. Was sie sagen will, weiß sie ungefähr, aber da Professorin Tuan ein großer Fan von Powerpoint-Präsentationen ist, sucht sie noch nach Material dafür.

Das erste Foto dürfte 1946 in der zerbombten Gegend um den Hafen von Keelung entstanden sein. Im Vordergrund sind ein von Trümmern übersäter Platz und links ein Briefkasten zu sehen, wie es sie damals gab, rund wie ein Hydrant. Weiter hinten warten Menschen in einer Schlange, allerdings so weit vom Fotografen entfernt, dass Julie die Taschen und Bündel zu ihren Füßen nur mit Hilfe der Lupe erkennt. Der leichten Bekleidung nach zu schließen, hat entweder der Winter noch nicht begonnen oder das Foto stammt aus dem nächsten Frühjahr. Professor Nakashima schreibt, es stehe auf der Website einer amerikanischen Veteranenvereinigung. ›Japanese citizens awaiting repatriation‹, hat jemand mit Kuli am Rand notiert.

Direkt am Kai wurde das zweite Foto aufgenommen. Die Masten und Segel im Hintergrund gehören zu altertümlichen chinesischen Dschunken, und wenn Julie den Stadtplan richtig im Kopf hat, könnte der Fotograf am selben Ort gestanden haben wie beim ersten Bild, nur die Blickrichtung ist anders. Ein Japaner mit Schiebermütze und ein kleines Mädchen sitzen auf Holzschemeln vor ihren ausgebreiteten Waren. Schüsseln, Töpfe, Teller und dergleichen. Über Nacht waren aus den privilegierten Kolonialherren Parias geworden, die in provisorischen Lagern ihrer Rückführung entgegensahen. Einen Koffer pro Person durften sie mitnehmen, alle anderen Besitztümer mussten vorher verkauft werden. Wegen der Zerstörungen im Mutterland wollten die amerikanischen Besatzer möglichst wenige Übersee-Japaner aufnehmen, obwohl es allein in Taiwan über vierhunderttausend gab, ein Viertel davon Soldaten. Die sollten natürlich zuerst gehen, Zivilisten hingegen mussten oft monatelang auf ein Schiff warten, interniert wie Straftäter. Bleiben durfte niemand, obwohl viele Wansei, wie man sie nannte, ihr gesamtes Leben auf der Insel verbracht hatten.

Eine Weile klickt sie zwischen den beiden Bildern hin und her. Der Frisur nach geht das kleine Mädchen noch zur Grundschule. Zu ihrem Yukata trägt sie japanische Holzsandalen, von denen A-mah sagt, dass man darin schlecht rennen konnte, deshalb trug sie selten welche. Als Julie ihr zum ersten Mal vom Thema ihrer Dissertation erzählt hat, war sie von der Reaktion überrascht. Gewalt gegen Japaner habe es nicht gegeben, meinte ihre Großmutter. In Wirklichkeit ist es bloß ein vernachlässigter Aspekt des damaligen Umbruchs, alles wird überschattet von den Konflikten, die kurz nach dem Krieg zwischen Taiwanern und Festländern ausbrachen. Zu Racheakten an den plötzlich schutzlosen Kolonialherren kam es sporadisch und ungeordnet, aber gar nicht so selten. Ein toter Richter in Kaohsiung, zwei ermordete Polizisten in Taipei, zahlreiche Hinweise auf Schlägereien und gewiss eine hohe Dunkelziffer. Julies Plan, sich auf die Gewalt gegen Frauen zu konzentrieren, droht an der dürftigen Quellenlage zu scheitern. Dass einige sich zur Prostitution gezwungen sahen, ist klar, und neulich hat sie von der Vergewaltigung einer Japanerin direkt an den Hafendocks gelesen, begangen allerdings von chinesischen Soldaten, die dort ankamen, um die Insel zu übernehmen. Sie interessiert sich eher für die Gewalt, die von Taiwanern ausging, als Rache nicht für den Krieg drüben, sondern für die fünfzigjährige Unterdrückung hier.

Welche Unterdrückung, würde A-mah wahrscheinlich fragen. Beim Umzug ihrer Familie nach Keelung war sie elf. Zuerst wohnten sie in der roten Villa des Großvaters am Stadtrand, die heute eine Ruine ist, dann in einem Haus oberhalb des Hafens, das längst nicht mehr steht. Von den zwei Jahren dort hat A-mah kaum je erzählt, wahrscheinlich aus gutem Grund. Das Wort Trauma bitte sparsam gebrauchen, mahnt Professorin Tuan immer, aber ein besseres fällt Julie in dem Fall nicht ein. Auf einmal wurde alles Japanische verteufelt, im Unterricht verstanden einheimische Kinder anfangs kein Wort, dann eskalierten die Konflikte zwischen Taiwanern und Festländern so weit, dass mitten in der Stadt Leichen im Wasser trieben. Augenzeugenberichten zufolge war das ganze Hafenbecken rot, und A-mah muss die massenhaften Erschießungen zumindest gehört haben.

Zum dritten Bild schreibt Nakashima, es betreffe ›die andere Sache‹. Das einzige Foto aus jener Zeit, das er im Nachlass seiner Mutter finden konnte, zeigt das Kollegium der Schule auf einem niedrigen Podest vor dem Gebäude. Über dem Eingang hängt die Fahne mit der roten Sonne, im Hof stehen etwa fünfzig Mädchen und Jungen, alle in Uniform, viele barfuß. Es sieht nach einer Abschlussfeier aus, aber da der Professor nicht weiß, aus welchem Jahr die Aufnahme stammt, bleibt unklar, ob A-mah darauf abgebildet ist – zu erkennen wäre sie sowieso nicht. Julies letzter Besuch vor Ort liegt erst wenige Wochen zurück. Ein schönes, idyllisch gelegenes Schulgelände mit vielen Bäumen, die es damals offenbar noch nicht gab. Nebenan liegen ein Sportplatz und ein Tempel, von dort aus ist sogar ein kleiner Ausschnitt des Meeres zu sehen.

Nach dem Armbruch im Frühjahr musste A-mah zur Beobachtung zwei Tage in der Klinik bleiben, um den Verdacht auf Gehirnerschütterung auszuräumen. Meistens schlief sie, und während Julie am Krankenbett saß, ging ihr auf, wie wenig sie über das frühere Leben ihrer Großmutter weiß, obwohl sie sich in der betreffenden Zeit gut auskennt. Noch lässt sich das ändern, lautete Professor Nakashimas lapidarer Hinweis. Nach seiner Emeritierung hat er mit einem Buch, das halb Erzählung und halb Memoirenband ist, unerwartet großen Erfolg gehabt. Darin geht es vor allem um die Suche nach seinem unbekannten Vater, aber auch um die Mutter, die einige Jahre als Lehrerin in Jinguashi gearbeitet hat. Ob A-mah ihre Schülerin war, konnte Julie bisher nicht in Erfahrung bringen. Mit Namen tut sich A-mah schwer, und statt sie zu bedrängen, wartet Julie lieber ab, bis sie von selbst zu erzählen beginnt. Dass es seit einigen Wochen häufiger geschieht, ist womöglich kein gutes Zeichen.

Draußen lässt der Regen nach. Das Album von Zhang Xuan, das sie gehört hat, ist durchgelaufen und der Wein ausgetrunken, schläfrig fühlt sie sich trotzdem nicht. Von seiner Wohnung aus schreibt Dave noch mal, um ihr eine gute Nacht zu wünschen. Eben war es eine Floskel, jetzt vermisst sie ihn wirklich. In dem unwahrscheinlichen Fall, dass Großbritannien nächste Woche für den Brexit stimmt, will er den Umzug noch einmal überdenken. Zu ihrem plötzlichen Interesse an A-mahs früherem Leben hat er gefragt, ob sie etwas Bestimmtes herauszufinden hoffe, aber sie treibt nur das nagende Gefühl um, die vielleicht letzte Gelegenheit nutzen zu müssen, ohne zu wissen wie. Wahrscheinlich kann sie bloß nicht akzeptieren, dass das Ende näher rückt. Um den Gedanken abzuschütteln, klickt sie auf Antworten und entdeckt unter Professor Nakashimas Mail ein PS: ›Hast du nicht gesagt, Harry Chen sei dein Onkel? Der scheint in Taiwan zu sein und will sich mit mir treffen. Wir haben uns für Samstag verabredet.‹

Das lässt sie überrascht innehalten. Zwar beschäftigt sich auch Harry hin und wieder mit der Kolonialzeit, aber in ganz anderen Zusammenhängen als ihr Professor. Als sie an der Taida dessen Hilfskraft war, hatte Julie das Gefühl, dass er sie mit besonderer Aufmerksamkeit bedenkt; nicht in einem anzüglichen Sinn, er ist die Liebenswürdigkeit in Person, einfach aus Sympathie. In ein paar Wochen wird er siebzig. Statt seine Mail zu beantworten, schickt Julie eine LINE an ihren Onkel, dann ist es ein Uhr vorbei, und allmählich wird sie doch müde.

Im Bad fällt ihr ein, wie Dave und sie am Abend gemeinsam vor dem Spiegel gestanden haben. Wegen seiner markanten Gesichtszüge gehört er zu den Menschen, die mit nassen Haaren besser aussehen als mit trockenen. Seine Hände bedeckten ihre Brüste, im Steiß spürte sie sein Geschlechtsteil hart werden, ansonsten standen sie vollkommen reglos und stumm, bis der Wasserdampf das Spiegelbild verschwinden ließ. Dann erst machte er den Mund auf: »I think you should say yes.«

»Perhaps I will.«

Es war das einzige Mal, dass sie das Gefühl hatte, gebeten zu werden. Vielleicht war es ihre unentschiedene Antwort, die ihn später betonen ließ, es gebe keinen Druck. Männlicher Stolz oder so was, jedenfalls denkt sie beim Zähneputzen, dass sie mehr Enthusiasmus hätte zeigen sollen. Es geht um London! Die Frage nach dem Lebensunterhalt hat er beim Essen nur aufgeworfen, um sie mit einer Handbewegung fortzuwischen – mach dir darüber keine Gedanken, sollte das heißen. Den Hinweis, dass sie daran sowieso nicht gewöhnt ist, hat sie sich zum Glück verkniffen.

Zurück im Zimmer, lässt sie das Fenster offen und die Klimaanlage ausgeschaltet. Laternenlicht wirft eine helle Raute an die Decke. Zwei Nächte haben sie zusammen verbracht, schon fühlt sich das Bett leer an ohne ihn. *Allure* heißt das Aftershave, das sie noch ein paar Tage auf dem Kopfkissen riechen wird. Obwohl sie nicht zu besonderer Anhänglichkeit neigt, gehen ihr seit einiger Zeit auch beiläufige Abschiede seltsam nah. Bleib noch, will sie jedes Mal rufen und sagt bloß: See you next time. Den nächsten Flug hat sie für den Tag nach der Konferenz gebucht, jetzt liegt sie auf dem Rücken und denkt daran, wie sie aus Daves Wohnung das Lichtermeer von Hongkong betrachtet, wenn sie nachts aufstehen muss. Für ihren Großvater war die Stadt früher eine Station von vielen auf seiner langen Flucht. Manchmal verharrt sie eine ganze Weile am Fenster und stellt sich vor, mitten in der Nacht abzuhauen, ohne Abschied und ohne Ziel. Ein merkwürdiger Impuls, der eigentlich gar nicht zu ihr passt: das Gefühl, es gäbe irgendwo da draußen ein Zuhause, das sie noch nie gesehen hat. Einen Ort, wo der Wunsch, zu bleiben, keine Konkurrenz von anderen Wünschen bekommt. Ist das echte Sehnsucht oder bloß ein Spiel ihrer Fantasie, dem sie sich hingibt, weil sein Bett sie danach umso weicher und wärmer empfängt?

Im anderen Bett hat Paul die Decke von sich abgeschüttelt und schläft mit offenem Mund. Kurz nach zwei, liest Harry auf dem Display seines Handys, ohne zu wissen, wie lange er schon wach ist. Weiter oben im Haus läuft ein Wasserhahn, die Klimaanlage rattert leise vor sich hin, und nebenan schnarcht sein Vater mit dieser unerschütterlichen Gleichmäßigkeit, die er als Kind beruhigend fand. Damals, fällt ihm ohne erkennbaren Grund ein, veranstalteten die Katzen einen Höllenlärm, wenn sie sich draußen paarten; vom Bett aus klang es, als würden sie einander totbeißen. Manchmal ging irgendwo ein Fenster auf, und jemand verscheuchte die Tiere, aber die Stadt gab ohnehin keine Ruhe. Schaltete auf der Ren'ai Road eine Ampel auf Grün, schossen Dutzende Motorroller los wie ein Hornissenschwarm. Jetzt sagt ihm ein Gefühl, dass er noch ziemlich lange wachliegen wird.

Selbst schuld, denkt er, aus Versehen hat er am Nachmittag zwei Stunden geschlafen. Es gab nichts zu tun, und während er auf dem Bett seine Mails las, fielen ihm einfach die Augen zu. Als er sie wieder aufschlug, hörte er im vorderen Teil der Wohnung das Geklapper von Töpfen und die Stimme seiner Schwägerin, Hua-rongs Frau, die in der Küche das Abendessen zubereitete. Paul war nicht im Zimmer, aber sein Handy lag auf dem Bett, also konnte er nicht weit sein.

Im Mund spürte er einen metallischen Geschmack, als hätte er an einer Münze gelutscht. Träge ließ er den Blick über die Buchrücken im Regal gleiten. Jin Yongs gesammelte Werke, Seminarlektüre der ersten Semester, Hearns *Japanese Ghost Stories* und amerikanische Romane in chinesischer Übersetzung. Faulkner, Roth, Toni Morrison. Zu Kawabatas *The Sound of the Mountain* fiel ihm ungerufen der Originaltitel ein, obwohl sein Japanisch nicht ausreicht für literarische Texte. Schon Mutters Briefe an ihren Bruder hatten ihm Mühe bereitet. Weil es in Williamstown noch zu früh war für einen Morgengruß, ging er ins Bad, um sich die Zähne zu putzen. Als er zurückkam, saß Paul auf dem Bett und hatte die Hände seitlich aufgestützt, als säße er am Rand eines Schwimmbeckens und schaute dem Treiben zu. Erst seit sein Sohn auf der Highschool einen festen Freundeskreis hat, ist Harry die Angst los, er könnte ein Außenseiter werden, der asiatische Streber, mit dem sich niemand abgeben will. Pauls Noten sind gut genug, um dem Klischee zu entsprechen. »Back among the living?«, fragte er spöttisch.

»Wo bist *du* gewesen?« Nickend ermunterte er ihn, es auch mit Chinesisch zu versuchen.

»Oben auf dem Dach. Helping your mother with the flowers.«

Durchs Fenster fiel sein Blick auf den Parkplatz, der provisorisch die Baulücke nebenan füllte. Am Ticketautomaten blinkte der Schriftzug ›Times 24 h‹. »Versteht ihr euch?«, fragte er möglichst beiläufig.

»Sprachlich, meinst du?«

»Überhaupt.« Aus dem Koffer nahm er ein zwar frisches, aber völlig zerknittertes Hemd. Paul trug das Trikot seines liebsten NBA-Teams, der Golden State Warriors.

»Sie sagt, Julie kommt heute Abend nicht, weil ihr boyfriend in town ist.«

»Keine Ahnung, ich kenne ihn nicht. Meine Frage war, ob ihr euch versteht, du und deine A-mah.« Darauf zuckte sein Sohn mit den Schultern, und er hakte nicht nach. Um sich den hiesigen Großeltern nahe zu fühlen, kam Paul zu selten nach Taiwan. »Hast du Lust, morgen Abend ein Baseballspiel zu sehen? Meine Brothers gegen den amtierenden Meister. Im Stadion oben in Tianmu.«

»Ich dachte, Taipei hat kein Team mehr.«

»Ein paar Partien pro Saison werden trotzdem dort ausgetragen. Als du klein warst, sind wir mal mit Mom hingefahren. Es hat dir gefallen.« Draußen senkte sich die Dämmerung wie ein Vorhang über die Stadt, und der Feierabendverkehr erzeugte das vertraute Rauschen, den Soundtrack seiner Kindheit.

Paul nickte. »Okay, warum nicht.«

»Wenn Mutter nicht viel redet, nimm es nicht persönlich. Das hat sie nie getan.« Durch den Flur waberte der Duft von Sesamöl und angebratenem Fleisch, und von einem Moment auf den anderen bekam er Hunger. »Hast du mich verstanden? Sie war schon immer so.«

»I hear you«, sagte Paul und ließ die Füße nach vorn rutschen, bis er nicht mehr saß, sondern sich mit beiden Händen auf der Bettkante abstützte. Ein paarmal senkte er den Oberkörper ab und drückte ihn wieder hoch. Seit einiger

Zeit sorgte er sich um den Zustand seiner Muskulatur, vor allem um den optischen Eindruck. Es geht los, hatte Lu neulich gemeint, als könnte sie mit ihren neun Jahren die Blicke lesen, die Helen und er wechselten, wenn ihr Sohn vor dem Flurspiegel posierte.

Um halb sieben saßen alle am Tisch. Sogar Hua-rong war rechtzeitig erschienen und hatte zur Feier des Tages eine Flasche Gaoliang mitgebracht, den außer ihm niemand mochte. Nach wenigen Schlucken trat ihm Schweiß auf die Stirn, manchmal erinnerte er Harry an den ältesten Sohn in *A City of Sadness*, wegen des massigen Schädels und der Vorliebe für derbe Flüche, die Hua-rong allerdings erst ab dem dritten Glas und nie auf Taiwanisch vorbrachte. »Willkommen in der Heimat, Bruder«, sagte er und prostete ihm zu. Ausgiebig hatte er zuvor über die neue Regierung geschimpft, die es Gerechtigkeit nenne, Leute um die Früchte ihrer harten Arbeit zu bringen. Leute wie sich, meinte er wohl, die von Früchten sprachen, wenn sie ihre Plantagen meinten. Dass er viel arbeitete, stimmte allerdings. Hilfsbereit und großzügig war er auch, und ob er in Shanghai eine Geliebte hatte, die ihn nach Feierabend verwöhnte ... Helen war fest davon überzeugt, Harry zog es vor, nichts darüber zu wissen.

»Gan bei«, erwiderte er, trank einen Schluck und wartete ab, bis das Brennen im Hals verschwand. Mutter verzichtete wie immer auf Alkohol. Obwohl der Tisch fast überquoll, begnügte sie sich mit winzigen Happen und redete nur, wenn sie angesprochen wurde. Als Harry am Morgen mit dem Frühstück von Fu Hang zurückgekommen war, hatte sie bei der Spüle Obst geschnitten und »Da bist du ja« gesagt, als hätten sie einander am Vorabend zuletzt gesehen. Statt sie zu umarmen, wie von Helen aufgetragen, hatte er sich ein Stück Guave genommen und nach ihrem Arm gefragt. In den Briefen an Onkel Keiji aus Jinguashi war sie ihm genauso vorlaut und quirlig vorgekommen wie Lu. Die mädchenhafte Schwärmerei für eine Lehrerin, der Stolz auf ihre schöne Handschrift und das atemlose Interesse an allem, was der große Bruder aus Taipei berichtete – die kurzen Texte glichen Puzzlestücken, die partout nicht in sein Bild von ihr passen wollten. Ob sie Keijis Briefe ebenso sorgfältig aufgehoben hatte wie er ihre, hoffte er noch während dieses Aufenthalts zu erfahren. Lagen sie irgendwo in einem Karton und enthielten Antworten, zu denen er nicht einmal die Fragen kannte?

Gegen drei Uhr ist klar, dass er nicht mehr einschlafen wird. Vorsichtig greift er nach seinem Handy, steht auf und geht hinaus. Die Straßenlaternen werfen ein bleiches Licht ins Wohnzimmer, wo die abgestandene Luft noch nach Essen riecht. Bis hierher kann er seinen Vater schnarchen hören. Auf dem Tisch steht die halbleere Flasche Gaoliang.

Zu Hause ist Helen zu beschäftigt, um mit ihm zu chatten. ›Ich melde mich‹, antwortet sie knapp. Das Geschäft, in dem sie halbtags arbeitet, handelt mit Kunsthandwerk aus Ostasien – koreanischem Tongeschirr, japanischen Lackwaren, Holzmöbeln aus der Qing-Zeit und dergleichen –, lockt in dem kleinen Ort aber hauptsächlich Kunden an, die sich bloß umschauen wollen oder ein Mitbringsel für die Tante in Vermont suchen. Irgendwas Hübsches mit exotischem Touch. Vor zwei Stunden hat Julie geschrieben, erstaunt über seine Verabredung mit ihrem Professor. Die Antwort verschiebt er auf später und stellt sich ans vordere Fenster. Im Lauf der Nacht muss es ausgiebig geregnet haben. Früher konnte man von hier aus die gesamte Nachbarschaft überblicken, jetzt endet die Aussicht am nächsten Apartmenthochhaus, einen Steinwurf entfernt. Am Eingang sind ebenso viele Sicherheitskameras montiert wie bei einer Bank. Vergebens versucht Harry, die mehr als zwanzig Stockwerke zu zählen, dann hört er hinter sich ein Seufzen und fährt herum.

Reglos sitzt seine Mutter auf dem Sofa. Über ihrem Nachthemd trägt sie eine knielange Strickjacke und schaut dahin, wo der ausgeschaltete Fernseher steht. Trotz der geöffneten Augen sieht es aus, als würde sie im Sitzen schlafen. »Ma«, flüstert er und knipst die Lampe auf dem Sideboard an. »Was machst du um diese Zeit im Wohnzimmer?«

Lächelnd erwidert sie seinen Blick, sagt aber nichts. Vor zwei Minuten muss er an ihr vorbeigelaufen sein, ohne sie zu bemerken.

»Soll ich dir ein Glas Wasser holen?«

»Nicht nötig.«

»Kannst du nicht schlafen?«

Mit einer Kopfbewegung deutet sie in den hinteren Teil der Wohnung.

»Willst du dich in mein Bett legen? Paul schnarcht nicht.« Hug your mother, geht ihm durch den Kopf, aber schon zum zweiten Mal innerhalb eines Tages unterdrückt er den Wunsch.

»Du schläfst auch nicht«, sagt sie nur.

»Meine Schuld. Ich hätte am Nachmittag wach bleiben sollen.«

Ihre Hände liegen gefaltet im Schoß. Wenn er als Kind Fieber hatte und nicht zur Schule gehen konnte, lag er auf diesem Sofa – beziehungsweise auf dem hässlichen grünen, das sie damals hatten – und sah sie an der Nähmaschine beim Fenster sitzen. Nachbarn gaben ihr Kleider, die umgenäht, und Hosen, die gekürzt werden mussten. Geld nahm sie nicht, aber auf der Anrichte standen immer Schalen mit Obst oder Reiskuchen, die ihnen an die Tür gebracht wurden. In jungen Jahren hatte sie eine Ausbildung zur Krankenschwester absolviert. In allem, was geschickte Hände erforderte, war sie gut. »Kommt es oft vor, dass du nicht schlafen kannst?«, fragt er.

»Wenn ich einmal aufgewacht bin.«

»Du könntest dir ein Schlafmittel verschreiben lassen. Viele ältere Menschen –«

»Es war schon immer so«, unterbricht sie ihn auf Taiwanisch. Die Frage nach ihrem Arm hat sie am Morgen auch bloß mit einem Kopfschütteln beantwortet. Den Verband trägt sie nicht mehr.

»Ziehst du oft in mein Zimmer, wenn er zu laut ist?«

»Manchmal.«

»Was würdest du davon halten, es zu entrümpeln? Die alten Bücher zu entsorgen, die ich nicht mehr brauche, die Moskitoflecken an der Wand zu übermalen und so weiter.«

»Du hast gesagt, eines Tages soll dein Sohn sie haben. Die Bücher.«

»Dafür reicht sein Chinesisch nicht, hast du ja heute wieder gemerkt. Wäre das Zimmer wohnlicher, würdest du vielleicht besser schlafen, meinst du nicht? Neue Matratzen könnten wir auch kaufen.«

Daraufhin richtet sie die Strickjacke, als wollte sie aufstehen. Wenn er sie früher zu sehr bedrängte, bekam er schnell und ansatzlos eine geknallt, auch darin waren ihre Hände geschickt. Gín-á-lâng ū hīnn bô tsuì, schimpfte sie dann auf Taiwanisch, obwohl sie zu Hause meistens Chinesisch sprach: Kinder haben Ohren, keinen Mund. Er allerdings wurde desto beharrlicher, je schroffer sie ihn abwies, und ab und zu spürt er den Impuls heute noch. »Wenigstens die alten Zeitungen bringe ich morgen weg. Für seine Heldentaten mit den Yankees kann sich Wang Chien-ming sowieso nichts mehr kaufen. Mich interessiert eher, was er diese Saison schafft.« Dass Wang nach so vielen Jahren in der Versenkung noch einmal zurückgekommen ist, gleicht einer Sensation, aber bisher setzen die Royals ihn kaum ein. Im Übrigen weiß jeder in der Familie, dass Mutter mehr oder weniger im früheren Kinderzimmer wohnt, wenn kein Besuch da ist. Die Kunst, einander auf engem Raum aus dem Weg zu gehen, haben Vater und sie durch jahrelanges Training zur Perfektion gebracht.

»Als ich damals Chinesisch lernen musste«, sagt sie jetzt und schaut wieder zum Fernseher, »war ich genauso alt wie Paul heute.«

»Ich weiß«, antwortet er, ohne seine Überraschung zu zeigen. Obwohl es über die Lees aus Keelung genug zu berichten gäbe, spricht seine Mutter fast nie von früher. Als Kind wurde ihm erzählt, ihr ältester Onkel sei in seinem Ort der erste Besitzer eines elektrischen Kühlschranks gewesen. Die Kohlenmine in Ruifang hatte in der Kolonialzeit viel Geld abgeworfen, aber als die Festländer die Insel übernahmen, änderten sich die Zeiten. Harrys Großvater kam noch relativ glimpflich davon, er verlor nur seinen Job in der Goldmine. »Das muss schwer gewesen sein«, sagt er vorsichtig. Mit seiner Mutter über die Vergangenheit zu sprechen ist wie ein scheues Tier zu füttern. Eine falsche Bewegung und ...

»Wer weiß, wie es heute in Kinkaseki aussieht.« Mit beiden Händen zieht sie die Strickjacke zusammen und verschränkt die Arme vor der Brust. Außer ihr kennt Harry niemanden, der noch die japanische Aussprache benutzt, selbst Onkel Keiji hat das nicht getan – außer beim eigenen Namen.

»Wann bist du zuletzt dort gewesen?«

»Damals, bei unserem Umzug.«

»Moment ... Du warst seit 1945 nicht mehr in Jinguashi?«

Sachte schüttelt sie den Kopf.

»Ma, mit dem Auto dauert es höchstens eine Stunde.«

»Mit welchem Auto?«

»Hättest du Lust, hinzufahren? Kein Problem, wir können das jederzeit machen.«

»Unternimm lieber was mit Paul«, winkt sie ab. »Er kennt Taiwan überhaupt nicht.«

»Den nehmen wir mit.« Froh über die unverhoffte Gelegenheit, muss er sich zurückhalten, nicht sofort damit herauszuplatzen, was ihn an dem Ort interessiert. Zuletzt besucht hat er ihn vor vier oder fünf Jahren mit Helen. »Die Mine, in der Großvater gearbeitet hat, ist jetzt ein Museum, man kann sie also besichtigen. Was meinst du?«

»Dein Sohn langweilt sich hier, oder?«

»In seinem Alter wirken Kinder manchmal gelangweilter, als sie sind. Morgen fahren wir nach Tianmu und schauen uns ein Baseballspiel an. Außerdem wollte er ja mitkommen.«

»Er sieht dir immer ähnlicher, weißt du.«

»Findest du, ja?«

»Wie aus dem Gesicht geschnitten«, sagt sie, steht auf und geht ohne ein weiteres Wort hinaus. Kurz darauf hört er die Tür zum Schlafzimmer. Obwohl es bereits halb vier ist, hat ihn das kurze Gespräch noch wacher gemacht, außerdem kehrt sein Hunger zurück. Im Kühlschrank findet er mit Zellophan abgedeckte Reste des Abendessens und sagt sich, dass Mutter in den Ausflug einwilligen wird, wenn er alles plant – der Montag nach ihrem Geburtstag ist das einzige freie Datum – und sie dann noch einmal fragt. Mit der Entrümpelung des Zimmers muss er genauso verfahren; das meiste, was in den Regalen verstaubt, kann sowieso weg. Während die Mikrowelle läuft, macht er im Kopf eine Liste der wenigen Bücher, die er wegen ihres literarischen oder sentimentalen Werts behalten will. Jin Yongs gesammelte Werke zu kaufen, war seinerzeit eine Form von Hommage, gelesen hatte er sie bereits im Buchladen in der Xinyi Road, wo er als Schüler seine knapp bemessene Freizeit verbrachte. Sonntags gleich nach dem Frühstück begann die Vorbereitung auf die Prüfungen der nächsten Woche, aber am Samstagnachmittag durfte er die Schule für ein paar Stunden vergessen, und das ging nirgendwo besser als in der Halle des Goldenen Steins.

Da es in Buchläden damals keine Sitzgelegenheiten gab, stand er bei jedem Besuch lesend zwischen den Regalen. Bücher in Plastikfolie einzuschweißen, war ebenfalls noch unüblich, weshalb Scharen von Schülern den engen Laden als Präsenz-Bibliothek benutzten. Im ersten Jahr an der Highschool versank er so tief in den Geschichten aus dem alten China, dass er die schöne Unbekannte neben sich fast nicht bemerkt hätte. Ihren Namen sollte er nie erfahren, sie wechselten kein Wort miteinander, sondern lasen zufällig zur selben Zeit die vierbändige *Legende der Adlerkrieger*. Etwas jünger als er muss sie gewesen sein, jedenfalls trug sie das Haar so kurz, wie es für Mittelschülerinnen vorgeschrieben war. Erst in der Highschool durfte es auf die Schultern fallen.

Wie in seiner Generation so gut wie jeder weiß, sind die beiden wichtigsten Adlerkrieger Kuo Ching – ein tapferer Kämpfer, nicht besonders hell im Kopf – und seine Gefährtin Huang Jung, die schön, klug und obendrein eine Meisterin in verschiedenen Stilen des Kung-Fu ist. Bei ihrer ersten Begegnung verkleidet sie sich als Bettler, so dass dem guten Kuo Ching entgeht, dass sie in Wirklichkeit ein Mädchen ist. Am Ende von Band 1 findet er es in einer witzigen Szene heraus, und zum ersten Mal bemerkte Harry seine Nachbarin, als sie bei der Lektüre leise kicherte. Kurz zuvor hat Huang Jung die vier Dämonen des Gelben Flusses unschädlich gemacht, die nun gefesselt in den Bäumen am Seeufer hängen und um Gnade winseln. Als Kuo Ching hinzutritt, sitzt die Heldin in einem Ruderboot, ist nicht mehr verkleidet und sieht so bezaubernd aus, dass es ihm die Sprache verschlägt.

Ihm erging es ähnlich. Er war bereits am Beginn von Band 3, als er zur Seite schielte und sah, wie sich das Deckenlicht in ihren schwarzen Haaren spiegelte. Statt der Schuluniform trug sie ein schlichtes einfarbiges Kleid aus Baumwolle. Als sie eine Wasserflasche aus der Tasche holte, erkannte er ein Paar Ballettschuhe, danach nannte er sie in Gedanken Hsiao Jung, nach der Heldin des Buchs, deren Vorname ›Lotus‹ bedeutet. Meistens war er vor ihr im Laden und stand lesend an seinem Platz, wenn sie hereinkam. Sie stellte sich neben ihn und griff nach dem Buch, ohne zu ahnen, dass er in diesem Moment ein Kitzeln im Rückgrat spürte, als striche jemand mit einer Feder darüber. Ab und zu musste sie das Gewicht verlagern oder einen Schritt zur Seite machen, weil sich Kunden an ihnen vorbeizwängten, ansonsten verharrte sie so reglos wie er, gebannt vom Kampf der Dynastie gegen mongolische Eroberer. Als ihm auffiel, dass sie schneller las als er, begann er sich vorzustellen, wie sie ihren Band eines Tages nicht im Regal vorfinden würde, weil er ihn in der Hand hielt. Was würde sie dann tun? Zwar hätte er den Fall herbeiführen können, indem er seinerseits einen Band zurücksprang, aber das wäre Manipulation gewesen. Alles musste in einer nicht von ihm, sondern vom Schicksal bestimmten Weise geschehen …

Als er die Geschichte Jahre später Helen erzählte, war er versucht, sie auszuschmücken: dass er in den folgenden Wochen vor Aufregung kaum geschlafen und den Lehrern mit seiner Geistesabwesenheit Rätsel aufgegeben hätte. In Wirklichkeit versuchte damals niemand zu ergründen, was in den Köpfen der Schüler vor sich ging. Passten sie im Unterricht nicht auf, wurden sie nach vorne gerufen und bekamen mit dem ›General‹ zehn Schläge auf die ausgestreckten Finger. Schwere Vergehen waren ein Fall fürs Disziplinarbüro, das das Militär an jeder Schule unterhielt, außerdem blieb für Tagträume sowieso keine Zeit. Wenn er abends nach Hause kam, schlief er vor Müdigkeit beim Zähneputzen ein.

Ihm fehlten am Ende des vierten Bandes noch rund hundert Seiten, als sie eines Nachmittags den dritten beendete und die Halle des Goldenen Steins verließ. In den folgenden Tagen schickte er tatsächlich bange Gedanken voraus zur nächsten Begegnung, und wäre die Story nicht so spannend gewesen, hätte er womöglich auf die letzten Kapitel verzichtet. Stattdessen stand er eine Woche später am gewohnten Platz; vor Anspannung zitterten ihm die Beine. Als sie die Lücke im Regal entdeckte, vergewisserte sie sich mit einem raschen Seitenblick, wer den gesuchten Band las. Er seinerseits starrte auf den Text, bis ihm die Augen tränten. Seufzend nahm sie ihre Tasche und ging um das Regal herum auf die andere Seite. Dass dort die Paperback-Ausgaben standen, in denen jeder Band noch einmal in zwei Teilbände untergliedert war, hatte er völlig vergessen. Ein gezielter Griff, dann versenkte sie sich aufs Neue in die Abenteuer der Adlerkrieger. Ob er enttäuscht oder erleichtert war, weiß er heute nicht mehr, wahrscheinlich beides. An den Schluss der *Legende* kann er sich kaum erinnern.

Draußen dämmert der neue Tag herauf. Vom Sofa aus hört er, wie bettflüchtige Rentner in den nächsten Park strömen, ab und zu mischen sich die hellen Frequenzen eines Transistorradios darunter. Als sein Telefon einen Signalton von sich gibt, ist es 4:49 Uhr.

›Jetzt hätte ich ein paar Minuten‹, schreibt Helen, ›aber inzwischen schläfst du wahrscheinlich.‹

Tatsächlich ist er einen Moment lang unsicher, ob er vom

Buchladen geträumt oder nur daran gedacht hat. Auf der Ren'ai Road ertönt die Sirene eines Rettungswagens und verliert sich in unbestimmter Entfernung.

›Schön wär's. Bin hellwach und liege im Wohnzimmer auf dem Sofa.‹

›Und denkst an was?‹

›Meine erste Liebe.‹ Als er Helen vor einiger Zeit gefragt hat, ob man das Erlebnis im Buchladen so nennen könnte, meinte sie augenrollend, er sei seinem Vater ähnlicher, als er wisse. Bevor er die nächste Zeile tippen kann, erscheint ein Emoji mit roten Herzen auf den Augen. Ihr zu erklären, wie es früher gewesen ist, gelingt nicht immer, aber wenn Helen mit den Augen rollt, ist es meistens ein gutes Zeichen.

›Im Ernst: Alles klar bei euch?‹

›Vom Jetlag abgesehen. Paul fremdelt noch ein bisschen, aber ich arbeite daran.‹

›Nämlich wie?‹

›Morgen Abend Baseball, am Montag vielleicht ein Ausflug mit Mutter nach Jinguashi. Das Goldmuseum, du erinnerst dich. Wenn sie zustimmt.‹

›Weiß sie inzwischen Bescheid?‹

›Noch nicht. Wir besuchen einfach ihre alte Heimat. Sie war seit siebzig Jahren nicht dort, habe ich heute erfahren.‹

›Natürlich wird sie zustimmen. Und sonst? Habt ihr Julie getroffen?‹

›Sie war am Flughafen, schöne Grüße. Ist unsere Kleine fit für den Mathetest?‹

›Daran arbeite ich.‹ Diesmal hängt sie ein Emoji an, das zu bedeuten scheint, ihr rauche der Kopf. Weil der Drill, dem er als Schüler ausgesetzt war, einen zu nachsichtigen Vater aus ihm gemacht hat, ist Helen für Hausaufgabenkontrolle und dergleichen zuständig. Eine Antwort fällt ihm nicht sofort ein. Seine letzte Erinnerung an die schöne Unbekannte besteht darin, dass er den Buchladen einmal direkt nach ihr verlassen und dem Drang nachgegeben hat, ihr zu folgen. Sie trug die Tasche mit den Ballettschuhen bei sich, also nahm er an, dass sie zum Unterricht ging. Heute fällt ihm dazu die Szene aus *Once upon a time in America* ein, in der einer der jungen Helden seine Angebetete beim Tanzen beobachtet, was sie merkt und kurzerhand ihr Kleid abstreift, um sich ihm nackt zu zeigen. Damals dürfte so etwas außerhalb seiner Vorstellungskraft gelegen haben. Mit klopfendem Herzen folgte er ihr die Yongkang Street entlang, bis sie in eine Seitengasse abbog und im nächsten Hauseingang verschwand. Aus einem Fenster im zweiten Stock kam Klaviermusik, aber an der Tür hing kein Schild, und er ging weiter, ohne stehenzubleiben. Es war Zeit fürs Abendessen. Nach den Sommerferien tauchte sie nicht mehr im Buchladen auf, vermutlich ein Schulwechsel. Das war alles.

›Bist du doch eingeschlafen?‹, fragt Helen.

›Gib Lu einen Kuss von mir, wenn du mit ihr schimpfst.‹

›Könnte dir so passen‹, schreibt sie zurück. ›Geht's deinen Eltern gut? Paul war nicht sicher, ob dein Vater euch erkannt hat.‹

›Er wird furchtbar alt, Mutter auch. Irgendwas arbeitet in ihr, heute hat sie von sich aus von früher gesprochen, wenn auch nur kurz. Von ihrer Zeit in Keelung.‹

›Von den Massakern?‹

›Nicht direkt, aber vielleicht hat sie daran gedacht. Zu kompliziertes Thema für einen Chat. Ein andermal erzähle ich dir mehr.‹

Helen schlägt vor, nächste Nacht zu skypen, wenn Paul und er aus dem Stadion zurück sind. Dann tauschen sie die üblichen Küsse, und Harry legt das Telefon beiseite.

So schnell, wie abends die Dunkelheit hereinbricht, wird es jetzt draußen hell. Vereinzeltes Vogelgezwitscher ist zu hören. Als seine Mutter eben meinte, dass Paul ihm ähnlich sehe, klang ihre Stimme traurig, aber welche Gedanken und Gefühle sie hinter ihrer gleichmütigen Miene wirklich hegt, weiß man nie. In den letzten Kriegsmonaten und der Zeit danach klaffen im Briefverkehr mit dem Bruder größere Lücken. Auch Taipei wurde aus der Luft angegriffen, womöglich war der Postverkehr für längere Zeit unterbrochen. Als er wieder funktionierte, traute sie sich wohl nicht mehr, Japanisch zu schreiben, und ihr Chinesisch war noch zu holprig. Seines Hafens wegen gehörte Keelung zu den am meisten zerstörten Städten in ganz Taiwan. Von dort verließen die Kolonialherren nach und nach die Insel, die neuen Herrscher vom Festland trafen ein. Anfangs waren es vor allem Soldaten, ausgezehrte junge Männer, deren Hass auf die Japaner bald auch denen galt, die ihnen aus ihrer Sicht verdächtig ähnelten.

Allmählich erwacht die Stadt zum Leben. Im Fenster steht ein farbloser Himmel, der sich für später alle Optionen offenhält. Bevor die Konflikte eskalierten, hatte seine Mutter eine Weile im Haus des Großvaters gelebt, den Harry nur von einer Handvoll alter Fotos kennt. Ein konfuzianischer Gelehrter, der in der Qing-Zeit aufgewachsen und erst zum Unternehmer geworden war, als die Japaner alle chinesischen Schulen schlossen, auch seine. Den Tempeln seiner Heimatstadt spendete er viel Geld und scheint ein weithin respektierter Mann gewesen zu sein, der an den Sitten einer untergegangenen Welt festhielt. Seine Frau hatte gebundene Füße. Manche in der Familie nannten sie schweigsam, andere behaupten, sie sei ganz und gar stumm gewesen. So oder so, Frauen hatten nichts zu sagen. Von Jinguashi nach Keelung war es bloß ein Katzensprung, aber für die elfjährige Umeko – und nicht nur für sie – muss es sich angefühlt haben, als wäre sie in ein fremdes Land verbannt worden.

8

Wochen später fiel es ihm immer noch schwer, die richtigen Worte zu finden. War alles anders geworden, oder hatte sich nichts verändert? Irgendwie beides, schien ihm. In Kinkaseki ging das Leben weiter wie bisher, nur Herr und Frau Tanaka hatten sich zwei Tage nach der Kapitulation am Türbalken ihrer Wohnung erhängt. Untröstlich über den Kriegsausgang. Wenn Herr Ri nach Hause kam, empfing ihn dichte Stille, seine Frau und die Kleine blieben vorerst in Keelung, er lebte allein und ging zum Rauchen nicht mehr in den Vorgarten. *Taiwans Neue Zeitung* berichtete von den Siegesfeiern in China, aber auf der Insel schienen die Leute dem Frieden nicht zu trauen. Im Kreis der wenigen Kollegen, die noch zur Arbeit erschienen waren, hatte er den Kaiser reden gehört, nichts als Rauschen und blumige Worte, die kein Mensch verstand. In Kyūfun war prompt ein begriffsstutziger Polizist auf die Straße gerannt und hatte gejubelt: Es ist vorbei, Japan hat den Krieg gewonnen! Inzwischen blieben viele Polizisten lieber zu Hause, oder sie verwirrten die Leute noch mehr durch ihre plötzliche Höflichkeit. General Chen Yi hieß der neue Gouverneur der Insel, im Oktober sollte die chinesische Armee eintreffen, aber am Eingang der Mine wehte weiterhin die rote Sonne, und die Zukunft ließ auf sich warten. Alles hing in der Schwebe. Wenn er ehrlich war, erfüllte ihn vor allem eine tiefe Gleichgültigkeit.

»Ihr Sohn ist wohlbehalten nach Hause zurückgekehrt?«,

fragte Direktor Yamashita eines Morgens, als habe Keiji an der Küste nicht auf die amerikanische Invasion – und seinen sicheren Tod – gewartet, sondern einen Schulausflug gemacht.

»Abgenommen hat er, nicht wahr, und am Schluss hohes Fieber gehabt. Ansonsten geht es ihm gut. Mein Bruder in Taihoku kümmert sich um ihn.«

»Das ist erfreulich, nicht wahr?«

»Ja, nicht wahr.«

Mit seinen glänzenden Wangen und dem gestutzten Oberlippenbart wirkte der Direktor so aufgeräumt wie eh und je. Dem Vernehmen nach wartete er auf Instruktionen aus der Zentrale, die es möglicherweise ja noch gab. In manchen Momenten strahlte er die unheimliche Selbstsicherheit eines Schlafwandlers aus, der seinen Weg auch mit geschlossenen Augen fand. In den Teehäusern von Kyūfun ging es derweil hoch her, alle japanischen Beamten hatten ihr restliches Jahresgehalt in bar ausgezahlt bekommen und ließen es krachen. Die Kriegsverlierer feierten das Ende, die anderen standen vor einem ungewissen Neubeginn. Um sich wie Sieger zu fühlen, dachte Herr Ri, hätten sie wohl kämpfen müssen.

Auf der anderen Seite der Schlucht lag das Lager verlassen in der Sonne. Statt sie umzubringen, hatte man die Gefangenen im Frühjahr an einen unbekannten Ort gebracht. Jetzt wurden sie auf amerikanischen Kriegsschiffen versorgt, die im Hafen von Keelung ankerten. Alle zwei bis drei Wochen fuhr er dorthin, um die Klagen seiner Frau anzuhören, die sich einzusehen weigerte, dass er nichts tun konnte. Der Direktor wollte sich für ihn einsetzen, versprach er, aber im Stillen überlegte Herr Ri, bei wem eigentlich. Draußen berieten die Kollegen flüsternd ihre Optionen: Sollten sie hierbleiben oder mit der Planung der Rückreise beginnen?

Wann würden die Seewege nach Japan wieder geöffnet werden? Gelegentlich hörte er, wie glücklich er sich schätzen konnte, von solchen Sorgen frei zu sein.

Ja, nicht wahr, antwortete er jedes Mal.

»Ihrer sonstigen Familie geht es ebenfalls gut?«

Nickend bedankte er sich für die Nachfrage. Seine innere Lähmung verstand er selbst nicht. Die Zeit der japanischen Herrschaft war vorbei, niemand würde ihn aufhalten, warum ging er nicht einfach, sondern hoffte insgeheim darauf, von Herrn Yamashita entlassen zu werden? Irgendwie erschien es ihm ehrenhafter. »Ich frage mich«, sagte er, »ob der Schulbetrieb bald wieder aufgenommen werden wird. In Kinkaseki und überhaupt. Gibt es noch genug Lehrkräfte?« Außerdem, wohin sollte er gehen, ins Haus seines Vaters?

»Sie überlegen, Ihre Familie zurückzuholen?«

»Offen gestanden hatte ich sie nach Kīrun geschickt, weil ich befürchtete, es könnte hier zu gefährlich werden. Aber wie es nun aussieht ...«

Erstaunt sah ihn der Direktor an. »Gefährlich?«

In dünnen Schwaden stand Zigarettenrauch über dem Schreibtisch. »Sie verstehen ...«, begann er und wusste nicht weiter. Las der Chef keine Zeitung? Wusste er nichts von Landsleuten, die auf offener Straße attackiert oder aus ihren Häusern gejagt wurden? In Kyūfun war es jüngst zu einer Schlägerei gekommen, nachdem betrunkene Japaner nachts die Nationalhymne angestimmt hatten. »Die aufgeheizten Emotionen nach der Rede des Kaisers«, sagte er und senkte beim Wort ›Tennō‹ respektvoll den Kopf. Pflegt die Wege der Rechtschaffenheit, auf dass ihr Schritt haltet mit dem Fortschritt der Welt. Oder so ähnlich. Die Lehrerin hatte er seit über einer Woche nicht gesehen und befürchtete das Schlimmste.

»Vorübergehende Aufwallungen«, winkte der Direktor ab.

»Ich habe eine hohe Meinung von der Besonnenheit der Einheimischen. Sie wissen, was sie uns zu verdanken haben.«

»Natürlich.«

»Meine größte Sorge ist, dass sie zurückfallen in die Unterwerfung unter ausländische Mächte. Manchmal sind sie allzu leichtgläubig, nicht wahr. Jeder weiß doch, dass Chiang Kaishek eine Marionette der Amerikaner ist.«

»Verstehe«, sagte er und zog an seiner Zigarette. Der leere Fahnenmast des Lagers glich dem Zeiger einer riesigen Sonnenuhr. Beim Abmarsch hatten die Männer ausgesehen wie Untote. Wandelnde Skelette mit aufgedunsenen Gliedmaßen, bei einigen waren die Hoden so angeschwollen, dass sie kaum laufen konnten. Unterernährung und Beri-Beri. Hätte der Direktor sie ebenfalls gesehen, müsste seine größte Sorge eine andere sein. War es tatsächlich Rechtschaffenheit, die einen Schritt halten ließ mit dem Fortschritt der Welt? Was auch immer das bedeutete.

Sein Spaziergang am Nachmittag führte ihn zum Platz vor dem Krankenhaus. Ende September ließ die Hitze allmählich nach. Am Wochenende wollte er gemeinsam mit Frau und Tochter nach Taihoku fahren, um Keiji zu besuchen, es verkehrten wieder Züge, wenn auch unregelmäßig. Durch ein offenes Fenster hörte er eine Männerstimme auf Chinesisch vorsagen: »Wo tut es weh?«, und ein weiblicher Chor wiederholte: »Wo tut es weh?«

»Ich habe Bauchschmerzen.« »Ich habe Bauchschmerzen.«

»Ich habe Kopfschmerzen.« »Ich habe Kopfschmerzen.«

Als eine Krankenschwester aus dem Eingang kam, ging er ihr entgegen und hob grüßend die Hand. Da sie kein Namensschild trug, sprach er sie auf Taiwanisch an. »Guten Tag. Sie können mir vielleicht sagen, ob jemand, den ich suche, noch hier im Wohnheim lebt? Eine Dame namens

Honda. Sie ist ... oder war die Klassenlehrerin meiner Tochter.«

»Honda?« Bedauernd schüttelte die Schwester den Kopf. Im Sonnenlicht strahlte das Weiß ihres Kittels so hell, dass er die Augen zusammenkneifen musste. »Ist mir nicht bekannt.«

»Wohnen Sie schon lange hier?«

»Mir wurde gesagt, alle japanischen Bewohnerinnen sind ausgezogen. Tut mir leid.«

Wohin denn, lag ihm auf der Zunge. Sollte er in der Schule nachfragen? Die Zwischenfälle häuften sich, im Süden hatte es neulich einen Richter erwischt, und als alleinstehende Frau war sie natürlich besonders gefährdet. Zu Hause hingen noch überall die Stoffvorhänge aus der Zeit der nächtlichen Verdunklung. Jeden Abend war Herr Tanaka ums Haus geschlichen, und wehe, er hatte einen Lichtstrahl entdeckt, der irgendwo nach draußen fiel. Jetzt stand die Nachbarwohnung leer, und wenn Herr Ri im Bett lag, wusste er nicht, was dagegensprechen sollte. Niemand würde etwas merken. Was sie zum Leben brauchte, konnte er besorgen und es ihr hinten durchs Küchenfenster reichen. In der abendlichen Stille glaubte er manchmal, hinter der Wand ihre vorsichtigen Schritte zu hören. Das Wasser im Bad, ein leises Plätschern. Der quietschende Holzboden verriet ihm, wenn sie zurückkam und eine Armlänge von ihm entfernt die Schlafmatte ausrollte. Mit angehaltenem Atem fragte er sich, was sie nachts mit ihren Haaren machte. Wenig später hörte er nichts mehr, vielleicht horchte sie ihrerseits, ob er bereits schlief. Dankbar würde sie ihm sein, dessen war er sicher. Manchmal wünschte er ihr durch die Wand hindurch eine gute Nacht.

―――

Die Göttin mit dem schwarzen Gesicht kam aus China. Ihr Familienname war Lin, und weil sie bei der Geburt nicht geweint hatte, nannten ihre Eltern sie Mo-niang, das stumme Mädchen. Sie kannte das Wetter im Voraus, und wenn ein Sturm aufzog, warnte sie Fischer und Seefahrer. Schwimmen konnte sie ebenfalls und hatte schon viele Schiffbrüchige vor dem Ertrinken gerettet. Manche glaubten, dass sie verunglückt sei, als sie bei schwerer See hinausgeschwommen war, um ihren vermissten Vater zu suchen, aber das stimmte nicht. Auf einen Berg war sie geklettert und in den Himmel geflogen, deshalb wurde sie auch die Kaiserin des Himmels oder heilige Himmelsmutter genannt, aber wer zu ihr betete, sagte einfach Mazu-po: Oma Mazu. Ihr Tempel lag wenige Minuten von Großvaters Haus entfernt. Wenn du in Gefahr bist, musst du es machen wie deine Mutter, erklärte er, als die amerikanischen Flugzeuge kamen. Er zeigte ihr, wie sie die Räucherstäbchen halten und sich weder zu hastig noch zu tief verbeugen sollte. Nicht in die Hände klatschen wie an japanischen Schreinen! Obwohl die Zerstörungen in Keelung größer waren als anderswo, hatte Mazu-po Großvaters Haus vor den Bomben beschützt. Kein einziger Dachziegel war kaputtgegangen.

»Warum hat sie denn ein schwarzes Gesicht?«, wollte Umeko wissen.

Wie immer antwortete er nicht sofort, sondern ließ das Ende seines langen Schnurrbarts durch die Finger gleiten. Es missfiel ihm, wenn Leute unüberlegt drauflosplapperten, vor allem Frauen. »Das kommt vom Ruß der vielen Räucherstäbchen«, sagte er schließlich, und statt zu fragen, warum die beiden treuen Generäle der Göttin, Sieht-tausend-Meilen-weit und Hört-mit-dem-Wind, keine dunklen Gesichter hatten, obwohl sie direkt neben Mazu standen, nickte sie nur. Für ein junges Mädchen war es schicklicher so.

Auf dem Heimweg machten sie Halt beim Weisen König, dem Gründer von Zhangzhou. Weil dort an der chinesischen Küste die Wurzeln ihrer Familie lagen, zündeten sie auch vor seiner Statue Räucherstäbchen an, deren Duft sich mit den Gerüchen der umliegenden Marktstände vermischte. Alle Leute im Viertel kannten Großvater und grüßten ihn höflich. Solange Umeko keine Schule hatte, gab es außer den gemeinsamen Spaziergängen wenig zu tun. Ihr neues Zuhause stand am Fuß eines steilen Hügels, Stufen führten hinauf zum Tor, von wo aus sie die Masten der Schiffe im inneren Hafen sehen konnte, aber das Grundstück allein zu verlassen, kam nicht in Frage. Großmutter hatte es seit der Hochzeit nicht getan.

Drinnen hingen ausgerollte Kaligraphien, die sie nicht lesen konnte. Ein Foto neben dem Familienaltar zeigte Großvater in jungen Jahren, mit rasierter Stirn und einem Zopf, der ihm bis zum Steiß reichte. Oben im Studierzimmer, das nur er betreten durfte, standen seine vielen Bücher. Mutter nannte das Backsteinhaus nicht die rote Villa, wie alle anderen, sondern ein Gefängnis. Am Tisch saßen sie auf riesigen, steinharten Holzstühlen, aber die Frauen aßen immer erst nach den Männern, und sie sprachen entweder mit gedämpften Stimmen oder gar nicht. Großmutter verzog bloß ab und zu das Gesicht, als schmerzten ihre winzigen Füße.

Um die Zeit totzuschlagen, lernte sie Nähen. Ab und zu kehrte sie den Hof und wünschte, Keiji würde sie besuchen oder wenigstens wieder schreiben. Wenn Vater aus Kinkaseki kam, zog Mutter ihn beiseite und redete energisch auf ihn ein: Er solle endlich einsehen, dass er dem Direktor nicht mehr helfen konnte, und eine ordentliche Unterkunft für seine Familie finden. Je mehr sie ihn bedrängte, desto früher reiste er wieder ab, und Umeko hoffte vergebens, ihn begleiten zu dürfen. Was war aus Reiko geworden, fragte sie sich, und wie hieß ihre Freundin jetzt? Sie selbst durfte ihren japanischen Namen nur noch benutzen, wenn Großvater es nicht hörte.

Du heißt Lee Ching-mei, schimpfte er sonst, vergiss das nicht.

Anfang Oktober fuhren sie zu dritt nach Taihoku, um Keiji zu besuchen. Im Zug mussten sie stehen, und als sie den Bahnhof verließen, türmten sich überall Schuttberge auf. Diesmal blieben sie nicht über Nacht. Obwohl er bereits vier Kilo zugenommen hatte, sah ihr Bruder ziemlich dünn aus und redete weniger als sonst. Von seiner Zeit an der Küste erzählte er nur, dass sie kaum etwas zu essen bekommen hatten, aber immerhin waren keine feindlichen Schiffe aufgetaucht. Bloß ab und zu Tiefflieger, dann mussten sie rennen.

»Hast du gebetet?«, fragte Umeko.

Keiji schaute sie an, als hätte sie nicht alle Tassen im Schrank. Von Baseball sprach er gar nicht mehr, und auf der Rückfahrt nach Keelung fühlte sie sich genauso verloren wie damals nach seinem Umzug. Mit zusammengepressten Lippen saß Mutter neben ihr. Wenn du willst, dass ich mir die Pulsadern aufschneide, mach weiter so, hatte sie neulich geschrien, weil sie zu wissen glaubte, warum Vater nicht aus Kinkaseki wegwollte. Er nannte sie hysterisch und ahnungslos. Gar nichts weißt du! Als sie am Abend in Keelung ankamen, regnete es natürlich, wie immer. Nicht umsonst hieß die Stadt im Volksmund Regenhafen.

Zwei Wochen später geschah, worauf alle seit langem gewartet hatten: Die chinesische Armee traf ein. Ausnahmsweise war es ein trockener Tag, und die ganze Stadt strömte zum Hafen, um die Soldaten zu begrüßen. Großvater gehörte zum offiziellen Empfangskomitee und fand, dass Mädchen dort nichts verloren hatten, aber zum Glück kam Vater aus Kinkaseki und nahm sie mit. Wegen des Gedränges mussten sie einen Umweg hinter dem Bahnhof entlang machen. Transparente unter den Fenstern der Hafenbehörde hießen die Helden der 70. Armee willkommen, überall wehten Flaggen, auf denen die Sonne nicht mehr rot, sondern weiß war, aber überblicken konnte Umeko die Szenerie erst, als sie dicht am Wasser auf ein paar herumliegende Gesteinsbrocken stieg. So viele Leute hatte sie noch nie an einem Ort gesehen. Ein wahres Menschenmeer umgab das gesamte rechteckige Hafenbecken; an der Kopfseite begann Groß-Keelung, hinter dessen Dächern sie die Mauern der roten Villa erkannte. Im Klein-Keelung genannten japanischen Viertel hingegen, das ihrem Standort gegenüberlag, herrschte weniger Andrang. Vorne am Kai war ein Platz abgesperrt, wo die Schiffe anlegen sollten, und als Umeko den Blick darauf richtete, machte ihr Herz einen Sprung. »Wir sind zu spät!«, rief sie. »Die Armee ist längst da.« In voller Uniform standen mehrere hundert Soldaten in Reih und Glied. Sogar eine Kapelle gab es.

Vater schüttelte den Kopf. »Schau genau hin«, sagte er, »das sind die Japaner.«

»Die Japaner? Was machen die denn hier?«

»Es ist eine Übergabezeremonie, von einer Armee zur anderen.«

»Aber sie hassen einander, oder nicht? Großvater sagt –«

»Der Krieg ist vorbei, sie werden sich schon benehmen.«

Im nächsten Moment erkannte sie die Uniformen, die tatsächlich typisch japanisch aussahen, so frisch gewaschen und gestärkt. Obwohl keine Sonne schien, glänzten die Blasinstrumente der Kapelle im Morgenlicht. Eine Zeremonie also, dachte sie. »Und was übergeben sie?«

Traurig lächelnd schaute Vater sie an. In letzter Zeit erinnerte sein Blick sie manchmal an den von Lehrerin Honda. »Was schon«, antwortete er. »Uns.«

Ehe sie fragen konnte, was er meinte, ging ein Raunen durch die Menge. Umeko drehte den Kopf und erkannte, dass in der Hafeneinfahrt ein Kriegsschiff auftauchte. Von der Stadt aus war das offene Meer nicht zu sehen, Hügel versperrten den Blick, und wegen der vielen Trümmer im Wasser kam das Schiff nur langsam näher. »Das ist alles?«, fragte sie enttäuscht. »Ich dachte, es kommt eine ganze Armee.« Die Leute am Kai jubelten trotzdem und schwenkten begeistert ihre Fahnen.

»Eins nach dem anderen«, sagte Vater. »Der Hafen ist ja kaum funktionstüchtig.«

»Großvater sagt, alle warten auf die Ankunft des neuen Direktors, damit endlich die Reparaturen beginnen.«

»Wenn er es sagt, muss es stimmen. Siehst du ihn irgendwo?«

Sie reckte den Hals, aber für das Empfangskomitee war ein Unterstand aufgebaut worden, der die Köpfe verdeckte. Während das Schiff in den Hafen einfuhr, erklärte Vater ihr, dass es den Amerikanern gehöre und ein sogenanntes Landungsschiff sei, das Truppen und Panzer dorthin brachte, wo die Armee eine Insel erobern wollte. Okinawa zum Beispiel oder die Philippinen. »Auf so eins hat Keiji gewartet?«, fragte sie. »An der Küste?« Statt des Namens stand an der Seite nur eine Nummer: 847.

»Ja. Aber es ist zum Glück keins gekommen.«

»Mutter wacht manchmal auf, weil sie davon träumt.« Obwohl Großvaters Haus geräumig war, mussten sie sich zu zweit eine fensterlose Kammer teilen, und es verging keine Nacht, in der Mutter nicht weinte. »Wann wohnen wir wieder alle zusammen?«, fragte sie, »in unserem eigenen Haus.«

Ob er in Kinkaseki tatsächlich eine andere Frau hatte, traute sie sich nicht zu fragen.

»Sobald wir die Mine an die Chinesen übergeben haben. Wird nicht mehr lange dauern.«

»Und was wirst du dann arbeiten?«

»Das weiß ich noch nicht. Vielleicht wollen mich die Chinesen ja einstellen.«

»Wir gehen zurück nach Kinkaseki?«, rief sie. Davon war bisher keine Rede gewesen, aber Vater machte sofort eine Handbewegung und schaute sich erschrocken um. »Versprechen kann ich nichts, hörst du? Übrigens solltest du in der Öffentlichkeit nicht so laut Japanisch reden. Es gibt Leute, die das nicht mögen.«

Mir doch egal, dachte sie, sagte es aber nicht. Über dem Wasser kreisten Möwen und stießen gellende Schreie aus. Als das Schiff beidrehte und sein Horn erklingen ließ, wurde die Menge so laut, dass es Umeko an die Ankunft der Gefangenen damals im Schulhof erinnerte. Jahrelang hatten die Menschen vor nichts größere Angst gehabt als vor einer Invasion der Amerikaner und niemanden mehr verachtet als die rückständigen Chinesen – jetzt erwarteten sie ein amerikanisches Schiff mit chinesischen Truppen und brachen darüber in Jubel aus. Komisch, oder? Einmal hatte sie auf dem Markt ausländische Soldaten gesehen, umringt von Kindern, die riefen: Hello, hello, Amerika-san! Hatten die Leute bereits vergessen, von wem die Stadt zerstört worden war? Fürchtete sich niemand mehr davor, kastriert oder vergewaltigt zu werden? Von ihrer Mutter bekam sie auf alle Fragen dieselbe Antwort: Kinder haben Ohren, keinen Mund. »Was hast du eben gemeint?«, fragte sie. »Sie übergeben uns?«

»Die Insel gehört ab sofort zu China, wir also auch.«

»Obwohl wir keine Chinesen sind?«

»Sie werden sagen, wir seien doch welche. Dein Großvater glaubt das ja auch.«

»Weil er so alt ist, dass er wirklich mal Chinese war. Tragen die Männer dort immer noch Zöpfe bis zum Po? Besonders gut sieht es nicht aus.«

»Nein, es ist jetzt eine Republik.«

»Sagen alle, aber was soll das eigentlich sein?«

»Ein Land ohne Kaiser.«

»Und wer bestimmt dann?«

»Die Regierung. Beziehungsweise in unserem Fall der Generalissimus.«

»Und was ist ein Generalissimus?«

Vater seufzte. »Ein Kaiser ohne Thron.« Seinem Tonfall nach zu urteilen, wusste er es auch nicht besser.

»Immerhin keine Zöpfe mehr«, sagte sie. »Übrigens kann ich Großvater jetzt sehen.« Das Schiff hatte angelegt, und am Kai entstand Bewegung. Helfer trugen Tische herbei, auf denen Tee und Erfrischungen bereitgestellt wurden, die Mitglieder des Empfangskomitees machten sich bereit, die Soldaten zu begrüßen. Großvater war der Dritte von rechts. Die rote Schärpe um seinen Oberkörper hatte er eigenhändig beschriftet und ihr die Bedeutung erklärt. ›Wind und Regen verziehen sich / Ein neuer Tag beginnt.‹ Die erste Zeile bezog sich auf die Japaner, die zweite auf die Zukunft. Aus den Augenwinkeln sah sie, dass die japanische Militärkapelle ihre Instrumente aufnahm.

Die Begeisterung der Menge wich gespannter Stille. Alle schauten auf das Schiff.

Zuerst zeigten sich amerikanische Matrosen. In kleinen Gruppen standen sie entlang der Reling, stützten die Unterarme auf und beobachteten das Geschehen. Die Luft, schien Umeko, roch plötzlich säuerlich. Wie Kotze. Dann wurde an der Seite eine Gangway ausgefahren, und aus dem Bauch des Schiffes kamen die Helden der 70. Armee. Die Kapelle stimmte einen Marsch an, am Kai standen die Mitglieder des Empfangskomitees stramm, als wären sie selbst Soldaten. Erneut wollte die Menge in Jubel ausbrechen, aber etwas war merkwürdig.

»Wieso gehen zuerst die Kulis von Bord?«, fragte Umeko. Zwei Männer, die weder Uniform noch Stiefel trugen, betraten die Gangway und schauten sich um, als wären sie gerade aufgewacht. Statt eines Gewehrs hatte sich jeder ein Stück Bambus über die Schulter gelegt, an dem Töpfe und anderes Geschirr baumelten. Unsicher, so als trauten sie der Festigkeit des Bodens nicht, setzten sie einen Fuß vor den anderen. Aus der Nähe sahen sie aus wie Bettler. Die Komiteemitglieder schienen auf einen General zu warten, den sie stellvertretend für die Armee willkommen heißen konnten. Für einen Moment rührte sich niemand.

»Das sind keine Kulis«, flüsterte Vater ungläubig. »Das ... ist die 70. Armee.«

Als die Soldaten die Erfrischungen sahen, beschleunigten sie den Schritt. Schon griff der erste nach einem Teller mit Reisbällen, stopfte sich einen in den Mund, zwei in die Taschen und bedeutete seinen Kameraden, sich zu beeilen. Es war, als strömte eine Horde von Landstreichern aus dem Schiff. In Strohsandalen oder barfuß ignorierten sie das Empfangskomitee und hatten binnen zwei Minuten sämtliche Tische leer geräumt. Die wenigsten trugen Waffen, nur Regenschirme und zusammengerollte Matten. Niemand gab Befehle oder sorgte für Ordnung. Als sie die Japaner sahen, die salutierend in Reih und Glied standen, flogen Schimpfwörter durch die Luft, die Umeko nicht verstand, aber den aufgestauten Hass spürte sie. Weder wurden Ansprachen gehalten noch Hände geschüttelt; einer nach dem anderen gingen die fremden Männer von Bord, spuckten vor ihren Feinden auf den Boden und verschwanden in der Menge. Nach einer Zeremonie sah es nicht aus.

Zum ersten Mal empfand Umeko Mitleid mit ihrem Großvater. Kopfschüttelnd stand er im Kreis der anderen und schien immer noch darauf zu warten, dass er jemandem seine Freude über den beginnenden Tag ausdrücken konnte. Vater wirkte ebenfalls sprachlos. Nach und nach löste sich die Menschenansammlung auf. Die amerikanischen Matrosen an der Reling hatten ein paar Frauen entdeckt, die das Chaos bei den Tischen beseitigten, und machten mit Pfiffen auf sich aufmerksam. »Wir sollten auch bald gehen«, sagte Vater schließlich.

»Diese Armee hat die Japaner besiegt?«, fragte sie. »Wie das denn?«

Statt zu antworten, legte er ihr eine Hand auf die Schulter. Großvater nahm seine Schärpe ab und rollte sie zusammen. Unter dem zugezogenen Himmel sah das Wasser im Hafen grau aus, und die Schreie der Möwen klangen, als wunderten sie sich über das Schauspiel am Boden. ›Glorreiche Rückkehr‹ hatte es geheißen. Die japanische Kapelle spielte immer noch.

―――

»Unsere Bücher sind in Ordnung«, sagte Direktor Yamashita und lehnte sich im Stuhl zurück. »Wir haben nichts zu verbergen. Meine einzige Sorge ist, dass die andere Seite keinen Dolmetscher mitbringt. Oder können Sie Chinesisch, Ri-san?«

Bedauernd schüttelte er den Kopf. In der polierten Rosenholzplatte des Schreibtischs sah er die Bewegung schemenhaft gespiegelt. »Fast gar nicht.«

»Obwohl Ihr Vater früher eine entsprechende Schule betrieben hat?«

»Vor meiner Zeit.« Das stimmte nicht ganz, als Junge hatte er sehr wohl Chinesisch gelernt und konnte einigermaßen lesen und schreiben, aber kaum sprechen. »Ich bin ein Kind der Assimilierungspolitik«, fügte er hinzu und fragte sich, ob ›Opfer‹ das treffendere Wort wäre.

»Von der ich, wie Sie wissen, immer ein großer Anhänger war. Man hätte sie früher beginnen und vielleicht noch entschiedener verfolgen sollen.« Gierig zog der Direktor an seiner Zigarette. »Ich nehme an, jetzt macht es keinen Unterschied mehr, nicht wahr.«

Für Sie nicht, dachte er. Inzwischen führten sie fast jeden Morgen dasselbe Gespräch, mit langen Pausen, in denen Herr Ri seinen eigenen Gedanken nachhing. Draußen begann ein selten schöner Herbsttag, scharf umrissen hoben sich die Berggipfel vom blauen Himmel ab. Zehn Tage lag die Ankunft der Armee zurück. Da sein Chef über eigene Informationsquellen verfügte, hatte Herr Ri ihm nicht von dem peinlichen Spektakel berichtet. In Kinkaseki war bisher noch kein Armeevertreter aufgetaucht, trotzdem hatte sich die Stimmung im Ort verändert. Auf einmal wehte nirgendwo mehr eine japanische Fahne. Erst hatte niemand gewusst, wohin mit ihnen, dann waren findige Mütter darauf gekommen, aus dem Stoff Kinderhosen zu nähen, und nun lachten alle, weil die Kleinen mit ihrem roten Hinterteil aussahen wie Paviane. Den Satz ›So schnell ist die aufgehende Sonne am Arsch‹ hatte er auch schon gehört.

»Haben Sie darüber nachgedacht, wie wir die Herrschaften empfangen wollen?« Über das Gesicht des Direktors glitt ein maliziöses Lächeln. »Ein Imbiss vielleicht? In Kīrun sollen sie einen recht ausgehungerten Eindruck gemacht haben.«

»Ich denke, der erste Besuch dürfte eher informeller Natur sein.«

»Ein Geschäftstermin, nicht wahr. Wasser und Tee.«

»Wünscht der Direktor, dass ich zugegen bin?«

»Selbstverständlich. Es ist zwar nicht meine Entscheidung, aber mein fester Wunsch, dass Ri-san künftig das Personalbüro leitet. Es würde mir das Gefühl geben, trotz allem etwas erreicht zu haben. Niemand kennt die einheimischen Arbeiter besser als Sie. Ich werde ein gutes Wort für Sie einlegen.«

Er verbeugte sich, aber der Dank wollte ihm nicht über die Lippen. Manchmal schien etwas absichtsvoll Boshaftes in der Art zu liegen, wie der Chef ihn nicht aus seiner Schuld entließ, sondern dieselbe stetig vergrößerte. Worauf wartest du noch, fragte seine Frau von Mal zu Mal entgeisterter. Der Kleinen gegenüber eine Rückkehr hierher ins Spiel gebracht zu haben, war voreilig gewesen, aber worauf sonst sollte er hoffen? Der dritte Bruder in Taihoku wollte abwarten, wie sich die Situation entwickelte. Angeblich überrannten kommunistische Rebellen die Mandschurei, damit die japanischen Waffen nicht Chiang Kaisheks Truppen in die Hände fielen. Was er in einem Jahr wohin verkaufen könne, sei völlig ungewiss – im Grunde war es dieselbe Antwort gewesen wie damals: Vorläufig nicht. Wahrscheinlich nie.

»Machen Sie sich keine Sorgen, Ri-san.« Herr Yamashita sah ihn an, als könnte er seine Gedanken lesen. »Die neuen Betreiber der Mine werden auf Ihre Kenntnisse nicht verzichten wollen. Was man so hört, scheint es den Chinesen an allem zu fehlen. Ohne ihre amerikanischen Bosse wären sie gar nicht hier.«

»Darf ich fragen, welche Zukunftspläne der Direktor für sich selbst hat?« Davon nämlich sprach er nie. Angeblich hatten reiche Japaner eine Vereinigung namens Hōrai-Club gegründet, um unter dem Vorwand, bedürftigen Landsleuten zu helfen, die eigenen Schäfchen ins Trockene zu bringen. Geld und Güter von der Insel zu schaffen, war seit der Kapitulation ein kompliziertes Unterfangen geworden, aber kaum der einzige Zweck des Clubs. Alleinstehende Frauen, hieß es, wurden besonders gern unterstützt, wenn sie sich auf andere Weise dafür erkenntlich zeigten.

»Meine eigenen Pläne, nicht wahr.« Der Direktor lächelte und griff nach den Zigaretten. »Sagen wir, im Moment sehe ich meine Aufgabe hier als noch nicht beendet an. Die Mine befindet sich in Privatbesitz; wenn die Chinesen sie haben wollen, müssen sie uns ein Angebot machen. Alles andere wäre Enteignung.«

»Gewiss, ja«, sagte er und fragte sich, ob ihm all die Jahre entgangen war, dass sein Chef entweder Humor besaß oder verrückt war.

Zwei Tage später stand Herr Ri am Bürofenster, als draußen ein verdreckter Jeep vorfuhr. Die weiße KMT-Sonne an der Tür ließ ihr Vorleben als fünfzackiger Stern der U.S. Army auf den ersten Blick erkennen. Vier Männer stiegen aus, drei in Uniform und ein Zivilist. Aus der Zeitung, die neuerdings zweisprachig erschien, kannte er die Geschichte der 70. Armee, die acht Jahre lang gegen Japan gekämpft und einige der blutigsten Schlachten des gesamten Krieges geschlagen hatte. Shanghai, Wuhan, Nanchang, Changsha und zurück an die Küste. Keine Sieger, sondern die letzten Überlebenden waren in Keelung von Bord gegangen, viele kaum älter als sein Sohn. Ausgemergelte Milchgesichter, seekrank und unterernährt, von denen er seither gelegentlich träumte. Jetzt spürte er ein Rumoren im Magen, das nur teilweise von seinem eigenen Hunger kam. Der Zivilist war hoffentlich ein Einheimischer.

Um fünf Uhr nachmittags hatten die Kollegen das Haus bereits verlassen. Als der Direktor neben ihn trat, standen die vier Männer draußen am Tor und sahen sich um. Einer deutete mit den Fingern in die Umgebung, als sei sie ihm vertraut. »Ich nehme an, Sie kennen keinen der vier, Ri-san?«

Eine sinnlose Frage, die er mit einem Kopfschütteln beantwortete. Im nächsten Moment zeigte einer der Männer auf ihr Fenster, und sie wichen erschrocken zurück. »Ich sollte ihnen entgegengehen«, sagte Herr Yamashita. »Seien Sie so gut, Ri-san, und setzen Sie Tee auf. Es gibt sonst niemanden, den ich bitten könnte.«

»Natürlich.« Kaum hatte er die Kanne mit heißem Wasser gefüllt, kam die Gruppe samt dem Direktor herein. Zwei Männer gehörten zur Militärpolizei und blieben an der Tür stehen, der dritte Uniformierte schien der Anführer zu sein. »Wer ist das?«, fragte er auf Chinesisch, und weil der Direktor nicht reagierte, stellte sich Herr Ri mit seinem chinesischen Namen vor. Kalte Augen musterten ihn wie ein überflüssiges Möbelstück. »Taiwaner?«

»Ja.«

»Spricht Japanisch?«

»Ja.«

Den nächsten Satz verstand er nicht und bat darum, ihn zu wiederholen. Wie erwartet, fungierte der Zivilist als Dolmetscher. Ob er hier von der Insel oder aber aus Fujian stammte, wo vielerorts derselbe Dialekt gesprochen wurde, war schwer zu sagen. »Der Direktor soll aufhören, Vorträge zu halten, die wir nicht verstehen. Er redet nur, wenn er gefragt wird.« Sein Blick wirkte noch kälter als der des Anführers, wie um von vornherein jegliche Vertrautheit auszuschließen.

Herr Ri nickte und wendete sich an seinen Chef. »Wie es scheint, können die Herrschaften kein Japanisch. Daher bitten sie darum, dass die Kommunikation über mich läuft. Wenn es dem Direktor recht ist.« Die feixenden Blicke der Männer versuchte er zu ignorieren. Für den Moment konnte er nur hoffen, dass Herr Yamashita niemanden provozieren und vor allem das Wort ›Enteignung‹ vermeiden würde.

»Setzen«, lautete der nächste Befehl. Zu viert nahmen sie am Konferenztisch Platz, Herr Ri schenkte Tee ein und entdeckte auf der Uniform des Anführers den Namenszug Oberst Kuo. Ein hagerer Mann mit sparsamen, seltsam einstudiert wirkenden Gesten, der ihnen in den nächsten fünf Minuten die neue Situation auseinandersetzte: Ab sofort unterstand die Goldmine der Kontrolle durch die Nationale Armee. Den Wachdienst übernahm die Militärpolizei, ohne ausdrückliche Genehmigung durfte niemand das Gelände betreten oder Gegenstände entfernen, weder Werkzeuge noch Akten. Für die nächsten Tage kündigte der Oberst eine umfassende Inventur an. Erwartet wurden vollständige Kooperation und rückhaltlose Offenheit. »Für den Moment ist das beinahe alles. Hat jemand Fragen?«

In seiner Übersetzung machte Herr Ri aus den Anweisungen wohlwollende Vorschläge, aber Direktor Yamashita schüttelte den Kopf. »Diese Mine«, erklärte er, »gehört der Nippon Bergbau GmbH, nicht dem Staat. Solange kein Abkommen existiert, das die Übergabe von Privatbesitz regelt, bestehen die alten Eigentumsverhältnisse fort, nicht wahr. Sagen Sie den Herrschaften bitte, ich bin gern bereit, ihr Angebot an unsere Zentrale weiterzuleiten. Alles andere wäre –«

»Verzeihen Sie, wenn ich unterbreche.« Das tat er zum ersten Mal, seit er in der Mine arbeitete, und begann augenblicklich zu schwitzen. Es kam ihm vor, als hätte er sich jahrelang auf Zehenspitzen bewegt und im Flüsterton gesprochen. Den Kopf gesenkt und genickt wie ein Lakai. »Mir scheint das zum gegenwärtigen Zeitpunkt –«

»Die japanische Armee hat kapituliert, Ri-san«, sagte der Direktor ungehalten, »wir nicht.« Zwei Finger strichen über das Bärtchen auf der Oberlippe. Daumen und Zeigefinger, es war kein nervöser Tick, sondern ein Ausdruck von Unerschütterlichkeit.

»Gibt's ein Problem?« Ungeduldig beugte sich der Oberst nach vorn. »Vielleicht kann ich bei der Lösung helfen.«

»Direktor Yamashita möchte Folgendes zu bedenken geben ...«, begann er. Seine Kollegen hielten ihn für einen cleveren Günstling, obwohl der Chef ihm nie eine Gunst erwiesen, sondern nur versucht hatte, sich und allen anderen etwas vorzumachen: dass er es gut meinte mit den besonnenen – sprich unterwürfigen – Einheimischen. In Yamashitas Augen waren die Inselbewohner ein Volk von billigen Arbeitern und willigen Huren, das man einfach mögen musste. Nicht wahr?

Oberst Kuo nahm die Übersetzung ungerührt zur Kenntnis. Seine schwarzen Handschuhe zog er aus und legte sie auf den Tisch. Die Nähte waren eingerissen, auch die Uniform wirkte auf den zweiten Blick abgetragen und schäbig. Acht Jahre lang war die 70. Armee durch die Hölle gegangen. Einige Kompanien hatten im Verlauf eines einzigen Feldzugs mehr als ein Dutzend Mal mit Rekruten aufgefüllt werden müssen, um die Verluste auszugleichen. In Keelung waren die Männer von Bord gestolpert und wie ein Heuschreckenschwarm über die Stadt hergefallen. In den Geschäften hatten sie sich genommen, was sie wollten, ohne zu bezahlen, und sein Vater hatte vor Scham zwei Tage lang kein Wort gesprochen. Im nächsten Moment verpasste der Oberst dem Direktor eine Ohrfeige, die wie ein Schuss von den Wänden widerhallte. Beide Militärpolizisten hielten plötzlich die Hand am Holster, und Herr Ri spürte seinen Herzschlag bis in den Hals. Den Chef anzusehen, wagte er nicht.

Die nächsten Worte von Oberst Kuo übersetzte der Dolmetscher so: »Wie eben gesagt, sind wir für heute beinahe fertig. Nur eins noch ... Direktor-san.« Das letzte Wort spuckte er Herrn Yamashita geradezu an den Kopf. »Wo ist das Gold?«

Herr Ri brachte nur ein Flüstern über die Lippen. »Die Herrschaften fragen, ob sich noch Bestände von Gold in unserem Safe befinden.«

»Das wissen Sie selbst, Ri-san.«

»Ich fürchte, sie wollen es von Ihnen hören.«

Widerwillig führte der Direktor aus, warum die Förderung seit Monaten stillstand. Diesmal reagierte der Oberst, indem er den Militärpolizisten ein Zeichen gab. Die packten Herrn Yamashita wortlos an den Armen, zerrten ihn nach nebenan in sein Büro und schlossen die Tür. Danach herrschte für einen Moment vollkommene Stille. Oberst Kuo nahm eine der japanischen Zigaretten vom Tisch und ließ sich Feuer geben. Lange behielt er den Rauch im Mund, ehe er ausatmete und dem Dolmetscher die Packung hinschob. Sein Blick richtete sich zur Decke. »Was ist Ihr Job hier in der Mine, Herr Lee?«

»Ich arbeite in der Personalabteilung«, sagte er. Zwei dumpfe Schläge nebenan ließen ihn innehalten, aber eine Handbewegung ermutigte ihn, weiterzusprechen. »Hauptsächlich bin ich zuständig für die Einstellung und Entlassung einheimischer Arbeiter.«

»Verstehe. Von wo stammt Ihre Familie?«

»Aus Keelung. Zwei meiner Brüder betreiben eine Kohlenmine in Ruifang, die Sie vielleicht kennen.« Statt hinzuzufügen, dass sein Vater zum Empfangskomitee am Hafen gehört hatte, nahm er allen Mut zusammen und sagte: »Es gibt tatsächlich kein Gold mehr. Vor dem Zusammenbruch der Transportwege wurde alles nach Japan geschafft.«

»Wir werden es herausfinden«, ließ ihm der Oberst ausrichten. »Sie sollten derweil etwas anderes bedenken: Wie die Dinge stehen, können Sie nur noch sich selbst helfen – oder schaden. Es ist Ihre Entscheidung. Verrat, müssen Sie wissen, ist nichts weiter als die falsche Form von Loyalität.« Damit drückte er die Zigarette aus und stand auf. Vor der Tür zum Direktorenzimmer drehte er sich noch einmal um und sah ihm direkt in die Augen. Entweder empfand er keine Verachtung, oder er hielt es für unnötig, sie zu zeigen. »Glauben Sie mir, Herr Lee, ich tue Ihnen einen Gefallen. Die Mine gehört jetzt uns. Sie sind entlassen.«

Wenig später stand er draußen am Tor. Die Sonne war bereits hinter dem Teekannenberg verschwunden, auf den umliegenden Gipfeln lag das letzte Licht des Tages. Langsam ging er den planierten Weg entlang und hatte zum ersten Mal seit langem keine Lust auf einen Spaziergang. Bis die neuen Herren auch die japanischen Wohnheime beschlagnahmen würden, dürften einige Wochen vergehen. Zunächst wollten sie das Gold. Zwar war es denkbar, dass der Direktor kleinere Mengen beiseitegeschafft hatte, um sie mit Hilfe des Hōrai-Clubs nach Japan zu bringen, aber für wahrscheinlich hielt Herr Ri das nicht, und außerdem ... Entlassen, dachte er und spürte einen bitteren Geschmack im Mund. Falls Oberst Kuo recht hatte, bestand zwischen Loyalität und Verrat genau genommen gar kein Unterschied, es änderten sich bloß die Umstände. Eine Fahne wurde eingeholt, eine andere gehisst. Der eine bekam einen Orden an die Brust, der andere eine Faust ins Gesicht. Immerhin keine Kugel in den Kopf, wollte er denken, aber seine Wangen brannten, als wäre er selbst geohrfeigt worden.

Als er sich dem Haus des Direktors näherte, kam ihm jemand entgegen. Früher hatte auf dem Weg ein ständiges Kommen und Gehen geherrscht, jetzt wurde es genau wie oben in der Siedlung immer leerer. Kürzlich waren die Saitos ausgezogen, und am Vorabend hatte er seine Neugierde nicht beherrschen können und war durchs Küchenfenster in die Wohnung der Tanakas geklettert. Drinnen schien alles unverändert, man hatte die Leichen abgeholt und sonst nichts angerührt. Nachkommen gab es keine, beide Söhne waren gefallen. Eine Weile stand er vor dem Türbalken, entdeckte keine Seilspuren und versuchte, sich die Szene vorzustellen. Nur unter den Füßen des Buchhalters war ein umgekippter Schemel gefunden worden, demnach hatte er erst seiner Frau geholfen und dann das eigene Leben beendet. Ein letzter Hochruf auf den Kaiser. Banzai!

Mitleid empfand er nicht. Wäre es nach Herrn Tanaka gegangen, hätte in der mittleren Wohnung keine einheimische Familie leben dürfen.

»Ri-san?«

Überrascht blieb er stehen. Dem Grundstück des Direktors sah man an, dass sich niemand mehr darum kümmerte: Auf den Kieswegen lag Laub, in der Einfahrt sprießten Gräser. Im ersten Moment wollte er die Person, die ihn angesprochen hatte, für Frau Yamashita halten, aber es war die Lehrerin. Verlegen senkte sie den Kopf, als hätte er sie bei etwas Verbotenem ertappt. »Es ist eine Weile her«, sagte sie wie zur Entschuldigung.

»Guten Tag. Ich dachte, die Lehrerin wohnt bereits nicht mehr in Kinkaseki.«

»So ist es, nicht wahr. Plötzlich hatte ich Lust, unser Haus in Kagi zu sehen ...« Sie schüttelte den Kopf und rang sich ein Lächeln ab. »Ich fürchte, es war kein kluger Entschluss.«

»Geht es Ihnen ... Ich meine, wie geht es Ihnen?« Ihre Verlegenheit war ansteckend, und auf den zweiten Blick sah sie aus, als hätte sie seit geraumer Zeit kein Obdach mehr. Die Haare wirkten ebenso ungewaschen wie der Rock mit dem schmutzigen Saum. Was er roch, war allerdings wohl sein eigener Schweiß.

»Es sind ungewöhnliche Zeiten, nicht wahr.«

»Zweifellos, ja. Kann ich Ihnen irgendwie behilflich sein?«

»Nun, ich hatte gehofft, Herrn Direktor Yamashita anzutreffen. Es gibt etwas, das ich ihn ... Kann Ri-san mir sagen, wo ich ihn finde?«

»Ich fürchte, er wird in einer Sitzung festgehalten.« Mit der Hand wies er hinter sich. »Eine chinesische Delegation ist eingetroffen, um die Übergabe der Geschäfte zu besprechen.«

»Verstehe, ja.« Was außer Verlegenheit und Erschöpfung noch in ihrem Blick lag, konnte er nicht auf Anhieb sagen. Fast schien es, als hätte sie zwar gehofft, aber auch gefürchtet, den Direktor zu Hause vorzufinden. Davon abgesehen war sie so schön wie immer.

Taktvoll sah er weg, als sie sich mit der Hand über die Augen wischte. Der Garten wirkte regelrecht verwildert, im Teich wurde das Wasser knapp, und als er die Einfahrt hinabblickte, war er darauf gefasst, vor der Tür ihren Koffer zu entdecken. Oder las er zu viel in ihre Tränen hinein? »Ich weiß nicht, was Ri-san von mir denken soll«, sagte sie leise. Alle Japaner im Ort waren verzweifelt, die Männer tranken, und die Frauen weinten fast ununterbrochen. Zögerlich machte er einen Schritt auf sie zu. Die Augen liefen ihr über, ohne dass die Gesichtszüge entgleisten, und zum ersten Mal verstand er, dass es tatsächlich vorbei war. Nie wieder würde er schwitzend vor dem Schreibtisch aus Rosenholz stehen und seinem Chef nach dem Mund reden. Beinahe war er dem Oberst dankbar. Von Herrn Yamashita hatte niemand mehr etwas zu erwarten oder zu befürchten, der Mann war erledigt.

Wir sind frei, dachte er, ohne zu wissen, was das hieß. Entlassen aus allem? Berechtigt zu was? »Ich denke«, sagte er und fasste die Lehrerin sanft am Arm, »es dürfte am besten sein, Sie kommen erst einmal mit mir.«

9

In seinen Träumen jagen sie immer nur ihn. Überall entlang der Küste sind Schüler damit beschäftigt, Spinnenlöcher zu graben, die so heißen, weil auch ein kleinerer Mensch als er kaum hineinpasst. Einen halben Tag dauert es, auf dem schmalen Strandstück eins auszuheben. Unter dem Sand ist der Boden fest, und wenn er übers Wasser schaut, sieht der Ozean aus wie flüssiges Metall. Alle haben Blasen an den Händen und verbrannte Haut. Um besser zu hören, muss einer mit geschlossenen Augen Wache halten; erst wenn die Luft zu vibrieren beginnt, darf er sie öffnen, aber Alarm wird nur noch gegeben, wenn ein Flugzeug seine normale Flughöhe verlässt und über dem Meer zu kreisen beginnt. Meist sind es Wildcats oder Corsairs. Je tiefer sie sinken, desto schneidender wird das Geräusch. *Kuuuuuun.* Eine Flugabwehr gibt es nicht, sie können in Ruhe ihr Ziel auswählen, und obwohl er nur einer von vielen ist, spürt er im nächsten Moment den Blick des Piloten auf sich. *Kuuuuiin.* Manchmal verschwindet die Maschine für ein paar Sekunden im gleißenden Sonnenlicht. Wer nicht Wache steht, darf eigentlich nicht aufschauen, graben sollen sie. Wenn die feindlichen Schiffe kommen, müssen zehntausend Löcher fertig sein, hat der Offizier gesagt. Und dann?

Sterben für den Kaiser. *Kuuiiiin.*

Als der Ruf ertönt, weiß er genau, wo der nächste Baum steht. In Panik gerät er nicht. Um parallel zur Küste anzugreifen, zieht das Flugzeug eine letzte Schleife, dann erst taucht es herab. Alle rennen, er bleibt stehen und beobachtet die Flugbahn. Als Pitcher versteht er etwas davon. Am gefährlichsten ist es, wenn sie in einem Winkel von fünfundvierzig Grad feuern, dann können sie am besten zielen. Ist der nächste Baum zu weit weg, legt er sich auf den Rücken und hält die Augen offen. Mittlerweile kann er den Unterschied zwischen den verschiedenen Geschossen hören, aber dass er sich im Fadenkreuz des Schützen befindet, sagt ihm sein Gefühl. Antizipation hat es Coach Ōta früher genannt.

Schon ist das Flugzeug so tief, dass er den Kopf des Piloten erkennt. Unter jeder Tragfläche drei Maschinengewehre. Wenn er die Linie der Einschläge genau verfolgt, kann er sich notfalls im letzten Moment zur Seite rollen, auf seine Reaktion ist Verlass. Tiefblau wölbt sich der Himmel über der Küste. Ein paar hundert Meter vor ihm die ersten Einschläge. Zwanzig Millimeter, denkt er, liegt flach auf dem trockenen Boden und kneift die Augen zusammen, damit kein Sand hineingelangt. Einmal hat er gesehen, wie eine Kuh in Stücke gerissen wurde. Statt zu beten, denkt er an das Gesicht seiner kleinen Schwester, warum auch immer. Im nächsten Moment wird das Dröhnen der Maschine ohrenbetäubend, er sieht das Gesicht mit der Fliegerbrille, spürt seinen Herzschlag in der Brust und die Nähe des Todes ... Dann wacht er auf.

In seinem Bett. Im Haus des dritten Onkels.

Einige Sekunden lang lebt er in zwei Welten zugleich. Das Monstrum aus Metall gleitet über ihn hinweg, und durchs offene Fenster treiben Stimmen herein. Nein, keine Stimmen, die gehören noch zum Traum: Jungen kamen aus ihren Verstecken, klopften sich Staub von den Kleidern und riefen einander. Draußen vor dem Haus war um diese Zeit alles still. Auf dem Rücken liegend, schlug er die Decke zurück und atmete langsam ein und aus. Am Ende waren die Kampfflieger fast täglich aufgetaucht, dazu der Hunger, starkes Fieber, bis es eines Tages hieß: Auf nach Taihoku! Dass Japan den Krieg verloren hatte, sprach niemand aus. Bei ihrer Ankunft lag das Stadtzentrum in Trümmern und roch nach Tod, aber die Kōtōgakkō war wie durch ein Wunder unversehrt geblieben. Angeblich hatte ein ehemaliger Englischlehrer, der inzwischen für die U. S. Navy arbeitete, dafür Sorge getragen. Zufall dürfte wie so oft die bessere Erklärung sein.

Weil schulfrei war, stand Keiji am nächsten Morgen später auf als sonst. Leitende Angestellte durften mit der Familie frühstücken, aber als er in die Diele kam, war der große Esstisch bis auf sein Gedeck leer. Zum Reisporridge gab es eingelegtes Gemüse, frische Mantous und heiße Sojamilch. Unter dem Dachvorsprung nisteten Schwalben, und während er aß, erklang draußen ihr unablässiges Gezwitscher. In Taipei ging der Winter schon im Februar zu Ende. Ein halbes Jahr lag das Kriegsende zurück, und er erwachte jeden Morgen mit einem Hunger, der sich anfühlte wie ein Loch im Magen. Als seine Tante hereinschaute, hatte er die erste Schüssel Porridge bereits geleert. Missbilligend schüttelte sie den Kopf. »Mit der Inflation Schritt zu halten, ist sowieso unmöglich, du kannst ruhig langsam essen.«

»Guten Morgen«, sagte er. »Gibt es keine Tee-Eier mehr?«

»Für dich?« Mit verschränkten Armen blieb sie im Türrahmen stehen. Ihre beiden erwachsenen Söhne lebten in den Bergen bei den Plantagen, und der neckende Tonfall sollte verbergen, dass ein gewisser Platz in ihrem Herzen jetzt ihm gehörte. »Die Lees aus Keelung haben Mägen wie Pferde«, verkündete sie. »Sägespäne könnten sie essen, wenn es sein muss.«

Gut möglich, aber aus eigener Erfahrung wusste er nur, dass Erdnussschalen essbar waren, Ahorn natürlich, und die Rinde bestimmter Bäume. Einmal hatte Masao die Kokons von Seidenraupen aufgetrieben, ohne zu verraten wo. Knuspriger als erwartet.

»Dein Onkel ist noch im Haus«, sagte sie, als hätte er danach gefragt.

»Zu dem Treffen am Nachmittag will ich mitkommen.«

»Soweit ich weiß, hat er andere Pläne.« Sie nahm seine Schüssel, und als sie zurückkam, lag auf der zweiten Portion Porridge ein Tee-Ei, das sie für ihn aufgehoben hatte. »Lass dir Zeit, Junge! Alles wird teurer, aber dein Onkel hat vorgesorgt. Manchmal denke ich, es war doch klug von mir, einen Kaufmann zu heiraten.«

Da er schon wieder kaute, konnte er nur mit einem Nicken antworten. Vom ersten Tag an hatte er sich hier in Dadaocheng zu Hause gefühlt. Durch die hellen Räume wehte nicht nur der Duft von Tee, sondern auch ein bestimmter Geist, den er mangels eines besseren Worts ›modern‹ nannte. Unten im Laden trafen sich Journalisten und Schriftsteller, um die aktuelle Politik zu diskutieren. Inzwischen waren die Festländer genauso unbeliebt wie früher die Japaner. Die Preise explodierten, der Schmuggel von und nach Shanghai florierte, Diebstähle nahmen zu, sogar Einbrüche gab es, aber der dritte Onkel und seine Frau trotzten den Umständen mit liebevollem Humor. Dass Eheleute einander unablässig aufzogen, kannte Keiji von seinen Eltern nicht. Als auf der Treppe beschwingte Schritte erklangen, hatte er auch die zweite Schüssel Porridge geleert und war immer noch nicht satt. Anfangs hatten sie an der Küste täglich eine Süßkartoffel und die eingelegten Schalen von Wassermelonen bekommen, später musste jeder für sich selbst sorgen. Ohne Masao hätte er es vielleicht nicht geschafft.

»Guten Morgen.« Wie immer hielt der dritte Onkel einen Stapel Geschäftspapiere in der Hand. Wenn nötig, konnte er mit drei Personen gleichzeitig sprechen und nebenbei einen Brief lesen. »Keine Schule heute? In meinem Kalender ist Samstag.«

»Guten Morgen. Lehrermangel. Letzte Woche sind Herr Kaku und Herr Yamada gegangen, Nachfolger gibt es noch nicht.« Mit beiden Händen hielt er den Becher und blies in die heiße Sojamilch. »Ich könnte am Nachmittag also mitkommen.«

»Gegangen wohin?«, fragte sein Onkel, statt auf die Bemerkung einzugehen.

»Angeblich fahren bald Schiffe.«

»Für die Armee. Alle anderen müssen sich noch eine Weile gedulden. Übrigens habe ich gestern mit deinem Vater telefoniert.«

Keiji trank einen Schluck und ahnte, was ihm blühte. Meistens schaffte er es, Schularbeiten vorzuschützen, bald stand eine wichtige Prüfung an, aber einmal im Monat musste er sich fügen und nach Keelung fahren. »Geht es allen gut?«, fragte er.

»Dein Zugticket liegt im Büro«, lautete die Antwort.

»Muss es wirklich ausgerechnet heute ... Und das Treffen?«

»Davon berichte ich dir, wenn du morgen zurückkommst.« Der dritte Onkel ließ seine Papiere sinken und konnte sich ein Lachen nicht verkneifen. »Man könnte meinen, ich schicke dich zurück an die Küste. Tu es deiner Schwester zuliebe! Und sieh zu, dass du zum Präp-Kurs zugelassen wirst, sonst wird dein Vater sagen, du könntest auch bei ihnen wohnen.« Die Kōtōgakkō – die offiziell natürlich längst anders hieß – sollte demnächst ein Lehrer-College werden, und nur ein Teil der Schüler durfte den zweijährigen Kurs besuchen, um die Zulassung zur Universität zu erwerben. Den Rest würde man zu normalen Oberschülern degradieren.

»In Keelung«, sagte er, »fällt der Unterricht noch häufiger aus als bei uns, obwohl sie jeden einstellen, der seinen Namen schreiben kann. Gibt's in China keine vernünftigen Lehrer?«

»Viele sind im Krieg ums Leben gekommen, vergiss das nicht. Wir müssen Geduld haben, irgendwann werden gute Lehrer kommen. Wenn der Himmel will, sogar fähige Beamte.« Der dritte Onkel war ein Mann des Ausgleichs. Ohne die Fehler der Regierung zu beschönigen, versuchte er, gerecht zu sein. Die galoppierende Inflation mit gesetzlich festgelegten Preisen zu bekämpfen, hatte nur den Schwarzhändlern genützt, aber dass die Japaner immer noch kistenweise Bargeld auf die Insel schafften – wie eigentlich, fragte man sich –, half auch nicht. Als Gegenmaßnahme sollte nun die Währung des Festlands eingeführt werden, was nach einer schlechten Idee aussah, so, wie die Dinge dort standen. An eine dauerhafte Zusammenarbeit mit den Kommunisten glaubte niemand, eher drohte ein neuer Krieg. Es war alles kompliziert und ungemein spannend, Keiji jedenfalls versäumte keine Gelegenheit, den gelehrten Männern zuzuhören, die sich unten im Laden trafen, und studierte täglich die Zeitungen. Dass er einige Kolumnisten wie Herrn Wu persönlich kannte, gab ihm das Gefühl, nah an den Ereignissen zu sein. Neuerdings begleitete er seinen Onkel zu den Treffen einheimischer Geschäftsleute, die nach Wegen aus der Krise suchten, aber jetzt erhielt er einen Klaps auf die Schulter und den Hinweis: »Du hast noch anderthalb Stunden. Neben dem Ticket liegt ein Notizbuch für deine Schwester. Offenbar lernt sie fleißig Chinesisch, aber neuerdings mangelt es sogar an Papier. Bestell allen schöne Grüße!«

Um kurz nach drei stieg er in Keelung aus dem Zug. Gemocht hatte er die Stadt noch nie. Ein kalter Wind vom Meer wehte dunkle Wolken heran, und die Zerstörungen durch die Luftangriffe waren schlimmer als in Taipei. Was von den Hafenspeichern noch stand, diente als Unterschlupf für japanische Zivilisten, die auf ihre Rückführung warteten. Ende letzten Jahres hatte die Regierung bekannt gegeben, dass alle Ausländer die Insel verlassen mussten, ob sie wollten oder nicht. Mitnehmen durften sie nur das Nötigste, und als Keiji vom Bahnhof zum Hafen ging, sah er überall Menschen vor ihren ausgebreiteten Besitztümern hocken. Männer, die einmal Lehrer gewesen sein mochten, boten sich als Lastenträger an, hier und da standen Frauen mit gesenktem Kopf und schienen auf männliche Kundschaft zu warten. Wie schnell sich alles geändert hatte! Am kahlen Hang diesseits des Hafenbeckens lebte neuerdings seine Familie. Das nach feuchtem Beton riechende Häuschen hatte früher einem englischen Missionar gehört, aber dort war er erst einmal gewesen, am Wochenende trafen sich alle in Großvaters roter Villa – wo sich Keiji ebenso unwohl fühlte. Zu Recht behauptete seine Tante, die Sitten dort erinnerten sie an Romane aus der Ming-Zeit.

Ein paar Meter weiter saßen ein Mann und seine Tochter vor den üblichen Waren: Töpfe, Teller, Teegeschirr und Vasen. Der Vater trug eine Schiebermütze, das Mädchen war etwas jünger als Umeko und schaute verloren ins Nichts. In Taipei hatte er gesehen, wie Passanten die Verkäufer im Vorbeigehen beschimpften, und sich gefragt, warum er keinen Groll gegen die früheren Herren der Insel empfand. Als Einheimischer hatte er an der Küste immer dort graben müssen, von wo aus der Weg zum nächsten Unterschlupf am längsten war. Trotzdem lebte er noch, die Reste seines besten Freundes hatten sie nach einem Bombenangriff notdürftig zusammengekratzt und ohne Sarg verscharrt. Gab es *dafür* eine Erklärung? In der Teehandlung war neulich ein amerikanischer Luftwaffengeneral erschienen, auf dem Heimweg von den Philippinen und voller Erinnerungen an die Weltausstellung in St. Louis, wo er als kleiner Junge zum ersten Mal den Namen Formosa gehört hatte. Ein Plakat der Ausstellung hatte der Onkel spontan von der Wand genommen und ihm geschenkt, Keiji hatte seine Hand geschüttelt und gedacht: Einem Ihrer Piloten bin ich vielleicht schon mal begegnet. Sollte er die Prüfung bestehen, wollte er in zwei Jahren Medizin studieren, um mehr über die menschliche Natur zu erfahren. War Schicksal auch nur ein anderes Wort für Zufall? Hatte er es verdient, zu überleben, oder schuldete er jemandem etwas? Es waren Fragen ohne Antworten, die ihn in die rote Villa begleiteten, und als er am Abend den Gesprächen der anderen zuhörte, fühlte er sich wie üblich allein damit. Die Männer verzogen sich nach dem Essen ins Terrassenzimmer, um zu rauchen und Hirseschnaps zu trinken. Hochroten Kopfes schimpfte der erste Onkel auf die Festländer, die alle unter einer Decke steckten und immer dreistere Tricks ersannen, um einheimische Geschäftsleute zu übervorteilen. Nebenan unterhielten sich die Frauen flüsternd. Unter der hohen Zimmerdecke waberte blauer Rauch.

Konnte man Toten überhaupt etwas schulden, und wenn ja, was: sein Leben? Wie sollte man das denn zurückzahlen?

»Wisst ihr, was sie sich ausgedacht haben, um billiger an unsere Kohlen zu kommen?« Der erste Onkel schaute in die Runde, und als niemand das Glas hob, schenkte er sich selbst nach. ›Sie‹ waren in diesem Fall Händler von drüben, ebenso gierig und korrupt wie die Beamten. »Zuerst schicken die Schufte uns einen Vertreter vom Industrieministerium mit fertigem Vertrag. Darin steht, dass fortan eine

Agentur der Regierung den Kohlenhandel organisiert und uns achtzig Prozent des Preises bezahlt, den sie auf dem Markt erzielt. Klingt fast zu schön, um wahr zu sein, aber uns bleibt sowieso keine Wahl. Wenn wir andere Abnehmer suchen, hat die Bahn plötzlich keine freien Waggons. Also unterschreiben wir, was tun sie? Gründen nicht *eine* Agentur, sondern zwei. Die eine kauft uns die Kohle ab und verkauft sie zu Kleingeld an die andere weiter – vertragsgemäß kriegen wir achtzig Prozent von fast nichts. Die zweite verkauft alles fürs Hundertfache nach Shanghai.« Sein Lachen klang betrunken und bitter. Nach dem vierten oder fünften Glas würden ihm noch ganz andere Schimpfwörter als ›verdammte Blutsauger‹ einfallen. Der zweite Onkel ergänzte, der Polizeichef von Kaohsiung habe vierzig Verwandte eingestellt und dafür ebenso viele einheimische Polizisten entlassen. Sogar seine Konkubine bezog jetzt ein Gehalt – als technische Assistentin.

Zwischendurch spürte Keiji den Blick seines Vaters auf sich. Solange der keine Arbeit fand, kam er jeden Morgen hierher, um mit einem privaten Tutor Chinesisch zu lernen. An den Gesprächen seiner Brüder beteiligte er sich kaum. Herr Wu behauptete, Taiwaner hätten das typische Problem aller unterdrückten Völker: Sie grollten ihren Herren, vermochten es aber nicht, für sich selbst zu denken, was schließlich zu Apathie und Selbsthass führte. Die Widersprüche des kolonialen Subjekts, nannte er es. Auf seinen Vater mochte das zutreffen, entschied Keiji, er selbst erwachte aus seinen Albträumen und freute sich, am Leben zu sein. Irgendwann würde er die gelehrten Männer begleiten, wenn sie vom Teeladen ins *Pegasus* gingen, um den Abend in weiblicher Gesellschaft und bei weniger ernsten Themen ausklingen zu lassen. Neugierde war auch eine Form von Hunger, man stillte sie bloß anders. Früher auf dem Spielfeld hatte er vor jedem Wurf innegehalten, in sich hineingehorcht und sich gesagt: Du bist unbezwingbar. Darüber musste er inzwischen lachen, aber in gewisser Weise glaubte er es immer noch – hatte ihm das an der Küste das Leben gerettet? Vielleicht kam alles darauf an, im entscheidenden Augenblick die richtige Bewegung machen. Wie das ging, wusste er.

———

In einem Gestell hoch über dem Boden zu liegen, fühlte sich seltsam an. Es erinnerte ihn an den Besuch im Haus des dritten Bruders, aber jetzt lag er im eigenen Bett, und wenn er sich auf die andere Seite drehte, schaukelte die Matratze wie ein Boot im Wasser. Die weißen Wände machten den Raum hell, sogar nachts lag ein bleicher Schimmer darauf, der ihm das Gefühl gab, ausgesetzt zu sein. Statt Geld zu sparen und vorläufig in der roten Villa wohnen zu bleiben, hatte seine Frau auf dem Umzug bestanden. Ihre Reizbarkeit wurde von Tag zu Tag schlimmer, in den Haaren zeigten sich weiße Strähnen, und wenn er nicht einschlafen konnte, empfand er einen unbezwingbaren Widerwillen gegen das Geräusch ihres Atems.

Vorsichtig schlug er die Decke zurück und ging nach nebenan.

Die großen Vorderfenster hätte er am liebsten mit Papier verkleidet. Es war ein westliches Haus mit drei kleinen Zimmern und einem Speicher unter dem schrägen Holzdach. Alle Geräusche hallten dumpf von den Wänden wider, außerdem roch es penetrant nach Schimmel. Nebenan wohnte der neue Leiter der Hafenbehörde mit seiner eleganten jungen Frau und drei Söhnen. Der Wiederaufbau des Frachtbetriebs hatte oberste Priorität, ohne funktionierenden Schiffsverkehr ließ sich die Insel nicht so ausbeuten, wie es den neuen Herren beliebte. Er erinnerte sich gut, wie sein Vater das Ende der Kolonialzeit begrüßt hatte, es lag noch nicht lange zurück, aber in diesem Frühjahr verschlechterten sich die Zustände in rasendem Tempo. Acht Yen für ein Pfund Reis! Kaum hatten die letzten japanischen Soldaten die Insel verlassen, tauchten in den Straßen Plakate auf: ›Die Hunde sind fort, es kommen die Schweine.‹ Alles rissen sie sich unter den Nagel, in Taipei wurden sogar die Lastwagen der Müllabfuhr konfisziert, um sie für Truppentransporte auf dem Festland einzusetzen, und Gerüchten zufolge sollte es bald eine Wehrpflicht für Taiwaner geben. Kanonenfutter frisch von der Insel! Nach heftigen Protesten beteuerte der Gouverneur zwar, die Pläne lägen auf Eis, aber dessen Verlautbarungen glaubte schon lange niemand mehr. Wen drüben die Roten erschossen, der konnte hier keinen Ärger mehr machen. Zwei Vögel mit einem Stein töten, sagte das Sprichwort.

Es gab Tage, da glaubte er zu ersticken. Mit Mitte vierzig drückte er wieder die Schulbank, um die offizielle Landessprache seiner Heimat zu lernen. Anstrengen musste er sich, um mit den Fortschritten seiner Tochter mitzuhalten, aber die besseren Jobs blieben sowieso den Festländern vorbehalten, genau wie früher den Japanern. Außerdem war er kein Bürger zweiter Klasse mehr, sondern ein mutmaßlicher Kollaborateur, der Sklave des Erzfeinds, ein Verräter am chinesischen Volk. So nannte man es jetzt, wenn ein Mann sich bemüht hatte, seine Familie zu ernähren ... Warum stellten sie ihn nicht gleich an die Wand? Manchmal schaute er in den Spiegel und wusste selbst nicht, wen er sah.

Mit der Zigarette in der Hand trat er auf die Terrasse. Es war ein steiler, kaum bebauter Hang, an dem ihr Haus stand. Unter ihm lag rechteckig und pechschwarz der innere Hafen, nur zwei vom Regen aufgeweichte Pfade führten von dort herauf. Unpraktisch, hatte er anfangs gedacht, inzwischen ertappte er sich bei dem Gedanken, dass es hier oben im Ernstfall sicherer wäre. Durch das breite Panoramafenster des Nachbarhauses sah er das Ehepaar Chen wie auf einer Bühne im Wohnzimmer sitzen. Die Frau, eine gebürtige Taiwanerin, trug stets seidene Qipaos und hatte das dauergewellte Haar sorgfältig zurückgekämmt, ihr Mann kam von drüben und grüßte ihn nicht einmal. Bei schönem Wetter spielten die Söhne im Garten Fußball, die beiden Großen waren älter als Keiji, der Jüngste besuchte dieselbe Mittelschule wie seine Tochter. Umeko rief er sie nur noch, wenn er nicht aufpasste – sie sollte sich an ihren chinesischen Namen gewöhnen, so schwer es ihr auch fiel. Ging es ihm etwa anders?

Ri-san nannte ihn niemand mehr.

Langsam zog er den Rauch ein und stieß ihn wieder aus. Das dreistöckige Gebäude der Hafenbehörde lag direkt unter ihm, in zehn Minuten war man dort, und die Aufgaben der Personalabteilung dürften sich von denen in einer Mine kaum unterscheiden. Wenn Herr Chen nur nicht so schmallippig und unnahbar wäre! Trug seinen Hochmut mit sich herum wie einen Orden. Angeblich sollte der äußere Hafen erweitert werden, um die Kapazitäten zu erhöhen, das würde viele Neueinstellungen erfordern. Nachmittags, wenn er vom Unterricht in der roten Villa kam und allein sein wollte, unternahm er lange Spaziergänge am Wasser entlang. Hier und da musste er über Berge von Schutt klettern, um das eingezäunte, von der Militärpolizei bewachte Areal neben den Speichern zu erreichen, wo so viele Monate nach Kriegsende immer noch Hunderte Japaner ausharrten. Abgeschottet, als litten sie an einer ansteckenden Krankheit, was angesichts der katastrophalen hygienischen Bedingungen gut möglich erschien. Beim letzten Mal hatte Honda Shizuko ausgezehrt und bleich ausgesehen. Mit einem alten Mantel um die Schultern saß sie auf einer Gepäckkiste und reagierte nicht auf sein Winken. Zu rufen, traute er sich nicht. Es gab nichts mehr, was er tun konnte, außer sich unnötig in Gefahr zu bringen. Man muss auf den Wind achten und den Helm richten, pflegte sein Vater zu sagen.

Am besten zog man ihn sich tief ins Gesicht.

Der Rest des Jahres glich einem Abstieg ins Bodenlose. Jeden Sonntag gingen sie zu dritt in die rote Villa, wo überall Kerzen bereitstanden, weil immer wieder der Strom ausfiel. Inzwischen wurden allerdings sogar Streichhölzer knapp, und wenn die Männer nach dem Essen die Lage besprachen, staunten sie darüber, dass sie noch deprimierender war als eine Woche zuvor. Sein Vater sagte fast gar nichts mehr. Im Sommer wurde das Geisterfest abgesagt, weil der Gouverneur fand, dass die gewaltigen Ausgaben für Kostüme und Laternen nicht ins Bild der Zeit passten. Geschäftsleute sollten lieber in einen Fonds der Regierung einzahlen, um sich das Recht auf konfisziertes japanisches Eigentum zu sichern. Anteilsscheine wurden in Form von Tausend-Yen-Noten ausgegeben, aber sobald sie ihre Abnehmer gefunden hatten, nahm man sie aus dem Verkehr, ›um den Geldmarkt zu stabilisieren‹. Wenig später wurde die alte Währung ganz eingezogen und durch den neuen Taiwan Yuan ersetzt. Wie viel Kapital Vater verloren hatte, verriet er nicht, sondern sagte auf Nachfrage nur, es sei schade um das Geisterfest. Den japanischen Besitz teilten die Festländer unter sich auf.

Die Bodensteuer stieg auf einen Schlag um dreißig Prozent. Angeblich sollten damit neue Schulen gebaut werden, tatsächlich floss alles Geld in den Kampf gegen die Kommunisten, den niemand einen Bürgerkrieg nennen wollte, aber was änderte das schon? Als die Banken plötzlich alle ausstehenden Kredite einbehielten, glaubten die Ersten, dass die Regierung in Nanking vor dem Kollaps stand und der Gouverneur sich darauf vorbereitete, die Insel allein zu regieren. Andere wollten gehört haben, die USA würden der Republik sämtliche Schulden erlassen, wenn sie sich dafür von Taiwan trennte. »Englisch solltest du lernen, nicht Chinesisch«, sagte der älteste Bruder eines Sonntags und lachte freudlos. Die Wahrheit war, dass er keine Ahnung hatte, was er tun sollte. Manchmal rauchte er an einem Abend so viele Zigaretten, dass ihm auf dem Heimweg schwindlig wurde. Seine Frau berichtete, die Kleine habe zum ersten Mal ihre Du-weißt-schon bekommen. Kümmere du dich darum, erwiderte er. Zeichen für Zeichen entzifferte er die Artikel in der *Min Bao* – oh, richtig, Japanisch war mittlerweile offiziell verboten! – und fragte sich, wie lange die Missstände auf der Insel noch so offen angeprangert werden durften. Seinerzeit in Fujian hatte der Gouverneur mit seinen Kritikern kurzen Prozess gemacht, und was sollte ihn zurückhalten? Nichts schien mehr ausgeschlossen. Als sie eines Abends über die jüngste Entlassungswelle sprachen, von der ausschließlich einheimische Beamte betroffen waren, schmiss der älteste Bruder plötzlich sein Schnapsglas gegen die Wand und begann unkontrolliert zu brüllen: »Diese Hurensöhne, das verlogene Dreckspack, was bilden sich die verdammten Schweineköpfe denn ein?!«

Erschrocken flohen die Frauen in die Küche. Vater protestierte vergebens dagegen, dass in seinem Haus geflucht wurde. Natürlich hatte der älteste Bruder zu viel getrunken, aber darum ging es nicht. Aus der gegenseitigen Verachtung war blanker Hass geworden, der sich jeden Moment entladen konnte. Es war wie damals in Kinkaseki: Die Zeichen verdichteten sich, die Gefahr rückte näher, und er wartete einfach tatenlos ab. Inmitten des Wandels und des Taumels besaß jeder seine eigene Art, sich treu zu bleiben.

———

Als es eines Abends an der Haustür klopfte, lebten sie seit anderthalb Jahren in Keelung. Um kurz nach acht saß Umeko in ihrem Zimmer und übte Schriftzeichen, die im Chinesischen anders geschrieben wurden als im Japanischen. Nation, zum Beispiel, oder Partei. Ihr zweites Halbjahr ging zu Ende, und sie hasste die Schule wie am ersten Tag. Das Gebäude sah aus wie eine stillgelegte Fabrik. Wehte der Wind vom Meer, drang Ölgeruch durch die undichten Fenster, und bei Regen tropfte es von der Decke. Freundinnen hatte sie bislang keine gefunden, jedenfalls nicht für lange. Immer mehr Familien zogen zu Verwandten aufs Land, wo sie ihren eigenen Reis anbauen konnten, und ein paarmal hatte sie sich mit Mitschülerinnen verabredet, nur um wenige Tage später vergebens auf sie zu warten. Auch die Lehrer wechselten schneller, als sie sich an ihren Zungenschlag gewöhnen konnte. Meist waren es Veteranen vom Festland, die wie Minenarbeiter auf Japaner und Kommunisten schimpften. Lehrer Zhang besaß nur einen Anzug, der aussah, als würde er nachts darin schlafen.

»Wer kann das sein?«, hörte sie Mutter aus der Küche rufen. Vater ging, um nachzusehen.

Außerdem war das Niveau furchtbar niedrig. Im Geographieunterricht studierten sie die verschiedenen Feldzüge zur Auslöschung der kommunistischen Banditen, in den Mathematikstunden verteilten sie zehntausend Mörser auf Bataillone mit so und so viel schweren Geschützen und stießen damit an die Grenze dessen, was Lehrer Zhang ausrechnen konnte. Vorlaute Schüler flüsterten, das Ergebnis laute strategischer Rückzug, aber zu denen gehörte sie nicht.

In der Mittelschule von Keelung war es besser, nicht aufzufallen. Einmal hatte sie aus Versehen Taihoku statt Taipei gesagt und mit dem Lineal zwanzig Schläge auf die Finger bekommen.

Jetzt legte sie den Stift aus der Hand und horchte. Es schienen zwei Personen zu sein, die draußen mit ihrem Vater sprachen, ein Mann und eine Frau. Solange sie vor der Tür standen, konnte sie nichts verstehen, aber nach einer Weile kamen sie herein, und Umeko bemerkte, dass die Frauenstimme Taiwanisch sprach. Erst hielt sie das Ohr an die Tür, dann öffnete sie sie einen Spalt weit und erkannte zu ihrer Überraschung das Ehepaar von nebenan. Den jüngsten Sohn hatten sie mitgebracht und wirkten gleichzeitig aufgeregt und verlegen. Frau Chen schien zu übersetzen. Als Umeko das Zimmer verließ, lächelte die Nachbarin ihr kurz zu und sah sofort wieder Vater an. Beinahe flehentlich.

»Ich verstehe ja Ihre Sorge«, sagte er, »aber was erwarten Sie von mir?« Sobald Mutter in die offene Tür zum Wohnzimmer trat, wendete Frau Chen ihre Aufmerksamkeit dorthin.

»Guten Abend«, rief sie überschwänglich. »Sie müssen verzeihen, dass wir Sie so überfallen, aber wir wussten uns nicht anders zu helfen.«

Herr Chen räusperte sich nur. Das Deckenlicht spiegelte sich in seiner runden Brille und dem pomadisierten Haar. Er schien seine Frau zurückhalten zu wollen, aber die erzählte bereits, dass ihre Familie ursprünglich aus Tainan stammte, die Liaos aus Tainan, eine alte Kaufmannsfamilie. Sie selbst sei in jungen Jahren aufs Festland gezogen, während des Kriegs hätten Herr Chen und sie gelebt, wo er gerade gebraucht wurde, bis er schließlich den Auftrag bekommen habe, die hiesige Hafenbehörde zu leiten. Nur vorübergehend, die Zerstörungen seien ja zum Glück bald behoben. Hastig zog sie ihren Sohn am Arm. »Unser Jüngster.« Mit jedem Wort schien sie Mutter versichern zu wollen, dass sie alle auf derselben Seite standen, und als es ihrem Mann zu viel wurde, unterbrach er sie und sagte auf Chinesisch: »Wir hätten nicht herkommen sollen.« Sein Dialekt klang wie der von Lehrer Zhang, und sein Blick war ebenso streng.

»Glauben Sie nicht, dass Sie ...« Erneut wendete sich Frau Chen an Vater. Gegen den Regen hatte sie sich einen Mantel übergeworfen, der jetzt offenstand und den eleganten Qipao erkennen ließ, den sie darunter trug. Sie war gekleidet, als käme sie von einer Abendgesellschaft, aber in ihren Augen flackerte Angst.

»Wenn Sie mir sagen, was ich tun kann«, erwiderte Vater ruhig.

»Begleiten Sie ihn einfach. Wenn Ihnen jemand begegnet, reden Sie Taiwanisch mit ihm. Wahrscheinlich ist es unnötig, aber Sie würden mir einen großen Gefallen tun.«

»Ihr Mann will das auch?«

Es folgte ein Moment, in dem die Nachbarn auf Chinesisch miteinander flüsterten. Dieser Besuch war höchst merkwürdig – wohin sollte ihr Vater Herrn Chen begleiten und dabei in einer Sprache auf ihn einreden, die der gar nicht verstand? Der Sohn stand derweil zwischen seinen Eltern und starrte zu ihr herüber. Sogar der Mund stand ihm offen. Als sie seinen aufdringlichen Blick aus zusammengekniffenen Augen erwiderte, sah er trotzdem nicht weg. Am liebsten hätte sie ihm die Zunge rausgestreckt.

»Ja«, sagte Frau Chen schließlich, »mein Mann wäre Ihnen ebenfalls dankbar. Ist das Ihre Tochter? Was für eine Schönheit!«

»Lee Ching-mei«, stellte Vater sie vor und schien darauf bedacht, der Angelegenheit ein Ende zu bereiten. »Morgen früh um sieben also.« Nacheinander nickte er der Frau, Herrn Chen und ihrem glotzäugigen Sohn zu, aber der bemerkte es erst, als seine Mutter ihn an die Schulter stieß. Draußen bedankte sich die Nachbarin noch so oft, dass es eine Weile dauerte, bis Vater zurückkehrte. Empört warf Mutter die Hände in die Luft. »Was fällt diesen Leuten ein! Bist du neuerdings sein Angestellter? Wie können sie so etwas verlangen!«

»Angeblich gab es in Taipei einen Zwischenfall. Gestern Abend.«

»Was für einen Zwischenfall? Was hat das mit uns zu tun?«

»Polizisten wollten eine Frau verhaften, die illegal Zigaretten verkauft hat. Sie hat sich gewehrt, Leute kamen ihr zur Hilfe, es gab einen Menschenauflauf. Irgendwann fielen Schüsse, und jemand lag tot auf der Straße.«

»Jemand. Wahrscheinlich kein Polizist.«

»Ein Bekannter aus Taipei hat unsere Nachbarn angerufen und gewarnt: Angeblich machen Einheimische überall Jagd auf Leute vom Festland.«

»Das glauben sie natürlich. Die wilden Einheimischen.«

»Heute gab es Proteste vor dem Sitz der Provinzregierung. Dabei sind wieder Schüsse gefallen, und es wurden –«

»Kennst du einen Taiwaner mit Schusswaffe?«

Vater rollte mit den Augen, weil sie ihn mal wieder nicht ausreden ließ. »Ich wiederhole nur, was Frau Chen gesagt hat. Beziehungsweise, was ihre Bekannten aus Taipei berichten.«

»Klingt ganz so, als würden die Festländer Jagd auf uns machen.« Im nächsten Moment wurde Mutter kreidebleich, weil sie vermutlich an Keiji dachte. Seit seiner Zeit an der Küste hatte sie ständig Angst um ihn. Vater meinte zwar, der Sitz der Provinzregierung sei von Dadaocheng einige Kilometer entfernt, aber sie schrie nur, er solle auf der Stelle den dritten Onkel anrufen. Zum Glück besaßen sie inzwischen ihr eigenes Telefon. Eine Weile stritten die beiden in der Küche, dann willigte Vater entnervt ein und ging nach nebenan.

Es war der letzte Tag im Februar, ein Freitag. Als Umeko an ihr Fenster trat, sah sie, wie im Nachbarhaus Herr Chen und seine Frau gestikulierten, als stritten sie ebenfalls. Das Haus war größer als ihres, mit zwei Stockwerken und einem Balkon über der vorderen Terrasse, wo Herr Chen abends rauchte. Hinter einem der dunklen Fenster im Obergeschoss glaubte sie ein Gesicht zu erkennen, aber als sie die Hände über die Augen legte, um besser hinausschauen zu können, war es weg.

»Das habe ich mir fast gedacht«, sagte Vater im Wohnzimmer.

Je besser ihr Chinesisch wurde, desto mehr verstand sie, wenn sich die drei Söhne der Nachbarn im Garten aufhielten. Der Dialekt, den sie sprachen, klang nach den weiten Ebenen und eisigen Wintern des Nordens, zumindest in ihrer Vorstellung. In der Grundschule hatte sie nicht viel chinesische Geographie gelernt, nur die Schauplätze des China-Zwischenfalls, der jetzt Anti-japanischer Widerstandskrieg hieß. Neuerdings hing im Klassenraum eine Karte mit Dutzenden blauen Fähnchen. Bald schon, sagte Lehrer Zhang, werde der Generalissimus alle kommunistischen Banditen vernichtet haben. Im Übrigen fand sie, dass die beiden älteren Brüder den Jüngsten oft unfair behandelten, trotzdem beneidete sie ihn, immerhin waren seine Brüder da. Keiji kam höchstens einmal im Monat zu Besuch, und dann saß er die ganze Zeit bei den Männern, die im Terrassenzimmer über Politik sprachen. Mutter fürchtete bereits wieder, er könnte zum Militärdienst eingezogen werden. Überall witterte sie Gefahr und reagierte eher böse statt dankbar, wenn Vater sie zu beruhigen versuchte. Als wollte er sie einfach nicht verstehen.

»Dann seid vorsichtig«, sagte er vor dem Auflegen, und Umeko ging hinüber. Mit ernsten Mienen sahen ihre Eltern einander an. »Ich will es auch wissen«, rief sie. »Was ist passiert? Warum sollen sie vorsichtig sein?«

Gemeinsam setzten sie sich an den Tisch. Die einzige Lampe hing tief über der Tischplatte, genau wie damals in Kinkaseki, als Herr Tanaka draußen kontrolliert hatte, ob alles vorschriftsgemäß verdunkelt war. »Es gab also tatsächlich Proteste«, begann Vater und wirkte auf einmal selbst besorgt, »sogar Tote auf beiden Seiten. Jetzt haben die Festländer Angst vor möglichen Racheakten, so wie unsere Nachbarn.«

»Die Frau kommt ja gar nicht vom Festland«, sagte Umeko. »Sie ist ein Banshan.«

»Das sind die Schlimmsten«, warf Mutter ein. »Können kaum richtig Taiwanisch und tun so, als gehörte ihnen die ganze Insel.«

»Trotzdem werde ich Herrn Chen morgen zum Hafen begleiten ...« Um nicht erneut unterbrochen zu werden, hob er die Hand. »Wir alle haben gesehen, wie unangenehm ihm die Sache ist, aber seine Frau macht sich Sorgen. Wenn uns jemand entgegenkommt, rede ich Taiwanisch mit ihm, als wären wir alte Bekannte. Was soll schon passieren?«

»In seiner Uniform sieht man ihm auf den ersten Blick an, woher er kommt. Neulich hast du gesagt, er grüßt dich nicht mal. Glaubst du im Ernst, er würde dasselbe für dich tun?«

Vaters Gesicht sah aus, als versuchte er die Fassung zu wahren und sich gleichzeitig einen Reim auf alles zu machen. »Der Mann hat Kontakte«, sagte er leise, »vergiss das nicht. Wie er zu uns steht, werden wir vielleicht früher herausfinden, als uns lieb ist. Oder glaubst du, die Regierung nimmt gewaltsame Proteste einfach so hin?«

———

Zuerst schien es ein ganz normaler Abend zu sein. Nach dem Essen war Keiji auf sein Zimmer gegangen, hatte aber noch nicht geschlafen, als es draußen knallte. Drei Schüsse in schneller Folge. Das Echo floh über die Dächer und ließ eine andere Stille zurück als vorher. Am Fenster konnte er wenig erkennen, die ohnehin spärliche Straßenbeleuchtung war ausgefallen, aber mehrere Männer schienen dorthin zu rennen, wo plötzlich aufgebrachte Schreie erklangen. Als er das Zimmer verließ, kam der dritte Onkel die Treppe herauf und schüttelte den Kopf. »Du denkst hoffentlich nicht daran, nach draußen zu gehen.«

»Was war das?«

»Du weißt, was das war.«

»Ich meine, wer hat geschossen und auf wen?«

»Geh in dein Zimmer und schließ die Fensterläden. Morgen werden wir es erfahren.«

»Kann es in der Nähe vom *Pegasus* passiert sein? Für mich klang es so.«

Im hageren Gesicht des dritten Onkels zeigten sich seit einiger Zeit immer tiefere Furchen. Die Stimmung in Taipei wurde schlechter, wie durch ein Stundenglas verrann die Geduld der Menschen, und alle fragten sich, was passieren würde, wenn sie aufgebraucht war. »Solltest du heimlich das Haus verlassen, und ich finde es heraus, schicke ich dich nach Keelung. Schule hin oder her, haben wir uns verstanden?«

»Ich bin schließlich nicht lebensmüde.«

»Im Gegenteil, zu wach kommst du mir vor. Ab jetzt!« Dass der Befehlston ein Ausdruck von Besorgnis war, wusste Keiji und ging zurück in sein Zimmer, aber einschlafen konnte er nicht. Eine Stunde lang stand er am offenen Fenster und horchte in die Nacht. Ab und zu huschten Schatten durch die dunkle Gasse, in der Ferne tanzte der Widerschein eines Feuers, und einmal glaubte er splitterndes Glas zu hören. Irgendwann schlief er doch ein. Obwohl ein Gefühl ihm sagte, dass kein Unterricht stattfinden würde, packte er am nächsten Morgen seine Tasche, als wäre alles wie immer. Nur das Frühstück verschlang er noch schneller als sonst.

»Nach der Schule kommst du sofort nach Hause«, ermahnte ihn der dritte Onkel. »Keine Widerrede, keine Umwege, verstanden?«

In der Morgenzeitung stand nichts, aber mit den Angestellten kamen erste Informationen ins Haus. Vor dem *Pegasus* hatte es einen Toten gegeben, nach einer Razzia des verhassten Monopolbüros. Dass dessen Agenten den Zigarettenschmuggel nicht unterbinden, sondern daran mitverdienen wollten, war ein offenes Geheimnis. Der Stand mit Tabakwaren, den Frau Lin am Eingang des Teehauses betrieb, war gestern Abend nicht zum ersten Mal kontrolliert worden, wohl aber auf besonders brutale Weise. Von mehreren Männern, Festländern offenbar. Als sie begannen, Frau Lin zu beschimpfen und zu schlagen, war es zum Handgemenge gekommen, die Schüsse hatten einen unbeteiligten Nachbarn getötet. Hals über Kopf waren die Agenten geflüchtet, ihren Wagen hatte die aufgebrachte Menge in Brand gesetzt. Einer der Sekretäre berichtete, letzte Nacht seien in mehreren Stadtteilen Festländer attackiert worden. Für heute wurden in ganz Taipei größere Proteste erwartet.

»Mein letzter Kurs endet erst um fünf«, sagte Keiji, bevor er aufbrach. »Könnte also später werden.« Je nach Verkehr betrug sein Schulweg bis zu anderthalb Stunden.

»Denk daran, keine Umwege«, wiederholte der dritte Onkel nur.

Normalerweise fuhr sein Bus vor dem Tempel des Stadtgottes ab. Dort allerdings drängten sich an diesem Morgen Hunderte Menschen und skandierten ›Die Mörder müssen sterben‹ und ›Nieder mit der Chen Yi GmbH‹ – gemeint waren der Gouverneur und seine Handlanger, die die Insel wie ihr privates Unternehmen führten, ausschließlich auf Profit bedacht. Trommeln und Gongs wurden geschlagen, und Keiji wunderte sich, dass er nirgends Polizisten sah. »Die Schweine sind in Deckung gegangen«, meinte jemand, den er darauf ansprach. Mehr und mehr Leute schlossen sich dem Protest an, bald ging die Ankündigung um, gemeinsam zum Hauptquartier des Monopolbüros zu ziehen, um für die Täter vom Vorabend die Todesstrafe zu fordern. Eine entsprechende Petition wurde verlesen und frenetisch bejubelt. »Keine Sonderrechte für Festländer!«, schrie ein Mann mit geballter Faust.

Keiji warf einen Blick auf die Uhr. Das Monopolbüro lag am südlichen Ende der Stadt, bis dahin würde die Menge einige Stunden unterwegs sein. Vom Campus der Kōtōgakkō hingegen war es nur ein kurzer Weg, also beschloss er, mit dem Bus vorauszufahren und zunächst seine Mitschüler zu treffen. Mehrere Blocks musste er laufen, um die Haltestelle einer anderen Linie zu erreichen. Im Stadtzentrum waren die Straßen leerer als sonst, hier und da sah er junge Männer mit Stöcken in der Hand, aber keinen einzigen Uniformierten. Wo die Häuserreihen in offene Felder übergingen, stieg er aus und lief die letzten Meter zu Fuß. Die Kōtōgakkō war einst sowohl die beste als auch die liberalste weiterführende Schule der Insel gewesen, bekannt dafür, dass ihre Schüler in Holzsandalen zum Unterricht gehen und sich die Haare so lang wachsen lassen durften, wie sie mochten. Inzwischen waren alle japanischen Lehrkräfte fort, und die Absolventen des letzten Jahrgangs versuchten, die alten Traditionen noch einmal aufleben zu lassen, bevor die Schule im neugegründeten Lehrer-College aufging; vor allem den lockeren Umgangston und den lässigen Stil. Zwar gab es die langen schwarzen Mäntel von früher nicht mehr, aber als Keiji das Haupttor passierte, drehte er wenigstens die Kappe ein Stück zur Seite, damit es nicht aussah, als hätte er sie vor dem Spiegel angezogen. Fast zwei Stunden war er heute unterwegs gewesen.

»Keiji-saaan!«

Weiterhin die japanischen Vornamen zu benutzen, gehörte natürlich dazu. Kurz hob er die Hand und gesellte sich zu der Gruppe, die auf einer Bank zwischen Hauptgebäude und Aula saß. Überall auf dem weitläufigen Gelände hockten Kommilitonen beisammen und rauchten. »Kein Unterricht?«, fragte er.

»No teachers, no class.«

»Haben sie Angst, wir könnten ihnen etwas antun?«

»Zu fürchten hätten sie allenfalls Crazy Keiji, den kampferprobten Veteranen.«

»Ha, ha«, machte er. Obwohl er nicht damit angab, hatten sich gewisse Geschichten in der Schule herumgesprochen.

»Hier ist der jüngste Vorschlag für unseren Lesekreis: Wir nennen uns die zynischen Idealisten, wie klingt das?«

»Wie eine schlechte Übersetzung.« Dafür hielt ihm jemand seine Zigaretten hin. Bisher hieß der Lesekreis noch *Anzu*, so wie unter den Japanern; sie suchten etwas mit mehr Biss.

»Der elitäre Abschaum?«

»Im Ernst«, erwiderte er. »Gestern wurde in Dadaocheng jemand erschossen. Von Agenten des Monopolbüros.«

»Stell dir vor, das ist sogar uns zu Ohren gekommen.«

»Auf der Fahrt hierher habe ich keinen einzigen Polizisten gesehen. Demonstranten sind unterwegs zum Hauptquartier, um für die Täter die Todesstrafe zu verlangen.« Wie sich herausstellte, wussten einige Kommilitonen noch mehr: Nach dem Vorfall hatten sich die Agenten in einer

Polizeistation verschanzt, die seitdem belagert wurde. Niemand glaubte, dass die Männer vonseiten der Obrigkeit etwas zu befürchten hatten, egal wie schuldig sie waren. Seit wann galten hiesige Gesetze auch für Festländer?

»Unsere Nachbarn kommen von drüben«, erzählte ein Mitschüler. »Nie ein freundliches Wort, aber heute Morgen standen sie plötzlich vor der Tür und wollten sich japanische Holzsandalen leihen. Eine bessere Verkleidung fiel ihnen wohl nicht ein.«

»Würde mir auch nicht einfallen. Chinesen in Getas sind wie Hunde in Stöckelschuhen.«

»Schweine, meinst du?«

Den Rest des Vormittags verbrachten sie damit, über den weiteren Gang der Ereignisse zu spekulieren. Es war ein kühler Tag mit schnell dahintreibenden Wolken. Keiji lag auf seiner ausgebreiteten Jacke und glaubte, eine leichte Vibration des Bodens zu spüren, in der Ferne erklangen Sirenen. *Kuuuuun.* Zuletzt hatte selbst der dritte Onkel gemeint, die Regierung sei entweder gewissenlos, oder sie begreife aus schierer Dummheit nicht, was sie mit ihrem Verhalten anrichtete. Noch war eine friedliche Lösung der Krise möglich, aber dafür mussten die Verantwortlichen einsehen, dass sie nicht ein ganzes Volk zu Volksverrätern erklären konnten. Bisher schienen sie nicht einmal zu verstehen, dass auf der Insel überhaupt ein Volk lebte, sie sahen bloß die willigen Kollaborateure ihres Erzfeinds, oder wie Herr Wu neulich gemeint hatte: Eigentlich hassen sie Japan, aber wir kriegen es ab.

Weil die Mensa geschlossen blieb, gingen sie gegen Mittag in eine Nudelküche neben dem Campus. Im Radio wurde berichtet, dass die Demonstranten zum Sitz der Provinzregierung zögen, um sich direkt an den Gouverneur zu wenden. Mehrere tausend waren es inzwischen, und Keiji konnte seine Ungeduld nicht länger zügeln. Vier Mitschüler schlossen sich an. Je näher sie dem Stadtzentrum kamen, desto voller wurden die Straßen. Militärlaster brausten vorbei, in der südlichen Sun-Yatsen-Road passierten sie das Büro einer festländischen Handelsfirma, das nur noch aus demolierten Möbeln und eingeschlagenen Scheiben bestand. Lose Zettel wehten wie Blütenblätter über den Gehweg. Auf der Höhe des Neuen Parks schlug er vor, die Hauptstraßen zu meiden, auf denen immer mehr Armeefahrzeuge auftauchten. Viele Kommilitonen hatten die letzten Kriegswochen im Gebirge verbracht und feindliche Flugzeuge allenfalls aus sicherer Entfernung beobachtet, jetzt waren sie froh, dass einer die Führung übernahm. Von wegen crazy, er ging äußerst umsichtig vor, aber eins hatte er an der Küste gelernt: Lief man vor der Gefahr davon, hatte man sie im Rücken, das machte die Sache nicht besser. Zu spüren, wie sie näher rückte, fühlte sich für einen Moment beinahe gut an. *Kuuuiiin.*

Den Park kannte er noch von früher. Auf dem Baseballfeld hatte er vor verwundeten Veteranen gespielt, jetzt lag dort ein Mann in Zivil in einer riesigen Blutlache. Seine verdrehten Gliedmaßen sahen aus, als wäre er im vollen Lauf gestürzt. Keine Schusswunden, offenbar hatte man ihn erschlagen. Vielleicht ein enttarnter Spitzel der Sicherheitspolizei, dachte Keiji. Um den Kopf summten Fliegen. Zwei aus ihrer Gruppe zogen es vor, umzukehren, aber er zeigte nach Norden und meinte, er müsse sowieso in die Richtung. Im Gehen knöpfte er die Jacke zu, beschleunigte den Schritt und schätzte immer wieder die Entfernung zum nächsten Baum. Jenseits des Parks trafen sie auf mehrere Dutzend Männer mit vor Wut flackernden Blicken, die sich umsahen, als suchten sie das nächste Opfer. Einige hielten Zaunlatten oder Baseballschläger in der Hand, kurz darauf hörte Keiji die ersten Schüsse. Maschinengewehre, mindestens zwei.

Rasch zog er seine Mitschüler unter das Vordach des nächsten Hauses. An der Kreuzung befand sich der Sitz der Provinzregierung, von dort strömte die Menge wie eine aufgescheuchte Herde an ihnen vorbei. »Sie feuern vom Gebäude aus«, sagte er nach einer Weile, weil die Schüsse nicht näher kamen. Einschläge hörte er gar keine, womöglich wurde bloß in die Luft geschossen. Statt der breiten Straße zum Bahnhof zu folgen, beschrieben sie einen Bogen durch die Gegend, die wegen ihrer vielen Geschäfte einst die Ginza von Taihoku geheißen hatte. Jetzt brachten Ladenbesitzer eilig ihre Waren nach drinnen und ließen die Gitter herunter. Busse fuhren keine mehr.

Am Nordtor verabschiedete er sich von den beiden Kommilitonen, die ganz in der Nähe wohnten. Als er eine halbe Stunde später die Gassen von Dadaocheng erreichte, ging es auf fünf Uhr zu, und nachdem er seit Stunden nichts getrunken hatte, klebte ihm die Zunge am Gaumen. Von den Unruhen im Stadtzentrum war nichts zu bemerken, alles wirkte friedlich wie immer. Vor dem *Pegasus* standen Nachbarn beisammen und unterhielten sich, nur ein ausgebranntes Autowrack fiel ihm auf, knapp hundert Meter entfernt. Als Neffe von Teehändler Lee war er im Viertel bekannt und konnte sich nähern, ohne Misstrauen zu erregen. Der dunkle Fleck am Eingang des Teehauses sah nach getrocknetem Blut aus. Wenn es heute wieder Tote gibt, hatte am Morgen jemand zum dritten Onkel gesagt, wird die Stadt explodieren. Es kam ihm vor, als läge das alles mehrere Tage zurück.

»Geld sollten wir nehmen«, hörte er eine Frauenstimme sagen. »So viele Leute haben sich noch nie für unsere Tür interessiert.«

Ohne sich gemeint zu fühlen, sah er auf und begegnete ihrem amüsierten Blick. Rauchend lehnte sie am Pfosten des Vordachs, stützte einen Fuß dagegen und nickte ihm aufmunternd zu. »Komm ruhig näher, Hübscher, bist sowieso zu spät. Die Show ist vorbei.«

Mehr als »Guten Tag« fiel ihm in seiner Überraschung nicht ein. Eine Frau Mitte zwanzig, vielleicht älter, die er nie zuvor gesehen hatte. Wenn sie Rauch ausstieß, spitzte sie die Lippen wie zum Kuss. Ihr fransiger langer Rock schien aus Resten zusammengenäht zu sein, stand ihr aber gut. »Arbeiten Sie hier?«, fragte er.

»Ich bin als Raucherin angestellt, habe aber gleich Feierabend.« Als sie die Zigarette austrat und einen Schritt näher kam, glaubte er zuerst, sie müsse Ausländerin sein. Die Wangenknochen saßen höher, und die Augen waren größer als gewöhnlich, aber Taiwanisch sprach sie ohne Akzent. »Wer wird denn gleich so erschöpft aussehen?«

»Ich war den ganzen Tag unterwegs. Könnte ich vielleicht ein Glas Wasser bekommen?«

Ohne ein weiteres Wort verschwand sie im Haus. Über dem Eingang hing das Schild mit dem fliegenden Pferd; irgendwo hatte er die Geschichte dazu aufgeschnappt, sie aber wieder vergessen. Mit Verspätung begann sein Herz zu rasen, so wie nachts nach dem Aufwachen. In manchen Momenten vermischten sich die Dinge, das tatsächlich Erlebte und das bloß Geträumte. Hatte er wirklich einmal dem verrückten Impuls nachgegeben, dem Piloten zu winken? Es sähe ihm ähnlich, aber ehe er seine Erinnerungen ordnen konnte, kehrte die Frau mit einem vollen Wasserglas zurück. Ihr Blick wirkte noch ebenso amüsiert und herausfordernd wie zuvor.

»Waren Sie gestern Abend hier«, fragte er, »als geschossen wurde?«

»Willst du mein Alibi hören, dann hole ich die Gitarre. Allerdings dachte ich, in deinem Alter wird man Soldat, nicht Polizist.«

Er behauptete, Student zu sein, damit kam er immer durch, außerdem würde es im nächsten Jahr stimmen.

»Mein Onkel leitet den Teehandel Lee, den kennen Sie vielleicht.«

»Junge aus gutem Hause, hm?«

»Genau. Dort waren die Schüsse deutlich zu hören.«

Eine Hand mit mehreren Ringen zeigte auf die gegenüberliegende Straßenseite. »Der arme Kerl ist da drüben gestorben. Du stehst vor dem Blut von Frau Lin. Auf den Knien hat sie die Verbrecher angefleht, ihre Sachen nicht zu beschlagnahmen. Dafür haben sie ihr die Pistolen auf den Kopf geschlagen, bis sie bewusstlos wurde. Die kleine Tochter stand direkt daneben. Verdammte Tiere!«

»Stimmt es überhaupt, dass sie geschmuggelte Zigaretten verkauft?«

»Bringen sie euch an der Uni gar nichts bei? Es gibt nur geschmuggelte Zigaretten, verstanden?« Schon steckte sie sich die nächste an. »Als Witwe mit zwei Kindern muss die Frau sehen, wo sie bleibt. In eurer Teehandlung ist nicht genug Platz für alle.«

»Arbeiten Sie nun hier oder ...?«

»Sieht dein Vater auch so gut aus wie du? Dein Onkel nämlich nicht.« Zwischen den hastigen Zügen verschränkte sie die Arme vor der Brust, als wäre ihr kalt. »Wie alt bist du denn? Neunzehn, zwanzig?« Auf den zweiten Blick schätzte er ihr Alter eher auf dreißig und konnte nicht entscheiden, ob er sie hübsch fand. Anders sah sie aus, und das Verhalten passte dazu, vielleicht war sie eine Ureinwohnerin. »Sag mir wenigstens deinen Namen«, forderte sie, weil er nicht antwortete. »Ich muss wissen, wer mich nachts um den Schlaf bringt.«

»Keiji.«

»Sou desu ka? Haben deine Landsleute dich zurückgelassen? Kannst bei mir wohnen, gleich da um die Ecke. Wir müssen allerdings eng zusammenrücken.«

»Ich habe doch gesagt, ich bin der Neffe von Herrn Lee.«

»Stimmt. Dein Onkel sitzt in allen möglichen Komitees und meint es bestimmt gut, aber es bringt nichts. Sie mögen sich Beamte oder Polizisten nennen, tatsächlich sind es Banditen. Schlimmer als die Japaner, und die waren schlimm genug. Was studierst du denn, Keiji-san?«

»Medizin.«

»Komm mich mal untersuchen. Mit meinem Herz stimmt was nicht, es ist zu groß.«

»Im Stadtzentrum wurde heute schon wieder geschossen. Wahrscheinlich erst der Anfang.«

»Dann pass auf dich auf, Hübscher, Narben stehen dir nicht.« Diesmal schnippte sie die Zigarette fort, noch ehe sie aufgeraucht war, und wendete sich zum Gehen. »Das Glas.«

Hastig trank er den letzten Schluck. »Ihren Namen wollen Sie mir nicht verraten?«

»Weißt du, was ein nom de guerre ist?« Für einen Moment stand sie so dicht vor ihm, dass er außer Tabak noch etwas anderes roch. Parfüm? Shampoo, entschied er; Kräuter, Minze, etwas in der Art. »Ein Tarnname. So was braucht man heutzutage zum Überleben.«

»Und wie lautet Ihrer?«

»Nenn mich Lu-ya«, sagte sie, nahm ihm das leere Glas aus der Hand und ließ ihn stehen.

10

Am nächsten Morgen pünktlich um sieben Uhr verließ sie mit ihrem Vater das Haus. Nebenan trat Herr Chen aus der Tür, als hätte er dahinter gewartet. Statt der Uniform des Hafendirektors trug er einen dunkelblauen Anzug und in der rechten Hand eine abgegriffene Ledertasche. Als seine Frau in der Tür erschien, wies er sie barsch an, zurück ins Haus zu gehen. Verkniffen wirkte er, fand Umeko, wie ein Mann, der sich gezwungenermaßen auf ein Kinderspiel einlässt.

»Ich kann mich nur entschuldigen«, sagte er, »Ihnen solche Umstände zu machen.«

Vater winkte ab. »Ihre Söhne gehen nicht zur Schule?« Seinem Chinesisch hörte man an, dass er es erst seit einem Jahr lernte und selten benutzte.

»Meine Frau hält es für zu gefährlich.« Herr Chen verdrehte die Augen. »Gehen wir?«

In kleinen Serpentinen führte der Pfad den Hang hinab. Wie immer hing ein Hauch von Dieselöl in der grauen Morgenluft, im äußeren Hafen warteten mehrere große Schiffe darauf, dass ihre Ladung gelöscht wurde. Normalerweise gingen Vater und sie gemeinsam bis zum Bahnhof, dort bog sie nach links ab zur Schule, und er folgte der Straße mit den Tempeln zur roten Villa; diesmal hielt sie Abstand, um die beiden Erwachsenen nicht zu stören. »Ich heiße Lee Chingmei«, flüsterte sie im Gehen vor sich hin. Viel schienen die Männer einander allerdings nicht zu sagen zu haben. Unten am Wasser drehte sich Vater winkend um, Herr Chen lief einfach weiter, ohne sich zu verabschieden. Von hier waren es nur noch wenige Schritte bis zur Hafenbehörde.

Als Umeko die Schule erreichte, spürte sie, dass etwas Ungewöhnliches passiert sein musste. Nirgends war der alte Mann zu sehen, der sonst beim Tor aufpasste, dass kein Unbefugter das Gelände betrat. Auf dem Hof tummelten sich weniger Schüler als sonst, und als der Gong schlug, warteten viele Klassen vergebens auf ihren Lehrer. Stattdessen erschien der Schulleiter mit einer Flüstertüte, begleitet von Männern, die sie nie zuvor gesehen hatte. Sie sahen aus wie Gangster. Am Vorabend habe die Provinzregierung das Kriegsrecht verhängt, verkündete der Schulleiter, um weitere Ausschreitungen kommunistischer Provokateure zu unterbinden. Der Gouverneur werde alles tun, um die Lage zu beruhigen, aber der Unterricht müsse bis auf weiteres ausfallen. Wer wolle, dürfe auf direktem Weg nach Hause gehen, für alle anderen würden auf dem Hof Übungen zur sportlichen Ertüchtigung stattfinden. Sobald er ausgeredet hatte, eilten die meisten Schüler zum Ausgang.

Nach einer Stunde war sie wieder zu Hause.

Für den Rest des Tages erlaubte Mutter ihr nicht einmal, in den Garten zu gehen. Auch die Nachbarjungen ließen sich nicht blicken. Der nächste Tag war ein Sonntag, in der Woche darauf rief Vater jeden Abend beim dritten Onkel an, um sich ein Bild der Lage zu machen. In Taipei hatte es am 28. Februar Krawalle mit mehreren Toten gegeben, seitdem fand auch in der Hauptstadt kein Unterricht statt. Keiji zog es trotzdem vor, dort zu bleiben.

Um sich die Zeit zu vertreiben, ging Umeko morgens mit in die rote Villa und hörte bei Vaters Unterricht zu. Herr Chen hatte gleich am Montag entschieden, fortan wieder allein zur Arbeit zu gehen. Die ganze Woche über blieben nebenan die Gardinen zugezogen, nur spätabends trat der Nachbar auf die Terrasse, um eine Zigarette zu rauchen. Abgesehen von der Bewegung seiner Hand stand er vollkommen still, und wenn er den Rauch zur Seite blies, sah es aus, als verziehe er angewidert den Mund. Ein merkwürdiger Mann. Weil sein jüngster Sohn neulich so gestarrt hatte, kam Mutter eines Nachmittags in ihr Zimmer und brachte ein seltsames Kleidungsstück, das Umeko künftig statt des gewohnten Du-dou anziehen sollte: einen sogenannten Büstenhalter, wie ihn die Frauen im Westen trugen. Zuerst musste sie ihn sich verkehrt herum umschnallen, dann begann ein Drehen und Winden und endloses Zupfen an den Trägern, bis sie sich eingesperrt fühlte und aussah wie ein Kind mit Busen. Nur gut, dass sie im Winter auch drinnen ihre Jacke anbehalten konnte.

In Großvaters Haus sprachen die Männer von nichts anderem als der Situation in Taipei. Jedes Mal, wenn Umeko ein neues Gericht an den Tisch brachte, hatten sich ihre Mienen ein Stück weiter verdüstert. Der älteste Onkel, der wie stets das Gespräch dominierte, bezeichnete den Gouverneur als Obergauner, dem alles zuzutrauen sei. Später, als die Frauen aßen, ging es im Terrassenzimmer bereits darum, ob die Insel unter amerikanische Verwaltung gestellt werden könnte. Wer würde nicht lieber von General MacArthur regiert werden als von dieser korrupten Bande? Gegen neun Uhr brachen sie auf, und kaum hatten sie zu Hause die Schuhe ausgezogen, klopfte es. Vater sah auf die Uhr und legte die Stirn in Falten.

»Braucht er doch wieder eine Begleitung?«, fragte Mutter schnippisch. »Zum Schutz vor den wilden Einheimischen.«

Tatsächlich standen erneut die Nachbarn vor der Tür, diesmal ohne ihren Sohn. Herr Chen kam direkt zur Sache. »Ich hoffe, es ist falscher Alarm«, sagte er auf Chinesisch,

»dennoch sollten Sie es wissen: Uns wurde für morgen früh die Ankunft mehrerer Truppentransporte angekündigt. Wo sie eingesetzt werden, weiß ich nicht, vermutlich in Taipei, aber man kann nie wissen. Verstehen Sie, was ich Ihnen sage?«

»Wie viele Truppen?«, fragte Vater.

»Ich darf das eigentlich nicht weitergeben, aber da Sie mir neulich behilflich waren ... etwa zehntausend. Vielleicht sollten Sie und Ihre Familie am Wochenende im Haus bleiben. Nur zur Vorsicht.«

»Danke für die Warnung«, erwiderte Vater kühl.

»Wahrscheinlich besteht kein Grund zur Sorge.«

»Für Sie nicht.«

Einen Moment lang schauten die beiden Männer einander stumm an. Wenn Herr Chen den Blick hob, fiel von drinnen Licht auf seine Brille, und es sah aus, als hätte er keine Augen. »Ausschreitungen wie in den letzten Tagen«, sagte er, »kann die Regierung nicht dulden.« Seine Frau rieb sich verlegen die Hände, die Verabschiedung fiel kurz aus. Vater nickte nur und legte eine Hand auf die Türklinke. »Gute Nacht.«

Vom Zimmerfenster aus verfolgte Umeko, wie die Nachbarn ihr Haus betraten. In der Tür machte Herr Chen den Mund auf, und sie glaubte genau zu wissen, was er sagte: Bist du jetzt zufrieden? Nebenan wurde Mutters Stimme schrill. Statt hinüberzugehen, zog sie die Gardinen zu und war froh, endlich das kneifende Teil abzulegen, das rote Striemen auf ihren Schultern hinterließ. Außerdem spürte sie ein Ziehen im Unterleib. Mutter hatte ihr geraten, sich die Tage im Kalender anzustreichen, damit es keine bösen Überraschungen gab, aber meistens vergaß sie es. Auf einmal geschahen so viele Dinge, die ihr Angst machten. Vor ein paar Wochen hatte sie auf dem Schulweg gesehen, wie ein chinesischer Soldat einen Jungen in ihrem Alter anhielt, der auf dem Fahrrad vorbeigefahren kam. Wortlos hatte er ihn vom Sattel gezogen, um an seiner Stelle selbst aufzusteigen, dem Augenschein nach zum ersten Mal im Leben. Hin und her wackelnd, als bebte unter ihm die Erde, war er losgerollt und sofort wieder umgefallen. Dann noch einmal. Während er sich abmühte und immer wütender wurde, traten ringsum die Leute aus ihren Geschäften, um dem Schauspiel zuzusehen. »Gar nicht so leicht, wie?«, rief jemand auf Taiwanisch, und alle johlten. Irgendwann hatte der Soldat genug, schmiss das Rad hin und trollte sich zu Fuß, aber in sicherer Entfernung schüttelte er drohend die Faust und rief: »Wartet's nur ab, ihr Sklavenmenschen! Wartet's nur ab!«

Nun kommen sie also, dachte sie fröstelnd. Zehntausend bewaffnete Männer, von denen nichts Gutes zu erwarten war.

———

Kurz zog der dritte Onkel die Augenbrauen hoch. Es folgte ein angedeutetes Kopfschütteln, so als hätte er in seinen Unterlagen einen Fehler entdeckt, dann erst sah er Keiji an und sagte: »Ich habe deinem Vater versprochen, auf dich aufzupassen, und das werde ich tun.«

»Es ist eine öffentliche Versammlung.«

»Auf der du nichts verloren hast. Außerdem brauche ich dich hier.«

Sätze, die sie in ähnlicher Form fast täglich wechselten. Meistens beim Frühstück, so wie heute. Resigniert verschränkte Keiji die Arme und wartete darauf, zu erfahren, unter welchem Vorwand ihn sein Onkel diesmal ans Haus fesseln wollte. Draußen bahnte sich eine Revolution an, und er korrigierte japanische Geschäftsbriefe, die nicht nur keine Fehler enthielten, sondern vermutlich nie abgeschickt werden würden. Seine Mitschüler trugen die gelbe Armbinde der freiwilligen Servicecorps, um für Sicherheit in den Straßen zu sorgen, ihn schickte der Onkel vor, um Leute abzuwimmeln, die ihm mit absurden Geschäftsideen die Zeit stehlen wollten; Schwarztee in die Mandschurei exportieren und dafür Sojabohnenkuchen einführen, solche Sachen. Vom Dach der Provinzregierung aus hatten die Soldaten letzten Samstag in die Menge geschossen und mindestens sechs Menschen getötet. Daraufhin war das Monopolbüro komplett verwüstet worden, seitdem lag eine gespannte Ruhe über der Stadt. Die Polizei verkroch sich in den Kasernen, nachts knallten ab und zu Schüsse. In seinen Radioansprachen klang der Gouverneur wie ein besorgter Familienvater, obwohl alle wussten, was er seinerzeit mit den protestierenden Studenten in Fujian gemacht hatte. Gerüchte über willkürliche Verhaftungen und zusätzliche Truppen, die von Shanghai aus unterwegs waren, rissen nicht ab. War Chen Yi wirklich so gesprächsbereit, wie er tat, oder spielte er auf Zeit? Angeblich sollte er am Nachmittag persönlich im Bürgerforum erscheinen, um die Reformvorschläge der taiwanischen Vertreter entgegenzunehmen. Einstweilen hatten Einheimische das Heft in der Hand und die Lage halbwegs unter Kontrolle – oder schien es nur so?

»Ist das das Manuskript deiner Rede?«, fragte Keiji, weil die Papiere auf dem Tisch nicht nach Bestellungen oder Rechnungen aussahen.

»Ein paar Stichworte. Ich muss mich kurzfassen, es gibt viele Redner. Angeblich wurden auch Vertreter der Handelskammer, der Gewerkschaften und so weiter eingeladen. So organisiert man ein Treffen, das kein konkretes Resultat erbringen soll.«

»Sondern?«

Mit den Fingern trommelte der Onkel auf den Tisch. Seine Aufgabe war es, die Bedenken der einheimischen Geschäftswelt vorzutragen – eigentlich eine endlos lange Liste, die er seit Tagen versuchte, in wenige klare Sätze zu packen. »Ich glaube schon, dass sie erfahren möchten, was wir denken. Die Frage ist, zu welchem Zweck.«

»Weiß Chiang Kaishek, was in Taiwan geschieht?«

»Mir scheint, er hat drüben weit größere Probleme.«

»In den Zeitungen ist fast nur von Siegen die Rede.«

Seufzend schob der Onkel die Papiere beiseite. »Kommt dir das nicht bekannt vor?« Die runde Brille mit Drahtgestell, die er neuerdings zum Lesen brauchte, gab ihm das Aussehen eines Gelehrten. »Außerdem sitzen ihnen nicht nur die Roten im Nacken. Die Amerikaner haben die grassierende Korruption satt, alle Militärhilfen liegen auf Eis. Wie es um die Armee steht, hast du gesehen. Wer sich allein die Schuhe binden kann, wird Offizier.«

»Seit wann werden Strohsandalen gebunden?«, lachte er. »Neulich soll ein chinesischer Soldat einen Friseur verprügelt haben. Warum? Er fühlte sich von dessen Waffe bedroht.«

»Ein taiwanischer Friseur mit Waffe?«

Lächelnd zögerte Keiji die Pointe hinaus. Ähnliche Geschichten schnappte man derzeit an jeder Straßenecke auf. »Ich nehme an, der arme Mann hatte noch nie einen Föhn gesehen.« Meistens brachte er den dritten Onkel mit solchen Episoden zum Lachen, diesmal nicht. Aus dem Mund ungebildeter Festländer zu hören, dass die Inselbewohner langsam an das kulturelle Niveau Chinas herangeführt werden müssten, war eine Frechheit. Nach fünfzig Jahren japanischer Despotie seien die Taiwaner politisch zurückgeblieben und noch nicht reif für mehr Selbstbestimmung, hatte der Gouverneur im Januar allen Ernstes erklärt. Soldaten von drüben kauften derweil Wasserhähne, rammten sie irgendwo in die Wand und fühlten sich betrogen, wenn nichts kam – das war ihr Niveau. Inzwischen hatten die Menschen endgültig genug und nahmen die Dinge selbst in die Hand. Ein letzter Versuch, dachte Keiji: »Ich bin jetzt seit fast einer Woche ständig im Haus. Glaubst du nicht, dass –«

»Willst du lieber nach Keelung? Sag Bescheid, ich kaufe dir ein Ticket.«

»Schon gut, schon gut«, winkte er ab. »Wozu werde ich hier gebraucht?«

»Am Nachmittag werden ein paar Männer mit einem Geschäftsvorschlag kommen. Keine besonders vertrauenserweckenden Herrschaften. Trotzdem wirst du sie freundlich empfangen, mit Tee bewirten und ihnen versichern, dass ich es bedaure, anderweitig verpflichtet zu sein. Verstanden?«

»Wollen sie Hühner nach Hongkong verkaufen und im Gegenzug Eier importieren?« Daraufhin sah ihm der dritte Onkel streng in die Augen, und Keiji senkte den Kopf wie früher nach einem gegnerischen Homerun. »Sonst noch was?«

»Ich weiß, dass du draußen mitmischen willst, aber die Familie geht vor, ist das klar?«

»In Ordnung. Verstanden.« Den Rest des Vormittags verbrachte er in seinem Zimmer. Seit alle japanischen Publikationen verboten waren, las er entweder westliche Autoren in chinesischer Übersetzung, oder er suchte nach Titeln von drüben, die in der Kolonialzeit nicht hatten erscheinen dürfen. Im Lesekreis der Kōtōgakkō wollte er demnächst über die Frage sprechen, ob Taiwans Bestimmung darin bestand, die jeweils fortschrittlichsten Elemente von chinesischer und japanischer Kultur zu verbinden. Leider fehlte ihm noch ein konkretes Beispiel, er fand lediglich das Wort ›Synthese‹ attraktiv und stimmte Herrn Wu zu, der das Verbot der japanischen Sprache mit der mutwilligen Amputation eines gesunden Körperteils verglichen hatte. Ein anderer, ebenso attraktiver Ausdruck, den er eigens noch mal nachgeschlagen hatte, lautete ›nom de guerre‹: ein Pseudonym in Kriegszeiten, um eine potentiell anrüchige Art von Loyalität auszudrücken. Zu gern wüsste er, mit welchen Zeichen ›Lu-ya‹ geschrieben wurde. Während er seinen Gedanken nachhing, nahm er einen alten Baseball zur Hand und legte Zeige- und Mittelfinger über die schmalste Stelle der Naht: ein Two-Seam-Fastball, den er an der Handelsschule gelernt hatte. In gewissem Sinne war ›Keiji‹ auch ein nom de guerre, oder wurde immer mehr dazu. Passt doch, dachte er, hielt sich den Ball unter die Nase, spürte das glatte Leder und stellte sich vor, es wäre ihre Haut.

Der Besuch kam um halb zwei. Einer der vier Männer trug einen schlechtsitzenden Anzug, auf dessen Schultern sich weiße Schuppen sammelten. Die anderen hatten dunkle Lederjacken an und redeten nur, wenn sich der Anführer in einem fremden Dialekt an sie wendete. Mr. Lau nannte er sich, ein englischer Mister mit einem Nachnamen, der kantonesisch klang. Dass der dritte Onkel abwesend war, nahm er nickend zur Kenntnis, als hätte er nichts anderes erwartet. Seine Zähne sahen schlimm aus.

Wie beauftragt, bot Keiji den Gästen Tee an und bat mehrmals darum, das Fehlen des Hausherrn zu entschuldigen. Mr. Lau war der Einzige, der seine Tasse anrührte. »Du arbeitest für ihn?« Sein Chinesisch klang, als möge er die Sprache nicht.

»Ich bin ein Neffe von Herrn Lee.«
»Student?«
»Ja, an der Taida.«
»Hat er gesagt, wann er zurückkommt?«

»Wenn die Versammlung vorbei ist. Ich fürchte, es wird spät werden.«

»Sag ihm das von mir: Hoffen wir, dass es nicht zu spät wird.« Den Tee gurgelte Mr. Lau, bevor er ihn schluckte und aufstand. Die anderen drei hatten gar nicht erst Platz genommen. Als sie fort waren, hing noch eine Weile der strenge Geruch von Tabak und Leder unter der hohen Holzdecke. Schmuggler, dachte Keiji und räumte die Tassen weg. Im Schlepptau von Soldaten und KMT-Beamten hatten auch verschiedene Zweige der Mafia die Insel erreicht, Blauhemden aus Shanghai oder Mitglieder der einheimischen Unterwelt, die zwischenzeitlich aufs Festland geflohen waren. Tigeraale nannten sie sich. Vom Hafendirektor in Keelung hieß es, er dulde keine krummen Geschäfte, was die Schmuggler zwang, auf kleinere Häfen am Tanshui-Fluss auszuweichen. Solange sie ihren Anteil bekamen, sahen die Zollbeamten weg. Als der Onkel am Abend aus dem Bürgerforum zurückkehrte, gab es allerdings Wichtigeres zu besprechen als den Besuch der vier Männer. Der Gouverneur hatte sich bei der Versammlung nicht blicken lassen, und von konkreten Ergebnissen konnte auch keine Rede sein, trotz des riesigen Andrangs. »Man hat uns mehrfach aufgefordert, offen unsere Meinung zu sagen«, berichtete der Onkel, als sie zu dritt am großen Tisch saßen. »Chen Yi wurde von einem General vertreten, der als Vertrauter von Chiang Kaishek gilt. Keine Ahnung, ob er selbst verhindert war oder nicht kommen durfte. Irgendwie hat mir das nicht gefallen.«

»Es heißt, dass die Zentralregierung endlich die Wahrheit erfährt, was hier schiefläuft«, sagte Keiji. »Vielleicht bekommen wir bald einen fähigeren Gouverneur.«

»Dann hätte sich ja alles gelohnt.« Bevor sie weiterreden konnten, klingelte im Büro das Telefon, und der Onkel ging nach nebenan. Auf dem Tisch lag die aufgeschlagene *Min*

Bao, deren Leitartikel wortreich beteuerte, dass sich die Bewohner Taiwans unverändert dem chinesischen Volk zugehörig fühlten. ›Volksgenossen sollten einander mit brüderlicher Anteilnahme begegnen, nicht mit Waffen in der Hand.‹ War das ein Appell, eine Warnung oder bloß ein Lippenbekenntnis? Durchs offene Treppenhaus hörte Keiji, wie Mitarbeiter unten den Laden verließen, um vor Beginn der Ausgangssperre zu Hause zu sein. Angeblich waren hier und da Polizeistationen überfallen und Waffen entwendet worden. Manche nannten es präventive Selbstverteidigung, aber der dritte Onkel lehnte alles ab, was zur Eskalation der Lage beitragen könnte. »Warum macht er sich solche Sorgen wegen des Generals?«, fragte Keiji. »Je weiter oben die Proteste ankommen, desto besser, oder nicht?«

»Mag sein.« Seine Tante nippte an ihrem Tee. »Es könnte aber auch so aussehen, als richtete sich der Unmut gar nicht gegen die Provinzregierung, sondern gegen die in Nanking. Oder es könnte so aussehen *sollen*.«

»Und dann?«

»Für seine Geduld gegenüber abweichenden Meinungen ist Chiang Kaishek nicht bekannt. Andererseits, welcher Mann ist dafür bekannt? Außer meinem natürlich.«

»Das hast du aus sicherer Quelle?«, fragte der gerade am Telefon.

»Dein Vater will mal wieder wissen, wie es dir geht. Eigentlich hättest du die freie Woche in Keelung verbringen müssen.«

»Ich weiß, aber ich mag das Haus nicht. Es ist zu eng und riecht komisch.«

»Bei deinem Großvater wäre Platz.« Ihr Tonfall verriet, dass sie ihn bloß aufziehen wollte. Die Tante stammte aus einer reichen Kaufmannsfamilie in Banqiao und war in den Augen des alten Patriarchen viel zu selbstbewusst und gebildet für eine Frau. In die rote Villa fuhr sie nur zum Neujahrsfest.

»Dann vielen Dank für die Warnung. Seid vorsichtig.« Der dritte Onkel legte auf, und als er an den Tisch zurückkehrte, wirkte seine Miene noch nachdenklicher als vorher. »Sie sind unterwegs«, sagte er, »etwa zehntausend Mann. Morgen früh werden sie in Keelung und Kaohsiung erwartet.«

»Wozu?«

»Hoffentlich nur, um uns einzuschüchtern. Zehntausend klingt viel, aber für die ganze Insel ... Der Gouverneur setzt darauf, dass wir klein beigeben, wenn er mit dem Säbel rasselt.«

»Wirst du den Laden morgen öffnen?«, fragte die Tante.

»Er will, dass wir einknicken, also halten wir stand. Die Lees aus Keelung sind keine Unruhestifter, aber Feiglinge erst recht nicht.« Nickend faltete er die Zeitung zusammen und begann den üblichen Rundgang, um alle Türen und Fenster zu kontrollieren. Keiji zog sich in sein Zimmer zurück. Auf dem Bett liegend, warf er den Baseball in die Luft und fing ihn wieder auf. Das Wort ›Volksgenosse‹ ging ihm nicht aus dem Kopf; irgendwie klang es hohl, fand er, wenn man nicht einmal dieselbe Sprache sprach. Die Japaner seinerzeit hatten die Einheit von Kolonie und Mutterland umso mehr beschworen, je dringender sie Nachschub für die Armee brauchten. Kurz erschien Masaos Gesicht vor ihm, bei einer ihrer berüchtigten Übungen zur richtigen Behandlung von Kriegsgefangenen: erst schmerzverzerrt, dann hasserfüllt, bis sogar sein bester Freund ihn einen stinkenden Taiwaner genannt hatte ... Ende der angeblichen Einheit. Hinter jedem verführerischen Slogan lauerte eine hässliche Wahrheit, war es nicht so? Nachdem Keiji um halb zehn das Licht gelöscht hatte, überlegte er, ob dasselbe auch für gewisse herausfordernde Blicke galt. Schaute sie jeden

Mann so an und sagte Dinge wie ›Komm mich mal untersuchen‹? Statt im Haus zu hocken, wollte er endlich dahin, wo sich das Leben abspielte, jetzt mehr denn je. Er hatte so viele Fragen, und zumindest einige Antworten lagen womöglich zum Greifen nah.

―――

Beim Aufwachen hörte sie Schritte auf dem Speicher. Hinter den Vorhängen dämmerte der Morgen. Reste eines verworrenen Traums lösten sich auf und ihr Unterleib schmerzte, aber immerhin musste sie heute nicht zur Schule. Vom Hafen drang ein Knattern wie von stotternden Motoren herauf. Wer lief oben auf dem Speicher hin und her? Im nächsten Moment fiel ihr der abendliche Besuch der Nachbarn ein, und von einer Sekunde auf die andere war sie hellwach. Es mussten ganze Fahrzeugkolonnen sein, die unten in der Stadt ums Hafenbecken fuhren.

Im Nachthemd ging sie hinaus auf den Flur. Mutter stand am Fuß der Leiter, die gewöhnlich vor der Hauswand lag, aber jetzt in die geöffnete Deckenluke reichte. Oben sprach Vater aufgeregt mit sich selbst – genauer gesagt fluchte er. »Was ist los?«, fragte sie. Niemand war dort hinaufgeklettert, seit sie beim Umzug ein paar überflüssige Sachen verstaut hatten.

In der Öffnung erschien Vaters Gesicht. »Hol dir was zum Anziehen«, sagte er.

»Was ist los? Was ist das für ein Lärm draußen?« Mal brach das Motorengeräusch ab, dann setzte es woanders wieder ein.

»Sie sind da.« Sobald Mutter die Leiter losließ, zitterten ihre Hände. »Schnell!«

Umeko spürte, dass sie weinen musste, und wollte sich an Vaters Blick festhalten, aber dessen Gesicht war bereits wieder verschwunden. »Bring eine Kerze«, rief er. »Und eine zweite Decke.«

Als sie genauer hinhorchte, verstand sie, dass es keine Motoren waren. Flugabwehr? Weder hörte sie Flugzeuge, noch heulten die Sirenen. Im Stehen wurden die Schmerzen im Unterleib stärker, aber Mutter zog sie ungeduldig am Arm. »Steh nicht hier herum, sondern hol deine Sachen!« Ihr zu sagen, dass es einer dieser Tage war, blieb keine Zeit. Die meisten Truppen würden mit der Eisenbahn weiter nach Taipei fahren, aber nicht alle. Oben legte sich Vater flach auf den Bauch und streckte ihr die Hand entgegen. »Hab keine Angst«, sagte er, genau wie damals in den Nächten in Kinkaseki, als der Boden vibriert hatte von den fernen Detonationen. »Uns wird nichts passieren.«

»Und Keiji?«

»Dem auch nicht.«

»Was ist mit Großvater und –?«

»Auch nicht, niemandem.«

»Das kannst du nicht wissen.«

»Komm jetzt bitte hoch!«

»Ich muss aufs Klo.«

Für einen kurzen Moment schloss er die Augen. »Aber beeil dich!«

Die Kammer mit der Toilette war so eng, dass sie sich kaum um die eigene Achse drehen konnte. Vor Angst wurde ihr übel. Vor anderthalb Jahren waren chinesische Truppen angekommen, verwahrloste, seekranke Männer, die man hätte bemitleiden müssen. Stattdessen hatten die Leute sie ausgelacht, so wie den Soldaten mit dem Fahrrad. Die jetzt ankamen, stolperten nicht an Land, und wahrscheinlich erwarteten sie weder Mitleid, noch hatten sie welches. Aus der Schule kannte sie Geschichten vom wahllosen Morden der Japaner, warum sollten chinesische Soldaten besser sein? Noch einmal hörte sie, wie Mutter nach ihr rief. Wegen des Echos, das von den Hügeln widerhallte, waren die Schüsse nicht zu orten. Zehntausend, hatte Herr Chen gesagt. Mit vorgehaltener Waffe stürmten sie durch die Straßen von Keelung und hielten alle, die im Fadenkreuz auftauchten, für Sklaven der Japaner oder kommunistische Provokateure. Spione, Verräter, Abschaum. Weg damit!

Es klang, als wären sie überall.

———

Ihr Gesicht im Spiegel sah bleich aus. Hell war ihre Haut immer gewesen, nun lag ein wächserner Glanz darauf, die Augen wirkten fiebrig, und die Farbe ihrer Lippen war kaum rot zu nennen. Von der Tür warf Yōko ihr einen aufmunternden Blick zu. Der längste Winter ihres Lebens lag in den letzten Zügen, nie zuvor hatte sie so sehr gefroren, aber Anfang April zog endlich der Frühling herauf. Eine kraftlose Sonne schien auf die Ruinenlandschaft namens Tōkyō, als wollte sie sagen: Mehr geht nicht, ich tue mein Bestes.

»Versuch es damit.« Mit zwei Schritten war Yōko bei ihr und hielt ihr ein kurzes Röhrchen aus Kunststoff hin.

»Was ist das?«, fragte Shizuko, obwohl sie es wusste. Ihre Freundin trug neuerdings sogar Nagellack, sie hingegen mochte es nicht, sich die Lippen zu bemalen, bei ihrem Teint wirkte es zu grell, trotzdem nahm sie das Röhrchen und drehte daran. Von Shiseidō natürlich, der Farbton hieß Apfelrot. Das Ergebnis überzeugte sie nicht, aber Yōko sagte nur: »Besser«, und steckte den Lippenstift wieder ein.

»Wann kommt er?«

»Müsste jeden Moment hier sein.«

»Dann sollte ich mich auch auf den Weg machen. Wenn ich um sieben Uhr zurück bin?« Wie immer tat ihre Freundin so, als wäre nichts dabei. Besser als für drei Yen am Tag

Näharbeiten zu erledigen oder, wie Frau Toda nebenan, aus den Resten aufgerauchter Kippen neue Zigaretten herzustellen. Besser als Hunger, aber den hatten sie ohnehin. »Oder ist dir das zu früh?« Zögernd hielt Yōko noch einmal inne. Ihr Wiedersehen vor einem halben Jahr war wie ein Zeichen des Himmels gewesen. Inmitten Tausender Obdachloser, die in den Tunneln des Bahnhofs von Ueno hausten, hatten sie sich auf einmal gegenübergestanden. Alte Freundinnen aus besseren Tagen, und genau genommen war es schon das zweite Zeichen gewesen: Kurz zuvor hatte Shizuko entdeckt, dass die Teiche des Ueno-Parks trockengelegt worden waren, um dort Getreide anzubauen – es war nicht länger eine Option, sondern ihre Pflicht, weiterzuleben, also würde sie es tun. »Sieben ist in Ordnung«, sagte sie jetzt, abgelenkt vom Beginn des Apfelsongs, der ihr zum hundertsten Mal an diesem Tag durch den Kopf ging. »Ich dachte, dass du sowieso ...«

»Er hat später einen anderen Termin.« Yōko wendete sich zum Gehen. »Haben wir noch genug für ein Abendessen?«

»Genug?«

Über das Gesicht der Freundin zog ihr unverwüstliches Lächeln. »Extravaganz ist der Feind.«

»Ich weiß nicht mal mehr, wie Reis aussieht.«

»Weiß und langweilig.«

»Andere Frauen würden töten dafür.« So klang er, ihr privater Code gegen die Entmutigung. Das Gebäude war schwer beschädigt, aber immerhin hatten sie ein Dach über dem Kopf. Weil für die Tür zu ihrem Zimmer kein Schlüssel existierte, klemmten sie nachts den Stuhl unter die Klinke, und wenn sie tagsüber beide rausmussten, nahmen sie alles Essbare mit – meistens passte es in die Manteltaschen. Einmal hatten sie bei der Rückkehr einen Obdachlosen im Bett vorgefunden, in Uniform natürlich, und ihn mit dem eigens angeschafften Knüppel vertrieben. Mitleid mit Fremden konnten sie sich nicht leisten.

Selbstmitleid war noch gefährlicher.

Als Shizuko allein war, zog sie sich um. Rock und Bluse, wie früher als Lehrerin. Einen Kimono würde Herr Mori ihr kaufen müssen, wenn er sie darin sehen wollte, aber Nylonstrümpfe aus dem PX taten es auch, fand er. Ihr waren Kartoffeln und Milchpulver sowieso wichtiger, als gut auszusehen, manchmal brachte er Eier oder einen halben Kürbis mit. Jeder wusste, dass die Armee tonnenweise Güter hortete, und er hatte exzellente Verbindungen. »Roter Apfel an meinen Lippen«, sang sie leise und ließ den obersten Knopf der Bluse offen, »der blaue Himmel schaut schweigend zu.« Den Song aus dem Kopf zu bekommen, war unmöglich. Einmal im Zug hatte ihre Sitznachbarin ihn vor sich hin gesummt, und sie war selbstvergessen eingefallen, bis sie es beide merkten und lächelnd verstummten. Ansonsten gehörte auch das Lächeln zu den Dingen, die aus dem Alltag verschwunden waren. »Der Apfel kann nicht sprechen, doch was er fühlt, ist gar so klar.« Albern, aber es half. Yōko behauptete allen Ernstes, sich freier zu fühlen als früher, die verächtlichen Blicke kümmerten sie nicht. Neid, meinte sie. Ihrer kam aus Texas, war fast fünfzig und nannte sie *Darling* oder *Doll*. Sein Büro sorgte dafür, dass die Zeitungen nichts druckten, was sie nicht sollten, so funktionierte die neue Demokratie: Wahlrecht für Frauen, Knebel für die Presse. An manchen Abenden kam ihre Freundin angetrunken nach Hause und wollte ihre Erlebnisse teilen. Von wegen riesig, alles ganz normal bei Bill-san. Bisschen grob war er, aber auch großzügig. Sagte immer ja, wenn sie um etwas bat, und erwartete im Gegenzug dasselbe. Besser als im Yūrakuchō-Viertel unter der Brücke zu stehen, oder nicht? Ab und zu brachte sie Schokolade mit, sogar richtige Pralinen. Im PX gab es alles, was es sonst nirgends gab.

Herr Mori hingegen nahm seinen Sake hinterher wieder mit.

»Der Apfel ist so süß, so süß ist der Apfel.« Was war los mit ihr, hatte Yōko sie angesteckt mit ihrer Zuversicht oder war ihr inzwischen alles egal? Als sie draußen Schritte hörte, warf sie einen raschen Blick hinter den Vorhang, aber das Baby schlief tief und fest. Die winzigen Händchen sahen aus wie zur Faust geballt. »So süß, so süß«, sang sie leise. Der Frühling begann, und wahrscheinlich wollte sie gar nicht mehr sterben. Noch durfte niemand das Land verlassen, aber eines Tages würde sie in einem normalen Passagierschiff zurückkehren, nicht bewacht von amerikanischen GIs, die sie wie eine Aussätzige behandelten. Mit Yōko ein Zimmer zu teilen war bereits eine Verbesserung gegenüber allen anderen Stationen seit Kinkaseki. Ein Anfang.

Das Klopfen an der Tür klang wie immer ungeduldig. Ehe Shizuko öffnete, nahm sie Masayoshis Foto aus der Schublade und stellte es auf den Fenstersims.

»Dachte schon, du wärst ausgebüxt«, sagte Herr Mori zur Begrüßung. Statt seiner Armeeuniform trug er einen billigen Anzug, der nach Tabak und dem Abrieb der Stadt roch: Abgase, Kohlenfeuer, Schweiß. Wenn er direkt vom Schwarzmarkt kam, hatte er meist eine Waffe dabei, heute nur den alten Leinenbeutel. Langsam stellte er die Sachen auf den Tisch, wie um zu betonen, dass es sich um die eine Seite der Transaktion handelte. Milchpulver, stellte sie erleichtert fest und fragte, ob er Tee wolle. Seine Halbglatze sah aus wie poliert.

»Hast du das Wasser gut abgekocht?« So zu tun, als könnte er sich alles Mögliche einfangen, wenn er sie besuchte, gehörte bei ihm dazu. Ohne zu antworten, nahm sie die Wärmekanne, die Yōko aufgetrieben hatte, und goss zwei Becher voll. In seinen Erzählungen klang es, als wären Masayoshi und er Freunde gewesen, was sie schwer vorstellbar fand, aber der Krieg veränderte Männer. Die Zeitungsberichte über das Tribunal nannte er schändliche Lügen, sie glaubte jedes Wort. Nanking, Manila, Bataan, niemand dachte sich solche Dinge aus. Über den Tisch hinweg sah er sie an, als erwartete er ihren Dank. Zu lächeln, fiel ihr inzwischen leichter als am Anfang. Keine Wahl, dafür aber ein Ziel zu haben, das übers bloße Überleben hinausging, half bei der Selbstüberwindung. Kriegswitwen bekamen kein Geld, ihre Eltern waren tot, und in Fukuoka hatte sie schnell festgestellt, dass Rückkehrer aus den Kolonien als Fremde galten. Inzwischen wollte sie gar keine richtige Japanerin mehr sein. »Gesprächig bist du nicht«, sagte er. »Ich dachte, du könntest mich ein bisschen unterhalten.«

»Ja, womit?«

Sein verächtliches Schnauben erinnerte sie an den Offizier mit der Reitgerte, damals in Kinkaseki. Er tat gern so, als würde *sie* ihre Treffen auf das Eine reduzieren, und erst vor kurzem war ihr aufgefallen, dass er recht hatte. Gespräche endeten doch bloß bei der Frage, was ihr verstorbener Mann denken würde. Wenn sie das Baby in Herrn Moris Beisein auf den Arm nehmen musste, las sie in seinen kalten Augen, worin er ihre Schande sah: nicht in dem, was ihn hierherzog. »Keine Ahnung, wie lange ich dich noch versorgen kann«, sagte er jetzt, nahm die Sake-Flasche aus dem Beutel und setzte sich. »Unsere Vorräte gehen zur Neige, zu viele Gangs verlangen ihren Anteil. Wird Zeit, dass ich mir einen zivilen Job suche.«

Ausnahmsweise stellte sie ihm zwei Gläser hin, und als er mit der Hand auf seinen Oberschenkel klopfte, kam sie der Aufforderung nach. »Früher hat mein Schwager Metallgehäuse für Geschosse produziert, jetzt sattelt er um. Aus den größeren Fassungen kann man Heizlüfter herstellen, aus den kleinen Reiskocher oder Teebehälter. Je nach Kaliber, verstehst du?«

Nach wenigen Schlucken erzeugte der Alkohol ein angenehmes Schwindelgefühl. »Einen Heizlüfter könnte ich gebrauchen«, hörte sie sich sagen.

»Könntest du, hm?« Mit der freien Hand begann er, ihre Brust zu kneten, und sie überwand sich, sein Ohr zu küssen. Vielleicht war es das, was Yōko mit ›frei‹ meinte: Vor wem sollte man sich schämen? In Ōtake hatte sie japanischen Boden betreten und die Leere am Horizont gespürt, das verschwundene Hiroshima. Die Städte waren verkohlte Ruinen, von den Slogans der Kriegszeit waren nichts als zynische Bemerkungen geblieben. Noch einmal küsste sie sein Ohr, fuhr ihm mit der Hand über die Wange und wollte es hinter sich bringen. Auch sie hatte ihren Teil beigetragen, oder nicht? Jetzt lebte sie im selben Elend wie alle anderen, und als Herr Mori nickte, stand sie auf und zog sich aus. Eine Art von Folgerichtigkeit lag darin, beinahe so etwas wie höhere Gerechtigkeit, das hatte sie schon in Kīrun gedacht: dass es ihr recht geschah, in einem Lager zu leben, nachdem sie so lange von ihrem Zimmer aus eins gesehen hatte. Die, vor denen man sich schämen müsste, waren tot und hatten oft genug selbst Dreck am Stecken. Manchmal empfand sie inmitten der Erniedrigung sogar Lust. Wie eine Welle der Erinnerung, die plötzlich über sie hereinbrach. Ihre Ehe war zu kurz gewesen, um zu verstehen, wie es ging, erst in der heimlichen Freiheit nach dem Zusammenbruch hatte sie es erfahren. Verdunkelte Fenster und Tatamiböden, deren Muster hinterher ihren Rücken zierte. Der dringende Wunsch, den Schweiß von seiner Haut zu lecken, und die köstlichen Zuckungen, mit denen es endete, um wenig später aufs Neue zu beginnen. Daran zu denken, während sich Herr Mori auf ihr abmühte, machte alles leichter. Wenn sie ehrlich war, bereute sie ihre Unvorsichtigkeit nicht. Dank des Kleinen besaß ihr Leben einen Sinn.

Heute jedoch blieb sie kalt. Andere Bilder schoben sich vor ihre Erinnerung, aber zum Glück gab es gewisse Tricks, um die Sache zu beschleunigen. Bill-san mochte es, wenn Yōko ihm einen Finger hinten reinschob, Herr Mori reagierte zuverlässig auf lautes Stöhnen, solange sie es nicht übertrieb. Einmal hatte er mittendrin innegehalten und gesagt, sie solle nicht so quieken wie eine Chinesin.

Danach zog er sich rasch wieder an. Das Baby war nicht aufgewacht, die Uhr zeigte kurz nach halb sechs. »Fast hätte ich es vergessen«, sagte er und zog eine zerknitterte *Asahi Shimbun* hervor. »Du interessierst dich doch für alles, was auf der Insel geschieht. Wundert mich, dass sie es drucken durften. Der Zensor muss abgelenkt gewesen sein, wahrscheinlich hat ihn sein Ausländerflittchen gerade gelutscht.«

Solche Fehler unterliefen ihr, wenn sie sich auf Gespräche einließ. »Was ist passiert?«

»Lies selbst.«

Weil sein Samen aus ihr herauslief, blieb sie liegen, als er die Anzugsjacke überstreifte und sich zum Gehen wandte. »Nächste Woche, selbe Zeit?«

»Jemand hat erzählt, im PX gibt es Rindfleisch in Dosen.«

»Corned Beef, furchtbar salzig.«

»Was kostet Reis zurzeit?«

»Zehn Yen das Kilo.«

»Rindfleisch mit Reis ... Seife wäre auch gut.«

»Verwöhntes Ding«, sagte er und ging. Polternde Schritte im Treppenhaus. Keine Tränen, befahl sie sich und stand auf, um nach dem Baby zu sehen. Da sie das Laken sowieso wechseln musste, schlang sie es sich um den Körper, zog den Vorhang zurück und erschrak: Aus offenen Augen schaute der Kleine sie an. Noch war er zu jung für einen bestimmten Gesichtsausdruck, trotzdem musste sie kurz den Blick abwenden. Ich tue es für dich, dachte sie, aber stimmte das? Eines Tages würde sie sich eine glaubwürdige Geschichte ausdenken müssen. Bestand die Chance, dass er seinen Vater je kennenlernte, oder sollte sie behaupten, er sei im Krieg gefallen? Vorläufig gab es nicht einmal Briefverkehr, und seine Adresse kannte sie sowieso nicht; solange die Besatzung andauerte, glich die Zukunft einer Bühne vor dem Öffnen des Vorhangs. Schließlich nahm sie das Baby hoch, hielt die Lippen an seine weiche Wange und setzte den Gesang einfach fort. »Lass uns weitersagen, wie der Apfel sich fühlt.« Ins Laken eingerollt, konnte sie nur Tippelschritte machen und sah im Geist die kleine Ri Umeko, die mit einem Beutel voller Äpfel ihr Zimmer im Wohnheim betrat. Wissende, traurige Kinderaugen. Anderthalb Jahre war es her, mehr als eine Ewigkeit.

Würden sie einander überhaupt noch erkennen?

Vier Monate hatte sie auf ein Schiff gewartet und ab und zu geglaubt, unter den Gesichtern am Zaun seines zu sehen. Erst die Angst, schwanger zu sein, dann die Gewissheit. Schließlich eine Woche auf See, unter den feindseligen Blicken von GIs, für die sie Abschaum war. Zwei hatten sie mitten in der Nacht geweckt und ihr die Hand auf den Mund gelegt: einfach stillhalten, alles ging vorbei, auch der Schmerz. Über die Reling hatte sie klettern wollen und im entscheidenden Moment keine Kraft gehabt. Loszulassen war am schwersten. Die Geburt hätte sie fast nicht überlebt, in Fukuoka kannte sie niemanden mehr, und in Tōkyō war anfangs nur Platz in den Tunneln gewesen. Sie hatte Herrn Mori aufgesucht, nicht er sie. Für sich oder für ihr Kind, welchen Unterschied machte es?

Man darf sich nicht hängenlassen, dachte sie. Es war eben geschehen.

Gegen die Stille erzählte sie dem Kleinen von der Insel. Vom harten Leben an der Küste, dem Idealismus der ersten Siedler und der täglichen Gefahr durch die Wilden. Vieles kannte sie selbst nur aus den Berichten ihrer Mutter. Als gelernter Ingenieur hatte Vater schließlich die Erlaubnis erhalten, in die Ebene von Kagi zu ziehen, um bei den Kanalprojekten zu helfen. »Dein Großvater war ein sehr versierter Mann«, flüsterte sie, »unser Haus hat er selbst entworfen, das einzige im ganzen Ort mit Wasserklosett.« Über der Ruinenlandschaft namens Tōkyō ging die Sonne unter, durch undichte Fenster drang Zugluft herein, und sie versuchte, das Knurren ihres Magens zu ignorieren. »Wenn wir eines Tages zurückgehen, müssen wir allen Leuten den Apfelsong beibringen«, flüsterte sie. »Ihre eigenen Lieder sind zu traurig, weißt du. Sie handeln von Frauen, die wie Blüten von den Bäumen wehen und am Boden zertreten werden.« Das Lied war wie ein Beruhigungsmittel, und wahrscheinlich bedeutete es nichts Gutes, dass sie es so oft singen musste. Ab und zu überfiel sie das Heimweh mit einer Wucht, die ihr den Atem nahm. Yōko verstand das nicht: Niemand dort glaubt, dass es deine Heimat ist, sagte sie jedes Mal.

Mit dem Baby auf dem Arm ging sie zum Tisch. Herr Mori hatte die Zeitung auf der Seite Internationales aufgeschlagen. ›Todesopfer in Formosa auf Zehntausend geschätzt‹, stand über dem Auszug eines Berichts, der kürzlich in der *New York Times* erschienen war. Verfasst in Nanking. ›Von der Insel Formosa zurückgekehrte Ausländer bestätigen Berichte über Massaker, die chinesische Truppen vor einem Monat an der dortigen Bevölkerung verübt haben, offenbar als Rache für Proteste gegen die Regierung. Augenzeugen berichten von regelrechten Jagdszenen in den Straßen, vereinzelt seien Leichen geköpft und zerstückelt worden. Ein aus der Hauptstadt Taihoku zurückgekehrter Amerikaner spricht von einem dreitägigen Blutbad, in dessen Verlauf Soldaten in Privathäuser eingedrungen seien, um die Bewohner zu erschießen. Die Augenzeugenberichte werden bestätigt durch Meldungen beinahe aller ausländischen Vertretungen in Nanking. Demnach sind viele Einheimische in die umliegenden Berge geflohen. Außer in der Hauptstadt Taihoku soll es auch in den Hafenstädten Kīrun und Takao zu Massakern mit jeweils mehreren hundert Toten gekommen zu sein. Unklar ist bislang, auf wessen Befehl der Militäreinsatz zurückgeht. Mehrere im Ausland lebende Taiwaner forderten eine Untersuchung durch die Vereinten Nationen, was ein Sprecher der Regierung in Nanking mit dem Hinweis ablehnte, es handele sich um eine chinesische Angelegenheit. Die Soldaten hätten angemessen auf eine Bedrohung des inneren Friedens reagiert.‹

11

Von der Gasse aus sieht sie A-mah oben auf dem Dach stehen. Wegen des schönen Wetters ist Julie zu Fuß gekommen, und weil die Mauer am Rand nur hüfthoch ist, erkennt sie schon von weitem die schmale Silhouette mit dem Sonnenhut, den ihre Großmutter immer trägt, wenn sie die Blumen versorgt. Jetzt gerade gießt sie den kleinen Limonenbaum, auf den sie mit Recht so stolz ist. 25 Yuan hat sie seinerzeit dafür ausgegeben und schon über hundert Früchte geerntet. Julies Winken bemerkt sie nicht.

Weil A-mah viel Zeit bei ihren Pflanzen verbringt und Großvater schlecht hört, besitzt sie inzwischen ihren eigenen Hausschlüssel. Im Vorhof muss sie einen Moment stehenbleiben, damit die Katzen um ihre Beine streichen können. Am Morgen hat sie Professor Nakashima geschrieben, um sich für die Fotos zu bedanken, und hinzugefügt, dass ihr Onkel ihr nichts von der Verabredung am Samstag erzählt hat. Auf ihre Nachricht von letzter Nacht wollte er bisher nicht antworten.

In der Wohnung ist alles ruhig; zugezogene Gardinen und kein Licht außer den roten Lämpchen am Familienaltar. Was Harry und Paul unternehmen, bevor sie nachher ins Stadion fahren, hat ihr niemand gesagt, jedenfalls sind sie nicht da, nur Großvater sitzt auf dem Sofa und schläft bei laufendem Fernseher. Über den Bildschirm flimmern Börsenkurse, die er noch immer mit ritueller Regelmäßigkeit verfolgt, obwohl seine Aktien seit Jahren von Julies Vater verwaltet werden. Welches Bedürfnis dahintersteht, weiß sie nicht, vermutlich ist es eine liebgewordene Gewohnheit, die ihm irgendwie Halt gibt. Ihr Großvater entstammt einer Pekinger Beamtenfamilie, die nie vorgehabt hatte, sich in Taiwan niederzulassen, und spricht bis heute mit einem nördlichen Zungenschlag, der ihr schon als Kind fremd vorkam. Warum er oft so in sich gekehrt und anderen gegenüber geradezu kühl ist, versteht sie inzwischen besser – ein Bruder ist im Bürgerkrieg gefallen, der andere war jahrzehntelang auf dem Festland verschollen –, trotzdem bleibt es ihrerseits bei einem pflichtschuldigen Mitgefühl, das sich schwer kommunizieren lässt. A-mah und er reden seit jeher nur das Nötigste, wenn überhaupt. Nachdem Julie an der Spüle ein Glas Wasser getrunken hat, verlässt sie die Wohnung wieder, ohne ihn zu wecken.

Oben im Treppenhaus stapelt sich das Strandgut eines nach Taipeier Maßstäben uralten Hauses: ausrangierte Möbel, ein verstaubter Ventilator und Bücher in offenen Kartons, deren Seiten die Farbe von Karamell haben. Als sie hinaus aufs Dach tritt, dauert es einen Moment, bis A-mah den Blick vom Limonenbaum abwendet und sie mit demselben Lächeln begrüßt wie immer. »Da bist du ja. Schau, hier, es gibt schon wieder vier Neue.«

Statt sie zu umarmen, wie sie es gern tun würde, berührt Julie ihre Hand und übernimmt die Gießkanne. »Führst du so genau Buch?«

Mit zwei Fingern berührt A-mah das ausgebleichte Konterfei des Ex-Präsidenten auf ihrem Hut. Im Kopf, soll das heißen. Als junge Frau hatte sie wunderschöne lange Haare, jetzt trägt sie sie zu einem einfachen Bob geschnitten. Auf die Frage nach Harry und Paul antwortet sie, eben seien die beiden noch unten gewesen.

»In ihrem Zimmer war ich nicht, es klang so still.«

»Die meiste Zeit schlafen sie. Für fünf Tage hätten sie wirklich nicht kommen müssen.«

»Sie sind deinetwegen hier, freust du dich nicht?« Über die umliegenden Dächer richtet Julie den Blick zum Horizont. Abgesehen von ein paar Schönwetterwolken ist der Himmel so blau und leer wie selten in Taipei. Bald beginnt der Hochsommer, aber noch weht zumindest hier oben eine angenehme, die Nachmittagshitze mildernde Brise.

Statt auf ihre Bemerkung einzugehen, fragt A-mah, ob sie zum Abendessen bleibe. »Der Kühlschrank ist noch voll von gestern, deine Mutter hat wie immer zu viel gekocht.«

»Sie dachte wohl, Paul hätte mehr Hunger.«

»Taiwanische Küche ... Amerikaner essen lieber Burger«, stellt sie schulterzuckend fest, und Julie muss sich ein Lachen verkneifen. A-mah spricht drei Sprachen, aber so gut wie kein Englisch, und hat auch nie den Wunsch geäußert, ihren Sohn in den USA zu besuchen. Das Land scheint ihr suspekt zu sein. »Stell dir vor, Hua-li will einen Ausflug nach Kinkaseki machen«, fügt sie hinzu, als wäre das eine ebenso charmante wie abwegige Idee.

»Tatsächlich, wann?«

»Am Montag.«

»Nur mit dir oder ...?«

»Er hat mich gefragt. Paul schaut morgens Basketball im Fernsehen.«

»Am Montag hätte ich auch Zeit«, sagt Julie, ohne ihr Erstaunen zu zeigen. Erst die Verabredung mit Professor Nakashima, jetzt der Ausflug in A-mahs alte Heimat – irgendetwas führt ihr Onkel im Schilde, das er offenbar für sich behalten will.

»Keine Ahnung, was es da noch zu sehen gibt«, sagt A-mah wie zu sich selbst.

»Das Goldmuseum vor allem. Eines der alten Wohnheime

haben sie wieder aufgebaut, das Chalet des Kronprinzen steht auch noch. Es ist ein beliebter Ausflugsort, ähnlich wie Jiufen.«

»Das Chalet kann man besichtigen?«

»Nur den Garten. Das Haus hat aber große Fenster, man kann reinschauen – ohne etwas zu sehen, es ist völlig leer.«

»Kindchen, woher weißt du so was?«

»Ich war da, ein paarmal schon.«

»In Kinkaseki?«

»A-mah, man sagt jetzt Jinguashi.« Diesmal kann sie ihr Lachen nicht unterdrücken. Die Vorstellung, ins Auto zu steigen und in weniger als einer Stunde dort zu sein, muss A-mah wie eine Zeitreise in die Kindheit erscheinen. Verlockend und ein bisschen unheimlich. Wenn Julie es richtig im Kopf hat, wurde das Chalet 1922 für den späteren Kaiser Hirohito gebaut, der damals die Musterkolonie besuchte, aus Angst vor Malaria aber doch lieber einen Bogen um den Ort machte. Vom Memorial für die Kriegsgefangenen, die sich in der nahen Kupfermine zu Tode geschuftet haben, erzählt sie lieber nicht, sonst ist das Gespräch gleich wieder vorbei. »Das Chalet will ich sehen«, sagt A-mah entschlossen. »Damals war es streng verboten, über den Zaun zu steigen. Nur besonders wagemutige Jungen trauten sich das.«

»Am Montag wird dich niemand zurückhalten, und klettern musst du auch nicht.« Um die Gießkanne zu füllen, geht Julie zum Wasserhahn. Auf dem ramponierten Holztisch daneben stapeln sich Blumentöpfe verschiedener Größe, Teedosen mit Pflanzensamen und alte Ausgaben der *Liberty Times*. Solange sie zurückdenken kann, war das Dach ihr bevorzugter Spielplatz, als Kleinkind ist sie hier oben Dreirad gefahren, später hat sie an dem alten Tisch ihre Hausaufgaben gemacht und sich vermutlich nicht gefragt, warum A-mah ihre eigene Wohnung mied. Die einzige Antwort, die sie heute geben könnte, lautet: Es war schon immer so. Als sie den Hahn zudreht, erklingen Schritte im Treppenhaus, kurz darauf erscheinen Paul und Harry, um sich zu verabschieden, ehe sie nach Tianmu aufbrechen. Ihr Onkel trägt ein verwaschenes Trikot der Brothers mit dem Namenszug Chen Yi-hsin, der ihr nichts sagt. »So sehen echte Fans aus«, ruft sie und stellt die Kanne ab, um Paul durch die Haare zu fahren. Dass sein Blick kurz in ihren Ausschnitt fällt, versucht sie zu ignorieren. »Eben in der Wohnung habe ich vergeblich nach euch geschaut. Wo wart ihr?«

»Mein Sohn hatte Hunger«, sagt Harry und nimmt seine Sonnenbrille ab, um sie zu putzen. »Wir haben einen kleinen Spaziergang durch die Nachbarschaft gemacht.«

»Gibt's hier neuerdings etwas zu sehen?«

»Nicht im touristischen Sinn. Wo jetzt die Juristen von der Taida sind, war früher die Handelsschule, die Onkel Keiji besucht hat – ehe er zur Kōtōgakkō gewechselt ist, die bekanntlich in deiner Nachbarschaft liegt.« Er meint das alte Hauptgebäude und die Aula auf dem Shida Campus.

»Der mysteriöse Onkel aus den Bergen«, sagt sie. Begegnet ist sie ihm als Kind nur zwei- oder dreimal, in Taipei hat er sich kaum je blicken lassen, jedenfalls nicht bei ihrer Familie. »Wie ein Reisbauer sah er aus, fand ich früher, braungebrannt und ärmlich gekleidet.«

»Heute würde man ihn einen Eliteschüler nennen. Selbe Schule wie Lee Teng-hui.«

»Bloß dass er seinen japanischen Namen nie abgelegt hat, warum eigentlich?«

»Wollte er eben nicht, und er hatte einen ausgesprochen starken Willen. Die Lehrer haben ihn mit Sicherheit anders gerufen, seine Frau später auch, die beiden sprachen ja Bunun. Genau genommen war ›Keiji‹ nur sein Rufname unter Freunden und Verwandten.«

»Klingt so, als würdest du dich gerade mit der Vergangenheit beschäftigen. Von unserer Familie, meine ich.« Bevor er antworten kann, bittet sie Paul, die volle Gießkanne zu A-mah zu bringen, die kurz gewinkt hat, ohne ihren Standort beim Limonenbaum zu verlassen. Es geht auf fünf Uhr zu, und obwohl Julie sich nicht für Baseball interessiert, bekommt sie Lust, die beiden nach Tianmu zu begleiten. Wenn sie ehrlich ist, fühlt sie sich in der Wohnung unten auch unbehaglich. Früher haben A-mah und sie manchmal sogar hier oben gegessen. »Willst du deshalb meinen Professor treffen?«, fragt sie, als sie allein sind. »Um zu erfahren, wie man Familien- und Ahnenforschung betreibt?«

»Ist euer Kontakt immer noch so eng, dass er dir sofort davon berichtet hat? Ich dachte, er sei emeritiert.«

»Ich hätte auch eher erwartet, es von dir zu hören. Erzähl schon, wie kam's dazu?«

»Also«, sagt ihr Onkel gedehnt, als legte er sich im Hinterkopf eine Erklärung zurecht. »Mein Dekan hat mir neulich signalisiert, dass es angesichts der Zusammensetzung unserer Studentenschaft ratsam wäre, allgemeinchinesische Themen zu behandeln. Nichts zu spezifisch Taiwanisches, sollte das heißen. Jetzt bin ich auf der Suche. Als Historiker, dachte ich, hat Nakashima vielleicht Anregungen für mich.«

»Schämt sich dein Dekan nicht, vor den Chinesen einzuknicken?«

»Es gab wohl einen Hinweis von oben. Ihr Anteil wächst, selbstbewusster werden sie auch, ohne ihre Studiengebühren –«

»Aggressiver werden sie, meinst du. Genau wie ihre korrupte Regierung.«

»Sagen wir, man spürt die latente Bereitschaft, sich stellvertretend für das chinesische Volk beleidigt zu fühlen. Ausnahmen gibt es, gar nicht wenige, aber die Tendenz ist eindeutig. Jetzt kommen die Jahrgänge, die in ideologisch klaren Verhältnissen aufgewachsen sind.«

»Und du unterwirfst dich der Weisung? Shame on you.«

»Vielleicht gibt es verschiedene Möglichkeiten, sie zu befolgen. Zum Beispiel durch einen Vergleich, Taiwan 47 und Peking 89, im Spiegel der Literatur natürlich. Allgemeinchinesisches Thema, oder nicht? Ein Land, zwei Massaker. Filme dazu würden mir auch einfallen.«

»Bloß wirst du bei null anfangen müssen, über Tian'anmen wissen sie nichts.«

»Ich unterrichte ja zum Glück nicht nur Chinesen.« Für einen Moment schweift sein Blick ab zu A-mah und Paul, und Julie beginnt zu ahnen, wofür er sich wirklich interessiert. Nach dem Blutbad im Frühjahr 47 wurde ein Onkel von A-mah von der Polizei abgeholt und nie wieder gesehen; das war der Grund, weshalb ihre Familie schließlich nach Taipei gezogen ist. »Du siehst, ich habe Ideen«, sagt Harry, »aber noch kein Konzept. *A City of Sadness* habe ich übrigens zum ersten Mal mit Onkel Keiji gesehen, unser einziger gemeinsamer Kinobesuch. Entweder kurz vor Tian'anmen oder kurz danach, das weiß ich nicht mehr.«

»Okay. Und was hat das mit Professor Nakashima zu tun?«

»Ich fand sein Buch auch formal interessant: romanhafte Passagen, historische Ausführungen, die Briefe. Die Geschichte der Mutter ist Fiktion, oder? Diese angedeutete Affäre nach Kriegsende und der schreckliche Typ von der Armee – das hat er sich ausgedacht.«

»Andernfalls wüsste er ja, wer sein Vater war. Was genau stimmt und was nicht, weiß ich auch nicht. Er verrät mir zwar, wenn du ihn kontaktierst, aber seine Geheimnisse behält er für sich.«

»Hast du meine Mutter mal gefragt, ob sie seine kannte? In Jinguashi, meine ich.«

»Sie erinnert sich nicht, sagt sie. Ist alles zu lange her.«
Hinter sich hört Julie, wie A-mah eine Reihe von Pflanzennamen aufzählt, die ihr Enkel kaum verstehen dürfte.
»Willst du den Ausflug machen, weil du hoffst, dass sie in ihrer alten Heimat plötzlich zu reden beginnt?«

Darauf antwortet er zunächst nicht. Wie alle Männer in der Familie ist er groß gewachsen, aber anders als Ba zeigt er bisher keine Neigung zum Übergewicht. Das alte Trikot und die weißen Bermudas stehen ihm ausgesprochen gut.
»Ist einen Versuch wert, oder nicht?«

»Jedenfalls will ich dabei sein.«

»Kein Problem, vielleicht kann Hua-rong uns sein Auto leihen.« Dass er ihr bereits sein ganzes Interesse an Professor Nakashima enthüllt hat, glaubt Julie nicht, aber jetzt nachzubohren, wäre sinnlos. Mit der U-Bahn brauchen die beiden eine Stunde nach Tianmu, und das Spiel beginnt um halb sieben. »Eins noch«, sagt er, »deinen Professor treffe ich morgen um elf. Hättest du Zeit, was mit Paul zu unternehmen? Eigentlich wollte ich heute mit ihm nach Dadaocheng, aber erst musste er das NBA-Finale sehen, und danach war es zu spät.«

»Was willst du ihm zeigen? Wo genau die Teehandlung war, weiß A-mah auch nicht mehr.«

»Ich hätte einfach gern, dass er Taiwan mag, verstehst du? Bei seinen Großeltern findet er es natürlich beklemmend, von sich aus redet Vater kein Wort mit ihm. Mutter bemüht sich, aber du hörst es ja: Kreppmyrte und Blauregen. Mein Sohn ist zwölf.«

»Chinesisch zu sprechen würde helfen.«

»Vielleicht ist es noch nicht zu spät. Zuerst muss es ihm hier gefallen, als Motivation.«

»Morgen um zehn hole ich ihn ab. Sieh zu, dass er gewaschen und gefüttert ist.«

»Danke. Übrigens glaube ich, dass Mutter sich an mehr erinnert, als sie zugibt. Man muss ein bisschen nachhaken.«

»Kannst du am Montag ja versuchen«, sagt Julie. »Wenn es schiefgeht, don't blame me.«

Zwei Minuten später brechen die beiden auf. Nachdem alle Pflanzen versorgt sind, trinken A-mah und sie den Tee, der wie immer in einer Thermoskanne bereitsteht. Auf den Nachbarhäusern reflektieren Wassertanks das Licht der untergehenden Sonne. Das Spiel wird live im Fernsehen übertragen, also verspricht Julie, zum Essen zu bleiben und sich die ersten Innings anzuschauen. Während ihres Studiums, als man den Sport nicht mögen musste, um von der Begeisterung um Wang Chien-ming angesteckt zu werden, war sie einige Male mit beim Public Viewing. Im Rückblick glaubt sie sogar, stolz gewesen zu sein auf seine Leistung. Einer der wenigen Taiwaner, die es im Ausland zu Ruhm gebracht hatten. Jetzt fällt ihr Blick auf A-mahs aufgerollte Ärmel und die altersfleckige Haut an den Unterarmen. »Bevor ich es vergesse«, sagt sie, greift nach ihrem Rucksack und holt den Laptop heraus. »Kürzlich bin ich auf ein paar alte Fotos gestoßen, die ich dir zeigen wollte. Aus Jinguashi und Keelung. Auf einem bist du vielleicht sogar zu sehen.«

―――

Ab der Station Yuanshan fahren die Züge der roten Linie überirdisch. In Harrys Kindheit befand sich ganz in der Nähe der Zoo, der inzwischen in die Berge südlich der Stadt umgezogen ist. Noch früher stand, wo sich jetzt das protzige Yuanshan Hotel erhebt, der größte Schrein Taiwans, und daneben lag ein Baseballfeld, auf dem die besten Schülerteams alljährlich ihren Meister ermittelten. Onkel Keiji hat einmal daran teilgenommen. Nach dem Krieg wurde der Schrein abgerissen, und auf dem Baseballfeld entstand ein amerikanisches Militärlager. Für die neuen Herren von der KMT war der Sport ein koloniales Relikt, mit dem sie zunächst nichts anfangen konnten. Wenn er als Jugendlicher ein Spiel sehen wollte, ist er ins Städtische Stadion in Songshan gefahren (das später der Taipei Arena weichen musste, die zu klein ist, um darin Baseball zu spielen), aber die schönsten Erinnerungen hat er an seine Studentenzeit in Tainan. Das dortige Stadion liegt in der Einflugschneise des Flughafens, weshalb die Flutlichter besonders niedrig angebracht sind, was zur Intensität der Farben beigetragen haben mag, die ihm bis heute deutlich vor Augen stehen: das Grün des Rasens und das Rot der Bahnen zwischen den Bases. Meistens saßen seine Freunde und er auf den billigen Plätzen hinter dem Outfield, von der Haupttribüne hallte der Rhythmus der Trommeln herüber, die er bis in die Kehle spürte. Wegen der tropischen Temperaturen war das Dosenbier, das sie tranken, im Nu lauwarm, was der Euphorie aber keinen Abbruch tat. Endlich hatte das Land seine eigene Profiliga, er hatte obendrein seine erste Freundin. Da man sich in der Öffentlichkeit nicht berührte, mussten sie jedes Mal auf einen Treffer der Brothers warten, um sich im allgemeinen Jubel zu umarmen. Im zweiten Studienjahr ließ Ya-hui ihn sitzen, wenig später ging es auch mit der Liga bergab. Wettskandale und Betrügereien drückten den Zuschauerschnitt auf unter tausend pro Partie. Inzwischen geht es zwar wieder aufwärts, aber nur vier Teams haben den Kahlschlag überlebt; der beliebteste Sport der Insel hat eine komplizierte Geschichte und einstweilen keinen leichten Stand. Das Stadion in Tianmu, zu dem Paul und er an diesem Abend unterwegs sind, liegt in einem teuren Wohngebiet, wo aus Gründen des Lärmschutzes nur wenige Spiele stattfinden dürfen – sie haben Glück, überhaupt eines sehen zu können.

Um zwanzig vor sechs ist die Bahn voll. Den ganzen Tag war er müde, jetzt freut er sich auf den Abend und hofft, dass Paul sich nicht langweilen wird. Durchs Zugfenster fällt sein Blick auf das Häusermeer, das an üppig bewachsenen Hügeln endet. Ein buddhistischer Tempel treibt vorbei, in Shilin steigen drei junge Männer in den gelben Trikots der Brothers zu. Dass ihm nicht einfallen will, wann sein Team zuletzt Meister geworden ist, fühlt sich für einen Moment wie Untreue an. Jedenfalls dauert die Durststrecke schon zu lange. »Alles okay bei dir?«, fragt er, um Pauls Aufmerksamkeit von seinem Handy wegzulenken, auf dem er seit der Abfahrt tippt.

»Lu will wissen, warum ... why you're cheering for the Brothers.«

»Sag ihr, für echte Fans gibt es kein Warum. Sie waren schon mein Team, bevor die Profiliga überhaupt existierte. In meiner Studentenzeit haben sie dreimal hintereinander die Taiwan Series gewonnen.« Das Pendant in den USA heißt natürlich World Series, daher der spöttische Blick seines Sohnes. »Mach dich ruhig lustig«, sagt Harry, »es ist ein kleines Land, aber es hat gute Spieler hervorgebracht, nicht nur Wang Chien-ming.« Der Mann, dessen Trikot er trägt, wurde der Feiertags-Messerwerfer genannt, weil er meistens am Wochenende spielte und einen tödlichen Fastball hatte. Ein anderer Pitcher hieß wegen seiner makellosen Bilanz gegen die Weichuan Dragons der Drachentöter – Ähnlichkeiten zu den Martial-Arts-Romanen, die er als Schüler verschlungen hat, sind unübersehbar.

»Aber selbst gespielt hast du nicht«, sagt Paul. »In einem richtigen Team.«

»Meine Highschool hatte keins, und Vater hat es sowieso nicht gern gesehen. Für ihn war es ein Unterschichtensport.«

»Kind of what Mom says. Sie spucken zu viel.«

»Das tun sie hier nicht ganz so exzessiv. Er meinte eher: ein Sport für Taiwaner.«

»Mag er keine Taiwaner?«

»Gute Frage, jedenfalls hält er sich nicht für einen. Seine Familie kommt von drüben, wie du weißt. Hohe Beamte, außer ihrem Überlegenheitsgefühl hatten sie auf der Flucht alles verloren. Früher, wenn ich mit Mutter zu Onkel Keiji gefahren bin, habe ich bei seiner Dorfmannschaft mittrainiert. Lauter Ureinwohner, kräftige Typen, gegen die ich keine Chance hatte. Wahrscheinlich hat mich das dazu gebracht, lieber ein Fan zu bleiben.«

»Warum nennt Julie ihn den mysteriösen Onkel?«

»Weil sie ihn nicht gekannt hat. Ein bisschen eigenbrötlerisch war er auch, jedenfalls nach dem Gefängnis. Übrigens holt sie dich morgen früh um zehn Uhr ab und zeigt dir den alten Reisdrescher-Bezirk oben am Fluss. Als Oberschüler hat Keiji dort gewohnt, A-mah später auch, nachdem ihr Vater den Teehandel übernommen hatte.«

»Was machst du morgen?«

»Ich habe einen Termin an der Uni, wird nicht lange dauern. Sag Lu jetzt, sie soll ihrer Mutter das Handy zurückgeben und sich fertig machen für die Schule. Wir sind auch gleich da.«

An der Station Zhishan steigen sie um in ein Taxi. Am Horizont zerfließt der Himmel in violetten Schlieren, in den umliegenden Gassen füllen sich die Restaurants. Mit Paul unterwegs ins Stadion zu sein, macht ihm bewusst, dass er sich an keine ähnliche Unternehmung mit seinem Vater erinnern kann – oder auch nur an ein Gespräch, das den Namen verdient hätte. Frag sie, hieß es jedes Mal knapp, wenn Harry etwas von ihm wollte. Heute Vormittag hat er seiner Mutter oben auf dem Dach geholfen, eine Pflanze umzutopfen, und als er zurück in die Wohnung kam, saß Vater mit der Zeitung am Esstisch und warf verständnislose Blicke auf seinen Enkel. »Geht es ihm nicht gut?«, fragte er spürbar irritiert, weil Paul vor dem Fernseher wimmerte, als wäre sein Blinddarm entzündet. Mit fünfzehn Punkten lag Cleveland gegen die Warriors in Führung.

»Nicht, wenn sein Team das Finale verliert«, sagte Harry und nahm den Krug mit Eiswasser aus dem Kühlschrank. Obwohl er nur eine halbe Stunde draußen gewesen war, klebte ihm das T-Shirt am Rücken. Beim Trinken bemerkte er, wie sich das Zittern von Vaters Händen auf die Zeitung übertrug. ›Wann kommt der Angriff auf unsere Pensionen?‹, fragte der Leitartikel der *United Daily*, ein Dauerthema seit dem jüngsten Regierungswechsel. Zweiundneunzigtausend erhielt sein Vater jeden Monat, nachdem er im Innenministerium nicht einmal in besonders hoher Position gearbeitet hatte. Wer heute nach der Uni seinen ersten Job fand, war mit dreißigtausend gut bedient, in Taipei gingen zwei Drittel davon für eine Einzimmerwohnung drauf, die nicht selten einem pensionierten Beamten, Armeeangehörigen oder Lehrer gehörte – jenen Leuten, deren jahrzehntelange Loyalität die KMT mit Altersbezügen belohnte, die anderswo als volkswirtschaftlicher Suizidversuch gelten würden. Dass die neue Administration den Spuk beenden wollte, sorgte im blauen Lager für hysterische Warnungen vor Enteignung. »Glaubst du, der große Angriff wird kommen?«, fragte Harry.

Es dauerte einen Moment, bis sein Vater verstand, was er meinte. »Nichts werden sie uns lassen«, murmelte er, ohne aufzusehen.

»Findest du nicht auch, dass ein gewisser Reformbedarf besteht?«

»Am liebsten wäre es ihnen, wir würden sterben oder zurückgehen. Vorher werden sie nicht aufgeben.«

»Renten, die dreimal so hoch sind wie Einstiegsgehälter – auf Dauer kann das nicht funktionieren.« A recipe for disaster, ging ihm durch den Kopf, aber auf Chinesisch fiel ihm keine ähnlich drastische Formulierung ein. Die Streitlust, die in ihm aufkam, spülte er mit einem Schluck Wasser hinunter. Sein Urgroßvater väterlicherseits hatte ein herrschaftliches Anwesen mitten in Peking besessen, aus dem die Familie von den Japanern vertrieben worden war. Später im Bürgerkrieg war sein Großvater von einem Einsatzort zum nächsten gezogen, um zerstörte Häfen entlang des Yangtze instand zu setzen; die Hafenbehörde in Keelung hatte er nur für kurze Zeit geleitet. Auf den ersten Blick ähnelte die Ehe seiner Eltern dem romantischen Ideal einer Liebe, die von der Kindheit bis ins hohe Alter reichte, aber als langjähriger Zeuge wusste Harry es besser. Weil er keine Antwort erhielt, schenkte er sich ein zweites Glas ein und nahm es mit zu Paul aufs Sofa. Zwischenzeitlich kamen die Warriors noch einmal heran, dann kassierte Curry sein sechstes Foul und wurde disqualifiziert. Tröstend legte Harry seinem Sohn den Arm um die Schulter. »Eine Chance bleibt ihnen noch«, sagte er. »Spiel sieben zu Hause.«

»Wenn sie sich so anstellen wie heute ... No way.«

»Nach hiesiger Zeit am Montagmorgen, richtig? Eigentlich wollte ich mit deiner Großmutter einen Ausflug in ihre alte Heimat machen. Hättest du Interesse?«

»Erst das Spiel.«

»Danach würdest du mitkommen?«

»How can they do this to me?«, stöhnte er bereits mit einer Spur gespielter Theatralik. In den Schlussminuten leisteten seine Helden keine ernsthafte Gegenwehr mehr. Das Publikum in Cleveland jubelte, die Spieler in Blau-Gelb trotteten mit hängenden Köpfen in die Kabine. »Wie heißt der Ort noch mal?«, fragte Paul tonlos.

»Jinguashi. Deine A-mah sagt Kinkaseki, meint aber dasselbe. Dass ihr Vater dort für eine Goldmine gearbeitet hat, weißt du? Genauer gesagt für die Nippon Bergbau GmbH.«

Nickend rutschte sein Sohn auf dem Sofa nach vorn, bis ihm das Kinn auf der Brust lag. Die Sieger gaben erste Interviews und bewiesen einmal mehr, dass Profisportler keine Angst vor Klischees kennen, zumal in den USA: nie aufgeben, immer an sich glauben, alles ist möglich ... Nichts an seiner Wahlheimat war Harry so fremd wie der geradezu pathologische Optimismus. Pauls Haltung nachahmend, legte er die Füße auf den flachen Glastisch und sagte: »Heute Abend schauen wir uns erst mal ein Baseballspiel an. Freust du dich?«

»Klar.«

»Wenn du keine Lust hast, sag es ruhig.«

»I'm still not sure«, flüsterte Paul, »your father knows who I am.«

»Keine Sorge, er weiß bloß nicht, wie er mit dir reden soll. Oder mit sonst jemandem.«

»And why is that?«

Darauf hatte er auch keine Antwort. Auf einmal fiel ihm die Lektion aus einem alten Schulbuch über die Bedeutung von *xiao* ein: Darin wurden Kinder aufgefordert, sich im Winter ins elterliche Bett zu legen, um es für sie vorzuwärmen. Einmal, erinnerte er sich, hatte er es getan und war aus Versehen eingeschlafen, bis Mutter ihn ärgerlich am Ohr zog und in sein Bett schickte. Ob er sein Verhalten gerechtfertigt hatte, wusste er nicht mehr, vermutlich nicht. Umgekehrt erwartete ja auch niemand von den eigenen Eltern, dass sie sich erklärten. Zu fragen, was seinen Vater zu dem Mann gemacht hatte, dessen Tonfall noch immer Autorität ausstrahlte, dessen Gesichtsausdruck aber das ganze Ausmaß seiner inneren Verkümmerung verriet, kam ihm bis heute ungebührlich vor. *Bu xiao*. Nannte man das konfuzianische Ethik oder schlicht Feigheit? Sobald er darüber nachdachte, spürte er den alten Groll in sich aufsteigen. Es mochte eines der wenigen Gefühle sein, die sie beide ungewollt aneinander banden: am eigenen Schweigen fast zu ersticken und dennoch daran festzuhalten – denn es war das kleinere Übel.

Tianmu Baseball Stadium steht in goldenen Lettern über dem Eingang. Eine kleine Arena mit gut zehntausend Plätzen, die heute Abend ausverkauft sein dürfte. Auf dem Vorplatz werden Fahnen geschwenkt, meistens die gelb-weißen der Brothers. Die nahen Ausläufer des Yangming-Bergs zeichnen sich dunkel vor dem Abendhimmel ab; Grasberg hieß er früher, als Chiang Kaishek dort oben eine seiner vielen Villen hatte. Der Duft von Sojasud und gegrillten Würstchen hängt in der Luft, und unter Harrys Vorfreude mischt sich ein Anflug von Nostalgie. In Tainan waren sie jedes Mal in einer großen Gruppe und mit Tüten voller Proviant im Stadion. Lust auf ein Bier bekommt er auch. »Zuerst kaufen wir ein Trikot für dich«, sagt er, »damit du nicht so auffällst. Dann besorgen wir uns etwas zu essen und …« Verführt von der Atmosphäre oder bloß um die Frage loszuwerden, die ihm seit Tagen auf der Zunge liegt, spricht er sie einfach aus: »Was würdest du davon halten, für eine Zeit hier in Taiwan zu leben?«

»Wie meinst du das, eine Zeit?«

»Sagen wir für ein Semester oder zwei. Wenn ich zum Beispiel eine Gastprofessur hätte.«

»Wir beide?« Beinahe erschrocken sieht sein Sohn ihn an. »Und Mom und Lu?«

»Je nachdem. Am besten würden wir zu viert und für ein

ganzes Jahr herkommen, damit es sich lohnt. Andernfalls könnten wir beide ein paar Monate hier verbringen.«

Genau wie seine Schwester hat Paul Helens schön geschwungene Lippen geerbt, die einen dünnen Strich bilden, wenn ihm etwas nicht passt. »Where exactly do you mean?«

»Keine Angst, nicht in der Wohnung deiner Großeltern. Ein Apartment würden wir finden. Ich gehe zur Uni, du zur American School, die gar nicht weit von hier ist.« Helen hat er bisher nur andeutungsweise von der Idee erzählt, aber wenn es geschehen soll, solange seine Eltern noch leben, besteht ein gewisser Zeitdruck. »Was meinst du?«

»Keine Ahnung«, sagt Paul. »Was willst du hören?«

»Deine Meinung. Julie meinte eben noch mal, wie schade es ist, dass du kaum Chinesisch sprichst. Nicht deine Schuld, aber du hättest die Voraussetzungen, es zu lernen.«

»Deshalb dein Termin morgen an der Uni?«

»Der hat damit nichts zu tun. Hör zu, es ist nur eine Idee. Die Frage lautet, ob du es in Erwägung ziehen würdest. Hierher entführen werde ich dich nicht.«

»I'll think about it.«

»Tu das«, sagt er und deutet mit dem Kinn zum Eingang. »Dann los, wahrscheinlich müssen wir eine Weile anstehen.« Über den Stadiontribünen gleißt das Flutlicht, hier und da sieht er ältere Fans im Yankees-Trikot mit der Nummer 40, das er zu Hause auch besitzt. Also zu Hause in Williamstown. Wenn Helen sauer auf ihn ist, behauptet sie immer noch, dass er damals um ein Haar alles ruiniert hätte. Sie waren gerade an die Ostküste umgezogen, weil er den Ruf an ein Liberal Arts College im ländlichen Massachusetts erhalten hatte, und um nicht auf die Unterstützung durch ihre Eltern angewiesen zu sein, wollte er so schnell wie möglich Associate Professor werden. Paul war zwei. Tagsüber arbeitete Harry an der Uni, nachts versuchte er, aus seiner Doktorarbeit ein lesbares Buch zu machen, für alles andere blieb keine Zeit. Amerikanischer Baseball interessierte ihn ohnehin nicht; in Berkeley hatte er die Spiele der Oakland A's im Radio gehört, um sein Englisch zu verbessern, aber wie sie ausgingen, war ihm egal. Jetzt wurden sogar die Telefonate mit seiner Mutter seltener. Die Familie, Taiwan, all das schien hinter ihm zu liegen, und genau so hatte er es gewollt. Vor ihm erstreckte sich der Hindernis-Parcours namens Tenure-Track, ab und zu sprachen Helen und er über ein zweites Kind.

Auf das Wunder von New York war er schlicht nicht vorbereitet.

In Wang Chien-mings erster Saison als Yankee verfolgte Harry meist nur die Berichte im Internet. Über einen Meter neunzig maß der Mann und wog mehr als hundert Kilo, aber noch auffälliger als die Statur war sein Talent. Er hatte Kraft und Finesse, warf ebenso wuchtig wie präzise, und trotzdem traute ihm niemand zu, in einer Spielzeit neunzehn Siege zu holen – bis er es ein Jahr später tat. Auf einmal war ›the kid from Taiwan‹ der beste Pitcher des berühmtesten Baseballclubs der Welt, und Harry begann, seinen Alltag um die Live-Übertragungen herum zu organisieren. Die tiefe Befriedigung zu erklären, die Wangs Erfolg ihm verschaffte, fiel ihm schwer, aber zumindest in Taiwan ging es allen so. Scharen von Reportern wurden in die USA geschickt, Leute nahmen Urlaub oder schwänzten den Unterricht, um seine Spiele zu sehen, sogar der Präsident fieberte öffentlichkeitswirksam mit. Am Telefon klang seine Mutter aufgekratzt wie selten. Sie mochte beide; den Präsidenten, weil er nicht zur KMT gehörte, und Wang Chien-ming, weil man ihn mögen musste. Dass ihm der Trubel um seine Person peinlich war, begeisterte die Leute nur noch mehr. Nach seinen Spielen stieg die Auflage mancher Zeitungen um mehrere hunderttausend Exemplare.

Im Stadion sah Harry ihn zum ersten Mal, weil ein Kollege Karten gekauft hatte, aber krank geworden war. Breitschultrig, muskulös und vollkommen ruhig stand er auf dem Abwurfhügel. Bis in die obersten Ränge war das Selbstbewusstsein zu spüren, das er ausstrahlte. Ein junger Mann aus Tainan, dessen Sinker über neunzig Meilen erreichte und kurz vor der Strike Zone wie ein Stein herabfiel. Wie eine Bowlingkugel, schwärmten die Reporter. An jenem Tag absolvierte er gegen Tampa Bay ein komplettes Spiel und ließ zwei Hits zu, am Ende der Saison wurde er zum zweitbesten Pitcher der American League gewählt. Seine Fans zu Hause drehten durch.

Eine Saison später holte er noch einmal neunzehn Siege und wurde von *Time* zu den hundert einflussreichsten Persönlichkeiten der Welt gezählt. Nach dem letzten Sieg schickte Mutter das Foto eines Zeitungsstands in Taipei: Kein einziges Blatt, das nicht mit einem ganzseitigen Bild von ihm aufmachte. Als sich der Präsident Rücktrittsforderungen ausgesetzt sah, rief er seine Anhänger auf, sie sollten im Trikot mit der Nummer 40 für ihn auf die Straße gehen. Das Staatsoberhaupt inszenierte sich gern als Sohn Taiwans, aber das war Show; Wang Chien-ming nannten die Leute den Stolz Taiwans, als wäre es sein richtiger Name.

Für den nächsten Stadionbesuch zahlte Harry auf dem Schwarzmarkt 280 Dollar. Helen rollte mit den Augen, als er ihr das Ticket zeigte. Während der zweiten Schwangerschaft hatte es kleinere Komplikationen gegeben, aber bis zum errechneten Geburtstermin waren es noch fast drei Wochen. Eine größere und fröhlichere Ansammlung von Landsleuten hatte er in Amerika nie zuvor erlebt. Junge Frauen jubelten Wang zu, als wäre er alle vier Beatles in einer Person. Er spielte großartig, sein Team gewann, und Harry war viel zu abgelenkt, um auf sein Handy zu achten. Als er spätnachts nach Hause kam, hatten die Nachbarn Helen in die Klinik gefahren. Ihn traf ein strafender Blick, als er in letzter Minute in den Kreißsaal stürmte, aber am Ende kam ihre Tochter gesund zur Welt, und wenn er ehrlich ist, bereut er nichts. Dass es Wangs letzte triumphale Saison bleiben sollte, konnte seinerzeit niemand wissen. Im Rückblick ist er umso froher, sie miterlebt zu haben. Einen wie ihn wird es nicht mehr geben.

»Lost in thought?«, fragt Paul und stößt ihn in die Seite. Nebeneinander stehen sie vor dem Eingang an, drinnen ertönt eine rockige Melodie, die Harry als die Vereinshymne der Brothers erkennt. Der Himmel wird dunkler und das Flutlicht strahlender, Mauersegler flattern durch die Luft. Auf einmal ist es genau wie früher in Tainan.

»Nichts Wichtiges«, sagt er und kann es kaum erwarten, ins Stadion zu gelangen. »Ich hätte einfach gern, dass du das Land besser kennenlernst, verstehst du. Von Amerika aus betrachtet, mag es unbedeutend aussehen, aber ...«

»Ich habe gesagt, ich denke darüber nach. And I will.«

»Gut, mehr verlange ich nicht. Lass dir ruhig Zeit – zehn Minuten oder so.«

»Very funny, Dad«, gibt sein Sohn zurück und verzieht das Gesicht.

»Machen wir ein Foto für deine Mutter? Jeden Tag mindestens eins, hat sie gesagt.«

Bereitwillig zückt Paul sein Handy. Bevor sie posieren, zieht Harry ihn zu sich heran, und weil der Junge bald zu alt dafür sein wird, gibt er ihm rasch einen Kuss auf die Stirn. Wie soll er ihm diese Art von Anhänglichkeit erklären, die Cui Jian gemeint haben muss, als er sang: ›Ich will für immer bei dir bleiben, denn ich kenne deinen Schmerz am besten.‹

So ähnlich geht es ihm mit seiner Heimat. Als sie den Bereich unter der Tribüne betreten, wird drinnen bereits die Aufstellung angesagt. Es ist ein schäbiges Stadion mit Wänden aus rissigem Beton, unter den nackten Neonröhren schwirren Moskitos, und noch einmal muss er an Onkel Keiji denken; wenn er ihn früher als Student besuchte, holte sein Onkel ihn mit dem Motorroller am Bahnhof von Taitung ab, und bei der Ankunft in Hongye sagte er jedes Mal: Willkommen am Arsch der Welt. Auf den ungeteerten Wegen spielten barfüßige Kinder, an klaren Tagen tauchte am Horizont die Grüne Insel auf wie eine Luftspiegelung. Offiziell war Keiji der presbyterianische Gemeindepfarrer, aber für die Jungen im Dorf vor allem der Baseballtrainer, der freigiebig Knuffe und Backpfeifen verteilte, wenn sie nicht gehorchten. Alte japanische Schule. Als Kind hatte sich Harry vor ihm gefürchtet, in jenen Jahren wurde er beinahe eine Art Vaterersatz; jemand, der seine Fragen beantwortete und ihn zum Nachdenken ermunterte. Komm mir bloß nicht mit dem Stuss aus der Schule, sagte er oft, wenn es um Politik ging. Als Harry wissen wollte, warum er in der Haft konvertiert war, meinte sein Onkel, jemand wie er müsse sich zwingen, ein guter Mensch zu sein. Sich als Opfer zu betrachten, obwohl er allen Grund dazu gehabt hätte, verbat ihm sein Stolz. Mutter konnte das damals so wenig verstehen wie heute.

Leider verraten ihre Briefe an den Bruder nur wenig über die verhängnisvollen Jahre nach 1947. Umeko hieß endgültig Ching-mei und zog mit den Eltern nach Taipei, Keiji wechselte an die Taida, um Medizin zu studieren. Weil beide wieder in derselben Stadt lebten, trafen sie sich lieber, statt einander zu schreiben. Zu den fast zwei Millionen Menschen, die wegen des Bürgerkriegs über die Taiwanstraße flohen, gehörte auch die Familie Chen oder was von ihr noch übrig war. Auf der Insel machte sich derweil die Angst breit. Je näher die endgültige Niederlage gegen die Kommunisten rückte, desto mehr feindliche Spione entdeckte das Regime und füllte in seiner Paranoia die Gefängnisse. Einerseits war die Gefahr allgegenwärtig, andererseits abstrakt, schließlich wusste niemand genau, wodurch man in Verdacht geriet – bis es plötzlich zu spät war, das Verhängnis abzuwenden. Warnungen wurden nicht ausgesprochen. Beim dritten Onkel hatte es eines Nachmittags ganz höflich an die Tür geklopft ...

12

Zu Hunderttausenden kamen die Flüchtlinge auf die Insel. In den Häfen legten überfüllte Schiffe mit Passagieren an, die viel Geld bezahlt hatten, um wenig mehr als ihre Haut zu retten. Andere setzten auf kleinen Booten über, die leicht sanken, und wenn es geschah, spülte die Flut Leichen und Gepäckstücke an. Manche sagten, die Flüchtlinge seien die Flut. In immer neuen Wellen strömten sie nach Taipei, wo sie in Verschlägen aus Wellblech und losem Backstein hausen mussten, sofern sie keine Verwandten hatten. Was sollte aus ihnen werden, fragten die Zeitungen, wenn im Sommer die Taifune kamen. Oder die kommunistischen Banditen.

Was, fragten andere, wenn die Neuankömmlinge kommunistische Banditen waren.

In diesem Frühjahr fiel der Regen wie ein ängstliches Flüstern auf eine Stadt, in der jeder ein feindlicher Spion sein konnte. Treib dich nach der Schule nicht herum, schärfte Mutter ihr ein, sprich mit Fremden kein Taiwanisch, und rede überhaupt nur, wenn du gefragt wirst! Letztes Jahr waren sie ins Haus des dritten Onkels gezogen, weil Vater dessen Geschäfte fortführen wollte, irgendwie musste es schließlich weitergehen. Damit nicht noch mehr unschuldige Bürger ihr Leben ruinierten, indem sie verdächtige Zusammenkünfte besuchten, herrschte inzwischen ein generelles Versammlungsverbot. In den zwei Zeitungen, die noch erscheinen durften, stand meistens dasselbe. Kein Geringerer als der Sohn des Generalissimus war für die Sicherheit verantwortlich und wusste, wie man für Ruhe und Ordnung sorgte, oder jedenfalls für Ruhe. Alle Neuankömmlinge wurden von seinen Männern befragt, und wer sich in Widersprüche verstrickte ... Warum, dachte Ching-mei, flüchteten Leute überhaupt auf eine Insel, wo sie spurlos verschwinden konnten? Wie sah es dort aus, von wo sie geflohen waren?

Antworten bekam sie nicht, weil Vater zu beschäftigt war und Mutter zu verängstigt. Jedes Mal, wenn draußen eine Hupe erklang, hörte Mutter einen Schuss und fuhr erschrocken zusammen. Nachmittags ging sie mit der dritten Tante in den Tempel, wo die beiden Frauen zu Mazu-po oder zur Göttin der Gnade beteten. Vor den Geschäften des Viertels bildeten sich lange Schlangen, und einmal sah Ching-mei auf dem Schulweg einen Lastwagen mit Menschen auf der offenen Ladefläche. Passanten wendeten den Blick ab, eine Frau sank schreiend zu Boden und wurde schnell ins nächste Haus gebracht, um keine Aufmerksamkeit zu erregen. Die Laster fuhren nach Osten, hieß es, zu den Sümpfen außerhalb der Stadt.

Der Einzige, der wirklich mit ihr sprach, war Keiji. Ab und zu fuhr sie nach dem Unterricht zur früheren Kaiserlichen Hochschule, die jetzt Staatliche Universität Taiwan hieß. Im Bus starrten fremde Männer sie an. Überall in der Stadt lungerten verwahrloste Gestalten herum, die sie an die Soldaten in Keelung erinnerten. Starrte einer zu aufdringlich, stieg sie aus und ging den Rest der Strecke zu Fuß. Jenseits der Hsinsheng South Road erstreckten sich offene, von kleinen Kanälen durchzogene Felder. Die Luft roch nach Fäulnis und Kohlenfeuer.

Ihr Bruder erwartete sie vor dem Tor zum Campus. Zwischen den Bäumen erkannte sie die zweistöckigen Gebäude aus rotem Backstein und stellte sich vor, eines Tages auch dort zu studieren. »Ich bin zu spät«, sagte sie entschuldigend, »musste ein Stück laufen.«

»Fuhr wieder kein Bus?«

Inzwischen besaß sie Übung darin, sich nichts anmerken zu lassen. Als sie die Teestube betraten, wählte Keiji einen Tisch an der Wand, wo niemand ihr Gespräch mithören konnte. Am frühen Nachmittag herrschte ohnehin wenig Betrieb. »Ist zu Hause alles in Ordnung?«, fragte er, nachdem sie bestellt hatten. Draußen platschte Wasser aus einer verstopften Dachrinne.

»Mehr oder weniger.«

»Mutter?«

»Weniger«, sagte sie und ließ ihren Blick durch den spärlich beleuchteten Raum schweifen. Einige Gäste rauchten, an den Wänden standen Regale mit Büchern, die sich vor Feuchtigkeit wellten. In der Regenzeit kam es vor, dass sie plötzlich den Duft zu riechen glaubte, der aus alten Tatamimatten stieg. Oder Hinoki. Obwohl ihr Bruder nicht mehr Baseball spielte, strahlte er die Selbstsicherheit eines ans Siegen gewöhnten Athleten aus. Der Bedienung blickte er in die Augen wie die Männer in amerikanischen Filmen. »Weiß sie, dass du hier bist?«, fragte er.

»Nein.«

»Und wenn sie es wüsste?«

Vorsichtig nahm sie den Becher in beide Hände und blies hinein. »Ständig ermahnt sie mich, nicht aufzufallen. Halte dich von den Soldaten fern, sprich nicht zu laut! In Wirklichkeit bist du es, um den sie Angst hat. Du warst es damals und bist es heute.«

Darauf erwiderte er nichts. Vor wenigen Wochen waren mehrere Studenten verhaftet worden, mitten in der Nacht. Keiji behauptete, er und sein Lesekreis hätten mit Politik nichts zu tun, aber was hieß das schon. Die Gefängnisse waren voller kommunistischer Verschwörer, die vom Kommunismus keinen blassen Schimmer hatten. »Bist du leichtsinnig?«, fragte sie.

»War ich nie.« Er beugte sich vor und legte die Unterarme auf den Tisch. Manchmal irritierte es sie, dass er sich nicht mehr wie ein Japaner benahm, obwohl er zwischendurch ins Japanische wechselte. Wenn sie wissen wollte, ob er eine Freundin hatte, lächelte er bloß. »Lass dich nicht von ihren Ängsten verrückt machen. In gewisser Weise sind die beiden nie von dem Speicher in Keelung heruntergekommen.«

Immerhin versuchte er nicht, sie zu schonen. Was die Lehrer sagten oder die Zeitungen schrieben, war leicht als Lüge zu durchschauen, aber die Wahrheit kannte sie darum noch nicht. Manches kam ihr seltsam vertraut vor, neulich war ihr sogar die Geschichte des loyalen Beamten Gōhō wieder begegnet, dessen Name jetzt anders ausgesprochen wurde, der aber immer noch sein Leben gab, um die Ureinwohner von ihrem grausamen Tun abzubringen; aufopferungsvoll wie jeder gute KMT-Beamte. Kein Wort von dem Mausoleum, das die Japaner ihm zu Ehren errichtet hatten. Auch dass der Generalissimus eine japanische Militärschule besucht und der Sohn viele Jahre in der Sowjetunion verbracht hatte, erfuhr sie in der Schule nicht, Keiji hatte es ihr gesagt. Madame Chiang war die berückend schöne Frau des Diktators, nicht aber die Mutter seines Sohnes. In Amerika aufgewachsen, tat sie in diesen Wochen alles, um die kommunistische Unterwanderung der dortigen Regierung zu bekämpfen. Gab es Kommunisten also auch in Amerika oder umfasste das Wort inzwischen alle, die sich dem Willen des mächtigen Mannes mit dem kleinen, kahl rasierten Schädel widersetzten? Niemand außer ihrem Bruder traute sich, laut zu sagen, der Kopf habe die Form einer Erdnuss. Obwohl es stimmte.

»Übrigens sieht man dir an, wenn du etwas fragen willst, aber nicht weißt wie«, bemerkte er nach einer Weile. »Nur zu, was ist es diesmal?«

»Warum lässt er die Präsidentschaft ruhen?« Unwillkürlich blickte sie sich über die Schulter. In der Schule klang es, als säße ein Gott auf dem Grasberg, dem nichts entging, was auf seiner Insel geschah. Wie einst König Goujian schlief er auf Feuerholz, um sich innerlich zu rüsten für den großen Gegenschlag. Die Rückeroberung des Festlands, überall stand der Slogan auf Hauswänden und Plakaten, jeden Tag wurde er in der Schule erwähnt. Dass Goujian seinerzeit nicht übers Meer geflohen war, sondern sich in seine eigene Hauptstadt zurückgezogen hatte, verschwiegen die Lehrer, schließlich war Nanking gefallen.

»Wie kommst du darauf?«

»Ausgerechnet jetzt, wo sich drüben der Krieg entscheidet«, sagte sie leise. »Will er nicht mehr?«

»Glaub mir, sobald die letzte Stadt verloren ist, wird er von seinem Berg herabsteigen und die angeblich Schuldigen bestrafen. Wahrscheinlich wird er sogar so tun, als bringe er seinem Volk ein Opfer, indem er die Präsidentschaft wieder ausübt. Bekanntlich ist er vollkommen selbstlos.«

»Sein Volk sind wir?«

»So sieht er das wohl. Und alle Chinesen drüben.« In Keijis Stimme schlich sich ein Anflug von Bitterkeit. »Wir sind *ein* Volk, vergiss das nicht.«

»Glaubst du, der dritte Onkel taucht eines Tages wieder auf? Vielleicht wurde er nur ...«

»Nein. Und wenn du noch so oft fragst.«

»Wegen einer einzigen Versammlung?«

»Wir kennen den Grund nicht. In den Wochen vor den Unruhen kamen oft Leute zu ihm. Er hatte seine Verbindungen und sollte helfen, Waren aufs Festland zu schmuggeln.

Vielleicht wurde er abgeholt, weil er nein gesagt hat. Aus Rache. Wir werden es nie erfahren.«

»Warst du auch auf der Versammlung? Oder auf einer anderen?«

Keiji schüttelte den Kopf, als verscheuchte er ein lästiges Insekt. »Er kannte die Gefahr und wollte mich raushalten. Warum er trotzdem hingegangen ist, weiß ich auch nicht. Die Lees aus Keelung sind so.« Kurz horchte er dem Satz hinterher. »Mit der Zeit wird sich die Situation verbessern. Angeblich wollen die USA bald eine Botschaft hier eröffnen.«

Warum das eine Verbesserung wäre, behielt er für sich, und sie hakte nicht nach. Waren die Soldaten in Keelung etwa nicht von amerikanischen Schiffen an Land gegangen und hatten mit amerikanischen Gewehren um sich geschossen? Sobald sie daran dachte, spürte sie ein Zittern in der Magengrube und fragte sich, ob auch sie nie vom Speicher heruntergekommen war. »Versprich mir, dass du vorsichtig bist«, flüsterte sie.

»Hat Mutter dir aufgetragen, das zu sagen?«

»Versprich es einfach.« Es ging auf halb fünf zu; wenn sie vor Einbruch der Dunkelheit zu Hause sein wollte, musste sie aufbrechen. Im Tiefflug zogen schwere Wolken über die Stadt hinweg und erinnerten sie an damals. Nachdem die Mittelschule von Keelung wieder geöffnet hatte, war es in den ersten Tagen fast schlimmer gewesen, morgens das Haus zu verlassen, als auf dem dunklen Speicher zu liegen. In den Straßen herrschte gespenstische Stille, und vom Hafen trieb ein Gestank herauf, der sie würgen ließ. Süßlich, faulig und bitter – wie ein totes Tier, das ihr trotzdem noch auflauern konnte. In Ruderbooten fuhren Menschen hinaus, um nach den Leichen ihrer Verwandten zu suchen. Das Wasser im Hafenbecken war von schmutzig roter Farbe.

Beim Gartentor blieb sie stehen und versuchte, flach zu atmen, aber ihr Herz schlug zu schnell. Im Nachbarhaus schien alles ruhig zu sein; Herr Chen war bereits vor einer halben Stunde aufgebrochen, weil er seit den bedauerlichen Vorfällen, wie er es nannte, noch mehr zu tun hatte. Ching-mei wartete mit dem Rücken zum Meer und sagte sich, dass kein Grund zur Sorge bestand. Keiji lebte, sie alle lebten, und dass Mutter immer wieder in Tränen ausbrach, lag an der Erschöpfung. Gestern war sie während der Mahlzeit vom Tisch aufgestanden und hatte ihr Glas gegen die Wand geworfen. Ohne ein Wort zu sagen.

Als die Haustür der Nachbarn ins Schloss fiel, drehte sie sich um. Am Vorabend war Frau Chen vorbeigekommen, um das Angebot zu überbringen, als Dank dafür, dass Vater ihren Mann zum Hafen begleitet hatte. Jetzt kam der jüngste Sohn winkend auf sie zu. Trotz des kühlen Wetters trug er kurze Hosen, und seine Haare sahen aus, als wären sie nicht geschnitten, sondern geschoren worden. In der Hand hielt er einen zusammengefalteten Brief. Statt sie verstohlen zu mustern wie beim ersten Mal, blickte er ihr direkt in die Augen und sagte: »Wenn uns jemand entgegenkommt, soll ich laut Chinesisch mit dir reden.«

Sie nickte. So schnell konnten sich die Dinge ändern.

»Wie heißt du?«, fragte er.

Umeko, dachte sie und sagte: »Lee Ching-mei.« Aus den Augenwinkeln erkannte sie Mutters Silhouette hinter dem Küchenfenster.

»Welches ›mei‹?«, fragte er. »Das von ›schön‹?«

»Von ›Pflaumenblüte‹.«

»Und das ›ching‹ von ›still‹?«

Sie nickte.

»Schöner Name«, sagte er. »Nennen deine Freunde dich Hsiao Mei?«

Welche Freunde, dachte sie und schaffte es trotzdem, ja zu sagen.

»Kann ich dich auch so nennen?«

Sie nickte abermals.

»Mein Name ist Chen Hao. Seltenes Zeichen.« Mit dem Zeigefinger schrieb er es für sie in die offene Handfläche. »Die Bestandteile von Sonne, Hauptstadt und Kopf. So. Verstehst du, welches ich meine?«, fragte er auf Taiwanisch, aber man hörte, dass er es selten sprach.

»Ja.«

»Nenn mich Hsiao Chen, wenn du willst. Gehen wir?«

Gemeinsam gingen sie den Berg hinab. Als er den Brief auffaltete, erkannte sie ein paar handgeschriebene Zeilen und das Siegel des Hafendirektors. Zur Sicherheit wahrscheinlich.

Genau wie die Großeltern hatten sie das Glück gehabt, dass ihr Haus abseits lag. Soldaten machten keine Umwege, um ein paar Leute mehr zu erschießen, wenn es am Hafen so viele andere Ziele gab. Als sie den verwaisten Bahnhof passierten, glaubte Ching-mei, das Knattern der Maschinengewehre zu hören. *Ta-ta-ta-ta-ta.* Sofort stieg ihr der saure Schweiß ihrer Eltern in die Nase. Einmal war Vater die Leiter hinuntergeklettert, um einen Eimer zu holen, und hatte fluchend die Zimmer durchsucht. *Ta-ta-ta-ta-ta.* Nie zuvor hatte sie ihre Mutter winseln gehört. Wie ein verwundetes Tier.

»Ist dir kalt?«, fragte Hsiao Chen. »Deine Lippen zittern.«

Wortlos schüttelte sie den Kopf. Die meisten Geschäfte, an denen sie vorbeikamen, waren geschlossen. Müll lag herum. Ein einzelner Schuh.

»Wer ist eigentlich dein Klassenlehrer?«

»Lehrer Zhang.«

»Der Brüller?«

Sie konnte entweder reden oder das Zittern unterdrücken und entschied sich für letzteres. Wie verspritzte Farbe klebte Blut an einem offenen Haustor.

»Da hast du Pech gehabt«, stellte er fest. »Bin nicht sicher, ob der je eine Mittelschule besucht hat. Mein Vater sagt, hier steht einiges an Arbeit an. Die japanischen Teufel haben sich ja bloß selbst bereichert.«

Mit einem Kochtopf war Vater schließlich zurückgekehrt, damit hatten sie sich beholfen. Am nächsten Tag hatte Frau Chen ihnen ein paar Reisbälle und Obst gebracht, danach war es allmählich ruhiger geworden, weil die Truppen weiterzogen nach Taipei, und Ching-mei hatte sich ihrer Erleichterung geschämt. Fortan mussten andere um ihr Leben fürchten – Keiji, zum Beispiel.

»Du redest nicht viel, oder?«

»Rede du«, sagte sie leise.

An der nächsten Kreuzung tauchten Soldaten auf. Rauchend standen sie im Kreis und hatten ihre Gewehre über die Schulter gehängt. Ching-mei fühlte ihren Magen kalt werden, aber als sie Hsiao Chen ansah, zeigte sein Gesicht keine Angst. Fröhlich winkte er den Männern zu und sprach einfach weiter, nur lauter als zuvor. »Jetzt, wo du's sagst«, rief er. »Doch, ich erinnere mich. Großvaters Haus lag ja direkt bei der Verbotenen Stadt. Wehe, man nahm sich ein Buch aus der Bibliothek, ohne zu fragen. Er hatte ein bestimmtes System und konnte wild werden, wenn jemand es durcheinanderbrachte.« Auf der anderen Straßenseite blickte er sich um und fügte leiser hinzu. »Was übrigens stimmt. Mein ältester Bruder hat sich mal ziemlichen Ärger eingehandelt.«

Noch beim Schultor klopfte ihr Herz so heftig, als wäre sie den ganzen Weg gerannt.

Von da an gingen sie jeden Morgen gemeinsam zur Schule.

Hsiao Chen erzählte, und sie kickte ein Steinchen vor sich her, um die Augen auf dem Boden zu halten. Wenn er einen Soldaten entdeckte, hörte sie es an seiner Stimme. Väterlicherseits, erfuhr sie, stammte seine Familie aus der alten Hauptstadt im Norden, die er Beiping nannte, aber wegen der Arbeit des Vaters waren sie noch häufiger umgezogen als die Regierung. In Nanking hatten sie gelebt, später in Chongqing und zwischendurch in verschiedenen Hafenstädten entlang des Yangtze. Vom mütterlichen Teil der Familie sprach Hsiao Chen nie.

Nach und nach öffneten die Geschäfte wieder, ein Anschein von Normalität kehrte zurück. Glaubte man den Ansprachen des Gouverneurs im Radio, hatte ohnehin nie ein Grund zur Beunruhigung bestanden. Stets wendete er sich an seine ›lieben taiwanischen Mitbürger‹ oder an ›die tugendhafte, gesetzestreue Bevölkerung der Insel‹ und versicherte, das Kriegsrecht diene allein ihrem Schutz. Unruhestifter hätten den Großmut der Regierung missbraucht, um Lügen zu verbreiten und den Samen der Rebellion zu säen. Der älteste Onkel berichtete, viele seiner früheren Geschäftspartner seien spurlos verschwunden. In Kaohsiung hatte die Regierung besonders viele Rebellen ausgemacht und Frauen und Kinder gezwungen, den Hinrichtungen zuzusehen. Seid beruhigt und ohne Sorge, säuselte der Gouverneur, wer die Gesetze achtet, hat nichts zu befürchten. Vater telefonierte täglich mit seiner Schwägerin in Taipei und versuchte, sie zu beruhigen, aber sein Blick verriet, dass er das Schlimmste befürchtete. Der dritte Onkel dachte immer zuerst an die Familie. Dass er sich irgendwo versteckt hielt, ohne seine Frau zu benachrichtigen, war kaum anzunehmen.

In der Schule bekam Lehrer Zhang Wutanfälle, wenn es um die Unruhestifter ging. Kugeln seien für dieses undankbare Pack noch zu schade, einfach fesseln und in den nächsten Kanal damit! Manchmal wurde er so laut, dass der Kollege aus der Nachbarklasse hereinschaute und ihn für einen Moment vor die Tür bat. Nach dem Unterricht wartete Hsiao Chen am Schultor, dann gingen sie zurück nach Hause, wie sie gekommen waren: Er erzählte von den Wintern in Beiping, wenn einem vor Kälte der Rotz in den Nasenlöchern gefror, sie kickte Steinchen vor sich her und achtete auf ihren Herzschlag. Je beharrlicher sie schwieg, desto mehr legte er sich ins Zeug: Einmal sei so viel Schnee gefallen, dass sie das Haus nur durchs Obergeschoss hätten verlassen können. Wenn ihm nichts mehr einfiel, womit er sie beeindrucken konnte, versuchte er, ihr das Steinchen abzujagen. Dafür, dass er drei Jahre älter war, benahm er sich ziemlich kindisch, fand sie.

Zu Hause wartete Mutter hinter dem Küchenfenster. Sobald Ching-mei die Tür hinter sich geschlossen hatte, wurde sie ermahnt, sich nicht mit einem von denen einzulassen. Alle Festländer steckten unter einer Decke und denunzierten unschuldige Bürger bei der Polizei, wusste sie das nicht? Wahrscheinlich hatte Herr Chen seinen Sohn beauftragt, sie über ihre Familie auszuhorchen. Was die Frau betraf, die konnte ebenso gut aus Fujian stammen, ihr Zungenschlag klang jedenfalls merkwürdig. Eines Nachmittags hörte Ching-mei, wie es bei ihnen klopfte und Hsiao Chen fragte, ob sie zu Hause sei. Nein, sagte ihre Mutter. Vom Zimmerfenster aus sah sie ihn zu seinem Haus gehen, aber als er sich umdrehte, duckte sie sich unter den Fenstersims. Am nächsten Morgen hatte er eine wichtige Neuigkeit für sie: In den Sommerferien wollte seine Familie zurück aufs Festland ziehen.

»In den Krieg?«, fragte sie. Bis zum Beginn der Ferien waren es nur noch zwei Wochen.

»Vater hat sich nach Shanghai versetzen lassen«, sagte er traurig. »Der Hafen läuft wieder, und die Taiwaner wollen uns sowieso nicht, sagt er. Sie warten nur darauf, dass wir endlich abhauen.«

»Verstehe.« Beinahe hätte sie verraten, dass sie und ihre Eltern ebenfalls umziehen würden. Bis der Verbleib des dritten Onkels geklärt war, wollte Vater den Teehandel leiten, aber Mutter hatte ihr eingeschärft, es niemandem zu sagen – schon gar nicht einem von denen.

»Stimmt das?«, fragte er.

Wie üblich zuckte sie wortlos mit den Schultern.

»Sag schon! Wartet ihr wirklich nur darauf, dass wir ...?«

»Wir kommen zu spät«, sagte sie. Eine Weile standen sie einander stumm gegenüber, dann ging sie allein los. An schönen Tagen sah das Meer in der Ferne aus wie früher. Blau und still, so als würde sie es oben vom Schrein aus betrachten.

»Stimmt es, ja oder nein?«, rief er ihr nach. Sie blieb stehen, ohne sich umzudrehen.

Wieso erzählte er nicht einfach von den Wintern im Norden? Die Vorstellung einer von weißem Pulver bedeckten Welt faszinierte sie. Es dämpfte alle Geräusche, behauptete er, und knirschte bei jedem Schritt; abends im Bett dachte sie oft daran. Schnee ließ sich zu Kugeln formen, aber wenn man ältere Brüder hatte, musste man aufpassen, dass sie einen nicht damit bewarfen, denn das tat ziemlich weh. So, wie einen Baseball abzubekommen, hatte sie gefragt und erstaunt festgestellt, dass er nicht wusste, was sie meinte. Auf Chinesisch konnte sie es auch nicht richtig erklären. Wir kommen aus unterschiedlichen Ländern, dachte sie, aber die Einsicht behielt sie für sich.

Eine halbe Minute wartete er auf eine Antwort und sie darauf, dass er sich bewegte. Schließlich ging sie ohne ihn zur

Schule, und bis zum Beginn der Ferien blieb es dabei. Als sie eines Abends vom Haus der Großeltern zurückkehrten, waren bei den Nachbarn alle Fenster dunkel. Am nächsten Abend auch.

»Na endlich«, sagte Mutter.

Wenig später zogen sie nach Taipei.

―――

Meist verließ er das Wohnheim am späten Abend. Kommilitonen kehrten auf ihre Zimmer zurück, und falls der Strom nicht sowieso ausgefallen war, erloschen nach und nach die Lichter. Hinter den Türen wurde geflüstert, draußen empfing ihn die Nacht wie ein stiller Komplize. Nie nahm er die von Palmen gesäumte Allee zum Haupttor, sondern fand ein Loch im Zaun und folgte schmalen Pfaden durch die Felder, wo er aufpassen musste, nicht auszurutschen. Jenseits der Hsinsheng South Road führte ihn der Weg durch Gassen, die noch genauso aussahen wie zur Kolonialzeit. Danach war es sein früherer Schulweg, nur in umgekehrter Richtung.

Kurz nach dem Frühjahrsregen roch der Osmanthus wie ein Vorgeschmack auf den Duft ihrer Haut.

An manchen Ecken kam ihm die Stadt wie ein Feldlazarett vor, hastig aufgeschlagen während der großen Flucht. Entlang der offenen Kanäle brannten Feuer, Keiji hörte Stimmen, lautes Gekeife, das Gegröle von Betrunkenen und das Stöhnen der Kranken. Vor einem kleinen Kiosk saßen Frauen und fragten, ob er sich nicht ausruhen wolle, *xiuxi yixia*, dafür reichte der Platz offenbar. Immer wieder schaute er sich im Gehen über die Schulter, aber stünde auch er auf der Liste, wäre er längst abgeholt worden. Jetzt sah er auf die Uhr und beschloss, für die letzte Etappe eine Fahrradrikscha zu nehmen.

Am Westtor hatten die Kinos bereits geschlossen. Sollte

ihn ein Polizist anhalten, würde er sagen, er habe bei einer dringenden Operation assistiert, das funktionierte immer. Zwei Sätze mit medizinischen Fachbegriffen, schon durfte er weitergehen. Lu-ya meinte, er besitze bereits das Respekt einflößende Auftreten eines Arztes; manchmal nannte sie ihn ihren Musterschüler und lachte über seine Beflissenheit. Etwa zehn Jahre war sie älter als er und ihm an Erfahrung weit voraus. Ihr genaues Alter behielt sie für sich.

Den Rikschafahrer wies er an, die Kanäle zu meiden. Neuerdings wurden die Patrouillen verstärkt, um zu verhindern, dass sich noch mehr Menschen ins Wasser stürzten. Einmal hatte er es selbst gesehen: Ein Mann, weder alt noch jung und dem Anschein nach nicht im Krieg versehrt, war einfach an den Frauen vorbeigegangen, die am Ufer ihre Wäsche wuschen. Die hatten ihrerseits keine Anstalten gemacht, ihn zurückzuhalten. Entschlossen stapfte er bis zur Mitte des Kanals, hielt überrascht inne und sah sich um – das Wasser war zu seicht, um sich darin zu ertränken. Ohne ein Wort nahm er die Steine aus seinen Hosentaschen und ließ sie vorsichtig fallen, damit niemand auf ihn aufmerksam wurde. Dann schlich er mit hängendem Kopf zurück in sein Leben.

Die Frauen am Ufer hatten nicht einmal aufgesehen.

Lu-yas Wohnung lag unweit des Varietétheaters und bestand aus einer einzigen Kammer mit winzigem Vorflur. Für Künstler waren die Zeiten besonders hart. Früher hatte hinter der Bühne immer ein zweiter Satz an Kostümen und Requisiten bereitgelegen, für den Fall, dass draußen ein Pfiff ertönte. Dann wechselten die Akteure blitzschnell die Kleider und führten eine harmlose Revue auf, irgendwas, Hauptsache auf Japanisch, bis die Polizisten wieder verschwunden waren. Jetzt traute sich niemand mehr, taiwanische Lieder zu singen, und die Spitzel waren schwerer zu erkennen. Gewiss konnte es einen zur Verzweiflung treiben, aber ins Wasser? Lu-ya jedenfalls hatte über die Geschichte nur den Kopf geschüttelt. Wenn, dann ins offene Meer, meinte sie, um sicherzugehen.

Ein paar hundert Meter vor dem Haus ließ er den Fahrer halten. Unter den Vorbauten der Läden, wo tagsüber Tische mit Waren standen, war um diese Zeit niemand zu sehen. Wusch sie sich gerade an dem fleckigen Emaillebecken und hielt zwischendurch horchend inne? Da es keine Klingel gab, pfiff er *Blüte der Regennacht* und ging einmal am Haus vorüber, ehe er sich in den nächsten Eingang drückte. Seine Familie wohnte nur zwei Straßenzüge entfernt, aber die Besuche dort beschränkte er aufs Wochenende. Es tat ihm weh, zu sehen, was aus dem Haus geworden war, seit ...

Schon hörte er das vertraute Klicken. Nie empfing sie ihn an der Tür, sondern schlich auf nackten Füßen zurück nach oben. Das Treppenhaus war so schmal, dass er die Schulter eindrehen musste, wenn er ihr mit angehaltenem Atem folgte. In der Näherei nebenan wohnte niemand, aber von weiter oben hörte er gedämpfte Stimmen. Als er die winzige Kammer betrat, war er bereits hart.

Das Fenster zum Innenhof stand offen, nur die Gardinen hatte sie zugezogen. Direkt unter dem Sims breitete ein Parasolbaum seine Blätter aus wie ein dichtes Tarnnetz. Sachte schloss er die Tür und roch einen Rest des Zigarettenrauchs, der drüben vom Schankraum ins Theater waberte. Im Schneidersitz saß Lu-ya auf dem Bett, und soweit er es in der Dunkelheit erkennen konnte, war sie vollkommen nackt. »Du bist nicht so nach unten gegangen«, flüsterte er und knöpfte sein Hemd auf.

»Wieso, traust du mir das nicht zu?«

»Bist du nicht, ich weiß es einfach.«

»Gar nichts weißt du, Grünschnabel. Deine Geliebte ist

verrückt, schon vergessen?« Dass sie sich selbst so nannte
– Geliebte –, fand er merkwürdig, aber ein besseres Wort fiel
ihm auch nicht ein. Für ihn erfand sie in einem fort neue
Spitz- und Spottnamen. Aus den Augenwinkeln sah er sie
aufstehen, um heißes Wasser in zwei Teeschalen zu gießen.
»Übrigens musst du dir eine andere Erkennungsmelodie
überlegen«, sagte sie.

»Wieso das?«

»*Blüte der Regennacht* wurde von der Regierung für zu
traurig befunden und verboten. Es passt sowieso nicht zu
dir, sorglos, wie du bist.«

Rasch zog er sich ganz aus. Die Haare hatte sie hochgesteckt, wie er es am liebsten mochte – aber nicht, *weil* er es
mochte, darauf legte sie Wert. Warum ihr schlanker Nacken
solchen Reiz auf ihn ausübte, verstand er selbst nicht. »Es
ist bloß ein Liebeslied«, sagte er.

»Unsinn. Es handelt von einer gefallenen Frau.«

»Ich meine, es hat keine politische Bedeutung. Warum
sollten sie es verbieten?«

»Aus Angst, dass wir uns alle aufhängen. Früher habe ich
es auf der Bühne gesungen, und jedes Mal haben sich zwei
oder drei Männer im Publikum erschossen. Frauen nie – wir
sind an die Trauer gewöhnt.«

Solche Bemerkungen hatte er gelernt zu übergehen. Seine Kleider legte er auf den einzigen Stuhl und versuchte,
ihre Stimmung zu erraten, aber noch waren die Signale
nicht eindeutig. Manchmal ließ sie ihn zappeln. »Es wurde
tatsächlich verboten?«

»Jeder hat seine eigene Art, mit Kunst umzugehen. Die
Japaner haben das Lied zum Militärmarsch umgedichtet,
falls du dich erinnerst. Keiji-san.« Sie gab ihm eine Teeschale und blieb so dicht vor ihm stehen, dass er die Wärme ihres Körpers spürte, aber da sie ihn nicht berührte, kam

er sich mit seiner Erektion albern vor. »Du bist spät«, stellte sie nüchtern fest.

»Langer Weg.« Als er die Hand ausstreckte, machte sie einen Schritt zurück. Kleine feste Brüste hatte sie und eine Narbe rechts unterhalb des Bauchnabels. Woher die kam, verriet sie nicht, wie so vieles. »Singst du das Lied trotzdem noch?«

»Manche sagen, mit der misshandelten Frau sei unsere Insel gemeint. Was zwar politisch wäre, aber nicht sehr charmant: Oder würdest du auch zu mir kommen, wenn ich die Form einer Süßkartoffel hätte?«

»Ob du es noch singst.«

»Wenn ich sicher bin, dass kein Spitzel da ist, aber wann bin ich das schon? Du könntest einer sein, Studiosus von der Taida.« Die Dunkelheit, in der sie ihn jedes Mal empfing, passte zu ihr. Sie mochte kein Licht, behauptete sie, und stand oft erst am Nachmittag auf. Manchmal brachte sie aus dem *Pegasus* etwas zu essen mit, das sie hinterher gemeinsam verzehrten, aber jetzt setzte sie sich aufs Bett, schlang die Arme um ihre angewinkelten Knie und ließ seine Hoffnung schwinden.

»Ist bei der Aufführung was schiefgelaufen?«, fragte er.

»Nein.«

»Was ist dann los?«

»Hat dir noch nie jemand erzählt, dass Frauen launisch sein können? Es liegt daran, dass wir im Gegensatz zu euch Gefühle haben.«

Als er sich neben sie setzte und begann, ihren Rücken zu streicheln, ließ sie es geschehen, mehr nicht. Er küsste ihren Nacken und fuhr mit der Zungenspitze hinauf zum Haaransatz. »Das Blöde ist«, sagte sie, »es gibt keine Knöpfe, an denen man drehen kann.«

»Angeblich gibt es bestimmte Punkte.«

»Schlauberger. Erzähl mir von deinem Tag, aber nichts von der Uni, kein Blut.«

Enttäuscht ließ er von ihr ab. »Ich habe meine Schwester getroffen. Beim Campus.«

»Und?«

»Nichts und, wir waren in der Teestube am Gongguan. Sie hat gefragt, warum Chiang Kaishek die Präsidentschaft ruhen lässt, und ich habe gesagt, damit andere den Krieg verlieren. Danach wird er schnell von seinem Berg herunterkommen.«

»Bewundert sie dich sehr für deine Klugheit?«

»Sie ist selbst klug, bloß ein bisschen ängstlich.«

»Trotzdem fragt sie dich, schließlich bist du ein Mann. Ja?«

»Ihr Bruder, um genau zu sein.«

»Auf mich wirkt es eher einfältig.«

Sollte er sie einfach zu sich heranziehen, um das Gespräch zu beenden? Frauen mögen es nicht, wenn Männer zu sanft sind, das hatte sie selbst einmal gesagt. »Sonst beantwortet niemand ihre Fragen. Außerdem wäre es mir lieber, du würdest sie nicht beleidigen.«

»Wirst du gern bewundert?«

»Ich habe nicht gesagt, dass sie es tut. Und selbst wenn, sie ist meine kleine Schwester.«

»Warum schneidest du dir nicht den Schwanz ab und verzehrst ihn zum Frühstück?«

Zuerst glaubte er, sich verhört zu haben. Eine Weile verharrte sie reglos, dann kippte sie zur Seite und drehte sich auf den Rücken. Schweigend starrte er auf das Relief ihres Körpers, die beiden kleinen Hügel, das Tal mit dem Nabel und den glatten schwarzen Busch. So etwas hatte sie noch nie gesagt. »Was ist los mit dir? Bist du total verrückt geworden?«

»War ich schon immer«, erwiderte sie ohne Bedauern.

»Manchmal denke ich wirklich, du hast sie nicht alle.« Mit dem Fuß stieß er in die weiche Einbuchtung über ihrer Hüfte. Als er den Druck erhöhte, ließ sie sich auf die Seite drehen und zeigte ihm ein anderes, ebenso verlockendes Relief. Ihr Hintern war muskulös und beinahe hart, wenn sie ihn anspannte, das kam vom Tanzen. Sollte er sich anziehen und gehen oder sie aus dem Bett schubsen? Seine Zehen drückten gegen ihren Po, es war ein idiotisches Spiel, trotzdem kehrte seine Lust zurück, noch stärker als vorher. Ganz sicher gab es nirgends auf der Insel eine zweite Frau wie sie. Manchmal kniff oder biss sie ihn, wenn sie es taten, jetzt rollte sie weiter bis zum Fußende des Bettes, fiel aber nicht hinaus, sondern machte eine flinke Bewegung und saß in der nächsten Sekunde auf ihm. Hoch genug, um mit den Knien seine Oberarme niederzuhalten. Der schwarze Busch befand sich direkt vor seinem Gesicht. »Hab ich dir von meiner Mutter erzählt?«, fragte sie so beiläufig, als würden sie einfach plaudern.

»Nicht viel. Eigentlich nur, dass du deinen Vater nicht kennst.«

»Als Kind hat sie in den Bergen gewohnt, später ist die Familie in die Ebene gezogen. Ihre Eltern hatten einen kleinen Kramladen oder so. Tut es weh?«

»Nein.« Um den Schmerz zu verringern, spannte er die Armmuskeln an. Irgendwie tat es sogar gut, ihr ausgeliefert zu sein.

»Ich glaube, dass sie vergewaltigt wurde.«

»Wie kommst du darauf?«

»Von einem Polizisten zum Beispiel. Das kam oft vor, außerdem wurden wir von allen wie Aussätzige behandelt. Nicht nur von den Chinesen, sogar ihre Eltern haben sie verstoßen.«

»Lebt sie noch, kannst du sie fragen?«

»Nein. Von klein auf hat sie mir eingeimpft: Du musst für dich selbst sorgen, Lu-ya, auf Männer ist kein Verlass. Mit Handarbeiten hat sie uns durchgebracht. Stofftaschen zu nähen war in ihrem Stamm eine Aufgabe für die Frauen. Wenn die Männer loszogen, brauchten sie Taschen in zwei verschiedenen Größen: Eine, um Hirse zu sammeln, in die kleinere passte ein Kopf.« Lächelnd sah sie auf ihn herab. »Sie hat mir beigebracht, wie es geht. Soll ich eine für dich machen, großer kluger Bruder? Für dein hübsches Köpfchen?«

»Bei dir weiß man nie, was wahr ist und was du dir zusammenspinnst.«

»Und du würdest eine gefallene Frau nicht erkennen, wenn sie nackt auf dir sitzt. Hast du dich nie gefragt, wie ich meine Miete bezahle? Ich verdiene ja fast nichts mehr.«

»Willst du Geld von mir?«, fragte er. Ihre Kammer konnte bloß ein paar Yuan kosten.

»Ihr Chinesen seid doch alle gleich. Hauptsache, die Fassade stimmt.« Kaum hatte sie das gesagt, war sie die Sanftheit in Person, ein selbst für ihre Verhältnisse jäher Wechsel. Sie gab seine Arme frei und beugte sich herab, um ihn zu küssen. Löste den Knoten in ihrem Haar, damit es wie ein Vorhang auf sein Gesicht fiel. Sobald sie schwiegen, ging alles wie von selbst.

Als er in sie eindrang, stöhnte sie leise auf. Machte sie ihn absichtlich wütend, um sein Verlangen zu steigern? Mit einer Hand hielt er sie fest und drehte sich auf sie, aber statt die Augen zu schließen wie sonst, heftete sie ihren Blick klar und beinahe prüfend auf ihn. Als er mit dem Mund nach den harten Spitzen ihrer Brüste schnappte, krallte sie die Fingernägel in seinen Rücken. Er hasste es, wenn sie ihn einen Chinesen nannte; sie in ihrem Groll auf die Japaner ähnelte ihnen viel mehr. Keiji-san, sagte sie, als meinte sie ›du kleiner Dummkopf‹. Ihr Atem roch nach Tabak und Kaffee, und wenn er fest zustieß, produzierte ihr Schoß ein Geräusch, das ihn gleichzeitig abstieß und anspornte. Nie hatte er sie tagsüber getroffen oder auf der Bühne gesehen. Ob sie es mit anderen für Geld tat, ging ihn nichts an, trotzdem war ihm der Gedanke zuwider. Jetzt spürte er den Druck ihrer Beine, die sie um ihn geschlungen hatte, als wollte sie ihn tiefer in sich hineinziehen, und konnte sich nicht länger beherrschen. Seine Zunge fand das haarig feuchte Gekräusel unter ihren Armen. Als er kam, biss er hinein, aber auf die vertraute Erschütterung ihres Körpers hoffte er vergebens.

»Das ging schnell«, keuchte sie und legte ihm eine Hand auf den Nacken.

Hinterher überfiel ihn ein Gefühl, für das er keinen Namen wusste. Als hätte die Welt ihre Maske abgelegt. Wenn Lu-ya breitbeinig vor dem Waschbecken stand, drehte er sich auf die andere Seite. Einmal hatte er ihr gesagt, dass er sie liebte, und zur Antwort erhalten, er solle keinen Unsinn reden. Über Nacht blieb er trotzdem; in ihrem Bett jagten ihn die Flugzeuge nie. Nachdem sie eingeschlafen war, lag er auf dem Rücken und dachte an das Treffen mit seiner Schwester am Nachmittag. Warum er jedes Mal unwirsch reagierte, wenn Ching-mei vom dritten Onkel anfing, konnte er auch nicht erklären. Was hätte er tun sollen? Alles war so geordnet abgelaufen, kein Tritt gegen die Tür mitten in der Nacht, sondern ein höfliches Klopfen am frühen Abend. Zwei Polizisten und ein Beamter in Zivil. Ob der Chef zu Hause sei und einen Moment Zeit habe? Er, Keiji, hatte sie selbst hereingebeten.

Als der dritte Onkel die Treppe herabkam, hob er fragend die Augenbrauen.

Es sei wegen der Petition neulich, die im Ministerium großes Interesse erregt habe. Ob es wohl angehe, dass Herr Lee einen kleinen Teil seiner kostbaren Zeit opfere, um sich zu den Einzelheiten der Umsetzung befragen zu lassen.

Jetzt?

Wenn es keine Umstände macht.

Beinahe amüsiert hatte der Onkel auf die beiden Polizisten geschaut.

Die Herrschaften sind nur als Eskorte dabei, versicherte der Beamte eilig.

Weil es abends stark abkühlte, hatte der Onkel nach dem Mantel gegriffen, bevor er Keiji ein paar Papiere in die Hand drückte und ihn bat, sie oben auf den Schreibtisch zu legen. Sag deiner Tante, sie soll heute nicht auf mich warten. Kein Hauch von Beunruhigung in seiner Stimme, er verließ das Haus wie für einen Geschäftstermin. Keiji hatte die Tür hinter ihnen geschlossen, und erst als draußen der Motor ansprang, begann sein Herz heftig zu klopfen. Der Mann in Zivil hatte sich nicht einmal vorgestellt. Ohne Eile fuhr das Auto davon, er blieb allein im Laden zurück und spürte den Drang, sich selbst zu ohrfeigen. Sobald er jetzt daran dachte, ballte er die Hand zur Faust. Neben ihm lag Lu-ya auf der Seite, ihr Atem strich über seinen Hals. Wie alle im Viertel wusste sie vom Schicksal des Teehändlers Lee und zog es vor, nicht davon zu sprechen. Tote soll man ruhen lassen, das war gutgemeint und trotzdem unmöglich. Ohne Leiche keine Tat, ohne Täter keine Gewissheit und ohne die keine Ruhe. Es gab nur offene Fragen, die er niemandem stellen konnte. Sollte er es als Glück bezeichnen, dass sie ihn nicht mitgenommen hatten? Wenn ja, war es offenbar eines von der Art, das einen nachts um den Schlaf brachte. Quälend wie die Hoffnung, es könnte alles ganz anders gewesen sein ...

―

»Wohin fahren wir?«, fragte er, als das Auto abfuhr. Im Stillen überlegte er, warum er das nicht vorher gefragt hatte, aber die Festigkeit seiner eigenen Stimme fühlte sich an wie eine beruhigende Hand auf der Schulter. Er klang wie immer, also war alles wie immer, richtig?

»Glauben Sie mir, alle Ihre Fragen werden in Kürze beantwortet werden, Herr Lee.« Der Mann auf dem Beifahrersitz wendete den Kopf zur Seite, wenn er sprach, ohne Blickkontakt zu suchen. Im Nu hatten sie den Tempel des Stadtgottes hinter sich gelassen und folgten der Yanping Lu nach Süden. Mit den neuen Straßennamen tat er sich schwer, niemand im Viertel benutzte sie, aber die Richtung stimmte. Mach dir keine Sorgen, sagte er sich, als würde er in Gedanken noch zu Keiji sprechen. »Wenigstens wie Sie heißen, könnten Sie mir verraten.«

»Mein Name ist Yang.«

»Herr Yang, angenehm.« Die Polizisten rechts und links von ihm blickten starr geradeaus. Dass er in einem Automobil saß, kam selten vor und verstärkte das Gefühl, das ihn eben aus der Tür hinausbegleitet hatte: eine Welt zu betreten, von deren Existenz er zwar gewusst hatte, aber ohne je mit ihr in Kontakt gekommen zu sein. Bis heute. Im Übrigen war sein Mantel für die Jahreszeit zu warm, der Winter lag hinter ihnen. »Und in welches Ministerium fahren wir, wenn ich fragen darf?«

»Nur Geduld, Herr Lee.« Ein südlicher Akzent, abgeschliffen von der Odyssee, die in den letzten Jahren fast alle chinesischen Beamten kreuz und quer durchs Land geführt hatte. Also das Festland. Täuschte er sich, oder roch es im Auto säuerlich? Obwohl sie einer der Hauptverkehrsstraßen folgten, kam ihm die Beleuchtung spärlich vor, fast wie in den letzten Kriegsmonaten, und sofort stieg die Angst wieder in ihm hoch, die er damals um seinen Neffen gehabt hatte. Ein kluger, etwas vorlauter Junge, ihm selbst in jungen Jahren nicht unähnlich, fand seine Frau. Am großen Kreisel machte das Auto einen Schwenk nach rechts, behielt aber die grobe Richtung bei und fuhr parallel zur Bahnlinie nach Süden. Ja, säuerlich, entschied er, jemand hatte sich vor kurzem in diesem Vehikel übergeben. »Wäre es vielleicht möglich, das Fenster zu öffnen?«

»Bedauere.«

»Die Luft ist ein wenig stickig, finden Sie nicht?«

»Wir sind gleich da, Herr Lee.«

»Ist das so? Trotzdem wollen Sie mir nicht verraten, wohin wir fahren.«

Zum ersten Mal seit der Abfahrt drehte Herr Yang den Kopf weit genug, um ihm dasselbe Lächeln zu schenken wie vorher beim Betreten des Ladens. Verbindlich, ohne freundlich zu sein. »Alles zu seiner Zeit.« Sein Gesicht war so durchschnittlich, dass man es vergaß, sobald er wieder nach vorne sah.

Geschlossene Geschäfte, kaum Passanten. In sich gekehrt und still war die Stadt, seit das Kriegsrecht galt und tagsüber keine Schüsse mehr fielen. Zunächst hatte er es abgelehnt, im Bürgerforum zu sprechen; die Lees aus Keelung wurden weder Beamte, noch strebten sie politische Posten an, so weit war er sich mit seinem Vater einig. Für die Gemeinschaft allerdings engagierten sie sich, und worum sonst war es gegangen? Die Zusammenarbeit von Schmugglerbanden und KMT-Beamten hatte ein Ausmaß erreicht, das nicht länger hinnehmbar war, aber um kein Öl ins Feuer zu gießen, mussten die Beschwerden mit einem gewissen diplomatischen Geschick vorgebracht werden. Den Kaufleuten in Dadaocheng kochte das Blut, er war für seine Gelassenheit bekannt – kurz und gut, am Ende hatte er lediglich dafür gesorgt, dass Keiji zu Hause blieb. Junge Leute verbrannten sich leicht die Zunge. Bei jedem Gespräch forderte er seinen Neffen auf, die Situation einmal mit ihren Augen zu sehen: Acht Jahre lang hatten sie gegen die Japaner gekämpft und gewaltige Opfer gebracht, nun lag ihr Land am Boden, die Kommunisten wurden immer stärker, und Taiwan, um es einfach auszudrücken, überforderte sie. Auf dem Festland hatten sie sich an die Fügsamkeit von Bauern gewöhnt, die hilflos zusahen, wie ihre Söhne vom Feld geholt und schnurstracks zum nächsten Armeestützpunkt gebracht wurden. Mit Leuten wie uns, dachte er jetzt, die Petitionen und Leserbriefe schreiben, können sie nicht umgehen.

Außer mit Gewalt.

Wie ein überzähliger Fahrgast saß das Schweigen im Auto und nahm ihm die Luft. Naiv war er nicht: Auf eine Polizeistation würde man ihn bringen und wahrscheinlich über Nacht dabehalten. Im Bürgerforum hatte er weder Namen genannt noch politische Forderungen erhoben, sondern nur die Anwendung geltenden Rechts verlangt, aber die KMT war kein Debattierklub. Wenn er Pech hatte, würde sich die Sache hinziehen und in eine Anklage münden. »Sie können ruhig ehrlich sein«, sagte er. »Wohin bringen Sie mich? Dass in den Ministerien um diese Zeit nicht mehr gearbeitet wird, ist mir bekannt.«

»Unterschätzen Sie unsere fleißigen Beamten nicht.« Der unterkühlte Humor, den man sich im Sicherheitsapparat mit der Zeit wohl zulegte. Herr Yang hatte zum Glück nichts von der geschwätzigen Freundlichkeit oder der dummdreisten Gier, auf die er sonst gelegentlich stieß, aber dass die Fahrt direkt am Bürgerforum vorbeiführte, gefiel ihm nicht. Auf einmal stand ihm die starre, an einen Raubvogel erinnernde Miene von General Ke vor Augen. Natürlich war es im Saal hoch hergegangen, mit erbosten Zwischenrufen und kämpferischen Slogans, und der General hatte sich alles stumm angeschaut, als stünde seine Schlussfolgerung fest.

Als er sich nach vorne beugte, um nicht Herrn Yangs Hinterkopf anzusprechen, legte ihm einer der Polizisten die Hand auf die Schulter. »Ich denke, ich habe ein Recht darauf, zu erfahren, wohin Sie mich bringen.« Seine Stimme hatte sich verändert, um eine Winzigkeit nur, aber er merkte es sofort. Als wäre ein Schatten auf seine Worte gefallen.

»Keine Sorge, das werden Sie auch.« In Herrn Yangs Diktion wiederum klang jeder Satz wie die Bitte, es nicht unnötig kompliziert zu machen.

Noch war er nicht bereit, das Gefühl in seiner Magengegend Angst zu nennen. Man hörte viel, wenn man in einem Viertel wie Dadaocheng mit Tee handelte; jeder kannte jemanden, der jemanden kannte, der in Schwierigkeiten geraten war. Die Palette der Gerüchte reichte von nächtlichen Verhören und erpressten Geständnissen bis zu Hinrichtungen im Morgengrauen. Wie hatte Herr Wu gesagt: Das Kriegsrecht ist ein Mittel, um aus Unrecht Recht zu machen. Jetzt fuhren sie durch die einst belebten Straßen von Wanhua, hinter denen, wie er wusste, nur noch der Fluss lag. In Keelung waren die Männer aneinandergebunden worden, um Kugeln zu sparen: Der Erste fiel ins Wasser und zog die anderen mit, sein Bruder hatte es ihm am Telefon erzählt. Augenblicklich glaubte er, einen Schuss zu hören, und schüttelte den Kopf über sich. Herr Yang wechselte ein paar Worte mit dem Fahrer, die er im Fond nicht verstand. Man muss auf den Wind achten und den Hut richten, pflegte sein Vater zu sagen, der zeitlebens denselben bewährten Maximen gefolgt war, bis die Dinge plötzlich eine Wendung genommen hatten, die den Rahmen seiner überlieferten Weisheit sprengte. Nun schwieg er so beharrlich wie alle, die ihre Wut nicht laut hinausschrien.

Am Stadtrand wurde die Dunkelheit noch dichter.

Durch die Frontscheibe erkannte er das schwarze Band des Flusses, der einen weiten Bogen um Taipei schlug. Straßen, die zu Wegen wurden, die in Wiesen endeten. Wollte man ihn einschüchtern, damit er später auf der Polizeistation kooperierte? Das ungewohnte Verlangen, etwas zu sagen, einfach irgendetwas von sich zu geben, wurde stärker, trotzdem brachte er kein Wort hervor. Inzwischen wusste seine Frau sicherlich Bescheid. Er kannte das Lächeln, das ihre Miene immer umspielte, wenn sie mit dem Jungen sprach, aber diesmal ... Nachts im Bett hatten sie darüber geredet. Ein heiseres Flüstern, das dem Unvorstellbaren eine flüchtige Gestalt verlieh. Was wäre wenn.

Irgendwo zwischen Stadt und Fluss kam das Auto zum Stehen. Jemand hatte kürzlich auf diesem Sitz gesessen und sich vor Angst übergeben. Ein Mann wie er.

»Ich darf Sie bitten, auszusteigen, Herr Lee.«

»Warum?«

»Wir sind da.«

»Ich meine, warum bringen Sie mich hierher?«

»Es wurde mir aufgetragen.«

»Von wem?«

Zum zweiten Mal drehte sich Herr Yang zu ihm um, aber außer Müdigkeit verriet seine Miene nichts. »Von Personen, die dazu befugt sind.«

Ehe er antworten konnte, zerrte ihn der Polizist zu seiner Linken aus dem Wagen. Hinter westwärts ziehenden Wolken tauchte ab und zu die bleiche Sichel des Mondes auf. Wie ein ferner Beobachter. Der Boden unter seinen Füßen war weich, die Luft kam ihm kühler vor als eben vor seinem Haus. Dann sah er, dass noch weitere Fahrzeuge in den Wiesen parkten, hier eins und da eins, dazwischen standen Männer in kleinen Gruppen, deren Zigarettenspitzen in der

Dunkelheit glimmten wie Glühwürmchen. Die Stadt in seinem Rücken gab keinen Laut von sich.

Zu seiner Verwunderung stieg Herr Yang ebenfalls aus, kam um den Wagen herum und hielt ihm eine offene Schachtel hin. »Rauchen Sie?«

Nein, dachte er und nickte. Für einen Moment befürchtete er, schreiend zu Boden zu sinken. »Steckt Mr. Lau dahinter?«, fragte er atemlos. »Will er sich an mir rächen, weil ich ihn abgewiesen habe?«

»Wer?«

»Sie wissen, wen ich meine.«

Mit einer Hand schützte Herr Yang die Flamme und gab ihm Feuer. »Glauben Sie mir, Herr Lee, denn ich spreche aus Erfahrung: Im Krieg tut man, was nötig ist – nicht mehr und nicht weniger. Alles andere kommt danach, wenn es noch wichtig ist.«

»Mit wem sind Sie denn in Taiwan im Krieg?«

»Mit unseren Feinden.«

Beißend scharf fuhr ihm der Tabakgeschmack in den Rachen. Ob Herr Yang ein geistloser Scherge war, der seine Vorgesetzten nachäffte, oder ob in diesen knappen Sätzen das Destillat jahrelanger Erfahrung lag, konnte er nicht entscheiden. »Was ich seinerzeit im Bürgerforum gesagt habe, reicht aus um –«

»Sie meinen in der Sun-Yatsen-Halle?«

Dass sich seine Augen an die Dunkelheit gewöhnten, machte alles noch unwirklicher. Es war eine Maschinerie, die im Verborgenen arbeitete, mit blinder Effizienz. Vermerke, Namen, Listen. Der Glaube an die Notwendigkeit hatte bei diesem Unmenschenschlag geradezu religiöse Kraft. Das Öl, das alles am Laufen hielt. Angewidert warf er die Zigarette fort. »Sie bekämpften Ihre Feinde nicht«, sagte er, »sondern schaffen sich welche.«

Wortlos nickte Herr Yang den Polizisten zu und ging zurück zur Beifahrertür. Sein Job war erledigt.

Den Pfad zum Ufer hatten andere vor ihm getreten. Vergebens suchte er nach einem Bild im Kopf, an dem er sich festhalten konnte. Das Licht über dem großen Esstisch, ein Stapel ungelesener Zeitungen und das leise Klappern aus der Küche. Beinahe fürchtete er, sie durch die Tür auf sich zukommen zu sehen. Dreißig Jahre lang hatten sie abends dort gesessen und vielleicht nicht gewusst, wie glücklich sie waren. Bis heute.

Wie um alles in der Welt hatte er so blind sein können?

Die Soldaten bemerkte er erst, als er den Fluss bereits hören konnte. Zu dritt standen sie in einer Mulde, mit geschulterten Gewehren, und zogen noch einmal an ihren Zigaretten, bevor sie sich rührten. Gegen die beiläufige Grausamkeit des Ganzen wäre jeder Protest vergebens. Wie ein Aufschrei ins Nichts.

»Sie gehen, bis ich Stopp sage.« Einer der Männer wies dorthin, wo der Pfad abschüssig wurde, weniger als einen Steinwurf entfernt. Nicht einmal Handschellen legten sie ihm an, es hätte nur Zeit gekostet. Verzeih mir, dachte er und richtete die Augen auf den sumpfigen Boden. Vor ihm sahen die auf dem Wasser tanzenden Lichter aus wie kleine Stücke des Mondes. Sein Unterkiefer wollte zittern, aber er presste die Zähne zusammen. Die Lees aus Keelung verstanden es, Haltung zu bewahren.

»Stopp!«

Als er innehielt, ließ die unsichtbare Bewegung des Flusses ihn schwindeln. Hinter sich hörte er ein mechanisches Klicken. Eines Tages werden sie dafür büßen, dachte er und hoffte, dass ihm noch Zeit blieb für einen anderen Gedanken.

Doch, sie hatten es gewusst. Beide.

Dann straffte er den Rücken, stand fröstelnd am Rand der Welt und blickte in die schwarze Stille des jenseitigen Ufers.

Schüsse. Ein flatterndes Echo über dem Wasser. Die zögerliche Rückkehr der Stille.

War es wie ein Schlag ins Genick? Ein Wirrwarr von letzten Eindrücken und das Gefühl, zu fallen? Als draußen der Morgen dämmerte, lag Keiji immer noch wach, starrte an die Decke und wusste nicht, warum er jedes Mal an ein nächtliches Flussufer dachte. Es konnte ebenso gut in einer Gefängniszelle oder im Hof des Garnisonskommandos geschehen sein, frühmorgens, nach tagelangen Verhören. Die Gewissheit, es niemals zu wissen, war die einzige, die er hatte. Irgendwo lebten die Täter und behielten für sich, was für sie keinen Wert besaß. Empfanden sie es als Bürde, oder waren sie stolz auf ihre Taten? Manchmal fragte er sich, was damit gewonnen wäre, es zu erfahren, und fand keine Antwort. Neben ihm schlief Lu-ya mit einem Gesichtsausdruck, als hörte sie Musik. Aus seinen Albträumen erwachte er mit einem Anflug von Erleichterung, aber die durchwachten Nächte waren anders. Dunkler. Nicht nur lebten sie irgendwo, ihnen gehörte die Insel. Seiner Schwester gegenüber behauptete er, nicht alle Festländer zu hassen, schließlich gab es an der Uni auch anständige Kerle, trotzdem hatten weder die noch die Verbrecher etwas verloren hier. Beinahe hätte er Lu-ya wachgerüttelt, um ihr das klarzumachen, aber sobald er versuchte, sich selbst mit ihren Augen zu betrachten, wurde alles unscharf. Keiji, der Chinese ... klang das für eine Ureinwohnerin denn nicht seltsam? Wenn er sich im Lesekreis als Taiwaner bezeichnete, hielten einige Teilnehmer den Atem an, obwohl es offensichtlich stimmte. Es schien eine Frage der Betonung zu sein. Oder des Muts? Männer wie Herr Yang hatten ihre Augen und Ohren überall, vielleicht würden sie sich eines Tages begegnen. Beinahe hoffte er, einmal die Möglichkeit zu haben, ihnen seine ganze Verachtung zu zeigen. Entweder würde er danach besser schlafen – oder für immer.

13

Im Frühjahr 1950 erfüllte sich die Prophezeiung ihres Bruders: Der Generalissimus kam vom Grasberg herunter und erklärte, doch wieder Präsident sein zu wollen. Es ging ja nicht ohne ihn. Zuletzt war die Zentralregierung auf dem Festland immer weiter westwärts geflohen, im vergangenen November hatten die kommunistischen Banditen sie aus Chongqing vertrieben und einen Monat später aus Chengdu, jetzt beorderte Chiang Kaishek seine Getreuen nach Taipei, um die große Gegenoffensive zu planen. Sein Wille sei ungebrochen, zitierten ihn die Zeitungen, notfalls werde er allein zurückkehren, um das Mutterland von der roten Pest zu befreien. Das klang entschlossen, aber womöglich würde er am Ende allein kämpfen *müssen* – die Amerikaner jedenfalls wollten ihn nicht länger unterstützen.

Mit leeren Händen war Madame Chiang aus Washington zurückgekehrt. Präsident Truman erklärte, sein Land werde den chinesischen Streitkräften auf Formosa keine militärische Hilfe leisten. Soweit es die USA betraf, war der Krieg in Asien endgültig vorbei. Der Außenminister zog eine gedachte Linie durch den Pazifik und schied den Teil, den Amerika notfalls zu verteidigen bereit war, von jenem, der sich selbst überlassen blieb. Japan lag innerhalb dieses Schutzschilds, Taiwan nicht. Zwar sprach der Generalissimus danach unbeirrt weiter von der Rückeroberung des Festlands, aber sein Volk stellte sich auf das Gegenteil ein: eine Invasion der Insel durch rote Horden. Die Schutzübungen in der Schule kannte Ching-mei noch vom letzten Krieg, die Schlangen vor den Geschäften wurden länger und der Wohnraum knapper, weil der Strom der Flüchtlinge einfach nicht abriss. Das fand sie am merkwürdigsten: als wollten sich alle auf ein leckendes Schiff retten, um beim Untergang dabei zu sein. In ihrem Viertel ging es noch einigermaßen geordnet zu, aber wenn sie morgens mit dem Bus zur Schule fuhr, sah die provisorische Hauptstadt der Republik aus wie ein Slum.

Beim Tempel des Stadtgottes bestieg sie die Linie zwölf zum Bahnhof. Dort konnte sie zwischen zwei Verbindungen wählen; eine fuhr am Uni-Klinikum vorbei, die andere durch die holprigen Gassen zwischen Nordtor und Präsidentenpalast. Nachdem sie eine Stunde lang durchgerüttelt worden war, empfing sie der weitläufige Campus der Bei-I-Nü wie ein Refugium. Endlich besuchte sie wieder eine Schule, die den Namen verdiente, mit richtigen Lehrern, sauberen Klassenzimmern, Mensa und Bibliothek. Inzwischen kam die Hälfte ihrer Mitschülerinnen vom Festland, und wenn morgens auf dem Hof die Fahne gehisst wurde, fragte sich Ching-mei im Stillen, ob der Stolz auf ihre grün-schwarze Uniform jene taiwanische Sklavenmentalität bewies, die alle so verachteten. Menschen, die ihre Wurzeln verleugnet hatten, um sich fremden Herren anzudienen. Den neuen Machthabern zu gehorchen, war hingegen patriotisch, aber hatten die Japaner nicht genau das Gleiche behauptet? Statt des Kaisers hing nun Landesvater Sun Yatsen über der Tafel und schaute gütig auf die Klasse herab. Würde es bald der hinterlistige Herr Mao sein, ein Bauernsohn aus Hunan?

Das Wort Volksrepublik durfte niemand benutzen. Es waren Banditen, weiter nichts.

Das ganze Frühjahr über blieb die Lage angespannt. Zwar mangelte es dem Feind an Flugzeugen und Schiffen, aber

Hainan war bekanntlich auch eine Insel, und um die wurde im April erbittert gekämpft. Auf Fischerbooten und Dschunken setzten die Roten vom Festland über. Als der befehlshabende General evakuiert werden musste, ließ er dreißigtausend Tote zurück, die Überlebenden bildeten eine der letzten großen Flüchtlingswellen, die im Frühjahr über Taiwan hereinbrachen. Vor dem Bahnhof saßen hohlwangige Männer auf dem Boden und sahen noch schlimmer aus als die 70. Armee damals in Keelung. Warum seid ihr nicht bei euren Familien geblieben, dachte Ching-mei und eilte durch die Menge zu ihrer Haltestelle. Manche stanken so, dass man es kaum in ihrer Nähe aushielt.

Einmal beobachtete sie im Bus einen älteren Mann in Uniform, der einen schmutzigen Verband um den Arm trug. Mit fiebrigen Augen saß er zwischen den Schülern der Jianguo Highschool und schien auf jemanden einzureden, der nur in seinem Kopf existierte. Sie blieb an der hinteren Tür stehen und hörte ihn gehetzt vor sich hin murmeln, als flehte er um sein Leben. Ende Mai wurde die Luft wärmer und schwerer, die Regenzeit konnte jeden Tag beginnen. Dass der Mann ihr bekannt vorkam, musste daran liegen, dass sie überall in der Stadt auf Leute traf, die mit Geistern sprachen. Meistens in einem fremden Dialekt, den hier niemand verstand.

Als sie den Kopf wendete, glotzte einer der Schüler sie an. Die Jianguo High lag ein paar Straßenzüge weiter und war das Pendant zu ihrer Schule, die Nummer eins für Jungen, und entsprechend benahmen sie sich auch, riefen ›Missy, Missy‹ oder forderten einander zu Mutproben heraus: Zwei Yuan, wenn du hingehst und fragst, ob sie dich küssen will. Als Ching-mei eine Minute später erneut hinsah, glotzte er immer noch, im nächsten Moment stand er sogar auf und kam auf sie zu. Genervt drehte sie das Gesicht zum Fenster.

Wahrscheinlich der Sohn eines Generals der Luftwaffe, das waren die Schlimmsten. Je höher die Position des Vaters ...

»Hsiao Mei?«

Überrascht fuhr sie herum. Die Stimme kam ihr bekannt vor, und aus der Nähe wirkte sein Lächeln weniger herausfordernd als erfreut. »Ich bin's«, sagte er und strahlte übers ganze Gesicht. Ehe ihr der Name einfiel, erschien vor ihrem inneren Auge das leere Haus der Nachbarn. Damals hatte sie sich gewünscht, sie wären nicht im Streit auseinandergegangen. Hsiao Chen. Jetzt stand er vor ihr, drei Jahre älter geworden und ein gutes Stück gewachsen. »Sieh an«, sagte sie, »bist du wieder zurück?« Ihr kühler Tonfall schien seine Freude nicht zu dämpfen, er schaute sie an, als könnte er sein Glück kaum fassen. Die feixenden Mitschüler auf der Rückbank ignorierte er.

»Zurück, ja. Seit ein paar Monaten erst.« Kurz fiel sein Blick auf ihre Brust, die Wangen wurden rot, aber das anerkennende Nicken galt der Schule, die sie besuchte. »Bei-I-Nü natürlich.«

»Jianguo, was sonst«, erwiderte sie. So sehr hatte er sich gar nicht verändert.

»Wo wohnst du?«, fragte er.

»Dadaocheng.«

»Nie gehört, wo ist das?« Als Festländer kannte er sich natürlich nicht aus. Mit einer Hand fasste er den Haltegriff und wirkte so sportlich, wie sie seine älteren Brüder in Erinnerung hatte. An den Schultern spannte die Uniform ein wenig, vermutlich besuchte er den letzten Jahrgang der Oberschule.

»Oben am Fluss.«

»Langer Schulweg«, bemerkte er.

»Wo wohnst du?«

»Beim Shandao-Tempel.«

»Wieso gehst du nicht zur Chenggong High?«, fragte sie. »Die liegt viel näher.«

»Dann hätten wir uns heute nicht getroffen.« Nie war er um eine Antwort verlegen, aber als sie wissen wollte, von wo er zurückgekehrt war, verdüsterte sich seine Miene. »Bis vor einem Jahr haben wir in Shanghai gewohnt«, sagte er, »von Hongkong aus sind wir hergeflogen.«

»Geflogen?«

»Nicht so, wie du denkst, in einem Transportflugzeug voller Verwundeter. Zum Glück hatte ich drei Schichten Klamotten an, der Winter im Norden ist nichts gegen die Luft da oben.«

»Besitzen Nordmenschen wie du keinen warmen Mantel?«

»Es gab sonst keine Möglichkeit, sie mitzunehmen. Die Maschine war so überladen, fast wären wir am Ende der Startbahn ins Meer gefallen.« Wie damals erzählte er mit einem Hang zur Aufschneiderei und sah ihr direkt in die Augen. Hinter ihm erkannte sie, wie der verrückte Soldat die Hand an die Stirn legte, um seinem unsichtbaren Gegenüber zu salutieren. Pa-chi-fi-ku, ging ihr durch den Kopf, es fehlten bloß die alten Zeitungen. »Warum bist du so ernst, freust du dich nicht?«, fragte Hsiao Chen, als der Bus hielt. »Übrigens ist dein Chinesisch viel besser geworden.«

»Wir sind am Bahnhof, ich muss umsteigen.«

»Wann sehen wir uns wieder?«

»Haben wir doch gerade.«

»Gehst du gern ins Kino?«, rief er ihr durch die Tür hinterher. Von seiner Beharrlichkeit fühlte sie sich gleichzeitig geschmeichelt und bedrängt, also winkte sie kurz und verschwand in der Menge. Über die Frage, ob sie sich freute oder nicht, dachte sie zu Hause immer noch nach. Von ihrem Schreibtisch im oberen Stockwerk aus ging der Blick über die Dächer des Viertels. Als junges Mädchen hatte sie ein Wochenende in Dadaocheng verbracht, das bunte Leben in den Gassen bestaunt und sich vorgestellt, ein Modan gāru zu sein. In den Räumen hing noch derselbe Teegeruch wie damals, aber solche Ausdrücke benutzte niemand mehr, zu viel war geschehen. Ihre Tante fristete die Tage hinter den geschlossenen Gardinen zweier Zimmer, die sie nur zu den Mahlzeiten verließ, und auch das nicht immer. Als Mutter um halb sieben zum Essen rief, war der Tisch nur für drei Personen gedeckt. »Fühlt sie sich nicht wohl?«, fragte Ching-mei.

»Ich bringe ihr was, wenn wir fertig sind.«

Ihr Vater saß bereits auf seinem Platz und las die Zeitung. Statt wie früher nach Feierabend in seinen abgetragenen Yukata zu schlüpfen, behielt er den westlichen Anzug an, bis er gegen zehn Uhr ins Bett ging. Insgeheim schien er den Aufstieg zum Chef eines in ganz Taipei bekannten Hauses zu genießen, auch wenn er es vor anderen verbergen musste. »Sie wollen ihn tatsächlich hinrichten«, murmelte er und meinte den ehemaligen Gouverneur der Insel. »Am Sonntag vor dem Drachenbootfest. Offenbar werden Exekutionen nicht mehr nur vollstreckt, sondern regelrecht gefeiert.«

»Bist du etwa dagegen?«, fragte sie. Durchs offene Treppenhaus hörte sie, wie die letzten Mitarbeiter unten den Laden verließen. Chen Yi, der bloße Name verursachte ihr eine Gänsehaut; augenblicklich glaubte sie die trügerisch sanfte Stimme im Radio zu hören, die den lieben Mitbürgern versicherte, alle Maßnahmen dienten allein ihrem Schutz. Massenmord inbegriffen. Jetzt tat die Regierung so, als verurteilte sie sein brutales Vorgehen vor drei Jahren, dabei war er anschließend zum Gouverneur von Chiang Kaisheks Heimatprovinz befördert worden. Dass er dort gemeinsame Sache mit den Kommunisten gemacht und einen

Staatsstreich vorbereitet haben sollte, klang unwahrscheinlich, aber die Ankläger behaupteten es, und das Urteil stand fest. Verdient hatte er den Tod allemal.

»Meinetwegen können sie ihn in Stücke schneiden«, sagte ihre Mutter, danach herrschte das übliche Schweigen. Es war ein schönes, dank der vielen Fenster lichtdurchflutetes Haus, auf dem ein dunkler Schatten lag. Die dritte Tante behauptete, ihren Mann nachts rufen zu hören: Mir ist kalt! Holt mich hier raus! Sobald Ching-mei aufgegessen hatte, kehrte sie zurück auf ihr Zimmer. Ab und zu in den vergangenen Jahren hatte sie an Hsiao Chen gedacht und sich gefragt, wie es ihm wohl erging, wo er lebte. So wie sie sich gelegentlich vorstellte, was aus Reiko oder Lehrerin Honda geworden war. Jetzt versuchte sie sich auszumalen, mit welchen Gefühlen er an sie dachte, und obwohl es ihr nicht gelang, schoss ihr das Blut in den Kopf. In Keelung war sie froh gewesen über seine Begleitung, aber sollte er etwas für sie empfinden, würde er früher oder später auch etwas von ihr wollen – mindestens, dass sie seine Gefühle erwiderte. Sein freudig entschlossenes Gesicht verriet ihr, dass er so schnell nicht aufgeben würde. Alle Festländer glaubten, Anspruch auf das zu haben, was ihnen gefiel, als gehörte ihnen die ganze Insel. Ob er sich in sie verliebt hatte, wusste sie nicht, aber in einem war sie sicher: Viel Zeit würde bis zum nächsten Treffen nicht vergehen.

―――

Bevor er zu seiner Schwester ging, schaute Keiji bei der dritten Tante vorbei. In ihr Zimmer im Obergeschoss fiel mattes, von den Gardinen gefiltertes Licht, sie saß meistens am Fenster, hielt ein Buch im Schoß und döste mit gesenktem Kopf vor sich hin. Sogar das Zwitschern der Schwalben, die draußen unter dem Dachfirst nisteten, kam ihm beim Eintreten gedämpft und kraftlos vor. Vorsichtig zog er einen zweiten Stuhl heran und wartete, bis sie die Augen aufschlug. Ob sie keinen Ventilator brauche, fragte er, weil sich Anfang Juni die Hitze im ganzen Haus staute, besonders hier oben. »Bei uns im Wohnheim steht in jeder Stube einer.«

Sachte schüttelte seine Tante den Kopf. »Bald wird die Regenzeit beginnen.«

»Und danach der Hochsommer. Du musst keine Angst haben, Vater lästig zu fallen. Es ist immer noch dein Haus.«

Wenn sie den Blick auf ihm ruhen ließ, lag der weltabgewandte Gleichmut einer Heiligen auf ihrem Gesicht. »Was macht das Studium?«, fragte sie leise. »Deine Mutter sagt, du bist so beschäftigt, dass du selten vor Mitternacht ins Bett kommst.«

»Es fehlt an Professoren, viele Kurse müssen wir selbst organisieren. Ich helfe natürlich, wo ich kann, du kennst mich.«

Am meisten ähnelte sie ihrem früheren Selbst, wenn sie lächelte. »Verausgab dich nicht.«

»Keine Sorge.« Wenn er eins im Überfluss besaß, dann Energie. Morgens ging er vor Sonnenaufgang zum Sportplatz, lief zehn Runden und hatte im Seminarraum trotzdem Mühe, die Beine still zu halten. Einmal pro Woche leitete er den Lesekreis für taiwanische Studenten, an ein oder zwei Abenden schlich er heimlich vom Campus, um nach Dadaocheng zu fahren – neulich hatte ihm Lu-ya mittendrin eine geknallt und gesagt, er solle sie nicht so vögeln, als ob sie etwas verbrochen hätte. Vielleicht war Energie das falsche Wort, aber jedenfalls trieb es ihn voran und pulsierte wie ein Blutstau in den Gliedern, sobald er innehielt. »Kann ich dir was bringen, hast du Hunger?«, fragte er, weil das Gespräch zu versiegen drohte, ehe es begonnen hatte.

»Geh zu deiner Schwester, sie wartet auf dich.«

»Leistet sie dir ab und zu Gesellschaft?«

»Alle sind gut zu mir«, sagte die Tante, als meinte sie: Helfen kann mir niemand. Ein Foto an der Wand zeigte den dritten Onkel im Kreis der gelehrten Männer, die sich inzwischen anderswo trafen. Nur Herr Wu schaute noch ab und zu vorbei, um Tee zu kaufen. Seinen Job bei der Zeitung hatte er verloren, könnte man sagen – sie durfte nicht mehr erscheinen. »Sprich ruhig von ihm«, forderte Keiji seine Tante auf und rückte den Stuhl ein Stück näher. Irgendwo hatte er gelesen, dass Kummer wie ein Gift war, das Körper und Seele angriff, wenn man es in sich behielt. Keine besonders wissenschaftliche Betrachtungsweise, aber Lu-ya glaubte ebenfalls daran. Jeder hat seine eigene Art, mit Schmerz umzugehen, behauptete sie, nur du nicht. »Träumst du noch von ihm?«

»Er friert furchtbar. Deine Mutter meint, dass er in einem nassen Grab liegt.«

»Sagt sie das, ja? Wissen kann sie es nämlich nicht.« Was sonst sollte er antworten? Niemand wusste etwas, es gab gar kein Grab, und ihm wäre es lieber, seine Mutter würde ihren Aberglauben für sich behalten. Weil die Tante kaum Chinesisch sprach, hatte er sie damals in Dutzende Amtsstuben begleitet, wo Männer unter dem Porträt des Landesvaters saßen und ihnen mit routinierter Miene zuhörten. Ohne Feindseligkeit und ohne Interesse – erfahrene Beamte, die sich einem Problem von begrenzter Tragweite gegenübersahen. Ein bedauerlicher Einzelfall, das stand von vornherein fest. Mal wurde ein Aktenvermerk angelegt, mal ein ergebnisloses Telefonat geführt, ansonsten variierte der Ablauf kaum. Nach zehn bis fünfzehn Minuten begann der durchsichtige Versuch, sie wieder loszuwerden. Vielleicht sitze Herr Lee in diesem Moment zu Hause und wundere sich, wo seine Frau sei. Ein pockennarbiger Polizist hatte sich den Hinweis erlaubt, es seien auch schon Männer mit ihren Geliebten durchgebrannt. Von jedem Behördengang waren sie mit der stillen Hoffnung zurückgekehrt, den dritten Onkel im Büro vorzufinden, und im Rückblick glaubte er, dass *darin* das Gift lag. Wie in der griechischen Sage von Sisyphos, der hoffnungsvoll seinen Stein den Berg hinaufwuchtete, nur um ihn jedes Mal wieder hinunterrollen zu sehen. Was ihn, Keiji, vor dem Zusammenbruch bewahrte, war seine Wut auf die Götter. Die Vorstellung, ihnen den Stein eines Tages an den Kopf zu schleudern, half ihm durch die Nächte. Statt zu schlafen, gab er ihnen Namen und Gesichter und listete ihre Verbrechen auf. Nur zu welchem Wurfgeschoss er greifen sollte, wusste er noch nicht.

Als er nach zehn Minuten aufstand, nickte ihm die Tante zu, als sähe sie durch ihn hindurch. Aus Angst, selbst ins Visier der Behörden zu geraten, hielten sich ihre Söhne von der Hauptstadt fern, aber sie wollte nicht in die Berge ziehen. »Ich schaue nachher noch mal vorbei«, sagte er gegen den Anflug von Beschämung, der ihn zur Tür begleitete. Im Foyer nahm er zwei Äpfel vom großen Esstisch, die er später mit zu Lu-ya nehmen würde. Neulich war er frühmorgens vom Sport gekommen und hatte vor dem Eingang der Unibibliothek mehrere Kisten mit Büchern gesehen, die wegen eines Wasserschadens aussortiert worden waren. Bei einigen hatten sich die Seiten zu bräunlichen Klumpen verklebt, aber als er zu wühlen begann, stieß er auf gut erhaltene Exemplare in japanischer Sprache, die wohl aus anderen Gründen auf ihren Abtransport warteten. Bei den Autoren schien es sich größtenteils um Taiwaner zu handeln, und weil in den Titeln Wörter wie Autonomie und Demokratie vorkamen, hatte er auf gut Glück einen Stapel mitgenommen. Fünf steckten in seiner Ledertasche, als er vor Ching-meis Zimmertür stehenblieb und klopfte.

Seine Schwester empfing ihn in einem kurzärmeligen Sommerkleid und trug die Haare zum Zopf gebunden. »Gerade habe ich mich gefragt, wo du bleibst.« Mit der Zeit war es zur Gewohnheit geworden, dass sie sich sonntags in seinem früheren Zimmer trafen. Die Einrichtung war noch dieselbe, nur in der Ecke bedeckte ein kleiner Teppich mit Sitzkissen die braunen Bodendielen. Dass er schon wieder Bücher anschleppte, entlockte ihr ein spöttisches Grinsen. »In deinem Wohnheim war ich ja nie«, sagte sie, »es muss wie ein Hasenstall sein.«

»Acht Betten pro Stube. Entweder besitzt man Klamotten oder Bücher, beides geht nicht.« Abgesehen von den wenigen Exemplaren, die er im Spind versteckte.

»Die armen Studenten von der Taida. Vielleicht sollte ich nach der Schule doch lieber arbeiten gehen.«

»Wenn hier auch kein Platz ist, verkaufe ich sie eben.«

Kopfschüttelnd deutete Ching-mei auf ihr Regal, dessen Bestand zur Hälfte ihm gehörte. Es war das einzige Zimmer im Haus, in dem er sich fühlte wie damals. Am späten Nachmittag erwachten die Gassen des Viertels zu einem zweiten Leben. »Warst du schon bei ihr?«, fragte seine Schwester und hantierte mit dem Teegeschirr. Heißes Wasser hatte sie bereits aus der Küche geholt.

»Kurz. Man hält es kaum aus in der Kammer, sie braucht dringend einen Ventilator.«

»Egal, was wir ihr anbieten, sie will es nicht. Es ist jedes Mal das Gleiche.« Als sie sich neben ihn kniete, um ihm einzuschenken, konnte er sich ein Lachen nicht verkneifen. »Für eine Teezeremonie solltest du deinen Kimono tragen, oder hast du keinen mehr?«

»Ich kann ihn dir auch über die Füße schütten«, gab sie zurück. Sechzehn Jahre war sie alt; kürzlich hatte ein Bekannter sie beide an der Uni gesehen und sich hinterher nach seiner hübschen Freundin erkundigt. Fremden gegenüber war sie zurückhaltend, aber ihrer Aufmerksamkeit entging nichts. »Was ist das für ein Fleck an deinem Hals?«

»Aufgekratzter Mückenstich.« Schnell legte er die Hand darauf.

»Sie lassen einen nicht in Ruhe, was? Echte Plage.« Ohne ihre japanische Sitzhaltung zu ändern, stellte sie die Kanne ab und ließ nicht erkennen, ob sie ihn auf den Arm nahm.

»Im Ernst«, sagte er. »Man darf unsere Tante nicht fragen, was sie will, sondern muss ihr kaufen, was sie braucht.«

»Ich nehme an, das soll ich so weitergeben?«

»Beim Reinkommen habe ich niemanden getroffen.«

»Wen auch. Der Teehändler sitzt im *Bolero* und trinkt Kaffee, Mutter ist vermutlich im Tempel.« Ihr Schulterzucken galt der Tatsache, dass die beiden auch sonntags getrennte Wege gingen. Ihm war es nicht unrecht, seine Eltern nur zum Abendessen zu treffen, die Gespräche beschränkten sich ohnehin auf Fragen nach dem Studium und die mal mahnende, mal flehentliche Bitte, vorsichtig zu sein. Nicht auffallen, nicht anecken, niemanden provozieren. Der dritte Onkel hatte sich bemüht, jeden Konflikt von zwei Seiten zu betrachten, dachte Keiji, der Instinkt seines Vaters ging dahin, niemals Partei zu ergreifen und vor allem keine Schlussfolgerung zu ziehen, die ihn aus der Deckung zwingen würde. Kein Wunder, dass die Geschäfte schleppend liefen, wenn der Chef agierte wie ein niederer Angestellter.

»Wie hieß noch mal der schleimige Direktor damals in Kinkaseki?«, fragte er.

»Yamashita, warum?«

»Yamashita. Neulich fiel mir auf, dass ich den Namen meines Wohltäters vergessen habe.«

»Ohne ihn wärst du heute nicht an der Taida.« Mit einem

Hauch von Zurechtweisung reagierte sie auf seinen mokanten Unterton.

»Ich habe nie verstanden, warum er sich für mich eingesetzt hat. Abgesehen davon, dass es eine Kleinigkeit für ihn war. Wollte er Vater an sich binden? Hatte er doch längst. Ich sehe uns noch vor seinem Haus stehen und Bücklinge machen, mit der Nase bis zum Boden.«

»Dass er dir einen Gefallen tun wollte, glaubst du nicht?«

»Ein Typ wie er, nein. Warum ist Vater nach der Kapitulation eigentlich so lange dort geblieben?«

»Aus Pflichtbewusstsein. Mutter trägt es ihm bis heute nach.«

»Verständlich. Euch einfach in die rote Villa abzuschieben ...« Er schüttelte den Kopf und spürte ihren Blick auf sich; nicht direkt missbilligend, eher ratlos. Sie mochte es nicht, wenn er so redete, und weil der dritte Onkel ihr zugestimmt hätte, hob Keiji beschwichtigend die Hand. »Wahrscheinlich dachte er wirklich, es sei in Kinkaseki zu gefährlich für euch. Obwohl die Gefangenen ja längst weg waren und die Polizisten zahm wie Kaninchen.«

»Erinnerst du dich an den verrückten Tsai?«, fragte sie.

»Der Typ mit den alten Zeitungen. Ob er wirklich Tsai hieß, weiß ich nicht, alle haben ihn so genannt. Verrückt war er auf jeden Fall. Meistens hat er sich bei der Mine herumgetrieben, und ich musste auf Umwegen zur Schule gehen, um ihm nicht zu begegnen.«

»Der Name kommt mir bekannt vor. Ich glaube, er hieß so.«

»Gewohnt hat er jedenfalls auf dem Hügel vor Jiufen, wo die toten Ausländer beerdigt wurden. Kurz vor Kriegsende ist er verschwunden, angeblich hat er bei den Gräbern Kreuze aufgestellt.«

»Was sein Verschwinden erklären würde. Darf ich fragen,

wie du jetzt auf ihn kommst?« Seine eigenen Erinnerungen an damals beschränkten sich auf Baseballspiele und das gute Gefühl, von allen bewundert zu werden – am meisten von seiner kleinen Schwester.

»Überall in der Stadt sehe ich Männer, die mich an ihn erinnern. In jedem Bus, den ich nehme, sitzt ein Soldat und spricht mit sich selbst. Vielleicht deshalb.«

»Die meisten sind ungefährlich. Arme Kerle, vom Krieg ausgespucktes Kanonenfutter.«

»Mir gefällt der Gedanke nicht, dass sie hierbleiben werden.«

»Ihnen auch nicht. Neulich meinte ein Festländer zu mir: Wir stellen uns hier unter, bis der Regen vorbei ist. *Duo duo yu.* Sie sind voller Misstrauen, aber der eigenen Propaganda vertrauen sie blind. Dabei kann jeder sehen, dass das Festland für immer verloren ist. Die Kommunisten haben einen *Staat* gegründet, verdammt!«

»Was ich sagen wollte: Das mit den Kreuzen habe ich zufällig erfahren, beziehungsweise abends im Bett, mit dem Ohr an der Wand. Damals haben sie ja noch miteinander geredet.«

Draußen ertönte ein dumpfer Knall, die Maschine des alten Herrn Wen, der vorn an der Kreuzung Puffreis verkaufte. »Ist es schwer für dich?«, fragte Keiji, weil er ahnte, worauf sie hinauswollte. »Hier im Haus, meine ich. Mir fällt die Stille auf, sobald ich die Treppe hochkomme. Ganz anders als früher.«

»Ich merke es kaum noch, ehrlich gesagt. Am Tisch liest Vater die Zeitung, nach dem Essen betet Mutter ihre Sutren und geht um neun ins Bett. So ist es eben seit ...« Seufzend griff sie nach ihrer Tasse und schluckte das Wort ›Massaker‹ hinunter. »Ob es der einzige Grund ist, weiß ich nicht.«

»Kann Mutter die Sutren überhaupt lesen?«

»Inzwischen kennt sie alles auswendig.«

»Und macht unsere Tante verrückt mit ihren Ideen. Was die Träume zu bedeuten haben, das nasse Grab. Ich weiß, sie meint es gut, aber es hilft niemandem.«

»Worüber sie sich unterhalten, kann ich den beiden schlecht vorschreiben. Immerhin reden sie.«

Daraufhin verfielen sie für einen Moment selbst in Schweigen. Am Himmel veränderte sich das Licht, über den Dächern drehten Fledermäuse ihre Runden, und er war froh, das Gespräch von den Problemen der Eltern weggelenkt zu haben. Ob sein Vater in Kinkaseki eine Geliebte gehabt hatte, interessierte ihn nicht, es gab dringendere Fragen, aber in Ching-meis Blick lag plötzlich eine merkwürdige Intensität. »Weißt du, manchmal denke ich: Bevor die Gefangenen kamen, war alles gut.«

»Tust du nicht«, sagte er. »Der Krieg war längst im Gang, wir haben bloß wenig davon mitgekriegt in unserem Dorf.«

»Aber je mehr sie jetzt alles schlechtreden ... Wieso darf ich die Aussicht von den Hügeln nicht vermissen? Oder den Schrein, die Sprache, an einem niedrigen Tisch zu essen? Dauernd geht es im Unterricht um die Verbrechen der Japaner, von ihren eigenen ist nie die Rede.«

»Damals war es umgekehrt. Die Monster aus Amerika und die edlen Samurai, die Asien vom Joch des Kolonialismus befreien. Leider ging das nur mit Gewalt gegen die Unterjochten, offenbar wollten die nicht.«

»Aber bei uns? Haben sie hier auch so gewütet?«

»Ureinwohner in den Bergen wurden mit Giftgas bekämpft. Einige Stämme jedenfalls.«

Mit zusammengepressten Lippen sah sie ihn an, so wie früher als Kind, wenn sie nicht in Tränen ausbrechen wollte. Bis sich die Haut am Kinn zu kräuseln begann. »Es war also alles Propaganda, was sie uns beigebracht haben, ja? Genau wie heute. Dann weiß ich nicht mehr, was ich überhaupt noch glauben soll. Wie wählt man zwischen zwei Lügen?«

»Gar nicht, man weist sie beide zurück.« Weil seine Knie schmerzten, streckte er die Beine aus und lehnte sich gegen die Wand. Seine Uhr zeigte halb sechs, Lu-ya war bereits im *Pegasus* und zog sich um für den Abend. »Damals an der Küste hatten wir diesen japanischen Unteroffizier«, sagte er und wäre am liebsten sofort wieder verstummt. »Es hieß ja, wir würden bald jede Menge amerikanischer Gefangener machen. Also wurde uns zuerst beigebracht, wie man sie behandelt. Alle mussten sich in Reihen aufstellen, immer zwei Schüler einander gegenüber, dann ging es los: rechts, links, rechts, links … Ohrfeigen auf Kommando. Vor mir stand mein bester Kumpel Masao. Erst haben wir die Schläge noch abgefedert, wenn der Unteroffizier nicht in der Nähe war. Dann hat er ein bisschen fester zugeschlagen als ich, und ich etwas fester als er, und er noch fester – bis wir richtig aufeinander eingedroschen haben. Als Pitcher hatte ich natürlich den kräftigeren Arm.« Warum er jetzt davon anfing, wusste er nicht. Ching-meis Sehnsucht nach früher verstand er und wünschte manchmal sogar, sie zu teilen, aber das Gefühl, betrogen worden zu sein, war stärker. »Tagsüber mussten wir Löcher graben, für den Fall einer Invasion. Ich dachte, es seien kleine Bunker, die nur Spinnenlöcher heißen, weil sie so eng sind. Erst später ist mir klargeworden, dass wir unsere eigenen Gräber geschaufelt haben. Fallen, um genau zu sein. Vor unserem Opfertod sollten wir bloß noch möglichst viele Amerikaner umbringen. Mit selbst gebauten Rohrbomben aus Bambus.«

Stumm wischte sich seine Schwester über die Augen. Noch immer hockte sie auf den Fersen, so wie zu Beginn der Unterhaltung.

»Die regulären japanischen Truppen haben weiter im

Inland gewartet«, fuhr er fort. »Wir waren die erste Linie der Verteidigung, der Puffer. Jedenfalls ... nachdem Masao bei einem Fliegerangriff ums Leben gekommen war, bin ich jede Nacht zu den Latrinen gegangen und habe mich selbst geohrfeigt. Bis mir irgendwann klar wurde, dass es nicht meine Schuld war. Ein schlechtes Gewissen habe ich immer noch, Wut auch, aber ich lasse sie nicht mehr an mir selbst aus. Es bringt nichts.«

»Sondern?«, fragte sie. »Was machst du mit ihr?«

Darauf fiel ihm zunächst keine Erwiderung ein. Nie zuvor hatte er mit jemandem über seine Erlebnisse gesprochen. Einerseits fühlte es sich gut an, und gleichzeitig so, als stünde er wieder in den Latrinen und ohrfeigte sich selbst, diesmal vor ihren Augen. »Vielleicht hebe ich sie mir auf«, sagte er, »für die passende Gelegenheit.«

»Du öffnest jede Tür, als würdest du sie am liebsten eintreten.«

»Aber nicht wegen damals, sondern wegen des dritten Onkels. Vermitteln wollte er, weiter nichts. Dafür haben sie ihn abgeholt, lächelnd und höflich. Haben sich sogar für die Störung entschuldigt, die Schweine.« Für einen Augenblick kämpfte er selbst mit den Tränen; das kam davon, wenn man zu reden begann. Am Ende fühlte er sich im Spinnenloch seiner eigenen Gedanken sicherer, ein Entrinnen gab es sowieso nicht. »Kürzlich sind mir Texte aus den Zwanzigerjahren in die Hände gefallen«, sagte er und zeigte mit der Hand zum Bücherregal. »Lauter einheimische Autoren, keinen davon kannte ich, aber ihre Forderungen könnten auch letzte Woche erhoben worden sein: mehr Autonomie und Mitbestimmung, größere Gleichbehandlung, Wahlen. Ich hatte keine Ahnung, dass es damals schon solche Diskussionen gab. Einer hat geschrieben: ›Unsere Insel gehört zum japanischen Kaiserreich, aber es ist zuerst das Taiwan der Taiwaner.‹ Man müsste nur Republik China einsetzen, und schon ...«

»Solche Texte besprecht ihr in eurem Lesekreis? Seid ihr vollkommen verrückt?«

»Zwischen zwei Lügen zu wählen, bringt dich nicht weiter. Vielleicht gibt es eine Wahrheit, die beide uns vorenthalten wollen, damals die Japaner, heute die Chinesen. Um das herauszufinden, müssen wir unsere Geschichte allerdings selbst erzählen. Bisher haben es immer andere für uns getan. Das heißt, sie haben *ihre* Geschichte erzählt, wir kamen halt darin vor.«

»Vertraust du wenigstens den anderen Teilnehmern?«

»Im Lesekreis?« Zwar kannte er die meisten seit der Kōtōgakkō, aber die Sicherheitskräfte hatten Augen und Ohren überall. Auf dem Campus wurde immer mal wieder ein Wohnheim durchsucht, und dass sie den Namen *Anzu* dann doch nie geändert hatten, reichte bereits, um ihren Treffen eine konspirative Note zu geben. »Ich tue ja nichts«, sagte er. »Wir reden.«

»Das ist schon vielen zum Verhängnis geworden.«

Draußen ging die Sonne unter und nahm den Tag mit sich. Kurz dachte er an das winzige Tatamizimmer mit dem Vorhang in der Mitte, an ihre geflüsterten Gespräche abends im Bett. Schon damals hatte sie gern so getan, als sei sie die Vernünftigere von beiden. Umeko-chan. »Wie lange kannst du eigentlich auf den Knien sitzen?«, fragte er, um das Thema zu wechseln. »Wir reden jetzt seit einer Stunde, und du bewegst dich überhaupt nicht.«

»Was soll daran schwer sein? Einfach stillhalten.«

»Nach einer Weile schmerzt es höllisch, oder nicht? Ich halte es keine zwei Minuten aus.«

»Männer.« Verständnislos schüttelte sie den Kopf. »Ich weiß noch, wie du damals angefangen hast, dich am Tisch in den Schneidersitz zu setzen. Obwohl du zu jung dafür warst.«

»Ich fand es schon immer bequemer.«

»Unsinn«, entgegnete sie, »du wolltest sehen, ob Vater es dir durchgehen lässt. Vor allem, wenn euer Team gewonnen hatte. Für dich, das Pitching-As, sollten andere Regeln gelten. Ich habe immer gehofft, dass er dich zurechtweist.«

»Hat er aber nicht.«

Nickend griff sie nach der Kanne, um ihm nachzuschenken. »Er mochte es, dass du selbstbewusst und forsch bist, im Gegensatz zu ihm. Zugegeben hat er es nicht, aber er war stolz auf dich.« Selbst einfache Handgriffe versah sie mit konzentrierter Ruhe und einer beiläufigen erwachsenen Grazie, die ihm bisher nicht aufgefallen war. »Im Gegenzug hast du angefangen, auf ihn herabzuschauen.«

»Das stimmt nicht.«

»Jetzt grollst du ihm, weil er hier im Haus lebt und das Geschäft führt. Als hätte er sich ins gemachte Nest gesetzt. Dabei will er bloß, dass es irgendwie weitergeht. Wenn unsere Cousins ein bisschen mutiger wären ... Er hat sich nicht vorgedrängelt.«

»Das werfe ich ihm auch nicht vor. Mich stört, dass er nicht mal zu Hause die Dinge beim Namen nennt. Früher hat er vor Direktor Yamashita gebuckelt und jetzt –«

»Wäre es dir lieber, sie würden ihn ebenfalls abholen? Und dich, mich, uns alle?« Wegen des Dämmerlichts im Zimmer konnte er ihren Blick nicht mehr erkennen, spürte ihn aber umso stärker. »Bloß dir kann ja gar nichts geschehen, nicht wahr? Du bist zu clever und hast das Spiel im Griff, genau wie früher. Denkst du!«

»Warum bist du jetzt wütend auf *mich*?«

»Weil ich diese Scheißangst habe. Jeden Tag, die ganze Zeit, immer!«

»Und warum? Weil sie es so wollen. Alle sollen befürchten, dass es im nächsten Moment an der Tür klopfen könnte. Eigentlich haben sie nämlich Angst, dass wir –«

»Wann wirst du aufhören, dir was vorzumachen!«, unterbrach sie ihn erneut und noch ärgerlicher. »Vor dir fürchtet sich niemand. Du kannst ihnen nicht gefährlich werden, höchstens lästig.« Sie beugte sich nach vorne und hielt ihm die Hand so ruckartig vors Gesicht, dass er für eine Sekunde glaubte, sie wollte ihn schlagen. Tat sie aber nicht. »Wenn es ihnen zu viel wird, zerdrücken sie dich wie eine Mücke. Einfach so, zwischen Daumen und Zeigefinger.«

———

Als die Regenzeit begann, wurde der Schmutz in der Stadt unerträglich. Fäulnisgeruch hing wie ein unsichtbarer Vorhang in der Luft. Meist schloss sich Ching-mei einer Gruppe von Mitschülerinnen an, wenn sie nach dem Unterricht zum Bus ging, dann konnten sie die Kerle von der Jianguo High gemeinsam ignorieren. Beim Einsteigen warf sie zuerst einen Blick durch die Reihen. Saß Hsiao Chen im lärmenden Pulk auf der Rückbank, rief er zwar nicht ›Missy, Missy‹ wie die anderen, tat aber auch nichts, um seine Schulkameraden zu bremsen. Manche Mädchen, stellte sie fest, mochten das Spiel sogar.

Mit dem Drachenbootfest kam ein langes Wochenende. Am letzten Schultag davor sagte der Rektor beim Fahnenappell, in zwei Tagen werde das Leben eines Mannes enden, der dem Vaterland immensen Schaden zugefügt habe. Verrat ziehe sich wie ein roter Faden durch die Karriere des Ex-Gouverneurs. Angesichts seiner guten Kontakte nach Japan verwundere es kaum, dass er später auch mit den kommunistischen Banditen gemeinsame Sache gemacht habe. Alle Schülerinnen sollten die freien Tage nutzen, um darüber nachzudenken, was sie zum Schutz vor feindlicher Unterwanderung und zur Rückeroberung des Festlands beitragen könnten. Wie jeden Freitag wurden die Klassenräume gesäubert, dann ging Ching-mei ausnahmsweise allein zur Bushaltestelle. Weil der Regen eine Pause einlegte, beschloss sie, zu dem kleinen Laden bei der Sun-Yatsen-Halle zu fahren, wo es das beste Eis der Stadt gab. Als sie ihr Geld zählte, reichte es genau für eine Portion.

Diesmal traf sie Hsiao Chen bereits vor dem Einsteigen. Wartend stand er neben dem runden Stationsschild und winkte, sobald er sie sah. Ihn zu ignorieren, war unmöglich, aber sie beschränkte die Begrüßung auf ein Nicken. »Wir gehen ins Kino«, rief er, obwohl sie keinen seiner Freunde entdeckte.

»Viel Spaß, was schaut ihr euch an?«

Lachend nannte er den Titel eines amerikanischen Films, den sie nicht kannte. »Ich meinte, *wir* gehen ins Kino. Ich lade dich ein.«

»Ich gehe Eis essen«, sagte sie.

»Die Vorstellung beginnt sowieso erst um sechs. Essen wir vorher ein Eis. Wo?«

Dass er sich alles gut überlegt und ihren Widerstand vorausgesehen hatte, war unfair. Als sie ihm die Eisdiele nannte, meinte er, zu *Schneekönig* gehe er auch oft, das Kino sei ganz in der Nähe. Mit ihr in den Bus zu steigen, konnte sie ihm schlecht verbieten, und zu Hause erwartete sie sowieso nichts außer bedrücktem Schweigen. Warum sollte sie sich den Beginn der kleinen Ferien verderben lassen?

In der Eisdiele bat er sie, kurz seinen Schirm zu halten. Ehe sie den Trick durchschaute, hatte er beide Portionen bezahlt. Ohne sich zu bedanken, ging sie nach draußen, setzte sich in den Schatten der Bäume und löffelte ihr Eis. Eine Weile fiel ihnen beiden nichts zu reden ein, dann behauptete Hsiao Chen übergangslos, sein ältester Bruder sei tot.

Überrascht drehte sie den Kopf. Seine Miene verriet, dass er nicht log. »Wie das?«

»Ich wollte es dir neulich im Bus sagen. Kurz nach unserer Rückkehr aufs Festland wurde er einberufen, irgendwo in Shandong ist er gefallen. Schon vor zwei Jahren.«

»Das tut mir leid. Wie geht es ... ich meine, und deine Eltern?«

»Mutter hatte Vater angefleht, die Einberufung zu verhindern. So etwas tut er aber nicht. Je höher die Position, desto größer die Verantwortung. Ich glaube nicht mal, dass er es bereut. Immer mit gutem Beispiel vorangehen.« Nachdenklich hielt er inne. »Mein anderer Bruder ist drüben geblieben. Ob er nicht fliehen wollte oder aufgehalten wurde, als die Roten kamen, wissen wir nicht. Man konnte keine Briefe mehr schreiben.«

»Aber er lebt?«

»Keine Ahnung, ehrlich gesagt. Vielleicht kommt er irgendwann nach. Mutter betet jeden Tag dafür.«

Wollte er sich ihr Vertrauen erschleichen, damit sie von ihrer Familie erzählte? In der Halle, auf deren Eingang sie schaute, hatte die Versammlung stattgefunden, die ihrem Onkel zum Verhängnis geworden war. In der nächsten Sekunde schüttelte sie innerlich den Kopf über sich selbst. Hier saßen sie und aßen Taro-Eis, und sie überlegte, ob er ein Polizeispitzel war. Wir drehen noch alle durch, dachte sie.

Seine Frage, ob sie Spencer Tracy schon einmal auf der Leinwand gesehen habe, verneinte sie. ›Goldenes Haus als Versteck der Konkubine‹ klang nicht besonders verlockend, aber ausländische Filme trugen oft merkwürdige Titel. Dieser hieß auf Englisch *Adam's Rib*. »Was soll das denn bedeuten?«, fragte sie.

»Keine Ahnung. Wahrscheinlich heißt die Hauptfigur Adam, und seine Geliebte bricht ihm eine Rippe.« Schlagartig hellte sich Hsiao Chens Miene wieder auf. »Wir werden es erfahren, richtig?«

Statt zu antworten, setzte sie den Becher an die Lippen und ließ sich den flüssigen Rest ihrer Portion in den Mund tropfen. Zu Hause konnte sie behaupten, sie habe mit Mitschülerinnen gelernt, das kam gegen Ende des Schuljahrs häufig vor. Dass sie mit einem von denen ins Kino ging, durfte Mutter nicht erfahren. Selbst Keiji gegenüber brachte sie es nicht über sich, von der Bekanntschaft mit Hsiao Chen zu erzählen.

Auf dem Weg zum Westtor bestand er darauf, dass sie gegrillte Maiskolben, Lu-wei und Erdnüsse kauften. Gab es etwas Besseres, als einen guten Film anzuschauen und sich dabei den Bauch vollzuschlagen? Während der Hyperinflation in Shanghai, als ein Sack Reis über siebzig Millionen Yuan kostete und alle mit Tüten voller Bargeld vor den Geschäften anstanden, sei er für einen halben Yuan ins *Majestic* gegangen, um Bette Davis in *Deception* zu sehen – mit knurrendem Magen. Irgendwann musste Ching-mei einschreiten, sonst hätte er Proviant für drei Filme gekauft. In der Schlange vor dem Eingang erfuhr sie, dass die beiden Hauptdarsteller des Films auch privat liiert waren, wegen Spencer Tracys Ehefrau allerdings nur im Geheimen. »Außer mir weiß es niemand«, meinte Hsiao Chen und freute sich wie ein kleiner Junge, als sie lachte. Mit einer Filmzeitschrift namens *Screen* hielt er sich auf dem Laufenden. Die ausländischen Zeitschriften in der Schulbibliothek las er ebenfalls, um sein Englisch zu verbessern. Seit die Einführung einer allgemeinen Wehrpflicht diskutiert wurde, drängten seine Eltern ihn, dass er zum Studium ins Ausland ging, um nicht eingezogen zu werden.

»Ich dachte, man muss mit gutem Beispiel vorangehen«, sagte sie.

»Diesmal lässt Mutter ihm keine Wahl. Wenn ich einberufen werde, bringt sie sich um.«

»Also wirst du in Amerika studieren?«

»Wenn es nach ihnen geht«, sagte er ausweichend.

Das *Taiwan Cinema* bestand aus einem langen schmalen Saal mit hohen Decken. Kaum hatten sie ihre Sitze gefunden, mussten sie für die Nationalhymne wieder aufstehen, dann gingen die Lichter aus und der Vorhang auf.

Die männliche Hauptfigur hieß tatsächlich Adam, aber seine Rippe spielte keine Rolle. Er und seine Frau waren Anwälte, die sich vor Gericht gegenüberstanden, er als Ankläger, sie als Verteidigerin, und wie es sich für eine Komödie gehörte, setzten sie den Streit zu Hause fort. Die Frau war weniger schön, als Ching-mei erwartet hatte, aber äußerst schlagfertig und clever. Eine Zeugin, die von Beruf Gewichtheberin war, bat sie, ihre Kräfte zu demonstrieren, und die tat es, indem sie kurzerhand den Vertreter der Anklage – den Mann ihrer Verteidigerin – hochhob. Er fand das überhaupt nicht komisch, das Kinopublikum schon. Als sich Ching-mei vor Lachen verschluckte, klopfte Hsiao Chen ihr sachte auf den Rücken. Die meiste Zeit ruhte seine Hand auf der Lehne zwischen ihren Sitzen, und sie musste gut aufpassen, wenn sie sich etwas zu essen nahm. Die Frau gewann den Prozess, und der Streit der beiden Anwälte eskalierte derart, dass sie sich zur Scheidung entschlossen. Am Schluss sah es aber danach aus, dass sie doch zusammenbleiben wollten.

Als die Lichter wieder angingen, war es kurz vor acht.

Vor dem Kassenhäuschen standen Leute für die letzte Vorstellung an. Wie jedes Mal beim Verlassen des Kinos fühlte Ching-mei eine merkwürdige Schwere, so als hätte sie mitten am Tag geschlafen. Wortlos gingen sie zur nächsten Bushaltestelle. Vor ihr lagen drei freie Tage, auf die sie sich plötzlich nicht mehr freute. Hsiao Chens Versuch, gleich die nächste Verabredung zu treffen, wehrte sie ab. Dass er nichts unternahm, um seine Gefühle zu verbergen, erschien ihr wie eine Art von Verschleierung anderer Tatsachen. War es ihm egal, dass sein Vater alle Einheimischen verachtete? Sobald sie an Herrn Chens kalten Blick dachte, hoffte sie, ihm nie wieder unter die Augen treten zu müssen.

Am Sonntagnachmittag um fünf Uhr knallten überall in der Stadt Feuerwerkskörper. Die Zeitungen bejubelten die Hinrichtung des Ex-Gouverneurs wie einen Sieg auf dem Schlachtfeld. Am nächsten Tag erschienen sogar Fotos der Exekution und reißerische Berichte über die Einäscherung, so als würde der Tote dadurch noch toter werden. Der ranghöchste General, den die KMT je exekutiert hatte! Chingmei blieb das ganze Wochenende über im Haus und fragte sich, warum sie keine Genugtuung empfand. Wieder und wieder stand ihr das Bild vor Augen, wie Keiji nachts allein zu den Latrinen schlich. Was haben sie mit uns gemacht, dachte sie und ärgerte sich, ihm die Geschichte mit dem verrückten Tsai nicht zu Ende erzählt zu haben. Nach so vielen Jahren brachte sie es immer noch nicht über sich. Worüber sollte sie Genugtuung empfinden? Sich an den Tätern zu rächen, blieb anderen Tätern vorbehalten, Verbrecher richteten ihresgleichen und prahlten damit, als wären Rache und Sühne dasselbe. Die Opfer hingegen schlossen zu Hause die Türen und kämpften mit ihren Schuldgefühlen.

Wenige Tage später geschah ein Wunder. Siegesgewiss überfielen kommunistische Rebellen den Süden der koreanischen Halbinsel, und Präsident Truman reagierte sofort. Die Linie durch den Pazifik, die sein Außenminister gezogen hatte, wurde nach Westen verschoben, ab sofort war die siebte US-Flotte zuständig für den Schutz Formosas. Erneut jubelten die Zeitungen, an allen Schulen fanden Paraden mit Marschmusik und amerikanischen Fahnen statt. Die Angst, dass die Republik in den neuen Krieg hineingezogen werden könnte, legte sich schnell. Dankend lehnte Truman das großzügige Hilfsangebot des Generalissimus ab.

Taiwan war gerettet. Fürs Erste jedenfalls.

Nachdem die äußere Bedrohung abgewehrt war, richtete sich die Aufmerksamkeit erneut auf die Feinde im Inneren. Rote Horden würden die Insel vorerst nicht überrennen, aber wo verkroch sich ihre fünfte Kolonne? Wachsam galt es zu sein, entschlossen und schnell. Die nationale Sicherheit oblag einem gewissenhaften Mann, der in der Sowjetunion so viele Jahre von Kommunisten umgeben gewesen war, dass er inzwischen überall welche sah. Öffentlich trat er selten in Erscheinung, privat galt er als besonnen und feinsinnig, sogar ein Hang zur Romantik wurde ihm nachgesagt. Seine Frau war Russin, mit einer Haut so hell wie Kerzentalg (auch bei seinen Geliebten bevorzugte er den hellhäutigen Typ). Als Sohn des Generalissimus plagte ihn die Angst, seinem Vater könnte etwas zustoßen, aber als Chef der Sicherheitsorgane verfügte er über Macht und wusste sie zu gebrauchen. Überall im Land klopften seine Männer an Türen oder traten sie ein, stellten Fragen und bellten Befehle. Wonach sie suchten, das fanden sie auch. Wen sie verdächtigten, der musste schuldig sein. Wenn sie wieder gingen, war die Insel ein Stück sicherer geworden.

Wenn nicht, kehrten sie zurück.

14

Als Julie die Wohnung betritt, liegt ihre Großmutter auf dem Sofa und fühlt sich nicht gut. Harry hat Wasser aufgesetzt, findet in den Küchenschränken aber keinen Tee. »Ich gebe ihn dir gleich«, sagt sie, stellt ihre Tasche ab und ist froh, der Hitze in den Straßen entkommen zu sein. Um kurz nach zehn herrschen bereits fast dreißig Grad. Erst auf die Berührung ihrer Hand hin öffnet A-mah die Augen. »Da bist du«, sagt sie lächelnd und schließt sie wieder. »Ich bin nur müde, Zhu-li.«

»Okay. Dann ruh dich ein bisschen aus.« Weil der Fernseher ausnahmsweise nicht läuft, kommen ihr die Räume ungewohnt still vor. »Seit wann liegt sie da?«, fragt sie flüsternd und zeigt ihrem Onkel, wo die Teedosen stehen.

»Sie war oben bei den Blumen, danach hat sie sich hingelegt. Vor einer Stunde ungefähr.«

»Normalerweise zieht sie sich nach hinten zurück, wenn sie sich ausruhen will.«

Ratlos zuckt Harry mit den Schultern. Auf dem Esstisch liegt Professor Nakashimas Buch *Suche nach zwei Geistern*, in dem Dutzende bunte Post-it-Zettel kleben. Julies Verdacht, dass ihre Großmutter keine Lust auf das morgige Geburtstagsessen hat, behält sie für sich. A-mah mochte es noch nie, im Mittelpunkt zu stehen. »Und Großvater?«, fragt sie.

Mit dem Kinn deutet ihr Onkel in den hinteren Teil der Wohnung. »Will einen Anzug für morgen raussuchen, hat er gesagt. Auch schon eine Weile her. Ich schaue gleich mal nach.«

»Hast du wegen der Haushaltshilfe mit ihnen gesprochen? Die beiden brauchen jemanden, der rund um die Uhr hier ist.«

»Es gab noch keine Gelegenheit.« Seinem Gesicht nach scheint er die Antwort selbst nicht überzeugend zu finden und blickt erneut zum Sofa. »Kommt das häufig vor?«

»Mach dir keine Sorgen, meistens geht es schnell vorbei.«

Da Paul noch im Bad zugange ist, kocht sie für sich auch einen Tee und nimmt am Tisch Platz. Auf dem Cover des Buches sind die Preise aufgelistet, die es beim Erscheinen vor drei Jahren gewonnen hat. »Gibt's hier ein System?«, fragt sie. »Bedeuten grüne Zettel etwas anderes als rote oder blaue?«

»Neuerdings organisiert Lu ihren Alltag mit Post-it-Nachrichten. Ich muss nehmen, was sie mir übriglässt.« Harry lehnt mit dem Steiß gegen die Spüle und verschränkt die Arme. »Schöne Grüße von Helen, wir haben letzte Nacht geskypt.«

»Danke. Alles klar bei den beiden?«

»Alles okay.« Über sein Gesicht zieht ein beinahe verliebtes Lächeln. »Die Kleine beginnt, sich für Musik zu interessieren – oder sich einzureden, dass sie es tut.«

So ein Lächeln, denkt Julie spontan, soll der Vater ihrer Kinder eines Tages auch zeigen. Durch den Flur hört sie die Badezimmertür und das Geräusch nackter Füße auf den Bodenfliesen. »A-mahs Briefe an ihren Bruder hast du sicher bei dir zu Hause, oder? Steht auf den Kuverts nicht die Adresse in Dadaocheng?«

»Es ist nur ein Ordner mit Briefen, ohne die Umschläge.«
»Alle auf Japanisch?«
»Bis Anfang 46, danach nicht mehr.«

»Ordentlich, wie du bist, hast du sie natürlich eingescannt.«

»Willst du sie lesen?«, nickt er. »Ich kann sie dir schicken, kein Problem, dein Japanisch ist wahrscheinlich besser als meins. Für deine Dissertation, oder was hast du damit vor?«

»Bin bloß grundsätzlich interessiert.«

»Okay. Wenn wir schon davon sprechen: Weißt du zufällig, ob meine Mutter seine Briefe ebenfalls aufgehoben hat? Ich meine, liegen sie hier irgendwo in der Wohnung?«

»Keine Ahnung, davon war nie die Rede. Wieso, brauchst du sie für deine geheimnisvolle allgemeinchinesische Forschung?«

»Grundsätzliches Interesse«, erklärt er und versucht gar nicht erst, so zu tun, als sei das die ganze Wahrheit. Kurz darauf geht er nach hinten, um seinem Vater zu sagen, dass sie aufbrechen, Julie kniet sich noch einmal vors Sofa. »Schon besser«, sagt A-mah und hält wie zum Beweis die Augen geöffnet. Schmunzelnd, weil sich jemand um sie sorgt.

»Ich habe mein Handy dabei. Sag Bescheid, wenn was ist.«

»Ihr drei fahrt nach Dadaocheng?«

»Nur Paul und ich, Hua-li hat einen Termin an der Uni. Die Hausnummer ist dir über Nacht nicht eingefallen, oder?«

Sachte schüttelt sie den Kopf. »Offiziell hieß die Straße Dihua Jie, aber die Anwohner haben weiter Eirakuchō gesagt.« Dasselbe hat sie gestern Abend geantwortet, als sie zu zweit in ihrem Zimmer saßen und die Partie der Brothers am Bildschirm verfolgten. »Die Teehandlung kannte sowieso jeder, man brauchte keine Nummer.« Das auch.

Im Aufstehen streicht Julie ihr über die Schulter, dann verlassen sie zu dritt das Haus. Weil Harry zu früh dran ist, beschließt er draußen, sie zum U-Bahnhof zu begleiten, statt ein Taxi zu nehmen. Bis Ximending fahren sie gemeinsam, dort wechselt er in die grüne Linie nach Süden, sie und Paul fahren in die Gegenrichtung bis zum Nordtor. Das Terminal für die neue Schnellbahn zum Flughafen ist so gut wie fertig. Als sie wieder ans Tageslicht kommen, zeigt die Temperaturanzeige auf dem nächsten Hochhaus 32 Grad. Es ist ein klebrig heißer Tag von der Art, die sich normalerweise nach einem Taifun einstellt.

»Angst um deinen Teint?«, fragt Paul amüsiert, als sie ihren Schirm aufspannt. Er selbst trägt eine Schildmütze mit großem B auf der Stirn, die er gestern im Stadion gekauft hat.

»Ich würde dich zwar locker beim Armdrücken besiegen«, sagt sie, »bin aber immer noch eine Frau, okay? Außerdem sind wir deinetwegen hier, also benimm dich.«

»Soll ich ihn dir halten?«

Kurz zieht sie ihn mit der freien Hand zu sich heran. Noch riecht er kindlich frisch, nach Shampoo und Kaugummi, bald wird sich das Aroma von Akne, zu viel Deo und schwülen Fantasien darüberlegen. »Hat es dir gefallen gestern? Bist du jetzt auch ein Brothers-Fan?«

»Am besten fand ich die Lemonbabes«, sagt er, wie um ihre Vorahnung zu bestätigen: die Cheerleader des Teams in ihren knallgelben Röckchen und T-Shirts. Den strafenden Blick, den sie ihm an der Ampel vor der Zhengzhou Road zuwirft, ignoriert er.

Die gestrige Übertragung haben A-mah und sie nur bis zum fünften Inning gesehen, dann wurde ihre Großmutter müde, und Julie war froh, aufbrechen zu können. Das Fernsehzimmer, in dem früher ihr Vater und der mittlere Bruder geschlafen haben, hat etwas von einer Zelle, in der sie sich jedes Mal eingeengt fühlt. Großvater verbringt seine Abende vor dem anderen Apparat im Wohnzimmer, wo er Reisereportagen aus China schaut. Seit über sechzig Jahren sind die beiden ein Paar und gehen einander aus dem Weg wie Fremde. Das älteste Foto von ihnen, das Julie kennt, wurde noch vor der Hochzeit aufgenommen. Mit viel Pomade hat Großvater die Haare nach hinten gekämmt, trägt einen dunklen Anzug und scheint den Blick nur mit Mühe von der jungen Frau neben sich abwenden zu können. Kein Wunder, im engen Qipao und keine zwanzig Jahre alt, sieht sie geradezu beängstigend schön aus. Ausdrucksstarke traurige Augen, porzellanglatte Haut und das lange Haar so dicht, dass es das Licht reflektiert wie lackiertes Holz. Beide schauen ernst in die Kamera, er voller Stolz und sie gedankenverloren, innerlich weit weg. Etwas von ihrer aufrechten Haltung hat sich A-mah bis ins hohe Alter bewahrt; mit kerzengeradem Rücken saß sie gestern vor dem Bildschirm und registrierte zufrieden, dass das Stadion in Tianmu komplett ausverkauft war. Die Baseballbegeisterung hat der ältere Bruder ihr mitgegeben, an den Julie nur bruchstückhafte Erinnerungen besitzt. Dass zwischen ihm und dem Chen-Zweig der Familie Feindseligkeit herrschte, konnte sie als Kind bei jeder der wenigen Zusammenkünfte spüren, ohne es zu verstehen. Allen Leuten sah er in die Augen, als wollte er ihnen klarmachen: Glaubt bloß nicht, dass ich verschämt den Blick senke, nur weil ich im Knast gesessen habe! Wenn sie ehrlich ist, war er ihr damals ziemlich unheimlich.

»Aiya!«, machte A-mah, als die Brothers den ersten Run kassierten, ansonsten sprach sie wenig. Wie immer beim Baseball zog sich das Spiel hin, ohne dass viel passierte, und Julie schaute nebenbei auf ihr Handy. Wenn es abends ruhiger wurde im Büro, meldete sich Dave gelegentlich, um eine Runde zu chatten, bevor er zum Sport ging. Die Zeit seit seinem Abflug kam ihr bereits länger vor als zwei Tage; das Kopfkissen roch noch nach ihm, der Rest der Wohnung nicht mehr. ›Still busy?‹, fragte sie. Jüngsten Umfragen zufolge drohte die Brexit-Abstimmung äußerst knapp auszugehen, aber an einen Sieg von *Leave* glaubte sie nicht – er würde nach England zurückgehen, und sie musste sich entscheiden.

›For another hour or so.‹

Die Brothers glichen aus und gerieten erneut in Rückstand. Einmal hatte sie Dave das Foto ihrer Großeltern gezeigt, ohne ihm zu verraten, wer die beiden waren. Er hatte Luft durch die Zähne gezogen und zum Glück nichts Falsches gesagt. Wie Maggie Cheung in *In the Mood for Love*, meinte er. Von einem Moment auf den anderen bekam sie Lust auf ihn. In London würde sie wahrscheinlich viele Abende allein verbringen und sich dafür hassen, dass sie ihm deswegen grollte. In der Pause nach dem fünften Inning fielen A-mah die Augen zu, und als Julie sie an der Schulter berührte, schien sie im ersten Moment nicht zu wissen, wo sie war. »Ich muss los«, sagte Julie. »Soll ich den Fernseher ausschalten?«

»Ist das Spiel denn vorbei?«

»Noch lange nicht.«

»Wahrscheinlich hebt er sich das Beste für den Schluss auf.«

»Bestimmt«, sagte sie, ohne zu wissen, um wen es ging. Wie die Horizontlinie am Abend verschwammen in A-mahs Kopf die Grenzen von Raum und Zeit, und auf dem Heimweg überfiel Julie das Bedürfnis nach anderer, jüngerer Gesellschaft. Statt direkt nach Hause zu gehen, wartete sie in einem Café hinter der Shida darauf, dass sich der Knoten in ihrem Herz löste und Dave Zeit für sie hatte. Jetzt erreichen Paul und sie die Kreuzung von Nanking und Yanping Road. Eine steinerne Gedenktafel erinnert an die Ereignisse, die sich vor fast siebzig Jahren an derselben Stelle zugetragen haben. Von dem Gebäude, das damals hier stand, ist nur noch die Fassade mit dem alten Schriftzug übrig, dahinter erhebt sich ein gesichtsloser Neubau. »Genau hier«, erklärt sie ihrem kleinen Cousin, »hat im Februar 1947 eine Frau namens Lin Chiang-mai illegal Zigaretten verkauft. Agenten des sogenannten Monopolbüros wollten sie verhaften, Nachbarn eilten ihr zur Hilfe, im ausbrechenden Handgemenge haben die Agenten plötzlich die Waffen gezückt. A-mah lebte damals in Keelung, aber ihr Bruder wohnte bei einem Onkel ganz in der Nähe. Sagt dir das Kürzel 228 was?«

»Schon mal gehört. Was bedeutet Pegasus?«

»So hieß das Teehaus mit kleinem Theater, das es damals gab. Ein beliebter Treffpunkt im Viertel. Was ich gerade gesagt habe, passierte am Abend des 27. Februar. Ein Nachbar namens Chen, kein Verwandter von uns, blieb tot auf dem Bürgersteig liegen. 228 steht für den nächsten Tag, als auf der ganzen Insel gewalttätige Proteste ausbrachen. In Taipei wurden Beamte des Monopolbüros gelyncht und mehrere Demonstranten erschossen. Gut eine Woche später kamen Soldaten vom Festland und liefen mordend durch die Straßen. A-mahs Onkel wurde abgeholt und nie wieder gesehen. Vielen erging es so, die genaue Zahl kennt keiner.« Mit dem Zeigefinger schnippt sie gegen das B auf Pauls Kappe. »Ich fürchte, ich muss ein ernstes Wort mit deinem Vater reden. Du weißt zu wenig über taiwanische Geschichte.«

»Hat A-mah das Blutbad mitbekommen?«

»Mit Sicherheit, aber darüber spricht sie nicht.«

»Und Großvater?«

»War auch in Keelung und wird dasselbe gesehen haben. Als Festländer hatte er allerdings weniger zu befürchten.«

»Reden sie deshalb so wenig?«

»Gute Frage, kann ich leider nicht beantworten. Stell sie bei Gelegenheit deinem Vater.« Vor zwei Jahren hat sie Harrys Familie in Amerika besucht, ihr bisher einziger Aufenthalt dort. Williamstown fand sie ein todlangweiliges Kaff, in das allein das College ein wenig Leben brachte, aber die vier bewohnten ein gemütliches Haus mit knarrenden Dielen und weitläufigem Garten, wo die kleine Lu ihre Schildkröten hielt. Abgesehen von den vielen Fotos an den Wänden lieferte ein alter Tatung-Reiskocher den einzigen Hinweis auf asiatische Bewohner. »Wie wäre es nach der Geschichtslektion mit einem Mango-Eis?«, fragt sie, um das düstere Thema abzuschließen. »Mein Auftrag lautet, dir die Insel schmackhaft zu machen, also werde ich das tun. Wie stehst du generell zur taiwanischen Küche?«

»Geht so. Manches ist ziemlich eklig.«

»Sagt mein Freund auch. Was sollen wir mit euch Banausen bloß machen?«

Schulterzuckend richtet Paul die Kappe, die sie eben um einen Millimeter verschoben hat. Bald schon wird er stundenlang vor dem Computer hocken, Pornos schauen und ›Fuck off‹ rufen, wenn seine Schwester an der Tür klopft. Von Dave hat sie einiges über die obsessive Selbstbefriedigung pubertierender Jungen gelernt; manchmal schließt er sich heute noch im Büro ein, wenn es nicht anders geht. Das Ergebnis ihres Chats von gestern Abend lautet, dass er die Wohnungssuche so schnell wie möglich beginnen will. Seinen künftigen Arbeitsplatz kennt er, und damit er bei der Wahl des Stadtviertels Rücksicht nehmen kann, müsste sie sich zügig entscheiden. Vor zwei Tagen hieß es noch: Kein Druck, Julie. Wie sie ihn kennt, wird er ihr demnächst erste Angebote von Maklern schicken.

Schweigend passieren sie den Yongle-Markt und erreichen den Tempel des Stadtgottes mit seiner pinkfarbenen Front. Der beißend würzige Geruch von Räucherstäbchen füllt die Luft. Paul macht Fotos und will wissen, zu welchem Zweck die Besucher kleine Amulette in den Rauch halten, der aus dem gusseisernen Brenner beim Eingang quillt. Julie erklärt ihm, dass in diesem Tempel hauptsächlich für künftiges Eheglück gebetet wird. »Mit allem, was dazugehört: Kinder, Eigentumswohnung, das volle Programm. Manchmal sogar Liebe.«

»Hast du es mal versucht?«

»Hab schon eine Wohnung«, sagt sie, aber so leicht lässt er sich nicht abwimmeln.

»Was ist mit deinem englischen Boyfriend, wirst du ihn heiraten?«

»Das würde mein Vater auch gern wissen – beziehungsweise verhindern. Hat er dich beauftragt, mich auszuhorchen, oder warum bist du so neugierig?«

»Hast du ihn A-mah vorgestellt?«, fragt er unbeirrt weiter und quittiert ihr Kopfschütteln so, wie es Anwälte in amerikanischen Serien tun: No further questions. Für einen Moment fühlt sie sich durchschaut, vor ein paar Jahren hat sie tatsächlich zusammen mit Freundinnen hier gebetet, aus Spaß natürlich, aber eben nicht nur – eher so, wie Dave ab und zu fallenlässt, dass er halbasiatische Kinder besonders hübsch findet.

Der Tempel liegt im unteren Abschnitt der Dihua Jie, der alten Hauptgeschäftsstraße von Dadaocheng. Heute beherbergen die meisten Läden Cafés, Restaurants und Souvenirshops, hier und da werden Heilkräuter verkauft, und das strenge Aroma getrockneter Pilze hängt in der stillstehenden Luft. Obwohl sich die Sonne dem Zenith nähert, herrscht vor der Eisdiele nur geringer Andrang. Als sie auf einer schmalen Holzbank unter dem Vordach sitzen, liest Julie auf den gegenüberliegenden Fassaden die früheren Geschäftsnamen, die oben unter den Dachfirsten stehen und größtenteils kaum noch zu entziffern sind. Einen Hinweis auf die Teehandlung Lee entdeckt sie nicht.

»Bestes Mango-Eis des Universums«, stellt Paul nach einer Weile fest. Im Profil ähnelt er seinem Vater mehr, als wenn man ihm ins Gesicht sieht. »Gestern hat Dad mich gefragt, ob ich mir vorstellen könnte, in Taiwan zu leben.«

»Tatsächlich?«, sagt sie. »Für wie lange?«

»Ein Semester, vielleicht zwei. Er würde gern hier unterrichten, außerdem hofft er, dass ich doch noch richtig Chinesisch lerne.«

»Soll eine nützliche Qualifikation sein. Was hast du geantwortet?«

»Dass ich darüber nachdenke.«

»Wenn du meine Meinung hören willst: Es wäre schade, darauf zu verzichten.«

»Hat er auch gesagt.« Seine Mutter ist eine ausgesprochen gutaussehende Frau, und nicht zum ersten Mal denkt Julie, dass sie asiatische Kinder eher noch attraktiver findet; die kleine Lu hätte sie in Williamstown am liebsten den ganzen Tag auf dem Schoß gehalten. »Irgendwie ist er anders hier«, fügt Paul nachdenklich hinzu. »Du hättest ihn gestern im Stadion sehen sollen, als die Brothers das Spiel gedreht haben. Total high, hat sich mit wildfremden Leuten abgeklatscht.«

»Als er damals nach New York gefahren ist, um Wang Chien-ming zu sehen, war er bestimmt genauso. Glaub mir, wir kennen unsere Eltern nicht so gut, wie wir denken. Beziehungsweise wir kennen sie nur in einer Rolle.«

Das kommentiert er mit einem Nicken, das ihn auf einmal beinahe erwachsen aussehen lässt. »Als Wang im Frühjahr von den Royals verpflichtet wurde, meinte Mom: Geht es jetzt wieder los? Ihr ist es unheimlich, wenn er sich so in die Sache hineinsteigert. Es passt nicht zu ihm. Mitkommen nach Taiwan wird sie auf keinen Fall.«

»Sag ihr, sie soll sich keine Sorgen machen. Erstens sind

die Royals nicht die Yankees, und zweitens hat sein Ruf ein bisschen gelitten. Als er so lange verletzt war, hatte er was mit einem Barmädchen, das kam hier nicht gut an.«

»Nobody's perfect«, erwidert er abgeklärt und widmet sich wieder seinem Eisbecher. »So oder so, mitkommen wird sie nicht. No way.«

»Ihr könntet es auch zu zweit angehen. Glaub mir, du wirst sehr populär sein, wenn du hier zur Schule gehst.« Vor ihnen zieht eine chinesische Reisegruppe vorbei, ein gutes Dutzend Senioren mit identischen Schildkappen. Das Stichwort ›Zeit der japanischen Besatzung‹ streift Julies Ohr, mehr versteht sie nicht. »Suchen wir nach A-mahs früherem Haus?«, fragt sie und deutet die Richtung an. »Es muss ein Stück weiter die Straße hinauf gestanden haben. Wo genau, konnte sie mir nicht sagen. Dreistöckig war es und schaute auf eine Kreuzung, vermutlich die mit der Minsheng Road.«

»Warum gibt's den Teehandel eigentlich nicht mehr?«

»Keine Ahnung, das war vor meiner Zeit. Soweit ich weiß, sind die Söhne des Firmengründers irgendwann ins Ausland gezogen. Es gab keinen Nachfolger, also hat A-mahs Vater alles verkauft. Angeblich, um den Ruhestand in Japan zu verbringen, bloß ist er dann doch nie fortgegangen. Das Haus jedenfalls wäre heute ein Vermögen wert.«

»Schade«, sagt Paul und hält ihr den leeren Eisbecher hin. »Was Taiwan betrifft, komme ich allmählich auf den Geschmack, aber noch kenne ich mich zu wenig aus. Was meinst du?«

»Ananas schmeckt auch gut«, nickt sie und gibt ihm fünfzig Yuan für die nächste Portion. Inzwischen ist es noch heißer geworden, aber unter dem Vordach weht sie die klimatisierte Luft von drinnen an. Die Dihua Jie gehört zu den wenigen Straßen in Taipei, die erkennen lassen, wie die Stadt früher ausgesehen hat. Wenn Fernsehserien in der Kolonialzeit spielen, werden sie meistens hier gedreht. Als A-mah gestern das Haus beschreiben wollte, in dem sie bis zu ihrer Hochzeit gewohnt hatte, dachte sie so intensiv nach, als riefe sie sich nicht allein die Räumlichkeiten ins Gedächtnis. »In allen Zimmern roch es nach geröstetem Tee«, meinte sie schließlich und wirkte für einen Augenblick so klar, wie sie bis vor ein oder zwei Jahren immer gewesen ist. »Es war ein wirklich schönes Haus, hell und geräumig.« Ein versonnenes Lächeln zog über ihr Gesicht. »Bloß leider voller unglücklicher Menschen.«

Das Café liegt an der Roosevelt Road, nahe dem Taida Campus. Ein Starbucks, wie es sie überall auf der Welt gibt. Derselbe warme Braunton, der das Design dominiert, derselbe Kaffeegeruch und die zum Nicht-Hinhören gedachte Musik, die aus den Lautsprechern rieselt. Unterwegs ist Harry aufgefallen, dass es in der Gegend weniger Antiquariate gibt als früher, dafür mehr Friseure und Märkte für Organic Food. Bei seiner Ankunft hatte er Glück, gerade wurde ein Platz am Fenster frei, oberhalb der zum Eingang führenden Treppe. Es ist eine Art Hochparterre, von wo aus er die Straße im Blick hat. Am Nebentisch hantiert ein einsamer Rentner mit seinem Tablet, die anderen Gäste sind deutlich jünger und dürften größtenteils an der Taida studieren. Soweit er weiß, wohnt Professor Nakashima weiterhin nahe der Uni, auch wenn er schon seit einigen Jahren nicht mehr unterrichtet.

Dass ein Japaner ans Historische Institut der ehrwürdigen Taida berufen wurde, war seinerzeit nicht unumstritten. Obendrein einer, der sich für die japanisch-taiwanische Geschichte ab dem 19. Jahrhundert interessierte. Sein erstes Buch handelte von einem Vorfall in den 1870er Jahren, als taiwanische Ureinwohner mehr als fünfzig schiffbrüchige

Seeleute aus Okinawa massakrierten, die es an ihre Küste verschlagen hatte; die Regierung in Tōkyō schickte daraufhin Soldaten, um die zum chinesischen Kaiserreich gehörende Insel in ihre Gewalt zu bringen, was vorläufig noch misslang. Spätere Arbeiten widmeten sich der Erforschung von Taiwans indigenen Völkern durch kolonialzeitliche Ethnologen. Zu Hause hatte sich Nakashima früh den Ruf eines brillanten Querkopfs erworben, der keinem Streit aus dem Weg ging, aber dass sowohl sein Interesse an Taiwan als auch die Abneigung gegen japanischen Militarismus in der eigenen Familiengeschichte wurzelten, kam erst durch sein Buch *Suche nach zwei Geistern* zutage. Auf dem Umschlagfoto sieht der Autor aus wie ein jüngerer Bruder von Ōe Kenzaburō: schmaler Mund, runde Brille, leicht struppige Haare. Den Nobelpreisträger hat Harry einmal auf einer Tagung in Ann Arbor erlebt, wo Ōe ebenso höflich wie selbstbewusst auftrat und im Übrigen kaum zu verstehen war. Das Publikum gewann er für sich, indem er erzählte, ein amerikanischer Diplomat habe ihn gefragt, ob er mit seinem Englisch tatsächlich öffentliche Vorträge zu halten gedenke. ›Yes, Sar‹, lautete die Antwort, ›withu my Engu-li-shu.‹

Draußen fließt der Verkehr achtspurig die Roosevelt Road entlang. Paul meinte am Morgen, er habe kaum geschlafen, weil ihm die ganze Nacht Stadiongesänge durch den Kopf gegangen seien – seine Art kundzutun, dass ihm der gestrige Abend gefallen hat. Je länger die Partie dauerte, desto spannender und lauter wurde es. Der Rückstand, dem die Brothers hinterherliefen, schien die Fans nur noch mehr anzustacheln, im Chor schrien sie die Wende herbei, und im vorletzten Inning war es so weit. Dreimal wechselte der Gegner den Pitcher, ohne dass einer seinen Rhythmus fand. Die Brothers glichen aus, gingen in Führung, und als alle

Bases besetzt waren, gelang ihnen der zweite Homerun des Abends. Das ganze Stadion geriet in Ekstase, Harry auch, zum Befremden seines Sohnes. Zwar kam Lamigo noch einmal heran, aber nach über vier Stunden brachte der Closer die Partie nach Hause.

Zehntausend zufriedene Menschen strömten zu den Ausgängen.

Weil draußen kein Taxi zu bekommen war, nahmen sie den Bus. Die Linie 606 hielt fast vor der Haustür seiner Eltern, und Harry gefiel es, durch die von Neonlichtern erhellte Nacht zu fahren. In der Lin Sen North Road reihten sich Bars aneinander, die hauptsächlich von japanischen Geschäftsleuten frequentiert wurden. Hier und da wartete ein unauffälliges Stundenhotel auf Kundschaft. Als sie nach einer Dreiviertelstunde ausstiegen, ging es auf Mitternacht zu. Das Bier, das er sich den ganzen Abend gewünscht hatte, kaufte er im nächsten 7-Eleven und nahm es mit in die Wohnung. Paul putzte sich nur rasch die Zähne, ehe er todmüde ins Bett fiel, Harry schickte eine Nachricht an Helen und fragte, ob sie Zeit habe. Zehn Minuten später saß er mit dem aufgeklappten Laptop im Wohnzimmer. In Williamstown war es Freitagmittag und dem Anschein nach sommerlich warm. Im roten Top saß seine Frau vor der offenen Terrassentür, hielt in der einen Hand ihre Kaffeetasse und winkte mit der anderen in die Kamera. Offenbar hatte sie Tennis gespielt und gerade erst geduscht. »Und, haben deine Brothers den Gegner ordentlich zerlegt?« Da sie Baseball nichts abgewinnen konnte – zu viel männliches Imponiergehabe für ihren Geschmack –, sprach sie vorzugsweise in diesem spöttisch halbstarken Ton darüber. Ihrer Meinung nach sollten alle Sportler auftreten wie Roger Federer. Würde der sich tätowieren lassen und in Wimbledon auf den heiligen Rasen spucken?

»Zehn zu acht. Es war ein richtig spannendes Spiel. Tolle Stimmung.«

»Fand Paul das auch? Ich dachte, er mag den Sport nicht.«

»Du magst ihn nicht. Er fand vor allem das Ambiente interessant.« Genauer gesagt die Cheerleader, aber das behielt Harry für sich. »Hier in der Wohnung langweilt er sich.«

Sie nickte, trank einen Schluck und schaute prüfend in die Kamera. »Wieso ist es so dunkel bei dir? Ich erkenne dich kaum.«

»Du kennst das Wohnzimmer, entweder Dunkelheit oder grelle Neonlampen. Was habt ihr zwei gestern Abend gemacht?«

»Wir hatten ein klärendes Gespräch.«

»Das klingt ominös. Darf man fragen worüber?«

»Erinnerst du dich an Lus Freundin Charlene? Vor zwei Jahren ist sie bei uns die Treppe runtergefallen, seitdem war sie nicht mehr oft hier. Süßes Kind eigentlich.«

»Ihr ist nichts passiert, aber die Mutter hat uns durch die Blume zu verstehen gegeben, dass wir verantwortlich sind, richtig?«

»Durch die Blume? Wir hätten besser aufpassen müssen, hat sie gesagt. Wie das gehen soll ... Jedenfalls lassen sich Charlenes Eltern gerade scheiden. Wir beide sind erneut schuldlos, aber du kennst unsere Tochter.«

»Verstehe. Dabei streiten wir so selten.«

»Das ist das Problem mit kindlichen Ängsten: Einen echten Grund braucht es nicht. Man könnte sagen, sie sind sich selbst genug.«

»Konntest du sie beruhigen?«

»Oh, ich war sehr überzeugend. Verknallt, lautete ihr Wort. Wollte es nur erwähnt haben für den Fall, dass sie gleich davon anfängt. Sie ist schon zu Hause und will unbedingt mit dir reden ... Sweetie?«, rief sie in Richtung Treppe, horchte ein paar Sekunden und zuckte mit den Schultern. »Vielleicht kam ihr ein Eichhörnchen dazwischen. Neun ist wirklich ein schräges Alter, mal kommt sie mir vor wie vier, mal wie zwölf. Jetzt will sie einen Lieblingsmusiker haben – unbedingt einen Mann –, kann sich aber nicht entscheiden und fragt nach meinem. Ich habe gesagt, ich mag Mozart.« Darüber musste sie selbst lachen. Wie ein warmer Hauch wehte ihn das Leben zu Hause an, das in seiner Abwesenheit einfach weiterlief. Wusste er in Lus Alter, was Scheidung bedeutet? Oder verknallt sein? Wovor außer vor schlechten Noten hatte er als Kind Angst? »Da bist du ja«, sagte Helen, ehe ihm eine Antwort einfiel. »Beeil dich, Cookie, dein Vater wartet. Ich hole mir noch einen Kaffee, bis gleich.«

Als sie aufstand, schaute Harry auf das abschüssige Rasenstück mit der Kastanie, in der vor zwei Jahren ein Eichhörnchen genistet hatte – damals noch zur gemeinsamen Begeisterung beider Kinder. Im nächsten Moment nahm seine Tochter vor dem Bildschirm Platz. Weil sie am Vormittag Sportunterricht gehabt hatte, waren die langen Haare zu Zöpfen geflochten, ihr konzentrierter Blick schien nicht ihm zu gelten, sondern dem kleinen Fenster, in dem sie sich selbst sah. »Hi Dad«, sagte sie abgelenkt. »Leider habe ich wenig Zeit.«

»Hallo, meine Süße. Bist du wieder mal beschäftigt?«

Mit der Zungenspitze fuhr sie über die Lücke oben links, die einer der letzten Milchzähne hinterlassen hatte. »Wie viel Uhr und wie viel Grad sind es in Taipei?«

»Es ist kurz vor Mitternacht, im Stadion waren es knapp dreißig Grad, glaube ich.

»Weil bei euch Winter ist.«

»Nein, weil man hier Celsius benutzt.«

»Wieso das denn? Fahrenheit ist doch viel besser.«

»Du kannst es ja umrechnen. Hattest du das kürzlich in der Schule oder dein Bruder?«

»Man braucht eine Tabelle.«

»Ungefähr fünfundachtzig Grad, würde ich sagen. So was hat dein Vater im Kopf.«

»Kluger Keks«, erwiderte sie in Helens neckendem Tonfall, zog die Augenbrauen hoch, und er spürte das dringende Bedürfnis, sie in den Arm zu nehmen. Nach einem stressigen Tag an der Uni gab es nichts Besseres, als von ihr begrüßt zu werden, als hätten sie einander seit Jahren nicht gesehen. »Weißt du auch, woran Fahrenheits Eltern gestorben sind?«

»Nein, keine Ahnung.«

»Giftige Pilze.« Dabei schaute sie ihn an, als wollte sie sagen: Lass es dir eine Warnung sein. In ihrem Fall fand er die Vorstellung noch schwerer zu akzeptieren als in Pauls, dass sie eines Tages kein liebenswertes Bündel aus Anhänglichkeit und kindlicher Begeisterung mehr sein würde, sondern ein launischer Teenager mit missmutigem Blick. »Er war erst fünfzehn«, fügte sie ernst hinzu, »kein Amerikaner übrigens.« Dass es berühmte Nicht-Amerikaner gab, war ein neues Konzept für sie, eng verbunden mit dem Namen David Beckham, wo auch immer sie ihn aufgeschnappt hatte.

»Letzteres war mir wieder bekannt«, sagte er und suchte in Gedanken einen Weg, der von ihren kindlichen Urängsten wegführte. »Ist deine Mutter noch in der Nähe?«

»Sie rumort in der Küche.«

»Versteht ihr euch, oder ist es schwer mit ihr?« Manchmal taten Lu und er so, als wären sie die Erwachsenen im Haus, die mit Helen und Paul ihre liebe Mühe hatten, aber aus Loyalität ging seine Tochter diesmal nur halbherzig auf das Spiel ein: »Ich muss selten laut werden«, erklärte sie und winkte ab. Waren die beiden allein im Haus, aßen sie abends Popcorn auf dem Sofa und führten, was Lu ›Frauengespräche‹ nannte. Noch war es leicht, sie um den Finger zu wickeln. »Was macht mein kleiner Paulie?«, fragte sie.

»Liegt schon im Bett, nach dem Baseballspiel war er total fertig.«

»Warum heißt dein Team eigentlich Brothers? Sind alle Spieler miteinander verwandt?«

»Zwei Brüder haben den Verein gegründet. Zuerst hatten sie ein Hotel hier in Taipei, das gibt es immer noch. Das Brothers Hotel.«

»Hey Leute!«, rief sie mit verstellter Stimme und wackelte mit den Schultern. »Willkommen hier im Brothers Hotel. Weißt du, was Hip-Hop ist?«

»Ja. Nicht meine Musik, ehrlich gesagt.«

»Aber meine. Ich schreibe einen Song.«

»Tatsächlich. Ist es das, womit du so beschäftigt bist?«

Statt zu antworten, richtete sie den Blick auf den Durchgang zur Küche. »Yo, Mom kommt zurück. Am besten lasse ich euch allein, dann könnt ihr so richtig turteln. Kiss-kiss!« Mit geschürzten Lippen näherte sich ihr Gesicht, aber weil sie auf seines zielte statt auf die Kamera, sah er nur ihr riesenhaft vergrößertes Auge. »Bye Daddy! Erinner' Paulie daran, was er mir versprochen hat. Wenn er's nicht hält, bin ich total sauer.«

Worum es ging, fragte er nicht, das hätte sie sowieso nicht verraten. Geheimnisse mit dem großen Bruder waren ihr heilig. Rasch trank er einen Schluck Bier, das eher schal als vertraut schmeckte, dann saß Helen wieder vor ihm. Seufzend nahm sie eine Serviette und wischte mehrmals über den Bildschirm. »Sei froh, dass du den nicht abgekriegt hast.« Ihr knappes Top weckte ein von Müdigkeit überdecktes Verlangen in ihm, weniger nach Sex als nach Nähe. Für einen Moment war er einfach nur furchtbar weit weg; ein

Gefühl, das ihn zu Hause allerdings auch gelegentlich überfiel. »Um eine richtige Unterhaltung mit ihr zu führen«, sagte Helen tröstend, »müsste man sie anbinden, so wie von Charlenes Mutter empfohlen.«

»Schon okay, in drei Tagen bin ich zurück. Übrigens ist sie definitiv nicht langsam.«

»Du sagst das, als hätte ich sie so genannt.«

»Ist noch gar nicht lange her.«

»Honey, das war im Affekt. Den nächsten Mathe-Test bereitest du mit ihr vor, mal sehen, welches Adjektiv dabei rauskommt.« Seinen Einspruch wehrte sie mit erhobener Hand ab. »Zum Thema Baseball wollte ich nachtragen, dass dein Held gestern nicht gut war. Seine Royals haben gegen Detroit eins auf den Deckel bekommen, aber das weißt du sicher schon.«

»Hat er gespielt?«

»Offenbar ohne dir Bescheid zu geben.«

»Seit er kein Starter mehr ist ... Nicht gut, sagst du?«

»Bei seiner Einwechslung lagen sie schon deutlich zurück. Einen Homerun hat er kassiert, vielleicht auch zwei.«

»Ich schaue mir den Bericht gleich im Netz an.«

»Erzähl mir vorher, wie's deinen Eltern geht. Paul glaubt immer noch, dass dein Vater ihn nicht erkannt hat.«

»Ich weiß, aber du kennst ihn. Meinen Vater, meine ich.«

»Kann er sich nicht ein bisschen bemühen? Sie sehen einander fast nie.«

»Ich fürchte, er ist zu alt. Mutter bemüht sich, soweit sie es vermag. Mit Blumen kennt er sich schon ganz gut aus.« Dass Lu eben weder nach ihren Großeltern gefragt noch Grüße übermittelt hatte, bemerkte er erst jetzt. Von Julie sprach sie gelegentlich, vom Rest der Familie so gut wie nie.

»Alles in Ordnung bei dir?«, fragte Helen. »Dass du Bier trinkst, ist kein gutes Zeichen.«

Geistesabwesend hatte er die blaue Dose zur Hand genommen, nun hielt er sie ins Bild und sagte: »Taiwan Beer. Haben wir früher im Stadion getrunken, meine Freunde und ich.«

»Ich dachte, ihr hattet einen schönen Abend.«

»Hatten wir ja, aber ... Mir tut es auch leid, dass meine Eltern so unflexibel sind. Wenn sie Pauls Chinesisch nicht verstehen, zucken sie mit den Schultern und fragen mich.« Allerdings erinnerte er sich, vor einigen Jahren bekundet zu haben, dass er seine Kinder mit allen Mitteln beschützen wolle vor dem, was er mit Taiwan assoziierte. Insofern stand er gegenwärtig vor so etwas wie dem Scherbenhaufen des eigenen Erfolgs.

»Jedes Mal, wenn du dort bist«, sagte Helen, »habe ich Angst, du könntest dich zu Hause fühlen.«

»Ausgerechnet hier, hm? Ich bin nicht mal sicher, ob sie sich freuen, wenn wir zu Besuch kommen.«

»Du freust dich – mehr, als du zugibst. Liegt Paul schon im Bett?«

Er nickte, und ihr Lächeln signalisierte die Bereitschaft, dem Gespräch eine andere Wendung zu geben. »Ich bin also mit meinem Mann allein, wenn auch auf zwei Kontinenten. Hi, there. Hat Lu das Wort ›turteln‹ von dir?«

»Klingt eher nach den Romanen, die deine Mutter liest. Übrigens habe ich unseren Sohn gefragt, ob er sich vorstellen könnte, für ein halbes Jahr oder so in Taiwan zu leben. Nur eine Idee«, schob er eilig nach, bevor sie reagieren konnte. Am liebsten hätte er das Thema ganz ausgespart, aber dann würde sie es morgen von Paul erfahren. »Wir haben davon gesprochen, du und ich. Dass es gut für ihn wäre, Chinesisch zu lernen. Ich fände es außerdem gut, wenn meine Kinder Taiwan besser kennen würden.«

»Moment – er soll allein dort zur Schule gehen?«

»Ich könnte mich um eine Gastdozentur bemühen. Und bevor du fragst: Nein, nicht nur seinetwegen. Es würde meinem Projekt helfen, ich hätte Lust darauf und überhaupt.«

»Schön, dass du mich in die Planung einbeziehst.«

»Helen, mein Vater ist ein Greis, um Mutter steht es kaum besser. Wenn ich noch einmal etwas Zeit mit ihnen verbringen will, muss ich es bald tun. Klingt es so abwegig für dich?«

»Dass du ein schlechtes Gewissen hast? Gar nicht. Hier sprichst du bloß nie davon.«

»Das Vorhaben meinte ich.«

»Eben war es noch eine Idee. Welche genau, ihr beide für ein halbes Jahr in Taiwan? Oder ein ganzes? Oder wir alle? Verzeih mir, wenn ich etwas überrumpelt bin.«

»Am liebsten zu viert, aber deine Einstellung zu meiner Heimat ist mir bekannt.«

»Und meine Einstellung zu dir, zu uns? Kennst du die auch, frage ich mich plötzlich.«

»Das ist nicht fair«, erwiderte er und kam sich augenblicklich unaufrichtig vor. Dass sich eine so lebenslustige, durch und durch amerikanische Person wie sie für ihn interessierte, hatte ihn damals sehr überrascht, und weil das Gefühl nie ganz verschwunden war, unterschätzte er gelegentlich, wie stark gewisse Ereignisse der letzten Jahre sie verunsichert hatten. Im Nachhinein musste ihr die Begeisterung für Wang Chien-ming wie ein erstes Warnsignal erscheinen. Seit sie einander kannten, wirklich seit dem ersten Abend, hatte er ihr erzählt, wie froh er war, seiner Heimat entkommen zu sein: dem Drill in der Schule und später beim Militär – den Geländeläufen mit einem Seifenstück im Mund, das nicht rausfallen durfte –, dem Schweigen zu Hause. Nach Berkeley war er gegangen, um im wortlosen Streit seiner Eltern nicht Partei ergreifen zu müssen, obwohl er insgeheim gewusst hatte, auf wessen Seite er stand. Wahrscheinlich waren seine Erzählungen der Rahmen für das negative Bild, das Helen von Taiwan besaß, trotzdem wollte er nicht, dass sie ihre Abneigung an die Kinder weitergab. Die sollten das Land selbst erkunden. Oder noch besser unter seiner Anleitung.

»Was hat Paul eigentlich geantwortet?«, fragte sie.

»Zuerst war er perplex, klar. Wollte wissen, was mit dir und Lu wäre. Am Schluss meinte er, er will darüber nachdenken. Du musst keine Angst haben, dass ich ihn zwinge.«

»Habe ich dir erzählt, dass er dich für einen sehr emotionalen Menschen hält?«

»Nein, wann war das?«

»Deep down, meinte er. Neulich beim Einkaufen. Ich habe das Gefühl, dass er uns ziemlich genau beobachtet.« Glaub nicht, dass du ihn hinters Licht führen kannst, sollte das möglicherweise heißen. Streit suchte sie nicht, sie hätte bloß lieber von seiner Sehnsucht nach ihr als von der nach seiner Heimat erfahren. Einige Minuten lang redeten sie über nichts Bestimmtes, dann zeigte die Küchenuhr halb eins, und Harry wollte ins Bett. Vorher schaute er sich im Internet die Zusammenfassung des gestrigen Spiels an. Nach Wang Chien-mings vielen Verletzungen und der jahrelangen Abwesenheit hatten ihn die Royals im April vollkommen unerwartet verpflichtet. Zuvor war es immer schwieriger geworden, seiner Odyssee durch die niederen Ligen zu folgen. In Bridgeport, Connecticut, hatte Harry ihn einmal in einem Stadion gesehen, dessen fünftausend Sitze nur zur Hälfte besetzt waren. Wang spielte für die Southern Maryland Blue Crabs, kassierte in sechs Innings ebenso viele Treffer und gab drei Punkte ab. Hinter dem Spielfeld ratterten Güterzüge vorbei. Fünfunddreißig Jahre war er alt, und selbst in Taiwan rechnete niemand mehr damit, dass er noch einmal zurückkommen würde. Nach Spielschluss sah

Harry ihn auf dem Parkplatz in einen viel zu kleinen Mietwagen steigen und hatte für einen Moment das Gefühl, ihre Blicke würden einander begegnen. Gern hätte er ihm etwas Aufmunterndes zugerufen, aber was? Wenig später endete das Engagement bei den Blue Crabs, und Wang setzte seine Odyssee an der anderen Küste des Landes fort.

Nun war er doch zurück, allen Unkenrufen zum Trotz. Nach dem starken Auftritt im Trainingscamp hatte es geheißen, sein Sinker sei wieder so schnell und unberechenbar wie früher, aber die alte Dominanz strahlte er nicht mehr aus. Er spielte solide, meistens für ein Inning oder zwei. Seinen Fans in Taiwan schien das zu reichen, und vielleicht, dachte Harry, zeugte es von Schwarzseherei, wenn nicht gar von Undank, dass sich das sensationelle Comeback anfühlte wie ein Epilog.

Mit Professor Nakashima ist es so, wie Julie prophezeit hat: Man mag ihn auf den ersten Blick. Um Punkt elf Uhr betritt er das Café, trägt trotz der Hitze ein Jackett über dem karierten Hemd und sieht wegen der gerundeten Schultern kleiner aus, als er ist. »Freut mich sehr, dass Sie es einrichten konnten«, sagt Harry und denkt, dass wenige Japaner einem beim ersten Treffen das Gefühl geben, sie seit langem zu kennen. Das Angebot, ein Getränk für ihn zu holen, lehnt Nakashima energisch ab und geht selbst zur Theke. Als er zurückkehrt, bemerkt er, Julie habe oft von ihrem Onkel in Amerika gesprochen. Obwohl er seinerseits seit vielen Jahrzehnten in Taiwan lebt, spricht er mit jenem typischen Akzent, der beim ersten Satz seine Herkunft verrät. »Kluge junge Frau. Von ihrer Doktorarbeit erwarte ich viel.«

»Wenn ich sie richtig verstanden habe, wird es noch eine Weile dauern.«

»Jedes Mal sage ich ihr: Beeil dich, Julie, oder du musst sie mir aufs Grab legen.« Darüber bricht er in ein glucksendes Lachen aus, das Harry für einen Moment an Paul erinnert. Sein Jackett behält der Professor an, hier drinnen ist es mindestens zehn Grad kühler als draußen.

»Das Buch über Ihre Familie habe ich mit großem Gewinn gelesen«, sagt Harry, als sie einander gegenübersitzen, und lobt die raffinierte Vermischung von Fiktion und historischer Recherche. Mit den zwei Geistern im Titel sind der tatsächliche Erzeuger und jener andere Mann gemeint, den Nakashima noch als Jugendlicher für seinen Vater hielt; begegnet ist er beiden nie. Das Buch dokumentiert eine Spurensuche, die im ersten Fall wenig und im zweiten nichts Gutes zutage gefördert hat. Fiktionale Passagen füllen die Lücken, hier und da verwischen die Grenzen. »Haben Sie je überlegt, ganz ins andere Genre zu wechseln? Ich meine, einen Roman zu schreiben?«

»Ich versuche es gerade. Leider erfolglos, obwohl ich dem Thema treu bleibe.«

»Familie?«

»Geister.« Nakashima probiert seinen Kaffee und schürzt zustimmend die Lippen. »Als Student habe ich mit Freunden eine kleine literarische Zeitschrift herausgegeben. Niemand wollte unsere Sachen drucken, also haben wir es selbst getan. Wir waren echte Dilettanten, das Hauptaugenmerk lag nicht auf den Texten, sondern auf unseren Pseudonymen. Kennen Sie die Geschichte von Masakado, dem toten Samurai?«

»In groben Zügen«, sagt Harry. »Angeblich treibt er bis heute sein Unwesen.«

»Eine Bankfiliale, die neben seinem Grab liegt, unterhält ein Konto für ihn, damit er die Mitarbeiter in Ruhe lässt. Er kassiert sogar Zinsen, trotzdem hört man von einer auffälligen Häufung nervöser Erkrankungen. Glauben Sie mir, in Japan ist eine solche Unbestechlichkeit selbst bei Toten selten.«

»Darüber haben Sie als Student geschrieben oder wollen es als Nächstes tun?«

»Masakado war mein erstes Pseudonym«, lacht er. »Ich bin in Tōkyō aufgewachsen, wie Sie wissen, nach dem Krieg und ohne Vater. Die Stadt war ein Trümmerfeld, überall Krater und Ruinen. Kinder haben nicht Räuber und Gendarm gespielt, sondern GI und Prostituierte. Als die Amerikaner den Friedhof mit Masakados Grab in einen Parkplatz verwandeln wollten, fürchteten die Leute seine Rache, auf ihren Protest hin wurde der Plan aufgegeben. Vermutlich hat mir die Vorstellung gefallen, gefürchtet zu sein.« Abrupt hält er inne. Von der steifen Zurückhaltung, die man seinen Landsleuten gern unterstellt, ist er frei. »Was war Ihr Traum früher, wenn ich fragen darf. Was wollten Sie sein?«

»Ich war ein schmächtiger Junge ohne sportliches Talent«, sagt er. »Baseballprofi wollte ich werden, so wie alle meine Freunde. Gestern war ich mit meinem Sohn im Stadion, das hat einige Erinnerungen zurückgebracht. Haben Sie Kinder?«

»Leider nicht. Ich werde ein ebenso unruhiger Geist sein wie der alte Samurai. Wenn auch hoffentlich mit Kopf auf den Schultern.«

»Und nicht von Rachegedanken getrieben.«

»Aber full of mischief, wie man bei Ihnen sagt.« Sein Englisch klingt genau wie das von Ōe, als hätte er den Mund voller Kiesel. Für ein paar Sekunden war das Strahlen aus seinen Augen verschwunden, nun kehrt es zurück. »Sehen Sie, zu Masakados Zeit gab es Tōkyō als Stadt noch nicht. Es war eine Grenzregion, nur Ausgestoßene lebten dort, herrenlose Samurai, Banditen. Das fand ich faszinierend. Bekanntlich hatte er sich selbst zum Kaiser ausgerufen und war dafür hingerichtet worden. Auch das gefiel mir, die Herrschenden herauszufordern. Als junger Mann war ich fassungslos, dass wir unter demselben Kaiser lebten wie im Krieg. Manche Kollegen glauben, dass Masakados Rebellion der erste Schritt war, der dazu führte, dass der Thron seine Macht schließlich an die Shōgune verlor. So erfolgreich war ich natürlich nicht, trotz meiner vergleichsweise mediokren Feinde.«

»In Ihrem Buch schreiben Sie, man hätte den Kaiser vor Gericht stellen müssen.«

»Wen, wenn nicht ihn? Stattdessen wurde die alberne Fiktion einer Verschwörung militärischer Cliquen in die Welt gesetzt, ein echtes japanisch-amerikanisches Joint Venture. Die USA haben uns zwar die Demokratie gebracht, aber nicht gezeigt, wie sie funktioniert. Ihre Besatzung war eine neokoloniale Militärdiktatur, und spätestens mit dem Krieg in Korea gingen die pazifistischen Ideale über Bord. Mit der Produktion von Kriegsgütern kannten wir uns besser aus. Danach wollten sich viele nur noch der eigenen Opfer erinnern. Wenn der Kaiser nichts hatte tun können, dann sie wohl erst recht nicht. Korrekte Schlussfolgerung aus einer falschen Prämisse.«

In *Suche nach zwei Geistern* bekennt er, dass er sein Land desto weniger mochte, je mehr das Wirtschaftswunder voranschritt. Schon als Schüler las er Marx, hörte Jazz und legte sich mit seinen Lehrern an. »Was hat Ihre Mutter dazu gesagt?«, fragt Harry. »Zu Ihrem Talent, überall anzuecken.«

»Kennen Sie den Ausdruck ›kyodatsu‹? Eine Mischung aus Hoffnungslosigkeit, Erschöpfung und innerer Leere. Besser kann man die nationale Verfassung von damals nicht auf den Punkt bringen. Kriegswitwen wurden auf ein ideologisches Podest gestellt und dort sich selbst überlassen.

Dass ich ein uneheliches Kind war, durfte niemand wissen, vor allem ich nicht. Solange ich klein war, konnte sie glauben, dass sie mich beschützt, aber wie es in einem der schöneren Sätze meines Buches heißt: Der einzige Schutz vor der Wahrheit ist der falsche. Er verhindert Nähe. Vermutlich hat sie sich erst für mich geschämt, dann vor mir.«

»Wovor sie Sie schützen wollte, haben Sie nicht geahnt?«

Für einen Moment richtet Nakashima den Blick nach draußen. Vor der Nudelküche nebenan parkt ein Motorrad mit mehreren Gasflaschen auf dem Gepäckträger. »Manche nennen es Verdrängung«, sagt er, »aber das ist eine grobe physikalische Metapher, nicht wahr? Meine Mutter hat gern von meinem Vater gesprochen, und immer in den wärmsten Tönen – ich weiß bis heute nicht, ob es um den uniformierten Mann auf dem Foto oder um meinen Erzeuger ging. Vielleicht begannen in ihrem Kopf beide zu verschmelzen. Sein Name fiel nie.«

»Hat sie von Jinguashi erzählt?«, fragt er. »Vom Lager für die ausländischen Kriegsgefangenen oder von unverfänglichen Dingen? Dem Alltag, der Schule?«

»Ab und zu besuchte uns ein alter Bekannter aus Fukuoka. Damit Mutter und er ungestört reden konnten, wurde ich aus dem Haus geschickt. Hinterher hatte sie immer rote Augen und sprach mehr als sonst. Wenigstens die Kinder hätten wir raushalten sollen, solche Dinge. Die Gefangenen wurden bei der Ankunft ja auf dem Schulhof vorgeführt, schreibt zumindest ein ehemaliger Häftling in seinen Memoiren. Ein Kollege, der mit anderen Überlebenden korrespondiert hat, hält das für falsch: Die Gefangenen seien nachts angekommen, behauptet er, unbemerkt von den Bewohnern. Sie sehen, mal wissen wir mehr, als wir wollen, mal weniger, als wir müssen. Der Vergangenheit ist es egal, aus welchem Grund sie uns nicht loslässt.«

»Julie hat sicherlich erwähnt, dass meine Mutter in Jinguashi zur Schule gegangen ist.«

»Natürlich. Vor zwei Tagen habe ich ihr ein Foto geschickt. Das einzige aus jener Zeit, das ich besitze. Es zeigt eine Abschlussfeier, leider sind keine Gesichter zu erkennen.«

»Warum ist Ihre Mutter später nie nach Taiwan zurückgekehrt? Nicht mal besuchsweise, schreiben Sie.«

»Als die Besatzung endete – viel später als erwartet –, wurde ich eingeschult. Mutter bekam eine Stelle in ihrem alten Beruf, materiell ging es uns danach besser, hier hingegen herrschte Kriegsrecht. Ihr großer Traum blieb es trotzdem. Abends am Bett hat sie mir Geschichten erzählt, die nach wildem Westen klangen, mit den ›Wilden‹ in der Rolle der Indianer. Alles geschönt natürlich. Ein koloniales Idyll, umso attraktiver durch den Kontrast zur Gegenwart.«

»Würden Sie sagen, dass sie den Traum an Sie weitergegeben hat?«

Darauf antwortet Nakashima mit einem Schulterzucken. Beim frühen Tod der Mutter war er Ende zwanzig und veröffentlichte erste Arbeiten in linksgerichteten Zeitschriften: beißende Abrechnungen mit Japans ›zivilisatorischer Mission‹ in den Kolonien. In alten Papieren stieß er auf das Todesdatum seines angeblichen Vaters und fand einen lange gehegten, aber nie geäußerten Verdacht bestätigt. ›Beschämende Befreiung‹ nennt er das Gefühl in seinem Buch, für solche Formulierungen hegt er eine Vorliebe. Bei der Hochzeit bestand die Familie seiner Frau darauf, dass er ihren Namen annahm, um die uneheliche Herkunft zu verschleiern. Den Umzug nach Taiwan habe er als Heimkehr empfunden, bekennt er, sogar die Asche der Mutter hat er schließlich auf die Insel überführt. Als Arzt war ihr Ehemann in China mit der Betreuung von Zwangsprostituierten für die Armee befasst, das konnte Nakashima zweifelsfrei belegen, aber die Identität des leiblichen Vaters ließ sich nicht aufklären. Folglich bleibt der Verdacht unausgeräumt, dass seine eigene Existenz auf ein Verbrechen zurückgeht, zu denen es nach Kriegsende häufiger kam, als viele glauben. Kein Wunder, dass er an Julies Arbeit interessiert ist.

»Ich würde auch gern über meine Familie schreiben«, sagt Harry unvermittelt. Eigentlich hatte er nicht vorgehabt, das Projekt zu erwähnen, aber Nakashimas Offenheit ist ansteckend, und mit Fremden lässt es sich ohnehin leichter bereden.

»Was hindert Sie?«

»Ein fehlender Plan vor allem. Ursprünglich sollte es um den Bruder meiner Mutter gehen, der als politischer Häftling zehn Jahre auf der Grünen Insel saß. Jetzt geht es doch mehr um sie. Oder um beide, ich weiß es nicht. Als Student habe ich ihn gedrängt, seine Erlebnisse aufzuschreiben, aber das wollte er nicht. Nach der Haft hat er das Theologische Seminar in Tainan besucht und dann in den Bergen um Taitung gelebt, bei den Ureinwohnern.«

»Welchen?«

»Den Bunun.«

Der Professor nickt. »Zehn Jahre bedeutet vermutlich, dass er unschuldig war, richtig? Ihm wurde einfach ein Verbrechen zugeteilt und ein Geständnis abgepresst.«

»Danach sieht es aus. Er selbst hat darauf bestanden, er sei vor allem dumm gewesen.« Auf einmal fällt ihm die spiegelbildliche Ähnlichkeit zwischen Professor Nakashimas Mutter und seiner eigenen auf: die eine eine in Taiwan geborene Japanerin, die ihre Herkunft nostalgisch verklärte, die andere eine in der Kolonialzeit geborene Taiwanerin, die vielleicht nie aufgehört hat, sich als Japanerin zu fühlen. Womöglich kannten sie einander sogar. Nakashima und Onkel Keiji hätten sich auch gut verstanden. »Wenn es nicht zu privat ist: Wann wussten Sie, dass Sie Ihr Buch schreiben würden?«, fragt er.

»Der Wunsch war alt – vor seiner Verwirklichung stand die knifflige Frage, ob ich ein Geheimnis enthüllen darf, das sie mit ins Grab genommen hatte.«

»Glauben Sie nicht, dass jeder Mensch ein Recht auf seine Geschichte besitzt?«

Bevor Nakashima antwortet, wirft er einen unauffälligen Blick auf die Uhr. »Wenn es nur die eigene wäre, nicht wahr.« Draußen flimmert die Mittagshitze über dem Asphalt. Damals, als Onkel Keiji an der Taida studiert hat, war die Roosevelt Road eine schmale Straße neben der Bahnlinie nach Hsintien, gesäumt von grünen Reisfeldern. Das sei seine beste Zeit gewesen, hat er oft behauptet; kurz vor dem Beginn der schlimmsten. »Und die Frösche auf dem Cover?«, fragt Harry. »Was hat es damit auf sich?« Noch einmal erinnert ihn der Professor an seinen Sohn: So hat Paul früher in sich hineingelacht, wenn er in einem Spiel beim Schummeln erwischt wurde.

»Sie können kein Japanisch, oder?«

»Nicht gut.«

»Das Wort für Frosch wird genauso ausgesprochen wie das Verb ›zurückkehren‹: *kaeru*. Von Masakados Tochter hieß es, sie habe mit Hunderten von Fröschen in der Ruine seines Schlosses gelebt. Das war als Warnung vor der Rache des toten Vaters gemeint.« Harrys verdutztes Gesicht steigert Nakashimas Heiterkeit noch. »Was es bedeuten soll, weiß ich auch nicht«, gluckst er. »Wer weiß, vielleicht kehrt mein leiblicher Vater eines Tages zurück. Oder ich, an offenen Rechnungen mangelt es nicht. Mit Ihrer Nichte bin ich bereits verabredet: In hundert Jahren wollen wir uns hier treffen und die Mitarbeiter der Bank of China heimsuchen. Sind Sie dabei?«

Am Eingang drehen Leute den Kopf, weil er in schallendes Lachen ausbricht. Man muss ihn mögen, hat Julie gesagt, aber ein schräger Vogel ist er auch. Jedes Mal, wenn sich die Tür öffnet, dringt von draußen heiße Luft herein, und Harry beschließt, im Anschluss an das Treffen nach Dadaocheng zu fahren. Irgendwie muss es ihm gelingen, Paul von dem gemeinsamen Taiwan-Aufenthalt zu überzeugen. Seit er ihn ausgesprochen hat, ist der Wunsch noch stärker geworden, so als hätte er ihn sich vorher bloß nicht eingestehen wollen. Ob es auch in seiner Familie ein Geheimnis gibt, dem er auf die Spur kommen will, weiß er nicht. Manches deutet darauf hin, dass Keijis Verhaftung die Ehe seiner Schwester einerseits ermöglicht und andererseits zerstört hat, aber noch als alter Mann wollte sein Onkel nicht darüber reden. Frag deine Mutter, antwortete er jedes Mal und betonte lediglich, dass er ohne ihre Hilfe die Haft nicht überstanden hätte. Bis zum Schluss war er ihr dankbar, und trotzdem hängt in Harrys Erinnerung über den Gesprächen der beiden eine Ratlosigkeit, wie sie geschiedene Paare ausstrahlen: tiefe Vertrautheit, die entweder das Ende überdauert hat oder anzeigt, dass es noch nicht zu Ende ist. Gleichgültigkeit würde zwar alles leichter machen, aber auch den Verlust besiegeln. Das Dorf war ein trostloser Flecken am Rand der Berge, der ihm plötzlich so klar vor Augen steht wie ein Foto. Stets hatte seine Mutter die Arme vor der Brust verschränkt, als wäre ihr kalt, Onkel Keiji schaute woandershin, und ihn erfüllte ein Gefühl, das er erst im Rückblick benennen kann: irgendwie mit dafür verantwortlich zu sein, dass alles so verdammt schwierig war.

Lohnt es sich, Jahrzehnte später noch einmal daran zu rühren? In der Hoffnung worauf? Manchmal ist der Schmerz besser als das, was ihm folgt. Wenn nicht, ist er alles, was bleibt.

15

Sie hatte Glück, dass sie den Tisch am Fenster bekam. Ihren Lieblingsplatz im oberen Stock, von wo aus sie die Kreuzung überblicken konnte und weiter hinten den Eingang zum Neuen Park. Tagsüber war es dort hell genug, um zu lesen. Nach mehr als der Hälfte der Geschichte wusste Ching-mei immer noch nicht, ob sie die forsche, abenteuerlustige Taeko lieber mochte oder die stille, undurchschaubare Yukiko. Konnten Schwestern so unterschiedlich sein? Zwischendurch legte sie das Buch beiseite, trank einen Schluck Tee und stellte sich vor, den Figuren des Romans im richtigen Leben zu begegnen: einfach an ihrer Haustür zu klingeln, dort in den Hügeln um Kōbe, von wo man sicherlich das Meer sah.

Am späten Nachmittag verließen Angestellte die umliegenden Geschäfte und Büros. Weil der Regen eine Pause einlegte, gingen manche nicht direkt zum Bus, sondern machten einen Umweg durch den Park oder schlenderten zu den Kinos am Westtor. In solchen Momenten, wenn nichts sie ablenkte, glich der Schmerz einer inneren Begleitmusik, die allen anderen Gefühlen eine bestimmte Färbung verlieh. Dieselbe Straße, auf die jetzt ihr Blick fiel, hatte sie an der Hand ihrer Mutter überquert, mit staunend aufgerissenen Augen, weil alles so neu und strahlend ausgesehen hatte: Frauen mit Dauerwellen, in bunt gemusterten engen Qipaos, die aus dem Kikumoto Department Store kamen und im nächsten Café verschwanden. Inzwischen beherbergte das ehemalige Kaufhaus die Freunde der Streitkräfte, und die Aufzugsfräuleins in ihren smarten Uniformen arbeiteten entweder anderswo, oder sie hüteten zu Hause die Kinder.

Ausnahmsweise trug sie heute selbst einen Qipao. Seinetwegen.

Die träumerische Stimmung, in die der Roman sie versetzte, mochte sie trotz allem. Solange für die dritte Schwester kein Mann gefunden war, konnte Taeko ihren Freund nicht heiraten, aber wollte Yukiko überhaupt einen Mann? Vorsichtshalber hatte Ching-mei das Buch in braunes Papier eingebunden und bedauerte bereits, dass sie es in wenigen Tagen ausgelesen haben würde. Dass der Krieg kaum darin vorkam, gefiel ihr besonders. Ab und zu wurde beiläufig der ›China-Zwischenfall‹ erwähnt, aber statt zu fragen, ob die deutschen Nachbarn mit den hübschen Kindern Nazis waren, teilte der Erzähler die Sorgen der Schwestern um die Kirschblüten am Heian-Schrein. ›Die Trauerkirschen links hinter der Galerie, wenn man durchs Tor trat und auf die Haupthalle blickte – diese Bäume, von denen es hieß, sie seien sogar im Ausland berühmt –, wie würden sie in diesem Jahr sein? War es vielleicht schon zu spät?‹

Hoffentlich nicht, dachte sie.

Wie verwirrt ihre Gefühle waren, ahnte Hsiao Chen natürlich. In einem fort suchte er nach Indizien und Beweisen, so als wollte er sie ihrer Liebe überführen wie eines Vergehens – worum es sich in den Augen ihrer Mutter zweifellos handelte. Um ihm keine falschen Hoffnungen zu machen, redete sie wenig und zwang ihn damit, umso mehr in ihre Worte hineinzulesen. Manchmal bekam sein Blick etwas Flehentliches, das sie gleichzeitig rührte und abstieß. Jetzt sah sie auf die Uhr und hoffte, dass nach dem Besuch beim Fotografen noch Zeit bleiben würde, ins Kino zu gehen, am liebsten allein. Falls Hsiao Chen Pläne für sie beide gemacht hatte, könnte sie einfach behaupten, zu Hause erwartet zu werden. Wahrscheinlich stimmte das sogar, auch wenn niemand es aussprach. Inzwischen kam die Polizei nur noch einmal pro Woche, und selbst dann sagte Mutter nichts, sondern überließ es Vater und ihr, mit den Männern zu reden. Die Fragen waren sowieso immer dieselben und bezogen sich auf eine Realität, die lediglich in Akten existierte. Wie konnte es Mittäter geben, wenn keine Tat vorlag? Seufzend klappte sie das Buch zu und strich mit der flachen Hand darüber.

Dass sie von diesem Leben einmal geträumt haben sollte, kam ihr merkwürdig vor. Nach dem Schulabschluss hatte sie eine Weile am Informationsschalter des Flughafens gearbeitet, mit einem roten Anstecker an der Brust, der ihre japanischen Sprachkenntnisse verriet. Hätte sie für jedes Kompliment einen Yuan bekommen, wäre ihr Gehalt noch üppiger ausgefallen. Zum ersten Mal überhaupt hatte sie in der Xiamen Jie maßgefertigte Schuhe gekauft, aber irgendwann genug davon gehabt, dass Männer sie zu abendlichen Treffen zu überreden versuchten. An der Uniklinik gefiel es ihr besser; Schwestern in der Ausbildung beachtete niemand außer den Patienten, denen sie eine Tablette brachte oder die Temperatur maß. Die meisten Ärzte waren Einheimische, auf ihrer jetzigen Station gab es sogar zwei Ärztinnen, und demnächst sollte ein Platz im Wohnheim frei werden. Falls Keiji Medikamente brauchte, würde sie einen Weg finden, das hatte sie ihm versprochen.

Draußen setzte der Regen wieder ein und fiel in so feinen, unsichtbaren Tropfen, dass sie es nur an den beschleunigten Schritten der Fußgänger merkte. Was machte er in diesem Moment? Obwohl sie ununterbrochen an ihn dachte, erschreckte die Frage sie jedes Mal wie ein Schrei in der Nacht. Seit endlich Anklage erhoben worden war, durfte er pro Woche einen Brief schreiben, höchstens zweihundert Zeichen, und jeden Donnerstagnachmittag konnte sie ihn für zehn Minuten besuchen. Die Tränen, die ihr über die Wange liefen, wischte sie fort und schaute sich um, ob jemand sie beobachtete. Ohne die schrecklichen Gerüchte – angeblich wurden Inhaftierte, die nicht kooperierten, während der Verhöre auf Eisblöcke gesetzt – wäre alles leichter. Konnte Hsiao Chen verstehen, was diese Vorstellung mit ihr machte? Dass er einen Bruder verloren hatte, vom anderen nicht wusste, ob er noch lebte, und sich trotzdem nur um sie zu sorgen schien, war geradezu bewundernswert. Weiterleben musste sie so oder so, an manchen Tagen wie in Trance. Mutter ging in den Tempel und aß wenig, Vater konzentrierte sich auf die Geschäfte und trank seinen Sake allein im Büro. Das gemeinsame Unglück, hatte sie im Lauf des letzten Jahres gelernt, machte jeden auf seine Weise einsam.

Als sie zur Treppe schaute, stand Hsiao Chen auf der obersten Stufe und sah sich suchend nach ihr um. Er trug einen westlichen Anzug, und das zurückgekämmte Haar glänzte von der Pomade, die er neuerdings benutzte, um älter auszusehen. Kurz hob sie die Hand. Beim Einatmen spannte der Qipao ein wenig über der Brust.

»Du hast daran gedacht«, sagte er zur Begrüßung und gab sich wie immer keine Mühe, zu verbergen, wie hingerissen er war. »Das Studio ist gleich um die Ecke. Eine halbe Stunde haben wir noch Zeit.« Beinahe schaffte er es nicht, den Blick von ihr abzuwenden, um der Bedienung zu winken. Unter der hohen Decke drehten sich zwei Ventilatoren so träge, dass Ching-mei keinen Lufthauch spürte. Das Studium hatte er abgeschlossen, in wenigen Wochen begann sein Militärdienst auf der Insel Kinmen, darum der gemeinsame Besuch beim Fotografen. Zwei Jahre lang würden sie einander kaum sehen, vielleicht gar nicht, wenn die Situation es verbat. Vielleicht nie wieder … Zwar war der Krieg vorbei, aber Friede herrschte trotzdem nicht, ab und zu erfolgten Luftangriffe auf chinesische Küstenstädte, die in den Zeitungen gefeiert wurden, als markierten sie den Beginn der großen Rückeroberung. Im Gegenzug bombardierte die andere Seite Kinmen. Seine Mutter war krank vor Sorge, der Vater presste die Lippen aufeinander und verwies darauf, dass sein Sohn es abgelehnt habe, zum Studium nach Amerika zu gehen.

Ihretwegen.

Als die Bedienung kam, bestellte er geröstete Erdnüsse und grünen Tee. Hinter dem linken Ohr hatte sich eine Haarsträhne gelöst, die sie ihm gern zurückgestrichen hätte. Der Anzug stand ihm gut, überhaupt sah er gut aus, manchmal verstand sie ihr Zögern selbst nicht. Über die kommenden zwei Jahre sprachen sie wie über einen Test, aber lag in der Einwilligung, gemeinsame Fotos zu machen, nicht bereits das Versprechen, auf ihn zu warten? Als er die Hand nach ihr ausstreckte, zuckte sie zurück. Was sind schon zwei Jahre, dachte sie und wischte sich über die Augen.

Seufzend fragte er, ob sie Post bekommen habe. Ein Hauch von Resignation, kein Vorwurf. Seine Geduld mit ihr war beinahe grenzenlos, umgekehrt überfiel sie gelegentlich der Wunsch, grausam zu ihm zu sein. Nie ging er so weit, die willkürliche Verhaftung von Unschuldigen zu verteidigen, aber dass jeder wissen konnte, womit er sich verdächtig machte, glaubte er durchaus, und war es dann noch Willkür? Mit der Zeigefingerspitze hob er den Deckel ihres Buches an. »Feiner Schnee?«, fragte er. »Was heißt das?«

»Es ist bloß der Titel«, sagte sie schulterzuckend. »Bekanntlich habe ich noch nie welchen gesehen.« Eine halbe Stunde blieb ihr, um ihm klarzumachen, dass die Fotos keiner Verlobung gleichkamen. Im Kino erlaubte sie ihm, ihre Hand zu halten, und wenn sie in Tränen ausbrach, nahm er sie tröstend in den Arm – das war der Stand. Seine unerschütterlichen Gefühle warfen ein schlechtes Licht auf ihren Wankelmut, aber wie aufrichtig war er sonst? Wenn er von Keelung sprach, schien er die Blutspritzer an den Hauswänden vergessen zu haben. Er sei sich seiner Sache damals schon sicher gewesen, behauptete er und hielt es für eine Fügung des Schicksals, dass sie einander in Taipei wieder begegnet waren – hieß das, dass sie kein Recht hatte, nein zu sagen? Einerseits gefiel ihr, was sie sah, wenn sie sich mit seinen Augen betrachtete, andererseits gab es unter den einheimischen Ärzten in der Klinik zwei, die sich diskret nach ihr erkundigt hatten. War es falsch, daran zu denken, während sie ihm gegenübersaß? Und der Qipao, den sie trug, weil er darum gebeten hatte? In Wahrheit war sie selbst es, die nach Indizien und Beweisen suchte und darauf wartete, dass sie ihre Gefühle verriet.

Tat sie aber nicht. Sie hielt dicht, genau wie Yukiko.

»Woran denkst du?«, fragte er und schob ihr ein paar geschälte Erdnüsse hin.

Draußen war der Himmel in sanftem Aufruhr, Wolken flohen über die umliegenden Berge, und am liebsten wäre sie ihnen gefolgt. »Gestern hatte ich in der Klinik eine merkwürdige Begegnung«, sagte sie, um ihn nicht schon wieder abzuweisen. »Mit einer jungen Mutter.«

»Inwiefern merkwürdig?«

»Irgendwie kam sie mir bekannt vor. Das Baby auf ihrem Arm sah aus wie ein Mischling, wahrscheinlich ist der Vater Amerikaner.« Den Anflug von Missbilligung auf seinem Gesicht ignorierte sie. Am Ende zahlten eben alle einen Preis für den amerikanischen Schutz der Insel und für die Anwesenheit der vielen GIs. »Sie saß im Wartebereich. Ich habe überlegt, woher ich sie kenne, und zu spät gemerkt, dass ich sie regelrecht anstarre.«

Abgekämpft und müde hatte sie ausgesehen mit dem unaufhörlich hustenden Baby auf dem Arm. Gegen Ende der Vormittagssprechstunde war der Wartebereich fast leer, noch vier Namen standen auf der Liste. Als sich ihre Blicke begegneten, wendete Ching-mei beschämt die Augen ab. Einen Namen konnte sie kaum entziffern und vermutete, dass die junge Mutter nicht lange zur Schule gegangen war. Hsu mochte das erste Zeichen heißen. Unauffällig sah sie noch einmal hin, aber diesmal prallten ihre Blicke förmlich aufeinander, und im nächsten Moment setzte sich alles zusammen. Die Schrift war ihr gleich bekannt vorgekommen, mehr noch als das Gesicht. Statt die von Dr. Hong unterschriebenen Rezepte zu verteilen, eilte sie zu der Reihe abgenutzter Holzstühle, wo die Frau mit ihrem Baby saß. Ihre Miene verriet nicht, ob sie sie ebenfalls erkannt hatte. Hsu Mei-ling. Mit der letzten Silbe hatte sie damals ihren japanischen Vornamen gebildet, so wie die meisten Mädchen.

»Reiko-chan?«, flüsterte sie und nahm auf dem freien Stuhl neben ihr Platz. »Bist du es?«

Die junge Frau musterte sie skeptisch. »Hsu Mei-ling heiße ich«, korrigierte sie auf Chinesisch. »Und wer sind Sie?«

»Umeko. Lee Ching-mei, wir kennen uns von früher.« Dem Baby lächelte sie zu und erkannte in Reikos Gesicht, dass auch sie sich erinnerte. »Aus Kinkaseki, ich meine Jinguashi.« Die Tränen, die ihr in die Augen schossen, wischte sie schnell weg.

»Verstehe. Ja.«

»Wie geht es dir? Wohnst du in Taipei? Was fehlt der hübschen Kleinen?«

»Das ist mein Sohn.«

»Oh, Verzeihung.« Noch einmal strahlte sie das Baby an. An den Augen sah man es, die waren etwas größer und runder als gewöhnlich.

»Er hustet, und wir sitzen seit anderthalb Stunden hier herum.«

»Es sind nur noch drei Patienten vor euch. Sag schon, wie ...« Mit den Händen machte sie eine hilflose Bewegung, verunsichert vom kühlen Tonfall ihrer früheren Freundin und erschrocken über deren Aussehen. Die vielen Narben an den Armen mussten von aufgekratzten Moskitobissen oder Bettwanzen stammen. Als sie dem Baby über die Wangen streichen wollte, drückte Reiko es fester an sich.

»Hat er Fieber?«

»Schon seit zwei Tagen.«

»Wenn du willst, frage ich drinnen, ob wir euch vorziehen können.«

»Nicht nötig.« Obwohl sie es nicht gut beherrschte, sprach ihre Freundin weiterhin Chinesisch. Ihrer Kleidung entstieg der Geruch ungelüfteter Zimmer. »Krankenschwester also. Ich hatte gedacht, mindestens Lehrerin.«

»Meine Ausbildung hat gerade erst begonnen. Ich weiß noch nicht, ob es das Richtige für mich ist.« Das unerwartete Wiedersehen brachte eine Flut von Erinnerungen mit sich, und am liebsten hätte sie die Freundin bei der Hand genommen und drauflosgeredet wie früher. Gab es einen Grund, weshalb Reiko schlecht auf sie zu sprechen sein sollte? Ihr fiel keiner ein.

»Dein Bruder ist sicherlich Arzt hier, ja?« Immerhin sprach sie jetzt Taiwanisch.

»Nein.« Ihr Lächeln lag wie eine Maske auf dem Gesicht, aber sie hatte gelernt, solche Fragen zu parieren. »Nein, ist er nicht. Wie geht es deiner Familie?«

»Kommt drauf an, wen du meinst.«

»Wen soll ich meinen? Deine Eltern und Geschwister und ... Bist du verheiratet?«

Ein trotziges Kopfschütteln. »Die dumme Reiko war unvorsichtig.«

»Kann ich was für dich tun? Brauchst du –«

»Nein, danke.«

Versöhnlich strich sie ihr über die Schulter und spürte, dass es Reiko unangenehm war. Schon wieder drohte sie in Tränen auszubrechen, seit Keijis Verhaftung passierte das ständig. Als die Tür zum Behandlungszimmer aufging, gab sie der Kollegin, die sich suchend umblickte, ein Handzeichen. »Lass mich rasch fragen, ob wir euch vorziehen können«, sagte sie im Aufstehen. »Bis du dein Rezept bekommen hast, hat meine Mittagspause begonnen. Wir können unten in der Cafeteria etwas essen, ja?« Kurz wartete sie, aber das Baby bekam den nächsten Hustenanfall und zog Reikos Aufmerksamkeit auf sich. »Bis gleich.«

Auf dem Rückweg nahm sie die Liste von der Wand, um sie drinnen umzuschreiben. Zunächst jedoch bat Dr. Hong sie, bei einer Impfung zu helfen, und wie immer erklärte er ganz genau, was er tat und worauf sie achten musste. Als sie zehn Minuten später wieder nach draußen ging, um ihre Freundin hereinzurufen, war Reikos Platz leer. Sie schaute im Gang nach, lief zur nächsten Damentoilette, und obwohl sie es besser wusste, eilte sie bis zur Cafeteria, um auch dort nachzusehen. Nach allem, was ich für dich verbrochen habe, dachte sie und blickte in Hsiao Chens lächelndes Gesicht. Er liebte es, wenn sie von sich aus erzählte. Im Erdgeschoss hatte jemand den Plattenspieler angestellt, und eine alte Melodie aus Shanghai drang zu ihnen herauf. *Wo xiang dengzhe ni huilai* ..., sang die Frau, was sonst? Alle warteten auf irgendwen, nur Reiko hatte fluchtartig das Weite gesucht.

»Mehr war nicht?«, fragte er. »Du hast sie angestarrt, und sie ist verschwunden.«

»Ohne ihr Baby behandeln zu lassen.«

»Vielleicht ist ihr eingefallen, dass sie kein Geld dabeihatte.«

»Oder ich habe sie vertrieben.«

»Mit deinem bösen Blick«, sagte er scherzhaft. So, wie sie den Vorfall erzählt hatte, klang er belanglos. In diesen Zeiten geschahen weiß Gott schlimmere Dinge.

»Ich meine: als hätte ich ihr Vorwürfe gemacht. Viele Leute verachten Frauen wie sie, du ja auch. Der Kleine brauchte dringend Medizin.«

Schulterzuckend steckte er sich eine Nuss in den Mund. Jetzt zum Beispiel würde sie gern etwas sagen, das ihm wehtat. Was wusste er von Reikos trinkendem und prügelndem Vater, der seinen Frust am liebsten an ihr ausgelassen hatte? Für Hsiao Chen war sie bloß ein hergelaufenes GI-Flittchen.

»Vielleicht machst du dir zu viele Gedanken«, sagte er.

Warum war sie ihm nicht einfach dankbar, dass er trotz allem zu ihr hielt? Keijis Freundin ließ schon lange nichts mehr von sich hören. Ein einziges Mal hatten sie einander nach der Verhaftung getroffen, aber außer Schluchzern war ihr nichts zu entlocken gewesen. Eine Sängerin und sowieso viel zu alt für ihn. Seitdem wusste Ching-mei, dass es ihr oblag, ihm treu zu bleiben. Ihr allein. Sie war alles, was er hatte.

»Habe ich dir von meinem letzten Besuch in Hsintien erzählt?«, fragte sie.

»Sagen wir, du hast ihn erwähnt. Nicht sehr ausführlich.«

Sie konnte die Pomade in seinem Haar riechen und hätte ihn gerne berührt. »Willst du es wissen?« Manchmal wünschte sie sich, häufiger mit ihm zu lachen, aber worüber?

»Ich will alles wissen.« Reflexhaft warf er einen Blick über die Schulter.

»In der Schlange vor mir stand eine alte Frau«, begann sie. »Sie hat die ganze Zeit geweint und erfolglos versucht, es zu unterdrücken. Normalerweise werden Besucher ermahnt, nicht zu emotional zu sein. Keine Szenen, keine Tränen! Ist schließlich ein Gefängnis. Man muss Jacke oder Mantel ausziehen und wird abgetastet, aber bei ihr haben die Wachen eine Ausnahme gemacht. Einer hat sie Mütterchen genannt und an der Hand in den Besucherraum geführt.«

»Ich habe dir gesagt, dass es keine Unmenschen sind. Sie tun nur ihre –«

»Mich haben sie abgetastet«, sagte sie und fragte sich, warum es guttat, ihm das anzutun. Sein Gesicht sah aus, als hätte er einen Schlag in den Magen erhalten. »Sehr gründlich, erst der eine, dann der andere. Wir wollen doch nicht, dass uns was entgeht, meinten sie.« Ihr war es ausgerechnet in dem Moment gelungen, sich nichts anmerken zu lassen und die fremden Hände fast nicht zu spüren.

»Warum ...?« Seine Stimme war ein Keuchen. »Warum erzählst du das jetzt?«

»Du willst alles wissen«, sagte sie. »Keine Ahnung, wohin er nach der Verhandlung verlegt werden wird. Vielleicht an einen Ort, wo ich ihn nicht besuchen darf. Wenn doch, werde ich es tun, sooft ich kann. Bis sie ihn entlassen, verstehst du?«

Hai bu huilai, chunguang bu zai ... drang es von unten herauf. Solange du fort bist, fehlt dem Frühling das Licht. Auf einmal hatte sie das Gefühl, Hsiao Chen nie näher gewesen zu sein, aber die halbe Stunde war um, und in dem Punkt wollte sie Klarheit haben. »Versprich mir, dass du mich nicht zurückhalten wirst. Egal, was sie mit mir tun.«

»Hab ich das je versucht?«

»Versprich es!«

Sollte sie ihm im Gegenzug etwas anbieten? Eine Kollegin

an der Klinik hatte erzählt, dass sie vor dem Militärdienst mit ihrem Freund ins Hotel gegangen war, um es wenigstens einmal getan zu haben. Wie würde Hsiao Chen auf den Vorschlag reagieren? Dass es auf Kinmen Bordelle für die Soldaten gab, wusste jeder, und seit sie im Krankenhaus arbeitete, war ihre Einstellung eher sachlich: Männer brauchten es eben. Dass Vater seinen Sake nicht immer allein trank, schien Mutter nicht zu stören, und sie selbst versuchte es zu ignorieren. Glaubte sie, dass Hsiao Chen anders war? Wollte sie es überhaupt? Verlangen spürte sie jedenfalls keines, im Grunde nicht einmal Neugier. Es lief darauf hinaus, sich besitzen zu lassen.

Als sie das nächste Mal nach draußen sah, war die Straße bereits wieder trocken. Am liebsten wäre sie allein gewesen mit ihrem Buch. In Kürze stand ein weiteres Treffen mit einem potentiellen Ehemann für Yukiko an, das am Ende auch zu nichts führen würde. Wieso war es so wichtig, zu heiraten? In den meisten Fällen ging es früher oder später doch schief. »Und?«, fragte sie schließlich, weil er nicht antwortete.

»Worum genau bittest du mich? Dass ich nicht alles tue, um dich vor solchen Tieren zu beschützen?«

»Sie tun nur ihre Pflicht, oder? Das wolltest du doch sagen.«

»Du weißt, dass ich nicht *das* gemeint habe.«

»Sie schon. Auf keinen Fall wollten sie, dass ihnen etwas –«

»Hör auf!« Am Nebentisch drehte jemand den Kopf, so laut war es aus ihm herausgebrochen. Darin bestand die Macht, die sie über ihn besaß, und gleichzeitig eine Form von Gefangenschaft. Die Entscheidung jedenfalls, über die sie seit Monaten nachdachte, war in Wahrheit längst getroffen: Weder besaß sie die Kraft noch den Willen, sein Herz zu brechen. Mit einem Ruck stand sie auf und deutete auf die Uhr. »Müssen wir nicht los?«

»Ich dachte, du wartest auf eine Antwort.«

»Zwei Jahre hast du noch Zeit.«

»Ich verspreche es«, sagte er.

Für einen Moment sah sie ihn als kleinen Jungen neben seiner Mutter stehen. Man konnte es tatsächlich Schicksal nennen, dachte sie und musste lachen, ohne zu wissen warum. »Dann lass uns gehen.« Mit der Hand strich sie ihren Qipao glatt und spürte die musternden Blicke anderer Gäste. Fremde glaubten immer, dass sie aus Shanghai stammte, so wie sie den Kopf hielt, aber damit konnte sie leben. Wichtiger war, was sie schon als Kind gelernt und was ihr Bruder vergessen hatte: niemals die falschen Leute wissen zu lassen, was du wirklich denkst.

―――

Im Büro überfiel ihn die Erinnerung wie ein Déjà-vu, bloß mit vertauschten Rollen. Außer den Papieren, die er gerade durchsah, Stiften und seinem Namensstempel lag nichts auf dem Tisch. In der freien Fläche spiegelte sich das Licht, das durchs Fenster hereinfiel, oder jetzt am frühen Abend das elektrische Deckenlicht. Es war ein großer Schreibtisch aus Rosenholz, hinter dem er saß, statt wie früher davorzustehen. Durch die geschlossene Tür hörte er die Stimmen seiner Angestellten, gleich würde Fräulein Huang hereinschauen und wissen wollen, ob er sie noch brauche oder ... Direkt zu fragen, ob sie gehen durfte, gehörte sich nicht. Wie oft hatte er damals als Letzter ausgeharrt und sich nicht getraut, das Büro vor dem Chef zu verlassen? Wirklich, wie viele Stunden seines Lebens hatte er damit zugebracht?

Aus dem Regal hinter sich nahm er den Aschenbecher und überlegte, seine Sekretärin um einen Sake zu bitten.

Beim letzten Mal hatte er aus Tōkyō einige Flaschen mitgebracht, und später würde er doch allein hier sitzen und Mühe haben, das gute Gefühl über den Tag zu retten. Seine Belohnung für die jahrelange Schinderei behielt das Schicksal ihm vor, was an Sünden liegen mochte, die er entweder in einem früheren Leben begangen hatte oder früher in diesem. Yamashita hingegen war inzwischen ein hohes Tier im japanischen Handelsministerium. Im letzten Herbst waren sie einander am Rand einer Messe begegnet, und noch immer beherrschte es der Mann, gleichzeitig vertraulich und herablassend zu sein. Hatte nicht einmal darauf verzichtet, ihn für sein gutes Japanisch zu loben, in einem Tonfall, als meinte er: für einen Chinesen, nicht wahr. Und er, plötzlich wieder der Ri-san von früher, hatte den Kopf gesenkt und sich für das doppelzüngige Kompliment bedankt.

»Hurensohn«, flüsterte er jetzt und zog an seiner Zigarette. Draußen erkundigte sich jemand bei Fräulein Huang, ob der Chef noch zu sprechen sei.

Tag für Tag saß er hier und kämpfte mit seinen Dämonen. Ab und zu tauchte einer persönlich im Büro auf, so wie vor zwei Jahren, an einem frühen Abend zu Beginn der Regenzeit. Seine Sekretärin hatte geklopft und einen Besucher aus Japan gemeldet, dessen Visitenkarte ihn als Vertreter eines Herstellers von Elektrogeräten auswies. »Soll ich ihm einen Termin für morgen geben?«, fragte sie.

Vielleicht ging es um ein neues Röstverfahren oder dergleichen. Soweit er wusste, durften Japaner ihr besetztes Land nur mit Sondergenehmigung verlassen, und dafür brauchten sie entweder einen triftigen Grund oder Beziehungen. Der Name Mori sagte ihm nichts. »Schicken Sie ihn herein«, antwortete er ohne Interesse.

Der Besucher sah aus wie ein typischer *Salaryman*, mit einem öligen Haarkranz um den ansonsten kahlen Schädel.

Etwas zu dicht trat er an den Schreibtisch und bat um Verzeihung für sein unangemeldetes Erscheinen. »Sind Sie Risan?«, fragte er, noch ehe er Platz genommen hatte.

Dem Mann seine Karte zu überreichen, unterließ er. Als Hausherr musste er sich wohl kaum vorstellen. »Was kann ich für Sie tun?«

»Ich wurde gebeten, Ihnen etwas auszuhändigen.« Eine beinahe aufdringlich tiefe Stimme, die lieber Befehle gab, als sich mit höflichen Floskeln aufzuhalten. Mühsam unterdrückte Unduldsamkeit, genauso hatten damals die Polizisten gesprochen. »Jedenfalls vermute ich, dass Sie die gemeinte Person sind. Sie haben früher für die Nippon Bergbau GmbH in Kinkaseki gearbeitet?«

Er nickte wortlos.

»In der Personalabteilung?«

In der kurzen Stille, die auf sein Ja folgte, musterte ihn Herr Mori aus kleinen misstrauischen Augen. Mit der rechten Hand zog er einen Umschlag aus der Innentasche seines Anzugs und legte ihn auf den Tisch. Draußen riefen Händler die letzten Sonderangebote aus. Es war ein privater Brief, der wie ein Beweisstück vor ihm lag, die Adresse bestand nur aus seinem Namen und dem des Geschäfts. Erst als er die Hand danach ausstreckte, erkannte er den Absender und fühlte sein Herz schneller schlagen. Unmerklich hob Herr Mori die Augenbrauen. Fast glaubte er, diesem harten Blick schon einmal begegnet zu sein, aber das war unmöglich.

»Kann ich Ihnen etwas anbieten?«, überwand er sich zu fragen. »Einen Tee?«

»Danke, meine Aufgabe ist erledigt.« Dennoch blieb der Besucher sitzen.

Statt die Krawatte zu lockern, die gegen seinen Adamsapfel drückte, legte er beide Hände flach auf die Knie. »Darf ich fragen, woher Sie ... einander kennen?«

»Hauptfeldwebel Honda war ein sehr mutiger Mann. Ein guter Arzt und ein Freund.«

»Verstehe.« Der Rest würde in ihrem Brief stehen. Alles, was er seit Jahren wissen wollte, vielleicht mehr. Im Geiste sah er sie nackt auf sich zukommen und empfand dasselbe ungläubige Staunen wie damals. »Dann danke ich Ihnen für Ihren Besuch«, sagte er.

»Eigentlich hätte ich seiner Witwe den Wunsch abschlagen müssen. Versucht habe ich es.« Im Aufstehen straffte Herr Mori den Rücken, als wollte er salutieren. Seinem Anzug entstieg der abstoßende Geruch von Naphthalin.

»Auf Wiedersehen.«

Eine wortlose Verbeugung. Unversöhnlich höflich, nur Japaner konnten das.

Fast auf den Tag genau zwei Jahre war es her. Einer dieser Abende, an denen der Regen die Luft schwer machte, ohne Abkühlung zu bringen. Er hatte das Fenster geöffnet und zwei Zigaretten geraucht, ehe er den Brief zur Hand nahm. Jetzt hörte er Fräulein Huangs beflissene Stimme, schüttelte die Erinnerung ab und sah zur Tür. Versprechen könne sie nichts, sagte seine Sekretärin und bat um einen Moment Geduld. Anfangs hatte er erwogen, eine dickere Tür einsetzen zu lassen, aber als Chef des Hauses hielt er es für sein gutes Recht, die Gespräche draußen mitzuhören. Drei neue Mitarbeiter waren jüngst hinzugekommen. Niemand konnte ihm vorwerfen, weniger hart zu arbeiten als der dritte Bruder, und außer seinen Dämonen tat es auch niemand, trotzdem glaubte er manchmal, es sei alles umsonst gewesen. Keijis Prozess sollte im Sommer beginnen. In den ersten Monaten hatte er seinen Sohn selbst in der Qingdao Road besucht, inzwischen fuhr Ching-mei jeden Donnerstag nach Hsintien, und wenn er sich hinterher erkundigte, sagte sie: Was kann man in zehn Minuten schon reden.

Ihren Schmerz behielt sie für sich, so, wie ihr Bruder es mit seinem Stolz hätte tun sollen. Beziehungsweise mit seiner Herablassung, aber die lebte nun mal davon, sich zu zeigen.

Als Fräulein Huang hereinkam, wischte er sich mit dem Taschentuch über die Stirn. Einem guten Dutzend Abgeordneten des Legislativ-Yuans hatte er geschrieben und drei Antworten erhalten. Alle rechneten mit einer Verhandlung von wenigen Stunden und einem Strafmaß von zehn Jahren oder mehr. »Was gibt's denn so spät noch?«, fragte er ungehalten.

»Da ist ein Herr, der behauptet, Sie von früher zu kennen.«

»Japaner?«

»Festländer.« Statt in der offenen Tür stehenzubleiben, schloss Fräulein Huang sie hinter sich und machte ein skeptisches Gesicht. »Ein Herr Chen.«

Er kannte mindestens eine Handvoll Männer, die so hießen. »Hat er gesagt, worum es geht?«

Vorsichtig trat sie noch einen Schritt näher. Seit sie ihm nach Feierabend ein paarmal Gesellschaft geleistet hatte, wusste sie um die hellhörigen Wände. »Nur, dass es um eine private Angelegenheit geht.«

»Keine Visitenkarte?«

Ihr Kopfschütteln sah aus wie ein Frösteln. Nach zwei Gläsern Sake bekam sie rote Wangen und musste ab und zu innehalten, um sich auf den nächsten Satz zu konzentrieren. Im Übrigen war bisher alles im Rahmen geblieben. »Bitten Sie ihn herein«, sagte er.

Dass der Besucher sein früherer Nachbar sein könnte, kam ihm erst in den Sinn, als dieser das Büro betrat. Oder war es doch jemand anderes? Der Mann bewegte sich, als drückte ein unsichtbares Gewicht auf seine Schultern. Das kurz geschnittene Haar war an der Seite gescheitelt, aber nicht mehr pomadisiert wie damals. »Direktor Chen!«, entfuhr es ihm. Sechs oder sieben Jahre lag die letzte Begegnung zurück. Harte Jahre offenbar, für sie beide.

»Guten Abend, Herr Lee.« Seinen teuren Anzug hatte der Hafendirektor bereits zu oft getragen, mit der Hand machte er eine unbestimmte Geste durch den Raum. »Es ist ein imposantes Geschäft, das Sie führen.«

»Aber woher denn. Es freut mich sehr, dass Sie es mit einem Besuch beehren.« Beinahe hätte er den Gast am Arm gefasst und ihn zum nächsten Stuhl geleitet, so gebrechlich sah er aus. »Kann ich Ihnen eine Tasse Tee anbieten?«

»Gerne.« Mit einem unterdrückten Seufzer nahm Herr Chen Platz. »Mein Vater war ein Kenner, müssen Sie wissen«, sagte er, als hätte er sich diesen Einstieg vorher zurechtgelegt. »Pu-erh-Tee aus Yunnan trank er am liebsten, je älter, desto besser. Ein Bekannter handelte damit und brachte ihm in regelmäßigen Abständen diese runden, fest gepressten Kuchen.«

»Helfen Sie meinem Gedächtnis: Ihre Familie stammt aus dem Südwesten?« Die kühle Unnahbarkeit, die den Nachbarn einst umgeben hatte, war etwas anderem gewichen, für das ihm auf die Schnelle kein Wort einfiel. Kurz nach den Unruhen hatten die Chens Taiwan verlassen und waren wohl kaum freiwillig zurückgekehrt.

»Aus dem Norden. Meine Vorfahren waren größtenteils Beamte in Beiping, oft in hoher Position. Als junger Mann hat mein Vater Li Hongzhang nach Shimonoseki begleitet.«

»Tatsächlich.«

»Von dort ist er nach Taiwan gereist, um die Übergabe vorzubereiten. Li nicht, wie Sie wissen, er fürchtete um sein Leben. Vater hat mir oft erzählt, wie aufgebracht die Menschen waren. Niemand wollte zu Japan gehören, anfangs jedenfalls nicht.«

Sou desu ka, hätte er beinahe gesagt. Da ihm keine andere Antwort einfiel, deutete er auf den Tee, den Fräulein Huang in diesem Moment hereinbrachte: »Ein Woolong aus der Nähe von Puli«, erklärte er. »Mein Vater besaß in jungen Jahren übrigens eine chinesische Schule. Später entschloss er sich zum Verkauf und investierte das Geld in eine Kohlenmine. Meine beiden ältesten Brüder leiten sie heute noch, oben in Ruifang.« Er machte eine kurze Pause, falls sich sein Besucher zum Tee äußern wollte, aber dessen Aufmerksamkeit schien zwischendurch für kurze Zeit auszusetzen. Was um alles in der Welt hatte ihn hergeführt? »Ihre Frau stammt ursprünglich aus Tainan, wenn ich mich richtig erinnere? Ich hoffe, es geht ihr gut.«

»Der Ursprung der Familie Liao liegt in Xiamen. Zu Beginn der Besatzung sind die Eltern dorthin gezogen, nur die entfernte Verwandtschaft blieb auf der Insel.«

»Verstehe.« Die taiwanischen Wurzeln seiner Frau zu leugnen, war Herrn Chen demnach wichtiger als ihr Befinden. Trotzdem flößte ihm der Mann nicht mehr denselben Widerwillen ein wie damals, beinahe empfand er eine Art von Verbundenheit – und sei es nur, weil unverbindliches Geplauder ihnen beiden schwerfiel.

»Mein jüngster Sohn hat mir von Ihrem Geschäft erzählt«, berichtete sein Gast. »Eine Institution hier in Dadaocheng, kann man es so nennen? Ich muss gestehen, dass ich das Viertel zum ersten Mal besuche.«

»Wir führen lediglich die Familientradition fort.«

»Schwierig genug.« Von einem Moment auf den anderen bekam Herr Chens unbewegliche Miene einen Sprung. »Jüngster Sohn sage ich aus Gewohnheit. Sie wissen natürlich, dass mir nur noch einer geblieben ist.«

Nein, lag ihm auf der Zunge. Hastig griff er nach den Zigaretten und erinnerte sich, dass die Nachbarn drei Söhne gehabt hatten, deren Namen ihm jedoch entfallen waren. Der jüngste war mit Ching-mei zur Schule gegangen. Was ließ seinen Besucher glauben, er könne vom Verlust der beiden anderen gehört haben?

»Der zweite, Chen Mo, mag noch am Leben sein«, fuhr Herr Chen fort und nahm die angebotene Zigarette. »Wir wissen es nicht, am Schluss ging alles zu schnell. Vom Chaos der letzten Tage machen Sie sich wahrscheinlich keine Vorstellung.«

»Wohl nicht, nein.« Sachte rückte er den Aschenbecher in die Tischmitte. »Und wo ist Ihr Ältester noch mal ...?«, fragte er tastend.

»Shandong. Reorganisierte 11. Division. Ihnen ist klar, was das bedeutet.«

Er hatte nicht die geringste Ahnung. Erneut trat ihm Schweiß auf die Stirn, aber diesmal ließ er das Taschentuch stecken. Was auch immer Herr Chen von ihm wollte, es kostete ihn Überwindung, damit herauszurücken. »Verdammte Banditen«, stieß er hervor und meinte offenbar die Kommunisten. »Jahrelang haben sie im Geheimen aufgerüstet, statt die Japaner zu bekämpfen, und die Welt mit ihrer Propaganda hinters Licht geführt. Die naiven Amerikaner am allermeisten. Glauben Sie mir, es gibt nichts, wovor sie zurückschrecken. Nichts, verstehen Sie. Durch ständige Säuberungen haben sie in ihren Gefolgsleuten dieselbe Ruchlosigkeit gezüchtet wie in den Anführern. Mord ist für sie ein Handwerk, das man lernen muss. Krieg gegen das eigene Volk zu führen bereitet ihnen keine Skrupel.«

»Darf ich fragen, auf welchem Weg es Ihnen gelungen ist, das Festland zu verlassen?«

»Wir wollten in Hongkong bleiben, aber das ging nicht. Die britischen Behörden haben so getan, als gäbe es kein Flüchtlingsproblem. Von dort sind wir geflogen.«

»Sie, Ihre Frau und der Jüngste?«

Sein Besucher versuchte zu lächeln. »Chen Hao hat kürzlich sein Studium abgeschlossen, nun steht der Militärdienst an. Meine Frau ...« Statt den Satz zu beenden, zog er ein letztes Mal an der Zigarette und drückte sie aus. »Es ist schwierig, glauben Sie mir.«

Chen Hao also, dachte er. Seit Keijis Verhaftung war seine Tochter noch stiller als früher, arbeitete im Schichtdienst und verriet nicht, was sie in ihrer Freizeit tat. Sollten die beiden ein Paar sein, dürfte Herr Chen die Verbindung kaum gutheißen. Damals jedenfalls hatte er für Einheimische wenig übriggehabt. »Ihre Frau, sagten Sie ...?«

»Sie hätte es lieber gesehen, wenn er vor der Einberufung nach Amerika gegangen wäre. Das wollte er aber nicht, offenbar sieht er seine Zukunft hier.«

»Verstehe.«

»Ich will ehrlich mit Ihnen sein, Herr Lee: Mein Sohn ist fleißig und klug, aber er besitzt auch eine andere Seite. Vielleicht, weil er immer der Jüngste war. Ich konnte ihn nicht jedes Mal mitnehmen, wenn ich an einen neuen Ort versetzt wurde. Meine Frau scheint ihm ihre ... Impulsivität vererbt zu haben, nennen wir es so. Wenn es um seine Gefühle geht, verstehen Sie. Er war zu lange in weiblicher Obhut.«

»Gewiss«, nickte er. So setzte sich das Bild allmählich zusammen. Herr Chen wollte die Verbindung beenden, ohne den dritten Sohn auch noch zu verlieren, und dafür brauchte er einen Verbündeten. »Darf ich fragen, was er nach dem Militärdienst vorhat?«

»Ich denke, er wird in meine Fußstapfen treten. Die Voraussetzungen hat er.« Ans Satzende knüpfte sich die unausgesprochene Einschränkung: wenn man von seiner Impulsivität absieht – mit der verband ein Mann wie der Hafendirektor sicherlich politische Ahnungslosigkeit, und die konnte einen teuer zu stehen kommen. Wenige Beamtenkarrieren und nicht alle Existenzen überlebten den Verdacht ideologischer Unzuverlässigkeit. Fragte sich nur, ob Herr Chen von Keijis Verhaftung wusste – wenn ja, würde er dem Sohn dann nicht jeden Kontakt mit Ching-mei rundheraus untersagen? Sollte es ihm allerdings darum gehen, die Verbindung mit einer Einheimischen zu vereiteln, warum betonte er dann die rosigen Zukunftsaussichten des Sohnes, das klang ja beinahe verlockend. Früher hatte sich sein Gegenüber im Zweifelsfall lieber klar als höflich ausgedrückt und sogar Fragen wie Befehle klingen lassen, jetzt wirkte er unentschlossen, gehetzt und zerstreut. Dass die Zigaretten auf dem Tisch nicht ihm gehörten, schien er vergessen zu haben. Falls ihm die Liaison missfiel, könnte er einfach zwei Jahre warten, sein Jüngster wäre nicht der Erste, dem das Militär die romantischen Flausen austrieb. Oder war die Beziehung der beiden so weit fortgeschritten, dass eine baldige Verlobung im Raum stand?

Seine Tochter schuldete ihm ein paar Antworten. Bis dahin hielt er es für das Beste, unverbindlich zu bleiben. »Ich bin sicher, Ihr Sohn wird Sie nicht enttäuschen.«

»Meine Frau meint auch, ich soll Vertrauen haben, aber das sagt sich leicht, verstehen Sie? Dass die Zukunft unseres Namens eines Tages von Chen Hao abhängen würde, konnte niemand ahnen.« Dann fiel ihm auf, dass er sich ungefragt eine Zigarette genommen hatte, und er senkte beschämt den Kopf. »Verzeihen Sie meine Umfangsformen, Herr Lee. Der Tod des Ältesten, die Sorge um den Zweiten, die Arbeit im Ministerium ... Es wächst mir alles über den Kopf. Wenn ich ehrlich bin, ist mein jüngster Sohn erwachsen geworden, ohne dass ich es mitbekommen habe. Ich hätte mich mehr kümmern müssen.«

»Mir scheint, dass Sie allen Grund haben, stolz auf ihn zu

sein«, bekräftigte er und überlegte im Stillen, wie er sich Ching-mei gegenüber verhalten sollte. Auf der Oberschule hatte sie so getan, als interessiere sie sich für nichts als den Unterricht, nun war sie eine junge Frau, nach der sich die Männer auf der Straße umdrehten. Keinesfalls wollte er, dass sie ihm für den Rest ihres Lebens grollte, so wie er seinem Vater. An Chen Hao erinnerte er sich nur als glotzäugigen Jungen an der Hand seiner eleganten Mutter, aber wen sonst sollte Ching-mei heiraten, jetzt, wo die Familie aufs Neue gezeichnet war? Er konnte von Glück sagen, dass er bisher keine Kunden verloren hatte, und überhaupt: Wie viele Chancen auf das Glück bekam ein Mensch denn? Zwei waren es in seinem Fall gewesen, beide hatte er vertan und versuchte seitdem erfolglos, sich darüber hinwegzutrösten. Mit zitternden Fingern hatte er den Umschlag schließlich geöffnet und alles erfahren. Sie wolle kein Geld, schrieb Honda Shizuko, sondern ihn nur informieren. Die erste Zeit sei hart gewesen, aber inzwischen gehe es ihnen besser. Entschuldigungen punktierten den Text wie Satzzeichen. Ihren Sohn nannte sie ein aufgewecktes, willensstarkes Kind und bot an, im nächsten Brief ein Foto zu schicken. Nachts sah er sie neben sich liegen wie damals. So erfüllt von ihrer Gegenwart, dass er sich nicht erlauben konnte, zu schlafen. Über den Brüsten war ihre Haut beinahe durchsichtig und schimmerte im Dunkeln wie weißer Marmor. Die Welt, die sie gekannt hatten, war mitsamt ihren Konventionen untergegangen. Hinter zugehängten Fenstern ging der Sommer zu Ende. Zum ersten Mal hatte er verstanden, was es hieß, eine Frau anzubeten.

Mittlerweile gab es zwischen Japan und Taiwan wieder eine reguläre Postverbindung. Alle zwei Monate schrieb sie von bürokratischen Hürden, die ihrer Ausreise entgegenstanden, dem Alltag in einer zerstörten Stadt und dem

Instantkaffee, den sie gegen die Erschöpfung trank. Sein Zaudern fühlte sich vertraut an, beinahe tröstlich. Vor Keijis Verhaftung hatte er das Undenkbare ernsthaft erwogen, nun wartete er auf den nächsten Brief, der seinen Entschluss auf die Probe stellen würde. Reglos saß ihm Herr Chen gegenüber. Sogar die Rauchschwaden standen still in der Luft, und noch einmal empfand er diese merkwürdige Verbundenheit mit einem fremden Mann. Auch auf dem früheren Hafendirektor schien eine Bürde zu lasten, die er mit niemandem teilen konnte. Zwischendurch hob er den Blick, als kostete es ihn alle Kraft, die er noch hatte, der Wahrheit ins Gesicht zu sehen: dass die Niederlage unwiderruflich war.

Ging es ihnen nicht allen so? Männer ihrer Zeit, nicht schuldiger als andere, waren sie am Ende von den Umständen überwältigt worden. Wenn seine Frau abends im Bett ihre Sutren rezitierte, wünschte er, es hinge ein Vorhang im Zimmer, so wie früher in dem der Kinder. Für die Frauen ist es besonders schwer, nicht wahr, hatte Yamashita vor vielen Jahren gesagt; in einem anderen Büro und in einem anderen Leben, als ein gewisser Herr Ri noch geglaubt hatte, es mache einen Unterschied, ob man vor dem Schreibtisch stand oder dahintersaß.

16

Als sie das Fotostudio verließen, war es draußen dunkel. In den Nudelküchen entlang der Hengyang Road wurde bereits geputzt, hier und da stand eine Küchenhilfe in weißer Schürze und genoss rauchend den Feierabend. Die Restaurants beim Westtor hatten länger geöffnet, aber als er vorschlug, noch eine Kleinigkeit zu essen, erwiderte Ching-mei, sie werde zu Hause erwartet. Am Nachmittag im Teehaus war sie für ihre Verhältnisse mitteilsam gewesen, jetzt ging sie schweigend neben ihm und verriet nicht, woran sie dachte. Ihre Bushaltestelle lag jenseits des Neuen Parks, über dessen unbeleuchteten Wegen der süße Duft von Jasmin und Osmanthus hing. Eine Hand hielt er dicht an ihrem Rücken, um sie notfalls zu stützen. Die hohen Schuhe trug sie seinetwegen, und selbst bei Dunkelheit glänzte ihr Haar wie in einem Raum voller Kerzen.

Eine echte ›Shanghaier Schönheit‹ hatte der Fotograf sie eben genannt, zum Glück nur im Dialekt der Stadt, den sie nicht verstand. In Wirklichkeit trug sie ihre Reize viel weniger aufdringlich zur Schau als die Frauen dort, der Qipao umgab sie wie eine zweite Haut. Einmal war er einer jungen Frau die gesamte Nanking Road bis zum Bund hinterhergelaufen, weil er meinte, Ching-mei erkannt zu haben. Mitten in Shanghai! Sein Vater nannte es jugendliche Überspanntheit, er selbst kannte ein besseres Wort. Drei Jahre lang hatte er sie überall zu sehen geglaubt und sie im Schulbus in Taipei tatsächlich wiedergetroffen – Schicksal war es. Folglich hatte er gut daran getan, hier zu bleiben. An das feuchtheiße Klima der Insel würde er sich nie gewöhnen, aber in Amerika mussten sogar Chinesen mit Hochschulabschluss in billigen Restaurants und Wäschereien arbeiten und sich obendrein für feindliche Spione halten lassen. Ein Freund hatte ihm von seinem College in Kentucky geschrieben, wo es getrennte Waschräume für Weiße und Schwarze gab, er war schon aus beiden hinausgeflogen. Verstand Vater das nicht? Hatte er damals nicht selbst entschieden, Hongkong wieder zu verlassen, weil oberhalb der Robinson Road nur Weiße wohnen durften? Als sie eine freie Bank erreichten, sah Ching-mei ihn fragend an, und er nickte. Den Unterschied zwischen Schwärmerei und Liebe kannte er so gut wie sie und wusste, dass sie nicht an seiner Aufrichtigkeit zweifelte, aber woran dann? Manchmal glaubte er, sie müsste nur einmal das wilde, zerbrechliche Blau des Himmels über Beiping sehen, um ihn besser zu verstehen. Die Menschen im Norden verstellten sich nicht. Hinter den hohen Mauern des großväterlichen Anwesens war er aufgewachsen, behütet von Ammen, umgeben von Märkten und ihren zehntausend Düften, im Schatten zweier älterer Brüder ohne Furcht – unterschätzt wurde er, seit er laufen konnte. Der pausbäckige Kleine mit den runden verträumten Augen. In Wahrheit war ihm nichts entgangen. Mehrmals am Tag hatte sich das Tor zur Gasse wie ein Theatervorhang geöffnet, um Beamte, Dichter, Musiker, Generäle, Bettler und sogar Ausländer hereinzulassen. Scheu vor Fremden kannte er nicht; im Rückblick nannte er es eine gute Vorbereitung für das Leben auf der Flucht. Sollte es erneut Krieg geben, würde er dasselbe tun wie sein ältester Bruder und entweder sterben oder nicht. Schicksal auch das.

In den Fingerspitzen spürte er ein Kribbeln, das von der

Nähe zu ihrer Haut kam. Wie immer saß sie aufrecht, ohne die Lehne der Bank zu berühren. Feiner Schnee, ging ihm durch den Kopf. Würde er fragen, woher ihre ungezwungene Anmut kam, würde sie von Japan anfangen, also tat er es nicht. In dem Punkt musste er Geduld haben, manchmal reagierte sie unwirsch auf seine Belehrungen. Jede Nation und jede Kultur habe ihre dunklen Punkte, fand sie, China doch auch. Dabei kannte sie das Land gar nicht, das er auf der Flucht vor den Japanern gleich mehrfach durchquert hatte, auf Schiffen, zu Fuß und in überfüllten Zügen, die irgendwo stehenblieben, wenn ihnen die Kohle ausging. Großvater hatte ihm seinen Stock gegeben, damit er Schriftzeichen in den Staub malen konnte, so hatte er Lesen und Schreiben gelernt. Einmal war er einer Gruppe Schulmädchen in die Ebene vor dem Stadttor gefolgt, einfach so, aus Neugierde. An den Namen des Ortes erinnerte er sich nicht, nur an die tief am Horizont stehende Sonne und an die Soldaten, die plötzlich wie aus dem Nichts aufgetaucht waren. Zu fünft oder sechst hatten sie die Mädchen in ein Weizenfeld gezerrt. Was dort geschah, wusste ein Siebenjähriger nicht, aus der Ferne sah er lediglich zwei Wachen, die am Wegrand auf ihre Ablösung warteten und dann ebenfalls im hohen Getreide verschwanden. Nach einer Viertelstunde brach der Trupp wieder auf. Er war in seinem Versteck geblieben bis zum Einbruch der Dunkelheit, aber die Mädchen hatten das Feld nicht mehr verlassen. Jetzt spürte er Chingmeis Blick von der Seite und wünschte, sie könnte seine Gedanken lesen. Worte reichten nicht, um den Verlust zu beschreiben. Nach mehreren tausend Kilometern, in einer üppig grünen Provinz namens Sichuan, hatte Großvater gesagt, dort hinter den Bergen liegt Indien. Von seinem Grab aus sah man den weißen Schnee auf den Gipfeln.

»Was, wenn deine Vorgesetzten dir die Fotos abnehmen?«,

fragte sie. Ihre Hände ruhten in dem seidenen Tal, das der Qipao zwischen ihren Schenkeln bildete.

»Das werden sie nicht tun«, sagte er. »Warum sollten sie?«

»Schließlich sind es keine Unmenschen. Sie tun nur ihre ...« Das unausgesprochene Wort ließ sie in der Luft hängen, als wollte sie seine Selbstbeherrschung testen. Es kostete Kraft, die Fassung zu wahren, aber an seinem Vater sah er, was geschah, wenn man sie verlor. Den Händler auf dem Markt, der ihn nicht verstand, hatte er ins Gesicht geschlagen und wäre beinahe von der Menge gelyncht worden. Hafendirektor Chen. An wenige Dinge glaubte er so fest wie an Selbstdisziplin, aber das Leben hier war *shou bu liao*, einfach nicht auszuhalten! Unter gewaltigen Opfern hatten sie die Japaner niedergerungen, nun zogen kommunistische Banditen durchs Land, mordeten nach Quoten und nannten es Befreiung. Von was denn, bitte? Um Munition zu sparen, wurden die Feinde des Volkes mit Knüppeln erschlagen oder bei lebendigem Leib begraben. Hatte Ching-mei doch recht, und alle Völker glichen sich in ihrer Bereitschaft zur Grausamkeit? Einmal hatte sein Vater sogar die eigene Frau geohrfeigt, als sie zu sagen wagte, im Grunde hätten sie noch Glück gehabt. Danach war er weinend vor ihr auf die Knie gesunken. Die Ungewissheit konnte ein Mann wie er am wenigsten ertragen. Vielleicht verrottete Mo-mos Leichnam in der Wildnis hinter dem Campus, wo einst der Sommerpalast des Kaisers gestanden hatte.

Um sich abzulenken, griff Chen Hao nach ihrer Hand. Stellte sich vor, wie er abends von der Arbeit kommen und auf Zehenspitzen ins Schlafzimmer schleichen würde, wo ihr Haar über das Kissen floss. »Du musst Vertrauen zu mir haben«, sagte er. Statt sich auf Kinmen mit den anderen herumzutreiben, würde er auf der Stube bleiben und Briefe schreiben. Gedichte hatte er auch schon verfasst, traute sich aber nicht, sie ihr zu zeigen. Manchmal schwindelte ihn vor der Tiefe seiner Gefühle. Als könnte er hineinstürzen, wenn er nicht achtgab, und auf dem Grund zerschellen.

»Immer tust du so, als hinge es von mir ab«, entgegnete sie.

»Jedenfalls habe *ich* meinen Eltern von uns erzählt.« Nicht nur das, einmal hatte er sie zum Essen mit nach Hause gebracht. Mutter mochte sie, für Vater blieb sie die Frau, derentwegen der Sohn seine Zukunft ruiniert hatte.

»Von uns ja. Von Keijis Verhaftung wissen sie immer noch nichts, richtig?«

»Alles zu seiner Zeit.«

»Wahrscheinlich hat dein Vater es längst auf anderem Weg erfahren und seine Schlüsse gezogen.«

Sie glaubte nämlich, dass alle Festländer unter einer Decke steckten und fortwährend gegen die Einheimischen intrigierten. Dabei hatte er ihr von Vaters Schwierigkeiten im Ministerium berichtet. »Er kann von Glück sagen, wenn er seinen Job behalten darf.«

»Was waren das für Verhöre, zu denen er vorgeladen wurde?«

»Befragungen. Es ging um meinen zweiten Bruder, mehr wollte er nicht sagen. Ich muss warten, bis es ihm wieder besser geht, dann rede ich mit ihm.«

»Das sagst du seit Wochen.« Sie wollte von der Bank aufstehen, aber er hielt sie fest. Ging wieder ein Abend zu Ende, ohne dass sie versprochen hatte, auf ihn zu warten? Dass ihr im Krankenhaus die Kollegen nachstellten, stritt sie zwar ab, aber wie sollte er ihr das glauben. Ärzte waren nicht blind.

»Meine Eltern haben nur noch mich«, sagte er und ließ es wie eine Bitte klingen.

»Das weiß ich, aber es war schon in Keelung nicht schwer,

die Gedanken deines Vaters zu erraten. Wüsste er die ganze Wahrheit –«

»Eben! Wenn ich ihm jetzt von deinem Bruder erzähle, sagt er mit Sicherheit nein.«

»Irgendwann wirst du es tun müssen.« Über der Brust spannte der Stoff ein wenig, und ihre Stimme zitterte vor unterdrückter Erregung. Als ob er nicht bereit wäre, alles für ihr künftiges Glück zu tun! Wie oft hatten die beiden Älteren ihn aufgezogen, wenn er in Keelung am Fenster gestanden und das Nachbarhaus beobachtet hatte. Einmal waren sie hereingestürmt, hatten ihn aufs Bett geworfen und ihm die Hose runtergezogen, um zu schauen, ob sein Vögelchen schon flügge war. Mit dem bisschen Flaum wirst du sie nicht beeindrucken, lachten sie, die Missy da drüben kriegt nämlich Titten, hast du gesehen? Ja, hatte er. Eines Tages würde er sie sogar berühren, das wusste er und konnte es sich trotzdem nicht vorstellen; ehe das Bild Gestalt annahm, löste es sich auf in Atemlosigkeit und einer seltsam angenehmen Form von Panik. Sich gegen seine Brüder zu behaupten, hatte er gelernt, aber ihr gegenüber war er machtlos. Als sie ihm die Hand entzog, fühlte er sich zu Unrecht bestraft.

»Mutter wartet auf mich«, sagte sie und strich im Aufstehen ihren Qipao glatt.

Bis zum Ausgang des Parks waren es nur wenige Schritte. Hatte er ihr im Teehaus nicht versprochen, sich niemals zwischen sie und ihren Bruder zu stellen? Im Gegenzug erntete er Schweigen und unterschwellige Vorwürfe. Von Vaters Ärger mit der Geheimpolizei verstand sie nichts, weil sie nicht wahrhaben wollte, dass auch Festländer ins Visier der Behörden geraten konnten – und dass ihr Bruder nicht in Haft saß, weil er ein Einheimischer war, sondern weil er das Gesetz gebrochen hatte. Sich Keiji zu nennen, war schon dreist genug. Als sie die Bushaltestelle erreichten, betrachtete Chen Hao das Klinikgebäude auf der anderen Straßenseite, und auf einmal fiel ihm die Geschichte wieder ein. »Diese junge Frau mit dem Baby«, sagte er. »Du kanntest sie, oder? Sie ist nicht weggelaufen, weil du sie angestarrt hast.«

»Wie kommst du darauf?«

»Immer denkst du, ich wüsste nicht, was in dir vorgeht. Wer war sie?«

»Eine alte Freundin, wir kannten uns als Kinder. Nach dem Krieg haben sich unsere Wege getrennt, und offenbar ist es ihr seitdem nicht gut ergangen.«

»Das hättest du einfach sagen können, oder nicht?«

Wie immer, wenn sie sich bedrängt fühlte und seinem Blick ausweichen wollte, schaute sie auf die Uhr. »Unseretwegen ist ein Mann verschwunden«, sagte sie widerwillig.

»Was heißt das? Was für ein Mann?«

»Ein Verräter, dachten wir.« Von früher sprach sie oft in einem Tonfall, als müsste sie sich gegen seine Vorwürfe verteidigen, aber jetzt klang sie eher trotzig. »In der Schule hatte man uns aufgefordert, wachsam zu sein, weil es von feindlichen Spionen wimmelt – es war genau wie heute. Meine Freundin durfte nicht mehr zum Unterricht kommen, der Vater hatte es verboten. Ich war ein Kind und dachte, wenn wir einen Verräter enttarnen, setzt sich der Rektor bestimmt für sie ein. Also bin ich zu ihm gegangen.«

»Die Japaner wollten euch gegeneinander aufhetzen«, sagte er, »um den Widerstand gegen ihre Herrschaft zu brechen. Es war nicht wie heute, sie waren Fremde.«

»Danke für die Klarstellung. Immer gut, die Wahrheit aus erster Hand zu erfahren.«

Um nicht im Streit zu scheiden, versuchte er ihren bösen Tonfall zu ignorieren. »Durfte deine Freundin danach wieder zur Schule gehen?«

Kopfschüttelnd sah sie die Straße hinab. »Da kommt mein Bus. Nächste Woche habe ich Spätdienst. Ich musste mit jemandem tauschen.«

»Sag schon, wie ging die Geschichte weiter?«

»Gar nicht, das war alles. Zur Belohnung habe ich ein Paar Wintersocken bekommen und nie jemandem davon erzählt. Bis eben gerade. Bist du jetzt zufrieden?«

»Socken.«

»Vielleicht habe ich am Wochenende frei, ich gebe dir Bescheid.« Sie hob die Hand, um den Bus anzuhalten. »Sprich mit deinem Vater!«

»Und der Mann wurde ...?«

»Anzunehmen.« Ohne ein weiteres Wort stieg sie ein. Wie ein Page blieb er neben der Tür stehen und fragte sich, ob sie nun auf ihn warten würde oder nicht. »In sechs Wochen bin ich weg, in Kinmen«, rief er, ehe der Bus abfuhr. Immerhin hatte sie ihm zum ersten Mal eine Geschichte erzählt, die kein gutes Licht auf die Japaner warf. Ein Paar Socken für ein Menschenleben, sagte das nicht alles? Im Vergleich zu ihren sonstigen Verbrechen fiel es freilich kaum ins Gewicht.

Um seine Gedanken zu ordnen, beschloss er, zu Fuß nach Hause zu gehen. Würde Ching-mei nicht so auf ihrer Sicht der Dinge beharren, wäre er bereit, ihr ein Stück entgegenzukommen. Niemand behauptete, dass die Regierung keine Fehler machte, man musste aber die Umstände bedenken. Der Krieg, die Zerstörung, der nächste Krieg und die wilde Flucht von fast zwei Millionen Menschen ... Konnte man von den Einheimischen nicht wenigstens Solidarität und Verständnis erwarten, wennschon keine Dankbarkeit? Wäre es seiner Freundin lieber, weiter kolonisiert zu sein? Stets tat sie so, als gehörte er zu einer parasitären Oberschicht, die sich ins gemachte Nest gesetzt hatte. In Wahrheit hatten sie wochenlang in einer Unterkunft mit provisorischen

Wänden aus Bagasse gehaust, um auf zehn Ping Platz für drei Familien zu schaffen. Monatelang hatte sein Vater Klinken putzen und frühere Kollegen um Hilfe bitten müssen, ehe er einen Job ergatterte, der aus mehr oder weniger sinnlosen Aufgaben bestand: Er entwarf Pläne zur Verbesserung des Warentransports in Provinzen, die längst von den kommunistischen Banditen regiert wurden. Inzwischen bewohnten sie ein Apartment, dessen Miete den größten Teil seines kümmerlichen Gehalts verschlang, und kurz nach dem Umzug war es mit den anderen Belästigungen losgegangen. Darüber wusste er, Chen Hao, noch immer nichts Genaues. Die Behörden hatten keine neuen Erkenntnisse, nur altbekannte Fragen: Wo lebte der zweite Sohn? Warum war er nicht mitgekommen nach Taiwan? Als ob sie das wüssten. Mehrere Tage hatten die Befragungen gedauert, und seitdem war sein Vater ein anderer Mensch. Mutter erzählte, dass er im Schlaf Namen aufsagte, endlose Listen von Namen, aber darauf angesprochen, schüttelte er nur den Kopf. Neulich war ihm zum ersten Mal ein Satz über die kommunistischen Banditen entschlüpft, der keine Beschimpfung darstellte: Nicht nur unmenschliche Grausamkeit hätten sie gezeigt, sondern auch übermenschliche Opferbereitschaft. Das war nah an der Grenze zum Landesverrat. Oft kam er schon am frühen Nachmittag nach Hause, las die Zeitung vom Vortag und sprach mit sich selbst. Schloss sich stundenlang im Bad ein und stand mitten in der Nacht auf, um einen Spaziergang zu machen. Angeklagt worden war er nicht, aber im Ministerium wollte niemand die Karriere riskieren für ein freundliches Wort zum falschen Mann. Jeden Tag konnte es an der Tür klopfen. Von selbst beantworteten sich die Fragen nicht.

Das Apartment befand sich in einem schmucklosen Neubau mit vier Stockwerken. Als Chen Hao vor dem Eingang stehenblieb, fühlte er in seiner Tasche den Abholschein für die Fotos. Sollte er sich mit ihr verloben, bevor er nach Kinmen abreiste? Mutter war bereits im Tempel gewesen, um zu fragen, ob sie heiraten würden, aber die Göttin hatte *tshiò-pue* geantwortet, sie wusste es nicht. Oben in der Wohnung brannte noch Licht, an seinen Fingerspitzen roch er den Duft ihrer Hände. Vielleicht kam der Bruder nach dem Prozess auf die Grüne Insel, wo sie ihn nicht besuchen konnte. Für diesen Gedanken würde sie ihn hassen, aber er schämte sich nicht. Schwärmerei war etwas für Romantiker, mit der Liebe verhielt es sich anders. Alles war er bereit für sie zu tun, wirklich alles – außer auf sie zu verzichten.

———

Je länger sie einander gegenübersaßen, desto größer wurde seine Irritation. Sein Gegenüber lehnte sich im Stuhl zurück, rauchte und unternahm nichts, um das Gespräch am Laufen zu halten. In unregelmäßigen Abständen ging unten die Eingangstür. Es war ein herrschaftliches, dreistöckiges Haus und stand in einem Stadtviertel, wo er sich fühlte wie im Ausland. Straßenhändler, Ladenbesitzer, Rikschafahrer, alle sprachen Taiwanisch. Wenige hundert Meter von hier, vor einem zwielichtigen Varietétheater, hatten damals die Unruhen begonnen. Die Rebellion, um genauer zu sein. Stünde nicht so viel auf dem Spiel, hätte er um den Bezirk einen großen Bogen gemacht.

Geheuer war ihm Herr Lee von Anfang an nicht gewesen. Schon in Keelung hatte hinter der verschlossenen Fassade des Nachbarn etwas Halbseidenes gelauert, gab es ein besseres Wort? War der Teehändler bloß ein Luftikus oder besaß er das Talent, einem in die Augen zu sehen, ohne sich in die Augen sehen zu lassen? Was dann wohl Verschlagenheit zu nennen wäre. Höflich im Ton, ansonsten unverbindlich und ausweichend. Verstehe, sagte er oft, so als meinte er: Was geht mich das an? Gehörte er am Ende zu denen, die glaubten, man solle jungen Leuten einfach ihren Willen lassen? Für die schmeckte das Wort ›Schicksal‹ neuerdings eher süß als bitter. Wenn Herr Chen in Gedanken mit seinem Vater sprach, dessen Grab mehrere tausend Kilometer entfernt lag, bat er ihn um Verzeihung dafür, dass er die Familie nicht besser beschützt und die Söhne nicht strenger erzogen hatte. An welchem Punkt ihm die Dinge entglitten waren, wusste er nicht. Tag für Tag hatte er seine Pflicht erfüllt, nie in die eigene Tasche gewirtschaftet und sich plötzlich zwischen Wänden aus Bagasse wiedergefunden, mit nichts zu tun, außer den eigenen Abstieg zu bestaunen. Gewisse Leute rammelten selbst dann noch, wenn jeder es hörte. Dem Zusammenbruch der Republik war der Kollaps der Disziplin vorausgegangen, so viel verstand er mittlerweile. Immer begann es mit einer Form von moralischer Schwäche, die sich für etwas anderes ausgab. Ein kleiner Regelbruch hier, ein erschlichener Vorteil da – es mochte unbedeutend oder sogar gewitzt aussehen und enthielt dennoch den Keim des Untergangs. Grenzen verwischten, wenn man sie nicht bewusst nachzog. Einberufung ist Einberufung, hatte er seiner Frau gesagt und sie daran erinnert, dass es kein Entkommen aus der Verantwortung gab, nur Versagen. So war er erzogen worden und hatte zumindest versucht, die Prinzipien an seine Söhne weiterzugeben.

Um der unerträglichen Enge zu entfliehen, waren sie vorübergehend in ein japanisches Haus gezogen. Noch schlimmer! Alles wurde morsch in diesem feuchten Klima, Ratten liefen übers Dach, und in den stinkenden Tatamis nisteten so große Kakerlaken, dass man nachts glaubte, sie atmen zu hören. Fünfzig Jahre hatten die Inselbewohner in zu dunklen Räumen gehaust, und das merkte man ihnen an, seinem

Gegenüber ja auch. Blinzelte Herr Lee so, weil ihm das Licht nicht bekam? Niemand sprach ordentliches Chinesisch, und keinen störte das. Zwei- oder dreimal hatte er die Kontrolle verloren, weil diese Höhlenmenschen nicht begreifen wollten, was mit ihnen geschehen war. Jetzt spürte er den Schweiß unter seinen Armen, vermisste die klare knisternde Luft des Nordens und wusste nicht mehr, worüber sie zuletzt gesprochen hatten. Der Himmel hier bestand aus nichts als aus Dunst und Wolken. In den Köpfen regierten Starrsinn und Stolz.

Begreifst du, was mit uns geschehen ist?

Das war seine Frau. Manchmal überlegte er, ob ein Fluch auf seiner Familie lag. Wie sonst hatte es so weit kommen können? Aufgewachsen war er zwischen aufwendigem Schnitzwerk, Ahnentafeln und Hunderten von Büchern, die den Chens seit zwölf Generationen gehörten. Während des Boxeraufstands hatte er die Kanonenschüsse aus dem Legationsviertel gehört und erinnerte sich an die ernste Miene, mit der sein Vater abends nach Hause gekommen war, ein paarmal in Begleitung von Li Hongzhang persönlich: einem riesenhaften Mann, dessen Blick durch alles hindurchging, Mauern, Lügen und Finten. Seitdem wusste er, was *Yingqi* bedeutete, das Qi des Helden. Man traute sich kaum zu atmen in der Gegenwart solcher Männer. Fragte sich bloß, ob es sie heute noch gab. War der Generalissimus einer der letzten, oder verdankte auch er seinen Aufstieg weniger noblen Qualitäten? Die von ihm geführte Republik jedenfalls hatte vor einer selbst unter besten Bedingungen kaum lösbaren Aufgabe gestanden: dieses riesige, rückständige, von Revolutionen und Kriegen ausgeblutete Land zu modernisieren; es von Hunger und Schmutz, Analphabetismus, Aberglauben und Lethargie zu befreien, und zunächst hatten sie genau das getan. Gegen alle Widerstände. Persönlich hatte er in Nanking die breiten Boulevards bestaunt, gesäumt von achtzigtausend neu gepflanzten Bäumen, die der Sommerhitze kühlen Schatten abtrotzten. Die Hauptstadt der Republik glich einer frisch geprägten Münze; der Satz war nicht von ihm, traf die Sache aber genau. Zum ersten Mal seit einer Generation hatte es wieder eine Zentralregierung gegeben, die den Namen verdiente. Aufbruch überall, neue Bahnlinien, Telefonverbindungen, Schulen und Universitäten. Mit dem Zug war er von Kanton nach Wuhan gefahren, über tausend Kilometer, und viele weitere tausend wären hinzugekommen, um die entlegensten Orte der jungen Republik miteinander zu verbinden, hätten die japanischen Teufel nur stillgehalten. Stattdessen hatten sie eine Schneise der Verwüstung durchs Land geschlagen und Verbrechen begangen, an die man nicht denken konnte, ohne dass einem übel wurde. Ohne vor Ekel und Wut den Verstand zu verlieren. Sie niederzuringen, hatte acht Jahre gedauert, dann waren aus den rauchenden Trümmern die kommunistischen Banditen gekrochen und hatten ihre Chance gewittert ... und genutzt. *Das* war geschehen!

Ich meinte mit uns.

Als ob er das nicht wüsste. Genauer gesagt, meinte sie die Söhne, aber darum ging es ja. Vor den Japanern musste ich fliehen, hatte Chen Han gesagt, den Roten stelle ich mich entgegen. Seine Frau wollte nicht begreifen, dass der Krieg gegen Japan zwar furchtbare Opfer gekostet, aber auch einen neuen Menschenschlag hervorgebracht hatte. Glühende Patrioten, wach und lebendig wie keine chinesische Generation zuvor, vibrierend vor Tatendrang. Das war der Sieg, der blieb. Nicht im Traum wäre es dem Ältesten eingefallen, sich seiner Verantwortung zu entziehen, sogar seine Verlobte hatte das verstanden. Ihre letzten Briefe waren ihm später zugegangen, säuberlich gebündelt und ... es brach ihm das Herz, daran zu denken. Woher kam die Zigarette in seiner Hand? Seine waren schon wieder aufgebraucht, das Gehalt reichte nicht für die Rückzahlung der Schulden *und* den Lebensunterhalt, er musste wählen: Ehre oder Leben. Falls sein Jüngster keine ordentliche Anstellung fand, drohte ihnen der Fall ins Bodenlose. Ich meinte mit uns, sagte sie, als würde sie ihn korrigieren, aber woran dachte er denn? Seine Gedanken waren bloß nicht mehr so klar wie früher. Alles wurde schwammig in diesem Klima, alles wucherte, und er sehnte sich nach dem weißen Mond über Beiping, diesem herrlichen Diskus aus Eis.

Wir würden gerne über Ihren zweiten Sohn reden.

Das war die andere Stimme, die er nachts im Schlaf hörte. Zuerst hatte er geglaubt, es gebe Neuigkeiten, warum sonst kamen sie persönlich zu ihm? Zu zweit. Was er wusste, hatte er schon vor Monaten schriftlich zusammengefasst, nun standen sie in seinem Büro und baten ihn, am nächsten Tag im Präsidium vorbeizuschauen. Vorstellig werden, nannten sie es. Er erinnerte sich an die Visitenkarte auf dem Tisch und an die skeptischen Blicke der Kollegen. Zwei Männer, aber nur eine Karte. Ein Herr Pan, der dem Zungenschlag nach aus dem Süden stammte, vielleicht aus Guangxi. Kein Dienstrang, ungewöhnlich, als wäre es gar keine Visitenkarte, sondern eine Art Ticket, das er am nächsten Tag vorzeigen sollte. Er hatte denselben Anzug angezogen wie heute und seiner Frau lieber nichts gesagt. Abwarten – falls es Neuigkeiten gab, konnten sie gut oder schlecht sein.

Das Präsidium war weniger geschäftig, als man sich ein Polizeiquartier in der Hauptstadt vorstellte. Lange, leere Flure, in denen die Hitze stand. Nach hinten schloss sich ein Gelände mit einer Reihe einstöckiger Baracken an. Herr Pan kam zum Empfang und führte ihn durch die Gänge. Überall geschlossene Türen und dichte Stille. Eine Treppe hinauf, zwei nach unten, bis er nicht mehr allein zum Eingang zurückgefunden hätte. Auf einmal erwartete er Schreie oder dergleichen zu hören, aber da war nichts. Draußen sirrten Zikaden. In Erwartung einer kurzen Unterredung hatte er seine Thermosflasche zu Hause gelassen.

»Hier sind wir ungestört.« Ein kahler Raum in einer der Baracken. Ein Tisch, zwei Stühle und der Geruch von trockenem Holz. Nichts außer weißem Papier lag auf dem Tisch, an dem sie einander gegenübersaßen. Fürs Protokoll nahm Herr Pan seine persönlichen Daten auf, Name, Alter, Anschrift und Beruf. »Parteimitglied?«

»Seit über zwanzig Jahren.«

»Dann können wir beginnen. Sie sind freiwillig hier, nicht wahr?«

»Sie haben mich hergebeten.«

»Gebeten, ja. Sie wurden weder vorgeladen noch verhaftet.« Ein flüchtiges Lächeln zog über das ansonsten ausdruckslose Gesicht. »Ich stelle keine Fangfragen, Herr Chen. Freiwillige Kooperation ist gut.«

»Freiwillig«, nickte er. »Was können Sie mir über meinen Sohn sagen?«

Herr Pan machte eine Notiz. Der Zungenschlag klang nicht mehr ganz so südlich wie am Vortag, vielleicht doch eher Yangtze-Gegend. »Was können *Sie* uns über Ihren Sohn sagen?«

Er sah die Frage vor sich wie einen Aktenvermerk. »Über seinen Verbleib weiß ich nichts. Er hat Geographie studiert und –«

»Bei wem?« Herr Pan unterbrach ihn, aber sein Tonfall signalisierte kein Interesse. Trotzdem wurde ihm augenblicklich klar, dass er nichts über Mo-mos Situation erfahren würde, ihn erwarteten nur Fragen. Als er um ein Glas Wasser bat, sagte Herr Pan: »Sie verstehen, in welch schwieriger Position wir uns befinden. Mehr oder weniger auf uns alleingestellt, bedroht von einem Feind, der vor nichts zurückschreckt. Sie wissen das, nicht wahr? Ihren ältesten Sohn haben Sie verloren; das Schlimmste, was einem Vater passieren kann. Helfen Sie uns, damit es nicht noch mehr Vätern widerfährt.«

»Ich bin hier, um zu helfen.«

»Gut.« Herr Pan stand auf und sagte, er solle sich Zeit lassen. Zunächst benötigten sie die Namen sämtlicher Lehrer seiner drei Söhne. Wenn er nur noch die Nachnamen wisse, solle er die notieren, aber mit ein bisschen Nachdenken fielen ihm sicherlich auch Vornamen ein. Alle Namen, von der Grundschule an. Den Verweis auf die vielen Umzüge der Familie, jeder Sohn hatte ja mindestens acht bis zehn Schulen besucht, ließ Herr Pan nicht gelten: »Ein so gewissenhafter Beamter wie Sie.«

»Kann ich nicht doch ein Glas ...«

»Später.« Als er hinausging, ließ Herr Pan die Tür angelehnt. Es war kein Gefängnis, sie brauchten seine Hilfe. An jedem neuen Ort hatte man ihm die zerstörten Hafenanlagen gezeigt und so getan, als wäre alles irreparabel und nie wieder zu gebrauchen. Jedes Mal hatte er gesagt: Wir machen einen Plan, dann fangen wir an.

Also machte er einen Plan. Erst die Orte in chronologischer Reihenfolge, dann die Namen der Schulen. Je heißer es wurde, desto schwerer fiel ihm das Nachdenken. Das Papier klebte an seinen Unterarmen. Nie hatte er seine Söhne zum Unterricht gebracht oder sie abgeholt, er musste sich vergegenwärtigen, was sie zu Hause erzählt hatten: welchem Lehrer die Brille von der Nase rutschte, wer einen komischen Akzent hatte, den Chen Han imitieren konnte, bis sich die drei vor Lachen bogen. Wer streng war und wer bei schwierigen Schriftzeichen schon mal einen Strich vergaß.

Kinder, die im Krieg aufwuchsen, waren immer noch Kinder. Wie oft hatte er sie ermahnen müssen, nicht so albern zu sein.

Wozu das Ganze nützen sollte, verbat er sich zu fragen. Der Verlockung, einen Namen zu erfinden, der ihm nicht einfiel, widerstand er, und so gut es ging, ignorierte er seinen Durst. Aus den Räumen nebenan drang kein Laut. Saßen dort ebenfalls Männer vor weißem Papier? Wenn er nicht aufpasste, tropfte sein Schweiß auf die Blätter und machte alles unleserlich.

Um sechs Uhr kam Herr Pan mit einem Becher kalten Tees herein.

»Ich habe mich bemüht«, sagte er, »aber es sind wirklich sehr viele.« Beinahe hätte er den Tee verschüttet, so sehr zitterten seine Finger.

Herr Pan warf einen Blick auf die Liste. »Vielleicht sollten Sie morgen schon etwas früher kommen«, sagte er. »Mit Ihrem Vorgesetzten habe ich gesprochen.«

Würde es helfen, seinen Sohn zu finden? Herr Pan erklärte ihm, dass in einem so großen Land einzelne Personen kaum auffindbar waren. Wenn es hingegen ein Netzwerk gab, eine Gruppe oder Zelle, von der man nur ein Mitglied kennen musste, um auf die anderen zu kommen, standen die Chancen besser. Natürlich gehörte sein Sohn zu keinem Netzwerk, aber die Schule war ein Anfang, oder nicht? »Morgen um acht.«

Es war wie ein Traum, den er als solchen erkannte, ohne aufzuwachen. Die kommunistischen Banditen nutzten eine neuartige Technik namens Gehirnwäsche, um Untertanen ihren Willen aufzuzwingen. Das nannten sie Befreiung. Sie hatten keine Werte, sondern eine Doktrin, und vernichteten alle, die sie nicht akzeptierten. Man musste zumindest die Möglichkeit in Betracht ziehen, hatte Herr Pan gesagt, dass sein zweiter Sohn übergelaufen war. Unter Zwang natürlich.

Auf dem Heimweg kam ihm die Stadt noch fremder vor als sonst. Am nächsten Morgen brach er auf, ehe seine Frau wach geworden war. Im Kopf nichts als Namen.

Herr Pan begrüßte ihn mit einem anerkennenden Nicken. »Mit solchen Männern kann man arbeiten.« Im Lauf des Tages kam er tatsächlich auf einige Namen, die ihm am Vortag nicht eingefallen waren. »Fortschritt«, sagte Herr Pan, aber es sei noch ein langer Weg bis zum Ziel. Am dritten Tag, mit 65 Namen auf der Liste, davon 42 vollständig, hatte er das Gefühl, alles aus sich herausgeholt zu haben. Das Wochenende bekam er frei. Seine Frau wunderte sich, dass er ununterbrochen von der Schule sprach. Ihren Vorschlag, Chen Hao einfach zu fragen, wenn es so wichtig sei, lehnte er ab. Er wollte niemanden in die Sache verwickeln. Am nächsten Montag schlug Herr Pan vor, um Fehler zu vermeiden, solle er noch einmal von vorne beginnen. »Leider ist die Informationslage so dürftig, dass wir, was Sie uns geben, nur mit dem vergleichen können, was Sie uns bereits gegeben haben.«

Es war ein besonders heißer Tag. Nach 59 Namen wusste er nicht weiter, sein Hemd war durchgeschwitzt. »Kommen Sie«, sagte Herr Pan. Gemeinsam betraten sie einen Raum weiter hinten in der Baracke, wo ihm kühle Luft entgegenwehte. Inzwischen wusste er nicht mehr, ob er die Zikaden in den Bäumen oder in seinem Kopf hörte. Als er betonte, dass sein Sohn unbedingt nach Taiwan habe fliehen wollen, nickte Herr Pan verständnisvoll. Niemand mache ihm einen Vorwurf. Der Raum war ebenso kahl wie der andere, aber es gab nur einen Stuhl. Auf der anderen Seite des Tisches stieg kalter Dunst von einem quadratischen Eisklotz auf. Im ersten Moment dachte er wieder, es sei ein Traum. Um das Eis herum war der Holzboden dunkel eingefärbt. »Bitte«, sagte Herr Pan, »nehmen Sie Platz.«

»Sie meinen ... Bin ich selbst in Verdacht geraten?«

»Nicht doch, aber nein.« Das Lächeln, das Herr Pan ihm schenkte, war gleichzeitig ermutigend und falsch. Das Eis, so durchsichtig und glatt wie Glas, erinnerte ihn an Meeresfrüchte, die in teuren Restaurants ausgelegt wurden. Kurz dachte er an das Tung Hsin Lou und die exklusiven Etablissements in der Weststadt, zu denen sein Vater ihn mitgenommen hatte. Seine ausgestreckte Hand zog er wieder zurück, ehe sie den Klotz berührte. Herr Pan saß bereits auf dem Stuhl. »Um die Sache nicht unnötig in die Länge zu ziehen, werde ich Ihnen Fragen stellen.«

»Ja.«

Einen Augenblick lang war die Kälte angenehm. Dann nicht mehr. Seine Eingeweide zogen sich zusammen, alle Geräusche im Raum verschwanden. Von frühester Jugend an hatte er die Pflichterfüllung über alles gestellt, nie den eigenen Vorteil gesucht, keine schmutzigen Tricks angewendet – jetzt war es, als werde er von oben gegen die eisige Unterlage gedrückt. Als werde er nie wieder aufstehen können.

»Kennen Sie Peng Ruo-lin?«

»Nein.«

»Lin Kai-lin?«

»Nein.«

»Wang Shen?«

»Nein.«

Bedauernd sah Herr Pan ihn an. »Letzterer steht auf Ihrer Liste, Herr Chen.«

Wang, dachte er, ein Allerweltsname. Kang hießen die gemauerten beheizbaren Betten im Norden, die er als Kind geliebt hatte. In Winternächten, wenn man den eigenen Atem sah und die eisige Luft auf dem Gesicht spürte, sorgten sie für behagliche Wärme. Dann spürte er einen stechenden Schmerz in den Hoden und fragte sich, wessen Lehrer Wang Shen gewesen war. Herrn Pans Miene verriet keine Ungeduld. Wenn der Feind vor nichts zurückschreckte, durfte man selbst es auch nicht tun, das war ein Gesetz. Von seinem Vater wusste er, wie Li Hongzhang die Taiping-Rebellen besiegt hatte: nicht mit Milde.

Es ist kein Traum, dachte er und fragte, ob er kurz aufstehen könne.

»Später.«

Wenn die eigenen Leute ihm das antaten, welche Qualen litt dann sein Sohn? Was taten die kommunistischen Banditen mit ihm? Für einen Moment fühlte er sich Mo-mo so nahe wie lange nicht; als litten sie gemeinsam, Vater und Sohn, jeder an seinem Ort. Darin lag tatsächlich ein Trost. Es war ein Rätsel, das ihn für den Rest seines Lebens beschäftigen würde: Der Schmerz linderte den Schmerz.

Herr Pans Blick ruhte auf ihm, als hätte er dazu eine Ergänzung: nicht für lange.

»Möchten Sie noch Tee?« Fragend sah Herr Lee ihn an und deutete auf die Kanne.

Nein danke, dachte er und brauchte einige Sekunden, bis er es sagen konnte. »Ich sollte mich auf den Weg machen.« Wie lange sie geschwiegen hatten, wusste er nicht. Die Zigarette in seiner Hand war bis auf den Filter heruntergebrannt, und die Stille im Zimmer kam ihm so dicht vor, dass er sie hörte wie das Rauschen unter Wasser. Warum war er hergekommen, was wollte er hier? Im Aufstehen bemerkte er, dass sein Anzug an ihm hing, als hätte er sich in ein nasses Handtuch gehüllt.

»Dann danke ich Ihnen für Ihren Besuch.« Als sie einander über den Tisch hinweg zunickten, sah Herr Lee ihn anders an als zuvor. Im alten China hatte man Verbrecher tätowiert, um sie für immer zu zeichnen, heute verfuhr man mit den Unschuldigen so. Am Arbeitsplatz bekam er es täglich zu spüren. Niemand hatte nach den Gründen für sein Fernbleiben gefragt. Wortlos bemerkten die Kollegen das unsichtbare Zeichen, gehorchten ihrem Instinkt und schlugen den Blick nieder, wenn sie ihm begegneten.

Die Sekretärin brachte ihn nach unten und hielt ihm die Tür auf. Nach dem ersten Mal auf dem Eisstuhl hatte er Herrn Pan gebeten, ihn nicht nach Hause zu schicken. Der Gedanke, seiner Frau gegenüberzutreten, war unerträglich, und an manchen Tagen ging es ihm immer noch so. Im Unterleib saß ein taubes Gefühl, als könnte er sich einnässen, ohne es zu merken. Auf der Straße blieb er stehen. Vor den beleuchteten Geschäftsfronten schimmerte der Boden feucht, aber es regnete nicht mehr. Ein paarmal wendete er den Kopf und hielt Ausschau nach einer Fahrradriksha. Eine Woche lang jeden Tag dasselbe Ritual, dann hatte er einfach gehen dürfen. Keine weiteren Fragen, vorerst. Als eine junge Frau auf ihn zutrat, bemerkte er ihr erschrockenes Gesicht und sah rasch an sich herab. Zum Glück kein feuchter Fleck.

»Herr Chen?« Direkt vor ihm blieb sie stehen. Ihr Qipao war aufwendig verziert und betonte die Figur. Eine Mode, die ihm missfiel, weil sie ihn an die Dirnen erinnerte, die er in Shanghai überall gesehen hatte. Was wollte sie von ihm? Ihre langen schwarzen Haare reflektierten das Laternenlicht wie ein nächtlicher Fluss die Sterne. »Guten Abend.«

»Guten Abend«, sagte er steif, als er sie erkannte.

»Sie waren bei meinem Vater?« Ungewöhnlich für eine Einheimische, verriet ihr Chinesisch keinen Akzent, an Verstellung schien sie gewöhnt zu sein. Mit sicherem Instinkt hatte sie Chen Haos innere Schwäche entdeckt, das Ergebnis von zu viel mütterlicher Fürsorge und Filmen aus Amerika. Im richtigen Leben ein Held zu sein war schwerer, als der Junge ahnte. Der Preis überstieg den Lohn bei weitem.

»Ja.« Das eine Abendessen hatte ausgereicht, um zu verstehen, wie sehr der Junge sie anhimmelte. Den Militärdienst wollte er nur rasch hinter sich bringen, um danach mit ihr die süßen Seiten des Lebens zu genießen. Was war schon Pflicht? Die wurde nicht länger erfüllt, sondern erledigt und abgehakt, und falls Chen Haos gesamte Generation so dachte, hatte die Republik keine Zukunft, denn der Feind war anders. Weder Romantik noch Schwäche kannten die kommunistischen Banditen, ihre Frauen trugen Khaki statt Seide, und die Pflicht endete für sie keine Sekunde früher als das Leben. Herr Pan hatte ihm von der Belagerung von Changchun erzählt: Soldatinnen, die ihren Babys die Brust gaben, bevor sie die Leichen der Verhungerten wegräumten und alle erschossen, die noch atmeten. Das ist die wahre Tragik, hatte er gesagt, um diesen Feind zu besiegen, müssen wir ihm ähnlicher sein, als wir wünschen. *Sie verstehen das, Herr Chen, oder?* Und ob er das verstand, es lief auf eine simple Einsicht hinaus: Um den Krieg zu gewinnen, musste man die Werte verleugnen, für die man ihn führte. Entweder das oder die Kapitulation.

»Herr Chen?«

Würde er seinen jüngsten Sohn ebenfalls verlieren? Den ersten auf dem Schlachtfeld, den zweiten an die roten Verbrecher, den dritten an sie? Was Chen Hao an ihr fand, war allzu offensichtlich, aber er traute ihr nicht über den Weg. Eines Tages würde sie einen Säugling stillen, der den Namen Chen trug. Wenn er alt und klapprig war, würde sie ihn füttern, ihm hinterher den Mund abwischen und insgeheim sein Ende herbeiwünschen. Beinahe hätte er sie auf offener Straße geohrfeigt. Seit den Gesprächen mit Herrn Pan verstand er vieles besser. Eine Woche lang hatte der ihn jeden Abend in seiner Zelle besucht und mit ihm gesprochen wie ein Vertrauter. *Es geht nicht um Schuld oder Unschuld des Einzelnen, Herr Chen, um Sie oder mich oder Ihren verschollenen Sohn. In diesem Kampf geht es um alles.*

Der Feind kennt unsere Schwächen genau, dachte er, machte einen Schritt auf sie zu und sah die Furcht in ihren Augen aufblitzen. Dann ging er ohne ein Wort nach Hause.

17

Sonntag, der 19. Juni, ist der Geburtstag seiner Mutter. Als Harry die Augen aufschlägt, fällt durch die Ritzen der Jalousie weißes Licht herein. Die Reste eines zusammenhanglosen Traums lösen sich auf, dann ist er wach genug, um auf dem Nachttisch nach Brille und Telefon zu tasten. Halb neun, wird ihm angezeigt, acht Stunden lang hat er geschlafen wie ein Stein. Helen wünscht einen guten Morgen und bittet ihn, seiner Mutter von ihr zu gratulieren, außerdem soll er einen Farbdrucker finden und das eingescannte Bild ausdrucken, das Lu eigens gemalt hat. Viele Grüße und Küsse. Im anderen Bett schläft Paul mit offenem Mund und hat beide Arme von sich gestreckt, als würde er sich ergeben.

Leise steht er auf und geht ins Bad. Weil sein T-Shirt verschwitzt ist, stellt er sich unter die Dusche und denkt beim Einseifen an den ausgelassenen Sex, den Helen und er beim letzten Taiwan-Besuch hatten; natürlich nicht hier, sondern im Hotel. Hat er davon geträumt? Tennis sei Dank, sagt sie, wenn er eine Bemerkung über ihre sportliche Figur macht. Eine Weile hält er seinen halb erigierten Schwanz in der Hand und ist nicht sicher, ob er es schaffen würde, ein ganzes Jahr fern von ihr zu verbringen. Sein Gastsemester damals in Shanghai war die bisher längste Trennung und in vielerlei Hinsicht ein Desaster.

Wo sich der nächste Farbdrucker befindet, weiß er auch nicht.

Da sonntags keine Börsennachrichten kommen, sitzt Vater auf dem Sofa und schaut eine Reportage über alte Bauwerke in Sichuan. Den Ton hat er seiner Schwerhörigkeit angepasst und zeigt keine Reaktion, als Harry ihm durchs Bild läuft. »Der Große Buddha von Leshan ist über zwölfhundert Jahre alt und die weltweit größte steinerne Skulptur ihrer Art.« Während die Kamera über die Figur fährt, berichtet der Sprecher von Schäden durch sauren Regen, die seit einigen Jahren vermehrt zu beobachten seien. Die melancholischen Klänge einer Erhu untermalen die Nahaufnahmen, auf denen der Buddha aussieht, als litte er an Pigmentstörungen. Jede seiner Zehen ist groß genug, dass ein Mensch darauf Platz findet.

»Hast du schon gefrühstückt?«, fragt Harry, um sich bemerkbar zu machen.

»Bitte?«

»Ich wollte zu Fu Hang gehen, soll ich dir was mitbringen?«

Mit Verzögerung wendet sich Vaters Blick ihm zu. Die Brille ist ein wenig verschmiert, und er scheint dieselben Kleider zu tragen wie bei ihrer Ankunft vor zwei Tagen. »Wo ist *er*?«, fragt er und meint seinen Enkel. Die Unsitte, fremde Namen durch Pronomen zu ersetzen, konnte Harry ihm bisher nicht abgewöhnen; Helen hat seinerzeit versucht, dem Fernseher ab und zu eine Pause zu gönnen, aber auch das war erfolglos.

»Paul schläft noch. Möchtest du etwas essen?«

»Ich habe gefrühstückt.« Ein Hauch von Vorwurf in der Stimme, als fühlte er sich bei einer wichtigen Beschäftigung gestört.

»Okay. Hast du inzwischen auch deinen Anzug für heute Abend rausgesucht? Wolltest du gestern schon machen.«

»Bitte?«

»Ob du weißt, was du am Abend anziehen wirst.«

»Meinen guten Anzug«, sagt er und wiederholt die Antwort noch einmal, als fände er sie besonders überzeugend. »Meinen guten Anzug.«

Die heutige Feier wird im selben Restaurant stattfinden, wo sie vor fünf Jahren Vaters achtzigsten Geburtstag begangen haben. Um nicht an seine damalige Rede erinnert zu werden, die ein gigantischer Reinfall war, hätte Harry einen anderen Ort vorgezogen, aber immerhin sieht er seitdem ein paar Dinge etwas klarer. Zum Beispiel, dass hinter der schmallippigen Fassade seines Vaters ein empfindsames, womöglich gar romantisch veranlagtes Herz schlägt. Seinem beruflichen Fortkommen dürfte das eher geschadet haben – das und die Tatsache, dass er mit einem politischen Häftling verschwägert war. Obwohl er aus einer Familie loyaler Bürokraten stammte, versackte er später in jenen Teilen des Apparats, die vor allem die Fiktion aufrechterhalten sollten, dass die KMT weiterhin ganz China regierte. Sogar einen Rat für tibetische und mongolische Angelegenheiten gab es. Jeden Morgen ging Vater pünktlich aus dem Haus, kam am frühen Abend zurück und verdiente gutes Geld, aber soweit sich Harry erinnern kann, hat er niemals über die Arbeit gesprochen. Kein Wort der Klage, kein Tratsch über Kollegen. Jetzt schaut er konzentriert auf den Bildschirm und legt beide Hände flach auf die Knie, als ahmte er die Haltung der Buddha-Figur nach.

Gebannt von einem Gefühl, das er ebenso wenig zu fassen bekommt wie den Traum der letzten Nacht, steht Harry eine halbe Minute lang reglos zwischen Fernseher und Esstisch. *Qingmei Zhuma*, lautet die Zeile aus Li Bais berühmter Ballade *Reise nach Chang'an*, die damals im Zentrum seiner Geburtstagsrede stand. Grüne Pflaumen, Bambuspferd. Erstere wurden im Altertum, solange sie unreif und hart waren, von Kindern als Murmeln benutzt, Spielpferde aus Bambus scheint es schon lange vor dem achten Jahrhundert gegeben zu haben. Heute steht die Wendung sprichwörtlich für ein Paar, das sich wie seine Eltern seit der Kindheit kennt und das gesamte Leben miteinander verbracht hat. Dass eines der vier Zeichen, *mei*, auch in Mutters Namen vorkommt, rundete die Sache ab. Es war ein wohlkomponierter und zu Hause in Williamstown sorgfältig einstudierter Text, aber wenn er ganz ehrlich ist, kann er nicht mehr mit Sicherheit abstreiten, dass es ihm unbewusst eher um Sabotage als um Würdigung ging. Hua-rong hatte ihm schon vorher diesen skeptischen Blick zugeworfen, als wollte er fragen: Seit wann werden in unserer Familie Reden gehalten?

»In Sichuan bist du doch als Kind gewesen«, sagt Harry jetzt, um die Erinnerung abzuschütteln. »Dein Großvater liegt dort begraben, wo genau eigentlich?«

»Auf dem Land, wo man vom Krieg nichts sah«, lautet die ebenso prompte wie vage Antwort. »Nur Reisfelder. An schönen Tagen konnte ich in der Ferne die Berge erkennen.«

»Welche, den Himalaya?«

»Wie eine Luftspiegelung«, sagt Vater, »den Schnee auf den Gipfeln.«

»Wie alt warst du damals?«

»Sieben, acht, neun …«

Was denn nun, liegt ihm auf der Zunge, aber natürlich dauerte die Flucht mehrere Jahre. »Und deine Brüder? Ich meine, waren sie mit dabei?«

Eine Weile schaut sein Vater weder auf den Bildschirm noch auf ihn. Dünn ist er geworden, geradezu hinfällig. Im Übrigen klingt Sabotage irreführend, es war der misslungene Versuch, das Schweigen zu brechen, ohne das Verschwiegene auszusprechen. Daran zu rütteln wie an einer verschlossenen Tür. Als die Reportage für Werbung unterbrochen wird, bleibt Vater reglos sitzen, und Harry zieht das Handy aus der Tasche.

›Klar‹, antwortet Julie auf die Frage, ob sie ihm einen Gefallen tun kann.

Ehe er ihr Lus Bild weiterleitet, wirft er einen Blick darauf und erkennt die Terrasse oben auf dem Dach. Eine größere Figur gießt Blumen, eine kleinere springt Seil, neben der lachenden Sonne steht in dicken Lettern Happy Birthday; dann noch mal das Gleiche in vier krakeligen chinesischen Zeichen. ›Vielen Dank‹, tippt er, ›Mutters Briefe an Onkel Keiji schicke ich dir später vom Laptop aus.‹

»Hast du was gesagt?«, fragt sein Vater, als er das Telefon auf den Esstisch legt.

»Ob deine Brüder damals bei dir waren oder nicht.«

»Ihre Schule wurde an einen anderen Ort evakuiert.«

»Aber nach Taiwan seid ihr gemeinsam geflohen. Beim ersten Mal, meine ich.«

»Beim ersten Mal ja.«

Am Ende beschwört jeder Versuch, mit seinem Vater ein Gespräch zu führen, dieselben widersprüchlichen Gefühle herauf. Am Kragen packen und kräftig schütteln will er ihn, ihn gleichzeitig trösten – bloß wie? –, mit Fragen bombardieren und einfach in Ruhe lassen. Vom Heldentod des ältesten Bruders, seines Onkels, hat Harry schon als kleiner Junge gewusst, aber dass es einen zweiten Onkel gab, der sogar noch lebte, erfuhr er erst auf der Highschool. Kurz bevor das Verbot von Reisen aufs Festland aufgehoben wurde, war es mit Hilfe entfernter Verwandter gelungen, ihn ausfindig zu machen. Chen Mo, genannt Mo-mo. Um ihn besuchen zu können, musste Vater wegen der besonderen Regeln für Staatsdiener in den vorzeitigen Ruhestand gehen. Nach vierzig Jahren ohne jeden Kontakt beggegneten die beiden einander in einer staubigen Kleinstadt in Hebei, aber es war das

Gegenteil eines freudigen Wiedersehens: von allen Schicksalsschlägen in Vaters Leben vielleicht derjenige, der ihn am härtesten getroffen hat. Weil seine Familie in Taiwan lebte, hatte der Bruder während der Kulturrevolution in einem Stall gehaust, wo er aus demselben Trog fressen musste wie die Tiere. Danach war er ein Wrack, zu keiner normalen Existenz mehr fähig. Wäre Hua-rong nicht dazwischengegangen, hätten Vaters Versuche, ihm zu helfen, sämtliche Ersparnisse aufgebraucht, ohne darüber hinaus etwas zu bewirken. Immer wieder flog er mit vollen Taschen hin und kehrte schweigsam und niedergeschlagen zurück. In seiner Not versuchte er, für den Bruder eine Aufenthaltsgenehmigung in Taiwan zu erwirken, aber die Todesnachricht traf schneller ein. Seitdem überlegt Harry bei jedem Besuch, ob man einem Mann mit Vaters Lebensgeschichte überhaupt grollen *darf.*

»Würde der Buddha aufrecht stehen, wäre er so groß wie die Freiheitsstatue«, verkündet der Sprecher stolz. Ein Mönch namens Hai Tong hatte die Skulptur entworfen und sich, als das Geld auszugehen drohte, beide Augen ausgedrückt, um seine ungebrochene Hingabe an das Vorhaben zu beweisen. Die bisweilen bizarren Arten, auf die Chinesen ihre Entschlossenheit demonstrieren, böten reichen Stoff für eine Kulturgeschichte. König Goujian schlief auf Feuerholz und leckte täglich an der Galle eines Tieres. ›Bitternis schmecken‹ heißt eine der wichtigsten Übungen zur Stählung des Charakters, die Harrys Großvater väterlicherseits oft zitierte. Im Kampf um dessen Wertschätzung stand sein Vater schon früh auf verlorenem Posten, gegen einen Märtyrer und einen Verschollenen kam er nicht an. Hat er sich sein Leben lang gewünscht, härter zu sein, als er ist? Irgendwann, pflegte Onkel Keiji zu sagen, kommt man nicht mehr raus aus seiner Haut.

»In spätestens einer Stunde bin ich zurück«, sagt Harry und wendet sich zur Tür.

»Gehst du zu Fu Hang?«

»Das hatte ich vor, ja. Soll ich dir doch was mitbringen?«

»Gibt es dort Shaobing?« Das ist, als würde er fragen, ob McDonald's neuerdings Burger verkauft.

»Soweit ich weiß schon.«

»Bring mir einen mit, ich habe noch nicht gefrühstückt.«

Eine Hand auf der Klinke, hält er inne und nickt seinem Vater zu. Es war ihr ausführlichstes Gespräch seit langem. Durch die Fenster fällt grelles Licht herein, eine Mischung aus Sonne und Dunst. Obwohl es in diesem Jahr keine Regenzeit gegeben hat, zieht unbeirrt der Sommer herauf, und der Himmel über der Stadt ist ein aufdringliches Gleißen, weder nah noch fern, das in den Augen schmerzt und alle Konturen zum Verschwinden bringt.

―

Als Julie im Restaurant ankommt, ist die Geburtstagsgesellschaft komplett. Zwei Tische wurden reserviert und bieten Platz für zwanzig Gäste. Der mittlere Bruder ihres Vaters, Hua-zhe, hat seine Frau und die drei Töchter mitgebracht, deren jüngste ein Jahr älter ist als Paul; die beiden sitzen am hinteren Tisch und haben viel zu lachen. Drei frühere Kolleginnen von A-mah, mit denen sie morgens Sport treibt und die Julie nur flüchtig kennt, sind ebenfalls erschienen, zusammen mit zwei Ehemännern, denen die Schwerhörigkeit ins Gesicht geschrieben steht: Was auch gesagt wird, sie lächeln. Harry sitzt wie üblich neben A-mah und Ba neben Großvater. Die Rolle des Gastgebers, die dem ältesten Sohn zufällt, beschränkt sich darauf, dass er das Menü auswählt und später bezahlen wird. Wollte ich Reden schwingen, wäre ich Politiker geworden, sagt er gern. Julies Mutter sitzt zu seiner Linken und hat rote Flecken im Gesicht, weil sie schon zu lange niemandem behilflich sein konnte. Mit Headsets im Ohr eilen die Bedienungen umher. Lange weinrote Bezüge über den Stühlen strahlen Gediegenheit aus, und auch an den anderen Tischen ist das Durchschnittsalter eher hoch.

»Aiya«, ruft A-mah, als Julie sie zur Feier des Tages umarmt. Sie trägt ein langärmeliges Kleid und eine Kette mit Perlen aus grüner Jade. Lus Bild hat Julie eingerollt und mit einem roten Band versehen. Da ihr Onkel nicht reagiert, als sie ihm damit zuwinkt, übergibt sie es selbst. »Hier, Lucy hat das für dich gemalt.«

»Wer?«

»Deine Enkelin in Amerika. Hua-lis Jüngste.« Beim Ausrollen muss sie ihrer Großmutter helfen. Abgesehen davon, dass sie früher auf dem Dach nicht Seil gesprungen ist, sondern Gummitwist, hätte das Bild auch von ihrer Kinderhand stammen können. »Gefällt es dir?«

»Natürlich«, antwortet A-mah, als wäre sie gefragt worden, ob sie ihren Namen noch weiß. Vermutlich hat sie sonst kein Geschenk erhalten und versteht nicht, warum sie eines von jemandem bekommt, der gar nicht da ist. Das Papier rollt Julie wieder zusammen und gibt es Harry, als sie sich neben ihn setzt. »Pass auf, dass es keine Flecken abkriegt.«

»Danke fürs Ausdrucken«, sagt er.

»Danke für die Briefe.«

»Hast du schon reingeschaut?«

»Ich war den ganzen Tag in der Bibliothek.« Über den Tisch hinweg hört sie Ma ihrer Sitznachbarin antworten: »Nein, bisher nicht«, und nickt ihnen aufmunternd zu: Sprecht ruhig weiter über mich. Ba bestellt derweil ein Menü aus Fischkopf-Kasserolle mit Austernsauce, Dongpo-Schweinefleisch und geschmortem Aal, Tofu mit Krabbenrogen sowie mariniertem Hühnchen in Shaoxing-Wein – je kalorienreicher, desto besser. Ehe er den Whisky ordert, vergewissert er sich mit einem schnellen Seitenblick, dass seine Frau abgelenkt ist durch die Vorspeisen, die gerade gebracht werden und verteilt werden müssen. Von Menschen wie Ma leben buddhistische Laienorganisationen wie Tzu Chi, und obwohl Julie Familienfeiern mag, sehnt sie sich für einen Moment nach ihrer stillen Wohnung. Als Dave ihr gestern erneut London schmackhaft machen wollte, nannte er es einen ›selling point‹, dass seine Eltern nicht mehr leben. Keine familiären Verpflichtungen, sollte das heißen und war nicht ganz ernst gemeint, trotzdem fand sie es traurig.

»Professor Nakashima meinte, er hat dir ein Foto aus Jinguashi geschickt?« Harry schenkt ihr Tee ein und versucht, möglichst beiläufig zu klingen. »Eins von damals?«

»Offenbar das einzige aus dem Bestand seiner Mutter. Ein Gruppenbild der gesamten Schule, man erkennt niemanden.«

»Hast du es meiner Mutter gezeigt?«

»Sie konnte bestätigen, dass es sich um ihre Grundschule handelt, mehr nicht. Wenn du es sehen willst«, fügt sie hinzu, »musst du mir endlich verraten, was du vorhast. Briefe, Fotos, Ortsbesichtigungen – Schluss mit der Geheimniskrämerei!« Vom Gespräch mit dem Professor hat er gestern in Dadaocheng nur erzählt, dass er ihn sympathisch und ein bisschen kauzig fand. Offenbar hat Nakashima seine Masakado-Nummer abgezogen.

»Was soll ich vorhaben?«

»Keine Ausflüchte! Warum recherchierst du plötzlich so close to home?«

»Also gut«, seufzt er, vermeidet es aber, sie anzusehen. »Das Projekt ist unausgegoren, unwissenschaftlich und hat gute Chancen, einen frühen Tod zu sterben. Ich will über unsere Familie schreiben. Keine Ahnung wie oder was eigentlich. Ich weiß nicht mal genau warum. Irgendwie drängt es mich eben dazu.«

»Sehr gut. Klingt spannender als alles, was ich bisher von dir kenne.«

»Danke. Von deinem Professor habe ich mir vor allem Bestätigung versprochen.«

»Und erhalten, nehme ich an.«

»Offenbar hat er kein Problem damit, ausgetretene akademische Pfade zu verlassen.«

»Warum auch.« Die ersten Speisen kommen zusammen mit dem Whisky, den Ba umgehend ausschenkt. »Gibt es denn schon Text?«, fragt sie und antwortet sich selbst. »Natürlich gibt's welchen, sonst würdest du kein Wort darüber verlieren. Wie viel?«

»Ein paar Kapitel, die sich romanhaft anlassen. Wohin es am Ende führen wird, muss sich noch zeigen, wahrscheinlich zu nichts. Literaturwissenschaftler sollten keine Romane schreiben, richtig?«

»Es sei denn, sie haben etwas Interessantes zu erzählen. Kommt ja vor. Brauchst du eine Probeleserin?«

»Oh, so weit bin ich noch lange nicht.«

»Verstehe. Du brauchst also dringend eine.« Etwas länger als üblich lässt sie den Blick auf ihm ruhen. Seit er Helen kennt, kleidet er sich nicht mehr so bieder wie früher und wirkt jünger, als er ist. Kurz darauf werden sie unterbrochen, weil sich die volle Tischplatte zu drehen beginnt. Einer der beiden schwerhörigen Gatten verwickelt Julie in ein Gespräch über diverse amerikanische Bundesstaaten. Dass sie im Ausland war, hat er mitgekriegt und scheint zu den Landsleuten zu gehören, die dabei automatisch an die USA denken. »Die Steaks in Texas?« Kopfschüttelnd deutet er mit beiden Händen die Größe einer Katze an. Als alle auf ihre Teller schauen, nimmt sie sich aus Harrys Glas einen Schluck Whisky, den er sowieso nicht trinkt. Sie hingegen hat Lust auf einen Anflug von Trunkenheit. Trotz der auf Hochtouren laufenden Klimaanlage kommt ihr die Luft im Raum abgestanden und stickig vor.

Im selben Restaurant haben sie seinerzeit Großvaters achtzigsten Geburtstag gefeiert. Mit fünf Tischen, wenn Julie sich richtig entsinnt. Weil sie erst wenige Tagen zuvor aus England zurückgekehrt war, litt sie unter Jetlag und fühlte sich, als hätte sie außerdem eine Zeitreise in ihre frühe Jugend unternommen. Um sie herum sprachen pensionierte Beamte in fremden Zungenschlägen. Damals war Ma Ying-jeou noch Präsident und in solchen Kreisen natürlich der wortreich gefeierte Held. Sein Vorgänger, der Mann auf A-mahs Sonnenhut, saß wegen Korruption im Gefängnis, wo ihn die Geburtstagsgesellschaft am liebsten verrotten sehen wollte. Julie erinnert sich, dass sie Lu auf dem Schoß hielt, der bereits die Augen zufielen, und ihre Großmutter beobachtete, deren lächelnde Miene nicht verriet, was in ihr vorging. Vielleicht nichts Besonderes, schließlich lebte sie seit über fünfzig Jahren in diesem Milieu.

Dann klopfte Harry an sein Glas und stand auf.

Ba meinte hinterher, sein Bruder habe zuerst ihn gefragt, ob er als Ältester ein paar Worte sagen wollte. Wollte er natürlich nicht. Harry sei aber der Ansicht gewesen, dass ein runder Geburtstag nach Würdigung verlangt, was sich Ba nur damit erklären konnte, dass der Herr Professor schon zu lange in Übersee lebte.

Vom Inhalt der Rede ist ihr das meiste entfallen. Als Aufhänger diente die zur stehenden Wendung gewordene Zeile aus einem Tang-zeitlichen Gedicht; sinngemäß eine Sandkastenliebe, die das ganze Leben hält. Obwohl ihr Onkel eigentlich gut reden kann, wirkte der Vortrag auf Julie ein wenig steif. Offensichtlich hatte er sich zu Hause sorgfältig vorbereitet, und vermutlich war er nervös. Helen, die kein Wort verstand, hörte trotzdem zu wie eine Musiklehrerin beim ersten Auftritt ihres Schülers. Die anderen Gäste lauschten andächtig, als Harry von Sonntagnachmittagen erzählte, an denen er mit seinen Eltern zur Sun-Yatsen-Halle gegangen war, um Eis zu essen. Mutter habe stets Taro-Geschmack bestellt und Vater von früheren Besuchen zu zweit erzählt. Beiläufig deutete er an, dass es eine nach damaligen Maßstäben ungewöhnliche Verbindung gewesen sei, tat aber so, als beweise das umso mehr die Kraft der gegenseitigen Liebe. Auf A-mahs Miene stand das Lächeln so unverrückbar, als wäre sie zur Statue erstarrt. Was ihren Sohn schließlich aus dem Tritt brachte, war allerdings nicht ihr Gesicht, sondern Großvaters. Daran erinnert sich Julie genau, weil sie es im selben Augenblick bemerkte wie er.

Hinterher hat sie im Stillen überlegt, ob Harry das Debakel hätte kommen sehen müssen. Andererseits, hat sie nicht auch immer geglaubt, dass A-mah diejenige war, die sich ihr Leben lang verstellen musste? Die Fremde im eigenen Haus. Mutter von drei Söhnen, in deren Namen das Zeichen *hua* für China vorkam und an deren Schuluniformen Abzeichen steckten, auf denen stand: ›Ich bin Chinese und soll kein Taiwanisch sprechen.‹ Diejenige, die von ihrem Ersparten eine Satellitenschüssel kaufte, um die Nachrichten auf NHK zu schauen statt der heimischen Propaganda, die im Wohnzimmer lief ... Fremd muss sie sich gefühlt haben, aber als Julie an jenem Abend in Großvaters Gesicht sah, war es vor Schmerz so entstellt, dass sie zuerst einen Herzinfarkt befürchtete. Ihr Onkel verlor den Faden, wollte Wasser trinken und verschüttete die Hälfte. Erschrocken reichte Helen ihm eine Serviette, dann fabulierte er über den bekannten Film von Edward Yang, der ebenfalls *Qingmei Zhuma* heißt, und sah aus wie ein Hochseilartist in jenem endlosen Moment vor dem Absturz. Folgen konnte ihm niemand mehr. Die Gäste begannen zu tuscheln und spendeten, als es endlich vorbei war, mitleidigen Applaus. Julie war froh, so tun zu können, als kümmerte sie sich um das Kind auf ihrem Schoß, andere eilten zur Toilette oder lobten in entschlossenen Sätzen das großartige Essen. Eine einzige Person im Raum lächelte unbekümmert weiter, als wäre nichts passiert. Als würde sie das Ganze insgeheim sogar genießen. Für Julie war es, als hätte sie binnen Sekunden beiden Seiten der Wahrheit buchstäblich ins Gesicht gesehen, und zum ersten Mal im Leben fand sie A-mah unheimlich. Sie auf den Vorfall anzusprechen, traut sie sich bis heute nicht.

Diesmal hält zum Glück niemand eine Rede. Während des Essens geht ihr Vater hinaus, um zu rauchen, und nach einer Weile leistet Julie ihm dort Gesellschaft. Den ganzen Tag über war die Hitze klebrig und unangenehm, jetzt weicht sie abendlicher Milde.

»Schon satt?« Ba raucht jede Zigarette, als wäre es die letzte. Die Spuren von Asche auf dem Hemd wird Ma ihm drinnen wegwischen.

»Kurze Pause«, sagt sie und spürt, wie ihr das Kleid am Rücken klebt. »Übrigens solltest du dich mit dem Whisky zurückhalten, du bist rot wie ein Hummer.«

»Hm-m.«

»Und weniger rauchen. Und abnehmen. Wann warst du eigentlich zuletzt beim Friseur?« Von der Autowerkstatt gegenüber weht der schwere Geruch von Reifen und Motorenöl heran. Der Drang, ihren Vater aufzuziehen, verlässt Julie wie ein Niesreiz, dem sie nachgegeben hat. »Den ganzen Abend muss ich an Großvaters achtzigsten Geburtstag denken«, sagt sie. »An Harrys missglückte Rede.«

Ba nickt, schaut aber auf sein Telefon und antwortet nicht.

»In welchem Jahr ist Großvaters Bruder noch mal gestorben? Der mittlere.«

»Neunundachtzig, wieso?«

»Wegen Tian'anmen?«

»Unsinn, schon im März.« Seine Zigarette tritt er aus und würde gern sofort die nächste rauchen, aber vor ihr scheint er sich seiner Gier zu schämen.

»Hast du ihn kennengelernt?«

»Ich war ein paarmal mit Vater drüben, um ihn zu besuchen. Warum?«

»Und?«

»Und? Sagt dir der Ausdruck ›fünf schwarze Elemente‹ etwas?«

»Ba, ich bin Historikerin.«

»Kein Mensch überlebt, was sie mit ihm angestellt hatten. Nichts mehr zu machen.«

»Habt ihr nicht sogar eine Wohnung für ihn gekauft. Wie ging das überhaupt im Ausland?«

Zehn Sekunden kann er sich beherrschen, dann steckt er sich doch die nächste an. »So wie alles auf der Welt, mit Beziehungen und Geld. Die Wohnung, zwei Fernseher, neue Möbel ... Wäre ich nicht dazwischengegangen, hätte Harry später nicht studieren können.«

»Vielleicht wäre es besser gewesen, eine psychiatrische Klinik für ihn zu finden.«

»Drüben?«, fragt er und verzieht das Gesicht.

Ehe sie antworten kann, geht die Tür des Restaurants auf. Lachend und mit ihren eingeschalteten Telefonen in der Hand kommen Paul und seine jüngste Cousine heraus.

»Where to?«, ruft Julie und hält ihnen den Zeigefinger wie eine Pistole entgegen.

»Chasing Pokémons.«

»Have you finished your meal, young man?«

»Oink, oink«, macht er und klopft sich auf den Bauch, in weiblicher Begleitung muss er natürlich den Clown spielen. Pokémon GO ist zwar gerade erst in Taiwan angekommen, aber die Nachrichten melden bereits Unfälle, weil Verkehrsteilnehmer auf ihre Bildschirme starren statt auf die Straße.

»Have fun, be careful«, ruft Julie ihnen nach und wundert sich über ihren mütterlichen Ton. Gestern in Dadaocheng haben sie für Lu ein T-Shirt mit einem heimischen Schwarzbären gekauft, und Paul musste laut lachen, als sie meinte, das sei Taiwans Antwort auf die verdammten Pandas von drüben. Fette Faulpelze. Sein Lachen ist noch genau wie früher, ein kindlich fröhliches Glucksen.

»Sprich Chinesisch mit ihm«, sagt Ba, als sie wieder allein sind, »sonst lernt er es nie.«

»Sprich du Chinesisch mit ihm. Ich werde lieber verstanden.«

»Vor mir fürchtet er sich, wie alle Kinder. Sogar du bist früher in Deckung gegangen, wenn wir uns längere Zeit nicht gesehen hatten.«

»Weil du dann komisch gerochen hast«, erwidert sie nur halb im Spaß. Jedes Mal brachte er aus Shanghai das strenge Aroma von Knoblauch, Kohlenfeuer und billigem Tabak mit. Zum Entlüften hätte Ma ihn am liebsten für eine Woche auf den Balkon gestellt. Einmal hatte er sich den Nagel des kleinen Fingers lang wachsen lassen, um ihn als Zahnstocher zu benutzen. Oder für die Ohren?

»In zehn Tagen muss ich wieder hin«, sagt er und kratzt sich am Kopf.

»Nach China? Da warst du doch gerade erst.«

»Man kann sie keine Minute aus den Augen lassen. Dreh ihnen den Rücken zu, und sie leeren deine Gesäßtasche.«

»Erklär mir eines: Wenn du alle Chinesen verachtest, warum bestehst du darauf, einer zu sein?« Beinahe hätte sie gefragt, ob er so wie die meisten taiwanischen Bosse drüben eine Geliebte hat. Bei seinem Reichtum würde eine ›kleine Drei‹ jedenfalls über den Bürstenhaarschnitt und die gelben Zähne hinwegsehen.

»Was für ein Unsinn«, sagt er. »Bringen sie dir an der Uni nichts Vernünftiges bei?«

Früher hat sie sich eingebildet, ein Einzelkind zu sein, weil Ma ihn für seine Untreue bestrafen wollte. Ausschließen kann sie es immer noch nicht, erfahren wird sie es wohl nie, außerdem will man manchmal unbedingt etwas wissen, was man auf keinen Fall wissen will. Eine Erwiderung verkneift sie sich.

Zwei Zigaretten später kehren sie zurück zu den anderen.

Nach den Hauptspeisen kommt die Suppe, zum Schluss das Obst. Harry sitzt bei seinem zweiten Bruder, der ein erfolgreicher IT-Ingenieur ist und außerdem so wortkarg, dass es an Autismus grenzt. ›Chinas Weiser‹ bedeutet sein Name, Laozi nennt ihn seine Frau, die als Lehrerin arbeitet und ihren Humor auch zu Hause gut gebrauchen kann. Was vom Festessen übrigbleibt, wird eingepackt und von Ma an die Gäste verteilt.

Um kurz nach acht ist die Feier vorbei.

Der Gatte, der ihr eben die USA erklärt hat, wünscht Julie zum Abschied viel Erfolg. A-mahs Freundinnen nennen es lieber Glück und meinen damit, dass sie doch noch einen Mann finden möge, aber besonders zuversichtlich klingen sie nicht. Für eine Frau mit Doktortitel wird die Luft dünn. Da es bis zur Wohnung nur wenige hundert Meter sind, protestiert Julie nicht dagegen, dass Ba noch fahren will. Ihre Großeltern nimmt er mit, die anderen Senioren steigen in bereitstehende Taxen. Dann sind außer Harry und ihr alle fort, und er fragt, ob sie ihre Unterhaltung woanders fortsetzen sollen.

»Am liebsten würde ich einfach ein Stück laufen«, sagt sie und ist für einen Moment sicher, dass sie in naher Zukunft nach London ziehen wird.

»Gehen wir«, antwortet er. Vorsichtshalber hat er Paul seinen Schlüssel mitgegeben und ihm eingeschärft, um zehn Uhr in der Wohnung zu sein, es wird ihm also später jemand öffnen. An der nächsten Kreuzung biegen sie links ab, ohne sich auf ein Ziel zu verständigen, folgen der Jinshan South Road und lassen den Abend gemeinsam Revue passieren. Hinter den beschlagenen Scheiben eines Shabu-Shabu-Restaurants sitzen die Gäste im grellen Neonlicht, beim Dongmen-Markt riecht es penetrant nach vergammelten Gemüseresten und Fisch. Wäre er allein, würde er jetzt in der Halle des Goldenen Steins vorbeischauen, stattdessen folgen sie der Xinyi Road in entgegengesetzter Richtung und nähern sich dem Chiang-Kaishek-Memorial. Undeutlich erinnert er sich an die Armeebaracken, die früher auf dem staubigen Gelände gestanden haben, inzwischen sind die Bäume so hoch, dass von der Pagode nur das geschwungene blaue Dach zu sehen ist. Wie ein Berggipfel ragt es in den nächtlichen Himmel. In zwei Tagen müssen Paul und er wieder abfliegen … Den Gedanken begleitet ein Gefühl, das ihn zu Hause in Williamstown nie befällt, eine heftige Sehnsucht nach nichts Bestimmtem, wirklich zu leben, was auch immer das heißt außer: nicht zu enden wie sein Vater. Als die Verkehrsgeräusche hinter den hohen Außenmauern zurückbleiben, will Julie wissen, ob es für sein Projekt einen besonderen Auslöser gab. Auf den schmalen Wegen gehen sie so dicht nebeneinander, dass ihn ab und zu ein Hauch ihres Parfüms anweht. Nur ein Hauch, der ebenso gut von den vielen Jasminblüten im Park stammen könnte.

»Es war ein Prozess«, sagt er. »Am Anfang in Berkeley wollte ich einfach alles hinter mir lassen, das entsprach meiner Idee von Amerika: Heimat, die man wählen kann. Im Rückblick würde ich nicht mal sagen, dass ich mich getäuscht habe. Konnte ja niemand ahnen, dass ein Baseballspieler daherkommt und meine Mutter plötzlich anfängt, mir sämtliche Zeitungsartikel über ihn am Telefon vorzulesen.«

»Den guten Wang Chien-ming in Ehren«, wirft sie ein, »aber glaubst du nicht, dass du dich vielleicht *in dir* getäuscht hattest?«

»Du hast ein anderes Bild von ihr als ich. Für dich war sie immer die liebe, sanftmütige A-mah, die dich umsorgt und verwöhnt hat. Wenn wir damals zu Onkel Keiji gefahren sind, hat sie stundenlang kein Wort mit mir geredet. Wir saßen einander im Zug gegenüber, und sie war mit den Gedanken irgendwo anders. Auf meine Fragen hat sie entweder gar nicht reagiert oder abweisend.« Im Vorbeigehen sieht er auf den Bänken am Wegrand alte Männer sitzen, unter den Bäumen macht jemand seine Taiji-Übungen. »Als Kind hatte ich immer das Gefühl, meinen Eltern lästig zu sein. Als würden sie mich sehen und denken: Der schon wieder. Wie schwierig die Fahrten nach Taitung für Mutter waren, konnte ich nicht wissen, woher auch. Gespürt habe ich es trotzdem.«

»Denkst du, dass die beiden miteinander je glücklich waren? Am Anfang vielleicht?«

»Nein.« Beinahe fühlt es sich gut an, es in dieser Härte zu sagen. »Onkel Keiji saß bereits im Gefängnis, als sie geheiratet haben, sie hatten keine Chance. Für meinen Vater war er ein Wirrkopf.«

»Eben im Restaurant fiel mir ein, was A-mah einmal erzählt hat: dass sie eines Abends aus dem Bad kam und vorne im Wohnzimmer lautes Schluchzen hörte. Als sie nachschauen ging, lief im Fernseher eine Wiederholung von *Doktor Schiwago*. Großvater saß auf dem Sofa, tränenüberströmt, völlig aufgelöst. Und sie sagte zu mir: Es war nicht die Liebesgeschichte, die ihn gerührt hat, Kindchen ...«

»Ich weiß. Manchmal reicht das bloße Wort ›Schnee‹ aus, und er kriegt feuchte Augen.«

»Aber *wie* sie es gesagt hat: als hätte es mit ihr nichts zu tun. Ich vermute, sie ist wortlos zurück in ihr Zimmer gegangen.«

Seine Antwort beschränkt er auf ein Nicken. Inzwischen haben sie die Pagode passiert und überqueren den riesigen freien Platz davor. Unter dem Tor am anderen Ende hat sich eine Menschenmenge versammelt, deren lautes Lachen zu ihnen herüberhallt. »Jedes Mal, wenn wir von Onkel Keiji zurückkamen, hat Mutter mir eingeschärft, nicht zu erzählen, dass ich Baseball gespielt hatte – unnötigerweise, er hat sowieso keine Fragen gestellt. Nie.«

»Waren die Besuche so schwierig für sie, weil Großvater sie missbilligt hat?«

»Zu dem Zeitpunkt wird ihr das längst egal gewesen sein. Nein, sie konnte nicht begreifen, warum ihr Bruder so lebte. Nach seiner Entlassung wollte sie weiter für ihn da sein, und was tat er? Verkroch sich in die Berge. Wenn ich eine Bemerkung über seine ärmliche Hütte gemacht habe, bekam ich sofort eine geknallt – als könnte sie es nicht ertragen, aus meinem Mund ihre eigenen Gedanken zu hören. Mit zehn Jahren fand ich das, gelinde gesagt, verwirrend.« Im Näherkommen erkennt er, dass sich in der Menge unter dem Tor auch Paul und seine jüngste Cousine tummeln. Wie alle anderen haben sie ihre Telefone gezückt und laufen aufgeregt hin und her. »Das ist Pokémon GO?«, fragt er, nicht unfroh über die Ablenkung.

Julie seufzt. »Schon fühle ich mich zehn Jahre älter.«

Entlang der Mauer neben dem Tor stehen Getränkeautomaten, wo er zwei Flaschen Wasser zieht und ihr eine gibt. Der Druck auf seinen Schläfen, den der Whisky hinterlassen hat, verschwindet allmählich. Es ist eine angenehm laue, hier in der Innenstadt fast taghelle Nacht. »Was meinst du«, fragt er, »wird Paul einwilligen und für ein halbes Jahr mit mir hierherkommen? Oder sogar für ein ganzes?«

»Gestern hatte ich den Eindruck, es reizt ihn und macht ihm gleichzeitig Angst. Außerdem fragt er sich, was seine Mutter davon hält.«

»Das wird sie ihm schon sagen. Euer gestriger Ausflug nach Dadaocheng hat ihm gefallen, danach wollte er alles Mögliche über taiwanische Geschichte wissen. Solche Gespräche führen wir zu Hause nie, es fehlt der Anlass. Hier ergeben sie sich einfach.«

»Mich hat er gefragt, ob ich A-mah schon meinen Freund vorgestellt habe.«

»Hast du nicht, vermute ich. So was würde sie mir nämlich erzählen.«

»Der Punkt ist, normalerweise fragt man: Hast du ihn deinen Eltern vorgestellt?« Anerkennend nickt sie in Pauls Richtung. »Kluges Kind. Ich schlage vor, wir stören die beiden jetzt nicht. Sie jagen kleine Tierchen mit dem Smartphone, es muss das Beste überhaupt sein.«

»Über mich meinte er neulich, ich sei deep down ein sehr emotionaler Mensch.«

»Auch nicht schlecht für sein Alter. Je länger ich dir allerdings zuhöre, desto mehr glaube ich, dass aus deinem Buch ein Privatdruck werden sollte. Oder hast du vor, das alles öffentlich zu machen?«

»Mal sehen. Es ist das erste Mal, dass ich ein Projekt beginne und keine Ahnung habe, was dabei rauskommen wird. Wieso, hast du Angst vor dem Resultat?«

Der Blick, mit dem sie ihn bedenkt, ruft ihm Helens Formulierung vor einigen Jahren in Erinnerung: She has this thing. Das stimmt. »A-mah als prügelnde Mutter?«, fragt sie. »Gibt nichts, was ich lieber lesen würde.«

»Prügel wäre zu viel gesagt, unberechenbar war sie. Ich wollte wissen, was in ihr vorgeht, und wenn ich ihr zu nahekam ... zack. Auf perverse Art war es beinahe eine Bestätigung, deshalb habe ich auch nie lockergelassen. Als würde sie mir versichern, dass ich auf dem richtigen Weg bin. Es tat bloß weh, ihm zu folgen.«

»Entscheide selbst, mit wem du das teilen willst«, sagt Julie, ehe sie weitergehen.

Angestrahlt von Neonleuchtern steht das alte Osttor an seinem Platz. Die breiten Straßen zu überqueren, die sich hier kreuzen, dauert eine Weile. Auf der anderen Seite empfängt sie der 228-Park, der in Harrys Jugend noch so hieß wie in der Kolonialzeit, Neuer Park. Unter den Palmen ist die Nachtluft besonders weich, im gelblichen Schein der Laternen tanzen Schwärme von Moskitos. »Übrigens soll es morgen richtig heiß werden«, sagt Julie. »Wir müssen aufpassen, dass wir sie nicht überfordern. Der Ausflug ist Teil deiner Recherche?«

»Auch. Ich bin lange nicht mehr in Jinguashi gewesen. Angeblich wird das Goldmuseum ständig erweitert.«

»Wo früher das Gefangenenlager war, gibt es jetzt einen Gedenkpark.«

»Hat sie davon mal erzählt? Von dem Lager?«

»Wie ein Wasserfall. Irgendwann musste ich ihr den Mund verbieten.«

»Im Ernst«, sagt er, »ich wüsste gern, wie viel man im Dorf mitgekriegt hat.«

»Ich auch«, antwortet sie und steuert eine freie Bank an. Pärchen schlendern vorbei, Familien mit Kindern und einzelne Spaziergänger. Die Ginza von Taihoku hieß das umliegende Viertel einst. Wo jetzt eine verzierte Pagode so tut, als stamme sie aus der Qing-Zeit, befand sich früher ein Baseballfeld, auf dem Onkel Keiji noch gespielt hat. Ein Acker, meinte er, wenn auch weniger steinig als das offene Feld, auf dem sein Team später in Hongye trainierte; dort übten Spieler den richtigen Schwung, indem sie auf einen an den Baum genagelten Autoreifen eindroschen. Schlanke Betelnusspalmen umgaben das Gelände, über den Bergen ballten sich die Wolken wie Rauch – auf einmal steht Harry alles so deutlich vor Augen, als läge der letzte Besuch zwei Tage zurück. Ob die winzige Kirche noch steht, in der sein Onkel sonntags gepredigt hat und die seine Mutter nie betreten wollte? Seit er tot ist, spricht sie kaum noch von ihm, und eigentlich hat sie es schon damals im Zug nur auf Nachfrage getan. Jedes Mal antwortete sie in diesem gleichzeitig tadelnden und dankbaren Ton, als hätte Harry ihr zuliebe das Gesetz gebrochen. Spielt ihm seine Erinnerung einen Streich, oder tat es trotz allem gut, mit ihr allein unterwegs zu sein? Zu Hause jedenfalls war das Schweigen noch dichter.

»Themenwechsel«, verkündet Julie, schiebt sich die Handflächen unter die Oberschenkel und wackelt mit den Zehen. »Dave hat einen Job in London und hofft, dass ich mitgehe.«

»Dein Freund?«

»Nein, Harry, mein Hund. Er ist ein erfolgreicher Wirtschaftsanwalt und –«

»Sorry. Da ich ihn bisher nie getroffen habe, war mir der Name nicht geläufig.«

»Schon gut, Dave also. David Hammond. Wahrscheinlich geht er Ende des Jahres, und seit er mich gefragt hat, bin ich wie gelähmt. Im Kopf mache ich Listen pro und contra, und immer hält sich alles exakt die Waage.« Ihre Zehennägel sind frisch lackiert, fällt ihm auf, obwohl sie sich sonst kaum schminkt. »Hast du es je bereut? Du weißt schon.«

»Nein, habe ich nicht. Niemals.«

»Drei Verneinungen sind eine zu viel, oder?«

»Okay, nach dem Militärdienst wäre ich überall hingegangen. Heute, das gebe ich auch zu, würde mir der Entschluss schwererfallen.«

»Siehst du, und ich muss mich heute entscheiden. Die KMT ist und bleibt ein Albtraum, aber das Land hat sich verändert. Man kann hier gut leben.«

»Es ist freier, und dazu gehört die Freiheit, zu gehen. Hast du das Gefühl, vor einer privaten oder einer politischen Entscheidung zu stehen?«

»Beides.«

»Im Ernst?«

»Ja«, erwidert sie beinahe vorwurfsvoll. »Natürlich überlege ich, ob er der richtige Mann ist und was ich in London tun will, aber ... Es würde sich wie Fahnenflucht anfühlen. Da, ich hab's gesagt. Wozu sind wir vor zwei Jahren auf die Straße gegangen? Um dann abzuhauen, als wäre die Mission erfüllt? Das hat das Land nicht verdient.«

»Wenn du tatsächlich so denkst, musst du wohl hierbleiben.«

»Und was sage ich ihm? Dass ich zu patriotisch bin für ein Leben im Ausland? Außerdem kann die nächste Wahl wieder verloren gehen, und dann folge ich dem erstbesten Schuft nach Venezuela.« Darüber lacht sie selbst, ansonsten scheint es ihr ernst zu sein, und er schwankt, ob er das einnehmend oder prätentiös finden soll. Geboren wurde sie wenige Monate nach Aufhebung des Kriegsrechts und hat das Land, das man verlassen musste, gar nicht gekannt. Er auch nur kurz, aber lange genug. Wenn das Seifenstück, mit dem er als Soldat durchs Gelände rennen musste, im Ziel

Bissspuren aufwies, gab es eine Strafrunde. Haltet es mit den Lippen, ihr Schwuchteln, wie einen Schwanz, rief ihnen der Drill Sergeant jedes Mal hinterher.

»Eine verlorene Wahl«, sagt er, »ist das Schlimmste, was du dir vorstellen kannst?«

»Ich bin nicht naiv, Professor Chen«, gibt sie zurück. »Es bringt aber nichts, ständig daran zu denken. Wenn ich es nachts tue, kann ich vor Wut stundenlang nicht einschlafen. Ich sehe ja, was sie in Hongkong machen, diese Verbrecher.«

»Das wiederum würde für London sprechen.«

»Ich will aber einen Mann, keinen Rettungsring; eines Tages sogar Kinder. Und wie gesagt, es stört mich grundsätzlich, dass alle weiter vom Ausland träumen wie früher. Dann können wir den Chinesen den Laden gleich überlassen. Die wissen, wie sie ihn am schnellsten ruinieren. Sie haben Pläne dafür.« Mit den Lippen macht sie ein ploppendes Geräusch und lässt den Blick für eine Weile auf ihm ruhen. Eher fragend als vorwurfsvoll. Wenn er sie damals in den Buchladen mitgenommen hat, wollte sie unterwegs immer seine Hand halten. »Übrigens behauptet A-mah, dass sie keine Ahnung hat, wo du politisch stehst.«

»Tut sie das, ja?«

»Sie glaubt, sie und ich seien die Einzigen in der Familie aus dem grünen Lager.«

Die Erwiderung darauf behält Harry für sich: dass seine Mutter das vielleicht behauptet, aber ganz sicher nicht glaubt. Selbst ihrer liebsten Enkelin gegenüber würde sie nie zugeben, dass er der Sohn ist, dem aus unerfindlichen Gründen erlaubt wurde, nach ihr zu geraten. Ob Mutter ihn seinerzeit für sich beansprucht hat oder ob sein Vater von der schleichenden Entfremdung bereits zu ausgezehrt war, um sich zu kümmern, weiß er nicht. Nur dass er kein geplantes Kind gewesen sein kann, scheint angesichts des Altersabstands zu seinen Brüdern klar zu sein. »Es ist merkwürdig«, sagt er, »wie wir uns immerzu unterschiedliche Versionen derselben Geschichte erzählen. Gestern hat Paul gefragt, warum ich nie davon spreche, mit Lu für eine Weile in Taiwan leben zu wollen. Wieso ich, meinte er. Ich habe was vom richtigen Alter gefaselt, in dem er sich gerade befindet. In Wahrheit kann ich die Vorstellung nicht ertragen, dass er mich eines Tages so betrachtet wie ich meinen Vater. Bei ihr habe ich die Angst nicht, keine Ahnung warum.«

»Sei ehrlich: War das damals Absicht? Die Rede zu seinem Achtzigsten.«

Die Frage trifft ihn weniger unvorbereitet, als er im ersten Moment meint. Offenbar war er nicht der Einzige, der im Restaurant daran denken musste. »Wie grausam ich war«, sagt er ausweichend, »habe ich jedenfalls erst festgestellt, als seine Gesichtszüge entgleisen. Vielleicht hätte ich es voraussehen können, aber die Einsicht, die mir plötzlich zum ersten Mal kam, lautete: Auch wenn sie beide dieselbe Ehe geführt haben, muss seine Fallhöhe größer gewesen sein. Viel größer! Und damit hatte ich nicht gerechnet.« Als er Julie anschaut, dreht sie sich weg, um ihre Tränen zu verbergen. Hinter ihnen, auf der anderen Straßenseite, steht das Klinikgebäude, wo seine Mutter bis zur Hochzeit gearbeitet hat. »Tja, und ich an seinem Geburtstag tue so, als würden sie immer noch zwischen Rosen schweben. Man könnte es tatsächlich für eine gezielte Gemeinheit halten. Brauchst du ein Taschentuch?«

»Geht schon. Dass ich so leicht losheule, habe ich angeblich von ihr geerbt. Wächst sich aus, meinte sie.«

»Gründlich in ihrem Fall. Ich kann mich nicht erinnern, sie je weinen gesehen zu haben. Manchmal denke ich, dass sie selbst keine Ahnung hat, welche inneren Kräfte sie besitzt. Sie ist eine Löwin. Vater jedenfalls hat sie unterschätzt.«

»Hast du wegen der Rede ein schlechtes Gewissen?«

»Sagen wir, ich bin weder stolz noch zerknirscht. Daran zu denken, fühlt sich ganz allgemein scheiße an.«

Darüber lacht sie kurz, wischt sich mit beiden Händen über die Augen und zieht die Nase hoch. »Ich werde dich jetzt umarmen, Onkel Harry. Dann muss ich los.«

»Okay.«

Im Sitzen wird es keine innige Berührung, dafür dauert sie ein paar Sekunden länger als gewöhnlich. Die anschließende Befangenheit schütteln sie gekonnt ab, indem sie besprechen, wie sie vom Park aus am schnellsten nach Hause kommen. Ein Ausgang führt direkt zum U-Bahnhof der Uniklinik, aber Julie will den Bus nehmen.

»Ich gehe zu Fuß«, sagt er. »Falls Paul noch da ist, wo wir ihn gesehen haben, kann er mir den Schlüssel geben. Oder ich texte ihm, meine Eltern liegen sicherlich im Bett.«

»Nimm meinen«, antwortet sie und löst ihn vom Schlüsselbund. »Morgen früh hole ich das Auto ab und komme am späten Vormittag bei euch vorbei.«

Die Bushaltestelle befindet sich bloß einen Steinwurf entfernt. Das zweistöckige Gebäude, auf das sie von dort aus schauen, gleicht einer Miniatur des Hauptbahnhofs von Tōkyō. Mittlerweile beherbergt es nur noch die Poliklinik, stationäre Patienten liegen in den riesigen Bettenburgen jenseits der Zhongshan Road. »Da hat sie gearbeitet?«, fragt Julie.

»Für kurze Zeit«, sagt er, »später aushilfsweise. Sein Stolz hätte nicht zugelassen, dass die Frau Geld verdienen geht.«

»Denkst du auch manchmal, dass wir großes Glück hatten? So spät geboren zu sein, meine ich.«

»Wir müssen Heilige gewesen sein in unserem früheren Leben.« Damit bringt er sie noch einmal zum Lachen, aber die Umarmung wiederholen sie nicht, als der Bus kommt.

Julie steigt ein und winkt ihm vom Platz aus zu, er bleibt allein am Straßenrand zurück. Kurz vor dem Einsetzen der großen Sommerhitze ist es in seiner Heimat am schönsten. Der Dunst, der seit dem Morgen über Taipei hängt, sieht bei Nacht aus wie eine phosphoreszierende Wolke, als hätte die ganze Stadt einen Heiligenschein bekommen. The ways we miss our lives are life, schreibt der Dichter, dessen Name ihm gerade nicht einfällt. Im Park spielt jemand ein klassisches Saiteninstrument, dessen Töne sich in der Luft halten wie ein träger, schwerer Vogel. Der Anlass seines Besuchs ist vorbei, morgen wird Mutter kein Wort über ihren Geburtstag verlieren, sondern so tun wie immer: als wäre nichts geschehen, über das sich zu reden lohnt. Die leere Wasserflasche wirft Harry in den nächsten Mülleimer, dann zieht er das Handy aus der Tasche und textet seinem Sohn.

18

Durch die offenen Zugfenster wehte salzige Luft herein und erinnerte sie an früher. Den Kopf an die Scheibe zu legen und sich dem Rattern der Räder zu überlassen war ein angenehmes Gefühl, auch wenn sie ihren Hang zu Tagträumen eigentlich abgelegt hatte. Zwanzig Minuten lag der Zwischenstopp in Hualien zurück, seitdem starrte sie auf Reisfelder und Betelnusspalmen und spürte jedes Mal einen Stich im Herzen, wenn neben der Bahnstrecke das Meer auftauchte. Am Horizont standen Schiffe still, wie vergessene Figuren auf einem endlosen Spielbrett. War es Trauer, was sie empfand, und wenn ja, fühlte die sich gleichzeitig tröstlich an, weil ihr Bruder längst wieder frei war? Oder sehnte sie sich insgeheim nach einer Zeit, in der sie wenigstens gewusst hatte, worunter sie litt? Wie immer reichten zwei Tage aus, um alles zurückzubringen. Das Chaos ihrer Gefühle zu ordnen gelang ihr nicht.

In den Kurven erkannte sie den Verlauf der Küste, dem die Schienen folgten. Senkrecht aufragende Felsen und ein schmaler Landstreifen vor dem Pazifik. Ilha Formosa, die schöne Insel, das Waisenkind Asiens, für das sich außerhalb des Landes niemand interessierte. Entweder nehmen wir unser Schicksal selbst in die Hand oder … Wenn es um Politik ging, klang Keiji immer noch rebellisch, aber wen genau er mit ›wir‹ meinte, blieb unklar. Täglich berichteten die Zeitungen vom Prozess in Kaohsiung, zitierten sogar wörtlich aus den Befragungen, wie um das abgekartete Spiel offensichtlich zu machen. War das die Arroganz der Macht, oder war die Abschreckung noch wirkungsvoller, wenn alle sahen, dass der Schuldspruch bereits feststand? Wer darüber befindet, was als Beweis zählt, muss streng genommen keinen erbringen, trotzdem war ihr Bruder auf lange Sicht optimistisch. Den Leuten reichte es, und dass Washington die diplomatischen Beziehungen abgebrochen hatte, nahm dem Regime seinen Nimbus, gerade weil es panisch und grausam reagierte – in ihren Augen ein etwas zu komplizierter Grund für Zuversicht. Im Winter war die halbe Familie eines der Angeklagten ermordet worden. Siebenjährige Zwillinge und ihre Großmutter, am helllichten Tag erstochen in einem Haus, das permanent unter Polizeibeobachtung stand! Es sind dieselben Verbrecher wie vor dreißig Jahren, hatte sie erwidert, sie lügen und morden, wie es ihnen passt. Nachdem der Generalissimus friedlich entschlafen war, befand nun sein Sohn darüber, wer atmen durfte und wem die Luft abgedrückt wurde. An Übung mangelte es ihm bekanntlich nicht.

Sprach es trotz allem für ihre Vertrautheit, dass sie so offen miteinander redeten? Meist auf Japanisch, damit der Kleine nichts verstand.

Hier und da Wellenkämme, Linien aus weißer Gischt und weiter draußen ein Fischkutter. Sie schloss die Augen und dachte, dass sie jahrelang all ihre Kraft aus dem Wissen bezogen hatte, dass Keiji sie brauchte; drei Kinder hatte sie zur Welt gebracht, ihren Schwiegervater ertragen, den Haushalt versorgt und ihm alles geschickt, worum er bat oder wovon sie glaubte, dass es ihm fehlte. Medikamente, Kleider, Bücher. Materiell war es ihnen von Jahr zu Jahr besser gegangen, so wie dem ganzen Land, aber wenn sie sich jetzt trafen, schien es, als wäre er entlassen worden und sie nicht – ein Gedanke, der ihr selbst anmaßend vorkam. Wie sollte sie je ermessen, was er durchgemacht hatte? Wenn er über seine Haft sprach, dann mit einem zähneknirschenden Respekt, der offen ließ, wem oder was er galt. Viel gelernt habe er, auf die harte Tour zwar, aber trotzdem (dasselbe sagte ihr Mann über seinen Militärdienst auf Kinmen). Sie hingegen schleppte ein diffuses Gefühl mit sich herum, das sie Trauer nannte, weil ihr kein besseres Wort einfiel. Wie eine peinliche Angewohnheit, von der sie auch siebzehn, nein, achtzehn Jahre später nicht loskam. Gelernt hatte sie allenfalls, sich nichts anmerken zu lassen.

Als sie die Augen wieder öffnete, schaute ihr jüngster Sohn sie an. Forschend und stumm. »Bist du fertig mit deinen Hausaufgaben?«, fragte sie.

Hua-li nickte.

»Hast du Hunger?«

Ein Kopfschütteln, das beinahe trotzig aussah. Ein merkwürdiger Junge. Immerzu starrte er sie an, als bettelte er um etwas, das er mit seinen neun Jahren nicht in Worte fassen konnte. Er hat deine Sturheit geerbt, behauptete ihr Mann, aber was verstand der davon. Manchmal musste sie sich gewaltsam losreißen, so hing er an ihrem Rockzipfel. »Lies dein Buch«, sagte sie schroffer als beabsichtigt. Als er nicht reagierte, nahm sie es von der Ablage beim Fenster und legte es auf seinen Schoß. Draußen trieben Häuser vorbei, hier und da standen einzelne Mangobäume mit grünen Früchten. Wenn sie durch einen Tunnel fuhren, spiegelte sich in den Fenstern der gesamte Waggon wie ein Geisterzug, der neben ihnen herrollte, um sich kurz darauf in Tageslicht aufzulösen. Genauso war es, dachte sie: das eine Leben und das andere, das sie im Schattenreich ihrer Gedanken führte. Wie ein zweites Ich, das sie kaum kannte. Ihr Bruder hingegen hatte seinen Frieden gemacht, Halt im Glauben gefunden oder wie man es nannte – ausgerechnet in der Religion dieses Verbrechers, dem jetzt mitten in Taipei ein riesiges Denkmal gebaut wurde. Wenn sie ihr Befremden zeigte, verwies er auf den Unterschied zwischen Methodisten und Presbyterianern, für sie blieb es dasselbe. Hätte er nicht Buddhist werden können, wie ihre verstorbene Mutter?

»Lies dein Buch!«, wiederholte sie verärgert.

Überall in Keijis Haus lagen Bibeln herum, und vor jeder Mahlzeit sprachen er und seine Frau ein Gebet. Es war eine typische Siedlung für Ureinwohner, wo außer ihm niemand eine weiterführende Schule besucht hatte. Mit den Jungen ging er nach dem Bibelunterricht auf ein brachliegendes Feld, das als Trainingsgelände diente. Die Ausrüstung beschränkte sich auf zwei selbstgeschnitzte Schläger und eine Handvoll Bälle, von denen sich das Leder löste. Gestern hatten sie und der Kleine ihn begleitet, denn Hua-li liebte Baseball, obwohl er viel zu schmächtig war. Um nicht als Einziger Schuhe zu tragen, hatte er seine ausgezogen und war mit schmerzverzerrtem Gesicht über den steinigen Acker gestakst. Die anderen flitzten hin und her wie Hasen, einige sahen alt genug aus für die Mittelschule. In solchen Momenten tat er ihr leid, aber wenn er sich ängstlich nach ihr umblickte, bedeutete sie ihm, er solle sich nicht so anstellen. Verwöhntes Chinesenkind. Hoffentlich bekam er keinen Ball aufs Auge.

Weiße Wolkenschleier umhüllten die nahen Gipfel, als könnte es jeden Moment zu regnen beginnen. Vom Rand aus schaute sie den Übungen zu, und nach einer Weile gesellte sich Keiji zu ihr. Seine wettergegerbte Haut erinnerte sie daran, wie er früher am Ende des Sommers ausgesehen hatte, nach einer langen Saison voller Wettkämpfe im Freien. Jetzt schaute er sie amüsiert an, als hätte er ihren Gedanken erraten. »Wirkt es sehr ärmlich, wenn man aus der Haupt-

stadt kommt? Damals war es normal, barfuß zu spielen.«
Um die Augen herum bildeten sich die ersten Falten. Von
Taipei sprach er, als wäre er nie im Leben dort gewesen.

»Nicht für dich«, sagte sie.

»Am Anfang schon. Später auf der Handelsschule natürlich nicht mehr.«

»Hast du schon vergessen, wie stolz du auf den ledernen
Fanghandschuh warst, den Vater dir geschenkt hatte?« Sie
sprachen wie früher, halb Taiwanisch, halb Japanisch, die
Mischung änderte sich je nach Thema. Ob seine Frau ihre
Gespräche verstand, wusste Ching-mei nicht; wenn Besuch
kam, verhielt sie sich wie ein scheues Dienstmädchen.

»Ich hatte einen Handschuh?«, fragte er, als ob er sich
nicht erinnerte.

»Von Mizuno, du hast ihn nach jedem Training geputzt.«

»Wenn du es sagt.«

Von der Seite warf sie ihm einen vorwurfsvollen Blick zu.
Sein früherer Hang zur Überheblichkeit war einem genügsamen Lächeln gewichen, das sie gern für aufgesetzt halten
würde, aber es wirkte echt. In den Ureinwohnern sah er die
einzigen wahren Taiwaner, alle anderen unterschieden sich
bloß darin, etwas früher oder später auf die Insel gekommen
zu sein. Erst Chinesen, dann Japaner, dann wieder Chinesen,
noch früher Holländer und Spanier: allesamt Gäste, die sich
als Herren aufspielten. An seiner Feindschaft zum Regime
änderte das nichts, aber dass es in der Kolonialzeit besser
gewesen sei, hielt er für Unfug. Verschiedene Arten von Gehirnwäsche, weiter nichts. Jetzt spürte er ihren stummen
Vorwurf und schüttelte den Kopf. »Wirklich, ich kann mich
an kein solches Teil erinnern.«

»Er war dein ganzer Stolz«, sagte sie. »Niemand sonst hatte so einen. Willst du als Nächstes behaupten, es hätte auch
kein Foto des Kōshien-Stadions neben deinem Bett gelegen?«

»Doch, das lag da. In meiner Schatzkiste.«

»Na bitte. Der Handschuh musste draußen bei den Schuhen bleiben, so waren die Regeln. Manchmal hast du ihn heimlich mit ins Bett genommen. Einmal, aber wirklich nur einmal, durfte ich ihn unter meiner Decke verstecken. Vor Aufregung konnte ich kaum schlafen.«

»Wenn du es sagst«, wiederholte er gleichgültig, also ließ sie es dabei bewenden und sah wieder aufs Feld. »Gibt es unentdeckte Talente unter deinen Schützlingen?«, fragte sie. »Der Pitcher da erinnert mich an dich. Selbe Wurfhaltung.«

»Gut erkannt. Ah-gen hat einen starken Arm, trotzdem gilt dasselbe wie für alle anderen: Wenn er nicht als Alkoholiker endet, habe ich mein Ziel erreicht.«

»Hast du auch den Eindruck, dass einer aus der Gruppe heraussticht?«

Ein Schnauben durch die Nase, näher kam er einem Lachen nicht mehr. »In seinem Fall bin ich froh, wenn er morgen gesund nach Hause fährt.« Dann ging er, um den Spielern Anweisungen zu geben, und ließ sie mit ihrem Unbehagen allein. Einen ärmlicheren Flecken Erde als diesen hatte sie nie gesehen. Neben dem Acker wehten Betelnusspalmen in der Brise und verteilten ihr würziges Aroma. Das Beste an Keijis Hütte waren die selbstgebauten Möbel aus Hinoki, deren Duft die kahlen Zimmer füllte, aber wie hielt er es aus in Sichtweite der Insel, die an klaren Tagen am Horizont auftauchte? Einmal pro Jahr hatte sie ihn dort besucht und war auf der Überfahrt jedes Mal seekrank geworden. Dass er eines Tages auf dem kleinen Friedhof hinter der Kirche beerdigt sein würde, verursachte ihre eine Gänsehaut. Die Gräber lagen viel zu nah an den Wohnhäusern.

Auf dem Feld passten die Jungen einander den Ball zu,

über dieselbe Entfernung wie zwischen den Bases. Hua-li schaffte es nur, indem er hohe Bögen warf, zurück kam der Ball wie an der Schnur gezogen einen Meter über dem Boden. Kleine Bohne, riefen seine Brüder ihn. Manchmal überfiel sie das Bedürfnis, ihn an sich zu drücken und ihn um Verzeihung zu bitten für alles – meistens, wenn er nicht in der Nähe war.

»Hättest du Lust, mit mir nach Japan zu fliegen?«, fragte seine Schwester, als er nach ein paar Minuten wieder neben ihr stand. »Im Herbst zum Beispiel?«

Statt ihren Blick zu erwidern, folgte Keijis Auge den Bällen, die die Spieler mit bloßen Händen fingen, ohne das Gesicht zu verziehen. Am späten Nachmittag färbte sich das Licht über den Bergen bläulich, und er spürte, dass ihn die simple Schönheit des Spiels nach wie vor faszinierte. Selbst auf einem solchen Acker ging von der perfekten Linie der Würfe eine eigentümliche Befriedigung aus. Kraft und Präzision, sagte er seinen Schützlingen, kommen nicht aus dem Arm, sondern aus der Kontrolle über sich selbst. Im Grunde handelte es sich um eine Form von Willensstärke, und wenn er lange genug zuschaute, fiel ihm wieder ein, wie es sich angefühlt hatte: den eigenen Körper einzusetzen wie ein fein justiertes Instrument. »Nach Japan?«, fragte er schließlich in einem Ton, der seine Antwort bereits enthielt. »Was ist das denn für eine Idee?«

»Ab und zu helfe ich im Krankenhaus aus und verdiene mein eigenes Geld. Leute machen jetzt Reisen ohne bestimmten Zweck, man nennt es Tourismus.«

»Leute in Taipei, meinst du.«

»Findest du es nicht komisch, dass wir nie dort waren?«

Warf man die Bälle so wie sein Neffe, blieb von der Schönheit des Spiels allerdings wenig übrig. Hua-li, China aufrichten, den Namen hatte natürlich der Vater ausgewählt, im Einklang mit der familiären Tradition. Dem Land musste man wünschen, dass es noch andere, kräftigere Stützen besaß. Alle zehn Sekunden schickte der Kleine einen bangen Blick zu seiner Mutter. Das Nesthäkchen, der Nachzügler, geboren zu einer Zeit, als sie geglaubt haben musste, das Kapitel sei abgeschlossen, aber das ging ihn als Bruder nichts an. Auf zwei Fingern stieß er einen Pfiff aus. Die eine Hälfte der Jungen stellte sich auf, um den Abschlag zu üben, die andere verteilte sich auf dem Feld. Ah-gen warf.

»Gibt es keine Helme?«, fragte seine Schwester.

»Einen alten Motorradhelm. Willst du ihn blamieren, oder das Risiko eingehen?«

»Blamieren, fürchte ich, wird er sich sowieso.«

Noch einmal pfiff er, und alle Köpfe wendeten sich ihm zu. »Wenn der Kleine dran ist, ein bisschen sachte, ja?«, rief er auf Bunun, damit weder Ching-mei noch sein Neffe es verstanden. Ah-gen antwortete mit einem abschätzigen Nicken, die anderen Jungen grinsten voller Vorfreude. Ein Schwächling aus der Hauptstadt, gefundenes Fressen.

»Im Ernst«, sagte sie, »nur für eine Woche, wenn die Blätter rot werden. Kyōto, Kōbe, Ōsaka. Du musst doch das Bedürfnis haben, ab und zu von hier wegzukommen.«

»Eigentlich nicht, nein.«

»... Gut. Schreibe ich dir eben eine Karte.« Ihr Tonfall verriet, wie sehr die brüske Abfuhr sie verletzte, und er wünschte, sie würde ihn in Ruhe das Training leiten lassen. Andernfalls stellten die Jungen doch bloß Unsinn an. »Keine Rangelei, sonst setzt es was«, rief er, weil zwei darüber stritten, wer dran war. Die Prügel, die sie zu Hause bekamen, machten sie nicht gefügiger, im Gegenteil. Seinen Bibelunterricht ließen sie stumm über sich ergehen, um hinterher Baseball spielen zu dürfen. Außerdem wurden die Blätter im Herbst auch in Taitung rot, Phönixbäume sahen sogar im Frühjahr aus, als stünden sie in Flammen, es lockte bloß keine Touristen an. Sah sie nicht, dass er hier gebraucht wurde? Neulich hatte er erfahren, wie die Geheimpolizei versuchte, den Mord an Lin Yi-hsiungs Zwillingen der presbyterianischen Kirche in die Schuhe zu schieben: Mit ein paar Flaschen Schnaps zogen ihre Schergen von Dorf zu Dorf und suchten jemanden, der dafür zur Denunziation bereit war. Wenn er sich vorstellte, sie würden aus Versehen bei ihm klingeln, musste er die Augen schließen, um seinen Herzschlag zu beruhigen. Manchmal fühlte sich die Wut an wie Atemnot.

Als Hua-li dran war, lupfte Ah-gen ihm verächtlich den Ball hin. Der Kleine zog durch und hätte sich fast selbst ausgeknockt. Gelächter brandete auf. Ohne ein Wort eilte Keiji zu den aufgereihten Spielern, griff sich den erstbesten und knalle ihm eine. Dann noch eine, dann herrschte Ruhe. Er kannte den Spruch mit der anderen Wange, aber gegen ihre gehässige Fröhlichkeit half nur eine harte Hand. »Seid ihr stolz auf euch?«, fragte er und blickte reihum in die Gesichter. Kahl geschorene Schädel, Prophylaxe gegen Läuse, das kannte er aus dem Lager. »Findet ihr es mutig, zu zehnt über jemanden zu lachen? Dreißig Liegestütze, dreißig Klappmesser«, sagte er und deutete mit dem Finger auf seinen Neffen. »Du kommst mit mir.« Gemeinsam entfernten sie sich ein paar Schritte von den anderen.

Neben dem Feld hielt seine Schwester die Arme vor der Brust, als fröstelte sie.

»Du stehst falsch«, sagte er und hielt den Kleinen an der Schulter. In den Gesichtszügen erkannte er den Vater, obwohl er ihm nur einmal begegnet war. »Als wolltest du dich ducken, nicht schlagen. Du bist aber der Angreifer, verstehst du? Der Knüppel ist kein Schild, sondern ein Schwert.« Wie schwer es dem Jungen fiel, seinen Blick zu erwidern, spürte er und bemühte sich, weniger einschüchternd zu klingen. »Was ich meine, ist: Zeig deine Angst nicht. Wenn der Gegner es merkt, hast du verloren. Ob du den Ball triffst oder nicht, entscheidet sich hier oben.« Statt mit den Knöcheln wie bei den anderen, tippte er ihm mit der Fingerspitze auf die Stirn. Jedes Mal, wenn Ching-mei ihn besuchen kam, wurde ihm bewusst, wie ähnlich er den Menschen hier geworden war. Wettergegerbte Haut und kurze Sätze, nur vom Alkohol hielt er sich fern. Plötzlich stand ihm der Mizuno-Handschuh vor Augen: das schwarze, leicht rissige Leder, die Schnüre und der kaum noch lesbare Schriftzug. Hatte er als Kind auch so schmächtige Schultern gehabt und so verbissen mit den Tränen gekämpft wie sein Neffe jetzt? Wie seine Schwester es im Norden aushielt, zwischen KMT-Beamten mit ihren weißen Hemden und den selbstgerechten Sprüchen, war ihm ein Rätsel. Man musste seine Wahl treffen, Punkt. Er hatte seine getroffen. Punkt.

»Und noch mal dreißig«, rief er, als alle japsend auf dem Rücken lagen. Geduldig erklärte er Hua-li, dass er ausholte, als wollte er sich den Schläger auf die Schulter legen. »Deshalb bist du immer zu spät. Halt ihn senkrecht, dann spürst du auch das Gewicht weniger. Einen Homerun wirst du mit deinen dünnen Armen sowieso nicht schlagen, hast du verstanden? Es geht nur darum, zu treffen. Langsam die Bases füllen, eine nach der anderen.«

»Warum warst du im Gefängnis?«, fragte der Junge.

»Was?«

»Mein Vater sagt, nur böse Menschen kommen ins Gefängnis.«

Für eine Sekunde hatte er Angst vor seiner Reaktion. Sag deinem Alten, er soll sich den Schwanz abschneiden und ihn zum Frühstück essen, lag ihm auf der Zunge. Es war eine verschwommene Erinnerung an seine besten Jahre. Lu-ya und ihre Launen. Am Anfang hatte er sich gefragt, wofür er eigentlich Abbitte leisten wollte, inzwischen ließ er das Grübeln bleiben und tat seine Arbeit. Dem Kleinen den Unterschied zwischen einem Gefängnis und einem Umerziehungslager zu erklären, gehörte nicht dazu. »Davon verstehst du nichts«, sagte er. »Außerdem ist das hier ein Training, keine Fragestunde.«

»Aber was hast du getan?«

Beharrlich wie seine Mutter. Nach Japan wollte sie mit ihm fliegen, weil sie an die Möglichkeit glaubte, erlittene Verluste auszugleichen, das Verlorene wiederzufinden und den Schmerz zu vergessen. Heilung ist möglich – es klang verdächtig nach dem, was er sonntags predigte. »Bücher habe ich gelesen, die ich nicht hätte lesen sollen. Jetzt ab zu den anderen, eine Sonderbehandlung für Beamtenkinder gibt's hier nicht.« Mit einer Kopfbewegung schickte er ihn zurück und rief: »Und noch einmal dreißig! Beeilt euch, es wird dunkel.«

Noch mal. Dann noch einmal. Und wieder von vorne. Tor des Neuen Lebens hatte über dem Eingang gestanden. Vormittags Steine klopfen, nachmittags Vorträge über das Übel des Kommunismus, jeden Tag dasselbe, trotzdem waren die zehn Jahre auf der Grünen Insel leichter zu ertragen gewesen als die ersten Monate im Gefängnis in Taipei. Frische Meeresluft statt Enge und Gestank. Wer sich an die Regeln hielt, musste nicht in den Bunker, aber der Mensch brauchte auch etwas, woran er sich innerlich festhalten konnte. Später im Seminar hatten sie über nichts so kontrovers diskutiert wie über die Sache mit der Feindesliebe. Wenn sie tatsächlich eine totale Verwandlung des Gläubigen erforderte, worin bestand dann der Unterschied zu dem, was man im

Lager mit ihnen versucht hatte? Anders gefragt: War Selbstüberwindung das Gegenteil von Unterwerfung oder deren gesteigerte, nämlich um den Selbstbetrug bereicherte Form? Solange er das nicht wusste, hielt er seine Wut lieber aus, so bitter sie schmeckte.

Als die Jungen die Übung fortsetzten, kehrte er zurück zu seiner Schwester.

»Konntest du ihm helfen?«, fragte sie.

»Der Schläger ist zu schwer für ihn, aber wir haben keine leichteren.«

»Soll ich das nächste Mal einen mitbringen? Vielleicht kann man sie sogar schicken.«

»Damit sie sich die Köpfe einschlagen, wer ihn benutzen darf?« Er meinte das nicht so abweisend, wie es klang. Was sie eigentlich wissen wollte, konnte er ihr nicht erklären. Alles in allem war die Erinnerung weniger schmerzhaft, als man glauben mochte. Nichts, was er von sich stieß, aber auch nichts, worüber er reden wollte. Das irre Heulen derer, die irgendwann innerlich zerbrochen waren – man behielt es im Kopf. War im Gefängnis schon früh um vier das Licht im Wachbüro angegangen, hatten alle gewusst, dass im Morgengrauen einer abgeholt werden würde. Handelte es sich um einen Zellengenossen, verabschiedete er sich reihum von allen mit Handschlag, es sei denn, man hatte ihm bei den Verhören die Fingernägel ausgerissen, dann mit Verbeugung. ›Das ist mein Gebot, dass ihr euch untereinander liebet, wie ich euch liebe.‹ Ein abgegriffenes Büchlein, das eines Tages in seine Hände gelangt war. Bei der ersten Lektüre hatte er Jesus für einen Volltrottel gehalten, aber in der Not liest der Mensch alles. Liebe war ein zweischneidiges Schwert. Einmal hatte Ching-mei wegen eines Taifuns nicht übersetzen können und unverrichteter Dinge umkehren müssen. Sich ein Jahr lang auf ein Wiedersehen zu freuen barg Risiken. Um hinter hohen Mauern zu überleben, brauchte es einen schützenden Panzer, der nach der Entlassung die Mauern ersetzte. Hier in der Siedlung hatte er eine Frau geheiratet, die wenig fragte und seine Antworten für bare Münze nahm. Das war vielleicht nicht dasselbe wie Liebe, aber gut genug für ihn.

»Wieso nimmst du nicht unseren Vater mit nach Japan?«, fragte er.

»Vielleicht tue ich das.«

»Fliegt er noch hin, seit er nicht mehr arbeitet?«

Statt zu antworten, winkte sie ab. Es tut mir leid, dachte er und brachte es nicht über die Lippen. »Dein Sohn hat mich gerade gefragt, warum ich im Gefängnis war.«

Die Überraschung in ihrem Blick galt nicht Hua-lis Frage, sondern der Tatsache, dass er das Thema anschnitt. »Von mir weiß er nichts.«

»Sein Vater wird es ihm erzählt haben.«

»Was hast du geantwortet?«

Er seinerseits schaute beim Reden lieber aufs Spielfeld. Ein Schlag nach dem anderen ging am Ball vorbei, wie immer, wenn Ah-gen warf. Der Einzige im Team, der sein Talent eines Tages vielleicht zu Geld würde machen können. »Geht's unserem Vater gut?«, fragte er.

»Er wird alt, aber er hält sich aufrecht. Vom Ruhestand in Japan spricht er nicht mehr.«

»Vielleicht wäre mir manches erspart geblieben, wenn er mir gelegentlich eins hinter die Ohren gegeben hätte. Was meinst du?«

»Du hättest deine Ohren auch benutzen können, um auf ihn zu hören.«

»Offenbar wollte ich das nicht.« Ratlos zuckte er mit den Schultern. »Dem Kleinen habe ich gesagt, dass ich die falschen Bücher gelesen habe. Dass er nichts davon versteht und dass das hier keine Fragestunde ist. Was hättest du geantwortet?«

»Dasselbe, ohne die Bücher.«

Kurz darauf war Hua-li das nächste Mal dran. Unsicher schwang er den schweren Schläger und verstolperte einen Ball, den Ah-gen ihm mit einer Bewegung hinwarf, als fütterte er Enten. »Schluss mit dem Unfug!«, rief Keiji verärgert. »Wirf anständig oder geh nach Hause.«

»Wie alt ist der Kerl?«, fragte Ching-mei. »Kein Kind hat so ein Repertoire.«

»Fast fünfzehn und immer noch auf der Grundschule.«

Den nächsten Ball sah sein Neffe nicht einmal kommen. Erschrocken zuckte er zusammen, als er ihn in der Hand das Fängers landen hörte. Als Trainer wusste Keiji natürlich, mit wem sich Ah-gen gerade duellierte. »Letzte Warnung!«, rief er.

»Astreiner Fastball«, sagte seine Schwester. »Kommt schnell wie der Blitz und trifft ...«

Im nächsten Moment fiel Hua-li um wie ein junges Bäumchen. Ein Volltreffer knapp unterhalb der Schulter. Keiji spürte heiße Wut in sich aufsteigen und rannte zu seinem Neffen, der winselnd am Boden lag. »Ganz ruhig«, sagte er, als er sich neben ihn kniete. »Ich muss kurz tasten, ob was gebrochen ist.« Seine Hand fuhr das Schlüsselbein entlang und über die Schulter zurück. Rotz und Tränen verschmierten das Gesicht des Kleinen, aber wie es schien, waren die Knochen heil. »Glück gehabt. Einen blauen Fleck wird es geben, sonst nichts.« Dann stand er auf, nickte seiner Schwester zu und schaute zum Abwurfpunkt.

Beide Hände in die Hüften gestützt, wartete Ah-gen auf das Ende der Unterbrechung. Dieselbe Haltung, in der er gegnerischen Schlagmännern signalisierte, dass es ihn langweilte, gegen solche Flaschen zu spielen. Mit dem Kinn zeigte er dahin, wo Ching-mei ihrem Sohn wieder auf die Beine half. »Kleine stand falsch ...« Ehe er mehr herausbrachte, war Keiji bei ihm und verpasste ihm eine Kopfnuss.

»Falsch wie?«

»So.« Plattfüßig stellte sich Ah-gen ihm gegenüber und nahm die nächste Kopfnuss hin, ohne auszuweichen.

»Als wollte er sich nicht ducken, sondern angreifen, ja?«

»Ungefähr.«

»Pass auf, dass ich dich nicht ungespitzt in den Boden ramme.« Er packte den Jungen am Ohr und zog ihn ein paar Meter mit sich. »Glaubst du, aus dir wird ein guter Spieler, wenn du deine Gegner verachtest?«

»Kleine ist kein Gegner.«

Mit links nahm Keiji ihn in den Schwitzkasten und drückte ihm die Knöchel in die Schläfe, so fest er konnte. »Glaubst du, ich könnte mir nichts Besseres im Leben vorstellen, als mich mit Scheißkerlen wie dir rumzuärgern?«

»Weiß nicht«, antwortete Ah-gen wahrheitsgemäß. Immerhin keuchte er ein wenig.

»Kannst kaum lesen und schreiben und hältst dich für den Größten, hm?«

»Au!«

»Ich sag dir, was du bist: ein aufgeblasenes Nichts.« Als er ihn wieder losließ, hatte er das Gefühl, sich selbst ins Gesicht zu sehen. Ein paarmal bewegte Ah-gen den Unterkiefer hin und her. ›Liebet eure Feinde und tut wohl denen, die euch hassen.‹ Beinahe wäre er erneut auf den Jungen losgegangen. Vielleicht hatte Ching-meis Mann recht, und er war einfach ein schlechter Mensch. Hatte es irgendwem gutgetan, ihm nahe zu sein? Mutter war vor Kummer gestorben, über Lu-yas Verbleib wusste er nichts, im Blick seiner Schwester stand die unausgesprochene Frage, warum er ihr das antat ... Mit beiden Händen griff er Ah-gens Kopf und hielt ihn fest. »Wirf dein Leben nicht weg, verstehst du?«

»Ja, Chef.«

»Gar nichts verstehst du, Holzkopf. Hast keine Ahnung von nichts.« Noch dichter, und ihre Nasen würden einander berühren. Er wusste, dass Ching-mei ihm zusah, während sie ihren Sohn tröstete. Morgen würde er die beiden zum Bahnhof fahren und sich wünschen, er könnte wenigstens Danke sagen. Wenigstens das!

Mit aller Kraft stieß er Ah-gen von sich, aber der wahrte ohne Mühe sein Gleichgewicht.

»Verschwinde! Geh nach Hause!« Fünfzig Jahre war er alt, und noch immer saß in ihm der überhebliche Jüngling von damals, der glaubte, er könnte es mit der ganzen Welt aufnehmen. Für den Fall, dass die Geheimpolizei eines Tages tatsächlich bei ihm klopfte, lehnte ein Baseballschläger neben der Tür. »Genug für heute«, rief er. »Training ist vorbei, haut ab!« Über den Bergen ballten sich dunkle Wolken, in der anderen Richtung war das Meer nichts als ein blassblauer Streifen am Horizont. Ab und zu fuhr er mit dem Moped zur Küste, starrte auf das blasse Relief in der Ferne und fand für sein Gefühl keinen besseren Namen als Heimweh. Hatten sie ihn am Ende gebrochen, ohne dass er es wusste? Vielleicht würde er, wenn es klopfte, den Schergen vor der Tür um den Hals fallen, statt sie zu verprügeln. Sie lieben wie sich selbst. Mal sehen, wie ihnen das bekam.

———

Als der Zug das nächste Mal hielt, waren sie bereits im Kreis Yilan. Über dem Bahnsteig aus brüchigem Asphalt flimmerte die Hitze, und sobald kein Fahrtwind mehr hereinwehte, wurde es im Waggon stickig. Dass ihr Sohn nur so tat, als wäre er in sein Buch vertieft, erkannte sie mit einem Blick und hätte gern gewusst, was in seinem Kinderhirn vor sich ging. Wie viel bekam er mit von Dingen, die er nicht erfahren sollte, und wieso hatte sie sich das bei seinen beiden Brüdern nie gefragt? Für eine dreifache Mutter verstand sie wenig von Kindern, kannte aber niemanden, dem es anders ging. Man musste aufpassen, dass sie keine Dummheiten anstellten und pünktlich ihre Hausaufgaben erledigten, die meiste Zeit verbrachten sie sowieso in der Schule. Hua-lis Noten waren gut, die Lehrer lobten ihn, trotzdem wusste sie aus eigener Erfahrung, wie tief sich manche Dinge ins kindliche Gedächtnis brannten. Ab und zu überfiel die Erinnerung an Keelung sie heute noch. Früher war sie bei solchen Anlässen in Tränen ausgebrochen, jetzt konnte sie sich an das letzte Mal kaum erinnern. War das ein gutes Zeichen, oder deutete es auf eine Art Bankrott ihres Herzens?

»Wenn du nicht liest«, sagte sie ungeduldig, »kannst du das Buch auch weglegen.«

Ohne aufzublicken, erwiderte er: »Du sprichst mit dir selbst.«

»Ich spreche mit dir.«

»Gerade eben«, beharrte er trotzig.

Vom eigenen Sohn belauscht zu werden, das fehlte noch. »Was habe ich denn gesagt?«, fragte sie.

Stumm presste er die Lippen aufeinander, und sie musste sich beherrschen, ihn nicht am Kinn zu fassen. Ringsum führten Fahrgäste flüsternde Gespräche oder dösten vor sich hin. Ihr zweites Ich unter Kontrolle zu halten, war keine leichte Aufgabe. Zu Hause sprach sie wenig und überließ den anderen das Wort; falls sie es bemerkten, hatten die beiden Großen kein Problem damit, Chen Hao sowieso nicht, nur dieses störrische Kind wollte immerzu getröstet, besänftigt und ermutigt werden. Es zehrte sie aus, ihre Haare wurden grau, manchmal würde sie ihm am liebsten ins Gesicht sagen: Wenn es nach mir gegangen wäre ... Nach der Geburt des Zweiten hatte sie ihrem Mann klargemacht, dass nun endgültig Schluss damit war. Ja, *damit*! Vergnügen hatte es ihr sowieso nie bereitet. Später war ihr aufgegangen, dass es mehr Kraft kostete, nein zu sagen, als es gelegentlich über sich ergehen zu lassen, und mit ihrer Kraft musste sie sorgsam umgehen. Jetzt beugte sie sich auf dem Sitz nach vorne. »Chen Hua-li, was habe ich gesagt?«

»... konnte ich nicht verstehen.«

»Aha. Vielleicht hast du es dir nur eingebildet. Was meinst du, kann das sein? Sieh mich an!« Sie wartete, bis er es tat. »Kann das sein, ja?«

»Vielleicht«, grummelte er verbissen.

Seufzend griff sie in den Proviantbeutel und nahm einen in Bananenblätter eingewickelten Reisball heraus. Inzwischen waren sie sechs Stunden unterwegs. Gesäumt von tiefgrünen Feldern beschrieb die Bahnstrecke einen Bogen durchs Landesinnere, das Meer war nur noch in der Ferne zu erahnen, und über den Bergen nahm die Bewölkung zu. Chen Hao nannte sie verrückt, aber sie hätte schwören können, dass es in Taipei mehr regnete als früher. Ob sie auch das der Regierung in die Schuhe schieben wolle? Obwohl er mit der dritten Schwangerschaft endlich aufgehört hatte, sie nachts zu bedrängen, holte die Erinnerung sie jedes Mal ein, wenn sie zurück nach Hause fuhr. »Hier«, sagte sie und reichte ihm den Reisball, »aber pass auf mit den klebrigen Blättern.«

In den Feldern standen einfache kastenförmige Häuser. Seit einiger Zeit sah sie auf den Dächern immer häufiger Satellitenschüsseln, die angeblich japanische Sender empfangen konnten. Vielleicht sollte sie dafür sparen, statt allein eine Reise zu machen. Als Hua-li fertig gegessen hatte, wischte sie ihm über den Mund, und einem plötzlichen Impuls folgend zog sie ihn auf ihren Schoß. In seinen Kleidern hing der Duft von Hinoki. Was konnte er dafür, dass der Liebe auf halbem Weg die Luft ausgegangen war? Wenig später sah sie das Meer zum letzten Mal, dann machte die Strecke einen Knick und wand sich durch die nördlichen Berge. Mit den Fingerspitzen fuhr sie unter sein Hemd und betastete die Stelle, wo ihn der Baseball getroffen hatte.

»Tut es noch weh?«

»Geht so.«

»Du hast dich wacker geschlagen, hörst du. Die anderen Kinder waren alle älter als du.«

»Der Pitcher hat das mit Absicht getan«, sagte er.

»Kann sein. Dafür hat dein Onkel ihm die Ohren langgezogen. Musst du für morgen noch Hausaufgaben machen?«

»Hast du schon mal gefragt.«

»Und was hast du geantwortet?«

»Nein, muss ich nicht.«

Sie drückte das Gesicht in sein Haar und atmete tief ein. Was konnten Kinder für irgendwas? Als junges Mädchen hatte sie einen Mann denunziert und zur Belohnung ein Paar Wollsocken erhalten. »Gleich sind wir in Ruifang«, sagte sie. »Dort hatte ein Onkel von mir früher eine Kohlenmine. Als ich so alt war wie du, habe ich ganz in der Nähe gewohnt.«

»Ich weiß. Großvater hat in der Goldmine in Jinguashi gearbeitet.«

»Nicht wirklich in der Mine. In der Verwaltung.«

»Warst du mal drin?«

»Nur in Vaters Büro. Kinder durften das Gelände eigentlich nicht betreten, es wurde streng bewacht. Gold ist wertvoll.«

»Hat es den Japanern gehört?«

»Damals hat ihnen alles gehört.« Damit er nicht wieder

einen Spruch über die japanischen Teufel aufsagte, küsste sie ihn auf die Wange. Draußen begann es zu dämmern. Hoffentlich würde er ihr später einmal keine Vorwürfe machen, sondern ihre Notlage verstehen. Sollte das Regime eines Tages zusammenbrechen, war vieles möglich, wovon sie heute kaum zu träumen wagte. Keiji glaubte, dass ab einem gewissen Punkt die Einschüchterung nicht mehr funktionierte, weil sie die Angst der Herrschenden offenbarte, statt den Beherrschten Angst zu machen. Ob er in der Haft zu höheren Einsichten gelangt war oder ob seine Überzeugung bloß in dem wurzelte, was er Gottvertrauen nannte, wusste sie nicht. Jedes Mal kehrte sie ernüchtert von den Besuchen zurück. Manche Dinge ließen sich nicht ändern, man musste sie akzeptieren.

»Stimmt es, dass nur böse Menschen ins Gefängnis kommen?«, fragte ihr Sohn.

»Nein«, antwortete sie, ohne nachzudenken, »das stimmt nicht. Dein Onkel zum Beispiel ist keiner.«

»Was für Bücher hat er gelesen?«

»Das weiß ich nicht genau. Eines Tages wirst du alt genug sein, alles zu verstehen. Vielleicht besser als ich. Ich weiß nur, wie stolz ich als kleines Mädchen auf ihn war, und das bin ich immer noch.«

»Weil er ein guter Pitcher war?«

»Auch, ja. Er war wirklich gut. Alle seine Mannschaftskameraden haben geglaubt, dass er eines Tages nach Japan geht und Profi wird.«

»Wieso nicht nach Amerika?«

»Zu weit weg«, sagte sie, ehe der Zug in den Bahnhof von Ruifang einfuhr und ruckelnd zum Stehen kam. Vom Ort war nur ein Schulgebäude zu sehen, das sie nicht kannte. Links am Hang lagen Gräber. Als kleines Mädchen hatte sie hier gestanden, auf dem Weg in die Hauptstadt, am Tag von

Keijis Umzug. Jetzt wäre sie mit dem Taxi in zehn Minuten in Kinkaseki – das Verwirrendste an der Vorstellung war, dass sie nicht wusste, ob sie es wollte. Hatte man die japanischen Häuser abgerissen und wie in Taipei durch hässliche Wohnblocks ersetzt? Gab es noch Bewohner, die sich an ihre Familie erinnerten? Vermutlich nicht.

»Wenn du drauf rumdrückst«, sagte Hua-li, »tut es ziemlich weh.«

»Entschuldige«, flüsterte sie, legte die Arme um ihn und war erleichtert, als der Zug wieder anfuhr. Hinter den Schläfen kündigten sich die üblichen Kopfschmerzen an, die ihr anzeigten, dass sie keine junge Frau mehr war. Im letzten Herbst war ihr Schwiegervater einem Herzinfarkt erlegen, und inzwischen erlaubte sie sich, in Gedanken hinzuzufügen: endlich. Mit der Mutter hatte sie nie Probleme gehabt, zu ähnlich war sie der dritten Tante gewesen. Der Alte hingegen hatte an seiner Verbitterung festgehalten, als wollte er persönlich den Spruch widerlegen, dass die Zeit alle Wunden heilt. Drüben die kommunistischen Banditen und hier das undankbare Pack, in dessen Mitte er zu leben gezwungen war. Nachts hatte er in der Wohnung einen Stock höher geschlafen, aber tagsüber war er heruntergekommen, wann immer es ihm beliebte. Chen Hao hatte die Versuche, sie vor den Tiraden seines Vaters zu schützen, zur selben Zeit eingestellt, als sie beschlossen hatte, nicht mehr mit ihm zu schlafen – fortan waren die Räume zu klein für die angestaute Frustration zweier Männer. Zum Glück erhob keine Partei im Haus Anspruch auf das Dach, also flüchtete sie in jeder freien Minute nach oben und kultivierte ihr Talent für die Aufzucht von Pflanzen. Unter ihren Händen gediehen sogar Bonsaibäume, die im Geschäft Unsummen kosteten. Eine Weile hatte sie daran gedacht, einen Blumenladen zu eröffnen, statt im Krankenhaus auszuhelfen, aber das hätte

er nicht zugelassen. Oder nur unter einer Bedingung. Jahrelang immer mal wieder nachgegeben zu haben, war ein Fehler gewesen. Als sie schließlich bei ihrem Nein blieb, wollte er es erst nicht glauben, dann nicht akzeptieren und dann ...
»Du bist mir zu schwer«, sagte sie und schob ihren Sohn auf seinen Platz. Im nächsten Tunnel schloss sie die Augen, um sich nicht aus dem Geisterzug heraus selbst anzustarren. Am liebsten hätte sie sich dem Rattern des Zuges überlassen, so wie am Morgen dem Vibrieren des Mopeds, auf dem Keiji sie zum Bahnhof gebracht hatte. Mit Hua-li zwischen seinen Knien und ihr auf dem Sozius. Um sich vor dem Wind zu schützen, hatte sie den Kopf auf seinen Rücken gelegt und sich gewünscht, die Fahrt würde länger dauern als eine Dreiviertelstunde. Der Abschied war so unbeholfen ausgefallen wie immer. Er könne sich jetzt doch an den Fanghandschuh erinnern, hatte Keiji gesagt, schwarz und mit vielen Schnüren, nicht wahr? Genau, hatte sie geantwortet, obwohl es nicht stimmte. Braun war der Handschuh gewesen, wie Naturleder eben aussah.

Ein letztes Nicken. Bis dann.

Um kurz nach sieben erreichten sie den Hauptbahnhof von Taipei. Mit ihrem Sohn an der Hand verließ Ching-mei die Halle, und wegen des Regens beschloss sie, ein Taxi zu nehmen. Zehn Minuten später hielten sie vor der mannshohen Mauer, die ihrem Vorgarten die Anmutung eines Gefängnishofs gab. Zu beiden Seiten reihten sich uniforme Fassaden aneinander, unterbrochen nur von den wenigen alten Holzhäusern, die hier im Viertel noch standen. Früher war bei solchen Gelegenheiten die Silhouette ihres Mannes im Fenster erschienen. Ein Winken als erster Willkommensgruß, ehe er nach unten kam, um mit dem Gepäck zu helfen. Inzwischen nahm sie nur noch das Nötigste mit.

Vielleicht war am Ende alles aus Liebe geschehen. Ein

drittes Kind, finanziell kein Problem, die beiden Ältesten würden sich eben ein Zimmer teilen müssen – wieder und wieder hatte er vor ihr gekniet, bis sie irgendwann nur noch mit den Augen rollen konnte. Was sollte sie denn sagen? Wenn es sie künftig von ihren ehelichen Pflichten entband, war es das wohl wert gewesen. Jetzt standen sie zu zweit unter dem Vordach, sie suchte nach dem Schlüssel und sah ihrem Sohn in die Augen: »Von dem Unfall oben kein Wort, verstanden?«

»Natürlich nicht.«

»Oder überhaupt vom Baseball. Dein Vater hat seine eigene Meinung dazu.«

»Ich weiß«, nickte er und sah ein wenig älter aus als neun. Äußerlich glich er ihr von ihren drei Söhnen am meisten, außerdem würde Chen Hao sowieso keine Fragen stellen. Instinktiv hielt er sich fern vom Resultat seiner ... wie auch immer er es in Gedanken nannte. »Und was ist mit Onkel Keiji?«

Für einen Moment fiel ihr keine Antwort ein. Die Kopfschmerzen waren stärker geworden, es pochte in den Schläfen, aber anmerken ließ sie sich nichts. Lächelnd strich sie ihm über die Wange. »Glaubst du mir, dass er ein guter Mensch ist?«, fragte sie.

»Ja«, sagte er. »Er meint es nicht so.«

»Genau. Manchmal passieren Dinge, und dann sind Menschen nicht mehr so, wie sie gerne wären. Oder wie sie einmal waren.«

»Hat er dich früher auch kleine Bohne genannt?«

»Nein ... nur manchmal kleine Pflaume.« Als sie spürte, dass ihr plötzlich doch Tränen kamen, steckte sie hastig den Schlüssel ins Schloss und hielt ihm die Tür auf. »Jetzt ab nach oben mit dir.«

Auf den Steinplatten im Vorgarten dösten die Katzen. Irgendwie musste es möglich sein, die Vergangenheit ruhen zu lassen, sich nicht immerzu mit denselben Gedanken zu quälen. Ihr ältester Sohn studierte bereits, und gelegentlich ertappte sie sich bei der Vorstellung, mit ihrer Enkelin an der Hand – immer war es ein Mädchen – in den Park zu gehen. Jetzt stieg sie die Treppe hinauf und hörte gedämpfte Geräusche hinter den Türen, aber als sie vor ihrer Wohnung ankam, war alles still. An der Wand hing der Regenschirm, den ihr Mann morgens mit ins Büro nahm. Irgendwie, dachte sie, wahrscheinlich musste es von selbst geschehen. Im nächsten Moment näherten sich seine Schritte, weil er nachschauen wollte, wo sie blieb. Verzeih mir, hatte er immer wieder gebeten, verzeih mir, bis sie es einfach nicht mehr hören wollte.

Eines Tages vielleicht. Andernfalls würden sie eben weiterleben wie bisher. Sachte stellte sie den Koffer ab, wischte sich mit der Hand über die Augen und ging hinauf zu ihren Blumen.

19

Beim Aufwachen denkt sie für ein paar Sekunden, Dave würde neben ihr liegen. Wahrscheinlich wegen der Klimaanlage, die sie nachts nur laufen lässt, wenn er da ist oder wenn es gar nicht anders geht. Heute früh um halb acht sind es draußen schon fast dreißig Grad. Ihr Plan lautet, mit dem Exposé für den Vortrag an der Academia Sinica zu beginnen, ehe sie gegen zehn Uhr in Bas Büro fahren wird, um sein Auto abzuholen. Vorher braucht sie einen Kaffee. Weil sie angesichts der Hitze keine Lust hat, zum nächsten 7-Eleven zu laufen, benutzt sie die von Dave angeschaffte Maschine. Ihr Freund hasst den ostasiatischen Sommer, von Juni bis September findet er es in Hongkong nicht zum Aushalten; umgekehrt graut ihr vor den dunklen europäischen Wintern, aber dass sie gestern Abend im Park von Fahnenflucht gesprochen hat, kommt ihr selbst übertrieben vor. Ist sie wirklich so patriotisch? Während der Kaffee durchläuft, holt sie den Laptop in die Küche und überfliegt die Schlagzeilen. Wie besessen wütet die KMT gegen Rentenkürzungen, die noch nicht einmal beschlossen sind, und Julie muss sich damit beruhigen, dass die Partei erstmals in der Geschichte weder den Präsidenten noch die Parlamentsmehrheit stellt und daher nur wüten kann. Noch ein Unterschied zwischen ihnen: Für Dave sind alle Politiker gleich korrupt und verdienen keine Unterstützung, sondern Verachtung. Insgeheim belächelt er sie dafür, dass sie ein Ereignis wie die Studentenproteste vor zwei Jahren als Wendepunkt in ihrem Leben empfindet. Sie beide sehen einander selten und genießen die gemeinsame Zeit lieber, als sie durch Streit zu ruinieren – in einer gemeinsamen Wohnung wäre das anders. Seinen Humor mag sie, den Snobismus kann sie nicht ausstehen. Wenn etwas Verachtung verdient, dann Gleichgültigkeit, die sich für überlegen hält.

Nach ein paar Minuten klickt sie die Nachrichten weg und wirft einen Blick auf den Wetterbericht. 35 Grad sind angekündigt, aber wenn sie Glück haben, weht in Jinguashi eine kühle Brise vom Meer. Noch einmal schweifen ihre Gedanken zur gestrigen Unterhaltung im Park. Dass Harry seine Mutter eine Löwin genannt hat, ruft ihr ins Gedächtnis zurück, dass sie denselben Gedanken auch schon hatte. Vor zwei Jahren war es, wenige Wochen vor A-mahs achtzigstem Geburtstag, als sie vor Julies Augen eine Bühne bestieg und wildfremden Menschen ihre Geschichte erzählte. Der Videoclip, der leider nicht die gesamte Rede zeigt (weil sie zu spät reagiert hat), wurde im Netz bereits mehrere tausend Mal angeklickt. Harry meinte hinterher, es sei typisch, dass sie sich lieber einer Gruppe von Fremden anvertraut, aber auch nachdem Julie den Clip einige Dutzend Mal gesehen hat, lässt ihr Staunen nicht nach. Als sie sich den Protesten anschloss – ohnehin mehr aus Neugier, denn der Sache wegen –, hätte sie sich so etwas nicht träumen lassen. Über das Handelsabkommen mit China, um das in jenem Frühjahr heftig gerungen wurde, wusste sie fast nichts und begnügte sich damit, dass es gegen den Präsidenten ging, den sie noch nie ausstehen konnte. Mal schauen, was passiert, dachte sie. Wenige Stunden später hockte sie nass bis auf die Haut in einem überfüllten Zimmer im Taipei Artist Village, wohin sie mit anderen geflüchtet war, weil die Polizei draußen Wasserwerfer und Schlagstöcke einsetzte.

Der Raum schien als Atelier zu dienen. Als sie zu zehnt

oder zwölft hineinströmten, roch es undeutlich nach Lack und Leim, aber bald mischte sich der penetrante Geruch von Angstschweiß darunter. Im Bad kotzte jemand. Mehrere Leute hatten Platzwunden, eine junge Frau biss sich immer wieder in die eigene Hand. Verschwommen erinnert sich Julie an eine Installation an der Decke, bunte Vögel aus Papier und Draht. Von draußen drang der schneidende Lärm der Sirenen herein. Geschrei, Megaphone, splitterndes Glas. Eine Kanadierin mit roten Haaren, die das Atelier erst seit wenigen Tagen bewohnte, saß kopfschüttelnd auf dem Bett. ›They told me it was a democracy.‹

Im Lauf der Nacht wurde das Gebäude mehrfach gestürmt. Gemeinsam schoben sie eine schwere Werkbank vor die Zimmertür, und sobald die sich einen Spaltbreit öffnete, drückten alle mit vereinten Kräften dagegen. Die Kanadierin beschimpfte die Polizisten so laut und kreativ, dass Julie in hysterisches Lachen ausbrach. Dann wieder herrschte gespannte Stille, alle starrten auf ihre Handys. Einmal wurde gejubelt, weil einige Demonstranten ins Parlamentsgebäude eingedrungen waren und sich dort verbarrikadierten. Ihr Versuch, eine Nachricht an Dave zu schreiben, scheiterte an den zitternden Fingern.

Gegen fünf Uhr morgens gelang es ihnen, durch einen Hinterausgang zu entkommen. In der Grünanlage neben dem Artist Village waren die Polizisten nicht mehr zahlreich genug und in voller Montur auch zu langsam, um sie aufzuhalten. Zum ersten Mal im Leben rannte Julie vor Männern mit Schlagstöcken davon. Vor dem Huashan-Gelände fand sie ein Taxi, dessen Fahrer aussah wie ihr Großvater und alte taiwanische Schlager hörte. Kaum saß sie im Fond, begann sie unkontrolliert zu schluchzen. Durch die erwachende Stadt zu fahren, wo Menschen in die Parks strömten, um Frühsport zu treiben, fühlte sich unwirklich an. Die immer noch nasse Kleidung klebte an ihr, sie war ebenso euphorisch wie verängstigt, gleichzeitig überdreht und todmüde. Als sie an der Shida Road ausstieg, wollte der Fahrer kein Geld von ihr. »Fräulein, Sie haben Blut im Gesicht«, sagte er.

Danach verließ sie drei Tage lang ihre Wohnung nicht. Sie ernährte sich von Instantnudeln und Toastbrot, schlief kaum, träumte schlecht und las alles, was sie im Netz über die Proteste und das Handelsabkommen finden konnte. Die Polizeigewalt in jener Nacht sorgte für einen Aufschrei der Empörung, aber als Ba anrief, stritt sie ab, am Ort des Geschehens gewesen zu sein. »Das hätte mich auch enttäuscht«, meinte er. Jahrelang hatte sie sich nur beiläufig für Politik interessiert und auf Fragen nach ihren Zukunftsplänen geantwortet: So bald wie möglich promovieren, dann zurück nach England. Jetzt erfuhr sie von den Gefahren, die Taiwan drohten, sollten chinesische Konzerne in hiesige Medienunternehmen investieren dürfen, und von den Manövern der Regierung, um öffentliche Anhörungen über das Abkommen zu verhindern. Als sie mit Dave sprach, sagte er: »It's not worth a scratch on your face.« Bevor sie einen Schlafsack und Wäsche zum Wechseln einpackte, schickte sie ihm ein Foto ihrer blauen Flecken. Dann fuhr sie zum besetzten Parlament.

Das gesamte Stadtviertel war weiträumig abgeriegelt. An den Kreuzungen hatte die Polizei Panzersperren wie gegen eine militärische Invasion errichtet, aber dahinter ging es ausgelassen und geschäftig zu. Hunderte von Zelten reihten sich aneinander. »Ich hätte dich für vernünftiger gehalten«, sagte Ba, als sie beim nächsten Telefonat nicht mehr verheimlichte, wo sie war. In KMT-treuen Fernsehsendern heulten sich Mütter die Augen rot und flehten ihre Kinder an, nach Hause zu kommen. Vor dem Zelt, in dem Julie die ersten Nächte schlief, stand ein Schild mit dem Schriftzug ›Wir werden erwachsen, ihr werdet alt‹; tatsächlich gehörte sie bereits zu den Älteren im Camp. Von allen Unis des Landes strömten Leute nach Taipei, um dabei zu sein. Sie machten die Sonnenblume zu ihrem Symbol, unterhielten einen eigenen Nachrichtenservice und mussten sich beeilen, die Massen gespendeter Lebensmittel zu verteilen, bevor sie schlecht wurden. »Um wessen Zukunft geht es denn«, meinte eine Kommilitonin aus Kaohsiung, mit der Julie eine Stunde lang Müllsäcke beschriftete. »Nicht um die von fucking Ma Ying-jeou.« Der Präsident mit dem überheblichen Lächeln war das Hassobjekt Nummer eins.

Am Telefon erzählte A-mah aufgeregt, dass sie den ganzen Tag vor dem Fernseher saß und die Berichterstattung verfolgte. Zur großen Kundgebung am 30. März hätte Julie sie gern mitgenommen, war aber als Ordnerin eingeteilt. Fast eine Million Menschen verstopften die Innenstadt, alle Sender des Landes übertrugen live. Zwei Tage später holte sie ihre Großmutter zu Hause ab, um ihr das Zeltlager zu zeigen. Als sie an der Qingdao Road aus dem Taxi stiegen, herrschte dort eine Mischung aus Volksfeststimmung und Belagerungszustand, obwohl es an Werktagen vergleichsweise ruhig zuging. Gut gelaunt hakte sich A-mah bei ihr unter, dann schlenderten sie gemeinsam durch die Straßen wie auf einem Ausflug. Hier und da blieben sie stehen und studierten Schaubilder und Plakate. Der Spruch ›Wer heute nicht aufsteht, wird es morgen nicht mehr können‹ gefiel A-mah besonders. Nach einer Stunde saßen sie auf Plastikhockern vor einer kniehohen Bühne, wo ein Workshop angekündigt war, für den sich nur wenige Leute interessierten. Julie hatte den Ort angesteuert, um ihrer Großmutter eine Pause zu gönnen und rasch einige Textnachrichten zu schreiben. Der muskulöse Kommilitone, der den Workshop leitete, sagte zur Begrüßung, dieser sei als offenes Forum gedacht, jeder könne sich zu Wort melden. Auf ihrem Bildschirm überflog sie Hunderte von Links, Petitionen und Aufrufen, die sich längst nicht mehr nur um das Abkommen drehten, sondern um Taiwans Zukunft allgemein. Als sie A-mah ein lustiges Foto zeigen wollte, war sie plötzlich verschwunden. Überrascht sah Julie auf, etwa fünfzehn Leute saßen um sie herum, größtenteils beschäftigt mit ihren Telefonen. Von A-mah keine Spur.

Im nächsten Moment entdeckte sie sie am Rand der Bühne. In dem Glauben, ihre Großmutter sei aus Versehen dorthin gelangt, hob sie die Hand und winkte, aber A-mah bemerkte sie nicht. So wie zu Hause auf dem Dach trug sie ihren Sonnenhut mit dem ausgebleichten Konterfei des Ex-Präsidenten. Es sah aus, als wartete sie.

Mit einer knappen Verbeugung gab ihr der Kommilitone das Mikrofon.

Nie zuvor hatte sie A-mah zu einer Gruppe fremder Menschen sprechen gehört oder sich einen solchen Fall auch nur vorstellen können. Ängstlich mochte das falsche Wort für sie sein, aber sogar ihrer Enkelin gegenüber war sie zurückhaltend und verschlossen. Nun hielt sie das Mikrofon mit beiden Händen und lächelte schüchtern. Julie hatte keine Ahnung, was sie sagen würde. Ihr eigenes Herz klopfte heftig. Zuerst nannte A-mah ihren vollen Namen, dann sicherte sie sich die Aufmerksamkeit der Zuhörer mit zwei einfachen Sätzen, und einen Augenblick lang war Julie viel zu perplex, um alles zu filmen. »Wäre mein Bruder nicht verhaftet worden, hätte ich vielleicht auch studiert«, sagte sie und deutete mit dem Kinn die Straße hinab. »Am Anfang saß er in einer Zelle ganz in der Nähe von hier: Qingdao Donglu Nummer drei.«

―

»Ich fürchte, wir sind noch nicht so weit«, sagt er, als Julie um halb elf vor der Tür steht. Mit ihr kommt ein Schwall heißer Luft aus dem Treppenhaus herein. Ob sie seine Mail von letzter Nacht gelesen und vielleicht schon einen Blick auf den angehängten Text geworfen hat, verrät ihre Miene nicht. Gleich nach der Rückkehr aus dem Park hat Harry ihr das gesamte Manuskript geschickt, weil ihm klargeworden war, dass er doch eine Probeleserin braucht. »Keine Eile«, erwidert sie jetzt und lässt sich zu Paul aufs Sofa fallen. Seit zwei Stunden verfolgt sein Sohn das entscheidende siebte Finalspiel der Warriors gegen Cleveland und fiebert so lautstark mit, dass Harry überall in der Wohnung auf dem Laufenden bleibt. Die meiste Zeit verbringt er im hinteren Zimmer damit, Bücher und andere Schriftstücke zu sortieren, die er entweder wegwerfen oder später zur Post bringen will. Wie viel Papier in den Schubladen vergilbt und wie groß seine Neigung ist, sich in alten Dokumenten zu verlieren, war ihm allerdings nicht bewusst, als er den Entschluss gefasst hat. Statt ihn auszuführen, würde er lieber im Wohnzimmer bleiben und mit Paul und Julie fernsehen.

»Wo sind die beiden anderen?« Seine Nichte hat einen Fächer hervorgezogen und wedelt sich Luft zu. Um die Sonne draußen zu halten, sind alle Gardinen zugezogen – ausgerechnet heute ist der bisher heißeste Tag des Jahres.

»Vater war es zu unruhig, er besucht einen Nachbarn. Mutter sitzt hinten und schaut das Royals-Spiel von letzter Nacht.« Eine Aufzeichnung der vierten Partie gegen Detroit, deren Ergebnis er bereits kennt, ein knappes zwei zu eins in dreizehn Innings. In der nächsten Werbepause steht Julie auf, um ihrer A-mah Hallo zu sagen, er kehrt zurück zum Chaos in seinem Zimmer. Darin spiegelt sich eine innere Unruhe, scheint ihm, die ihn kurz vor der Abreise oft befällt: die Angst, den Aufenthalt nicht richtig genutzt zu haben, und den Wunsch, das auf den letzten Drücker zu ändern. Als Julie wenig später hereinschaut, steht er wie gelähmt zwischen Bücherstapeln, Kartons und verstaubten Ordnern.

»Bleibt es bei unserem Plan für den Ausflug?«, fragt sie. »Sieht so aus, als hättest du hier noch eine Weile zu tun.«

»Sobald die beiden Spiele vorbei sind, fahren wir los.«

»Was hast du vor, wenn ich fragen darf?«

»Eigentlich wollte ich packen, jetzt droht es eine Art Inventur zu werden.«

»Natürlich.« Gegen den Türrahmen gelehnt, verschränkt sie die Arme vor der Brust und verbreitet das süßliche Aroma von Sonnenmilch oder Hautcreme. »Ist ein tückisches Alter, in dem du dich befindest.«

»Sehr witzig. Wie sieht's nebenan aus? Mutter ist so ruhig.«

»Es soll auch stille Fans geben. Um Paul mache ich mir mehr Sorgen.«

»Gibt es gar keinen Sport, für den du dich interessierst?«

»Nein«, sagt sie und legt den Kopf schief, um die Titel auf den Buchrücken zu lesen. Harry ringt sich derweil zu der Einsicht durch, dass er die meisten Sachen wieder in die Schubladen räumen muss, um nur nach Hause mitzunehmen, was in den Koffer passt. *Die Legende der Adlerkrieger* soll bald auf Englisch erscheinen – nach sechzig Jahren, aber immerhin – und könnte sich als Seminarlektüre eignen.

»Deine literarische Jugendliebe«, bemerkt Julie und nimmt den ersten Band in die Hand. »Irgendwann habe ich mich daran versucht, konnte dem Stoff aber wenig abgewinnen. Nicht mein Genre.«

»Eine Zeitlang waren die Bücher in China *und* in Taiwan verboten – zu archaisch, zu viele Rebellen. Vielleicht solltest du ihnen eine zweite Chance geben.«

»Wenn ich eines Tages arbeitslos bin. Als Kind war ich

jedes Mal so stolz, wenn ich dich in den Buchladen begleiten durfte. Meistens wolltest du ja nicht. Warum eigentlich, war es dir peinlich, mich an der Hand zu nehmen?«

»Ich hatte den Eindruck, du langweilst dich da.«

»Männer«, murmelt sie und stellt das Buch wieder ins Regal. »Zu unserem gestrigen Gespräch ist mir übrigens ein Nachtrag eingefallen. Oder bist du lieber mit deiner Midlife-Crisis allein?«

»Darum geht es nicht, ich habe einfach die Menge unterschätzt. Jetzt fühlt es sich an, als säße ich über mein früheres Leben zu Gericht.«

»Das ist geradezu die Definition von Midlife-Crisis.«

»Okay«, sagt er resigniert. »Welcher Nachtrag?«

»Letzten Herbst hat Großvater mehrere Nächte hintereinander denselben Traum gehabt. Sein ältester Bruder rief nach ihm: Ich kann nicht atmen, holt mich hier raus! So aufgewühlt habe ich ihn selten erlebt. Wenig später hat Ba im Internet von einem neuen Stausee in Shandong gelesen. Ungefähr in der Gegend, wo der Bruder gefallen war.«

»Das hat er hoffentlich für sich behalten.«

»Du kennst ihn. Ich habe ihn auch gefragt, wie er das tun konnte, aber offenbar hielt er es für seine Pflicht. Danach musste er sich ganz schön ins Zeug legen, um Großvater die Idee auszutreiben, man könne das Grab ausfindig machen und verlegen.«

»Hat meine Mutter dir das erzählt?«

»Ich glaube nicht, dass sie davon weiß.« Die Sonnenbrille hat sie sich ins Haar geschoben und trägt einen Rock mit bunten Karos, der bis knapp über die Knie reicht. Ohne es zu wollen, bemerkt er ihre schlanken Waden. »Ba hat ein paar Telefonate geführt, ohne Ergebnis. Er meinte, bestenfalls sitzt man einem Betrüger auf, der bloß behauptet, zu wissen, wo das Grab war.«

»Niemand weiß es«, sagt Harry. »Die Japaner haben sich im Pazifikkrieg bemüht, alle Angehörigen zu verständigen. Wenn es sich machen ließ, ging ihnen eine Urne mit der Asche zu. Später waren es so viele Leichen, dass man ihnen einen Arm abgetrennt und nur den eingeäschert hat. Am Schluss einen Finger. Drüben im Bürgerkrieg sind die Leute verrottet, wo sie gefallen waren. Wahrscheinlich gab es gar kein Grab.«

Dazu nickt Julie nur, als sei ihr das alles nicht neu. »Mit Nachtrag zu gestern meinte ich: Solche Dinge erzählt er meinem Vater, nicht A-mah.«

»Verständlich. Sie würde sich sowieso nicht dafür interessieren.«

»Was ist eigentlich mit dir, bist du je drüben gewesen?«

»Vor sechs oder sieben Jahren für ein Gastsemester an der Fudan. Wenn ich mich richtig entsinne, warst du gerade in Edinburgh.«

»Hat es dir gefallen?«

»Kann ich nicht behaupten, nein«, sagt er. »Paul war gerade eingeschult worden, Lu zwei Jahre alt – die Einladung kam zum falschen Zeitpunkt.« Es ist eine unangenehme Erinnerung, die er abzuschütteln versucht, indem er nach dem nächsten Papierstapel greift. Bei seinem ersten Vortrag in Shanghai hat er erzählt, wie er als Grundschüler die Fotografie einer chinesischen Landschaft betrachtet und sofort gefolgert hatte, dass sie ein anderes Land zeigen musste, nicht China. Warum? Weil auf dem Bild die Sonne schien. Was ihm von klein auf über den finsteren Kommunismus erzählt worden war, hatte sich zu dem Glauben verdichtet, es gebe in solchen Ländern buchstäblich kein Licht. Seine Zuhörer fanden das natürlich amüsant. Er hatte die Episode auch erzählt, um die Stimmung aufzuheitern, aber sobald die Leute lachten, wurde er ernst, beinahe verbissen, und das war erst der Anfang. Obwohl an der Uni alle nett zu ihm waren, erfüllte ihn eine Feindseligkeit, die er selbst nicht verstand. Bei jeder Begegnung achtete er darauf, sich abzugrenzen. Andeutungen von Gemeinsamkeit, und kamen sie noch so unverfänglich daher, wischte er barsch beiseite. Die Kollegen mussten denken, dass er sich für überlegen hielt, weil er an einem amerikanischen College unterrichtete. Im Institutsbüro wurden die Sekretärinnen nervös, wenn sie ihn sahen, weil ihm immer neue Beschwerden einfielen. Natürlich funktionierte das Internet nicht, wenn er englische Seiten aufrufen wollte. Wurde beim Skype-Gespräch mit Helen die Verbindung unterbrochen, bekam er einen Wutanfall, und überhaupt war er ständig wütend. Auf alles. Als im Wohnheim für eine Stunde der Strom ausfiel, schrie er die Dame an der Rezeption zusammen, bis sie in Tränen ausbrach. Im Restaurant gab er halbvolle Teller zurück, im Kino – in den wunderbaren Art-déco-Sälen, die schon sein Vater geliebt hatte – legte er sich mit Sitznachbarn an, die es wagten, ihr Handy zu benutzen. Die Studierenden fand er voreingenommen, die glitzernde Skyline von Pudong obszön, und selbst mit Bettlern, die verdreckt und elend vor den Kaufhäusern hockten, empfand er kein Mitleid. Als er nach vier Monaten endlich wieder im Flugzeug saß, war er so ausgezehrt von der pausenlosen Empörung, dass er nach der Ankunft mehrere Tage im Bett verbrachte. Jetzt schaut er auf, weil Julie ihn sachte an der Schulter berührt. »Hallo? Nennt man das noch eine Denkpause, oder warst du vorübergehend weggetreten?«

»Sorry. Hattest du was gefragt?«

»Ob du zur selben Zeit in Shanghai warst wie mein Vater«, wiederholt sie kopfschüttelnd.

»Soweit ich mich erinnere, gab es eine Überschneidung von zwei Wochen. Wieso?«

»Nur so. Ich dachte, er hätte dir vielleicht seine Wohnung angeboten.« Sie reibt sich über die Arme, als fröstelte sie. Einen Moment lang stehen sie zu dicht beieinander, dann stößt Paul im Wohnzimmer einen lauten Fluch aus. »Wir sollten deinem Sohn Beistand leisten. Bevor er einen Infarkt bekommt.«

»Ich hatte ja eine Unterkunft auf dem Campus. Bist du nie dort gewesen?«

»Solange sie unseren Pass nicht akzeptieren ... Ba behauptet, ohne eigene Erfahrung kann ich mir kein Urteil erlauben. Die Berichterstattung bei uns findet er zu negativ, aber was er erzählt, klingt noch viel schlimmer. Wie er dort lebt, wüsste ich trotzdem gern.« Sie schaut ihn an, als müsste er es wissen, aber seinerzeit hat er seinen Bruder bloß ein- oder zweimal zum Essen getroffen. Nachdem ihm klargeworden war, dass er sich in China wie ein Widerling verhalten hatte, beschloss er, das Land künftig zu meiden. Bisher ist es dabei geblieben.

Nebenan stellt Mutter den Fernseher aus. Als Julie und er ins Wohnzimmer kommen, steht es kurz vor Schluss 89:89. Die Kamera fährt über Zuschauer, die aussehen, als würden sie im Stillen beten, aber umsonst – in der Folge gelingt den Warriors kein einziger Korb mehr. Bei jedem Fehlversuch seiner Helden fletscht Paul die Zähne und schlägt gegen die Sofalehne, in den letzten Sekunden verfällt er in fassungslose Starre. Als schließlich das falsche Team eine hüpfende, jubelnde Traube bildet, nimmt Julie ihn tröstend in den Arm, und Harry argwöhnt, dass sein Sohn den Kopf nicht aus reiner Niedergeschlagenheit auf ihre Brust legt.

»Dann können wir ja los«, sagt er. »Je länger wir warten, desto heißer wird es.«

Bis zur Stadtautobahn sind es nur wenige Minuten. Beim Verlassen der Wohnung hat Julie ihm den Autoschlüssel zugeworfen und gemeint, er solle fahren, sie wolle sich auf der Rückbank um den geschlagenen Krieger kümmern. Von den weißen Schönwetterwolken am Horizont abgesehen, spannt sich der Himmel wie eine tiefblaue Kuppel über die Landschaft. Nachdem sie die Brücke nach Neihu überquert haben, treiben kleine Ortschaften und Fabrikanlagen vorbei, ab und zu taucht neben ihnen der Keelung-Fluss auf. Durch dieses Tal sind sie früher zu Onkel Keiji gefahren, und wie damals lässt Mutters Miene nicht erkennen, woran sie denkt. Insgeheim war Harry darauf gefasst, dass sie in letzter Minute einen Rückzieher machen würde, aber als er fragt, ob es ihr nicht zu heiß sei, schüttelt sie nur den Kopf. Zu Wang Chien-mings jüngstem Auftritt – er wurde im vorletzten Inning eingewechselt und bekam am Ende den vierten Saisonsieg gutgeschrieben – bemerkt sie, er hätte es nach seiner Verletzung in Japan versuchen sollen, statt in den USA durch die niederen Ligen zu tingeln. Dem hält Harry entgegen, dass der Mann es seinen Zweiflern in Amerika zeigen wollte, allen voran den Yankees. »Ein Wechsel nach Japan wäre ja das Eingeständnis gewesen, dass es für die Major League nicht mehr reicht.«

»Seine Fans hier hätten es gern gesehen. Alle Spiele werden live übertragen.«

»Glaub es oder nicht, er hat sich nie für die japanische Liga interessiert.«

»Schau dir an, wie erfolgreich Yang Dai-gang in Hokkaidō ist. Man sieht ihn jeden Tag im Fernsehen, er macht sogar Werbung für Matratzen.« Beim Thema Baseball wird seine Mutter noch immer gesprächig, aber überzeugen lässt sie sich nicht. Dreimal im Leben ist sie selbst in Japan gewesen, ein vierter Besuch wurde von der Reaktorkatastrophe in Fukushima vereitelt. Statt wie geplant nach Kyōto zu fliegen, spendete sie ihr gesamtes Reisebudget und erzählte am Telefon nicht ohne Stolz, Vater habe sie für verrückt erklärt. Ihr Bruder, den sie vor jeder Reise fragte, ob er mitkommen wolle, lag zu dem Zeitpunkt bereits in der Klinik, die er nicht mehr verlassen sollte. Ein Krebsgeschwür in der Bauchspeicheldrüse ... auf einmal fällt Harry ein, dass er keine Ahnung hat, ob Keijis Frau noch lebt. Wenn er ihn als Student von Tainan aus besuchte, schien ihm, dass die beiden eine Zweckehe führten; sie besorgte den Haushalt, er betreute seine Gemeinde, das Baseballteam trainierte zu dem Zeitpunkt bereits jemand anderes. Ab und zu erwähnte sein Onkel ein Buch, das er herausgeben wollte, eine Oral History über die Unterdrückung der Ureinwohner in der Kolonialzeit. Mit dem Moped fuhr er über die Dörfer, sprach mit alten Leuten und kaufte sogar einen Computer, um seine Notizen abzutippen, aber dabei blieb es auch. Zum Verfassen seiner Memoiren konnte Harry ihn nicht bewegen, obwohl es dafür Ende der Neunzigerjahre ein Publikum gegeben hätte. Im Ruhestand wirkte es gelegentlich so, als ob Keiji den Rückzug in die Berge bereute. Die immer noch kräftigen Arme waren voller Mückenstiche, und ab und zu hielt er beim Sprechen inne, als wüsste er nicht, ob sich der Aufwand lohnte. Einmal saßen sie gemeinsam in einer billigen Nudelküche, wo sein Onkel auf einen jungen Mann zeigte, der mit Schnapsflasche und Zigarette im Mund in der Ecke hockte. ›Als du klein warst‹, meinte er resigniert, ›hat er dir mal einen dicken Bluterguss verpasst.‹ An die Angst vor den älteren und kräftigeren Jungen, die ihn musterten, als trüge er ein geblümtes Kleid, erinnert sich Harry bis heute. Mehr Angst hatte er damals allerdings vor seinem Onkel. Wenn der mit ihm sprach, schien er sich jedes Mal zusammenreißen zu müssen, ihn nicht ebenso rau wie einen seiner Schützlinge zu behandeln, und vielleicht fuhr Harry als Student auch deshalb zu ihm, um die frühen Erinnerungen durch andere zu ersetzen. Zweifellos hat er viel von seinem Onkel gelernt, aber da Keiji keine Email benutzte, ließ sich der Kontakt von Berkeley aus nicht aufrechterhalten. Am Ende war nur seine Frau bei ihm. Vielleicht ergibt sich später eine Gelegenheit, Mutter nach ihr zu fragen, denkt er, als sie nach einer halben Stunde die Autobahn verlassen. Ab sofort führt die Straße durch Kleinstädte ohne jede Besonderheit. Überall dieselben grauen Fassaden, die wegen des feuchten Klimas schmuddelig aussehen, überzogen von grünlicher Patina. Hinter dem Ortsausgang von Ruifang beginnt die Strecke in engen Kurven anzusteigen, bis auf einmal das Meer zu sehen ist, das flach wie ein Spiegel in der Sonne liegt. Als Harry fragt, ob er in Jiufen halten soll, schleicht sich ein Anflug von Ungeduld in Mutters Stimme: »Auf dem Rückweg«, sagt sie, »nicht jetzt.«

»Wie du meinst.« Vor vielen Jahren war er mit Helen hier, um ihr den Schauplatz von *A City of Sadness* zu zeigen. Das Terrain ist so steil, dass Jiufen von unten aussieht, als wären die Häuser übereinandergestapelt. Oben bietet sich der Ausblick über die Bucht, den der Film berühmt und damit die ganze Gegend zur Touristenattraktion gemacht hat. Mehrere Wandergruppen besteigen den Jilong-Berg, der die ungleichen Zwillinge Jiufen und Jinguashi voneinander trennt. Die Landschaft hat Harry als schroff und karg in Erinnerung, aber vielleicht wirkte sie nur auf der Leinwand so. Bei schönem Wetter spürt man ihr besonderes Fengshui; wer hier eine Grabstätte kaufen will, braucht viel Geld. Wie eine Miniaturstadt zieht sich der Friedhof über die Anhöhe zwischen den beiden Orten, und sobald sie diese passiert haben, breitet sich auch auf der anderen Seite der Pazifik vor ihnen aus. Weit reicht der Blick die felsige Küste entlang, bis alles im milchigen Dunst verschwindet.

»Früher standen an der Straße nur ein paar Hütten«, sagt Mutter, als es wieder in spitzen Kehren bergab geht. »So nah an den Gräbern wollte natürlich niemand wohnen.«

»Wer hat in den Hütten gewohnt, die Armen?«

»Oder Leute, die keine Angst vor Geistern hatten.«

Aus den Gärten beiderseits der Straße ragen Kampferbäume und roter Oleander. Rasch lassen sie das bunte Tor eines Tempels hinter sich, überholen ein paar Fußgänger und rollen hinab in den Ort, wo montags nicht viel los zu sein scheint. Auf dem Parkplatz des Goldmuseums parken lediglich zwei Reisebusse und ein Taxi. Als er das Auto abstellt, wendet Mutter erstaunt den Kopf. »Warum hältst du hier?«

»Wir sind da.« Mit der Hand deutet er auf einen zum Eingang zeigenden Wegweiser. »Du darfst nicht erwarten, dass es aussieht wie in deiner Erinnerung. In siebzig Jahren verändern sich auch Ortschaften.« Um ihr Zeit zu geben, sich zu orientieren, reicht er Paul das Geld für die Tickets und ist froh über jede Sekunde, die er im klimatisierten Wagen verbringen kann. Durch die Scheiben klingt das Sirren der Zikaden wie ein Knistern in der brennenden Luft. »Wieso bist du in all den Jahren nie hergekommen?«, fragt er. »Es fahren Busse, drei pro Stunde.«

»Und das Meer?«, murmelt sie, zu abgelenkt, um ihm zu antworten.

»Wenn wir ein Stück laufen, werden wir es sehen. Denk an deinen Sonnenhut.«

Beim Aussteigen schaut sie missbilligend auf ein klobiges Gebäude, das den Blick ins Tal versperrt. Offenbar gab es die Regenzeit-Mittelschule in ihrer Kindheit noch nicht. »Bist du bereit?«, fragt Harry über die Schulter, weil Julie sich nicht rührt.

»Komme sofort.«

»So viele Häuser«, hört er seine Mutter staunen, ehe er selbst aussteigt. Für einen Augenblick schwindelt ihn unter dem Anprall von Hitze und Licht. Möglicherweise haben sie sich für ihren Ausflug den falschen Tag ausgesucht.

Paul bringt die Tickets und einen Lageplan. Hinter der nächsten Wegbiegung erwartet sie die erste Attraktion des Museums, ein japanisches Wohnheim mit vier Eingängen, das dem Plan zufolge originalgetreu nachgebaut wurde. Da Harry kaum alte Fotos des Ortes gefunden hat, kann er sich die Veränderungen, die seine Mutter so verwirren, nur schwer vorstellen. Neben ihnen fällt der Hang ab, in der schattigen Senke ist die Ruine eines weiteren, mit blauen Planen abgedeckten Gebäudes auszumachen. »Das Haus des Minendirektors«, liest er von einer Schautafel ab. »Wurde letzten Sommer bei einem Taifun zerstört.«

Abrupt bleibt seine Mutter stehen. »Das soll das Haus von Direktor Yamashita sein?«

»Hier steht ein anderer Name. Die Schule daneben musst du dir wegdenken, wahrscheinlich war das Grundstück größer und wirkte nicht so eingezwängt.«

»Vom Garten aus hatte man eine wunderschöne Aussicht. Teiche gab es auch.« Mehrmals wendet sie den Kopf hin und her. Dann, als würde sich das Bild Stück für Stück zusammensetzen, zeigt sie auf die steinerne Treppe neben der Ruine. »Dort ging es hinab zum Kino«, sagt sie. »Hier oben verlief der planierte Weg, unser Haus stand noch höher am Hang.« Suchend schaut sie sich um und entdeckt die nächste Treppe. »Da lang.«

Unter den Bäumen sind die Stufen feucht und rutschig. Der Geruch verrotteter Wurzeln macht die schwüle Luft noch schwerer, hier und da erinnern halb verfallene Backsteintore an längst verschwundenes Leben. Nach zweihundert Metern hält seine Mutter inne und zeigt auf Schienen im Boden, deren Spurbreite kaum zwei Fuß beträgt. »Für den Materialzug und die deutsche Diesellok«, erklärt sie. »Wir sind zu weit gegangen.« Prompt macht sie kehrt und nickt vor sich hin, als zählte sie im Gehen ihre Schritte. Einstweilen scheint ihr die Hitze nichts auszumachen. Bei den Resten eines gemauerten Eingangs bleibt sie stehen und verkündet mit einem Anflug von Triumph: »Was habe ich gesagt: Genau hier hat unser Haus gestanden.«

»Bist du sicher?«

»Wir haben in der Mitte gewohnt, zwischen den Saitos und den Tanakas. Natürlich bin ich sicher.«

Das überwucherte Plateau lässt den Grundriss des Gebäudes nur noch ungefähr erahnen. Es muss etwas kleiner gewesen sein als das Wohnheim unten am Weg, dürfte ansonsten aber ähnlich ausgesehen haben: einstöckig und aus dunklem Holz. »Statt der Treppe gab es damals einen ausgetretenen Weg voller Schlaglöcher. Wenn ich gerannt bin, haben die Leute gerufen: Sei vorsichtig, Umeko-chan, du wirst hinfallen! Ich wollte aber rennen. Als Kind war ich immer in Eile.«

»That's where she lived?«, fragt Paul leise.

»Wundert mich zwar«, sagt er, »aber sie scheint sich genau zu erinnern. Nach meinen Informationen lebten die meisten Einheimischen unten im Dorf.«

»Wieso nicht hier?«

»Damals blieben die Japaner lieber unter sich. Frag deine A-mah, sie weiß es besser.«

Er winkt ab und macht stattdessen Fotos mit dem Handy. Von irgendwo glaubt Harry die Stimmen einer anderen Besuchergruppe zu hören, aber in dem unübersichtlichen Gelände sind Geräusche schwer zu orten. Am liebsten würde er jedes Wort seiner Mutter notieren, so gesprächig hat er sie seit Jahren nicht erlebt. »Zuerst war ich froh«, sagt sie, »als wir von hier weggezogen sind. Wenn wir bleiben, dachte ich, verfolgt uns der Geist von Herrn Tanaka. Nach dem Krieg haben er und seine Frau sich umgebracht, aus Verzweiflung über die Niederlage.«

»Verstehe. Hattest du so große Angst vor Geistern?«

Tadelnd schaut sie ihn an. »In Dörfern, die vom Bergbau lebten, gab es besonders viele. Jeder hatte Angst vor ihnen. Sogar die Ausländer mussten beten, bevor sie in den Schacht stiegen.«

»Die britischen Gefangenen, meinst du. In der Kupfermine.«

»Nachts erklangen oft Schreie von Arbeitern, die bei Unfällen gestorben waren. Trotzdem hatte ich später in Keelung jeden Tag Heimweh. Es hat immerzu geregnet, ohne Pause.«

»Was im Lager geschah, habt ihr nicht mitgekriegt?«

»Uns wurde gesagt, wir sollten uns fernhalten. Das haben wir getan.«

»Glaubst du nicht, dass die nächtlichen Schreie von dort kamen?«

»Ach was«, sagt sie unwirsch und wendet sich zum Gehen. »Das Lager war ja viel zu weit weg.« Als sie den Schatten der Bäume verlässt, scheint sie sich für Sekunden aufzulösen im gleißenden Sonnenlicht. Julie, die bisher kein Wort gesagt hat, stellt sich neben ihn und sieht ihr nach. Schon im Auto war seine Nichte die ganze Zeit über stumm mit ihrem Telefon beschäftigt. »Habe ich sie vertrieben?«, fragt er.

»Sie will ihren Erinnerungen nachhängen, nicht von dir ausgehorcht werden.«

»Ich versuche zu verstehen, wie es war. Von den Tanakas hat sie schon mal erzählt. Der Mann muss eine Art Blockwart gewesen sein.«

»Lass sie einfach ein bisschen schweifen und schwelgen.«

Ihr Tonfall klingt zurechtweisend, aber statt sich zu verteidigen, steht er einen Moment lang reglos inmitten flirrender Moskitos. Eidechsen mit bläulich schimmernder Haut huschen über den Boden. Das Schwindelgefühl, das ihn beim Verlassen des Wagens befallen hat, hält unvermindert an.

»Warst du schon mal hier?«, fragt Julie. »Ich meine, genau hier, wo das Haus stand?«

»Wie denn ohne ihre Hilfe?«

»Du hast es dir also ausgedacht«, sagt sie und deutet auf den Treppenabschnitt vor ihnen. »Dir stand nicht exakt diese Szenerie vor Augen. Nur die kleine Umeko, die mit fliegenden Zöpfen hinab zur Schule rennt.«

»Du hast schon darin gelesen?« Augenblicklich spürt er seine Überraschung umschlagen in die bange Erwartung des Urteils.

»Heute Morgen, statt an meinem Exposé zu arbeiten. Alle spannst du ein für dein Projekt, typisch Professor.«

»Sag mir, wie du es findest.«

»Besser als befürchtet«, gibt sie grinsend zurück, wird aber sofort wieder ernst. »Kann gut sein, dass sie so gewesen ist. Ein Wildfang, sagt sie ja selbst, und ein großes Plappermaul. Als Grundschülerin hatte sie allerdings kurze Haare, keine Zöpfe.« Über den Rand der Sonnenbrille hinweg wirft sie ihm einen Blick zu. »Du hast an Lu gedacht.«

»Mir gefiel das Bild«, erwidert er lahm.

»Außerdem kann es sein, dass sie auch nach dem Unterricht ihre Uniform tragen musste. An manchen Schulen war das Vorschrift. Keine Ahnung, wie es hier gehandhabt wurde.«

»Zu viel Baseball für deinen Geschmack?«

»Für meinen schon, ihr würde es gefallen.« Den Signalton ihres Handys ignoriert sie oder versucht es zumindest. »Du schreibst aber nicht für sie, richtig? Zu wissen, dass sie es eines Tages lesen könnte, würde dich zu sehr hemmen. Deshalb lieber gleich auf Englisch.«

Unter dem dichten Blätterdach der Bäume ist die Luft so schwer, dass er sogar im Stehen schwitzt. »Glaubst du, sie hat bis heute nicht realisiert, woher die Schreie kamen?«

»Ich muss das weder glauben noch in Zweifel ziehen«, sagt sie, schaut doch auf ihr Display und kann einen Seufzer nicht unterdrücken. »Du bist derjenige, der alles ans Licht zerren will. Und wozu? Behaupte bitte nicht ihretwegen!«

»Schlechte Nachrichten von Dave, oder warum bist du plötzlich so angriffslustig? Was soll ich schon ans Licht zerren, ich tappe selbst im Dunkeln.«

Statt zu antworten, winkt sie Paul und Mutter, die am Fuß der Treppe angekommen sind und sich suchend umdrehen. »Sei ehrlich, dir ist selbst nicht wohl dabei, es hinter ihrem Rücken zu tun. Ich bin nur die Stimme deines Gewissens, die Rolle liegt mir sowieso.«

»Im Ernst, alles in Ordnung bei euch?«

»Alles super. Schick mir ruhig mehr, wenn du eine Rückmeldung brauchst.«

»Oder einen Tritt in den Hintern.«

»Stets zu Diensten.« Mit einem kumpelhaften Knuff in die Seite lässt sie ihn stehen. Rechts und links von ihm ragen Wurzeln aus dem Boden, die sich wie Schlingpflanzen um verwitterte Mauerreste ranken. Eine Weile hält Harry die Augen geschlossen und stellt sich vor, wie es ausgesehen hat, als noch überall am Hang einfache schmucke Holzhäuser standen. Auf den Hügeln ringsum wogte silbriges Chinaschilf, hinter den Mauern des Lagers litten fremde Männer an Hunger, viele starben einen gewaltsamen Tod. Hat seine Mutter trotz allem eine glückliche Kindheit gehabt? Die kleine Einheimische, die stets höflich grüßte und akzentfrei Japanisch sprach. Immer in Eile, von allen gemocht. Die Ängste und Albträume, unter denen sie im Krieg litt, wird er ihr nicht nehmen können, aber ihre fliegenden Zöpfe, beschließt er kurzerhand, darf sie behalten. Soll Julie dazu sagen, was sie will.

Der kleinen Umeko hätte es gefallen.

20

»Warum steht er denn jetzt da oben wie festgewachsen?«, ruft Paul ihr entgegen, als sie den letzten Treppenabschnitt erreicht. Rechts von ihr befindet sich das Verwaltungsgebäude des Museums, auf der anderen Seite ein kleiner Parkplatz für die Angestellten.

»Keine Ahnung«, sagt Julie. »Manchmal müssen Männer tief in sich hineinhorchen.«

»Im Gehen kann er das nicht?«

Ein paar Meter vor ihm dreht sie sich um, schaut aber nicht nach ihrem Onkel, sondern wirft einen raschen Blick aufs Handy. Gegen eins, meinte Dave vorhin, habe er ein paar Minuten Zeit. »Du fragst die Falsche«, murmelt sie abgelenkt.

»Dass wir auf ihn warten, weiß er aber, oder?«

»Wie gesagt.« Harry verweilt da, wo früher A-mahs Haus gestanden hat, und von unten sieht es aus, als träumte er mit geschlossenen Augen vor sich hin. »Ich schlage vor, wir gehen schon mal vor zum Wohnheim«, sagt sie, tippt ›Text you later‹ und steckt das Telefon wieder ein. Ihre Großmutter wirkt sogar mit offenen Augen verträumt; obwohl sie einerseits so agil ist wie seit langem nicht, scheint sie innerlich im Kinkaseki ihrer Kindheit zu versinken: die kleine Umeko, das Kind der Pflaumenblüte, an das Julie schon den ganzen Vormittag denken muss. Die Lektüre von Harrys Geschichte hat sie in eine merkwürdige Stimmung versetzt, in der sie dringend eine Entscheidung über die Zukunft treffen will, notfalls die falsche. Das und ein Ziehen in der Kehle, als würde sie im nächsten Moment in Tränen ausbrechen. Ihre Augen schwimmen, oder liegt es bloß an der klebrigen Hitze? Warum hast du es plötzlich so eilig, alles kaputtzumachen, hat Dave völlig zu Recht gefragt.

Von den vier Einheiten des Wohnheims können drei besichtigt werden. Die hinteren Fenster liegen im Schatten der Bäume und lassen angenehm mildes Licht herein. Im Zeitraffer führt ein Video vor, wie das nach der Schließung der Mine verfallene Haus mit Originalmaterial wiederaufgebaut wurde. A-mah geht durch die Räume, als gehörten sie ihr. »So etwas hatten wir zum Glück nicht«, sagt sie und zeigt auf eine Bodenluke, die hinab in den Bunker führt, der alle vier Wohnungen verbindet. »Sonst hätte uns Herr Tanaka auch von unten belauscht.«

Als Harry sich zu ihnen gesellt, sind sie bereits in der letzten Einheit. Stirnrunzelnd blickt A-mah auf westliche Sitzmöbel und Betten mit hohen Beinen, die die kleinen Zimmer noch beengter wirken lassen. So haben nach dem Krieg die chinesischen Direktoren der Taiwan Mining Company gewohnt. »Kommt davon, wenn man alles so vollstellt«, hört Julie sie murmeln, presst die Lippen zusammen und muss den Blick abwenden. Warum, warum? Irgendwie ist ihr heute alles zu viel.

Aus den klimatisierten Räumen kehren sie zurück in die grelle Sonne. In der Ferne glänzt das Meer zwischen steilen Berghängen, vor ihnen öffnet sich ein von Restaurants gesäumter Platz, und Harry schlägt vor, eine Kleinigkeit zu essen, ehe sie die Besichtigung fortsetzen. Weil A-mah unter den alten Banyanbäumen sitzen will, die das Areal überdachen, bringt ihnen die Bedienung einen Ventilator nach draußen. Paul brütet immer noch über die Niederlage seiner Helden, ihr Onkel studiert den Lageplan und fragt, wo sich das Memorial für die Kriegsgefangenen befindet. »Unterhalb des Tempels«, sagt Julie und zeigt auf eine goldene Götterstatue, die jenseits des tief eingeschnittenen Tals in der Mittagshitze flimmert, »von hier nicht zu sehen.« Bei ihrem letzten Besuch hat sie Dave durch den Ort geführt, den er vom Memorial abgesehen eher uninteressant fand. Wo sie jetzt sitzen, war früher das Tor zum Minengelände; das Chalet des Kronprinzen, der aus Angst vor Malaria dann doch nie hergekommen ist, steht ein Stück weiter den Hang hinauf.

»Die Kupfermine, wo die Gefangenen gearbeitet haben, kann man nicht besichtigen?«

»Nein«, sagt sie, »die ist abgesperrt. Außerdem lag der Eingang unten am Meer.«

Das Essen muss man sich drinnen holen. Paul und Harry gehen los, sie bleibt bei A-mah, die unablässig die Umgebung inspiziert, als suchte sie nach etwas, das ihr bekannt vorkommt. Am Vormittag in seinem Büro nannte Ba es unverantwortlich, sie bei solchen Temperaturen auf einen Ausflug mitzunehmen. Seine Firma befindet sich im siebten Stock eines gesichtslosen Hochhauses an der Zhongxiao East Road. Drinnen gibt es weder Pflanzen noch Bilder an den Wänden, nur Neonlicht, Bodenfliesen und schulterhohe Plastikwände, die jeden Raum in acht bis zehn Würfel unterteilen. Die meisten Angestellten sind kaum älter als Julie, der Chef hat als Einziger ein Zimmer für sich, das ebenso unterkühlt und verraucht ist wie sein Auto. »Fahr vorsichtig«, sagte er und reichte ihr den Schlüssel. Er selbst war noch nie in Jinguashi gewesen.

»Willst du nicht auch mal hin?«, fragte sie. »Einmal nur, immerhin ist es ihr Heimatort.«

»Die Familie kommt aus Keelung.«

»Ihre Familie ja, sie nicht.«

Eine in Bas Augen sinnlose Unterscheidung, die er unkommentiert ließ. Der Kragen seines Polohemds war auf einer Seite hochgeklappt, auf der anderen nicht; es kam vor, dass Besucher ihn auf den ersten Blick für den Hausmeister hielten. Nachdem Julie zwei Stunden lang Harrys Manuskript gelesen hatte, fand sie die stoische Ruhe ihres Vaters unangebracht und geradezu falsch. Womit er sich nicht beschäftigen wollte, das wischte er von sich ab wie die Zigarettenasche auf seinen Klamotten ... falls er es überhaupt bemerkte.

»Hast du dir eigentlich nie einen Sohn gewünscht?«, hörte sie sich fragen. Hinter den Doppelglasfenstern war der Verkehr unten auf der Straße nur ein fernes Rauschen.

»Ich?« Verständnislos schüttelte er den Kopf. »Wie kommst du jetzt darauf?«

»Welcher chinesische Vater wünscht sich keinen?« Dass die Bürotür offenstand, merkte sie zu spät. Eine Sekretärin in weißer Bluse hielt ihren Becher unter den Wasserspender im Flur. Auf einmal glaubte Julie die Überraschung ihres Freundes zu verstehen, dass sie vor ein paar Tagen nicht sofort ja gesagt hatte. Seit sie einander kannten, betrachtete Dave es als seine Aufgabe, sie von Fesseln zu befreien, die ihre Herkunft ihr angeblich angelegt hatte – dass Asiaten traditionell, also letztlich rückwärtsgewandt denken, wusste er so gut wie jedermann, und genauer gesagt verstand sie plötzlich, was sie an der Unterstellung empörte: Selbst wenn sie zutraf, blieb es ein bloßes Vorurteil. Sein Verständnis für sie hatte nicht das Geringste mit ihr zu tun.

Ba schaute sie an wie ein abstraktes Gemälde. Abwinkend hob Julie die Hand und wollte fragen, wann sie das Auto zurückbringen sollte, stattdessen sagte sie: »Ich habe mir überlegt, ich könnte dich in Shanghai besuchen.«

»Ich dachte, es zieht dich nicht nach China.«

»Glaubst du, sie würden mich verhaften?«

»Unsinn, warum sollten sie?«

»Weil ich Xi Jinping hasse und Taiwan für ein unabhängiges Land halte?«

»Solange du's nicht öffentlich sagst.« Seit den Studentenprotesten vor zwei Jahren machte sie kein Geheimnis mehr aus ihren Überzeugungen; leider war es fast unmöglich, mit Ba verwandt zu sein *und* mit ihm zu streiten, schon gar nicht über Politik. Ob er insgeheim dachte, Frauen verstünden davon nichts, oder ob er ihren Standpunkt akzeptierte, ohne ihn zu teilen, ging aus seinem Verhalten nicht hervor. »Wäre es dir recht?«, fragte sie. »Ein Besuch, meine ich. Nur für ein paar Tage.«

»Natürlich.«

»Okay. Mal sehen. Wann brauchst du das Auto zurück?«

»Irgendwann. Sag Harry, der Fahrer für morgen früh steht um fünf vor der Tür. Willst du mit zum Flughafen?«

»Morgen nicht.«

»Klar.« Unablässig spielten seine Finger mit der Zigarettenpackung auf dem Tisch. »Zu beschäftigt mit deiner Doktorarbeit, wie? Kommst du voran?«

Sie wusste, dass er es gut meinte, und nickte ihm von der Tür aus zu. Wenn sie versuchte, sich seine chinesische Geliebte vorzustellen, sah sie ein aufgetakeltes junges Ding mit großen Ohrringen und Launen anstelle von Meinungen, aber warum eigentlich? Vielleicht war sie in Wahrheit vierzig und hatte zwei Kinder von ihm. Jeder liebt auf seine Weise, oder nicht? Was die Ketten, die zwei Menschen aneinanderbanden, zu Fesseln machte, war nicht ihr Gewicht. Sie abzuwerfen, brachte gar nichts. Wovon wir uns wirklich befreien müssen, hatte sie Dave oft gesagt und dabei mehr sich selbst als ihn gemeint, ist bloß der Gedanke an Flucht.

Nach dem Essen wollen Harry und Paul hinauf zum Schrein. Für A-mah ist der Weg zu steil, außerdem interessiert sie sich mehr für das Chalet des Kronprinzen, und Julie beschließt, sie zu begleiten. Nach wenigen Schritten stehen sie in dem eingezäunten Garten, der das einstöckige Gebäude umgibt. Das Wort ›Chalet‹ weckt falsche Vorstellungen, es handelt sich um ein simples japanisches Holzhaus, aufgebockt auf kurzen Pfählen so wie manche Zen-Tempel. Seinerzeit sollte Kronprinz Hirohito die gepflegten Kieswege, Teiche und Zierpflanzen durch große Glasfenster betrachten, aber da heutige Besucher das Innere nicht betreten dürfen, kehrt sich die Blickrichtung um. Möbel sind keine zu erkennen, das Domizil wirkt verloren und verlassen. Außer ihnen befinden sich auch kaum Menschen auf dem Gelände, und nach einer Weile steuert Julie eine Bank an und lässt A-mah den Garten allein erkunden.

›Now I have a minute‹, schreibt sie. Jenseits der Schlucht, die den alten Ortskern versteckt, erhebt sich der Teekannenberg mit seiner markanten felsigen Spitze.

›Any new thoughts or is it still a No?‹ Mittags begnügt sich ihr Freund mit einem Snack in der hauseigenen Lounge. In Hongkong konnte sie von der Wohnung aus den Hochhausturm sehen, in dem er saß und ihr schrieb, er freue sich auf den Abend. ›It did come as a surprise‹, fügt er hinzu, ›felt like one of your rather impulsive decisions.‹

›That word again. Code for crazy, I guess.‹

›Impulsive? It's what you are. Just another word for wonderful.‹ Wie souverän und elegant er das Ende akzeptiert, gegen das er sich zu stemmen vorgibt, findet sie ebenso bewunderns- wie hassenswert. Wahrscheinlich sind Engländer einfach die besseren Chinesen.

›Maybe after Brexit you'll reconsider anyway‹, schreibt sie, ebenfalls unaufrichtig.

›Is that what my profession calls a caveat?‹ Das Wort kennt sie nicht und hat keine Lust, es nachzuschlagen. Er ist schlagfertig und rhetorisch geschickt, außerdem macht sie es ihm viel zu leicht. Langsam geht A-mah die Kieswege entlang und bedenkt jede Pflanze mit liebevoller Aufmerksamkeit. ›Truth is‹, ergänzt er, weil sie nicht antwortet, ›I'm not made for life in Asia.‹

›Truth is, I am.‹

›Let's have that conversation next time you're here.‹ Am liebsten würde sie antworten, dass es kein nächstes Mal geben wird. Das ganze Beziehungsding kommt ihr auf einmal lächerlich vor; zwei Menschen, die so tun, als hätten sie einander in einer milliardenköpfigen Menge gefunden. Ba hat damals einen Studienfreund gefragt, ob er eine Frau kennt, die bei potentiellen Partnern nicht zu sehr aufs Äußere achtet. Der Kommilitone hat ihm seine Cousine vorgestellt, drei Jahre später kam Julie zur Welt. Jetzt steckt sie das Telefon ein und folgt dem Rundweg bis dahin, wo sich A-mah über einen Strauch blühender Kamelien beugt. »Sei so gut, mach ein Foto für mich«, sagt sie, als sie ihre Enkelin bemerkt. »Mit meinen zitternden Händen verwackelt alles.«

»Wollen wir uns nicht lieber in den Schatten setzen und auf die beiden warten? Nebenan gibt es ein Teehaus.«

Statt zu antworten, gibt A-mah ihr genaue Instruktionen, welche Blüten sie ablichten soll. »Ist es nicht wunderschön hier?«

»Weißt du, wir hätten so oft herkommen können. Du hast nie ein Wort gesagt.«

»Kindchen, Kindchen, was schaust du so traurig?« Wie früher legt sie ihr eine Hand auf die Wange, und Julie muss kurz schlucken, ehe sie weitersprechen kann: »Lass mich eins von dir und den Pflanzen machen.«

»Das sind Kamelien, weißt du.«

»Stell dich näher dran. Mit dem Chalet im Hintergrund.«

»Aiya«, seufzt sie, »was soll ich alte Frau auf einem Bild.« Dann richtet sie sorgfältig ihren Hut, steht still und weiß als Einzige, was der Moment für sie bedeutet. Ehe Julie ihr das Foto auf dem Display zeigen kann, ist sie weitergegangen, und Julie wischt sich Tränen ab, die ihr plötzlich aus den Augen schießen wie Wasser aus einem geplatzten Schlauch. So wie damals nach der Rede, als A-mah von der Bühne kam und sie sie vor allen Leuten in den Arm nahm, weil es einfach nicht anders ging.

Als Julie das nächste Mal auf ihr Telefon schaut, wundert sich Dave über die lange Pause. ›Caveat means, basically, to guard against a certain outcome. In case you were searching.‹

›Just talking to my grandma.‹

›Okay. So we discuss this again face to face? I feel like I haven't presented my case the way I should have.‹

›You did okay.‹

›Ouch!‹

Weil sie sich kennt, widersteht sie dem Drang, sofort alle Türen zuzuschlagen. Noch einmal werden sie einander in Hongkong sehen und zwei- oder dreimal miteinander schlafen; sie wird zum Abschied heulen und er das passende Gesicht dazu machen, danach muss jeder für sich entscheiden, ob es das wert war. Immerhin, zu bereuen gibt es nichts.

Ohne dass sie es bemerkt hat, sind Wolken aufgezogen. Über die Berge treiben sie heran aus Richtung Keelung. Natürlich hat sie ihren Fall auch nicht auf die beste Weise präsentiert. Als sie ihm neulich erklären wollte, dass sie A-mah nicht zurücklassen *kann*, meinte er, das respektiere er, es imponiere ihm sogar, aber eines Tages werde sie mit den Konsequenzen einer Entscheidung leben müssen, deren Grund nicht mehr besteht. Anwalt eben, in seinem Job ist er sehr gut. Im nächsten Moment schaut sie sich nach A-mah um und kann sie nirgends entdecken. Auf halbem Weg den Hang hinauf ist das Torii des früheren Schreins zu erkennen. Das sei ihr Lieblingsplatz gewesen, hat sie einmal gesagt, so hoch über dem Ort, dass dort zu stehen ein bisschen wie fliegen war. Jetzt werden die Wolken dunkler, von irgendwo kommt Wind auf und für eine Sekunde weiß Julie genau, wie es sich anfühlen wird.

―――

Bevor sie hinauf zum Schrein gehen, kauft er für Paul und sich zwei Flaschen Wasser. Da der Schacht Nummer fünf fast auf dem Weg liegt, schauen sie zuerst dort vorbei. Schienen führen bis zum Eingang, wo in einem Glaskasten die von seiner Mutter erwähnte deutsche Diesellok ausgestellt ist. ›Verkauf durch Krupp-Dolberg‹, steht auf der Motorhaube, Paul erinnert sie an den fahrbaren Rasenmäher ihres Nachbarn in Williamstown, Mr. Horton. Ausgerüstet mit Schutzhelmen, die ein Angestellter des Museums ihnen aushändigt, folgen sie dem Verlauf des Schachts, in dem lebensgroße Puppen darstellen, wie das Gold früher abgebaut wurde. A-mahs Vater hat nie unter Tage gearbeitet, erklärt Harry seinem Sohn, sondern im Büro, andernfalls wäre die Familie kaum in den Genuss ihrer privilegierten Wohnlage gekommen. »In meiner Kindheit lebte er zurückgezogen in Dadaocheng, die Teehandlung war bereits verkauft.« Weiter drinnen im Fels erklären Schaubilder die Konstruktion der hölzernen Stützbalken, dann knickt der Weg rechtwinklig ab, sie passieren ein paar ausgediente Loren und sind kurz darauf wieder draußen.

»Glaubst du, dass ihr der Ausflug gefällt?«, fragt Paul und blinzelt ins helle Licht. A-mah nennt er sie weiterhin nicht, aber immerhin bemüht er sich, Chinesisch zu sprechen.

»Ehrlich gesagt, habe ich sie lange nicht so lebhaft gesehen. Was ist mit dir?«

»Ich auch nicht.«

»Wie dir der Ausflug gefällt, meine ich.«

»Gut. Ist bloß extrem heiß hier.«

»Trink einen Schluck, bevor wir weitergehen«, sagt Harry und gibt ihm sein Wasser.

Erneut erwarten sie steile Treppen. Große schwarze Schmetterlinge flattern umher, die aufgeheizte Luft steht still über der Schlucht, die sich von den felsigen Gipfeln bis hinab zum Meer zieht. Weiter oben ist ihr Verlauf wegen des dichten Chinaschilfs kaum auszumachen; dessen lange Blätter sind angeblich so scharf, dass man sich die Haut daran aufschneiden kann. »Irgendwo da unten muss übrigens das Lager gewesen sein, von dem ich dir erzählt habe«, sagt Harry und zeigt auf die goldene Götterstatue im Tal. »Hauptsächlich für britische Kriegsgefangene, die die Japaner in Singapur und Hongkong gemacht hatten. Als die Amerikaner ihre Luftangriffe flogen, wussten sie von dem Lager nichts, ihnen ging es um die Kupfermine auf der anderen Seite. Habt ihr den Pazifikkrieg in der Schule schon behandelt? Ich meine, weißt du etwas darüber?«

»Wir haben gewonnen«, sagt sein Sohn. »We bombed the shit out of them and they surrendered. Their emperor did. Im Radio, richtig?«

»Stimmt. Zu Hause wird allerdings oft vergessen, dass die Japaner im Dezember 41 nicht nur Pearl Harbor überfallen haben, sondern halb Südostasien. Taiwan war ein wichtiger Stützpunkt für ihren Angriff auf die Philippinen. Viele junge Männer wurden eingezogen, Ureinwohner vor allem. Schwer zu sagen, ob wir den Krieg gewonnen oder verloren haben – Taiwaner mussten auf beiden Seiten kämpfen. Leute wie dein Urgroßvater, der hier in der Goldmine gearbeitet hat, dürften innerlich zwischen den Fronten gestanden haben.«

»Kanntest du ihn gut?«

»Als er starb, war ich elf. Für meine Begriffe sprach er komisch Chinesisch, er hatte es erst nach dem Krieg gelernt. In Japan hätte ich bleiben sollen, hat er als alter Mann immer gesagt. Mein Urgroßvater in Keelung hingegen war Lehrer für chinesische Klassiker, bevor solche Schulen verboten wurden. Seine Frau hatte gebundene Füße wie in der Kaiserzeit, die beiden waren überhaupt nicht japanisch.« Sobald er im Sprechen innehält, ist außer dem Gesang der Zikaden kein Geräusch zu hören. Er klingt wie ein Tinnitus und kommt von überall. »Komische Familie, wirst du denken, aber nicht untypisch für Taiwan.«

»Julie will keine Chinesin sein, obwohl sie zugibt, dass ihr Taiwanisch nicht gut ist. Das finde ich komisch.«

»Man identifiziert sich ungern mit einem Land, das einen ständig mit Krieg bedroht.« Über ihnen ziehen weiße Wolken hinweg, deren Schatten auf den Hängen talwärts gleiten. Würde sein Sohn einwilligen, für eine Weile hier zu leben, könnte er ihm das alles besser erklären. »Hast du eine Ahnung, warum deine Cousine so still ist, seit wir hier sind?«

»Sie bricht jemandem das Herz«, erklärt er, offenbar hat er ihr im Auto über die Schulter geschaut. »Guy named Dave. Don't worry, she'll be fine. War nicht die Liebe ihres Lebens.«

»Wenn du es sagst.«

Dabei lassen sie es für den Moment bewenden und steigen die letzten Meter hinauf zum Schrein. Eine Ruine aus wenigen, den Grundriss andeutenden Betonsäulen, die einst aus Hinoki oder Kampferholz gewesen sein müssen. Wo der Brunnen war, liegen Münzen auf dem Boden, dahinter fällt der Fels senkrecht ab, so dass sie wie am Rand einer Empore stehen und hinaus übers Meer schauen. »Das war früher ihr

Lieblingsplatz«, sagt Harry. Vom Ort selbst ist überraschend wenig zu sehen, das zerklüftete Terrain verbirgt ihn hinter Felsvorsprüngen und der üppigen Vegetation.

»Höhenangst hatte sie schon mal nicht.« Eifrig macht Paul ein paar Fotos. Gegenüber erhebt sich der Jilong-Berg, im Volksmund auch Schwangere Schönheit genannt. Auf dem Plan findet Harry die Grundschule, die seine Mutter früher besucht hat, aber ohne Fernglas kann er sie dort unten nicht entdecken. »Machen wir ein Bild von uns?«, fragt er, »mit dem Meer im Hintergrund?« Am Rand des Plateaus verläuft eine kniehohe Mauer. Bevor sie dort Platz nehmen, wirft Paul einen Blick auf die Wolken am Himmel, die ein wenig dunkler aussehen als zuvor. »Wird das Wetter ... wie heißt es? Ändern.«

»Umschlagen«, sagt Harry. »Kann sein, das passiert schnell hier oben. Merkst du übrigens, dass dein Chinesisch besser geworden ist, nach bloß vier Tagen? Stell dir vor, was innerhalb eines halben Jahres passieren würde.«

»I hear you, Dad.«

»Ich sage es nur. Die Entscheidung liegt bei dir.«

Den Arm mit dem Handy hat sein Sohn bereits ausgestreckt, jetzt lässt er ihn noch einmal sinken. »Ich werde nicht in ihrem Apartment wohnen. No way.«

»Natürlich nicht. Weißt du, meinetwegen müsste es nicht mal Taipei sein. Wir könnten in den Süden gehen, nach Tainan zum Beispiel, wo ich studiert habe. Es regnet weniger als im Norden, und ein Baseballteam gibt es auch. Wang Chien-ming stammt von dort.«

»Vielleicht musst du erst mal schauen, welche Uni dich will.«

»Ich warte nur auf grünes Licht von dir. Geduldig, ohne dich unter Druck zu setzen.«

»Halt still jetzt«, sagt Paul und justiert das Kameraauge.

»Wirklich, no pressure at all. Hörst du?« Er war nie besonders gut darin, seinen Sohn zum Lachen zu bringen, aber jetzt erscheinen sie beide breit grinsend im Display und sehen einander ausgesprochen ähnlich. Nach dem ersten Foto macht Paul ein zweites und erwischt genau den Moment, da sein Vater ihm einen Kuss auf das von der Sonne aufgeheizte Haar drückt. Augenrollend präsentiert er das Ergebnis. »I'm going to delete this.«

»Schick es deiner Mutter, ihr wird's gefallen.« Schieben sich Wolken vor die Sonne, liegt für Sekunden ein angenehm kühler Hauch in der Luft. Bevor Harry entscheiden kann, ob sein Sohn eben ja gesagt hat oder nicht, klingelt das Telefon, und Julies Name wird angezeigt. »Wir sind unterwegs«, sagt er. »So gut wie. Gib uns fünf Minuten.«

»Ich habe A-mah verloren.« Ihre Stimme klingt eher niedergeschlagen als besorgt.

»Was soll das heißen, verloren?«

»Wir waren im Garten beim Chalet. Sie hat die Pflanzen angeschaut, und auf einmal war sie nicht mehr da.«

»Hast du ihr Handy angerufen?«

»Voicemail. Wahrscheinlich hat sie's in der Handtasche.« Sie kündigt an, den Weg zurück zum Parkplatz zu gehen. »Ein Gefühl sagt mir, sie will noch mal dahin, wo das Haus stand.«

»Kann sein«, sagt er. »Wir suchen sie unten im Ort.«

»Grandma?«, fragt Paul und nennt sie zum ersten Mal nicht ›deine Mutter‹.

»Weit kann sie nicht sein. Vielleicht musste sie bloß zur Toilette. Auf geht's!«

Im Teehaus neben dem Chalet, das sie fünf Minuten später erreichen, kann sich die Bedienung nicht an eine alte Dame mit Sonnenhut erinnern, nur an eine junge, die eben nach ihr gefragt hat. Gemeinsam gehen sie weiter bis zu dem Platz, wo sie vorher zu Mittag gegessen haben, und folgen einem Hinweisschild zum alten Ortskern. Auf der einen Seite der abschüssigen Gasse liegen Gärten, aus denen es modrig riecht, auf der anderen zieht sich eine Mauer aus rotem Backstein dahin. Das nächste Plateau, das sich vor ihnen öffnet, ist bis auf ein paar rostige Metallskulpturen leer. Laut Harrys Plan hat hier einst das Krankenhaus von Jinguashi gestanden. Da sie einander über die Telefone orten können, bittet er Paul, der Straße zu folgen, die im weiten Bogen hinab zur Grundschule führt. »Vielleicht will sie die besuchen. Ich gehe die Treppen runter zum Fluss, irgendwo da unten treffen wir uns.« Mit der Hand deutet er die Richtung an.

»Glaubst du, dass sie sich verlaufen hat?«

»Jedenfalls kennt sie den Ort nicht mehr so gut wie früher.« Als er aufschaut, befindet sich die Götterstatue auf der anderen Talseite wieder über ihm, das Meer ist nur noch ein kleines blaues Dreieck zwischen zwei Berghängen. Zu spät fällt ihm ein, dass es bei der Grundschule einen Tempel gibt, den Mutter vielleicht sehen will, also schickt er Paul eine Nachricht hinterher. Helens Handy scheint griffbereit neben dem Bett zu liegen, jedenfalls hat sie auf das Selfie von eben bereits reagiert: ›I love you guys! Can't wait to have you back home.‹

Statt weiterzueilen, bleibt er einen Moment stehen, um zu verschnaufen. Bis zum Abflug sind es noch etwa fünfzehn Stunden, und auf einmal denkt er daran, wie er vor zwei Jahren zu Hause in Williamstown am Computer saß und die Nachrichten aus seiner Heimat verfolgte. Es muss ein Abend früh im April gewesen sein. Um ein Handelsabkommen mit der Volksrepublik zu verhindern, hatten Studenten das Parlament besetzt und damit eine Protestlawine losgetreten, die das ganze Land überrollte. Weil Harry nicht vor Ort sein konnte, las er täglich unzählige Zeitungsartikel, Blogs und Manifeste. Die heimische Presse war in die üblichen Lager gespalten. Beim letzten Telefonat hatte seine Mutter stolz berichtet, dass Julie ebenfalls vor dem besetzten Parlament kampierte. ›Sonnenblumen-Bewegung‹ nannte sich das Ganze, weil die junge Generation besser als die alte verstand, dass geeignete Symbole im Kampf um die öffentliche Meinung helfen.

An jenem Abend ging es auf Mitternacht zu. Als Helen den Kopf durch die Tür steckte, trug sie bereits das T-Shirt ihres Colleges, in dem sie schlief, sobald die Nächte wärmer wurden. Die Kastanie im Garten trieb erste Knospen.

»Komme sofort«, sagte er. »Ein Video noch, dann bin ich bei dir.«

Es war ein viel geteilter Clip von knapp sechs Minuten Länge. Auf einer kniehohen Bühne stand eine alte Dame mit Sonnenhut und sah aus wie seine Mutter. Wie viele Menschen vor ihr saßen, war nicht zu erkennen, auch die Tonqualität ließ zu wünschen übrig. Offenbar hatte sie schon vor Beginn der Aufnahme eine Weile gesprochen. Der erste Satz, den Harry verstand, lautete: ›Als junges Mädchen dachte ich, um eine Japanerin zu werden, muss ich mich in der Schule anstrengen.‹ Im Netz kursierte bereits eine zweite Version mit englischen Untertiteln und begeisterten Kommentaren. Zunächst sprach die alte Dame über ihren Bruder, den sie einmal im Jahr auf der Grünen Insel besucht habe. Zu keinem Zeitpunkt rang sie nach Worten oder drohte von Rührung übermannt zu werden, sondern stand aufrecht auf ihrem Platz und hielt das Mikrofon mit beiden Händen. Dass der Mann auf dem Sonnenhut ihrer Meinung nach nicht ins Gefängnis gehörte, erwähnte sie ebenfalls. Es war eine in ihrer Einfachheit und Klarheit bewegende Rede, der Harry starr vor Staunen zuhörte. Am Schluss dankte sie den Zuhörern und verbeugte sich. Der muskulöse Student im schwarzen T-Shirt, der neben ihr stand, streckte die Hand nach dem Mikrofon aus. Noch nie hatte Harry seine Mutter so lange an einem Stück sprechen gehört.

Jemand lief durchs Bild. Die Kamera wackelte, ehe sie sich wieder auf die Bühne richtete. ›Eins sollte ich noch erzählen‹, sagte seine Mutter. Ihm fiel auf, dass erst drei Viertel der Zeit abgelaufen waren. ›In dem Ort, wo ich aufgewachsen bin, gab es ein Lager für ausländische Kriegsgefangene. Engländer hauptsächlich.‹ Für einen Moment schien die Aufmerksamkeit des Publikums nachzulassen; der Moderator machte eine Bewegung, als ob er dazwischengehen wollte, und auch seine Mutter wirkte zum ersten Mal unsicher. Als sie eine Lehrerin erwähnte, die sie gemocht und sogar bewundert habe, war ihre Stimme kaum noch zu verstehen. ›Im Unterricht hatte sie uns eingeschärft, wachsam zu sein, weil überall Spione und Verräter lauerten, und als Kinder glaubten wir unseren Lehrern jedes Wort – bis nach dem Krieg neue Lehrer kamen, die das Gegenteil dessen behaupteten, was die früheren gesagt hatten.‹ Im Hintergrund bat jemand zischelnd um Ruhe. ›In Wirklichkeit gab es gar nichts, was wir hätten ausspionieren oder verraten können, wir sollten bloß Angst haben. Vor allem voreinander.‹ Entschieden schüttelte sie den Kopf. ›Jede Unterdrückung beginnt mit frischen Lügen und endet erst, wenn wir den Mut finden, sie so zu nennen. Also hört nicht auf eure Lehrer, sondern findet die Wahrheit selbst heraus! Ich hoffe, es gelingt euch schneller als mir.‹ Ihr letzter Satz ging beinahe unter, weil die Zuhörer wie wild applaudierten. Auf einmal klang es nach einer sehr großen Menge. Erneut wackelte die Kamera, jemand entschuldigte sich, und Mutters Stimme sagte: ›Ja, Liebes, ein Wasser wäre nett.‹

Dann fror das Bild ein.

»Das musst du sehen«, sagte er, als Helen das nächste Mal hereinkam. Gemeinsam schauten sie sich die untertitelte Version an. Einerseits war er stolz auf seine Mutter, andererseits fragte er sich, wann sie zu diesen Einsichten gelangt war und warum sie ihm nie etwas davon gesagt hatte. Fast fühlte es sich an, als säße er ihr wie damals im Zug gegenüber und wartete auf ein klärendes Wort. Tatsächlich hatte er, als sie sich einer Gruppe von Fremden anvertraute, längst die Hoffnung verloren, sie könnte ihr Schweigen je brechen.

―――

Als sie beim Schultor ankam, war sie völlig außer Atem. Typisch, dachte sie, mal wieder zu schnell unterwegs gewesen. Der Sommer hatte begonnen, und sobald Umeko stehenblieb, spürte sie das Zirpen der Grillen wie ein Kitzeln im Ohr. Auf der anderen Straßenseite lag der Sportplatz leer und verlassen in der Sonne. War sie zu spät gekommen? Auch auf dem Schulhof sah sie niemanden, nicht einmal den Hausmeister, dessen Name ihr vor Aufregung nicht einfiel. Was sie Rektor Kondō sagen wollte, hatte sie sich genau überlegt und fürchtete trotzdem, sich zu verhaspeln. Alles wäre leichter, wenn es nicht gleichzeitig so vieles gäbe, was er nicht erfahren durfte.

Erst einmal musste sie verschnaufen und sich sammeln. Der Himmel war wolkenlos, ideal für einen Fliegerangriff, trotzdem hatte sie unterwegs niemanden getroffen, der ängstlich nach oben schaute. Bei solchen Temperaturen blieben die meisten Leute lieber im Haus, nur sie rannte hier draußen herum. Kurzentschlossen machte sie kehrt, überquerte erst die Straße, dann den Sportplatz und lief bis zur hinteren Ecke, wo man das Meer sah. Schon von weitem stieg ihr der Duft der Räucherstäbchen in die Nase, die beim Goldglück-Tempel verbrannt wurden. Dort auf dem Markt hatte sie seinerzeit beschlossen, ihrer Freundin zu helfen, jetzt erreichte sie den Zaun und konnte auch auf dem Vorplatz keine Menschenseele entdecken. Gab es überhaupt nichts mehr zu kaufen? Allmählich beruhigte sich ihr Atem, aber das Herz klopfte weiter wie vorher. Seit dem Besuch des Offiziers hatte Rektor Kondō diesen strengen Blick und sprach sogar mit den Kollegen in zackig kurzen Sätzen, als wären sie seine Untergebenen. Sollte sie es lieber noch einmal bei Lehrerin Honda versuchen? Sie könnte ja so tun, als würde sie sich nur *vorstellen*, sie hätte etwas Wichtiges entdeckt und wollte wissen, was in dem Fall zu tun wäre. Reiko hatte es jedenfalls schwer genug mit der kranken Mutter und den vielen Geschwistern, und wenn jetzt auch noch die Bauchschmerzen dazukamen ... Als beste Freundin war es ihre Pflicht, zu helfen. Sie durfte bloß nicht damit herausplatzen, dass sie ihre Eltern nachts belauscht hatte.

Als Umeko kurz die Augen schloss, glaubte sie den Jubel zu hören, der damals auf dem Sportplatz geherrscht hatte. Was Keiji ihr raten würde, wusste sie genau: hinüber zum Hügel bei Jiufen zu gehen und sich mit eigenen Augen zu überzeugen, aber das kam nicht in Frage; wegen der Soldaten und der Geister und weil es noch verbotener war, als beim Chalet des Kronprinzen über den Zaun zu klettern. Die Sonne schien so kraftvoll, dass vor ihren Pupillen bunte Punkte tanzten. Eine andere Frage lautete, ob Reiko überhaupt weiter zur Schule gehen wollte. Immer tat sie so, als wäre ihr alles egal, aber wenn man sie beim Wort nahm und in Ruhe ließ, war sie beleidigt. Ein paarmal blinzelte Umeko und kämpfte gegen den Impuls an, nach Hause zu gehen. Alle behaupteten etwas anderes. Erstens sei das mit den Schmerzen halb so wild, meinte Mutter, und zweitens müsse sie sich darüber jetzt noch keine Gedanken machen. Vater nannte den Verrückten einen armen Kerl, der zu viel redete, weiter nichts. Wenn sie ehrlich war, hatte sie ihn seit Wochen nirgends gesehen. Aber einfach umzukehren, wäre feige, oder?

Am liebsten hätte sie eine Runde um den Sportplatz gedreht und sich vorgestellt, der Jubel der Zuschauer gälte ihr. Stattdessen lief sie zurück zum Schultor. Seit der Ankunft der Gefangenen musste sie vorsichtig sein bei allem, was sie sagte und tat. Immer öfter gingen Soldaten durch den Ort und trieben die Ausländer mit der Schubkarre zur Eile an. Hayaku, hayaku! Rannte sie nicht rechtzeitig fort und versteckte sich, sah sie unter den Tüchern eine Hand oder einen Fuß hervorlugen. Als sie die Klinke drückte, war das Tor unverschlossen, aber kaum hatte sie sich innerlich überwunden, hörte sie Schritte auf der Straße – und wen sah sie aus dem Ort herabschlendern, als sie den Kopf drehte? Ihren Bruder!

»Na, da schau an!«, rief sie überrascht. »Mit dir hätte ich jetzt nicht gerechnet.«

In seinen Sportsachen sah er aus, als komme er direkt vom Training. »Hier bist du«, sagte er und hob grüßend die Hand. »Wir haben uns schon Sorgen gemacht.«

»Um mich?«, lachte sie und fragte sich, ob Vater ihn losgeschickt hatte, um sie zu suchen. »Gibt es doch Fliegeralarm?«

»Niemand wusste, wo du bist.«

»Stell dir vor, manchmal habe ich eben Dinge zu tun.«

Daraufhin warf er ihr einen prüfenden Blick zu, und obwohl sie froh war, ihn zu sehen, fühlte sie sich ertappt. Warum fragst du mich dauernd nach dem alten Tsai, hatte Vater gestern geschimpft, weil er in Ruhe die Zeitung lesen wollte. Auch ohne dass sie ihn störte, waren die Nachrichten schlimm genug. »Was für Dinge?«, wollte Keiji wissen.

»Sag mir lieber, was du hier tust«, erwiderte sie. »Warum bist du nicht in Taihoku?«

»Wir machen einen Ausflug.«

»Ausgerechnet hierher, wie schön für dich.« Mit der Schulter drückte sie das Tor auf und betrat den Schulhof. Er zögerte einen Moment, ehe er ihr folgte. »Beim Chalet des Kronprinzen war ich, wenn du's schon wissen musst«, sagte sie, darauf gefasst, dass er ihr nicht glauben würde. Plötzlich fühlte sie dieselbe Erleichterung wie morgens, wenn sie aus einem bösen Traum erwachte und sich in ihrem eigenen Bett wiederfand. Als hätte sie gar nicht vorgehabt, Rektor Kondō zu treffen. Wozu denn? »Hat Vater was gesagt?«, fragte sie.

»Nein, wieso?«

»Hätte ja sein können.« Vielleicht war es von Anfang an ein schlechter Plan gewesen. Mit dem Krieg ging schließlich auch die Autorität des Rektors zu Ende, streng genommen war es bereits keine japanische Schule mehr, deren Hof sie überquerte und dabei die Hitze spürte wie einen Widerstand in der Luft. Ihre Beine wurden schwer. Als sie sich umdrehte, um Keiji zu sagen, dass das Chalet kleiner war, als sie gedacht hatte, schaute er auf das schwarze Ding in seiner Hand, so wie zu Hause. Guashan Grundschule stand über dem Eingang. Am liebsten hätte sie ihn gebeten, noch einen Augenblick mitzuspielen, aber es war zu spät.

»Vater sucht auch nach dir«, sagte er. »Oben im Ort.«

»Als ob ich einen Aufpasser brauchen würde.« Neben dem Gebäude wuchsen Obstbäume, an die sie sich nicht erinnerte, und überall auf dem Boden sah sie gemalte Tiere mit lachenden Gesichtern. Das hier war eine Schule für fröhliche Kinder, die keinen Krieg kannten, noch nie einen Gefangenen gesehen hatten und sicherlich nicht ahnten, dass sich das alles so schnell ändern konnte wie das Wetter.

»Weißt du, wie wir am besten zurück nach da kommen?«, fragt er in seinem unbeholfenen Chinesisch.

»Stell dir vor, das weiß ich.« Lächelnd geht sie ein paar Schritte auf ihn zu. Die Verlegenheit in seinem hübschen Gesicht kommt ihr bekannt vor; er ist ein ebenso sanfter Junge, wie Hua-li früher einer war. Soll sie ihm sagen, es sei nur ein Spaß gewesen? Sonst hält er sie am Ende für eine verrückte alte Schachtel. »Es gibt nämlich eine Abkürzung am Fluss entlang.«

Zwar nickt er, aber sie weiß, dass er sie nicht verstanden hat. In Amerika lernt er die Sprache nicht, und nach Taiwan kommt Hua-lis Familie fast nie. Vorsichtig fährt sie mit der Hand über sein Haar. Ganz ähnlich hat ihr Jüngster sie früher im Zug angeschaut: als fragte er sich, was zum Teufel in ihr vorgeht, und genau wie damals würde sie es ihm gern erklären, aber wo beginnen? Alle Gedanken und Gefühle ergeben sich aus anderen, und die wieder aus anderen und immer so weiter. Es gleicht dem Versuch, rückwärts über die Steine in einem Fluss zu springen, der kein Ufer hat.

»Das war deine Schule?«, fragt Paul.

»Ja. Früher sah sie anders aus, so wie der ganze Ort. Als Kind dachte ich, dass es nirgendwo auf der Welt schöner sein kann als hier. Die Häuser waren wirklich schöner. Es gibt eben nur ein Zuhause, und wenn man das verliert ...« Dann was? Am Himmel ziehen Wolken auf und bringen leichte Abkühlung, trotzdem spürt sie die Anstrengung des langen Spaziergangs immer stärker. Am Ende war es doch nur ein Verlust von vielen. »Gehen wir«, sagt sie, »dein Vater wartet auf uns.«

Beim Tor bleibt sie ein letztes Mal stehen. Im abnehmenden Licht sieht der Sportplatz aus wie damals an Keijis großem Tag. Ein verunglückter Curveball, den er nicht einmal voll erwischt hatte: Einmal prallte er auf und flog über die ausgestreckte Hand des Pitchers hinweg ins Innenfeld, dann schrien alle durcheinander und zeigten Ah-hao an, dass er weiterrennen sollte. Hat sie gerade eben wirklich geglaubt, ihren Bruder zu sehen? Manchmal ist es wie ein Sog, dem sie nicht widerstehen kann, aber in Wahrheit hat es ihn nie hierher zurückgezogen. So wenig, wie er mit ihr nach Japan fliegen wollte. Damals dachte sie, er habe seinen Frieden gemacht, inzwischen glaubt sie, dass er ebenso erfolglos danach gesucht hat wie sie. Innerlich fraß die Wut an ihm wie das Geschwür, an dem er schließlich gestorben ist. Statt anzurufen, schrieb seine Frau einen Brief, und als der in Taipei eintraf, lag Keiji bereits auf dem kleinen Friedhof, an den sie bis heute nur fröstelnd denken kann. Mit dem Abschied halten sich Christen nicht lange auf. Weder war sie je an seinem Grab, noch erinnert sie sich an seine letzten Worte zu ihr. Bis dann, lauteten sie jedes Mal am Bahnhof von Taitung, wo sie ihre Tasche in die eine Hand nahm und den Sohn an die andere, bevor sie einander zulächelten, als wäre alles gesagt.

Jeder für sich hatten sie ihre Lektion verinnerlicht.

Weil sie sich nicht losreißen kann, bleibt auch der Junge stehen und dreht sich nach ihr um: »Kommst du?« Hua-li zuliebe hätte sie sich mehr Mühe geben müssen, aber ihre Kräfte waren endlich. Mein einziger Sohn, denkt sie immer noch manchmal, weil er ihr von den dreien am meisten ähnelt. Einzelne Sonnenstrahlen stoßen durch die Wolkendecke und produzieren ein scharfes Zwielicht, so wie früher am Ende der Regenzeit. Für einen Moment ist es, als sähe sie Umeko und ihren Bruder gemeinsam hinauf zur Mine gehen. Unaufhörlich redet die Kleine auf ihn ein, er schüttelt ab und zu den Kopf und lacht, dann sind sie hinter der nächsten Biegung verschwunden. Hänge umschließen den

Ort wie die Tribünen eines Stadions. Auf halber Höhe erhebt sich das Torii des Schreins.

»Bis dann«, sagt sie leise, schließt das Schultor und folgt ihrem Enkel hinab zum Fluss.

———

Der alte Ortskern von Jinguashi besteht aus wenigen Häusern. Anstelle von Straßen verlaufen am Fuß der Schlucht verwinkelte Gehwege und Treppen, die größtenteils im Schatten liegen. Aus einem offenen Fenster wabert der Duft von Räucherstäbchen, woanders erklingt leise Klaviermusik. Harry passiert ein Café, in dem niemand sitzt, dann hört er den Fluss und kurz darauf den Signalton seines Telefons. ›I found her at the school‹, schreibt Paul und fügt hinzu, A-mah erscheine ihm ziemlich desorientiert. ›She's talking to me like I am somebody else.‹ Als Harry ihn anruft, erfährt er, dass die beiden einen Pfad am Flussufer entlanggehen, der sie hoffentlich hinauf in den Ort führt. »Ich komme euch entgegen«, sagt er.

»Lauter Sträucher hier«, antwortet sein Sohn. »We're rather slow.«

»Wenn es ihr zu anstrengend wird, wartet einfach, ich finde euch.« Laut der Ortungsfunktion seines Handys beträgt die Entfernung zu dem von Paul knapp dreihundert Meter. Hier unten ist der Fluss nur ein kleiner Gebirgsbach, der sich zwischen engstehenden Häusern entlangwindet. Hinter der nächsten Wegbiegung führt eine brüchig aussehende Betonbrücke auf die andere Seite, dort steigt das Gelände steil an, aber da die Schule diesseits des Flusses liegt, folgt Harry dem Zickzackkurs verwaister Gässchen, die an manchen Stellen so schmal sind, dass er die Hauswände rechts und links gleichzeitig berühren kann. Jinguashi ist ein merkwürdiger Ort, so idyllisch wie unübersichtlich, voller Verstecke und toter Winkel. Auf einmal hört er den Fluss wieder zehn bis fünfzehn Meter unter sich und erkennt eine von Gesträuch überwucherte Treppe, die direkt ans Ufer führt. Sobald er stehenbleibt, lockt der Schweiß auf seiner Haut scharenweise Insekten an. Dem Display zufolge sind es jetzt noch etwa hundertfünfzig Meter, im nächsten Moment hört er Pauls Stimme sagen: »Ich bin nicht sicher, ob wir hier weiterkommen«, und entdeckt die beiden auf einem schmalen Pfad, der stellenweise zwischen Schilf und Gras verschwindet.

»Hier oben!«, ruft er. Auf der anderen Flussseite ragt der Fels wie eine senkrechte Wand empor und wirft das Echo seiner Stimme zurück. Paul winkt erleichtert. Als sie einander auf halbem Weg treffen, steht seiner Mutter die Erschöpfung ins Gesicht geschrieben, auch wenn sie versucht, sich nichts anmerken zu lassen. »Bei der Schule war niemand«, sagt sie mit einem beiläufigen Schulterzucken. »Wahrscheinlich besser so.«

Paul wirft ihm einen Blick zu. »All of a sudden I wasn't sure about her state of mind«, flüstert er.

Mit Verspätung denkt Harry daran, seine Nichte zu benachrichtigen, dass sie die Suche einstellen kann. Neben ihnen strömt der Fluss breiter und langsamer dahin als oben im Ort, und am liebsten würde er sich hinsetzen, um die Füße ins kalte Wasser zu halten. Dicht über der Oberfläche jagen Libellen dahin. Als er damals zwei Monate nach den Studentenprotesten zu Mutters achtzigstem Geburtstag anreiste, hat er sich von Julie berichten lassen, wie es zu der Rede gekommen war. Die Abneigung seiner Mutter gegen ihre früheren Lehrer musste mit der japanischen Paranoia zu tun haben, die gegen Kriegsende überall feindliche Spione sah. Alle befürchteten eine amerikanische Invasion, und inzwischen ist durch Dokumente belegt, dass in diesem Fall sämtliche ausländischen Gefangenen liquidiert worden wären. In Kinkaseki wurde ein Tunnel angelegt, der als ihr Grab gedacht war und vom Lager bis ins weit verzweigte Schachtsystem der Kupfermine reichte.

Nach einer kurzen Pause brechen sie wieder auf. Mutters Atem wird mit jedem Schritt lauter, und als sie die ersten Häuser erreichen, bittet Harry seinen Sohn, die kleine Brücke zu überqueren und zu schauen, ob er auf der anderen Seite eine Sitzgelegenheit findet. »Wenn nicht, klopfen wir irgendwo. Sie muss sich einen Moment ausruhen, bevor wir zurück zum Auto laufen.« In seiner Wasserflasche gibt es noch einen letzten Rest, den er ihr hinhält. »Ma, trink einen Schluck. Was hast du eigentlich bei der Schule gewollt?«

Zuerst schaut sie ihn wortlos an. Auf der Nase bilden sich winzige Schweißperlen, und an der Stirn ist der Hut dunkel eingefärbt. Der Ex-Präsident zeigt sein bekanntes, eher verkniffen als fröhlich wirkendes Lächeln. Aus medizinischen Gründen ist er inzwischen auf freiem Fuß, wenn auch unter strengen Auflagen. »Du musst nicht alles wissen«, antwortet sie schließlich.

»Schon, aber wir haben dich im ganzen Ort gesucht. Julie meinte, du seist vom Chalet des Kronprinzen verschwunden, ohne ihr Bescheid zu sagen.«

»Wir dachten, es ist ein Palast«, murmelt sie. »In Wirklichkeit war das Haus von Direktor Yamashita viel größer.«

Als sie weitergehen, hakt sie sich bei ihm unter, was sie selten tut. Kurz darauf sind sie zurück bei der Brücke, und Paul meldet, es gebe auf der anderen Seite ›something like a park‹. Tatsächlich ist es ein Areal mit hohen Bäumen und mehreren Skulpturen, das Harry sofort bekannt vorkommt, als sie davor stehenbleiben. Auf Fotos im Internet hat er es bereits gesehen. Eine steinerne Stele am Wegrand ist das einzige bauliche Überbleibsel, ein Pfosten des früheren Eingangstors. »Genau hier«, sagt er, »hat sich der Eingang zum Gefangenenlager befunden.«

Überrascht schaut Mutter ihn an, dann schüttelt sie den Kopf. »Das war auf der anderen Seite. Nicht mal Keiji hat sich getraut, dorthin zu gehen.«

»Wir sind auf der anderen Seite.« Auf dem Plan will er ihr den Standort zeigen, aber ihr plötzlich erschrockener Blick sondiert die Umgebung. Weder der Tempel mit der goldenen Götterstatue noch die Mine sind mehr zu sehen; für die Insassen dürften selbst die Häuser jenseits der Schlucht hinter hohen Mauern verborgen gewesen sein. Zögerlich folgt seine Mutter ihm über das Gelände. Eben noch waren es nur wenige Schritte von der Brücke herauf, jetzt schauen sie vom Rand des Parks in die Tiefe, und Harry erkennt das Dach ihrer früheren Grundschule. »Warum setzen wir uns nicht einen Moment hin.« Sachte führt er sie zu einer niedrigen Mauer, die im Schatten zweier Ahornbäume steht. Einen Steinwurf entfernt inspiziert sein Sohn die Gedenktafeln mit den Namen sämtlicher Gefangenen. Heute Morgen, beim Stöbern in den alten Unterlagen, ist Harry ein Ausweis in die Hände gefallen, auf dem nicht sein Geburtsort vermerkt war, sondern so wie früher üblich der Herkunftsort des Vaters. Beiping stand folglich dort; eine Stadt, in der er nie gewesen ist, die sein Vater nicht mehr erkennen würde und deren Name überhaupt nur noch in Geschichtsbüchern existiert. Warum ihm das ausgerechnet jetzt einfällt, weiß er nicht. Alles in allem scheint die Verbindung von Herkunft und Heimat loser zu sein, als viele Menschen glauben. Helen behauptet, es sei wie mit der Halbwertzeit mancher Substanzen: langsamer, unaufhaltsamer Zerfall.

»Wo war eigentlich der Friedhof für die Gefangenen?«, fragt er nach einer Weile. »Innerhalb des Lagers?«

»Soweit ich weiß, wurden die Leichen dahin gebracht.« Zitternd deutet ihr Finger auf den Hügel vor Jiufen. »Hayaku, hayaku, haben die Wachen gerufen, damit es schneller ging. Wenn ich sie hörte, bin ich weggerannt. So wie alle – außer einem verwirrten alten Mann.«

»Was hat der getan?«

»Kreuze an ihren Gräbern aufgestellt. Selbst gemacht, aus morschen Ästen.«

»Verstehe. Bis er erwischt wurde, nehme ich an.«

Unmerklich schüttelt sie den Kopf. »Er war bloß ein armer Kerl, den niemand ernst genommen hat.« Weil ihre Stimme von Minute zu Minute erschöpfter klingt, schickt er Julie eine Nachricht und bittet sie, noch eine Flasche Wasser zu kaufen. Viertel nach vier, zeigt seine Uhr, in Jiufen werden sie nachher nicht mehr halten, sondern durchfahren bis Taipei. »Müsst ihr morgen sehr früh aufbrechen?«, fragt Mutter, als hätte sie die Richtung seiner Gedanken erraten.

»Gegen fünf Uhr, Hua-rong hat uns einen Fahrer organisiert«, sagt er und bemerkt den Kloß in seinem Hals. Sobald sie von dieser Mauer aufstehen, beginnt auch für ihn der Rückweg. In seinem früheren Zimmer wird er noch rasch das Chaos beseitigen, dann packen und morgen irgendwo über dem Pazifik beginnen, sich auf zu Hause zu freuen. »Hat dir der Ausflug gefallen?«

Kurz schaut sie ihn an und nickt.

Als er sie mit beiden Händen zu sich heranzieht, lässt sie es geschehen. Zum ersten Mal als erwachsener Mann umarmt er die schmale, zerbrechlich wirkende Gestalt seiner Mutter. Schultern wie die eines Kindes, aber das täuscht. Nicht mal beim Tod des Bruders hat sie geweint. Jenseits des Flusses sieht er Julie die Treppe herabkommen und würde gern die Zeit anhalten, wenigstens für ein paar Sekunden.

»Mir auch«, sagt er. Am Himmel ballen sich dichte Wolken, Wind fährt durch die Bäume, und auf einmal klingt das Rauschen der Blätter, als fiele leicht und leise der Pflaumenregen.

Die Namen der Hauptpersonen

李靜梅	Lee Ching-mei, jap. Vorname Umeko (梅子), chin. Rufname Hsiao Mei (小梅)
李敬治	Lee Ching-chih, jap. Vorname Keiji (敬治)
李さん	Ri-san, Herr Ri (später chin. Herr Lee), Vater von Umeko und Keiji
本田靜子	Honda Shizuko, Lehrerin Honda
陳顥	Chen Hao, chin. Rufname Hsiao Chen (小陳)
陳翰	Chen Han, ältester Bruder von Chen Hao
陳墨	Chen Mo, Rufname Mo-mo (墨墨), zweiter Bruder von Chen Hao
陳華立	Chen Hua-li, englischer Name Harry Chen
陳華榮	Chen Hua-rong, Harrys ältester Bruder
陳華哲	Chen Hua-zhe, Harrys zweiter Bruder
陳茱麗	Chen Zhu-li, genannt Julie, Hua-rongs Tochter

Glossar

A-mah 阿嬤 (taiw.)	Großmutter, Oma
Aiya 哎呀 (chin.)	Ausruf der Überraschung oder des Bedauerns
Banshan 半山 (chin.)	wörtl. »Halber Berg«: Taiwaner, die während der Kolonialzeit auf dem chin. Festland gelebt hatten
Bei-I-Nü 北一女 (chin.)	Abkürzung für Taipei First Girls' High School
Beiping 北平 (chin.)	Name für Peking während der Republikzeit (1911-49)
Du-dou 肚兜 (chin.)	traditionelle Unterbekleidung für Frauen
Ema 絵馬 (jap.)	Holztäfelchen für Gebete in Shintō-Schreinen und buddhistischen Tempeln
Fudan 復旦 (chin.)	Abkürzung für Fudan University, Shanghai
Geta 下駄 (jap.)	traditionelle Holzsandalen
Hayaku! 早く(jap.)	Schneller!
Hinoki 檜 (jap.)	spezielle Zypressenart, ein begehrtes Edelholz

Hontō Jin 本島人 (jap.)	wörtl. »Bewohner dieser Insel«: Taiwaner
Hsiao 小 (chin.)	»klein«, oft als vertrauliche Anrede, z. B. Hsiao Chen: kleiner Chen
Ganbatte kudasai! がんばってください (jap.)	Anfeuerung: Gib dein Bestes! Du schaffst es!
Kokutai 国体 (jap.)	wörtl. »Staats-Körper«: Wesen, Essenz der jap. Nation
Modan Gāru モダンガール (jap.)	Lehnwort aus dem Englischen: modern girl
Oniisan お兄さん (jap.)	älterer Bruder (auch als Anrede)
Otōsan お父さん (jap.)	Vater (auch als Anrede)
Salaryman サラリーマン (jap.)	männlicher Firmenangestellter
San-kha-á 三跤仔 (taiw.)	»Dreibeiner«: kolonialzeitl. Schimpfwort für alle, die eng mit Japanern zusammenarbeiteten
Shida 師大 (chin.)	Abkürzung für Taiwan Normal University
Sì-kha-á 四跤仔 (taiw.)	»Vierbeiner«: kolonialzeitl. Schimpfwort für Japaner
Sumimasen! すみません (jap.)	Entschuldigung!
Taida 台大 (chin.)	Abkürzung für Taiwan National University
Tok-phīnn-á 啄鼻仔 (taiw.)	die »Spitznasigen«: westliche Ausländer

Torii 鳥居 (jap.)	traditionelles Bauelement (Tor) eines Schreins
Tshiò-pue 笑筊 (taiw.)	unentschiedene Antwort beim Mondblöcke-Orakel
Waishengren 外省人 (chin.)	»von außerhalb der Provinz Stammende«, in Taiwan übliche Bezeichnung für Festländer
Wansei 灣生 (jap.)	im kolonialen Taiwan geborene Japaner
Xiao 孝 (chin.)	kindliche Pietät, Respekt gegenüber Eltern u. Älteren